IHR RUCHLOSES TEMPERAMENT

DARCY BURKE

Übersetzt von
PETRA GORSCHBOTH

ZEALOUS QUILL PRESS

Ihr Ruchloses Temperament

IHR RUCHLOSES TEMPERAMENT

Sie ist seine Retterin

Aufgrund ihres ungehörigen Benehmens aus London verbannt, wird Lady Miranda Sinclair von einem feschen Straßenräuber auf ihrem Weg aufs Land beraubt. Indem sie ihm einen Kuss anstelle von Schmuck anbietet, den sie zurücklassen musste, begeht sie genau die Art von Vergehen, die ihre Verbannung ins Exil verursacht hatte. Als ihre mürrischen Aufpasser ihre Bestrafung auf die Verrichtung von Wohltätigkeitsarbeit im örtlichen Waisenhaus ausweiten, wird sie vom Besitzer des Heims, einem provinziellen Gentleman, noch weiter in Versuchung gebracht, da er eine überaus ungelegene Leidenschaft in ihr weckt.

Er ist ihr Untergang

Verzweifelt, sein Waisenhaus vor der finanziellen Katastrophe zu retten, führt Montgomery »Fox« Foxcroft ein Doppelleben als Straßenräuber. Mit der Ankunft der wohlhabenden Miranda, deren Kuss er nicht vergessen kann, präsentiert sich eine legale Möglichkeit, seine Finanzen aufzubessern: Er kann die Tochter eines Herzogs heiraten. Seine Probleme scheinen gelöst, bis sie seinen Antrag ablehnt. Mangels anderer Möglichkeiten und weil er sich in die Erbin verliebt hat, muss Fox aufs Spiel setzen, was ihm an Prinzipien noch geblieben war, und ihr ruchloses Temperament zu seinem Vorteil nutzen – selbst wenn es ihrer beider Ruin bedeutet.

Für meine süße Quinn und meinen wundervollen Zane.
Ihr macht jeden Tag so erfreulich.

Und für Steve. Meinem Partner in ... allem.

KAPITEL 1

Juni 1816, Wiltshire

»Stehen bleiben und Geld her!«, verlangte Montgomery Foxcroft ein zweites Mal, als er und die anderen vier Mitglieder seiner Bande unter den Bäumen hervortraten, welche die ausgefahrene und schmutzige Straße säumten. Sie hatten die beiden Kutschen auf der letzten Viertelmeile ausgekundschaftet. Jede hatte einen Kutscher auf dem Kutschbock und einen Diener, der hinten mitfuhr. Der Diener der hinteren Kutsche duckte sich, als die beiden Kutschen rumpelnd zum Stillstand kamen.

»Du da, komm runter!« Fox marschierte auf die zweite Kutsche zu und hielt die Pistole auf die Brust des Mannes gerichtet. Der Bedienstete starrte ihn in dem milchigen, von dem Halbmond gespendeten Licht mit aufgerissen Augen an. Der Schweiß rann Fox über den Rücken, als er darauf wartete, dass der Diener gehorchte. Es schien eine Ewigkeit zu vergehen, bevor der Mann mit erhobenen Armen vom hinteren Sitz der dunkelblau lackierten Kutsche sprang. Fox stieß die angehaltene Luft aus.

Sie waren nicht auf zwei Kutschen vorbereitet, aber Fox' Verwalter, Robert Knott, hatte einen Plan, wie sie die vier Bediensteten in eine einzige Richtung dirigieren konnten. Rob tauchte an seiner Seite auf und rief: »Geh zwischen die Kutschen und behalte deine Hände dort, wo ich sie sehen kann!«

Fox widerstand dem Drang, seine Maske noch weiter übers Gesicht zu ziehen. Der raue, schwarze Stoff bedeckte alles – außer seinem Mund. Das würde sicherlich nicht genügen, um ein Wiedererkennen zu ermöglichen.

Hugh Carmody, Grundbesitzer und Abgeordneter im Ruhestand, öffnete die Tür der vorderen Kutsche, um seinen beinahe kahlen Kopf hervorzustrecken. »Was hat das zu bedeuten?«

Rob richtete seine Pistole auf das Gesicht des Mannes, was mit einem eindeutig weiblichen Schrei beantwortet wurde, auf den ein dumpfer Aufprall folgte.

»Frau!« Carmody zog sich zurück.

»Warum zwei Kutschen?« Rob murmelte die Frage, die Fox seit dem Erblicken ihrer Beute beschäftigte.

Carmody besaß nur eine und es war nicht das hintere elegante, lackierte Gefährt. Er beschäftigte auch nicht so viele Diener. Es musste jemand mit ihnen reisen. Jemand, der wohlhabend war.

Die Tür der teuren Kutsche flog auf. Helles Haar leuchtete im Mondlicht, als ein weiblicher Kopf hervorlugte und auf die Stelle sah, an der sich normalerweise die Stufen befinden würden, wenn einer der Diener sie hervorgezogen hätte. Sie hob das Gesicht und Fox' Kiefer erschlaffte. Er konnte nur gerade so verhindern, dass er ganz aufklappte. Sie war wunderschön. Nein, das Wort wurde ihr nicht gerecht. Sie war unvergleichlich.

Ihr herzförmiges Gesicht war perfekt proportioniert und zart geschwungene Lippen zeichneten sich über einem kräftigen Kinn ab. Eine zierliche Nase bog sich an der Spitze keck nach oben. Ihre sanft geschwungenen Wangenknochen hoben ihren Unmut hervor. Die Augen von unerkennbarer Farbe standen nach außen hin leicht schräg. Sein Herzschlag nahm einen eindeutig anderen Rhythmus an, als sein Körper auf sie anstatt den Raub reagierte.

»Sind Sie hier, um unser Geld zu stehlen oder zu gaffen?« Sie sprang aus der Kutsche und ließ den Schmutz aufspritzen, als sie auf der Fahrbahn landete. Die junge Frau blickte auf die dunklen Flecken hinab, die jetzt ihr Kleid verunzierten. Im Hinblick auf dessen Machart war er ahnungslos, doch der prächtige Stoff und die funkelnden Verzierungen ließen Extravaganz erkennen. Sie hob den Blick zu Fox und wieder traf ihn ihre Schönheit mit der Wucht eines Knüppelschlags.

Rob hustete laut.

Fox fluchte leise über seine Ablenkung. Er nickte zur ersten Kutsche. »Wir sind hier, um *sein* Geld zu stehlen.« Wieder betrachtete er ihr Gewand, das luxuriöse Aussehen ihrer Kutsche und die goldbetresste Livree ihrer Dienerschaft. »Wenngleich ich auch gern das Ihre nehme.«

Eine zweite junge Frau steckte den Kopf aus dem Fenster der schicken Kutsche. Fox erkannte das dunkle Haar und schmale Gesicht der jungen Frau. »Wir haben kein Geld!«, informierte Beatrice Carmody.

Fox fand dies schwer zu glauben. Er nickte zu der jungen Frau. »Diese hier hat Geld wie Heu.« Er spannte den Griff um seine Pistole an. Was würde er nicht für etwas zusätzliches Geld geben. Verdammt, was würde er nicht einfach nur für *genug* Geld geben.

Die Schöne schürzte die Lippen. »Leider habe ich das nicht.«

Verlogenes Luder. Er glaubte ihrer Erklärung nicht einen Moment. Sie musste etwas Wertvolles besitzen – dieses Kleid beispielsweise. Himmel, würde er sich dazu erniedrigen und einer jungen Frau ihr Kleid nehmen, um sein Waisenhaus zu unterstützen? Sofort sah er ihre blasse, dem Mondlicht ausgesetzte Haut in seiner Fantasie vor sich, während ihr glänzendes blondes Haar um ihre Schultern und ihre Brüste wogte. *Verdammt.* Es war sein erster Vorstoß in kriminelle Machenschaften, und schon war er ein Schurke.

Ein mysteriöses Lächeln ließ ihr Gesicht aufleuchten und unterbrach seine Gedankengänge glücklicherweise. »Anstatt Geld könnte ich Ihnen vielleicht etwas anderes anbieten?«

Froh, dass sie sich entschieden hatte, sich mit was immer an Wertsachen sie in der Kutsche hatte, entgegenkommend zu zeigen, entspannte er sich ein wenig. Vielleicht würde dieses nächtliche Unternehmen eine größere Beute einbringen, als er erwartet hatte. Er fühlte sich unbeschwerter als den ganzen Abend über, als er Rob zu der ersten Kutsche hinüberwinkte. »Nimm das Geld von diesen Herrschaften. Ich werde mich um diese beiden kümmern.«

Fox hielt die Pistole in der rechten Hand, als er sich auf die Schönheit zubewegte, und seine Stiefel auf dem feuchten Boden quietschten. Sie versuchte, den Schlamm von ihrem Saum zu schütteln und war sich dabei ganz offensichtlich nicht bewusst, dass der Wiltshire Schlamm ein verdammt, klebriges Ärgernis war. Er überlegte, ihr seine Hilfe anzubieten, doch sie hob den Kopf und er kam zu dem Urteil, dass solche Ritterlichkeit sinnlos wäre. Als sie ihr entzückend keckes Kinn reckte, war ihr Blick direkt. Mit ihrem Ausdruck forderte sie ihn geradezu auf, näher zu kommen. Und das tat er.

Aus der Nähe betrachtet war sie sogar noch atemberaubender. Unglaublich. Sie duftete nach Orange und Nelke. Würzig. Durch und durch feminin.

Fox wollte mit dem Kopf gegen einen Baum schlagen. Das sah ihm nicht ähnlich. Er entkleidete glücklose Frauen nicht in Gedanken, während er ihre Wertsachen stahl. Er musste einen kühlen Kopf bewahren. Rob und so viele andere zählten heute Abend auf seinen Erfolg. »Was haben Sie für mich?«

Sie trat auf ihn zu, bis sie nur noch eine Handbreit voneinander entfernt standen. »Ich habe nichts, außer einem Kuss.«

Dann fiel ihm doch die Kinnlade herunter. *Unverschämte Verführerin.* Er zwang sich in Gedanken, an seine Schützlinge zu denken. Edward brauchte Medizin. Dora brauchte Schuhe. Sie alle brauchten ein Dach über dem Kopf, das nicht undicht war.

Er konnte nicht glauben, dass er sie abweisen würde – sein Körper war gewiss nicht seiner Meinung. »Ich brauche keinen Kuss. Ich brauche Geld.«

Als sie seufzte, klang es nach tiefem Bedauern. »Ich habe Ihnen gesagt, ich habe kein Geld.«

»Sie lügen. Sie stinken nach Reichtum.« Zur Unterstreichung seiner Behauptung schnupperte Fox laut und bekam eine Nase voll ihres verführerischen Dufts für seine Mühe.

»Ich weiß.« Sie formte die Lippen zu einem kleinen, beinahe verführerischen Lächeln. Es raubte ihm den Atem. Buchstäblich. Als ihm endlich einfiel, Luft zu holen, tat er das ziemlich hörbar. Darauf zogen sich ihre Lippen noch breiter auseinander und ihr Gesicht strahlte wie die Sonne am herrlichsten Sommertag.

Was für ein Straßenräuber ließ sich von einem jungen Ding wie ein billiger Byron-Schwindler in Bann schlagen?

Fox zügelte seine schamlose Lust. »Sie müssen etwas von Wert besitzen. Ein Schmuckstück? Ein Monokel?«

Sie zog eine Augenbraue hoch. »Wofür halten Sie mich? Für eine tattrige Witwe?«

Guter Gott, nein. Niemals. Er hätte gelacht, wären sie woanders gewesen.

Stattdessen rief er Rob zu, um sich einerseits von ihr abzulenken und andererseits das Vorankommen seines Verwalters zu erfragen. »Wie kommst du dort drüben voran?« Er achtete darauf, seine Stimme zu senken, damit Carmody seine Identität nicht erkannte. Straßenraub sollte nicht so furchtbar kompliziert sein.

»Ich komme voran. Der Gentleman ist sehr entgegenkommend.«

Er wandte seine Aufmerksamkeit wieder der jungen Frau zu und war enttäuscht zu sehen, dass ihr in den letzten Sekunden keine Warze gesprossen war. »Ich habe keine Zeit, die feineren Nuancen Ihrer Tattrigkeit oder deren Fehlen zu besprechen. Kehren Sie zur Kutsche zurück und holen Sie, was immer Sie an Wertsachen haben. Ich würde meine Pistole nur ungern benutzen müssen.«

Ihr Blick schnellte nach unten. »Ihre Pistole?«

Zum Teufel nochmal, hatte sie ihm gerade auf den Schritt geschaut?

»Sie richten ihre Waffe nicht einmal auf mich.«

Es war zum Verrücktwerden, aber sie hatte recht. Inmitten ihrer Schönheit und der quälenden Auswirkung ihrer Nähe, baumelte ihm die Waffe vollkommen vergessen von den Fingern.

Er wurde von einer unwillkommenen Lust gepackt, wenn er sich auch nach Kräften bemühte, sie in Schach zu halten. »Ja, meine Pistole. Ich würde Sie lieber nicht verletzen, aber wenn Sie Ihre Wertsachen nicht auf der Stelle herschaffen, sehe ich mich genau dazu gezwungen.«

Ein Börse platschte neben ihren Füßen in den Schlamm. Sie richteten beide den Blick nach unten.

»Hier!«, rief Beatrice von der Kutsche aus. »Das ist alles, was wir haben. Sie lügt Sie nicht an. Sie ist von ihren Eltern nach Wiltshire verbannt worden und zur Strafe haben sie ihr nichts von Wert mitgegeben. Sie hat nicht einmal eine Kammerzofe.«

Die Schöne warf einen finsteren Blick zur Kutsche.

Fox verzog die Lippen unter seiner Maske. Sie war also ein verwöhntes Mädchen der feinen Gesellschaft. »Heben Sie die Börse auf und stecken Sie sie in meinen Umhang.« Wahrscheinlich war es töricht von ihm, sie noch näher zu sich einzuladen, doch nach seiner Überlegung konnte er die Börse nicht einfach aufheben und sich angreifbar machen.

Sie musterte ihn prüfend und presste dabei die bogenförmig geschwungenen Lippen aufeinander. Noch immer konnte er den Farbton ihrer Augen nicht ausmachen, aber er stellte sich vor, dass sie die Farbe des Meeres haben mussten – nicht blau, nicht grün, sondern irgendein Mittelding.

Sie bückte sich mit einem Schnauben und hob die Börse vom Boden auf. Beim Aufrichten zog sie erneut die rechte Augenbraue hoch. »Haben Sie eine Tasche?«

Fox hielt die linke Seite seines schwarzen Umhangs auf. »Hier.«

Sie griff hinein und nestelte einen Moment lang herum. Ihr Handrücken – sie trug keine Handschuhe – streifte über die Vorderseite seiner Weste. Sprunghaft löste diese intime Berührung Empfindungen bei ihm aus. Er war zwischen Zurückweisung und Ermutigung hin- und hergerissen.

Als sie die Tasche gefunden hatte, die er einzig in Hinblick auf diesen Raub hatte einnähen lassen, legte sie die Börse hinein. Sie zog die Hand zurück, doch er fasste ihre Finger, die entblößt gegen das Leder seines Handschuhs drückten. Ihr Blick begegnete seinem, und in stiller Einladung teilte sie die Lippen.

Später würde er sich für seine schlechte Entscheidung rügen, doch jetzt ... jetzt würde er sich ergeben.

Fox senkte den Kopf und legte seinen Mund auf ihren.

Der Schock durch die Berührung durchflutete ihn mit Wärme, ließ ihn Zeit und Ort und seine Absichten vergessen. Weiche Lippen bewegten sich in köstlicher Erwiderung unter seinen, als ob dieser Kuss der Anlass ihres Treffens war. Mit seiner freien Hand liebkoste er ihre Taille und zog sie näher zu sich. Ihr Leib schmiegte sich mit verblüffender Exaktheit an seinen. Seine Sinne schrien nach mehr.

Ihre Zunge schnippte gegen seinen Mund. *Ihre Zunge?*

Nach ihrem bisherigen Betragen hätte ihn ihre schockierende Demonstration von Erfahrung nicht überraschen sollen. Angesichts ihrer Verbannung ins Exil war sie offenbar unverheiratet, aber jemand hatte ihr das Küssen beigebracht. Jemand, den er liebend gern verprügeln würde.

Dann glitt ihre Zunge in seinen Mund, und ihm ging sein klares Denkvermögen gänzlich verloren. Mit einem Stöhnen schmiegte er sie enger an seinen Brustkorb, wobei er die Arme um ihren Rücken schlang. Sie schob die Hände an seinem Oberkörper nach oben und zog seine Schultern dicht zu sich, während sie den Kopf schräg hielt.

Er verlor sich in ihrem Kuss und ausnahmsweise gab er sich seinen ureigensten Bedürfnissen hin, denen er Vorrang vor allem anderen einräumte. Er winkelte den Kopf an, um tiefer in ihren Mund zu dringen, unfähig, genug von ihr zu bekommen. Dieser Moment gehörte ihm, und er beabsichtigte, ihn auszukosten.

Wie ein Echo auf den beharrlichen Druck ihrer Handflächen, die ihn näher zu ihr trieben, drückten sich ihre runden Brüste an ihn. Er war von ihrer Berührung, ihrem Duft … ihrem Geschmack überwältigt. Mit der freien Hand strich er zu ihrem Nacken empor und seine Finger streichelten ihre warme Haut. Sie war wie Seide …

»Mein Gott! Was machst du denn hier draußen?« Robs donnernde Stimme brach wie eine Pistole in ihre Umarmung, die gegen Fox' Schläfe gerichtet war. Schuldbewusst zog er sich zurück und fühlte sich wie ein grüner Junge anstatt wie ein erwachsener achtundzwanzigjähriger Mann.

Sie starrte ihn mit weit aufgerissenen Augen an. Als ob sie, genau wie er, nicht ganz glauben konnte, was gerade geschehen war. Ungeachtet der Tatsache, dass sie die Anstifterin gewesen war.

Er fing langsam zu lächeln an, wobei er den Blick auf ihre vom Kuss geröteten Lippen richtete. »Sirene.«

Wieder zog sie die Brauen hoch und er konnte nicht sagen, ob sie ein unschuldiges Mädchen oder eine versierte Verführerin war. Nicht, dass es wichtig gewesen wäre. Für keine dieser beiden Varianten hatte er Zeit.

Rob trat neben ihn und stieß ihn mit dem Ellbogen in die Rippen.

Fox senkte die Stimme auf kaum mehr als ein Flüstern. »Hast du genug erbeutet?«

Das Schnauben, das er zu Antwort bekam, besagte eindeutig: *Gibt es jemals genug?*

»Verzeihung, das war eine dumme Frage«, murmelte Fox.

Fox warf einen skeptischen Blick auf die Schöne. Sie stand stockssteif da, das Kinn vorgereckt, ob aus Stolz oder Aufsässigkeit, vermochte er nicht zu sagen. Dem Mann, der dämlich genug war, ihr den Hof zu machen, war eine Tortur bestimmt.

Er tätschelte seinen Umhang. »Ich habe auch ein bisschen Geld von den beiden ergattert.« Er hoffte, es würde für ihre unmittelbaren Bedürfnisse reichen. Er zog es vor, nicht wieder den Straßenräuber spielen zu müssen.

Rob rief: »Lasst uns gehen, Jungs.« Er führte die anderen beiden Mitglieder ihrer zusammengewürfelten Bande zwischen die Bäume, wo ihre Pferde warteten. Sie würden sich beim Herrenhaus treffen und die Beute nachzählen.

Fox hätte ihnen direkt auf den Fersen folgen sollen, aber er konnte sich einen letzten Blick auf die Schöne nicht verkneifen, die zu gut küsste. Ihre Lippen formten sich zu diesem verheerenden Lächeln und für einen kurzen Augenblick erwog Fox, den Galgen zu riskieren und sie in seine Behausung zu entführen. Er schüttelte diese Verrücktheit aus seinen Gedanken und bedachte sie mit einem kleinen Winken.

Sie hob die Hand zur Antwort. »Bis zum nächsten Mal, dann?«

Fox lachte leise. Unvergleichlich. »Beten Sie, Mylady, dass es kein nächstes Mal gibt.«

Sie senkte die Finger an ihre Lippen und berührte sie kurz, ehe sie den Arm wieder herabschwingen ließ. »Das werde ich ganz bestimmt nicht tun.«

Beatrice schnappte nach Luft und lenkte damit seine Aufmerksamkeit auf sie. Einer der Diener griff in den Rückteil der ersten Kutsche, aus dem er möglicherweise eine Waffe hervorholen wollte. Fox weigerte sich, noch länger zu verweilen, um das herauszufinden. Mit einer raschen Drehung war er zwischen die Bäume geschlüpft. Er war außer Sicht, aber nicht außer Hörweite.

»Was in Gottes Namen tust du da, Miranda? Dein Vater wird nicht erfreut sein, davon zu hören!« Carmody verlor keine Zeit, die reizende Sirene für ihr ungehöriges Benehmen zu rügen.

Miranda.

Nachdem die Tirade des Mannes hinter ihm verebbt war, ging Fox auf sein Pferd zu und saß auf. Bei der wohligen Erinnerung an Mirandas Kuss fiel die Spannung der Nacht von ihm ab.

Ehe er Icarus zum Schritt trieb, zog er die samtene Börse hervor. Mit einem Zupfen löste sich das Zugband und er leerte den Inhalt in seine Hand. Haarnadeln und ein paar Kekse. Kekse?

Die Anspannung kehrte zurück. Warum hatte er die

Börse nicht auf der Straße inspiziert? *Idiot.*

Weil er zu verwirrt gewesen war. Fluchend erging er sich in Selbstvorwürfen.

Ein undichtes Dach konnte er nicht mit Keksen und Haarnadeln reparieren, was bedeutete, dass er diese Art von Überfall wahrscheinlich erneut verüben müsste. All seinem Wagemut zum Trotz, war ihm die Gesetzwidrigkeit des heutigen Abends nicht leicht gefallen. Nur die verzweifelte Not seiner Pächter und der Waisenkinder hatte ihn dazu gezwungen. Er würde seine Seele für sie verkaufen.

*A*uf Bassett Manor kippte Fox den Inhalt aus Robs Tasche auf seinen zweihundert Jahre alten Schreibtisch. Die klirrenden und umherrollenden Münzen bildeten einen nicht allzu beeindruckenden Haufen auf dem abgewetzten und zerkratzten Mahagoni.

Rob ließ seine Maske neben das Geld fallen. »Es ist nicht so viel, wie wir erhofft hatten, aber es reicht für den Beginn der Dacharbeiten am Waisenhaus.«

Fox trat hinter den Schreibtisch und ließ sich in seinen klapprigen Stuhl sinken. Eines Tages würde das Holz und Leder zerbröckeln und zu einem wertlosen Haufen auf dem Fußboden in sich zusammenfallen, doch glücklicherweise nicht heute Abend.

Mit fragender Miene hielt Rob ein leeres, angeschlagenes Glas hoch. Fox nickte zur Antwort. Der Brandy war nicht besonders gut, aber es war Alkohol und er war problemlos verfügbar.

Sobald er eingeschenkt hatte, reichte er Rob das Glas, während er selbst einen Schluck von seinem Brandy nahm. Unverzüglich zog er die Lippen kraus und kniff das linke Auge zusammen. »Ich kann verstehen, warum keiner dieses Fass haben wollte.« Für einen Moment herrschte Schweigen, ehe Rob es wie ein Spaten die weiche Erde durchbrach. »Das Mädchen scheint Geld zu haben. Und meiner Vermutung nach ist sie nicht verheiratet.«

Fox hätte das wirklich kommen sehen müssen. Er hatte nicht den geringsten Zweifel, wen Rob mit »das Mädchen« meinte. Nach sieben Jahren Zusammenarbeit und enger Freundschaft stand Rob ihm so nahe, wie ein eigener Bruder Fox nur nahestehen konnte. »Du schlägst vor, dass ich mich an ein Geldinstitut fesseln soll?«

»Ein sehr hübsches Geldinstitut.« Rob kippte einen weiteren Schluck die Kehle hinunter und diesmal verzog er das Gesicht schon weniger. »Sie wäre eine einfache Antwort auf unsere finanzielle Misere. Und du könntest es schlimmer treffen.«

Fox trank einen beherzten Schluck, wobei er sich in seiner Fantasie vorstellte, dass die Flüssigkeit erheblich süffiger war, als sie tatsächlich schmeckte. »So weit ist es also gekommen? Ich muss mich für Geld verkaufen?« Ihrer atemberaubenden Schönheit zum Trotz wollte er keine verwöhnte Erbin heiraten. Er wollte niemanden heiraten. Nicht nach Jane.

»Entweder das, oder wir suchen uns ein anderes Opfer. Für mich macht das keinen Unterschied. Es hat mir Spaß gemacht, dieser dürren Ziege ihr Geld abzuknöpfen.«

Carmody war nicht der vermögendste Gentleman im Bezirk, doch ihn zu berauben störte Fox nicht. Während seiner Zeit als Abgeordneter hatte Carmody mehr Geld für den Kauf von Stimmen aufgewendet, als Fox in einem Jahr für zwei Anwesen ausgeben konnte. »Dem werde ich nicht widersprechen, aber es ist ein Risiko.«

Ein leises Klopfen an der Tür weckte ihre Aufmerksamkeit. Fox rief: »Herein.«

Seine Haushälterin, Mrs. Afton, trat ein. »Verzeihen Sie bitte die Störung, Mr. Foxcroft. Ich habe gerade eine Nach-

richt von Mrs. Gates erhalten.« Sie reichte Fox ein Schreiben. Noch ehe er es auseinanderfalten konnte, fügte sie
hinzu: »Heute Abend wurden in Stipple's End zwei Kinder
abgegeben. Der Vikar von Swindon hat sie gebracht.« Stipple
's End genoss im gesamten Norden Wiltshires einen ausgezeichneten Ruf, und demzufolge gab es stets zahlreiche
Kinder zu retten.

Fox ballte die Hand um das Papier zusammen, als ein
Gefühl der Anspannung seinen müden Körper beschlich.
Neue Kinder im Waisenhaus bedeuteten immer zusätzliche
Ausgaben. Da waren die Kosten für Kleidung, zusätzliche
Nahrung und normalerweise auch Medizin. »Wie alt?«

»Junge Dinger, hat man mir gesagt. Der Ältere ist krank.«

Plötzlich bekam das Papier in seiner Hand das Gewicht
von Blei. »Ich danke Ihnen, Mrs. Afton.«

Die Haushälterin knickste und schloss die Tür hinter
sich, nachdem sie hinausgegangen war.

»Diese Erbin ist gerade noch attraktiver geworden,
scheint mir.« Rob wackelte auf eine überaus provokative Art
mit den Augenbrauen.

Fox kippte den letzten Rest seines erbärmlichen Brandys
hinunter und hoffte, sein selbstsüchtiger Vater würde sich in
der Hölle amüsieren. »Glaubst du, ich kann eine Debütantin
der feinen Gesellschaft wie sie für mich einnehmen?« Über
seinem rechten Ellbogen hatte sich ein Loch in seinem Hemd
gebildet. Die Sohlen seiner Stiefel mussten dringend im
Herbst erneuert werden. Mit dem Daumen zeichnete er die
Kontur seines Zeigefingers nach. Der Fingernagel, zerfasert
und abgenutzt, schabte über seine Haut. »Vielleicht kann ich
sie mit meinem extravaganten Anwesen ködern?« Er
schwenkte mit dem ausgestreckten Arm über das kahle
Arbeitszimmer, das nur mit den allernötigsten Gegen-
ständen ausgestattet war, und selbst die waren alt und
verschlissen. »Moment, vielleicht wird mein Titel sie reizen.

Allerdings ist ein ›Mister‹ nicht mehr so aufregend wie in früheren Zeiten.«

»Verkaufe dich nicht zu billig.« Rob hob sein Glas und leerte es dann.

Das hatte er nicht vor. Jedoch vermochte er nichts daran zu ändern, wer er war oder was sie zu sein schien. »Du musst zugeben, dass es schwierig wäre, ihr den Hof zu machen. Ich versuche nur mir auszudenken, wie das klappen könnte.«

Rob schnaubte, als er sein leeres Glas auf der Anrichte abstellte. »Vielleicht ist sie auf der Suche nach einem gutherzigen Ehemann hierher nach Wootton Bassett gekommen.«

»Ha! Vielleicht.« Fox trommelte mit den Fingern auf dem Schreibtisch. Bis zu der Nachricht über die Ankunft der neuen Waisenkinder war Fox bereit gewesen, sich gegen diese Idee auszusprechen und wäre lieber das Risiko eingegangen, sich in der Schlinge des Henkers gefangen zu finden, als in der Falle des Pfarrers. Das war allerdings ohnehin ein lächerlicher Gedanke. Es wäre ein größeres Risiko für einen zeitweiligen Geldsegen. Eine Heirat mit jemandem wie Miranda – war sie Lady Miranda? – würde ihre finanzielle Unbesorgtheit auf unbestimmte Zeit gewährleisten.

Fox zuckte mit den Schultern, als er seinen Verwalter und Freund ansah, der glücklich verheiratet war und zwei Kinder besaß. Ja, es war besser, eine Erbin zu heiraten, als Rob und die anderen in Gefahr zu bringen. »Ich werde sehen, was ich über dieses reiche Mädchen herausfinden kann.«

Rob nickte. »Eine süße Kleine würde dir wohltun. Du brauchst mehr als Mrs. Danforth, um dich warm zu halten.«

Himmel. Polly. Sie hatte ihn eingeladen, sie heute Nacht zu besuchen. Es schien, als hätte Miranda jeden Gedanken an seine gelegentliche Liebhaberin ausgelöscht. *Miranda* – ihren Namen auch nur zu denken, füllte seinen Verstand mit der Erinnerung an ihren würzigen Orangenduft, ihre weichen Rundungen und ihre köstlichen Lippen. Sie war an etwas interessiert gewesen, doch Heirat war es wahrscheinlich nicht.

Fox erhob sich. Er hatte genug davon, über Heirat und Diebstahl zu sprechen. »Ich will nach Stipple's End, um nach den Kindern zu sehen.« Er schob die Münzen in die Börse zurück und rechnete im Geiste durch, wie viel davon er Mrs. Gates für die Neuankömmlinge geben müsste.

Rob nahm seine Maske vom Tisch und verstaute sie in seinem Umhang. »Ich werde morgen in aller Frühe herkommen. Ob schlechtes Wetter oder nicht, müssen wir das Gemüse in den Boden bekommen. Glücklicherweise liegen die wärmsten Monate noch vor uns.« Seine Hoffnung hing zwischen ihnen in der Luft und war so wenig greifbar und flüchtig wie das Geld, das sie für die Reparatur des Daches brauchten.

Verdammt, aber der drohende Ruin war ein schlimmer Zustand und leider konnte sein Unterfangen, einer Erbin den Hof zu machen, nicht über Nacht bewerkstelligt werden. In der Zwischenzeit würde Fox alles tun, was in seiner Möglichkeit lag, um ihre Finanzen aufzubessern, ohne stehlen zu müssen. »Ich werde zum nächsten Tee im Pfarrhaus gehen. Vielleicht kann ich den wichtigtuerischen Teilnehmern noch etwas mehr Geld abluchsen.« Möglicherweise war das nicht die gerechteste Beurteilung – sie waren nicht alle wichtigtuerisch – aber der alle zwei Wochen stattfindende Tee im Pfarrhaus war das Ereignis, das in Wootton Basset einer gesellschaftlichen Veranstaltung am nächsten kam – und Einladungen bedeuteten, dass man *jemand* war.

Als Fox sich auf den Rückweg zum Stall machte, kehrten seine Gedanken zu Miranda zurück. Ihr Kuss hatte etwas tief in ihm bewegt. Etwas, das gestorben war, als Janes Vater sie mit Stratham anstatt mit ihm verheiratet hatte.

Er zuckte zusammen, als er sich Janes tränenreiche Abweisung seines Antrags in Erinnerung rief. Fox konnte ihrem Vater noch immer nicht in die Augen sehen, ohne ihn schlagen zu wollen.

Würde Miranda seinen Antrag überhaupt annehmen? Oder wäre sie wie Jane gezwungen, ihn zugunsten eines anderen Bewerbers mit Vermögen oder einem Titel oder beidem zurückzuweisen?

KAPITEL 2

»Zeit für Frühstück, Mylady.«

Lady Miranda Sinclair erwachte aus ihrem Traum oder vielleicht Albtraum, in dem sie noch einmal bei einer innigen Umarmung auf dem Dark Walk bei Vauxhall ertappt wurde. Genau dieses Ereignis war ihrer Verbannung aus London vorangegangen. Und es war nicht einmal ein guter Kuss gewesen. Nicht wie der des Straßenräubers.

»Mylady, Ihr müsst aufwachen«, ertönte die klagende Stimme der Zofe.

»Na schön.« Miranda, die in ihrem schmalen, durchgelegenen Bett schauderte, fühlte sich ohne die Wohligkeit einer wärmenden Bettpfanne missmutig. Als sie ein Auge öffnete, sah sie die Zofe nicht, die ihren Kopf lediglich durch die Tür gesteckt hatte, um sie aufzuwecken. Konnte sie nicht wenigstens das Feuer geschürt haben, ehe sie wieder ging? Miranda vergrub sich noch tiefer unter der Bettdecke.

Denk an etwas Warmes. Etwas Heißes.

Der Kuss des Straßenräubers.

Die vergangene Nacht fiel ihr wieder ein, als ob sie sich gerade erst ereignet hätte. Eine Woge der Hitze überkam sie, als sie sich seine Zunge in ihrem Mund in Erinnerung rief, und seine Finger, wie sie ihr über den Hals streichelten. Ihr Körper hatte während der halben Dutzend Küsse, die sie mit Charles Darleigh ausgetauscht hatte, nie so heftig reagiert. Ihr Inneres wirbelte wie parfümiertes Öl, das in heißes Badewasser gegossen wurde.

Ein Frösteln machte sich zwischen ihren Schultern bemerkbar und sie zuckte zusammen. Sie hatte einen Verbrecher geküsst. Einen Mann mit ungewissem Hintergrund und von unbekannter Herkunft. Und es hatte ihr gefallen. Sehr sogar. Weit mehr als die Küsserei mit Darleigh, dem Neffen eines Earls mit einem Einkommen von fünftausend Pfund pro Jahr.

»Mylady?« Die Zofe war zurückgekehrt. »Ihr seid noch immer im Bett.«

Natürlich war sie das. Sie hatte die halbe Nacht damit zugebracht, sich von einer Seite auf die andere zu wälzen, um in diesem infernalisch kalten und stillen – zu stillen – Zimmer einzuschlafen. »Wie spät ist es um Himmels willen? Sicherlich zu früh für ... Frühstück, sagten Sie?«

»Ja, Frühstück ist um halb neun. In zehn Minuten.«

Hätte man ihr nicht einfach eine Tasse Schokolade bringen können? Miranda wachte immer bei dem verführerischen Duft von Schokolade auf. »Ich werde später essen. Zivilisierte Menschen stehen um diese frühe Zeit nicht auf.«

»Ich bedaure, Mylady, aber das Frühstück ist um halb neun. Mr. Carmody erwartet alle bei Tisch. Er wird recht ungehalten, wenn Mrs. Carmody sich etwas verspätetet –«

»Oh, Herrgott nochmal!« Miranda warf die Bettdecke zurück und keuchte bei dem kalten Luftzug auf. Als sie mit einem Ruck aufstand, schlang sie die Arme um sich. »Und es ist wahrscheinlich zu viel verlangt, von Ihnen zu erwarten, dass Sie das Feuer schüren?« Beim Anblick der aufgerissenen Augen und des erschlaffenden Kinns der Zofe bedauerte

Miranda ihren Tonfall. »Sind Sie also hier, um mir beim Ankleiden behilflich zu sein?«

»Ja, wenn Mylady meine Hilfe wünscht.«

Miranda sah zur Uhr auf dem Kaminsims – eine der wenigen Dekorationen in ihrem winzigen Schlafzimmer. »Zehn Minuten sagen Sie? Dies wird die schnellste Toilette meiner zweiundzwanzig Jahre.«

Dreizehn Minuten später war Miranda über die knarrende Treppe unterwegs nach unten in die dürftige Eingangshalle von Birch House. Die Zofe hatte ihr den Weg in das Speisezimmer erklärt, nicht dass sie bei den puppenhausgroßen Ausmaßen von Birch House darauf angewiesen wäre. Bei Erreichen ihres Ziels blieb sie abrupt im Türrahmen stehen. Mr. und Mrs. Carmody und Beatrice saßen um einen lächerlich winzigen Tisch. Lieber Himmel, er würde bestenfalls acht Personen Platz bieten. Fitchley – war er nicht der Butler, der sie gestern Abend begrüßt hatte? – bediente bei der Mahlzeit.

Miranda sah sich nach dem Buffettisch um. Als sie keinen sah, nahm sie auf dem einzigen noch freien Stuhl Platz. Vermutlich wurden die anderen Stühle – wenn es andere Stühle gab – andernorts aufbewahrt. Tatsächlich stellte Miranda sich vor, dass die Familie sie in anderen Räumen benutzte. Wenn der Butler eine doppelte Pflicht erfüllte, taten das ihre Möbel wahrscheinlich ebenfalls.

Mr. Carmody strich etwas Marmelade auf eine Scheibe Toast. »Wie freundlich von dir, Lady Miranda, uns Gesellschaft zu leisten. Du wirst dich morgen verbessern müssen.«

Miranda unterdrückte einen finsteren Blick, als Fitchley ihr einen Teller mit Essen brachte. Dunkelbrauner Toast, wahrscheinlich kalt, war neben einer ausgedörrten Scheibe Schinken angerichtet, der wahrscheinlich zu lange gegart worden war. Zumindest die pochierten Eier sahen erfreulich und appetitlich aus. »Gibt es kein Obst?«

Mrs. Carmody schürzte die dünnen Lippen. »Ich bin sicher, dass du an alle Art von Luxus gewöhnt bist, Lady Miranda, aber hier genießen wir nicht das gleiche Maß an Komfort. Durch das Wetter hat sich die Beerensaison verspätet.«

Miranda verbiss sich ihre Frage nach den Bücklingen.

Nach einer Weile, während derer das leise Klappern der Bestecke und das gelegentliche Rascheln von Fitchleys Schritten die einzigen Geräusche waren, winkte Mr. Carmody mit einer Gabelvoll Schinken in der Luft. »Ich habe über dein grauenhaftes Betragen gestern Abend an deinen Vater geschrieben.« Als Zugabe starrte er sie obendrein noch an. Miranda setzte absichtlich ein friedfertiges Lächeln auf. »Ich habe Seine Gnaden auch informiert, dass du heute anfangen wirst, im örtlichen Waisenhaus zu arbeiten.«

Miranda stand der Mund offen. »Was?«

Über den Tisch hinweg meinte Beatrice: »Ich arbeite im Stipple's End mehrere Tage die Woche. Es ist sehr bereichernd und die Kinder sind ... vorwitzig. Es gibt wirklich nichts Besseres, was du mit deiner Zeit anfangen könntest, solange du hier bist.«

Miranda fielen mindestens ein Dutzend Dinge ein, mit denen sie ihre Zeit besser nutzen konnte. Lesen, reiten – sie presste die Lippen zusammen. Sie konnte nichts davon tun, da die Carmodys weder Pferde noch Bücher besaßen und ihre Eltern ihr während ihres Exils beides verwehrten. Also, waren es vielleicht zehn Dinge. Die erste Sache wäre das Verfassen ihres eigenen Briefes an Vater, in dem sie die gestrenge und unwillkommene Haltung von Mr. und Mrs. Carmody ausführlich schildern würde.

Mirandas Finger krampften sich um ihre Gabel, als sie ein Stück Ei aufspießte. »Und was genau bringt die ›Arbeit‹ im Waisenhaus mit sich?«

Beatrices Besteck klapperte gegen ihren Teller. »Alle

möglichen Aufgaben. Mrs. Gates, die Vorsteherin braucht immer zusätzliche helfende Hände.«

»Ich hoffe, es ist nichts schrecklich Anstrengendes. Ich fürchte, ich habe nicht die entsprechende Garderobe für niedere Aufgaben.« Um ihren Worten den Stachel zu nehmen, setzte Miranda ein Lächeln auf, das sie gerade so zustande bringen konnte. Sie konnte sich nicht leisten, sich die Mühe zu ersparen. Diese Leute hielten ihr Leben in ihren nüchternen, richtenden Händen. »Gewiss werde ich jeden Dienst erfüllen können, den das Waisenhaus benötigt.«

»Lady Miranda«, setzte Mrs. Carmody an, wobei ihre erdbraunen Augen sich unter ihren dünnen heftig gekrümmten Augenbrauen zusammenzogen »Du bist nicht für die Sommerferien nach Wootton Bassett gekommen. Deine Eltern haben dich hierhergeschickt, damit du dich besserst und als reumütige, rehabilitierte junge Frau nach London zurückkehrst.«

Miranda legte ihre Gabel neben ihren Teller. »Und ich dachte, ich sei hergekommen, um Beatrice zu helfen, sich die erforderlichen Attribute anzueignen, um einen Ehemann zu ergattern.« Das war nicht ganz die Wahrheit. Miranda wusste, warum sie in die Verbannung geschickt worden war, aber Mutter hatte sie ersucht, den Sommer als Chance und nicht als Bestrafung zu betrachten. Beatrice zu helfen, würde Mirandas Vater zeigen, dass sie imstande war, Gutes zu tun, anstatt Unheil anzurichten.

Mrs. Carmody teilte die Lippen und sog scharf die Luft ein. Miranda verzog das Gesicht und fügte hastig hinzu. »Ich habe den Wunsch auf jede, mir mögliche Weise zu helfen, ob im Waisenhaus oder mit Beatrice.« Sittsam verschränkte sie die Hände in ihrem Schoß, in der Hoffnung angemessen pflichtgetreu zu wirken.

Mr. Carmody ließ die Hand eher kraftvoll auf den Tisch sinken. Das Besteck und die Teller klapperten. »Du wirst genau tun, was dir gesagt wird und hüte deine flinke Zunge. Und mach dir keine Sorgen über deine feinen Kleider. Ich bezweifle, dass du an vielen Veranstaltungen teilnehmen wirst.«

Was meinte er nur? Dies könnte der Grenzpunkt zum Niemandsland sein, aber Miranda war sich ziemlich sicher, das auch kleine Dörfer irgendeine Art von Unterhaltung zu bieten hatten. Und wie könnte sie Beatrice helfen, wenn sie nicht mit ihr an solchen Veranstaltungen teilnahm? Wirklich, wie fand eine Frau hier draußen nur einen Ehemann?

»Wenn du fertig bist, Miranda, sollten wir uns auf den Weg nach Stipple's End machen.« Beatrice legte ihre gefaltete Serviette neben ihren Teller. »Darf ich mich entschuldigen, Vater?«

»Ja.« Mr. Carmody richtete einen irritierten Blick auf Miranda. Sie erkannte, dass es unwichtig war, ob sie ihre Mahlzeit beendet hatte oder nicht.

Miranda erhob sich halb. Mr. Carmodys Nasenflügel flatterten. Sie setzte sich wieder und setzte noch einmal ihr gespieltes Lächeln auf. »Darf ich mich entschuldigen?«

»Geh schon.«

Was für ein Charme. Miranda folgte Beatrice aus dem Zimmer und klammerte sich an eine unwirkliche Hoffnung, dass das Waisenhaus einen Deut freundlicher wäre als Birch House.

~

Stipple's End sah aus wie ein mittelalterliches Gutshaus, das in den darauffolgenden Jahrhunderten immer wieder vergrößert worden war. Das Gebäude lag am Ende einer langen Einfahrt und war von Gärten umgeben, die offensichtlich bewirtschaftet wurden, aber ohne erkennbare Ordnung waren. Tatsächlich sah es so aus, als ob es Bäumen und Büschen erlaubt war, zu wachsen, wo immer sie sich von selbst aussäten.

Ein Steinweg führte von der Einfahrt zum vorderen Eingang. Miranda folgte Beatrice zu der großen Eichentür. Ihre schmerzten die Füße vom langen Marsch von Birch House hierher. Die Tür öffnete sich, noch ehe Beatrice anklopfen konnte. Eine kleine, eher rundliche Frau begrüßte sie mit einem breiten, herzlichen Lächeln. »Beatrice! Was für eine Freude, Sie heute Morgen zu sehen.«

Beatrice trat ein. »Miranda, darf ich dir Mrs. Gates vorstellen, die Vorsteherin hier in Stipple's End. Mrs. Gates, Lady Miranda Sinclair, die den Sommer hier mit uns verbringt und ganz erpicht ist, zu helfen.«

Miranda zuckte bei dem Wort »erpicht« zusammen, doch sie setzte für die korpulente Mrs. Gates ihre heiterste Miene auf, als sie hinter Beatrice eintrat. »Es ist ein Vergnügen, Ihre Bekanntschaft zu machen.« Miranda beäugte Beatrices strapazierfähiges Baumwollkleid und sorgte sich erneut über die Art von Arbeit, die man ihr zuteilen würde.

Ihre Vermutung, dass dieses Haus einst ein mittelalterliches Gutshaus gewesen war, bestätigte sich im Inneren. Sie schauderte – überall war es auf dem Land fortwährend kalt. Insbesondere in diesem zugigen alten Gemäuer. Sie betrachtete die hohe Decke und in einer Ecke bemerkte sie ein Loch mit einem Wasserrand. Kein Wunder, dass sie fröstelte. »Sie haben ein Leck?«

Mrs. Gates faltete die Hände vor der gelben Schürze. »Ja. Das Waisenhaus ist immer in Nöten, fürchte ich.«

Das konnte Miranda recht deutlich sehen. Die Möbel sahen aus, als ob sie jeden Augenblick zusammenbrechen würden. Der Teppich unter ihren Füßen war abgenutzt und von Motten zerfressen. Es juckte sie, sich zu entfernen und sie fragte sich, ob in den schmuddeligen Fasern vielleicht irgendetwas *lebte*.

»Ich habe ein paar Kekse für die Kinder mitgebracht.«
Beatrice übergab einen gefüllten Korb an Mrs. Gates. »Wie
können wir Ihnen heute Morgen helfen?«

»Danke, meine Gute. Wir haben zwei kleine Jungen, die
gestern Abend angekommen sind. Einer ist ziemlich krank.
Wären Sie bereit, ihn ein bisschen zu pflegen? Annie hat ihn
die ganze Nacht umsorgt und sie könnte eine Verschnauf-
pause gebrauchen.«

»Natürlich. Ich werde sofort hinübergehen.« Beatrice
ging in Richtung der Treppe an der rechten Wand davon,
womit sie Miranda auf sich gestellt zurückließ.

»Es ist doch nichts Ansteckendes, nicht wahr? Es würde
mir um Beatrice leidtun, wenn sie krank werden würde.«
Und *mich* im Gegenzug ansteckt, sinnierte Miranda.

»Das können wir oft nicht sagen. Ich bedaure, dass wir
uns in Bezug auf einen Arzt nicht viel leisten können.
Beatrice hat schon viele unserer Schützlinge gepflegt und
bislang noch nicht einmal einen Schnupfen bekommen.
Machen Sie sich keine Sorgen um sie.« Die vollbusige
Vorsteherin berührte Miranda am Arm. Es war eine kleine
Geste, doch sie war voller Güte. Und vollkommen außerhalb
von Mirandas bisherigen Erfahrungen. »Erzählen Sie mir
nun, wie Sie glauben, uns hier helfen zu können.«

Miranda verschob sich ein wenig und Mrs. Gates' Hand
fiel von ihr ab, als ob sie die Distanz zwischen ihnen nie
überbrückt hätte. »Ich nehme nicht an, dass Sie etwas
Besticktes oder in Aquarellfarben brauchen?« Nicht, dass sie
ein besonderes Talent für eine der beiden Kunstfertigkeiten
hätte, aber ihr wollte wirklich nichts einfallen, was sie vielleicht anbieten könnte.

Mrs. Gates schürzte den Mund, als ob sie nicht sicher
wäre, ob sie lachen oder es missbilligen sollte.

»Sicherlich werden Sie etwas Passendes finden.« Miranda

betete nur, dass die Aufgabe keine wunden Hände und abge-
brochenen Fingernägel mit sich brachte.

»Ich weiß Ihre Bereitwilligkeit zu schätzen, Mylady. Wie
es der Zufall will, habe ich mich hier gerade auf eine Unter-
nehmung vorbereitet.« Mrs. Gates zeigte auf einen Tisch vor
einem breiten Fenster, das auf die Auffahrt hinausging.
Darauf befanden sich zwei Schüsseln und eine Reihe
Kämme. Sollte sie den Kindern das Haar frisieren? »Dies
sind Läusekämme. Diese Wasserschale dient zum Reinigen
der Kämme, wenn es nötig wird.«

Miranda biss die Zähne zusammen, damit ihr nicht der
Mund aufstand. »Ich verstehe.«

»Kämmen Sie jedem Kind das Haar durch.« Mrs. Gates
nahm einen Kamm und schwenkte ihn einen Moment zur
Demonstration. »Achten Sie darauf, nach den Eiern zu
schauen, wie auch nach den Läusen selbst. Die Eier heften
sich gern an die kleinen Schädel der Kinder.«

Die Erwähnung von Läusen und Eiern, die sich an diese
armen Kinder »klammerten«, drehte Miranda den Magen
um, doch sie weigerte sich, einen Rückzieher zu machen. Die
Carmodys warteten bloß auf einen weiteren Grund, um sie
bei ihren Eltern zu verunglimpfen.

»Und wenn ich irgendwelche Läuse finde?« Miranda
sprach die Frage aus, obwohl sie irgendwie Angst vor der
Antwort hatte.

Mrs. Gates legte den Kamm auf den Tisch. »Ich vermute,
dass Sie keinerlei Erfahrung damit haben, sie herauszu-
schrubben?«

Miranda blinzelte sie an. »Mein Vater ist der Herzog von
Holborn. Ich würde eine Laus nicht erkennen, wenn sie beim
alle zwei Wochen stattfindenden Tee meiner Mutter
erschiene und meinen Vater in eine politische Debatte
verwickelte.«

Mrs. Gates lachte. »Nun, das wäre ein toller Anblick. Entschuldigung. Ich hätte erkennen müssen, dass jemand von Ihrem Stand nicht diese Art von Erfahrung haben würde« Mrs. Gates lächelte entschuldigend und Miranda fühlte sich ein bisschen schuldbewusst. Die Frau versuchte, ihr den Vorteil des Zweifels zugutekommen zu lassen – niemand hatte das je getan. Die Menschen stellten auf der Grundlage ihrer Erscheinung und ihres gesellschaftlichen Status Mutmaßungen über sie an und so waren die Dinge einfach. »Wenn Sie einen Befall feststellen, kommen Sie zu mir in die Küche und wir werden das Kind in die Badekammer bringen.«

Ehe Miranda mit weiteren Fragen aufwarten konnte, schlenderten zwei Jungen in die Halle. »Ach, hier sind Philip und Bernard.« Mrs. Gates bedeutete den Kindern, näher zu kommen. Sie schienen etwa zehn Jahre alt zu sein. »Dies ist Lady Miranda. Sie wird heute eure Köpfe inspizieren. Macht ihr ja keine Schwierigkeiten.«

Die Jungen beäugten Miranda und grinsten.

»Sie sind hübsch«, bemerkte der größere der beiden.

Miranda hatte schon reizendere Komplimente gehört, doch sie war von der Dreistigkeit eines zehnjährigen Jungen vom Lande überrascht. »Danke.« Normalerweise würde sie den Flirt auf den Anstifter zurücklenken, aber … was war hier draußen üblich? Da sie weiter nichts wusste, fuhr Miranda fort, wie sie es in London getan hätte, und machte einen kleinen Knicks vor dem Jungen. »Du bist auch ein gutaussehender Bursche.«

Der andere Junge lachte, während der erste die Farbe ihrer bevorzugten Rubinkette annahm.

Mrs. Gates nickte Miranda anerkennend zu. »Ich werde die beiden Ihren fähigen Händen überlassen.«

Miranda war es nicht recht, dass sie ging, aber worin bestünde der Sinn, dass Miranda die Aufgabe überhaupt erledigte, wenn sie bliebe? Die Vorsteherin entfernte sich und die Jungs standen wie angewurzelt da.

»Also gut. Wer ist der Erste?«

Beide Jungen zeigten jeweils auf den anderen und sagten wie aus einem Mund: »Er.«

»Wie steht es mit dir?« Sie zeigte auf den größeren Jungen, dessen Gesichtsfarbe wieder zu einem normalen Farbton verblasst war und fragte sich, ob er Philip oder Bernard war.

»Klar, Philip. Du zuerst.« Bernard zeigte auf den Stuhl, der neben dem Tisch stand.

Philip ließ die Schultern sinken und nahm Platz. Miranda trat hinter ihn und betrachtete die Oberseite seines sandbraunen Kopfes.

»Werden Sie ihn denn den ganzen Tag angaffen?« Bernard verschränkte die Arme vor der Brust.

»Nein.« Miranda dachte nicht daran, sich von zwei kleinen Jungen mit einer Armee aus Läusen auf ihren Köpfen einschüchtern zu lassen – Gott, sie hoffte, dass sie frei von Läusen waren. Sie wandte sich dem Tisch zu und musterte die Kämme. Sie sahen schmutzig aus. Sie schluckte ihre Beklemmung herunter und nahm einen davon mit spitzen Fingern hoch. Bei näherer Betrachtung stellte sie fest, dass sie sauber waren und lediglich vom Alter verfärbt. Sie traute sich, ihr Arbeitsgerät fester zwischen die Finger zu nehmen und schob es mit einer schnellen, ruckartigen Bewegung in Philips Haar, die gedacht war, den Kontakt mit dem Jungen und potenziell vorhandenen Läusen zu minimieren.

»Autsch!« Philip zuckte zusammen, als sie einen Knoten erwischte.

»Entschuldigung.« Sie rief sich die brutalen Bürstenstriche ihres Kindermädchens in Erinnerung und wollte den Jungen nicht unnötig quälen. Sie versuchte es noch einmal, diesmal sanfter, aber mit der gleichen gesteigerten Sorgsamkeit in Hinsicht auf ihre eigene Sauberkeit. Nach einigen Augenblicken fühlte sie sich von Erleichterung durchströmt und sie erklärte: »Ich sehe keine Läuse.«

Bernard war als Nächster dran und setzte sich auf den Stuhl. »Mein Kopf juckt ein bisschen.«

»Ich bin sicher, es ist, ähm, das kalte Wetter.« Miranda betete, dass dem so war.

»Ich hatte letztes Jahr Läuse. Es hat sich genauso angefühlt.«

Er hatte bereits Läuse gehabt. Miranda schluckte heftig gegen die Galle an, die ihr in der Kehle aufstieg. Es war am besten, es hinter sich zu bringen.

Sie tauchte den Kamm in den dichten Schopf des Jungen und kreischte beim Anblick eines winzigen Getiers auf, das von seiner Kopfhaut sprang. Sie ließ den Kamm fallen, machte einen Satz rückwärts und schüttelte die Hände wie wild. Plötzlich spürte sie eintausend winzige Beinchen über sich krabbeln.

»Das ist ein ziemlicher Radau, den Sie da machen. Bin ich wieder infiziert?« Er drehte sich auf seinem Stuhl und Miranda erkannte, dass sie noch immer kreischte.

»Was ist los?«

Miranda hatte keine Ahnung, wer gesprochen hatte. Nach einem Augenblick legten sich Hände um ihre Unterarme. »Geht es Ihnen gut, Lady Miranda?« Mrs. Gates musterte sie mit ernster Besorgnis.

Mit zitterndem Körper brachte Miranda es fertig, ihr Kreischen unter Kontrolle zu bringen und nickte. »Da war ein … Ding … Ungeziefer … Laus.« Sie zeigte auf Bernard, der sich nun heftig den Kopf kratzte.

»Ich verstehe. Wir werden dir wieder die Haare schneiden müssen, Bernard.«

Der Junge seufzte schwer, doch er nickte.

»Und Philip, du wirst gründlich geschrubbt werden

müssen. Ich wette, du hast ein oder zwei Eier abbekommen, da ihr ein Bett teilt.«

Miranda hob die Hände und inspizierte sie auf irgendein verräterisches Anzeichen oder irgendetwas, das sich bewegte. Oder irgendetwas, das einem Ei ähnelte. Ein Tag auf dem Land und schon würde sie Läuse haben.

»Kommt Jungs.« Mrs. Gates legte einen Arm um jeden der beiden und blieb dann abrupt stehen. »Oh, Fox, vielleicht kannst du Lady Miranda helfen. Sie hat einen Schreck beim Anblick von Bernards Läusen bekommen.«

Miranda wirbelte zu der Türöffnung herum, durch die es zur Rückseite des Hauses ging. Ein großer Mann stand direkt am Eingang. Sein dichtes, zu langes braunes Haar war aus dem Gesicht gekämmt. Mit einer schlichten braunen Wollhose und Überzieher bekleidet, sah er vollkommen unbedeutend aus.

»Ich habe mich gefragt, was das Geschrei zu bedeuten hatte.« Er kam auf sie zu, und sein Gang sowie seine Haltung waren für einen Bediensteten recht selbstbewusst. Er ging an der hinausgehenden Mrs. Gates vorbei und baute sich vor Miranda auf. »Lady Miranda, nehme ich an? Montgomery Foxcroft zu Ihren Diensten.«

Er verbeugte sich höflich vor ihr und als er den Blick hob … erstarrte sie. Vollständig. Noch nie hatte sie solche Augen gesehen. Sie waren blau. Oder grün. Oder vielleicht bernsteinfarben. Sie waren alles gleichzeitig, wie sie erkannte. Kobaltblau an der Außenseite gingen sie in ein sattes Jadegrün zur Mitte hin über und waren nah um die Pupille mit Gold gesprenkelt. Und bei genauerer Inspektion konnte sie auch sein übriges Gesicht nicht unbeachtet lassen. Er war bemerkenswert attraktiv, auf eine raue Art und Weise, könnte man sagen. Sein Kiefer war recht kantig und seine Lippen – auf die sie nicht schauen sollte, aber das hatte sie noch nie aufgehalten – waren gerade voll genug, um den

Gedanken an einen Kuss zu provozieren ... Abrupt hob sie erneut den Blick zu seinen Augen und bemerkte die winzigen Fältchen, die sich fächerförmig von den Winkeln ausbreiteten und vermuten ließen, dass er häufig lächelte, was ihre eigene Familie selten tat.

Er sah auf ihre Hand und plötzlich fiel ihr wieder ein, dass sie voller krabbelnder Läuse sein könnte.

»Brauche ich ein Bad? Der Kopf des Jungen ...«

»Nein. Einfaches Händewaschen genügt. Ich werde Ihnen den Waschraum zeigen.« Er streckte ihr den Arm hin.

»Ich, ähm, es macht Ihnen nichts aus, meinen Arm zu berühren? Ich könnte infiziert sein.«

Er lachte und es war der satte, dunkle Klang seiner Stimme, der sie auf eine Weise wärmte, nach der sie sich gerade heute Morgen so gesehnt hatte. »Das bezweifle ich. Haben Sie keine Erfahrung mit Läusen?«

»Nein, ich bin aus London.«

Wieder lachte er. »Und Sie erwarten von mir zu glauben, es gäbe keine Läuse in London?«

»Es gibt keine in Holborn House.« Miranda trug nicht ihr schönstes Gewand, sie hatte keinen Schmuck angelegt, und ihr Haar war zu einer eher nüchternen Frisur zusammengenommen worden, aber er erkannte doch gewiss ihren Stand? »Ich bin Lady Miranda Sinclair. Mein Vater ist Holborn. Ich bin Gast in Birch House. Miss Carmody hat mich eingeladen, sie heute Morgen hierher zu begleiten.« Es machte nichts, dass dies nicht die ganze Wahrheit war.

»Ach ja, Miss Carmody. Sie widmet Stipple's End so viel ihrer Zeit. Kommen Sie.« Er legte ihre Hand über seinen Arm und führte sie aus der Halle. »Sie nehmen sich also Zeit für Wohltätigkeitsarbeit?«

Hatte er nicht gehört, was sie gesagt hatte? Oder waren Abstammungen in dieser ländlichen Region bedeutungslos?

»Ähm, nein. Ich bin allerdings sicher, dass mein Vater – der Herzog – für verschiedene wohltätige Zwecke spendet.«

»Welche?« Diese einzigartigen Augen bohrten sich in sie, und die bernsteinfarbenen Mittelpunkte strahlten wie glühende Kohlen. Unter seinem Blick fühlte sie sich merkwürdig heiß.

Er führte sie zu einem kleinen Raum am Ende des hinteren Korridors.

»Ich weiß nicht.« Es sei denn, ein Thema betraf ihre zukünftige Heirat oder ihr Betragen, redete ihr Vater nicht mit ihr.

Fox zeigte auf eine große Schüssel, die in einen langen Tisch unter einem kleinen Fenster eingelassen war, das auf den hinteren Garten hinausging. »Sie können sich dort waschen.«

Genau in dem Moment trat ein Mädchen mit einem großen Eimer dampfenden Wassers ein. »Mrs. Gates dachte, dass Sie vielleicht etwas heißes Wasser brauchen, um sich zu säubern.«

»Danke, Flora.« Mr. Foxcroft nahm den Eimer und goss das Wasser in die Schüssel unter dem Fenster.

Flora gaffte Miranda an. »Sind Sie wirklich eine Lady?«

»Ja.«

»Und Sie leben in London?«

»Ja.«

Mr. Foxcroft unterbrach sie. »Flora, Lady Miranda würde sich gern waschen. Du kannst sie später ausfragen.« Er stellte den Eimer auf den Tisch und lehnte sich dann gegen die Kante.

»Aber ich habe nur ein paar –«

»Geh.« Sein Tonfall war freundlich und doch bestimmt.

Das Mädchen gehorchte, aber nicht ohne einen sehnsüchtigen Blick über die Schulter auf Miranda zu werfen.

»Es würde mir nichts ausmachen, ihre Fragen zu beant-

worten. Das Mädchen ist zweifelsohne charmant.« Flora
hatte Miranda seit ihrer Ankunft in diesem Kaff tatsächlich
den nettesten Empfang bereitet.

»Wenn Sie ein anderes Mal wiederkommen, können Sie
das tun. Verzeihen Sie mir, dass ich das sage, aber Sie
scheinen nicht der Typ zu sein, der Waisenhäuser besucht.
In Wahrheit scheint es, als ob Sie in einen Ballsaal
gehören.«

Wie … vorhersehbar. Er sah ihre Schönheit und verur-
teilte sie als eine gedankenlose Närrin. Sie rollte die Ärmel
von den Handgelenken zurück als sie auf die Schüssel
zuging. Eifrig tauchte sie die Hände in das heiße Wasser und
schloss kurz die Augen, als die Hitze ihre Haut durchdrang
und blitzschnell ihre Arme hinaufstieg. Das Wohlbehagen
ließ das Gefühl krabbelnder Läuse auf ihrer Haut verschwinden. Als sie die Augen aufschlug, stellte sie fest, dass Mr.
Foxcroft sie anstarrte. Er war für seinen Stand überaus
dreist. In ihrem hochmütigsten Ton bemühte sie sich, ihn an
seinen Platz zu erinnern. »Arbeiten Sie schon lange im
Waisenhaus?«

Er verzog keine Miene. »Mir gehört Stipple´s End. Meine
Familie hat dieses Waisenhaus vor mehr als vierhundert
Jahren gegründet.«

»Verzeihung, ich hatte angenommen, dass Sie ein Ange-
stellter sind.« Sie warf einen Blick in seine Richtung, der sich
auf seine schmutzigen Fingernägel heftete. Jetzt reagierte er
und verschränkte die Hände rasch hinter seinem Rücken,
worauf sie im Nu Reue verspürte. Sie hatte ihn ebenso
selbstverständlich beurteilt wie er sie.

»Ich arbeite hier, aber ich habe auch mein eigenes Anwesen, um das ich mich zu kümmern habe.« Er stand nur etwa
einen Fußbreit von ihr entfernt und aus dieser Distanz
erhaschte sie den Duft nach aufgebrochener Erde und noch
etwas anderem. Einem Kraut. Rosmarin vielleicht? Seine

Augen glommen in dem gräulichen Licht, das durch das Fenster einfiel.

Miranda sah sich genau in dem Moment nach Seife um, als er sie ihr reichte. Das kleine Stück fühlte sich fettiger an, als sie gewohnt war, und es war nicht mit Rosen oder Geißblatt parfümiert.

»Die Waisenkinder machen die Seife. Diese ist eine spezielle Sorte für Läuse, aber die älteren Mädchen machen Seifenstücke mit Blumenduft, die wir bei Mrs. Abernathy's im Dorf verkaufen.«

»Wie interessant.« Miranda konnte sich nicht vorstellen, Seife zu machen, insbesondere nicht solche zu dem Zweck, Ungeziefer zu eliminieren. Sie schrubbte ihre Hände und murmelte ihren Dank, als Mr. Foxcroft ein Handtuch neben die Waschschüssel legte. »Hat jeder hier eine spezielle Aufgabe?«

Er nickte. »Eigentlich schon. Außer die jüngeren Kinder. Wenngleich es wahrscheinlich eine Aufgabe in ihren Augen ist, Lesen und Schreiben zu lernen.«

Sie trocknete ihre Hände und drehte sich so, dass sie mit der Hüfte gegen den Tisch lehnte. »Sie bringen den Kindern Lesen bei?« Was für einer Art von Leben könnten diese Waisen möglicherweise entgegenblicken? Miranda hatte keine Ahnung, doch sie vermutete, dass sie als Schornsteinfeger oder Küchenmägde enden würden.

Mit einem halben Lächeln verschränkte er die Arme vor der Brust. Es war die Art von Lächeln, die seine Emotion nicht offen zutage treten ließ. Belustigung? Verärgerung? »Wir lehren sie eine Vielzahl von Dingen.«

Überraschenderweise war sie an dieser Unterhaltung interessiert. »Und wohin gehen sie von hier?«

Er zuckte leicht mit der Schulter. Noch immer kein Hinweis darauf, was hinter diesen bemerkenswerten Augen vor sich ging. »Wohin auch immer sie wollen.«

»Sie bezahlen für sie, damit sie woandershin reisen können?« Sie fand dies nicht nur eigentümlich, sondern … charmant. Und das war an sich schon eigentümlich.

Er ließ die Arme sinken, um mit der linken Hand gegen den Rand der Schüssel zu schlagen, womit er eine große Spinne zerquetschte, die sie nicht auf sich hatte zukriechen sehen. »Verzeihung.« Er tat einen Schritt vor, um ihren Platz vor dem Becken einzunehmen, und sie war kaum ein Stück zurückgewichen, damit ihre Körper denselben Raum einnehmen konnten.

Er spülte seine Handfläche im Wasser ab und griff nach dem Handtuch, das sie gerade eben zur Seite gelegt hatte. »Das verstehen Sie falsch. Wir geben uns alle Mühe, entweder hier in Wootton Bassett oder anderswo im Bezirk eine Anstellung für sie zu finden. Manche gehen einfach fort und finden ihren eigenen Weg. Es liegt ganz an ihnen, was sie aus sich machen. Wir versuchen bloß, ihnen einige nützliche Fähigkeiten und zumindest eine rudimentäre Ausbildung mit auf den Weg zu geben.«

»Wie großherzig von Ihnen.« Die Bemerkung schien unangemessen, aber ihr fiel nichts Besseres ein. Nie zuvor hatte sie jemanden gekannt, der so viel Zeit und Energie einsetzte. »Und was genau leisten Sie hier?«

Er blinzelte. »Alles.«

»Nun, wenn dem so ist, sollten Sie das Leck in der Halle reparieren. Es riecht modrig und die Kälte ist allgegenwärtig. Ich habe den Eindruck, dass die Stelle schon seit geraumer Zeit undicht ist.«

Er kniff die Augen zusammen und presste die Lippen zu einer festen Linie. Sie ertappte sich, wie sie ihn abermals anstarrte, und schüttelte den Kopf über ihre Neugier.

»Es ist eigentlich noch nicht lange undicht. Und ich *werde* es reparieren. Ich bin sicher, dass diese Dinge in Ihrer »Sphäre« sehr schnell und vielleicht auch ohne große Überlegung erledigt werden. Wie glücklich müssen Sie über Ihren Reichtum an Zeit, Geld und Möglichkeiten sein.« Sein Tonfall klirrte vor Kälte. Wahrscheinlich könnte er es mit Vaters Überheblichkeit aufnehmen. Und sie hatte es gründlich satt, von ihrem Vater, ihrer Mutter, einfach von allen, in diesem Tonfall angesprochen zu werden.

Miranda drehte sich ihm entgegen und stemmte die linke Faust in die Hüfte. »Es besteht kein Anlass, unhöflich zu werden. Sie wissen doch gar nichts über meine ›Sphäre‹.«

»Ich kann sie mir sehr gut vorstellen. Schauen Sie sich nur das Kleid an, das Sie zum Entlausen von Waisenkindern tragen.« Er ließ den Blick über sie hinwegschweifen, was ihren Zorn noch weiter anstachelte.

Miranda biss die Zähne zusammen. »Ich wusste nicht, dass ich Waisenkinder entlausen würde.« Was hätte sie sonst sagen sollen? Sie hatte keine Ahnung gehabt, dass es ebenso kompliziert sein würde, sich für ein winziges Dörfchen zu kleiden wie für London. »Müssen Sie nicht ein Dach instand setzen?«

Seine Augen loderten vor Emotion. »Ich überlasse Sie Ihren Aufgaben.« Er drehte sich weg und ohne die Inbrunst seines Blicks erschlaffte sie ein wenig.

Was für ein unfreundlicher Mann! Als er zur Tür marschierte, gab sie einem teuflischen Impuls nach. »Ich würde Ihnen gern eine Lektion zur Auswahl von Garderobe und der neuesten Mode im Hinblick auf Herrenfrisuren erteilen.«

Mr. Foxcroft hielt inne, doch er wandte sich nicht um. Atemlos wartete Miranda auf seine Antwort. Er ging ohne ein weiteres Wort.

Mrs. Gates erschien in der Tür. »Sind Sie bereit, weiterzumachen? Neville wartet in der Halle auf Sie.«

Mirandas Magen ballte sich zusammen. Eigentlich hatte sie gehofft, fertig zu sein. Nein. Sie würde die Aufgabe meistern. Allen – ihren Eltern, den Carmodys, diesem unausstehlichen Foxcroft – würde sie beweisen, dass sie aus hartem Holz geschnitzt war. Sie straffte die Schultern. »Zeigen Sie mir den Weg, Mrs. Gates.«

In den Augen der Vorsteherin flammte Anerkennung auf. »Da Bernard befallen ist, werden Sie sicher andere Kinder mit einem Befall vorfinden. Ich habe Beatrice um ihre Mithilfe gebeten. Sie hat genügend Erfahrung für Sie beide in dieser Sache.«

In diesem Moment bog Beatrice um die Ecke. »Bereit, Lady Miranda?« Ihr scharfer Ton und die geschürzten Lippen verrieten ihr Urteil: Sie fand Miranda genauso realitätsfern wie Mr. Foxcroft.

O ja, sie war gewillt, allen ihren Irrtum zu beweisen. Miranda lächelte süßlich. »Natürlich.« Dann schritt sie mit all der majestätischen Gelassenheit, die ihr ihre drei Gouvernanten eingeflößt hatten, in die Halle. Sie hatte London erobert. Wootton Bassett konnte sich unmöglich als noch schwieriger erweisen.

Entschlossen, Beatrice zu zeigen, dass sie kein Londoner Einfaltspinsel war, trat sie vor den Jungen, der sie auf dem Stuhl sitzend erwartete, und biss sich in die Wange, um nicht zusammenzuzucken. Denn er juckte sich ganz ernsthaft und gründlich an der Kopfhaut.

KAPITEL 3

er Donnerstagnachmittag war viel zu kalt für Juni. Nachdem sie am Morgen den Frost vom Dach des Waisenhauses abgeschabt hatten, waren Fox und Rob bei der Inspizierung des Lochs zu dem Schluss gekommen, dass die Reparatur kostspieliger werden würde als sie zunächst angenommen hatten. In der Zwischenzeit hatten sie getan, was in ihren Möglichkeiten stand, und es geschafft, das Leck zu stopfen, wenn sie den Schaden auch nicht vollständig hatten beheben können. Doch nun wurde Fox´ Erscheinen beim Tee im Pfarrhaus ganz plötzlich dringend notwendig.

Ebenso wie der Auftakt seines Werbens um Miranda. Mit etwas Glück würde sie heute hier im Pfarrhaus sein. Letzte Woche hatte er in Stipple´s End nicht gerade einen guten ersten Eindruck gemacht, doch andererseits hatte sie die Dinge mit ihrer Arroganz und Anmaßung auch nicht leichter gemacht. Trotz allem musste er die Sache hinbekommen.

Fox übergab dem Stallknecht die Zügel und drehte sich zu einer Kutsche um, die die Auffahrt hinauf rumpelte. Beim

Anblick des, auf der Ebenholztür prangenden, scharlach-
roten Wappens, stöhnte er innerlich auf.

Stratham.

Fox ballte die Hände zu Fäusten, wobei sich das abge-
nutzte Leder seiner Handschuhe straff über seine Knöchel
spannte. Sollte er sich gesellschaftlich angemessen verhalten
und Strathams Ankunft abwarten, denn der Mann hatte ihn
gewiss in der Einfahrt stehen sehen, oder sollte er den
unausstehlichen Fiesling ignorieren und ins Pfarrhaus
gehen? Fox machte kehrt und klopfte an die große Eichentür.
Umgangsformen waren etwas für die feine Gesellschaft, und
er gehörte nicht zur feinen Gesellschaft.

Mrs. Wren, die Haushälterin des Pfarrers begrüßte ihn.
»Guten Tag, Mr. Foxcroft! Wir haben Sie seit geraumer Zeit
nicht mehr beim Tee gesehen. Mrs. Johnson wird hocher-
freut sein.« Ihr Blick schnellte an Fox vorbei in Richtung der
Auffahrt. »Wie ich sehe, ist Mr. Stratham da, und die
Carmodys sind mit einem besonderen Gast eingetroffen. Oh,
das wird der denkwürdigste illustre Tee des Pfarrers aller
Zeiten werden.«

Sie war hier.

»Ich bin sehr erfreut, an einem solchen Ereignis teilhaben
zu dürfen.« Er schritt über die Schwelle und den kurzen
Korridor entlang zum Empfangszimmer, in dem der Vikar
und seine Frau jeden zweiten Donnerstag eine Einladung
zum Tee gaben.

Die Aufmerksamkeit aller Anwesenden auf sich ziehend
saß Miranda – nachdem er sie geküsst hatte, konnte er von
ihr einfach nicht mehr als Lady Miranda denken – auf
einem Sofa mitten im Zimmer und hielt sich eine Teetasse
an den Mund. Fox beobachtete, wie sie die rosa Lippen
spitzte und einen winzigen Schluck nahm. Ihre funkelnden
aquamarinblauen Augen waren über den Rand des feines
Porzellans hinweg auf ihn gerichtet. Er hatte in Bezug auf

ihre Farbe recht behalten – und diese Tatsache sehr genossen, als er sie im Waisenhaus bei Tageslicht »kennengelernt« hatte.

»Fox!« Der Vikar, Samuel Johnson, sprang auf und klopfte Fox auf den Rücken. »Ich bin erfreut, Sie zu sehen. Ich wollte schon längst vorbeikommen, um über die Bepflanzung zu sprechen ...«

Fox hörte dem Vikar mit einem Ohr zu, während er mit dem anderen Mrs. Wren lauschte, wie sie Donovan Stratham im Haus begrüßte. Während Mr. Johnson sich darüber ausließ, welche Felder er brach liegen lassen sollte, musterte Fox insgeheim Stratham. Von durchschnittlicher Größe und Statur, mit dunklem, gewelltem Haar und einem offenen Lächeln, wurde er von Frauen in der Regel für attraktiv befunden. Darüber hinaus war er wohlhabend, gut gekleidet, und die gröbste Arbeit, die seine Hände je verrichtet hatten, bestand im Erpressen von »Tributzahlungen« seiner Wählerschaft. Fox sah auf, um Mirandas Reaktion auf ihn zu verfolgen.

Sie hatte ihre Teetasse auf dem Tisch abgestellt und musterte Stratham mit unverhohlenem Interesse. Stratham seinerseits ging geradewegs auf sie zu und ergriff unverzüglich ihre Hand. Carmody stellte die beiden einander vor.

»Also, was halten Sie davon?« Der Vikar lehnte sich näher heran, als er mit seinem Monolog zum Ende kam.

Fox riss den Blick von Miranda und Stratham los. »Ich denke, Sie haben recht, wenn Sie auf dem Südfeld Kartoffeln anpflanzen. Entschuldigen Sie mich für einen Moment, Vikar. Ich würde gern mit jemandem sprechen.«

Der Vikar nickte, und Fox durchmaß das Zimmer, bis er neben Mirandas Sofa stand. Stratham nahm in einem Sessel neben ihr Platz und lehnte seinen Spazierstock an dessen Seite.

Carmody trat neben Stratham und klopfte ihm auf die

Schulter. »Sie sind der Abgeordnete. Was haben Sie von diesem Straßenräuber gehört? Hat er wieder zugeschlagen?«

Stratham nahm eine Tasse Tee von Mrs. Wren entgegen. »Mir ist nichts weiter bekannt als die Begebenheit Ihres unglücklichen Raubüberfalls.« Er formte die Lippen zu dem vertrauten, herablassenden Lächeln, das er sich angewöhnt hatte, seit er Abgeordneter geworden war ... was vor vier Jahren gewesen sein musste? Als er sich wieder zu Miranda drehte, verschwand die Hochnäsigkeit aus seinem Gesicht und er wirkte ernst und aufrichtig.

Wiesel.

Carmody blähte die Brust auf und zog die dunklen Brauen über seinen kleinen braunen Augen zusammen. »Der Schurke wird wieder zuschlagen, da bin ich sicher. Er besitzt eine gehörige Portion Unverfrorenheit, dieser Kerl.«

Miranda faltete eine Serviette in ihrem Schoß. »Ich fand ihn recht schneidig. Ganz und gar nicht so, wie man es sich bei der kriminellen Klasse vorstellt.«

Carmody sah Miranda mit zusammengekniffenen Augen an. »Vorsichtig, Mädchen.«

Fox konnte nicht anders, als sich näher zu ihr zu beugen. »Schneidig, wirklich?«

Miranda richtete den Blick aus ihren aquamarinblauen Augen auf ihn. »Er war nicht im Mindesten gewalttätig. Ich bezweifle, dass er einem von uns etwas zuleide getan hätte.«

Stratham schnippte einen Fussel von seinem Frackärmel. »Klingt nicht gerade nach einem meisterhaften Straßenräuber.« Seine Stimme war voller Verachtung.

Carmody schnaubte. »Lassen Sie sich nicht von ihrer Geschichte hinters Licht führen. Es war eine ganze Bande. Wir waren zahlenmäßig unterlegen.«

Fox hätte gern mehr über Mirandas Reaktion gewusst, doch zu erfahren, dass sie von dem Straßenräuber ebenso beeindruckt war, wie er von ihr, genügte schon.

Miranda nahm einen Keks von dem Tablett auf dem Tisch vor ihr. »Sie sind Parlamentsmitglied, Mr. Stratham?«

»In der Tat, Mylady.« Er nickte. »Meine Familie dient der Krone bereits seit Generationen. Ich betrachte es als meine Pflicht und meine Ehre.« Und so schwenkte die Unterhaltung zu Stratham um. Fox widerstand dem Drang, die Augen zu verdrehen.

»Wie edel von Ihnen, Sir.« Sie drehte den Kopf, um Fox anzusehen. Zum ersten Mal in seiner gesamten Existenz war er froh, seine Krawatte zu einer Monstrosität gebunden zu haben, die ihm den Hals einengte. Himmel, ihre Eitelkeit war ansteckend.

Stratham stellte die Tasse auf den Tisch und ließ dann einen Arm lässig über die Sessellehne baumeln, sodass seine Hand nur wenige Zentimeter von Mirandas Knie entfernt hing. »Welch ein glücklicher Zufall, dass Sie unser bescheidenes Dorf in diesem Sommer besuchen.«

Der Teufel soll ihn holen, der Mann war überall eine Gefahr für unverheiratete Frauen. Er hatte bei Jane genau dieselbe Taktik angewandt, nicht dass sie ihm zum Opfer gefallen wäre. Ihrem Vater war es allerdings so ergangen, und am Ende hatte Stratham ihre Hand errungen. Fox zügelte seine Rage und versuchte, sich darauf zu konzentrieren, vom Rest dieser Gesellschaft Geld zu erbitten. Neben Mrs. Johnson war ein Platz frei, doch er konnte sich einfach nicht durchringen, wegzugehen.

Miranda wandte den Blick zur Fensterfront. »Es ist Sommer? Angesichts dieses miserablen Wetters kann ich den Wechsel der Jahreszeit kaum wahrhaben.«

Stratham gestikulierte mit der Hand. »Oh, es ist grauenhaft, nicht wahr? Eine Reise nach Brighton in diesem Jahr würde sich als reine Zeitverschwendung erweisen, möchte ich meinen. Es ist besser, dass Sie hier sind, Lady Miranda.«

Fox wollte Stratham das Gesicht zerschmettern. Die

beiden unterhielten sich, als stünde Fox nicht direkt daneben. »Und wann waren Sie das letzte Mal in Brighton, Stratham? Ich kann mich nicht besinnen, dass Sie den Ort jemals besucht haben.«

Stratham heftete seinen kühlen Blick auf Fox. »Mir ist absolut schleierhaft, warum Sie sich anmaßen, über meine Reisegepflogenheiten Bescheid zu wissen, Foxcroft.« Stratham verengte die Augen kurz zu Schlitzen, ehe er sich umdrehte, und Miranda einen sorgfältig inszenierten Blick des Wohlgefallens zuwarf. »Erlauben Sie mir, Sie morgen auf einem Rundgang durch unser charmantes Dorf zu begleiten.«

Sie klatschte in die Hände. »Nichts würde ich mir sehnlicher wünschen. Es ist schon so lange her, dass ich einen richtigen Ausgang genossen habe.«

Er beugte sich zu ihr, wobei er mit den Fingerspitzen über den Stoff ihres blauen Kleides strich. »Ausgezeichnet. Ich werde Sie um zwei Uhr abholen.«

Oh, das war zu viel. Fox nahm eine Teetasse vom Tablett und »stolperte« auf dem Weg zu Mrs. Johnson. Ein Jammer, dass der Tee sich in Strathams Schoß ergoss.

Stratham sprang auf und rempelte mit seiner Bewegung gegen den Tisch und das Teeservice. »Passen Sie doch auf, Foxcroft!«

»Ich bitte aufrichtig um Entschuldigung, Stratham. Hoffentlich gibt es keine Flecken.« Auf der Vorderseite von Strathams beiger Hose breitete sich ein dunkler Fleck aus.

Stratham tupfte mit einer Serviette an seiner Kleidung herum. »Ich muss mich verabschieden, fürchte ich. Bis morgen, Lady Miranda.« Er starrte Fox finster an. »Foxcroft.«

»Statten Sie dem Waisenhaus unbedingt einen Besuch ab. Es ist eine Ewigkeit her, seit Sie eine Spende geleistet haben.« Fox zog es vor, einen Straßenraub zu begehen, anstatt Stratham um Almosen anzubetteln, doch die Gelegenheit erwies sich als zu günstig, um sie auszulassen. Oder hoffte er etwa, dass Stratham Miranda gegenüber sein wahres Gesicht zeigen und ablehnen würde?

Stratham kräuselte die Lippen, aber er verzog den Mund zu einem gequälten Lächeln. »Sie irren, dessen bin ich mir gewiss. Ich spende vierteljährlich an das Waisenhaus. Falls die Waisenkinder in Not sind, dann liegt das wahrscheinlich an Ihrer Leitung.«

Fox machte den Mund auf, um Stratham zum Duell zu fordern, und genau das hätte er bereits tun sollen, als der Fiesling ihm Jane weggeschnappt hatte. Doch Miranda ergriff das Wort. »Mr. Stratham, es ist Ihnen wahrscheinlich nicht bekannt, dass die Halle im Waisenhaus sehr undicht ist. Es ist doch gewiss nicht Ihr Wunsch, dass das Dach einstürzt.« Unverhohlen kokettierend klimperte sie mit den Wimpern. Fox hätte laut gelacht, wäre der Erfolg ihres Plädoyers nicht so dringend notwendig für ihn.

»Nein, gewiss nicht.« Stratham heftete seinen eisigen Blick auf Fox. »Ich werde etwas Geld anweisen.« Der selbstgefällige Zug um seinen Mund verriet Fox, dass das Waisenhaus zu Staub zerfallen konnte, ehe er so etwas tun würde. Fox hatte ohnehin nicht mit seiner Hilfe gerechnet.

Stratham nickte Miranda zu und verabschiedete sich. Sie drehte sich zu Fox. »Das war keine kluge Handlung von Ihnen.«

Mit einem Schlackern seiner Handgelenke löste Fox die Anspannung in seinen Schultern. Er erwog, eine Antwort auf ihre indirekte Frage zu geben, doch er musste ihre Gunst gewinnen, und bislang hatte er eine jämmerliche Leistung zustande gebracht. »Haben Sie die Entlausung überstanden?« Er zuckte zusammen. *Das* war keine Verbesserung.

Blinzelnd sah sie zu ihm auf und legte den Kopf schief. »Offensichtlich, da ich hier bin.«

Er war ein Tollpatsch. »Danke, für Ihre Hilfe. Werden Sie wiederkommen?«

Sittsam faltete sie die Hände im Schoß. »Ja.« Ob sie sich darauf freute oder nicht, vermochte er nicht zu sagen. »Ich habe mir gedacht, dass ich vorschlagen könnte, den Unterricht der Mädchen um einige feminine Fertigkeiten zu ergänzen, die sie möglicherweise noch nicht erworben haben. Schönschreiben, Sticken, Tanzen, etwas in dieser Art.«

»Sticken?« So sehr er sich auch wünschte, dass die Dinge anders wären, würden diese Kinder in Zukunft einmal Dienstboten sein. Einige paar Glückliche unter ihnen würden einen Beruf erlernen oder eine vorteilhafte Ehe eingehen, wie die Frau seines Verwalters.

»Manche Frauen finden das sehr beruhigend, und warum sollten sie in ihrer Freizeit nicht auch etwas zu tun haben?« Sie hob das Kinn als Herausforderung an ihn, etwas an dem Plan auszusetzen.

Freizeit? Diese Mädchen würden die wenige Zeit, über die sie selbst verfügen könnten, nicht auf die Ausführung von Stickarbeiten verwenden. »Sie haben diesen Aberwitz mit Mrs. Gates besprochen?«

Sie machte schmale Augen und die Mandelform schrumpfte zu einem Schlitz. »Sie klingen, als würden Sie meine Hilfe nicht wünschen. Ich war der Auffassung, das Waisenhaus sei bedürftig.«

»Eines neuen Daches bedürftig, und nicht des guten Betragens!« Fox dehnte die Hände, indem er sie gegen die Beine drückte. So warb man nicht um eine Dame. Er holte tief Luft und fing ganz neu an. »Sicherlich werden Sie mit Mrs. Gates darüber einig, auf welche Weise Sie Ihre Fertigkeiten am besten einsetzen können, um zu helfen.« Er lehnte sich etwas näher und erhaschte einen Hauch ihres einzigartigen, würzigen Zitrusduftes. Die Erinnerung an ihren Kuss überkam ihn und er musste sich zwingen, nicht zu vergessen, dass sie sich im Empfangsraum des Pfarrhauses befanden, und nicht auf einer mondbeschienenen Straße. »Würden Sie gern einen Spaziergang im Garten unternehmen?«

Sie runzelte die Stirn und warf einen Blick nach draußen. »Danke, aber ich sollte wohl ablehnen. Es ist recht kalt heute, nicht wahr?«

Fox biss die Zähne zusammen. Nicht zu kalt, um eine Ausfahrt mit diesem Trottel Stratham zu planen. »Doch ja.«

»Es ist Zeit, uns zu verabschieden«, verkündete Carmody hinter dem Sofa.

»Ich glaube, ich hätte gern noch einen weiteren Keks.« Miranda streckte die Hand nach dem Tablett vor ihr aus.

»Das ist wirklich unwichtig.« Der finstere Blick, den Carmody auf Mirandas goldenen Kopf heftete, war unmissverständlich.

»Tatsächlich hat Lady Miranda gerade zugestimmt, eine Runde mit mir zu drehen, wenn es Ihnen nichts ausmacht, Sir.« Fox streckte eine Hand aus. Mit hochgezogener Augenbraue sah sie zu ihm auf. Er hielt den Atem an, während er wartete, ob sie mit ihm ginge.

»In der Tat, das habe ich. Würde es Ihnen etwas ausmachen, uns ein paar Minuten zu gewähren?« Sie nahm Fox' dargebotene Hand und er verspürte eine verzweifelte Begierde, fortzusetzen, was sie angefangen hatten, als er sie bei der Kutsche mit einem Kuss verführt hatte. Sie warf Carmody einen Blick über die Schulter zu, der sie weiterhin gereizt anstarrte.

»Na schön, dann.« Der ältere Mann winkte sie fort.

Fox schob Mirandas Hand unter seinen Arm und führte sie in die entgegengesetzte Richtung. Der Empfangsraum war ein großes Zimmer und wenn sie an den Fenstern auf der Südseite entlanggingen, wären sie relativ abgeschieden.

»Das war kühn von Ihnen.« Sie behielt den Blick nach vorn gerichtet, als sie voranschritten.

»Sie schienen noch nicht gehen zu wollen.« Er behielt den Blick weiter auf ihr perfektes Profil gerichtet, als sie auf die Fenster zu schlenderten. »Wenn ich schon kühn bin, könnte ich da vielleicht unterstellen, dass Mr. Carmody und Sie miteinander hadern?«

Ihr Lachen zauberte ein Lächeln auf Fox´ Gesicht. Sie drehte sich und schaute ihn an, wobei sie die Lippen auf eine überaus provokative Weise teilte. Er fürchtete, seine Lunge könnte den Dienst versagen. Verflixt, aber noch nie zuvor hatte er eine schönere Frau erblickt.

»Das ist sehr kühn, aber mir gefällt es kühn.« Ihre Augen funkelten von einer aufrichtigen Heiterkeit, die er zum ersten Mal bei ihr wahrnahm.

Er wollte schon erwidern: »Ja, ich erinnere mich«, doch dann würde er erklären müssen, wie er sich erinnern konnte, und das würde nicht gehen. Er begnügte sich mit: »Darf ich fragen, was Sie in unser bezauberndes Dörfchen führt?«

»Mrs. Carmody ist eine Cousine meiner Mutter. Meine Eltern dachten, dass ich vielleicht an einem erfrischenden Besuch auf dem Land Genuss finden könnte.«

»Und wie finden Sie es?«

»Es ist sehr still. Es ist tatsächlich so still, dass ich mit dem Schlafen Schwierigkeiten habe.«

Eifrig vermied er, sich vorzustellen, wie sie sich schlaflos in ihrem Bett wälzte, damit er nicht noch vollends erregt wurde. »Mrs. Gates könnte Ihnen ein Schlaftonikum empfehlen.«

Sie bedachte ihn mit einem raschen, dankbaren Blick. »Danke. Normalerweise unternehme ich einen kurzen Spaziergang im Garten der Carmodys, wenngleich ich das weitaus mehr genießen würde, wenn das Wetter etwas milder wäre.« Vor den Fenstern blieb sie kurz stehen. »Im

Großen und Ganzen muss ich sagen, dass Ihr Dorf recht liebenswert ist.«

»Ja, das ist es.« Allerdings schaute er nicht nach draußen und dachte auch nicht an Wootton Bassett. Der körperliche Aspekt würde bei einer Eheschließung mit Lady Miranda Sinclair kein Problem darstellen. Und er war sich sehr sicher, dass sie nicht schon verlobt war. Er musste es bloß vor Stratham schaffen.

Sie drehte sich, wobei ihre Augen sich ein wenig weiteten. Er rechnete halb damit, dass sie den Arm wegreißen würde. Als sie das nicht versuchte, wärmte seine Freude darüber ihn von innen heraus.

Beatrice näherte sich ihnen. Beschämenderweise hatte Fox ihre Anwesenheit bis zu diesem Moment nicht bemerkt. »Guten Tag, Miss Carmody.«

Sie legte den Kopf schief. »Guten Tag, Fox.« Sie richtete ihre Aufmerksamkeit zu Miranda. »Vater sagt, es ist Zeit, aufzubrechen.«

Bedauernd hob er Mirandas Hand von seinem Arm. Ehe er sie freigab, drückte er ihr einen impulsiven Kuss auf die Haut direkt über dem Handschuh.

Sie teilte die Lippen. Gott, was würde er nicht alles geben, um sie noch einmal zu kosten.

»Guten Tag, Mr. Foxcroft. Ich werde Sie sicher im Waisenhaus sehen.«

Er verneigte sich und die Frauen gingen davon. Fox verabschiedete sich vom Vikar und seiner Frau. Der Nachmittag war kein absoluter Reinfall gewesen. Freilich hatte er nicht mehr Geld als bei seiner Ankunft, doch er hatte wahrscheinlich Fortschritte bei seiner Erbin erzielt. Es hatte sich gelohnt, fast eine Stunde lang mit Stratham in einem Raum zu verbringen.

Fast.

~

*A*m folgenden Nachmittag betrachtete Miranda ihr Bild in dem viel zu kleinen Spiegel, der über der Kommode in ihrem viel zu kleinen Schlafzimmer angebracht war. Die dunkelgrüne Haube brachte ihre Augen zum Leuchten. Die elfenbeinfarbene Schleife hob den Teint ihrer Haut perfekt hervor. Ihr blieben noch fast fünfzehn Minuten Zeit, ehe Mr. Stratham sie abholen sollte, aber auch wenn sie sich freute, aus Birch House herauszukommen, sträubte sie sich, in der unzulänglichen Eingangshalle auszuharren und dort auf seine Ankunft zu warten.

Beatrice stieß die Tür auf. »Ich bin so weit.«

War es auf dem Lande nicht nötig, anzuklopfen? Miranda drehte sich zu ihrer Begrüßung um, doch dann hielt sie ruckartig in der Bewegung inne, als sie Beatrices Ausgehkostüms ansichtig wurde. »Du glaubst doch nicht etwa, dass du mit uns kommst?« Bei dem Klang ihrer Worte verzog sie das Gesicht und lächelte entschuldigend. »Ich möchte nicht unfreundlich sein, aber ich denke, dass Mr. Strathams Einladung nur mir allein gegolten hat.«

Beatrice legte die Hände auf der Höhe ihrer Taille zu einem V zusammen, und ihre Miene war vollkommen friedfertig. »Ich weiß. Vater hat mir aufgetragen, als Anstandsdame zu fungieren.«

Auf keinen Fall. In London konnte man in einer offenen Kutsche ohne Beisein einer Anstandsdame mit einem Mann fahren. War es zu viel verlangt, so tun zu wollen, als ob sie wieder in London sei, und wenn es auch nur für einen Nachmittag wäre? Sie zwängte sich an Beatrice vorbei in den Korridor. »Wo ist dein Vater?«

»In seinem Arbeitszimmer, vermutlich.« Beatrices Schritte hallten hinter Miranda, als sie die Treppe hinuntergingen.

Miranda rauschte, ohne anzuklopfen, in Mr. Carmodys Arbeitszimmer, weil dies offenbar die Regel hier war. »Ich benötige Beatrice nicht als Anstandsdame. In London ist es mir gestattet mit einem Gentleman zu fahren, unter der Voraussetzung, dass wir in einer offenen Kutsche sind. Mr. Stratham fährt eine offene Kutsche.«

Mr. Carmody hob sein schmales Gesicht und zog dabei eine Augenbraue hoch. »Ich bin mir absolut sicher, dass dir in London derzeit nicht gestattet ist, irgendetwas zu unternehmen. Und da du nun einmal hier bist, wirst du dich an meine Regeln halten. Du fährst mit Beatrice oder du fährst überhaupt nicht.«

Miranda ballte ihre herabhängenden Hände zu Fäusten. »Beatrice ist jung und unverheiratet. Was für eine Anstandsdame soll sie denn darstellen?«

»Wie du so treffend bemerkt hast, ist eine Anstandsdame nicht vonnöten. In deinem Fall ist eine zusätzliche Person allerdings gerechtfertigt, um dein anständiges Betragen zu gewährleisten.« Er machte schmale Augen. »Ich traue dir nicht. Ein weiterer Widerspruch wird zur Folge haben, dass du den restlichen Nachmittag und vielleicht sogar bis nächste Woche hierbleiben wirst.«

Im Begriff, ein bissige Antwort zu geben, machte Miranda gerade den Mund auf, als Fitchley über die Schwelle trat. »Mr. Foxcroft ist hier für Lady Miranda.«

Sie drehte sich um. »Mr. Foxcroft, sagten Sie?«

»In der Tat, Mylady.« Fitchley blickte stur geradeaus. Sie musste einräumen, dass er für solch ein bescheidenes Haus ein ausnehmend versierter Diener war.

Sie verließ das Zimmer, ohne Mr. Carmody die Höflichkeit eines Abschiedsgrußes zu erweisen. Beatrice war in der Halle geblieben, und Mr. Foxcroft stand mit dem Hut in der Hand gleich neben der Tür.

Ehe sie ihn auch nur nach dem Grund seines Besuches

fragen konnte, trat er vor. »Ich bin Mr. Stratham im Ort begegnet, und bedauerlicherweise ist er aufgehalten worden. Ich wäre sehr erfreut, wenn Sie mir gestatten würden, Sie heute Nachmittag zu begleiten.«

Miranda würde mit dem Satan zu einer Spazierfahrt aufbrechen, wenn sie damit aus Birch House herauskäme. »Danke.« Sie zeigte in Beatrices Richtung, ohne die andere anzuschauen. »Sie muss mitkommen.«

Mr. Foxcroft lächelte. »Gewiss, vorausgesetzt, es macht ihr nichts aus, auf einer der hinteren Bänke mitzufahren. Leider fahre ich meinen Karren.«

Früher – etwa vor vierzehn Tagen noch – hätte sich Miranda wahrscheinlich von seinem schäbigen Gefährt abschrecken lassen, jedoch überstieg ihre Sehnsucht, diesem Gefängnis zu entkommen, ihren Anspruch auf einen Landauer, einer Kutsche oder sogar einen Phaeton. »Das kling zauberhaft.« Sie drehte sich, um das Wort an Beatrice zu richten. »Bist du bereit?«

Beatrice kniff die Augen vor Missvergnügen zu schmalen Schlitzen zusammen. »Natürlich.«

Miranda musterte Mr. Foxcroft beim Hinausgehen. Obwohl er auf herkömmliche Art nicht so gutaussehend war wie Mr. Stratham oder die Gentlemen daheim in London, ließ ihn irgendetwas in seinen Zügen echter wirken. Insbesondere die einrahmenden Linien um den Mund ließen, wie auch die winzigen Fältchen an den Augenwinkeln, auf häufiges Lächeln schließen. Er trug die beige Hose und den dunkelbraunen Frack, den er gestern im Pfarrhaus getragen hatte – und es war ein weitaus besserer Aufzug als derjenige, den er bei ihrer ersten Begegnung auf Stipple's End getragen hatte.

Mr. Foxcroft half Beatrice auf den rückwärtigen Teil des Karrens. »Ich entschuldige mich für die Sitzverteilung. Ich muss fahren und neben mir ist bloß Platz für eine weitere

Person.«

Beatrice nickte. »Es ist schon in Ordnung, Fox. Ich bin bloß hier, um die Anstandsdame zu spielen.«

Er zog eine Augenbraue hoch, doch er sagte nichts, als er Miranda die Hand reichte, um ihr auf den Vordersitz zu helfen. Auf der Holzbank lag ein Kissen, um den Sitzplatz trotz der hölzernen Rückenlehne etwas bequemer zu machen. Zumindest hatte er eine Rückenlehne. Miranda war noch nie zuvor auf einem Karren gefahren.

Mr. Foxcroft sah sie beide an. »Wenn Sie bereit sind, können wir losfahren.«

Miranda nickte, und sie brauchte nur einen Augenblick, um festzustellen, dass Mr. Foxcroft überaus geschickt die Zügel handhabe. Sie würde ihn gern einmal einen Phaeton in Hyde Park lenken sehen.

Mit minimaler Anstrengung vollführte er eine einwandfreie Wendung und Miranda hätte nie vermutet, dass ein Karren sich so reibungslos bewegen würde. »Ich dachte, wir würden eine Rundfahrt durch Wootton Bassett und die nähere Umgebung unternehmen. Sie haben vermutlich noch nicht viel von unserer Ortschaft gesehen, einmal abgesehen von der Kirche und dem Waisenhaus. Wir wissen Ihre Unterstützung dort sehr zu schätzen, Lady Miranda.«

Er wirkte so aufrichtig. Miranda fühlte sich einen Moment unbehaglich, da ihre Motive für ihre Arbeit im Waisenhaus nicht gänzlich uneigennützig waren. Tatsächlich waren sie eher selbstsüchtig.

»Ich freue mich darauf, regelmäßig auszuhelfen.« Das war im Grunde genommen keine Lüge. Sie freute sich auf alles, womit sie ihrem Hausarrest entging.

»Wir fahren gerade an Cosgrove, Lord Norris´ Besitz, vorbei. Er liegt dort die Auffahrt hinauf auf der linken Seite.« Mr. Foxcrofts Tonfall klang ein bisschen verächtlich.

Ein großes Haus lugte über den Bäumen hervor, die über

die weitläufige Parklandschaft verstreut standen. »Ich glaube nicht, dass ich Lord Norris kennengelernt habe. Kommt er nach London?«

Mr. Foxcroft zeigte auf Cosgrove. »Er unternimmt gelegentliche Reisen in die Stadt, mit dem Ziel, seine Antiquitätensammlung zu vergrößern. Ich glaube allerdings nicht, dass er an gesellschaftlichen Veranstaltungen teilnimmt.«

»Und es ist unwahrscheinlich, dass Lady Miranda ihn in der Antiquitätenvereinigung trifft«, fügte Beatrice vom rückwärtigen Teil des Karrens hinzu. Miranda hatte ihre Anwesenheit fast vergessen.

Miranda nahm einen honigsüßen Tonfall an. »Tatsächlich glaube ich, dass sie die London Natural Society of Antiquities and Oddities genannt wird. Mein Großvater ist Mitglied.«

Mr. Foxcroft lachte. »Touché, Lady Miranda! Lord Norris gibt jedes Jahr ein Fest im September, um seine neuesten Errungenschaften zur Schau zu stellen. Vielleicht werden Sie ihn dann kennenlernen.«

»Wahrscheinlich nicht, da ich vorhabe, bis dahin wieder in London zu sein.« Gott steh ihr bei, wenn sie zum Auftakt der Kleinen Saison noch immer mitten im Nirgendwo feststeckte.

Sie hatten Cosgrove hinter sich gelassen. Mr. Foxcroft richtete seine Aufmerksamkeit gleichermaßen auf sie als auch auf die Straße. Wäre er ein weniger guter Fahrer, würde Miranda wahrscheinlich ungehalten sein, doch sie stellte fest, dass sie seine gezielte Beachtung genoss.

Die sich an der Straße aneinanderreihenden Felder waren vom Regen der letzten Nacht durchtränkt und dunkelbraun. Zwischen den Erdschollen sprossen die Pflanzen nur sehr spärlich. »Sollten die Feldfrüchte nicht inzwischen schon zu sehen sein?«

Von der Sonntagspredigt und von der Teeeinladung

gestern im Pfarrhaus wusste Miranda, dass Sorge über die Aussaat und das Wetter bestand, aber sie hatte die Ernsthaftigkeit nicht erfasst. Auf dem Landsitz ihres Vaters waren die Pflanzen um diese Jahreszeit grün.

»In der Tat.« Mr. Foxcroft klang ernst. »Die für diese Jahreszeit ungewöhnlichen kühlen Temperaturen werfen unseren Zeitplan über den Haufen. Ich hege allerdings die Hoffnung, dass die Pflanzen es wieder aufholen werden.«

Das Dorf kam jetzt in Sicht und der Kirchturm ragte hoch über die anderen Gebäude. Kurz bevor sie in die eigentliche Ortschaft einfuhren, kamen sie an der Kirche vorbei, die zu ihrer Rechten lag. Gebäude mit Läden, eine Taverne, und eine Herberge, The Swan, reihten sich zu beiden Seiten der Hauptstraße auf.

Beatrice setzte sich auf ihrem Platz vor. »Ich könnte sie womöglich nicht bemühen, bei Mrs. Abernathy's anzuhalten? Ich möchte dort ein Päckchen abholen.«

Mr. Foxcroft brachte den Karren vor einem kleinen Geschäft zum Stehen, der eine Reihe unterschiedlicher Dinge zu verkaufen schien. Es war unmöglich zu sagen, was Beatrices Päckchen enthalten könnte, nicht dass es Miranda besonders interessierte.

Beatrices verdeckter Blick schien zu schreien: »Benimm dich«, als Mr. Foxcroft ihr vom Karren half. Miranda seufzte und lehnte sich gegen die Rückenlehne ihres Sitzes.

Als Mr. Foxcroft seinen Platz neben ihr wieder eingenommen hatte, warf er einen Blick über die Schulter die Hauptstraße entlang. Seine Finger spielten mit den Zügeln, die über seinen Schoß lagen. Er trug dunkelbraune Kutscherhandschuhe, deren Handflächen verblasst und abgenutzt waren.

Sie riss den Blick von seinen geschickten Händen los. »Hat Mr. Stratham gesagt, was ihn von unserer Verabredung abgehalten hat?«

Seine Pupillen weiteten sich. »Ach, nein, er war nicht konkret.«

Ehe sie sich eines Besseren besinnen konnte, fragte sie: »Es scheint, als ob Mr. Stratham und Sie vielleicht nicht sehr freundlich zueinander sind?«

Mr. Foxcroft blickte auf die Zügel in seiner Hand hinab, wobei er mit dem Daumen über das flache Leder strich. »Das könnte man so sagen.«

Miranda spürte eine subtile Veränderung in ihm. Er hielt eine finstere Gefühlsaufwallung gerade eben für sie unerreichbar zurück. Sie hatte ihm kein Unbehagen bereiten wollen. »Vergessen Sie, dass ich etwas erwähnt habe.«

Ehe Miranda noch darüber nachgrübeln konnte, warum sie nicht auf ihre Frage beharrt hatte, bog ein Landauer auf die Hauptstraße ein und hielt direkt auf sie zu. Mr. Foxcroft murmelte etwas vor sich hin, das sich eindeutig, wie »Hurensohn« anhörte. Das Gefährt hielt vor ihnen an und Mr. Stratham stieg aus. Ja, Mr. Foxcroft hatte eindeutig »Hurensohn« gemurmelt.

Die Stirn gerunzelt, näherte sich Mr. Stratham dem Karren. »Was glauben Sie denn eigentlich, was Sie da tun, Foxcroft?«

Mr. Foxcroft sah auf Mr. Stratham hinab und lehnte sich auf seinem Platz zurück. »Lady Miranda und ich genießen eine Ausfahrt.«

Miranda betrachtete beide Männer. Mr. Stratham wirkte hin- und hergerissen zwischen seinem Wunsch, Mr. Foxcroft zu schlagen, und seine Fassung zu bewahren – ob zu ihrem Wohle oder aus irgendeinem anderen Grund, konnte sie nicht sagen.

Mr. Stratham schien sich nach einem Augenblick zu entspannen. Er umrundete den Karren auf Mirandas Seite und legte eine Hand auf die Trittstufe. »Lady Miranda, ich würde mich sehr freuen, Sie nach Hause fahren zu dürfen.

Mein Landauer ist weitaus … komfortabler.« Er ließ den Blick über die gesamte Länge des Karrens schweifen.

»Ich weiß Ihr Angebot zu schätzen, aber wir warten auf Beatrice. Ich fürchte, sie wird mit uns zurückfahren müssen.« Wehmütig beäugte sie sein luxuriöses Gefährt.

»Das ist kein Problem.« Er trat zurück und hob die Hand zu einer schwungvollen Geste. »Ich werde Sie sehr gerne beide nach Hause kutschieren.«

Mr. Foxcroft legte einen Arm über die Rückenlehne der Sitzbank. Es war eine besitzergreifende Geste, doch der Kontakt seines Arms mit der Rückseite ihrer Schultern war nicht unangenehm. Das von der Wahrnehmung ausgelöste Kribbeln zog sich über ihren Hals. Zuerst hatte sie sich zu einem Straßenräuber hingezogen gefühlt, und offenbar lehnte sie jetzt nicht einmal die Aufmerksamkeit eines Landmannes ab, der ein Waisenhaus betrieb. Was kam als Nächstes? Ein Schmied?

»Guten Tag.«

Drei Köpfe drehten sich zu Mrs. Abernathy's Geschäft um.

Beatrice hielt ihr eingewickeltes Päckchen. »Uns ist gesagt worden, dass Sie anderweitig beschäftigt waren, Mr. Stratham.«

Mr. Stratham legte die Hand abermals auf die Trittstufe. »Mr. Foxcroft hat sich geirrt.«

»Aber ich hatte recht, dass Sie sich verspäten würden.« Wenngleich dies von Mr. Foxcroft nur leise gemurmelt wurde, verstand Miranda jede einzelne Silbe. Sie geriet in Versuchung zu lachen, doch angesichts der spürbaren Anspannung zwischen den beiden Männern besann sie sich eines Besseren.

Eine Kutsche rumpelte die Hauptstraße entlang und blieb hinter Mr. Strathams Landauer stehen. Mr. Carmody stieg aus und schritt auf den Karren zu. Diese Situation entwickelte sich zu einem gesellschaftlichen Ereignis.

Beatrice presste ihr Päckchen fest an ihre Seite, fast so, als ob ihr Vater es nicht sehen sollte. »Vater, was tust du hier?«

»Ich bin gekommen, um euch beide nach Hause zu holen. Die Post ist eingetroffen und damit auch wichtige Neuigkeiten.«

Mirandas Herz machte einen Satz. Darauf hatte sie nur gewartet! Mutter und Vater hatten ihren Brief erhalten, und entschieden, dass ihre Bestrafung zu hart war. Sie würden ihre Tochter aus diesem infernalischen Kaff retten. Sie erhob sich und Mr. Stratham bot ihr seine Hand, um ihr herunterzuhelfen. Mr. Foxcroft sprang auf und runzelte die Stirn, als er sie mit Mr. Strathams Hilfe hinabsteigen sah.

Mr. Stratham hielt ihre Hand eine Spur länger als notwendig. »Darf ich Sie dann morgen Nachmittag aufsuchen?«

Mr. Carmody schnitt mit nasaler Stimme jegliche Antwort ab, die sie vielleicht gegeben hätte. »Nein.«

Miranda zog den Kopf zurück, als ob man sie geschlagen hätte. Wenn sie also in die Stadt zurückkehren würde, war es an ihr, Mr. Strathams freundliches Angebot abzulehnen, und nicht an ihm! »Nein?«

»Nein. Deine Eltern haben verboten, dass du gesellschaftliche Kontakte pflegst. Außer der Kirche. Du kannst zur Kirche gehen.«

Unfähig, ihre Emotionen zu zügeln, keuchte Miranda auf. Ein Gefühl der Beschämung bohrte sich in ihre Brust. Hatte Mr. Carmody es nötig, diese Information in solch einem öffentlichen Umfeld zu enthüllen? Von allen pompösen, widerwärtigen –

»Kommt, Mädchen.« Mr. Carmody drehte sich um und in offensichtlicher Erwartung, dass Beatrice und Miranda ihm folgen würden, marschierte er auf die Kutsche zu. Beatrice tat natürlich genau, was ihr gesagt worden war. Mirandas Füße waren allerdings wie Blei. Obschon sie an einem frischen Sommernachmittag mitten auf der Straße stand, zog sich ihr Brustkorb zusammen, und ihr Kopf hämmerte, als ob sie abermals im Arbeitszimmer ihres Vaters stünde, und dieser sie über ihre Aktivitäten auf dem Dark Walk in Vauxhall ausfragte.

Einen Augenblick später blieb Mr. Carmody stehen und wirbelte herum. »Beeil dich Mädchen, oder ich werde deinen Eltern vorschlagen, dir auch deine Mithilfe im Waisenhaus zu untersagen.«

Nie in ihrem Leben hatte sie sich so vollkommen allein gefühlt. Doch sie weigerte sich, zusammenzubrechen. Sie reckte das Kinn und schritt auf die Kutsche zu. Fitchley hielt ihr die Tür auf und sie kletterte hinein, ohne Mr. Foxcroft oder Mr. Stratham einen guten Tag gewünscht zu haben. Das war schade, denn sie hätte gern erlebt, was als Nächstes zwischen ihnen passierte.

Sobald sie in der Kutsche saß, konnte sie nicht davon abhalten, Mr. Carmody anzustarren.

Er wedelte mit der Hand zu ihr. »Na, na, reg dich nicht auf. Letzten Endes hast du noch die Kirche und das Waisenhaus.«

Mirandas Gesicht flammte vor Zorn auf. »Kirche? Anschließend ist man nicht einmal gesellig. Ich kann Ihnen versichern, dass es kein Zuckerschlecken ist, dem Vikar zuzuhören, wie er über die Feldfrüchte und die Ernte schwadroniert und wie wir alle um wärmeres Wetter beten müssen.«

Mr. Carmodys Lippen wurden dünner. »Du bist so ein verwöhntes Balg. Es ist nicht so, als wärst du in deinem Zimmer eingesperrt. Noch nicht.«

Ihr Zornausbruch erhitzte ihr Blut. »Warum machen Sie

sich überhaupt die Umstände, mich in diesem Sommer zu beherbergen? Ich bin eindeutig eine Last.«

»Mrs. Carmody erweist deiner Mutter einen Gefallen.« Ha, es war wohl eher so, als würde Carmody versuchen, sich die Gunst, eines der einflussreichsten Herzöge Englands zu sichern. »Und du kannst mir glauben, ich hatte keine Ahnung, dass du so unausstehlich bist. Bislang hast du nichts unternommen, um Beatrice beim Erreichen ihrer ehelichen Ziele zu helfen.«

Miranda verschränkte die Arme vor der Brust. Ihr Körper versteifte sich vor Wut und machte die holprige Fahrt noch unangenehmer. »Und das werde ich wahrscheinlich nicht, angesichts der Tatsache, dass ich nichts *tun* kann.«

»Wenn du Waisenkindern beibringen kannst, wie sie sich zu halten haben, bin ich sicher, dass du imstande bist, Beatrice ähnliche Informationen zu vermitteln. Deine Eltern waren sehr erfreut, dass Mrs. Carmody und ich dich ermuntert haben, im Stipple's End Waisenhaus zu helfen.«

Sie *ermuntert* haben? Sie hatten ihr verdammt nochmal befohlen, dort zu arbeiten! Miranda blickte zu der anderen Insassin der Kutsche. Beatrice spähte aus dem Fenster hinaus, die Wangen leicht gerötet. Konnte sie in Mirandas Namen verärgert sein? Irritiert, weil Miranda nicht persönlich dafür sorgen würde, dass sie zum Star von Wootton Basset wurde? Beatrice warf ihrem Vater einen rebellischen Blick zu und zum ersten Mal wunderte Miranda sich über die Beziehung zwischen den Carmodys. Beatrice schien die pflichtbewusste Tochter zu sein, aber vielleicht war nicht alles so, wie es schien.

Miranda entspannte sich und lehnte sich an das Rückenpolster. Sie würde es herausfinden. Letztendlich hatte sie nichts Besseres zu tun.

KAPITEL 4

$\mathcal{N}$achdem Carmodys Kutsche davongefahren war, nahm Fox die Zügel auf.

Stratham legte dem Pferd eine Hand an die Flanke. »Was zum Teufel glauben Sie eigentlich, was Sie hier tun?« Er musterte Fox auf eine beleidigende Weise von Kopf bis Fuß. »Sie glauben doch nicht, dass Lady Miranda auch nur ein bisschen mehr an Ihrem jämmerlichen Versuch, ihr den Hof zu machen interessiert wäre, als Jane?«

Fox machte einen Satz auf den Boden und schlug Strathams Hand von seinem Pferd. Er starrte auf diese Laus herab und zischte. »Jane war absolut glücklich mit mir, bis Sie sie mir gestohlen haben.«

Stratham reckte sich auf die Zehenspitzen und Fox überlegte kurz, ihn mit einem Stoß aus dem Gleichgewicht zu bringen. »Sie können nicht jemanden stehlen, der nicht gestohlen werden will. Und Lady Miranda ist nicht halb so sehr an Ihnen interessiert, wie Jane es war. Sie mussten sie mit einer Lüge ködern, damit sie mit Ihnen fuhr.«

Oh, wie gern würde er damit prahlen, dass er Miranda geküsst hatte. Sie war von Montgomery Foxcroft vielleicht

nicht vom Fleck weg begeistert, aber sie hatte sich dem
gefährlichen Straßenräuber an den Hals geworfen und ihn
schneidig gefunden. Fox stieß die Luft aus, und damit auch
einen Teil der Anspannung, die seine Muskeln zusammenzog. Er würde sich nicht von Stratham provozieren lassen.
»Wir werden sehen, was sie wirklich denkt. Während ihrer
Arbeit im Waisenhaus bin ich mir sicher, dass wir einander
recht gut kennenlernen werden.«

Stratham stieß ein finsteres Lachen aus. »Im Pfarrhaus
hat sie gesagt, dass sie nur für den Sommer hier ist. Sie
betrachtet diesen Ort und seine Bewohner als unter ihrer
Würde.«

Fox zog eine Augenbraue hoch. »Das verheißt also nichts
Gutes für Sie, nicht wahr?«

»Sie vergessen, dass ich einen Gutteil meiner Zeit in
London verbringe. Ich glaube nicht, dass Lady Miranda mich
derselben Klasse zurechnet, wie den Rest von Wootton
Bassett.«

»Weil Sie das nicht sind. Sie sind nicht würdig, die Nacht-
töpfe von irgendjemandem hier zu leeren, den ich kenne.«

Stratham machte schmale Augen. »Unverschämtes
Arsch–«

Fox rammte Stratham die Schulter in den Brustkorb, als
er sich umdrehte. »Verschwenden Sie Ihre Zeit nicht.«

Als er zurück auf den Karren kletterte, wich Stratham
zurück. »Sie wird am Ende mich erwählen, wissen Sie. Sie
sind derjenige, der sich nicht die Mühe machen sollte.«

Fox ignorierte die Sticheleien des Mannes und trieb sein
Pferd zu einem sanften Trab. Er ärgerte sich über sich selbst,
weil er sich mit Stratham angelegt hatte, denn wie er wusste,
war das sowohl sinnlos als auch frustrierend. Vielleicht
hätten sie sich über das Recht, ihr den Hof zu machen, duel-
lieren sollen und damit jedermann die Lästigkeit ihres lang-
wierigen Wettstreits erspart.

Eine Wolke würzigen Zitrusduftes stieg ihm in die Nase und er sog den Duft genüsslich ein. Sein Blut geriet in Wallung und die Vorstellung, Miranda zu heiraten, hatte nicht nur mit dem Wunsch zu tun, Stratham zu besiegen. Es ging dabei um mehr als Geld.

Er wollte sie.

Er wollte sie auf eine Weise, wie er seit sehr langer Zeit keine Frau mehr gewollt hatte. Seine Sehnsucht überstieg die bloße körperliche Anziehung und die Eitelkeit, die damit einherging, solch eine Frau zu besitzen. Nein, ihr wohnte ein Versprechen auf sehr viel mehr inne.

Und er würde darum kämpfen, den Sieg davonzutragen.

~

*A*m folgenden Montag fand sich Miranda am Kopfende des langen Esstischs in Stipple's End sitzend. Mehr als zwei Dutzend Kinder schauten sie an – einige mit Interesse, andere mit Verachtung und alle mit Hunger.

Als sie Mrs. Gates ihre tägliche Mithilfe angeboten hatte, hatte die gutherzige Vorsteherin Miranda geschwind – und begeistert – die Aufsicht über das Mittagessen übertragen. Ihre Befürchtung überwog den Appetit, die ihr den Bauch zusammenzog. Wie sollte sie nur mit siebenundzwanzig Kindern fertig werden? Siebenundzwanzig Teilnehmer an einem Festschmaus könnte sie sicherlich bewältigen. Doch diese Zusammenkunft war kein Fest. Dennoch mutete dies im Vergleich zum Entlausen als eine weitaus bessere Aussicht an. Und wenn sie Glück hatte, würde sie sich als gut genug erweisen, um dauerhaft um das Entlausen herumzukommen.

Eine Magd aus der Küche brachte das Essen herein und stellte die bedeckten Schüsseln auf den Tisch verteilt ab.

Sobald eine auf dem Tisch landete, riss eine Hand den Deckel weg und tauchte in den Inhalt. Miranda machte große Augen bei dem Mangel an Tischmanieren. Doch das beschrieb tatsächlich nicht im Ansatz das … das *Chaos*, das über sie hereinbrach. Die Karotten fielen öfter vom Vorlegelöffel auf den Tisch, als sie auf dem Teller des Kindes landeten. Ein unbekanntes, gedünstetes Gemüse – sie nahm zumindest an, dass es sich um Gemüse handelte – spritzte auf den Arm eines Kindes, als es sich eine Portion auffüllte. Und verspeiste dieses kleine Mädchen gerade einen Bissen Rüben direkt von der Servierschüssel?

»Kinder.« Miranda räusperte sich, als keines reagierte. Warum hörten sie nicht zu? Sie versuchte es noch einmal. »Kinder, bitte hört auf.« Ein paar der kleineren Mädchen sahen zu ihr auf, während ihre Gabeln unbeweglich in die Luft zeigten. Als sonst niemand in seinem Tun innehielt, wandten die Mädchen sich wieder ihrem Mittagessen zu. Vermutlich schenkten sie Mrs. Gates mehr Aufmerksamkeit. Warum nicht ihr, der Tochter eines Herzogs? Erkannten sie ihre hochgestellte Position nicht?

Die Küchenmagd bedachte Miranda mit einem Schulterzucken und entfernte sich. »Warten Sie«, rief Miranda hinter der jungen Frau her, doch ihre Aufforderung wurde entweder nicht gehört oder ignoriert. Angesichts des Chaos im Speisezimmer handelte es sich wahrscheinlich eher um Ersteres, doch sie schloss Letzteres nicht aus.

Die Schultern straffend, stellte Miranda sich der randalierenden Horde Kinder. Ihr zitterten die Knie und eine nervöse Hitze stahl sich über ihren Hals hinab.

»Hey, das ist mein Brötchen!«

»Nein, es ist meines. Hol dir dein eigenes!«

»Autsch, pass auf deinen Ellbogen auf!«

»Ich will ein Glas Wasser!«

Die Kakophonie erreichte ein betäubendes Dröhnen.

»Aufhören, bitte!« Mehrere Kinder schenkten ihr ihre Aufmerksamkeit, doch die Mehrheit ignorierte sie weiterhin. Ihre Angst machte Zorn Platz. »Ich sagte AUFHÖREN!« Ach du liebe Güte, sie klang ein bisschen wie ihr Vater.

Ein paar weitere Kinder wurden still, doch auf der anderen Tischseite hielt das Geplänkel um ein Brötchen an. Miranda schritt zum Kampfplatz und schnappte den streitenden Parteien das Brötchen weg. Beide Jungen schauten zu ihr auf. Wie sie erkannte, war einer der beiden der geschorene Bernard. Es juckte sie am Hals und auf der Kopfhaut.

»Es sind reichlich Brötchen übrig. Warum streitet ihr über dieses bestimmte hier?« Sie wog das Backwerk in ihrer Hand und fragte sich, ob es vom Kopf des Jungen abprallen würde, wenn sie es würfe. Nein, anders als diese Heiden war sie zivilisiert, und zivilisierte Menschen warfen nicht mit Lebensmitteln. Ihre Aufgabe – und nie hatte sie das deutlicher verstanden – war es, sie zu zivilisieren.

Die Jungen schauten einander noch einen Augenblick länger an. »Vermutlich kann ich ein anderes Brötchen nehmen.« Und dann erlebte sie aus erster Hand, dass die Brötchen tatsächlich abprallten, als Bernard eines von dem Tablett nahm, und es seinem Opponenten gegen den Schädel warf.

Unverzüglich beugten sich die anderen Jungen über den Tisch und feuerten entweder Bernard an oder seinen Gegner. Bernard selbst erntete einen Löffel voll Pudding mitten auf der Brust. Ein Klecks, der Miranda am Arm traf, glitt ab und platschte auf den Boden. Unfähig, sich zu rühren, gaffte sie auf den unkontrollierbaren Tumult um sie herum. Die Kinder schrien, warfen mit Essen und weinten. Sie weinten? Miranda sah sich nach jemandem um, der ihr helfen könnte, ehe sie sich besann, dass sie die einzige anwesende Erwachsene war.

Was hatte ihre Gouvernante getan, als ihr Bruder unge-

zogen gewesen war? Ach ja, *das*. Miranda griff nach vorne,
doch in der letzten Sekunde zog sie die Hand zurück.
Bernard am Ohr zu packen bedeutete, einen Bereich zu
berühren der mit Läusen infiziert gewesen war, und es vielleicht immer noch sein könnte. Sollte sie einen Läusekontakt
riskieren, oder den Jungen gestatten, ungehindert überein-
ander herzufallen?

Das Weinen nahm ihr die Entscheidung ab. Miranda
packte die beiden unruhestiftenden Jungs bei den Ohren und
zog sie von den Stühlen. Sie kreischten im Gleichklang. Die
restlichen am Tisch sitzenden Kinder verstummten fast
augenblicklich. Sogar das Weinen war in einen leisen
Schluckauf übergegangen.

»Ihr beide seid mit dem Essen fertig. Und ihr werdet den
Tisch saubermachen, wenn unsere Mahlzeit beendet ist.
Geht jetzt und setzt euch in die Ecke.« Sie stieß die Jungen
von sich und die beiden – jeder mit einem roten Ohr –
stierten sie an. »Also los, geht.« Zaudernd drehten sie sich
um und schlurften zur Ecke. »Nein, getrennt. Einer von euch
in diese und der andere in die andere Ecke.« Sie zeigte
darauf und die beiden trennten sich wie angeordnet. Ihr
schwoll ein bisschen die Brust, als sie die beiden beobachtete,
wie sie in ihre Richtungen davongingen. Ihr Triumph war
allerdings nur kurzlebig, als Bernard ihr einen finsteren
Blick zuwarf.

Miranda machte auf dem Absatz kehrt und ging auf ihren
Platz am Kopfende zu. Auf halbem Wege fing ein kleines
Mädchen am Tisch wieder zu weinen an. Als Miranda sich
neben sie hockte, versuchte sie beim Anblick von so viel …
Rotz, der dem schmuddeligen Kind aus der Nase lief, nicht
zu würgen. »Was ist los, Kleines?«

»Ich habe kein Brötchen bekommen. Ich will ein Brötchen.« Die Tränen flossen in Bächen und tropften auf ihr
fleckiges Kleid. Ein Brötchen konnte sie beschaffen, aber was

sollte sie in Hinsicht auf die Nase unternehmen? Miranda fasste den Saum des Schmuddelkleides und wischte dem Kind die Nase und den Mund ab. Eines der älteren Mädchen sah sie neugierig an. Welchen Unterschied machte es schon? Das Kleid war ohnehin unmöglich fleckig!

Miranda wandte sich an den Jungen, der rechts von dem Mädchen saß. »Würdest du bitte um die Brötchen bitten?« Der Junge starrte sie einen Augenblick an, als ob er sie nicht verstand. Sie biss die Zähne zusammen. »*Die Brötchen. Das Mädchen hätte gern ein Brötchen.*«

Er sprang *auf seinen Stuhl* und streckte sich quer über den Tisch, wobei seine Hemdsärmel durch ein Rübengericht schleiften. Als er wieder in eine sitzende Position zurückschrumpfte hielt er ein zerdrücktes Brötchen in der Hand. Mit einem zahnlosen Grinsen bot er es dem Mädchen dar.

Entsetzt wedelte Miranda mit einer Hand zu keinem bestimmten Zweck. »Du kannst dich nicht einfach so über den Tisch lehnen! Du bittest darum, dass die Brötchen weitergereicht werden. Meine Güte, habt ihr überhaupt keine Marineren?« Letzteres richtete sie an den Tisch im Ganzen, doch sie erhielt keine Antwort.

Verwirrt kehrte sie zu ihrem Platz zurück, während die Mahlzeit in einem sinfonischen Missklang aus kreischenden Kindern, hörbarem Kauen, und guter Gott, Rülpsen ihren Fortgang nahm. Würden diese Jungs am Ende einen Wettbewerb austragen, wer am lautesten und am längsten aufstoßen konnte?

Plötzlich fiel ihr ein ähnliches Ereignis aus ihrer eigenen Kindheit wieder ein. Wenngleich ihr Bruder mehrere Jahre älter war, hatten sie häufig zusammen gegessen. Bei einer Gelegenheit hatte Jasper gerülpst. Sie hatten gelacht, weil sie so etwas niemals vor ihren Eltern hätten tun können, und um die urkomische Situation fortzusetzen, hatte Miranda das Geräusch kopiert. Außerordentlich wirkungsvoll sogar.

Aber sollte sie – konnte sie? Ihr gingen die Ideen aus und einzig ein Ratschlag ihrer Mutter kam ihr in den Sinn. »Wenn du nicht weißt, wie du dich benehmen sollst, ahmst du einfach die anderen um dich nach. Auf diese Weise wirst du dich immer einfügen.« Vielleicht hatte ihre Mutter mit ihrem Ratschlag nie richtiger gelegen. Miranda schluckte einen großen Mundvoll Luft und rülpste so laut wie möglich.

Alle am Tisch erstarrten. Sie konnte sich ein Lächeln nicht verkneifen, als sie endlich die Aufmerksamkeit der Kinder gewonnen hatte. Nach einem segensreichen Moment vollkommener Stille, applaudierte Bernard in seiner Ecke. Bald johlten, lachten oder klatschten alle wild durcheinander. Und sie rülpsten. Sie hatte ein monumentales Turnier in Gang gesetzt.

Nun ja, ihr blieben noch jede Menge Tage, um ihre Manieren zu berichtigen. Im Augenblick war sie müde, hungrig und überhaupt nicht daran interessiert, den Kindern den Spaß zu verderben. Überraschenderweise stellte sie fest, dass sie sie um ihre sorgenfreie Ignoranz beneidete – trotz fleckiger Kleider und allem.

～

Fox bückte sich tief über den Boden und suchte nach dem geringsten Anzeichen von Leben. Da! Ein winziges bisschen Grün spitzte aus der weichen, braunen Erde hervor.

»Es ist spät.« Rob sah missbilligend auf den mickrigen Spross herab, der sich im Gemüsegarten des Waisenhauses an die Oberfläche kämpfte.

Fox erhob sich. »Besser spät als gar nicht vorhanden.« Er hob den Blick in den grauen Himmel und wurde mit einer dicken Schneeflocke ins Auge belohnt. Blinzelnd sagte er: »Ich wollte gerade sagen, ich habe einen Karren Heu von

Bassett Manor hergebracht, um die Pflanzen abzudecken, für den Fall, dass es heute Nacht friert.«

Rob schielte zum Himmel hinauf, als zerstreute Schneeflocken auf den Boden rieselten. »Ich werde die Schubkarre holen.«

»Und ich die Heugabeln.«

Einige Augenblicke später hoben sie inmitten eines kalten, feuchten Schneegestöbers Heu vom Karren. Der Garten wurde vom fröhlichen Geschrei der spielenden Kinder erfüllt.

Als Fox und Rob zum Gemüsegarten zurückkehrten, hatte sich eine dünne weiße Schicht über die Sämlinge gelegt. Fox stellte die Schubkarre ab. »Verdammt, es kommt wirklich etwas herunter. Ich werde diese Ladung hier verteilen. Du gehst und bringst Nachschub.«

Ein feuchter Platsch an Fox' Rücken veranlasste ihn, sich umzudrehen. Mit einem breiten Grinsen im Gesicht stand Philip etwa zehn Meter entfernt. Während Fox erpicht war, ihre kostbaren Pflänzchen abzudecken, fing Philip gerade eine Schneeballschlacht an.

»Philip!«

Fox wirbelte zu der Stimme herum, die von der Rückseite des Hauses erschallte. Miranda stand in einem dunkelblauen Kleid an der Tür, und ihr blondes Haar war zu einem einfachen Knoten im Nacken zusammengenommen. Selbst aus dieser Entfernung brachte ihre Schönheit seinen Atem ins Stocken. Sie war der Innbegriff häuslicher Perfektion. Er stellte sich vor, wie sie auf der hinteren Terrasse von Bassett Manor stand und ihn zum Mittagessen rief.

Als sie mit zusammengezogenen Augenbrauen auf Philip zuschritt, wurde seine Trance gebrochen. Über die Geräuschkulisse um ihn herum strengte er sich an, ihre Zurechtweisung zu verstehen. »Mr. Foxcroft arbeitet hier. Du darfst ihn nicht mit Schneebällen bewerfen.«

Zu spät bemerkte Fox, wie Bernard mit einem Schneeball auf Mirandas Rücken zielte und losschoss. Keuchend schwang sie herum.

Fox rannte zu Bernard, und zerrte ihn zum Gemüsefeld. »Du wirst das Heu über die Pflanzen breiten. Schnell jetzt.« Fox zeigte auf Philip. »Und du wirst Mr. Knott helfen.«

Philip nickte und entfernte sich.

Miranda sah ihn ungläubig an. »Meine Güte, sie gehorchen Ihnen tatsächlich.«

»Es braucht einen gestrengen Tonfall. Und einige Tage Zeit, sie bei der Feldarbeit zu beaufsichtigen.«

Sie schlang die Arme um ihren Leib. »Ich kann nicht glauben, dass es schneit.«

Er unterdrückte den Drang, sie an sich zu ziehen und zu wärmen. »Sie sollten wieder hineingehen. Sie tragen noch nicht einmal einen Umhang.«

Schneeflocken klebten an ihren Augenlidern und brachten deren verführerische Länge zur Geltung. »Aber Sie sehen aus, als bräuchten Sie Hilfe.«

Fox sah zu, wie Rob und Philip mit einer weiteren Ladung Heu zum Garten zurückeilten. »Das würde nicht ungelegen kommen. Glauben Sie, Sie könnten einige Kinder zum Helfen zusammentrommeln?«

Sie grinste ihn an und er dachte, seine Knie könnten vielleicht nachgeben. »Ich kann es versuchen.«

Unfähig, den Blick von ihr zu lösen, starrte er hinter ihr her.

Rob räusperte sich, als er neben Fox auftauchte. »Wirst du ihr Hinterteil angaffen oder dich um unsere Bohnen und Rüben kümmern?«

»Wenn ich nur tatsächlich eine Wahl hätte.« Fox riss den Blick von Mirandas, ja, Hinterseite los.

Rob winkte den Jungs im Gemüsefeld zu. »Vorsicht da drüben! Ihr sollt die Pflanzen bedecken, aber nicht darauf trampeln!« Drei weitere Jungs schlossen sich Bernard und Philip an. Sie wirkten eifrig, als sie das Heu inmitten des Schneesturms ausbrachten. Erneut wandte Rob sich an Fox. »Machst du also irgendwelche Fortschritte mit ihr?«

»Nicht, seit ich mir neulich angemaßt habe, Strathams Platz einzunehmen, als ich sie zu einer Ausfahrt abholte.« Fox schob die Schubkarre zum Karren zurück.

Rob lief neben ihm her. »Das war allerdings ein brillanter Schachzug. Du willst sie dir schließlich nicht von ihm stehlen lassen.« Die Röte kroch ihm am Nacken hinauf, und er wandte den Blick ab, da er entweder urplötzlich an dem Schneegestöber interessiert war oder verspätet erkannt hatte, dass er ein totaler Hornochse war, so etwas Idiotisches zu sagen.

Fox starrte seinen Freund an. »Du weißt sehr gut, dass Jane ihn nicht aus eigenen Stücken gewählt hatte, und das wird auch Miranda nicht. Ich mag vielleicht nicht so fesch wie Stratham aussehen, doch sie wird erkennen, dass ich der bessere Mann bin.«

Rob sah auf Fox´ Kleidung hinab: uralte, durchlöcherte Handschuhe, Arbeitskleidung, die ebenso geflickt und zerschlissen war wie die Steppdecke, die seine Ururgroß-mutter angefertigt hatte, doch er nickte dennoch. »Du hast gewiss recht. Abgesehen davon gibt es an einem arbeitenden Mann nichts auszusetzen.«

Das glaubten sie, doch galt das auch für Miranda? Wieder warfen die Jungs Schneebälle. »Jungs! Wenn ihr mit dem Verteilen des Heus fertig seid, entfernt ihr den Schnee von den Sämlingen. Wir wollen doch nicht, dass sie sich unter-kühlen.« Fox schüttelte den Kopf.

Rob zeigte zum Gemüsefeld, womit er verdeutlichte, dass die Schubkarre voll war, und sie nun zurückkehren sollten. »Du weißt, du könntest, ähm, es gibt eine Möglichkeit, dir den Weg zum Altar zu sichern.«

Fox fixierte ihn mit einem ungläubigen Blick. »Du willst doch nicht vorschlagen, dass ich sie nach Gretna Green verschleppe?«

»Gott, nein! Ich meine nur eine Situation, die es erforderlich macht, dass du sie heiraten *musst*.«

Wie angewurzelt stand Fox da und war nicht sicher, ob er seinen Verwalter richtig verstanden hatte. »Du meinst, ich soll sie kompromittieren?«

Rob zog eine Schulter hoch. »Du weißt, dass sie ein bisschen draufgängerisch ist. Es scheint, als könnte es mit ein bisschen Anstrengung funktionieren.«

Ja, sie hatte sich als mehr als nur ein *bisschen* draufgängerisch erwiesen. Dennoch war die Vorstellung einfach geschmacklos, ihr eine Falle zu stellen. »Ich werde es in Betracht ziehen. Für den Augenblick ist es mir allerdings lieber, sie so zu hofieren, wie ich bin.« Er schob das Heu zu einem anderen Teil des Gemüsegartens.

Miranda war gekommen, um den fast zehnköpfigen Trupp der Jungen zu beaufsichtigen, der sich nun den Pflanzen widmete. Abgesehen von einem gelegentlichen winzigen Schneeball, der den Nacken eines der Jungen herunterrutschte, machten sie ihre Arbeit gut, als sie die Pflanzen vom Schnee befreiten.

Sie fuhr sich mit den Händen über die Arme. »Das waren alle, die ich herbeischaffen konnte. Die anderen Kinder sind zu eingehend damit beschäftigt, diesen Schnee im Juni voll auszukosten.«

»Ich bin beeindruckt, dass Sie so viele zusammenbekommen haben.« Und das war er. Sie mochte vielleicht wie eine zarte Blume wirken, doch sie erwies sich als ebenso widerstandsfähig wie jegliche Wildrose.

Mrs. Gates gesellte sich zu ihnen. »Lady Miranda. Mr. Stratham ist hier, um Sie zu sehen. Ich habe Ihren Umhang gebracht.« Sie schlang Miranda das wollene Tuch um die Schultern.

Von der Kälte waren Mirandas Wangen bereits rosig, aber Fox nahm ein stärker werdendes Erröten wahr. »Wie aufmerksam. Danke, Mrs. Gates.«

Mrs. Gates konnte nicht anders, als jeden zu bemuttern, der ihr über den Weg kam – und diese Tatsache hatte Fox wahrscheinlich davor gerettet, dem Beispiel seines Vaters zu folgen, der ein ruinöses Leben geführt hatte. »Das ist kein Problem meine Liebe. Gehen Sie nur hinein und empfangen Sie Ihren Mr. Stratham.«

Fox packte die Heugabel. »Ihren« Mr. Stratham?

Philip nahm ihm das Arbeitsgerät aus der Hand. »Ich werde die nächste Ladung holen, Mr. Foxcroft.«

»Danke Philip.«

Miranda zog ihren Umhang fester um sich. »Ich denke, ich werde hier draußen gebraucht. Würde es Ihnen etwas ausmachen, Mr. Stratham mitzuteilen, das ich anderweitig beschäftigt bin?«

Mrs. Gates zwinkerte. »Ich sollte die anderen Kinder zusammenholen.«

Und jetzt errötete Mirandas Gesicht sogar noch stärker. »Natürlich. Ich werde nur rasch hineinlaufen und ihn fort-schicken.«

Fox zuckte mit den Schultern. »Sie könnten ihn warten lassen. Wenn er Sie sehen möchte, wird er herauskommen.« *Oder er wird vielleicht einfach wieder gehen.*

»Aber Fox, das ist nicht höflich.« Mrs. Gates schnalzte mit der Zunge, doch als sie davonging, hätte Fox schwören können, ihr leises Lachen vernommen zu haben.

Miranda ließ die Zunge hervorschnellen und sie fing damit eine Schneeflocke. Fox konnte sich nicht rühren. Der Anblick dieser sinnlichen, rosigen Zungenspitze, reichte vollkommen aus, um seine Leistengegend trotz der eisigen Temperaturen aufzuheizen.

Sie zog einen Mundwinkel nach oben. »Entschuldigung. Das ist eine Gewohnheit aus Kindertagen, die ich offenbar nicht aufgeben kann.«

Und Fox hoffte, sie würde das auch niemals tun. Der Moment zwischen ihnen zog sich zu zweien in die Länge, ehe Fox sich darauf besann, dass es einen Gemüsegarten vor dem Schnee zu beschützen galt. Er machte gerade den Mund auf, um zu einer Entschuldigung anzusetzen, als er wahrnahm, wie Stratham sich seinen Weg über den gefrorenen Boden suchte.

»Lady Miranda!«

Miranda drehte sich um, wobei sie reizend lächelte. »Mr. Stratham. Wie Sie sehen können, sind wir ein bisschen vom Wetter überrascht worden.«

Stratham musterte Fox und dann die Jungen, die das Heu verteilten. »In der Tat. Aber das Glück ist Ihnen hold, da ich gekommen bin, um Sie von Ihrer Mühsal zu erlösen. Meine Kutsche erwartet Ihre wunderschöne Gegenwart.« Als er daraufhin grinste, bildeten sich Fältchen um seine Augen, als würde er häufig lachen, und als ob er keine Sorgen auf der Welt hätte – außer vielleicht der Frage, ob seine Wählerschaft den Tribut aufbringen konnte, den er ihnen abverlangte.

»Ich kann jetzt nicht einfach gehen, fürchte ich. Wir müssen die kleinen Gemüsepflänzchen abdecken.« Fox schwoll beim Klang ihres »wir« die Brust. Dann berührte sie Stratham kurz am Ärmel und er ernüchterte. »Haben Sie heute Ihre Spende mitgebracht?«

Stratham hatte sich gestattet, den Blick eine Spur zu lange auf Mirandas Busen ruhen zu lassen, und jetzt riss er schnell den Kopf hoch. »Ich habe tatsächlich eine Spende mitgebracht. Ich werde sie Fox geben.«

Fox juckte es in den Fingern, dem Mann einfach den Kopf abzureißen. War seine Gereiztheit einem echten Gefühl für Miranda zuzuordnen oder der Furcht, noch einmal gegen Stratham zu verlieren?

»Es hat nicht den Anschein, als würden Sie mitmachen«, beobachtete Stratham. »Warum genießen Sie nicht den wärmenden Ziegelstein, den ich in meiner Kutsche habe?«

Erkannte der Idiot nicht, dass er sie beleidigt hatte? Fox wartete, um ihre Reaktion zu erleben und er wurde nicht enttäuscht.

Mit einem leichten Stirnrunzeln entgegnete sie: »Vielleicht ein anderes Mal.«

»Seien Sie sich dessen gewiss.« Stratham teilte die Lippen zu einem Grinsen. Er hatte seinen Fauxpas gar nicht bemerkt. Seine perfekt ebenmäßigen, weißen Zähne luden Fox´ Faust geradezu ein, sie zu zerschmettern. Und erinnerte er sich auch nicht mehr daran, dass es Miranda nicht gestattet war, mit irgendjemandem in einer Kutsche zu fahren? Entweder war er ungemein begriffsstutzig oder überwältigend selbstherrlich. Beides, war Fox´ Schlussfolgerung.

»Lady Miranda, würde es Ihnen etwas ausmachen, mir mit Molly behilflich zu sein?«, rief Mrs. Gates von der anderen Seite des Gartens. Sie hielt ein hustendes Kind, dessen Kleid tropfnass war. Fox hoffte, sie würde sich nichts zuziehen.

»Hier ist die Spende.« Stratham warf Fox eine kleine Börse zu.

Die Tasche fühlte sich leicht an. Die Kekse und Haarnadeln hatten mehr gewogen, die Miranda in jener Nacht auf der Straße in seinen Umhang gestopft hatte. »Danke, für Ihre *Großzügigkeit*.« Fox ließ den Blick zu Miranda schweifen, die den Austausch mit einem erfreuten Lächeln verfolgte. Zweifelsohne hielt sie Stratham für einen Helden.

»Keine Ursache. Bis zum nächsten Mal.« Stratham machte auf dem Absatz kehrt, und ging mit vorsichtigen Schritten über den Schnee zurück.

Fox wollte Stratham so gern einen riesigen Schneeball an den Kopf werfen.

»Ich würde es tun, wenn ich du wäre.« Rob, der hinter ihm aufgetaucht war, hatte seine Gedanken gelesen.

»Und ich würde es tun, wenn ich nicht versuchen würde, den Jungen ein gutes Beispiel zu geben.« Manchmal war Verantwortung furchtbar lästig.

»Was ist das?« Rob nickte zu dem Geldbeutel in Fox′ Hand.

Fox öffnete ihn und betrachtete die zwei Schillinge darin. »Stratham hat das gebracht.«

Rob krauste die Lippen. »Eine verdammte Landplage ist er.«

»Landplage?« Ja, diese Beschreibung war ebenso zutreffend wie jede andere. Fox würde hinzufügen: korrupter Hurensohn, Schleimer, Lügner, Halunke –

Rob schüttelte sich den Schnee von den Schultern. »Die gesellige Zusammenkunft steht bevor. Miranda wird gewiss hingehen. Stratham bestimmt auch. Du musst gehen. Hast du etwas zum Anziehen?«

Fox zog den Geldbeutel zu. Seit Jahren hatte er die quartalsmäßig stattfindenden geselligen Zusammenkünfte nicht mehr besucht. Nicht, seit er Jane hofiert hatte. »Natürlich habe ich nichts zum Anziehen. Es ist ohnehin unwichtig. Sie wird nicht dort sein. Der gesellschaftliche Kontakt ist ihr verboten. Ich fürchte, meine Werbung um sie wird einzig und allein hier stattfinden müssen.«

Rob runzelte beim Anblick von Fox′ Kleidung die Stirn. »Bedauerlicherweise fürchte ich, dass du recht hast. Du kannst ihr nicht den Hof machen und die ganze Zeit so aussehen, insbesondere nicht, nachdem sie dich neben

Stratham gesehen hat.« Auf Fox' scharfen Blick hin fügte er hinzu: »Verzeihung, aber es stimmt.«

Fox schloss die Finger um die Geldbörse in seiner Hand. Er konnte kaum glauben, dass er sich mit seinem besten Freund in einem Gemüsegarten mitten in einem Schneesturm – ausgerechnet – über Mode unterhielt. »Obschon ich deine Feststellung des Offensichtlichen zu schätzen weiß, frage ich dich, ob vielleicht die Chance besteht, diese Sache mir zu überlassen?«

»Du hast selbst gesagt, du hättest keine schöne Garderobe. Ich werde Mrs. Knott bitten, ob sie dir etwas nähen kann.«

»Hat deine Frau das nötige Zubehör für solch ein Unterfangen?«

Rob fasste die Schubkarre für die nächste Fuhre. »Ähm, überlass das ihr. Mrs. Knott kann aus nichts alles machen.«

Wenn sie nur den Schnee in Geld verwandeln könnte, wären all ihre Probleme gelöst.

KAPITEL 5

Später an diesem Abend saß Miranda an dem kleinen Schreibtisch in ihrem Schlafzimmer und nahm eine Feder zur Hand, um ihren Eltern einen Brief zu schreiben. Sie ließ sie jedoch gleich wieder fallen, als ein heftiges Niesen ihren Körper erschütterte. Ein weiteres Niesen drohte, doch rasch tupfte sie sich die Nase mit einem Taschentuch ab. Wunderbar – durch ihre Hilfe vorhin im Waisenhaus war sie krank geworden. So viel zu ihrem abendlichen Spaziergang im Garten.

Sie nahm die Feder erneut auf, doch dann ließ sie sie resigniert fallen, als ein weiteres Niesen sie überfiel. Es war ohnehin ein sinnloses Unterfangen, ihren Eltern zu schreiben, da sie ihr höchstwahrscheinlich antworten würden, dass drei Wochen auf dem Land kaum als angemessene Bestrafung gelten konnten.

Miranda verzehrte sich nach Abwechslung. Jeder einzelne Abend zog sich monoton dahin, ohne den Genuss eines Buches zum Lesen oder Menschen zum Unterhalten. Mr. Carmody schloss sich in sein Arbeitszimmer ein. Mrs. Carmody widmete sich ihrer Stickarbeit, *stiller Stickarbeit,* wie sie Miranda scheinbar gern zu erinnern pflegte. Und nachdem Beatrice im Anschluss an das Abendessen für eine Weile irgendwelche geistlosen Aktivitäten mit ihrer Mutter verübt hatte, zog sie sich auf ihr Zimmer zurück. Miranda wusste nicht, was sie dort tat, jedoch wurde sie von Beatrice nie eingeladen, ihr Gesellschaft zu leisten.

Ein leises Klopfen an ihrer Tür unterbrach ihre Gedankengänge. Schniefend drehte sie sich dem Geräusch zu. »Herein.«

Beatrice trat ein. »Ich habe dein Licht gesehen. Ich hoffe, ich störe dich nicht.« Ihr Erscheinen um diese Stunde war ein einzigartiges Ereignis.

Miranda lud sie mit einer Geste ein, weiter ins Zimmer zu kommen. »Überhaupt nicht. Möchtest du dich setzen?«

Sie schüttelte den Kopf. »Nein, vielen Dank. Ich wollte dich bloß fragen, ob du vielleicht ... würdest du Tilly zeigen, wie sie mein Haar auf eine modischere Weise frisieren könnte?«

Miranda wunderte sich über dieses plötzliche Interesse. »Es wäre mir ein Vergnügen. Morgen früh? Nach dem Frühstück?«

Beatrice nickte. »Danke. Gute Nacht.«

»Gibt es jemanden, dessen Aufmerksamkeit du zu gewinnen versuchst?« Miranda konnte sich diese Frage nicht verkneifen.

Das ältere Mädchen errötete. »Vielleicht, aber das geht dich nichts an.«

Tatsächlich dachte Miranda, dass dem wahrscheinlich doch so war, bedachte man die Erwartungen der Carmodys an sie, Beatrice bei der Suche nach einem Ehemann behilflich zu sein. Sie entschied sich allerdings, nicht zu widersprechen. Stattdessen stand sie auf. »Beatrice, warum mögen Mr. Foxcroft und Mr. Stratham einander nicht?«

Beatrice verschränkte die Arme vor der Brust. War ihr

bewusst, wie verschlossen und abweisend sie wirkte? »Es ist wirklich nicht höflich zu klatschen.«

Miranda kämpfte den Drang zurück, die Augen zu verdrehen. »Ich habe nicht nach Klatschgeschichten gefragt. Ich wundere mich nur, warum sie so zerstritten sind.«

Beatrice entfuhr ein Seufzen. »Vermutlich schadet es nichts, wenn ich es dir erzähle. Du wirst letztendlich doch davon erfahren.« Sie verstummte kurz und einen Moment lang war Miranda nicht sicher, ob ihr Gegenüber weitersprechen würde. »Fox, das heißt Mr. Foxcroft, hatte einem Mädchen aus dem Ort, Jane Pennymore, den Hof gemacht. Just in dem Moment, als alle dachten, die beiden würden ihre Verlobung bekanntgeben, wurde sie mit Mr. Stratham verlobt.«

»Sie wählte Stratham vor Foxcroft?« Was für ein grauenhaftes Mädchen, Mr. Foxcroft an der Nase herumzuführen und ihn dann für einen anderen sitzenzulassen.

»Ohne Reue, da bin ich sicher.« Beatrice sagte dies mit einer absoluten Endgültigkeit, aber ohne Groll, als ob er die offensichtlich bessere Wahl wäre. Und war er das nicht? »Stratham ist sehr attraktiv. Er ist Abgeordneter und er ist eine Menge mehr wert als Fox.«

Miranda schüttelte den Kopf, wobei sie ein weiteres Niesen zurückkämpfte. »Was Miss Pennymores skandalöses Betragen nicht entschuldigt. In London wäre ihre Position in der Gesellschaft drastisch herabgesetzt und vielleicht sogar ruiniert.«

»Mr. Stratham hat im Norden von Wiltshire beträchtlichen Einfluss. Normalerweise lassen die Leute ihm durchgehen, was immer er tut.«

Interessant. »Was ist mit Jane passiert?«

»Sie ist im ersten Jahr ihrer Ehe an Fieber gestorben.«

»Wie schrecklich.« Und das war es. Miranda nieste und

hoffte, dass nicht auch sie einen Fieberschub bekäme und sterben würde.

»Und glaube bitte nicht, ich würde versuchen, ihr Verhalten zu entschuldigen – was sie Fox angetan hat, war vielleicht grausam – aber ich verstehe, warum sie sich für Stratham entschieden hat. Wer immer Fox heiratet, wird stets an zweiter Stelle hinter dem Waisenhaus stehen.«

»Was ist daran falsch?« Miranda konnte sich gut vorstellen, was für *sie* daran verkehrt wäre, aber dieses provinzielle Volk? »Ich dachte, es würde dir gefallen, im Waisenhaus zu arbeiten?« Wieder einmal betupfte sie ihre Nase.

Beatrice lehnte sich gegen den Türrahmen. »Das ist gewiss der Fall, aber es ist nicht der Mittelpunkt meines Lebens. Es ist für Fox allerdings die Hauptsache. Zusammen mit Bassett Manor. Sein altertümliches Anwesen erfordert beinahe so viel Arbeit, wie Stipple's End.«

Miranda konnte nicht anders, als Mr. Foxcroft zu bedauern, der von der Frau sitzengelassen wurde, die er zu heiraten gehofft hatte. Kein Wunder, dass die beiden Männer einander spinnefeind waren. Oder zumindest, dass Mr. Foxcroft einen Hass auf Mr. Stratham hatte.

»Du bist doch in Wahrheit nicht an einem der beiden interessiert, nicht wahr?«, fragte Beatrice.

Miranda wartete einen Moment, ehe sie antwortete. Nie würde sie einen der beiden in Erwägung ziehen, oder doch? »Nein, gewiss nicht. Ich war bloß neugierig.«

Beatrice zog eine Augenbraue hoch, als ob sie ihr nicht glaubte. »Nun, dann gute Nacht. Ich werde heißen Tee heraufschicken lassen. Du klingst angeschlagen.« Beim Hinausgehen schloss sie die Tür hinter sich.

Miranda setzte sich auf ihren Stuhl vor dem Schreibtisch zurück. Ja, und sie fing an, sich angeschlagen zu *fühlen*.

Dass Jane Pennymore sich für Mr. Stratham entschieden hatte, war nicht überraschend. Er legte mehr Charme an den

Tag als Mr. Foxcroft, der sich über Mirandas Vorschlag lustig gemacht hatte, sie könne den Waisenkindern das Sticken beibringen. Wahrscheinlich hatte er Miss Pennymore auf irgendeine Weise beleidigt. Doch um der Gerechtigkeit halber musste sie gestehen, dass er sie an jenem Tag im Pfarrhaus vor Mr. Carmody gerettet hatte, was zumindest einen Funken sozialer Raffinesse bewies.

Nichtsdestotrotz machte Mr. Stratham mit seiner eleganten, gut geschneiderten Garderobe und dem perfekt gestutzten Haar eine weitaus bessere Figur, wohingegen Mr. Foxcrofts Kleidung aus zweiter Hand zu sein schien, und sein zu langes Haar ständig vom Wind zerzaust wirkte. Immerhin war er recht großgewachsen und beeindruckender als der kleinere Mr. Stratham. In diesem Aspekt musste sie Mr. Foxcroft den Vorzug geben. Und die Augen. In diesem Punkt war Mr. Foxcroft eindeutig der Sieger.

Miranda schüttelte den Kopf. Wie sie Beatrice schon zur Antwort gegeben hatte, war sie an keinem der beiden Männer interessiert. Nein, wenn sie schon in einer undenkbaren Fantasie schwelgen wollte, dachte sie viel lieber an den Straßenräuber. Solch eine aufregende Gestalt. Sie legte die unvermutet kribbelnden Handflächen flach auf die Schreibtischplatte. Dann runzelte sie die Stirn. An ihn sollte sie auch nicht denken. Von einem Verbrecher zu träumen, würde ihr nur Scherereien einbringen, und davon brauchte sie weiß Gott – sie musste schon wieder niesen – nicht noch mehr.

～

Fox hatte schon immer viel Zeit in Stipple's End verbracht, doch falls jemandem in den vergangenen vierzehn Tagen seine vermehrte Anwesenheit aufgefallen war, sagte derjenige es nicht. Und falls doch, konnte er ein Dutzend Antworten vorbringen, und die Wahrheit dennoch verschweigen: Er war hinter einer Erbin her.

Himmel, das hörte sich geradezu geldgierig an.

Heute würde er den Obstgarten inspizieren, um sich zu überzeugen, wie die Äpfel vorankamen – wenn sie angesichts der dauerhaft kühlen Temperaturen überhaupt vorankamen. Es war Juli, und noch lauerte der Sommer irgendwo hinter einem graubedeckten Himmel und nasser Erde. Er schlenderte den Hügel hinunter, doch bei Mirandas Anblick, wie sie unter einem besonders großen Baum stand, beschleunigte er seine Schritte unverzüglich.

Der kleine Jemmy saß hoch auf einem Ast und streckte Miranda die Zunge entgegen. Stirnrunzelnd tippte sie mit dem Fuß auf und schlug damit einen Rhythmus gereizter Ungeduld an.

Fox tauchte neben ihr auf. »Kann ich Ihnen behilflich sein?«

Sie erübrigte ihm einen Blick, ehe sie ihre Missbilligung auf Jemmy zurücklenkte. »Es ist Zeit, ins Haus zu gehen, und Jemmy weigert sich, herunterzukommen.«

Sie schürzte die Lippen zu einem verärgerten Schmollmund, was Fox völlig aus dem Konzept brachte. Unter Aufbietung seiner Selbstdisziplin sah er zu dem jungen Burschen auf, dessen kleines Gesicht zu einem Ausdruck meuternder Entschlossenheit verzogen war. »Und warum ist dem so, Junge?«

Jemmy starrte Miranda an. »Sie will mir die Haare abschneiden.«

Sie verschränkte die Arme vor der Brust. »Nein, das werde ich nicht. Mrs. Gates tut es. Oder jemand anderes. Ich bin mir nicht sicher.«

»Ich will meine Haare nicht abgeschnitten bekommen.« Er schüttelte den Kopf, wobei seine recht kurzen, glatten Haarsträhnen mit der Bewegung um seinen Kopf peitschten.

»Er braucht keinen Haarschnitt.«

Miranda stieß hörbar die Luft aus. »Er hat Läuse.«

Ja richtig. Und einen üblen Befall, wenn Mrs. Gates ihm das Haar scheren wollte.

»Ich komme nicht runter!« Jemmy schüttelte heftig den Kopf und wäre dabei beinahe vom Baum gestürzt.

Fox sprang vor. »Vorsichtig, Jemmy.«

Jemmy beugte sich vor und mit schreckgeweiteten Augen, schlang er beide Arme um den Ast.

Miranda trat von rechts neben Fox, womit sie sich direkt unter dem Jungen zu ihm gesellte. »Geht es dir gut?«

Der Junge nickte. Bedächtig.

Fox verstand Jemmys Widerspenstigkeit, doch im Leben waren manche Dinge einfach unvermeidbar. Die Einbuße seines Haarschopfs zur Beseitigung eines hartnäckigen Befalls von Kopfläusen gehörte dazu. »Jemmy, wenn du Läuse hast, ist es das Beste, sie ein für alle Mal loszuwerden. Haare abschneiden ist die beste Methode.« Wie war der Junge nur herunterzubekommen? »Wenn du runterkommst, kann ich dir vielleicht ein bisschen Sirup verschaffen.«

Die Augen des Jungen leuchteten auf und sein Griff um den Ast lockerte sich. »Versprochen?«

Fox nickte, den Sieg witternd. »Das tue ich.«

»Wie bewerkstelligen Sie diese Dinge nur so mühelos?«, murmelte Miranda, ehe sie für Jemmy hinzufügte: »Ich verspreche es auch, wenn du dann runterkommst.«

»In Ordnung.« Jemmy blickte auf den Boden und dann zu Fox. »Ich schaffe es nicht, runterzukommen.«

»Doch, du kannst das.« Miranda zeigte mit der Hand auf den dicken Baumstamm mit seinen vielen Ästen und Ausbuchtungen für die Füße. »Du bist da hochgeklettert, und du kannst auch wieder runterklettern.«

Tränen sammelten sich in den Augen des Jungen. »Nein, ich habe zu viel Angst.«

Fox legte die Handfläche an den Baumstamm. »Ist schon gut, Jemmy. Ich helfe dir runter.« Flink kletterte er zu dem Ast empor, auf dem Jemmy hockte. »Ich kann nicht weiter hinauskommen, weil ich den Ast abbrechen würde. Jemmy, du musst auf mich zukriechen und mir die Hand geben.« Das schmutzige Gesicht des kleinen Jungen war von Angst gezeichnet, und Fox fügte hinzu: »Ich werde dich nicht fallen lassen.«

Jemmy blickte zu Miranda hinunter, die das Treiben im Baum mit gerunzelter Stirn verfolgte. Ihre unübersehbare Besorgnis war der Situation keineswegs zuträglich. Und schon schüttelte Jemmy wieder den Kopf. »Nein. Ich werde einfach hier bleiben.«

Fox holte tief Luft. »Lady Miranda, vielleicht könnten Sie Jemmy Mut machen? Erklären Sie ihm, dass ihm nichts geschehen wird?«

Miranda zog die Augenbrauen hoch. »Ja, gewiss.« Sie lächelte Jemmy an, und eifersüchtig wünschte Fox sich, sie hätte es stattdessen ihm geschenkt. »Als ich so klein war wie du, bin ich auf einen sehr großen Baum auf unserem Anwesen geklettert. Mein Bruder Jasper hatte mich herausgefordert, so hoch zu klettern wie er. Ich habe es nicht geschafft, aber dann habe ich es mit der Angst bekommen und konnte auch nicht mehr runterklettern.« Mit nachdenklicher Miene hielt sie inne und warf einen kurzen Blick zu Fox, ehe sie ihre Aufmerksamkeit wieder dem Kind zuwandte. »Jasper hat einfach gelacht und ist heruntergeklettert, ohne mir zu helfen, dieser Schuft. Ich habe angefangen zu weinen und dann ist Jasper heruntergefallen, wobei er sich den Arm verletzt hat. Das geschah ihm recht.«

Jemmy stand der Mund offen. »Ihr Bruder ist gefallen?«

»Es war nur ein kleiner Sturz.« Sie hielt die Hände hoch, um damit eine sehr kleine Menge anzuzeigen. »Und es war keine schlimme Verletzung. Ich hätte nicht gelacht, wenn das der Fall gewesen wäre.«

Jemmys Gesichtsausdruck wandelte sich von interessiert in Beklemmung. »Wie sind Sie heruntergekommen?«

»Ich glaube, Sherman, der Gärtner hat mir geholfen. Er ist hochgeklettert, und wie auch Mr. Foxcroft das tut, hat er mir bis zum Stamm geholfen. Dann hat er mich nach unten getragen. Ich hatte keine Angst danach und bin bis letztes Jahr in diesen Baum geklettert.«

Fox rief mit Jemmy in einem Chor aus: »Wirklich?«

Miranda lachte. »Nun, vielleicht nicht bis letztes Jahr, aber ich bin ganz schön oft in diesen Baum geklettert.«

Fox stellte sich ein blondes Mädchen vor, wie es auf dem Familienanwesen herumrannte, hemmungslos auf Bäume kletterte und ihren Bruder wahrscheinlich an den Rand des Wahnsinns brachte. Wie sehr er sich Geschwister gewünscht hätte.

Er riss seinen bewundernden Blick von Miranda los. »Jemmy, bist du jetzt bereit?«

Eine Sekunde lang flackerte Angst in den Augen des Jungen auf, und dann nickte er.

»Sehr gut, komm ein bisschen auf mich zu und gib mir deine Hand.«

Leider griff Jemmy zu weit und verlor als Folge das Gleichgewicht. Schreiend segelte er durch die Luft und landete ... auf Miranda. Beide lagen in einem Haufen auf dem Boden.

Mit einem Satz sprang Fox aus dem Baum und kniete neben ihnen, während sein Magen sich beim Gedanken, dass einer der beiden verletzt sein könnte, zu einem Kloß zusammenballte.

Jemmy kicherte. Das Kichern ging in Lachen über und gipfelte in Lachsalven. »Das war lustig!«

Fox´ Erleichterung machte einer leichten Gereiztheit

Platz, als Jemmy sich offenbar der Ernsthaftigkeit seines Sturzes auf Miranda nicht bewusst war. Sie versuchte, sich hochzurappeln – was angesichts des quer über ihr liegenden Jemmys unmöglich war. Fox hob den Jungen von ihrem Rumpf und stellte ihn auf die Füße. Mit der Gewissheit, dass Jemmy so putzmunter wie stets war, streckte Fox Miranda eine Hand hin und half ihr beim Aufstehen. »Sind Sie verletzt?«

Sie blickte auf die Schlammflecken auf ihrem Kleid hinab. »Das würde ich nicht sagen, wenngleich dieses Kleid ruiniert ist.«

Bei ihrer Besorgnis um ihre Bekleidung konnte Fox sich ein Lächeln nicht verkneifen. Ganz eindeutig fehlte ihr nichts. Er wandte seine Aufmerksamkeit wieder dem Jungen zu. »Lady Miranda ist sehr mutig und stark, da sie dich aufgefangen hat, Jemmy. Wirst du dich nicht bei ihr bedanken?«

»Danke, Lady Miranda.«

Fox legte dem Jungen eine Hand auf die Schulter. »Und jetzt entschuldigst du dich, weil Lady Miranda dich vom Baum hat locken müssen.«

Jemmy trat gegen einen Erdklumpen und all seine vorherige Heiterkeit war verschwunden. »Ja, Sir. Entschuldigung, Lady Miranda.«

Sie ergriff Jemmys Hand und drückte sie. »Danke, Jemmy. Ich werde dir ein Geheimnis verraten. Mir sind Jungen mit kurzem Haar viel lieber. Es ist überaus kleidsam.« Fox widerstand dem Drang, mit der Hand durch seine überlangen Locken zu streifen.

Der Junge errötete bis zu den Ohrläppchen, ehe er sich abrupt umdrehte und zum Haus stürmte.

Es war Fox nicht entgangen, dass Miranda anders zu sein schien, wie zu der Zeit als er sie kennengelert hatte. Von beinahe zu Tode erschrocken beim Anblick von Bernards

Läusen, bis zu ihrem Unterfangen, den von Läusen befallenen Jemmy – auf recht clevere Weise – von einem Baum zu locken, hatte sie einen Wandel vollzogen. Sein Respekt addierte sich zu den Gefühlen, die er ihr gegenüber zu entwickeln begann – und in diesem Moment wollte er einfach nicht darüber nachdenken, was diese anderen Gefühle im Einzelnen waren.

Miranda fasste mit einer Hand an ihren Kopf. »Sie glauben doch nicht, dass irgendwelche der Läuse von ihm auf mich übergesprungen sind?«

Fox versuchte, nicht zu lachen, doch er konnte sich nicht zügeln. Sie belohnte ihn mit einem weiteren Lächeln, was ihn ein bisschen überraschte. »Wenn ich eine Laus wäre, würde ich seinen Kopf für den Ihren im Handumdrehen verlassen.«

»Nun, dann bin ich ja froh, dass Sie keine Laus sind.«

Was für eine geistlose Unterhaltung. Fox grinste wie eine Katze, die gerade eine riesige Schüssel Sahne aufgeschleckt hatte.

Sie betrachtete ihre ehemals weißen Handschuhe, deren Handflächen braun vor Schmutz waren. »Was für eine Sauerei.« Sie sah wieder zu ihm zurück. »Danke für Ihre Hilfe.«

Im Vergleich zu ihr hatte er nichts getan. »Die Heldin waren Sie.«

Sie winkte ab. »Hach! Es ist nett von Ihnen, das zu sagen, aber es war eine Art Unfall.«

»Nicht, dass Sie ihn aufgefangen haben, sondern die Geschichte, die Sie ihm erzählt haben, um seine Angst zu lindern. Ich muss zugeben, es hat mich überrascht zu erfahren, dass Sie auf Bäume geklettert sind.«

Sie beugte sich zu ihm, als ob sie ihm ein Geheimnis anvertrauen wollte. »Nun, nur dieses eine Mal.« Er erhaschte ihren einzigartigen Duft nach Orangen und Nelken. Wie er diesen Duft liebte.

· »Aber Sie haben gesagt –«

Sie richtete sich wieder auf und er bedauerte den größer werdenden Abstand zwischen ihnen. »Ich weiß, was ich gesagt habe, aber wie ich bereits betont habe, versuchte ich, seine Angst zu lindern. Ich war es gewesen, die vom Baum gefallen war, als Jasper mir zu helfen versucht hat. Eine ganze Woche lang konnte ich meine linke Hand nicht benutzen.«

Sie steckte voller Überraschungen. Wundervollen, aufregenden Überraschungen. »Also waren Sie diejenige in Schwierigkeiten.«

»Hmm, ja, das bin ich in der Regel.« Sie sah ihn mit hochgezogener Augenbraue an und dann schüttelte sie den Schmutz von ihrem Rocksaum. »Mein Bruder hat mich vermutlich aus mehr als einer misslichen Situation gerettet.«

»Wie schön, dass Sie ihn haben.« Und wie sehr er sich wünschte, sie über diese misslichen Situationen zu befragen.

Sie beugte sich hinab und schnippte einen großen, klebrigen Brocken Schlamm von ihrem Rock. »Haben Sie keine Geschwister?«

Es war schon lange her, seit er über seine Familie gesprochen hatte. »Nein, ich bin der Erstgeborene und meine Mutter ist im Kindbett gestorben.«

»Oh, das tut mir leid. Mein ältester Bruder ist gestorben, als ich noch sehr klein war. Ich erinnere mich kaum an ihn. Standen Sie und Ihr Vater sich nahe?«

Die Gedanken an seinen Vater störten diesen angenehmen Austausch wie eine dunkle Sturmwolke. »Nicht besonders.« Ein kurzes Flackern trat in ihre Augen, und er bereute seine knappe Antwort. Doch mehr gab er nicht preis. Er verabscheute es, an seinen Vater zu denken, geschweige denn, über ihn zu sprechen.

»Ich sollte hineingehen. Und mit der Inspizierung der

Kinder auf Läuse zu Ende kommen.« Mit krausgezogener Nase machte sie sich auf den Rückweg zum Haus.

Ein überraschender Wunsch nach einer Zukunft mit dieser Frau – und nicht nur aufgrund ihrer Vorzüge in finanzieller Hinsicht – durchzuckte seine Brust. »Sie waren wirklich wunderbar mit Jemmy. Es scheint Ihnen gutzutun, hier zu arbeiten.«

Sie drehte sich lachend um. »Glauben sie das?« Sie legte den Kopf schief, als würde sie über seine Beurteilung nachdenken. »Ich muss zugeben, dass es nicht ist, was ich erwartet hatte.«

Er sah ihr nach, bis ihre schlammbefleckte Gestalt im Herrenhaus verschwunden war. Nein, sie war auch nicht, was er erwartet hatte.

∼

*I*M Anschluss an das Dinner an diesem Abend, folgte Miranda Mrs. Carmody und Beatrice zu der kleinen Stube, in die sie sich allabendlich zurückzogen. Worin würde die Folter des heutigen Abends bestehen? Sich im spärlichen Licht der zu wenigen Kerzen beim Sticken abmühen? Beatrice beim Verüben ihrer Gräueltaten auf dem Pianoforte zu lauschen? Oder die Lektüre der Heiligen Schrift, der einzigen »Literatur«, die ihr gestattet war?

Als Mr. Carmody ihnen unerwartet hinterherfolgte, verzweifelte Miranda bei der Vorstellung an einen neuen Schrecken, den diese Familie über sie bringen würde. Vielleicht gedachte er, die heilige Schrift laut vorzulesen? Oder, Gott bewahre, sich am Klavier zu versuchen.

Mrs. Carmody nahm ihren angestammten Platz in einem übermäßig gepolsterten geblümten Ohrensessel in der Nähe des Kamins ein. Beatrice saß auf dem Sofa und Mr. Carmody stand nah beim Klavier. Mit angehaltenem Atem wartete Miranda, ob er dahinter Platz nahm.

Stattdessen richtete er den Blick auf sie. »Setz dich, Mädchen.«

Miranda gehorchte eilfertig und ließ sich neben Beatrice auf dem Sofa nieder. Seinen selbstherrlichen Anweisungen zu folgen, konnte seine Stimmung ihr gegenüber nur verbessern, insbesondere dann, wenn er alle paar Tage an ihre Eltern schrieb. Sie musste ihn dazu bringen, positive Berichte zu verfassen.

Mr. Carmody verschränkte die Hände hinter dem Rücken. »Nächste Woche findet die gesellige Zusammenkunft statt, und wenngleich du nicht daran teilnehmen wirst, Lady Miranda, erwarte ich, dass du Beatrice bei ihren Vorbereitungen behilflich bist. Bringe ihr die neuesten Tänze bei und sorge dafür, dass ihr Kleid der neuesten Mode entspricht.«

Ein Gefühl der Enttäuschung durchbohrte ihr die Brust. »Welche Zusammenkunft? Ich wusste gar nichts von einer Zusammenkunft.«

Mrs. Carmody stellte den Ständer für den Stickrahmen vor sich hin und nahm ihre Nadel zur Hand. »Die vierteljährliche gesellige Zusammenkunft. Du darfst Beatrice nicht begleiten, da deine Eltern es so angeordnet haben.«

Natürlich. Anstatt ihrer Gereiztheit freien Lauf zu lassen und ihre Gefängniswärter anzuschreien oder sich irgendwie zu äußern, was ihr wahrscheinlich nur Scherereien einbringen würde, versuchte Miranda, ihr Augenmerk darauf zu richten, zu tun, was sie musste, um Wootton Bassett zu entfliehen. Sie zwang ihre Gesichtszüge zu einem heiteren Ausdruck. »Ich verstehe. Ich werde mein Möglichstes tun, damit Beatrice überwältigenden Erfolg haben wird.«

Miranda würde bereits einen Plan aushecken, wie sie sich

heimlich in die Veranstaltung stehlen könnte, wenn sie nicht vollkommen sicher wäre, dass Mr. Carmody Sorge dafür tragen würde, sie für die restliche Dauer des Sommers in ihrem Zimmer einzusperren. Es gab jedoch keine Möglichkeit, wie sie sich auf der Veranstaltung amüsieren und ihre Anwesenheit vor ihm geheim halten könnte. Ein Jammer.

»Beatrice, vielleicht sollten wir den Abend damit verbringen, die Tänze aufzufrischen. Und erzähl mir, was du zu tragen beabsichtigst?«

Beatrices Gesicht war von einer neuen Lockenfrisur umrahmt, die eine deutliche Verbesserung gegenüber ihrer früheren strengen Frisur darstellte und mit einem schmeichelhaften Kleid ließe sie sich in ein sehr hübsches Mädchen verwandeln. »Mein neues Kleid wird übermorgen fertig sein.«

Miranda hoffte inständig, es würde weder rosa noch gelb sein. Beatrice besaß eine Garderobe, die nur aus diesen beiden Farben zu bestehen schien, und beide schmeichelten ihrem Teint nicht. Sie brauchte erdigere Töne, ein sattes Rot oder einen dunklen Pflaumenton. »Welche Farbe hat es?«

»Narzisse.« Mrs. Carmody antwortete für sie und stach ihre Nadel in das Leinen. »Meine Lieblingsblume. Beatrice sieht einfach reizend in Gelb aus.«

Miranda wog ab, ob sie etwas sagen sollte oder nicht. Grundgütiger, wann hatte sie je überlegt, ob sie den Mund aufmachen sollte? Man hatte sie aufgefordert, einen Beitrag zu leisten, und zu schweigen, schien nicht recht von ihr zu sein. »Narzissen sind prachtvolle Blumen. Aber ich frage mich, ob Beatrice in Persimone nicht noch strahlender aussehen würde.«

»Oh!« Beatrice strahlte. »Ich liebe Rot!« Sie warf einen Blick zu ihrer Mutter, deren ganzes Gesicht verkniffen wirkte. »Aber das Kleid ist fast fertig.«

Miranda nickte. »Dann vielleicht beim nächsten Mal.«

Sie hielt einen Moment inne und riskierte dann einen Vorstoß. »Du hast schöne Haut, Beatrice, aber Rosa lässt dich vergleichsweise blass aussehen, und Gelb färbt dich, nun ja, gelb.« Sie lächelte entschuldigend. »Ich will dir nicht zu nahe treten, sondern nur deine Stärken zur Geltung bringen.«

Mr. Carmody tippte sich mit einem Finger an das Kinn. »Hat ihr Kleid denn eine so große Wirkung?«

Ein wenig überrascht über sein Interesse, musterte Miranda den älteren Mann, doch letztendlich wollte er Beatrice ja auch verheiraten. »Das kann es. In London kann die Garderobe einen großen Einfluss auf die Akzeptanz einer Person haben. Ich bin sicher, das richtige Kleid wird Beatrice verwandeln. Zweifelsohne wären Sie mit dem Resultat zufrieden.«

Er zog die Lippen flach und schwieg einen Moment lang. Schließlich sagte er: »Lady Miranda, morgen wirst du Beatrice in die Ortschaft begleiten und ein neues Kleid für die Versammlung auswählen. Außerdem wirst du drei weitere neue Kleider in Auftrag geben.«

»Autsch.« Mrs. Carmody schüttelte ihren Finger, nachdem sie ihn offenbar mit ihrer Nadel gestochen hatte. »Vier Abendkleider? Eine solche Extravaganz können wir uns nicht leisten.«

Mr. Carmody nahm sie mit schmalen Augen ins Visier. »Stell meine Autorität nicht infrage. Dieses Mädchen hat Beas Frisur verbessert, also bin ich geneigt, auf ihre Ansicht zu hören – zumindest in diesem Punkt. Und nein, ich werde meine Meinung über einen neuen Sessel für deinen Salon nicht ändern.«

Zuerst sah Mrs. Carmody meuternd zu ihrem Mann und anschließend boshaft zu Miranda. O je, sie könnte Beatrice vielleicht helfen, aber zu welchem Preis? Miranda wagte einen Blick zu Mr. Carmody, der von der Gereiztheit seiner Frau nicht im Geringsten berührt zu sein schien. Das war auch gut so, denn Miranda war weitaus stärker an seiner Meinung über sie interessiert als an der seiner Frau.

Beatrice strahlte förmlich. »Danke, Vater.«

Miranda triumphierte im Stillen. Beatrices Begeisterung war Mrs. Carmodys Verdruss wert.

Mr. Carmody trat vom Klavier weg. »Du kannst es mir danken, indem du einen Ehemann an Land ziehst.«

»Das werde ich, Vater.« Beatrice lenkte den Blick wieder auf ihre Hände zurück.

So eine kalte, unglückliche Familie. Nicht dass ihre eigene viel besser war. Sie liebte ihren Bruder, doch er lebte nicht in Holborn House und war sehr zufrieden damit, ihrem Vater so gut er nur konnte fernzubleiben. Miranda genoss diesen Luxus nicht. Es sei denn, sie benahm sich daneben.

Jetzt galt es, die Enttäuschung über die verpasste Veranstaltung in etwas Positives zu verwandeln. »Weil ich nicht an dieser Veranstaltung teilnehmen werde, könnte ich den Abend vielleicht im Waisenhaus verbringen, damit Mrs. Gates und die anderen gehen können. Sie kommen vermutlich nicht in den Genuss von so vielen gesellschaftlichen Ereignissen.« Und ein Abend allein in einer Bibliothek voller Romane wäre tatsächlich ein Genuss.

Beatrice ließ den Kopf zurückschnellen. Sie betrachtete Miranda mit Erstaunen, dass sich rasch zu bewundernder Anerkennung milderte. »Das ist überaus rücksichtsvoll von dir, Miranda.«

Kribbelnd machte sich ein Anflug von Reue an Mirandas Hals bemerkbar. Machte es etwas aus, dass ihr Angebot nicht ganz uneigennützig war? Es machte ihr gewiss nichts aus, zu helfen und Mrs. Gates zu ermöglichen, an der Veranstaltung teilzunehmen, aber noch wichtiger war, dass dieses Unterfangen vielleicht Mr. Carmodys Meinung von ihr verbesserte. Und er würde seine neue Meinung ihren Eltern mitteilen, was sie möglicherweise noch vor dem Herbst von hier wegbringen könnte. Darüber hinaus gab es eine Bibliothek …

»In der Tat.« Mr. Carmody blieb auf seinem Weg aus dem Zimmer kurz stehen. »Ich bin von deinem Angebot überrascht, aber vielleicht lernst du letzten Endes also doch von deinem Aufenthalt hier. Deine Eltern werden erfreut sein.«

Miranda schob ihre Schuldgefühle beiseite. Eine Atempause vom Haus der Carmodys war jeden Preis wert.

~

AM Abend der Veranstaltung schritt Miranda im Schlafsaal der Mädchen auf Stipple's End umher, während ihre Schützlinge sich bettfertig machten. Sie versuchte, nicht an das im Ort stattfindende Fest zu denken. Sie versuchte, nicht daran zu denken, wie bezaubernd Beatrice in ihrem neuen persimonefarbenen Kleid ausgesehen hatte. Sie versuchte, nicht daran zu denken, wie lange es vielleicht dauern würde, bis sie eine ähnliche Veranstaltung genießen würde. Stattdessen dachte sie an Mrs. Gates in ihrem besten Kleid und lächelte. Die Frau war bei Mirandas Vorschlag, heute auf die Kinder aufzupassen, ganz aus dem Häuschen gewesen.

»Lady Miranda, würden Sie uns etwas über London erzählen?« Flora saß mit gekreuzten Beinen am Fußende ihres Bettes. Im Lichtschein des Feuers und der, in dem großen Raum vereinzelt aufgestellten Kerzen wirkten ihre Augen riesig. Auf der anderen Seite des Schlafsaals glitten die kleineren Mädchen bereits in den Schlummer ab. Die älteren Mädchen hatten sich auf Floras und Delias und auch dem benachbarten Bett versammelt.

Delia zog eine Decke um ihre Schultern. »Ja, bitte. Haben Sie den Prinzregenten getroffen?«

Miranda sank auf einen kleinen hölzernen Schemel am

Fuße von Floras Bett. »Ja, und seine Tochter, Prinzessin Charlotte.«

Floras Augen funkelten. »Sie haben eine echte Prinzessin getroffen?«

»In der Tat. Ich war auf ihrer Hochzeit im Mai.«

Einige der Mädchen keuchten auf. Alle schienen tief beeindruckt zu sein. Aus ihren Mündern sprudelten Kommentare und Fragen.

»Eine königliche Hochzeit!«

»Hat sie in einer prachtvollen Kathedrale stattgefunden?«

Miranda konnte sich bei der Begeisterung der Mädchen ein Lächeln nicht verkneifen. Früher einmal war sie vom Prunk der feinen Gesellschaft ebenso in den Bann geschlagen gewesen. Jetzt war es einfach so, wie die Dinge waren. Oder gewesen waren. »Nein, sie war in Carlton House.«

»Der Residenz des Prinzregenten«, warf Flora ein.

Miranda nickte. »Ja, aber wie hast du das gewusst?«

Flora zupfte an der Decke über ihrem Schoß. »Meine Freundin Rose schickt mir Briefe. Sie lebt jetzt in London.«

Delia schürzte die Lippen. »Rose arbeitet in einem Bordell.«

»Delia!« Lisette starrte das dunkelhaarige Mädchen an.

»Nun, sie tut es!«

Miranda hielt eine Hand hoch. »Wer ist Rose?«

»Sie hat einmal hier gelebt«, erklärte Lisette von Delias Bett aus. »Sie hat in einem Bordell im Ort zu arbeiten angefangen, nachdem sie das Waisenhaus verlassen hatte. Vor Kurzem ist sie nach London umgesiedelt, um ihre Aussichten zu verbessern.«

»Das örtliche Bordell.« Das ergab einen Sinn, vermutete Miranda. Solche Dinge würden ebenso auf dem Land eine Notwendigkeit sein, wie sie es in London waren. Was dachte Mr. Foxcroft wohl von Rose und ihrer Wahl, die sie getroffen hatte, als sie gegangen war? Die ganze Arbeit und Fürsorge, die ihr zugekommen war, und jetzt verkaufte sie ihren Körper. »Und Rose ist gegangen, um für ein, ähm, Etablissement in London zu arbeiten?«

»Ja, der White Palace.« Flora mischte sich wieder in die Unterhaltung ein, doch es mangelte ihr an ihrer früheren Begeisterung. »Sie sagt, es sei sehr beliebt. Es hat gute, feste Kundschaft.« Ihre Wangen färbten sich rot, als sie den Blick auf die Decke niederschlug.

Miranda wusste beinahe nichts über dieses Thema. Gewiss hatte sie einige Kurtisanen gesehen. Einige unter ihnen passten sich so gut in die oberen Ränge der Gesellschaft ein, dass es manchmal schwierig war, sie von der wirklichen Klasse zu unterscheiden, es sei denn, jemand wies auf sie hin, was immer irgendjemand tat.

Doch Miranda wollte nicht, dass Flora sich schlecht fühlte, weil Rose eindeutig Floras Freundin war. Sie bemühte sich, das Lächeln auf Floras Gesicht zurückzugewinnen. »Vielleicht findet sie einen betuchten Gönner und steigt sogar noch weiter auf, indem sie eine Kurtisane wird.«

»Eine Kurtisane?«, fragte Flora ehrfürchtig. »Könnte sie wirklich eine Kurtisane werden? Also, dann würde sie ihr eigenes Haus haben und vielleicht sogar eine Kutsche.«

Miranda wollte eine ausführliche Unterhaltung über die Vorzüge, seinen Körper zu verkaufen, vermeiden. »Wahrscheinlich. Aber es gibt jede Menge Dinge, die man stattdessen tun kann – oder sollte.« Sie betrachtete jedes Mädchen einzeln. Ein paar unter ihnen schienen sie kaum zu hören und die Augen fielen ihnen vor Erschöpfung zu. Delia und Lisette nickten vehement. Flora lächelte bloß und schmiegte die Decke um ihre Schultern. Miranda erhob sich. »Kommt Mädchen, es wird spät. Zeit fürs Bett.«

Nachdem die Mädchen ihr eine Gute Nacht gewünscht hatten, verließ sie den Schlafsaal. Auf dem Weg nach unten in die Bibliothek schüttelte sie die Unterhaltung über die Kurtisanen ab. Sie konnte kaum erwarten, etwas zu lesen zu finden. Im Begriff, in die Welt von altem Leder und Papier zu tauchen, trat sie über die Schwelle.

»Guten Abend, Lady Miranda.«

Mr. Foxcroft stand von einem gemütlichen dunkelgrünen Sessel vor dem Feuer auf. Er hielt ein Buch in der Hand und hatte den Zeigefinger zwischen die Seiten geschoben.

»Mr. Foxcroft. Ich hatte nicht erwartet, dass jemand hier ist.« Und dahin war ihr sorgfältig ausgeklügelter Plan, es sei denn, sie könnten in stiller Gesellschaft lesen. Irgendwie bezweifelte sie das. Sie war sich seiner Anwesenheit viel zu … bewusst, um sie einfach zu ignorieren.

Er hatte ein leichtes Lächeln aufgesetzt. »Sie haben gewiss kombiniert, dass jemand die Jungen beaufsichtigen würde?«

Miranda schritt auf das Bücherregal zu ihrer Rechten zu. Sie ließ die Finger über die weichen, abgenutzten Buchrücken gleiten. Einige waren betagter als andere, aber alle schienen geliebt worden zu sein. Sie hatte solche einfachen Vergnügungen vermisst. »Ja, ich hatte nur nicht erwartet, jemanden in der Bibliothek anzutreffen. Warum sind Sie nicht auf dem Fest?«

Mr. Foxcroft schlenderte auf sie zu. »Ich bin lieber hier.«

Sie drehte den Kopf und sah ihn mit hochgezogener Augenbraue an. »So viel hatte ich vermutet.«

Er blieb neben dem Bücherregal stehen. »Welche anderen Vermutungen haben Sie über mich?«

Sie tippte sich mit einem Finger an die Lippe. »Sie tanzen nicht, oder?«

Er lachte leise. »Doch, ich tanze.«

Sie war nicht sicher, warum sie ihn köderte, doch er schien mitzumachen, also fuhr sie fort. »Mrs. Gates hat eingewilligt, dass ich den Kindern bald Tanzunterricht gebe. Vielleicht könnten Sie mir assistieren?«

Als er sich darauf verbeugte, schwenkte er das Buch dabei. »Ich wäre hocherfreut.« Bei seinem neuerlichen Aufrichten – er war wirklich groß, zuckten seine Lippen. »Welchen haben Sie im Sinn?«

»Den Walzer.« Miranda verschränkte die Arme vor der Brust, und lehnte sich gegen das Bücherregal. Er hatte gewiss noch nie Walzer getanzt. Nicht, wenn er nicht an Festen teilnahm und nicht in London gewesen war. Jedenfalls glaubte sie, dass er nicht in London gewesen war. »Sind Sie einmal in London gewesen?«

»Seit langer Zeit nicht mehr.« Mit dem Buch in der Hand tippte er gegen seinen Oberschenkel. »Das ist keine Empfehlung für mich, nicht wahr?«

Sie zog eine Schulter hoch. »Ich bin mir bloß über Ihre Fähigkeiten beim Walzertanzen im Zweifel.«

»Ich könnte sie unter Beweis stellen. Jetzt, vielleicht.« Er legte den Kopf schief. »Wenn Sie wollen.« Und nun köderte er sie.

»Das will ich. Aber es gibt keine Musik.«

»Ich werde summen.«

Miranda grinste. »Also gut, Mr. Foxcroft.«

Er legte das Buch auf das Regal hinter ihr und sein Arm streifte dabei ihre Schulter. Sie legte die Finger in seine hingestreckte Handfläche. Dann trat sie vor und er schlang seinen anderen Arm um ihre Taille, worauf er sie in seine Arme zog. Zu ihr gebeugt, flüsterte er dicht an ihrem Ohr: »Sie müssen mich Fox nennen, wie alle es tun.«

Ein unerklärbarer Schauder lief ihr über die Wirbelsäule. Er straffte sich und brachte ihrer beider Position in die perfekte Form. Dann tat er genau, was er gesagt hatte. Er summte Haydens »Uhren-Symphonie« und schwang sie im Tanz herum, wobei er mit einer Hand geschickt ihren

Rücken hielt, während er mit der anderen ihre Finger auf eine scheinbar mühelose Art und Weise umschloss.

»Wo um alles in der Welt haben Sie tanzen gelernt?« Sie schüttelte den Kopf. »Nein, antworten Sie nicht. denn dann hört die Musik auf.« Miranda schloss kurz die Augen und stellte sich vor, seine Stimme wäre der Klang eines wirklichen Orchesters und wie sie inmitten tausender Kerzen dahinglitten, anstatt in einem Waisenhaus im ländlichen Wiltshire gefangen zu sein.

Das Gefühl seiner Hand, die sich gegen ihr Kleid spreizte, war überraschend angenehm. Nein, angenehm war nicht das richtige Wort, denn die Haut unter ihrem Gewand kribbelte von der Wahrnehmung seiner Berührung … und noch etwas anderem. Er fasste sie fester, womit er sie eine Haaresbreite näher zog. Als sie die Augen aufschlug, stellte sie fest, dass er sie eingehend betrachtete und ein Leuchten von seinen Augen ausging, das sich von der bernsteinfarbenen Mitte aus über die jadefarbene Zone bis in das intensive Saphirblau erstreckte.

Sie war sich seiner bloßen Hand bewusst, welche die ihre wärmte. Der Tanz mit ihm Haut an Haut löste ein Flimmern geheimer Empfindungen – Intimität, wie sie erkannte – aus, die ihren Körper übermannten. Noch nie zuvor hatte sie ihre Handschuhe im Beisein eines Gentlemans abgelegt. In London galt es als unangemessen, ohne Handschuhe zusammen zu sein. Wie auch ihr Tanz ohne Anwesenheit einer Anstandsdame. Es war merkwürdig, doch das war ihr bis jetzt noch nicht in den Sinn gekommen. Offenbar hinterließen die ländlichen Gepflogenheiten ihren Einfluss auf sie. Ihre Lippen formten sich zu einem Lächeln.

»Sie wirken überaus erfreut.«

Miranda ließ den Blick zu ihm schnellen. »Sie haben die Musik unterbrochen.«

»Und Sie tanzen trotzdem immer noch.« Er fuhr fort, mit

ihr im Takt herumzuschwingen, so als ob die Musik spielen würde. »Warum haben Sie gelächelt?«

»Unser Tanz, hier so ganz unter uns, ist ein bisschen skandalös, nicht wahr? Oder das wäre er zumindest in der Stadt.«

Er weitete die Augen ein bisschen und sein Schritt geriet aus dem Takt, doch er blieb nicht stehen. Er hatte einen eindringlichen Blick aufgesetzt. »Sie sagten, Sie *mögen* es kühn.«

»Und deshalb bin ich hier anstatt in London.« Miranda erwiderte seinen Blick. Er sah heute Abend sehr attraktiv aus. So sauber und ordentlich herausgeputzt, wie neulich im Pfarrhaus. Er war ein Mann, der hart arbeitete, und dennoch schien er sich auf einem eingebildeten Tanzboden ebenso wohlzufühlen wie auf einem Acker. Bemerkenswert.

Sie wirbelten über den Tanzboden, als ob sie jeden Abend zusammen tanzen würden. »Ich bin überrascht, dass Sie nicht zum Fest gegangen sind. Sie tanzen hervorragend.«

Er schien bei ihrem Lob noch größer zu werden. »Mrs. Gates beharrte darauf, dass ich es lerne. Und ich, ähm, ich genieße es sehr.«

Sie rückte ihre Hand auf seiner Schulter zurecht und legte sie auf den blauen Wollstoff. »Dann bin ich doppelt überrascht, dass Sie das Fest nicht besuchen.«

Er bedachte sie mit einem eindringlichen Blick. »Ich bin zu beschäftigt, um mich mit gesellschaftlichen Angelegenheiten abzugeben.«

In den verspannten Muskeln unter ihrer Hand konnte sie seine Bürde fühlen. »Das Waisenhaus?«

Er spreizte die Finger an ihrem Rückgrat und abermals wurde sie von der himmlischen Nähe ihres Tanzes überkommen. Wenn er ein anderer Mann gewesen wäre ... »Und andere Verantwortungen, ja.«

Sie legte den Kopf schief und bemühte sich, die schockierende Erregung durch seine Berührung zu ignorieren. *Konzentriere dich auf seine Worte, Miranda.* »Bassett Manor?«

Scheinbar hatte er seinen Sinn für heitere Belustigung wiedergefunden, denn er zog eine Augenbraue hoch. »Ja.«

»Erzählen Sie mir davon.«

Er nickte. »Es ist seit Jahrhunderten in Familienbesitz. Erbaut wurde es Ende des zwölften Jahrhunderts. Einige Jahrhunderte später war es niedergebrannt und wieder aufgebaut worden. Als das Haus zerstört war, hatten die damaligen Nachbarn von Stipple's End meine Vorfahren eingeladen, bei ihnen unterzukommen. Der ausgedehnte Besuch gipfelte in der Eheschließung meines Urururgroßvaters von Bassett Manor mit meiner Urururgroßmutter von Stipple's End und so sind die beiden Besitzungen vereint worden. Zusammen machen sie etwa zweihunderttausend Morgen aus.«

Sie hatte keine Vorstellung gehabt, dass seine Ländereien so umfangreich waren oder die Vergangenheit so weitreichend. »Es ist kein Wunder, dass Sie viel zu tun haben, insbesondere mit dem Leck in der Halle, das wieder undicht geworden ist.« Sie betrachtete ihn. Er wirkte so befähigt und dennoch … »Wie können Sie es unbeachtet lassen?«

Er blieb stehen. Abrupt. Miranda stolperte ein bisschen, doch er brachte sie ins Gleichgewicht, ehe er die Hände sinken ließ. »Es ist nicht unbeachtet. Ich bin mir der Gefahr, die es birgt, sehr wohl bewusst.« Dann drehte er sich um und schritt zum Kamin, wobei er ihr den Rücken zukehrte.

»Ich bin keine Expertin, aber Sie könnten doch zumindest ein Stück Wachstuch über das Loch decken.«

Als er sich umdrehte, warf der flackernde Feuerschein hinter ihm scharfe Schatten auf seine Gesichtszüge, die wie ein Relief eingekerbt wirkten. »Haben Sie ein Stück Wachstuch übrig, Lady Miranda?« Sein Tonfall kühlte ihre Stimmung. Die während des Walzers zwischen ihnen bestandene

Kameradschaft, war verschwunden, als ob sie nie existiert hätte.

Zu spät fragte Miranda sich, ob er sich kein Wachstuch leisten konnte. Sie hatte keine Vorstellung, wie viel so etwas kostete. »Es besteht kein Anlass, rüde zu werden.«

Er trat einen Schritt vor. Seine Augen funkelten. »Ich kann erkennen, dass Sie überhaupt keine Ahnung haben, wie die reale Welt funktioniert.«

Warum war er so wütend? Sie hatte ihn nicht beleidigt. Zumindest hatte sie das nicht beabsichtigt. »Möglicherweise nicht. Aber was ist die reale Welt, Mr. Foxcroft? Was für Sie real ist, mag für mich vielleicht nicht real sein.«

Die Haut um seinen Mund spannte sich an. »Nur, weil Sie sie nicht sehen … sie nicht verstehen, bedeutet das nicht, dass sie nicht existiert. Dieses Waisenhaus, diese Leben«, er schwang den Arm in einem weiten Bogen, »sind realer als alles, was Sie je antreffen werden.«

Jetzt beleidigte er sie. »Ich werde einfach wieder nach oben gehen, bis Mrs. Gates zurückkehrt. Gute Nacht, Mr. Foxcroft.«

Miranda drehte sich auf dem Absatz um und ging aus dem Zimmer. Erst als sie die Treppe hinaufgestiegen war, fiel ihr auf, dass sie kein Buch mitgenommen hatte.

KAPITEL 6

*F*ox schlug mit der Faust auf den Kaminsims. Die Dinge hatten sich perfekt entwickelt und er hatte seinem Stolz die Oberhand gelassen.

Sie hatte mit *ihm* getanzt. Mit Fox. Nicht dem Straßenräuber. Nicht mit Stratham. Sondern mit *Montgomery Foxcroft*. Zum Teufel noch mal, er war ein Idiot. Sie hatte ihn nicht absichtlich beleidigen wollen. Das glaubte er zumindest nicht.

Er stieß sich vom Kaminsims ab und starrte ins Feuer. Die im letzten Monat von ihnen durchgeführte Dachreparatur hatte nicht standgehalten und gestern hatte das Leck wieder zu tropfen angefangen. Bei einer Inspektion des Daches am Nachmittag war eine weitere Beschädigung zutage getreten, was wohl dem nasskalten Wetter zu verdanken war. Sie könnten die Schadstelle mit einer Plane abdecken und es irritierte ihn sehr, nicht selbst daran gedacht zu haben. Er war zu eingehend auf die Reparatur konzentriert gewesen. Oder vielleicht war er von einer verführerischen Erbin abgelenkt gewesen.

Diese augenscheinlich törichte Londoner junge Dame

hatte mit einem Lösungsvorschlag aufgewartet, zumindest einem vorrübergehenden. Vorausgesetzt das Wetter besserte sich, würde die Plane wahrscheinlich für den Sommer genügen und ihm Zeit verschaffen, sich um weitere Geldmittel zu kümmern. Und er würde diese Geldmittel beschaffen … indem er sie heiratete?

Als ob. Fox fuhr sich mit der Hand durchs Haar, ohne einen Gedanken daran zu verschwenden, wie verwuschelt er aussehen würde. Sie würde nicht zurückkommen. Er ballte die Faust. Er hatte sie in seinen Armen gehalten und wieder entgleiten lassen.

Würde sie ebenso reagiert haben, wenn sie wüsste, dass er und der Straßenräuber ein und dieselbe Person waren? Hatte sie überhaupt den leisesten Verdacht? Diesen Anschein hatte sie nicht erweckt. Mit dem Straßenräuber hatte sie kokettiert, sie hatte ihn geneckt und ihn eingeladen. Was an ihm brachte dieses Verhalten in ihr hervor? Wie könnte er als Fox diese gleiche Reaktion hervorrufen?

Mit dem Walzer war er so nahe dran gewesen. Sie war beeindruckt gewesen und hatte wunderschön gelacht. Sorgenfrei. Anders als alle Frauen, die er kannte. Ach, wenn er nur wie sie so unbeschwert sein könnte – und wenn auch nur für eine kurze Weile. Doch das war er gewesen. In ihren Armen.

Das Tappen von Schritten war von der Tür her zu hören. Ruckartig sah er auf.

Miranda hielt direkt am Eingang der Bibliothek inne. Mit ihrem goldfarbenen, hochgesteckten Haar, das den Hals freigab, und einigen weichen Locken, die ihr Gesicht umrahmten, sah sie bezaubernd aus. Sie trug ein smaragdgrünes Kleid, das wahrscheinlich prachtvoller war als die meisten anderen bei der Veranstaltung heute Abend. Die Farbe ließ ihre wasserblauen Augen intensiver wirken und satter als einen kostbaren Edelstein. Das Kinn hoch erhoben, erblühten ihre Wangen in Rosa. »Mr. Foxcroft. Ich war wegen einem Buch gekommen. Ich habe vergessen, eines mitzunehmen.«

»Gibt es ein bestimmtes Buch, nach dem Sie suchen?« Fox räusperte sich, denn seine Stimme klang, als hätte er Sand gegessen.

»Ähm, nein.« Sie ließ den Blick durch den Raum schweifen. Nach einem Augenblick des Zauderns trat sie vor das Bücherregal.

In der Absicht, das Beste aus seiner zweiten Chance zu machen, ging er zu ihr. »Ich entschuldige mich für mein Betragen. Ich hatte Sie nicht beleidigen wollen.« Er blieb einige Schritte von ihr entfernt stehen und stützte die Hand auf das Bücherbord.

Als sie den Kopf drehte, senkte sie die Wimpern kurz über die Augen, ehe sie wieder nach vorn schaute. »Sie haben recht. Wir sind aus unterschiedlichen Welten. Ich hätte nicht davon ausgehen sollen, Sie oder ihre Arbeit zu kennen.«

Er fuhr mit den Fingerspitzen über eine Ausgabe der *Lyrical Ballads.* »Tatsächlich ist Ihre Idee mit der Plane gut. Und Sie müssen mich wirklich Fox nennen. Wir mögen aus verschiedenen Welten stammen, doch im Augenblick befinden Sie sich in meiner Welt und in meiner Welt nennt mich jedermann Fox.«

Sie drehte sich und fixierte ihn mit ihrem wasserblauen Blick. Sein Körper befand sich bereits in einem Zustand gesteigerter Wahrnehmung und ihm wurde unter ihrer Aufmerksamkeit heiß. Sie zog sein Buch aus dem Regal. »Was haben Sie gelesen?«

»*Tristram Shandy.* Es ist eines meiner besonderen Favoriten.«

Sie gab ihm das Buch zurück. »Das war es auch für meinen Bruder. Meinem ältesten Bruder. Der gestorben ist.«

Er nahm den Band von ihr entgegen und legte die Handfläche um den Buchrücken. »Das tut mir sehr leid.«

Sie richtete den Blick wieder auf das Bücherregal zurück. »Bedauern Sie nicht mich, sondern Jasper. Er hatte sich im Nu von einem sorgenfreien Platzhalter in einen streng geprüfte Erben wandeln müssen.«

Er hatte großen Gefallen daran, diese Einzelheiten zu erfahren und er wollte alles über sie wissen. Und das nicht nur, weil es womöglich ihre Verführung erleichtern würde. »War das schwer für Jasper?«

Der Anflug eines Lächelns zeigte sich auf ihrem Gesicht. Irgendetwas hielt ihre Gefühle für ihre Familie in Schach. »Ja, er ist sehr aktiv und obwohl unser Vater sportliche Betätigung gutheißt, erwartet er von Jasper, in allen Dingen gut zu sein – einschließlich den akademischen. Nicht, dass Jasper nicht außerordentlich intelligent wäre, aber er ist beim Reiten weitaus glücklicher als beim Lesen. Sind diese Bücher hier alle Poesie?« Mit einem Nicken deutete sie auf die Reihe von Büchern.

»Ja. Die Romane sind dort hinten.« Er drehte sich, um sie die Wand entlangzuführen, doch dann hielt er inne. »Ich sollte nicht einfach voraussetzen, dass Sie einen Roman lesen wollen. Vielleicht ziehen Sie eine Abhandlung über den Wechselanbau von Feldfrüchten vor?«

Sie ließ ein leises, helles Lachen erklingen. Es war kurz, doch er konnte sich keinen lieblicheren Klang vorstellen. »Einen Roman, denke ich.«

Sie schlenderten ein paar Meter am Bücherregal entlang, bis er vor den Romanen stehen blieb. »Es sind ziemlich viele.«

»Sie kennen sich in der Waisenhausbibliothek sehr gut aus. Verbringen Sie denn viel Zeit hier?«

»Ja, man könnte sagen, es sei meine Bibliothek, da ich nicht viele Bücher in Bassett Manor habe. Es ist viel sinnvoller, sie hier aufzubewahren, wo die Kinder die Bücher lesen und davon profitieren können.«

»Ihr Engagement für die Waisenkinder ist bewundernswert.« Sie schaute zu den Regalen auf und schlenderte zweimal hin und her.

»Möchten Sie dort oben nachsehen? Ich gehe die Leiter holen.« Fox legte sein Buch auf dem Regal ab und strebte auf die bewegliche Leiter in der Ecke zu. Er schob das große Eichengestell zu Miranda, wobei die Rollen auf dem Holzboden quietschten. Dann brachte er es vor den Romanen zum Stehen.

Als sie sich zu ihm umdrehte, waren ihre rosafarbenen Lippen geöffnet. Er stellte sich ihre Zunge vor, wie sie hervorschnellte und unaussprechliche Dinge tat. Seine Körpertemperatur stieg noch weiter, und urplötzlich drohte seine entsetzliche Krawatte ihm die Luft abzuschnüren. Er hielt ihr die Hand hin, um ihr auf die Treppe zu helfen.

Ihre zarte Haut berührte ihn, als sie sie ergriff. Der lustvolle Schub, den er während ihres Walzers so genossen hatte, erfasste seinen Körper aufs Neue. Sie schien sich ihrer Wirkung auf ihn unbewusst zu sein. »Ich danke Ihnen.«

Fox nickte bloß. Am Fuße der Treppe nahm er seinen Posten ein und sah ihr beim Hinaufsteigen zu, wobei er sich Mühe gab, nicht auf ihr sich wiegendes Hinterteil zu starren. Sie sah sich noch ein oder zwei Minuten auf dem Regalbord um, ehe sie dann einen Band herausnahm und sich damit umdrehte. Als sie den Fuß von der Stufe nahm, um die Leiter hinunterzusteigen, verfing sich dieser in etwas – er hatte ehrlich gesagt nicht auf ihre Füße geachtet – und das Buch entglitt ihren Händen.

Und landete auf seiner Nase.

»Oh!« Hastig stieg sie die Leiter hinunter, wobei sie kurz vor Erreichen des Fußbodens stehen blieb, sodass sie auf Augenhöhe mit ihm war.

Fox schaffte es, die unbeabsichtigte Waffe mit einer Hand zu fangen. Die andere benutzte er zur Massage seines brennenden Gesichts. Sie schob seine Hand beiseite. »Lassen Sie mich einmal sehen.« Sie beugte sich vor und inspizierte seine Nase, während Fox versuchte, die Nähe ihrer Lippen und ihren verlockenden Zitrusduft zu ignorieren und nicht daran zu denken, wie gern er sie wieder küssen wollte.

Und dann machte sie die Sache noch schlimmer, indem sie ihn *berührte*.

Sie streckte die Hand aus und strich mit den Fingerspitzen über seine Nase. »Sie ist doch nicht gebrochen, oder? Sie sieht nicht geschwollen aus, nur sehr, sehr rot.« Ihre Blicke trafen sich. »Es tut mir so leid. Sind Sie wohlauf?«

»Alles bestens.« Und dann fielen ihm ihre Worte über Forschheit wieder ein, und er gab seinem Impuls nach. »Sie könnten sie küssen.«

Sie zog den Kopf ein winziges Stück zurück, doch scheinbar überlegte sie es sich und ihre goldfarbenen Augenbrauen zogen sich zusammen.

War er zu weit gegangen? »Ich dachte, Sie mögen es forsch.« Dies brachte er mit weniger Selbstvertrauen, aber unendlicher Hoffnung hervor.

»Hmmm. Vielleicht sollte ich das tun.« Sie beugte sich wieder etwas vor. Wenn er die erste Stufe nahm, direkt unter ihr, würde sein Mund die Stelle seiner Nase einnehmen –

»Da sind Sie ja!« Geschäftig betrat Mrs. Gates die Bibliothek, womit sie den Zauber des Augenblicks wirkungsvoll platzen ließ.

Fox trat rückwärts anstatt auf die Leiter zu, und er hielt den Kopf nach unten, anstatt ihn zu erheben, während er seinen Körper zwang, sich zu entspannen, anstatt zu entflammen. Er reichte Miranda den Roman.

Sie nahm das Buch, ohne ihn anzuschauen. »Guten

Abend, Mrs. Gates. Wie hat Ihnen die Veranstaltung gefallen?«

Seine Ersatzmutter klatschte in die Hände und strahlte. »Herrlich. Es war einfach herrlich. Ich kann Ihnen gar nicht genug danken. Und die Kinder, haben sie keine Schwierigkeiten gemacht?«

Miranda schüttelte den Kopf. »Ganz und gar nicht.«

Mrs. Gates sah zu Fox. »Haben die Jungen auch keine Probleme bereitet?«

Er blickte Mrs. Gates an, während er sich abmühte, eine zusammenhängende Antwort zu formulieren. In Gedanken war er immer noch damit beschäftigt, Miranda zu küssen, sie zu entkleiden, das Gefühl ihres Körpers auszukosten ... Herrgott, darüber konnte er jetzt nicht fantasieren. »Sie waren vollendete Engel.«

Mrs. Gates schmunzelte. »Jetzt weiß ich, dass das nicht stimmen kann. Lady Miranda, die Carmodys warten draußen in der Kutsche, um Sie nach Hause zu bringen.«

Miranda drückte das Buch an ihre Brust.

Fox legte den Kopf schief. »Sie können das Buch mitnehmen.«

Als sie mit der Handfläche über den Einband strich, waren ihre Züge von Sehnsucht gezeichnet. »Danke, aber nein. Mr. Carmody gestattet mir keine Bücher.« Sie seufzte und hielt es ihm dann hin. »Ich werde es beim nächsten Mal lesen.«

Das war überraschend. Die wagemutige, risikofreudige Miranda fügte sich jemandes lächerlichen Vorschriften? »Ich werde es für Sie aufheben.« Ihre Finger streiften sich, als er das Buch an sich nahm, und er musste den Drang unterdrücken, die Distanz zwischen ihnen zu durchbrechen.

»Ich danke Ihnen.« Mit hochgezogener Augenbraue schenkte sie ihm ein kleines, freches Lächeln. »Für alles.«

Aufgrund ihrer fehlenden Präsenz, verblasste der Raum

zu Grau. Fox starrte auf den Türrahmen, bis Mrs. Gates hüstelte und ein kleines Lächeln ihren Mund umspielte. »Es ist schön, Sie so zu sehen. Es ist an der Zeit, dass Sie anfangen, in die Zukunft zu schauen, anstatt zurück. Es wurde Zeit, dass Sie Jane hinter sich lassen.«

Nur selten sprachen sie von Jane. »Ich bin schon lange darüber hinweg.«

Sie rückte einen schief stehenden Tisch zurecht. »Ich hoffe doch inständig, Sie meinen mit ›darüber hinweg‹ nicht diese schreckliche Mrs. Danforth.« Stirnrunzelnd schüttelte sie den Kopf. »Ich habe ganz vergessen, Ihnen zu sagen, dass sie letzte Woche mit ein paar Kleidungsstücken für die Kinder vorbeigekommen ist.«

Er legte Mirandas Buch auf das Regal und ließ dabei die Handfläche auf dem Einband verweilen, als ob er ihm auf diese Weise jedes Quäntchen ihres Wesens entziehen konnte, wo sie es gestreichelt hatte. »Wir können es uns nicht leisten, Pollys Wohltätigkeit zu verweigern, ganz gleich, was Sie von ihr halten.«

Mrs. Gates machte sich im Raum zu schaffen und fing an, unnötige Dinge aufzuräumen. »Kann sie ihre Spenden nicht herschicken, anstatt persönlich zu kommen? Noch besser wäre es, sie von Rob abholen lassen. Es bringt mich auf die Palme, sie sehen zu müssen, nachdem sie Rose fortgelockt hat, um für sie zu arbeiten.«

Diese Meinungsverschiedenheit hatten sie früher schon erörtert. Fox zupfte an seiner Krawatte. »Rose war ein problematisches Mädchen. Als sie zu uns kam, war sie bereits älter als die meisten anderen Kinder und auf dem von ihr gewählten Weg schon weit fortgeschritten. Ich bedaure Roses Entschluss ebenso wie Sie, aber wir haben alle unser Bestes gegeben, sie zum Bleiben zu bewegen – das Beste jedenfalls, was sie überhaupt geduldet hat. Und Sie sollten Polly nicht die Schuld geben. Im Gegensatz zu Ihrer

Annahme kommt Polly hierher, um zu helfen, wo sie kann, und nicht, um unsere Mädchen in die Prostitution zu locken.«

Mrs. Gates schniefte verächtlich. »Ihre Mutter würde es auch nicht gutheißen, dass Sie Zeit mit ihr verbringen.« Bis zum Tod von Fox' Mutter waren Mrs. Gates und seine Mutter eng befreundet gewesen. Gelegentlich berief Mrs. Gates sich auf ihren Namen, wenn sie Schuldgefühle wecken wollte.

Und Fox weigerte sich, Schuldgefühle zu entwickeln, weil er nach Janes Heirat mit Stratham weibliche Gesellschaft nötig hatte. »Ich verbringe keine Zeit mit ihr.« Auf seine Erklärung hin zog Mrs. Gates eine Augenbraue hoch. »Nicht mehr.« Und das tat er auch nicht. Seit Miranda hier war.

Sie ging, um sich einen Stapel Bücher auf einem Tisch in der Nähe der Fenster vorzunehmen. »Dann haben Sie also vor, Lady Miranda für sich einzunehmen?«

Noch nie war er imstande gewesen, seine Beweggründe vor ihr geheim zu halten. »Das habe ich.«

Nachdem sie die Bücher zu einem akkuraten Stoß aufgestapelt hatte, drehte sie sich zu ihm. »Ist sie geneigt? Ich kann nicht sagen, ob sie hier glücklich ist.«

»Ich glaube, sie findet das Leben auf dem Land recht angenehm, und ich habe Grund zu der Annahme, dass sie für meine Avancen offen sein könnte.« Das nahm er zumindest an, da sie gerade im Begriff gewesen war, ihn zu küssen.

Mrs. Gates grinste ihn an. »Das sind wundervolle Neuigkeiten, Fox! Sie brauchen eine Frau, und ich bin von ihrer Arbeit hier überraschenderweise beeindruckt. Sie sollten sie beim Mittagessen mit den Kindern sehen. Die von ihr erreichte Verbesserung des Betragens ist verblüffend. Und die Kinder verehren sie tatsächlich. Aber wie könnten sie das auch nicht? Sie ist ...«, kopfschüttelnd strich Mrs. Gates mit der Hand über den Bücherstapel, »einzigartig.«

Ja, das war sie. Fox konnte sein Glück nicht so recht fassen, aber er war der Meinung, dass es längst überfällig war. »Ich kann mich wahrscheinlich nicht mit den Gentlemen messen, an die sie aus London gewöhnt ist, doch das werte ich als ein Zeichen zu meinen Gunsten.«

»Das sollten Sie auch«, stimmte Mrs. Gates mit einem festen Nicken zu.

»Und Sie sind vielleicht ein kleines bisschen voreingenommen.« Fox drückte die Finger aneinander und lächelte.

Mrs. Gates lachte leise, als sie auf ihn zuschritt. »Vielleicht, aber mit gutem Grund. Sie sind ein außergewöhnlicher Mann. Wer sonst hätte auf die Universität verzichtet, um hier zu bleiben und sich um ein heruntergewirtschaftetes Waisenhaus zu kümmern? Sie hätten die Schützlinge leicht ins Armenhaus schicken und Ihr Leben weiterleben können. Niemand hätte Ihnen das verübelt.«

»Sie halten mir viel zu viel zugute. Nach Harrow war ich der Vorträge und Regeln überdrüssig. Es war viel einfacher und aufregender, nach Hause zu kommen und zwei Anwesen zu führen.« Stimmte das? Wie Fox begriff, würde er das nie erfahren, aber er bedauerte den von ihm gewählten Lebensweg nicht.

»Es wird Lady Miranda nicht schwerfallen, zu erkennen, was für ein nobler Gentleman Sie sind.« Sie stellte sich auf die Zehenspitzen und streichelte seine Wange.

Der heutige Abend war weitaus erfolgreicher verlaufen, als er es sich vorgestellt hatte. Er fühlte sich mehr als ermutigt, und noch nie war sein Entschluss so stark gewesen.

Er hatte vor, es zu tun. Er würde Miranda bitten, seine Frau zu werden.

Gleich nachdem er ein Stück Plane gekauft hatte.

~

*A*m folgenden Nachmittag betrat Miranda das Waisenhaus mit Bedauern, da sie ins Haus gehen musste, wo sie doch endlich einen richtigen Sommertag hatten. Ausnahmsweise hatte sie sich nicht daran gestört, die Strecke bis nach Stipple's End zu Fuß zurückzulegen, was insbesondere an Beatrices außerordentlich guten Laune lag.

Gestern Abend, auf der Rückfahrt nach Birch House, hatte Beatrice unaufhörlich von der Veranstaltung erzählt und davon, dass ihre Tanzkarte noch nie so voll gewesen war. Anstatt jedem ihrer Worte aufmerksam zu lauschen – wie Miranda dies normalerweise bei jedem anderen Mädchen getan hätte, das sich über die Ereignisse einer gesellschaftlichen Veranstaltung auslieδ –, dachte Miranda an Fox und wie sicher sie war, dass er sie in der Bibliothek hatte küssen wollen. Und es hätte ihr nichts ausgemacht. Nein, das stimmte nicht ganz. *Wie sehr sie sich diesen Kuss gewünscht hatte.*

Sogar heute noch dachte sie an diese schockierende Erkenntnis.

Vielleicht hatten ihre Eltern ja doch recht. Männer zeigten das leiseste Interesse an ihr – oder auch nicht, wie im Fall ihrer ersten Begegnung mit dem Straßenräuber –, und sie sank ihnen zu Füßen.

Beatrice strebte auf die Treppe zu. »Ich bin im Schulzimmer.« Sie hielt inne. »Miranda, ich danke dir für deine Hilfe. Es war gestern Abend das erste Mal, dass ich ... Spaß hatte.«

Miranda lächelte. »Ich wünschte, ich hätte es sehen können.«

Ehe Beatrice die Treppe hinaufeilte, wandte sie den Blick ab, als ob ihr Mirandas Freundlichkeit unangenehm wäre. War dies möglicherweise die einzige Freude, die das arme Mädchen je erlebt hatte? Jetzt war Miranda aus doppeltem Grund froh, ihr behilflich gewesen zu sein.

Miranda sah zu der Uhr, die den Kaminsims über dem enormen mittelalterlichen Kamin zierte. Die Kinder waren noch draußen und genossen ihre sportliche Betätigung nach dem Mittagessen. Da Miranda am gestrigen Abend hier gewesen war, hatte Mrs. Gates darauf beharrt, dass sie heute das Mittagsmahl im Waisenhaus ausfallen ließ. Miranda war nicht nur deshalb enttäuscht gewesen, weil dies bedeutet hatte, dass sie das Mahl im Birch House einnehmen musste. Es hatte ihr gefehlt, hier zu sein. Große Güte, das Landleben steckte voller Überraschungen.

Ein lautes Klopfen ertönte an der Haustür, als würde die Spitze eines Spazierstocks gegen das Holz geschlagen. Miranda drehte sich um, doch niemand kam, um den Besucher zu empfangen. Achselzuckend ging sie zur Tür, um sie zu öffnen.

Mr. Stratham stand auf der Schwelle, seinen Spazierstock in der Hand. Seine Stirn war von Feuchtigkeit benetzt, die wohl eine Folge der warmen Temperatur war. Seine Augen weiteten sich ein wenig, ehe sich die Haut an den Augenwinkeln bei seinem breiten Lächeln krauste. »Wir haben Sie gestern Abend bei der Veranstaltung vermisst, Lady Miranda.« Er trat unaufgefordert ein.

Miranda schloss die Tür hinter ihm. »Ich war hier und habe mich um die Kinder gekümmert.«

»Welch Glück für die Kinder.« Er warf ihr einen koketten Blick zu. »Ich hatte gehofft, Sie heute vielleicht zu einem Ausflug mit mir überreden zu können. In den nächsten Wochen werde ich mit Bezirksangelegenheiten beschäftigt sein und ich wäre untröstlich, wenn Sie nicht gleich auf der Stelle mit mir losfahren würden.« Er stützte sich überaus elegant auf seinen Gehstock und präsentierte sein stilvoll gekleidetes Bein. Seine gelbbraune Hose umschmiegte seine kompakte Statur und verschwand in prachtvoll glänzenden Stiefeln.

Obschon sie an solch einem herrlichen Tag gern eine Spazierfahrt unternommen hätte, getraute sie sich nicht, die daraus drohenden Konsequenzen zu riskieren. Darüber hinaus wollte sie ihren Pflichten nachgehen. Mit Kindern zu arbeiten, *gefiel* ihr. Sie flocht die Finger vor sich ineinander. »Ich bedaure, aber ich muss ablehnen. Ich bin gerade erst angekommen.«

»Ach kommen Sie. Mrs. Gates wird Sie gewiss für einen Nachmittag von Ihren Pflichten entbinden. Insbesondere, wo Sie doch gestern Ihren Abend hier verbracht haben, anstatt die Veranstaltung zu besuchen.«

War ihm entfallen, dass ihr verboten war, an gesellschaftlichen Veranstaltungen teilzunehmen oder sich an geselligen Unternehmungen wie Ausfahrten zu beteiligen? Oder hatte er an jenem Tag in Wootton Bassett einfach nicht Acht gegeben? Fox hatte aufgepasst.

Mr. Stratham nutzte ihr Schweigen zu seinem Vorteil. »Ausgezeichnet, ich werde hier warten, während Sie Mrs. Gates über unsere Pläne informieren.«

Miranda trennte die verschlungenen Hände. »Ich bedaure, aber kann ich nicht. Es ist mir nicht gestattet, mit Ihnen zu fahren.«

»Mit mir?«

»In der Tat, mit jedem. Bitte verstehen Sie das nicht als Beleidigung.« Sie lächelte, da sie ihn wahrlich nicht verärgern wollte. Er schien ein umgänglicher Zeitgenosse zu sein, wenn er auch Fox´ die Verlobte abspenstig gemacht hatte. Hatte sie Mr. Stratham die Rolle des Bösewichts zugewiesen? Sie verfolgte diesen Gedanken im Stillen und so verpasste sie, was er als Nächstes sagte. »Wie bitte?«, fragte sie.

»Ich habe lediglich vorgeschlagen, dass wir einen Rundgang über das Gelände machen könnten, wenn Sie nicht ausfahren dürfen. Es ist solch ein herrlicher Tag.« Er hob seinen Spazierstock, warf ihn in die Luft und fing das elegante Stück aus Holz und Elfenbein in seiner Faust.

Sie hätte ablehnen sollen, doch ihrer Vermutung nach würde seine Hartnäckigkeit anhalten. Wahrscheinlich hätte Mrs. Gates nichts dagegen einzuwenden, das Nachmittagsprogramm der Kinder an ihrem ersten richtigen Sommertag ein wenig hinauszuschieben. »Ich werde mit Mrs. Gates sprechen. Sie ist wahrscheinlich hinten.«

Miranda führte ihn über den rückwärtigen Korridor in den Garten. Das helle Sonnenlicht blendete ihre Augen, und sie schirmte sie mit der Hand an der Stirn ab, während sie nach den geblümten Musselinröcken von Mrs. Gates Ausschau hielt. Sie stand hinter dem Gemüsegarten und sprach in den Brunnenschacht. Den Brunnenschacht?

Ihre Panik trieb Miranda durch den Garten. »Mrs. Gates?«

Die Vorsteherin drehte sich um und winkte ihr sichtlich erleichtert zu. »Guten Tag, Lady Miranda.«

Mr. Stratham folgte Miranda auf ihrem Weg zum Brunnen. Sie blieb neben Mrs. Gates stehen und spähte in das tintenschwarze Loch. »Ist etwas dort unten?«

»Bloß ich«, kam eine Stimme. Trotz der Hitze des Tages bekam Miranda eine Gänsehaut im Nacken. Diese Stimme hatte sie schon einmal gehört ... auf einer finsteren Straße vielleicht?

Mr. Stratham trat an den Brunnen heran und legte die behandschuhten Handflächen auf die Steine. »Sie sind wohl hineingefallen, Fox?«

Fox? Er war die Stimme im Brunnen? Für einen Moment hatte sie geglaubt, den Straßenräuber gehört zu haben. Ihre törichte Fantasie. In Gedanken war sie bei gestern Abend gewesen, als Fox sie fast geküsst hatte und sie hatte dabei von dem Straßenräuber geträumt, der sie *tatsächlich* geküsst hatte.

Das über den Brunnenrand in das Loch baumelnde und an einem nahen Baum festgebundene Seil straffte sich unversehens. Einen Augenblick später zog Fox sich mit einer Hand nach der anderen herauf, während ein Eimer in seiner rechten Armbeuge hing. Er hatte die Hemdsärmel hochgekrempelt, und seine Muskeln spannten sich bei seiner Anstrengung an. Wie der gesellschaftliche Anstand gebot, müsste sie sich ob seines unbekleideten Zustands beleidigt fühlen, jedoch war diese Art von Empörung etwas für andere, tugendhaftere Frauen. Stattdessen betrachtete sie seine entblößte Haut und erachtete ihn letztendlich für sehr gut gebaut. Ihr Kleid lastete schwer über ihren Brüsten, was sie allerdings auf die Temperaturen schob.

Fox klammerte sich an den Rand des Brunnens, hievte sich hoch und schwang sich mühelos auf den Boden. Nachdem er den Eimer auf die Erde gestellt hatte, schob er sich das Haar aus der Stirn zurück. Er war taufeucht und erhitzt, während seine Unterarme wahrscheinlich vom Brunnenwasser nass waren. Der Ausschnitt seines cremefarbenen Leinenhemdes gab den Blick auf seinen Hals frei. Miranda schaute ihn einen Moment lang an, ehe sie sich ihres skandalösen Verhaltens bewusst wurde, und den Blick daraufhin zu Mrs. Gates lenkte, die den Eimer stirnrunzelnd beäugte.

Kopfschüttelnd reichte die Vorsteherin Fox einen Lappen. »Es tut mir so leid, dass Sie dort hinunterklettern mussten. Es ist so ungezogen von den Jungen, Ihnen solche Umstände zu machen.«

Fox wischte sich das Gesicht und die Hände ab. Er schmunzelte. »Das ist schon in Ordnung. Ich erinnere mich daran, dass auch ich einmal ein junger Kerl mit zu viel Übermut war.«

»Was ist passiert?«, fragte Miranda.

Fox sah sie an und sein Blick bohrte sich ebenso heiß in

sie, wie die Sonne in ihrem Rücken. »Ein paar der Jungen haben den Eimer ohne Seil in den Brunnen hinabgelassen.«

»Unverschämte Bälger.« Mr. Stratham war vom Brunnen weggetreten und schwang nun seinen Gehstock durch das Gras, worauf die Halme brachen, sobald sie getroffen wurden.

Fox starrte ihn böse an, ohne jedoch etwas zu sagen. Mrs. Gates nahm das Tuch von Fox entgegen und verstaute es in ihrer Schürzentasche. »Ich sollte die Kinder zusammenholen.«

Mr. Stratham hob eine Hand in Richtung Mrs. Gates. »Ehe Sie gehen, möchte ich Sie für Miranda um Erlaubnis bitten, einen kleinen Spaziergang mit mir zu unternehmen, um diesen herrlichen Tag für eine Weile zu genießen.«

Mrs. Gates sah zu Miranda, die mit einem leichten Nicken auf die stille Frage der Vorsteherin antwortete. Aus einem unerklärlichen Grund sah sie zu Fox. Er neigte den Kopf, wobei ihm eine Haarlocke in die Stirn fiel. Eine anständige Miss hätte seinen unordentlichen Zustand absto-ßend gefunden, doch Miranda gefiel sein Aussehen. Rau. Kräftig. Überwältigend männlich.

»Es wäre nach all dem trüben Wetter, das wir hatten, ein Jammer, diesen herrlichen Nachmittag nicht zu genießen«, meinte Mrs. Gates. »Ich werde den Kindern noch extra Zeit im Freien gewähren. Sagen Sie Bescheid, wenn Sie fertig sind, meine Liebe.« Und damit entfernte sie sich zum hinteren Teil des Hauses.

Mr. Stratham hielt ihr den Arm hin. »Sollen wir dann losgehen?«

Miranda legte die Hand auf seinen Arm, doch sie stahl sich dabei einen Blick über die Schulter zu Fox. Zu ihrer Überraschung fixierte er sie im Gegenzug mit seinem sengenden Blick. Eilig drehte sie sich wieder um, damit sie nicht noch wegen ihrer Torheit stolperte.

~

*F*ox sah Miranda an Strathams Arm davongehen und überlegte, wie leicht es wohl wäre, Philip und Bernard anzustiften, Stratham in den Brunnen zu werfen. Zu leicht. Fox zog das Seil hoch, das er zum Abseilen in den Brunnschacht benutzt hatte, und band den Eimer daran fest.

Mit einem gemurmelten Fluch drehte er sich um und marschierte vom Brunnen weg. Verdammter Stratham. Fox widerstrebte es, Miranda an ihn zu verlieren. Seine Erpressungen und korrupten Machenschaften bei den Wahlen waren schlimm genug.

Aber vielleicht wollte sie Stratham gar nicht. Gestern Abend hatte sie mit ihm getanzt und gelacht. Nicht mit Stratham, nicht mit irgendeinem Londoner Gecken. Mit *Fox*.

Er schritt bis an den Rand des Gartens. Hinter dem Zaun erstreckten sich die Felder. Seine Felder. Der Sommer war über sie hereingebrochen, doch die Nutzpflanzen hinkten hinterher. Zu weit hinterher. Er schob seine Sorgen beiseite. Er hatte keinen Einfluss auf das Wetter. Er konnte allerdings sein eigenes Handeln steuern. Und er musste handeln.

Er sah zu Stratham und Miranda zurück, die durch den Garten schlenderten und nun auf den Obstgarten zuhielten. Dann sah er an sich selbst hinab. Dies waren nicht seine schlimmsten Kleider, aber neben Stratham mit seinem maßgeschneiderten Frack und der kunstvoll gebundenen Krawatte sah er wie ein Leibeigener aus. *Verdammt*, er trug noch nicht einmal eine Krawatte. Er berührte seine Kehle und fühlte die Feuchtigkeit dort. Er war auch noch schmutzig und verschwitzt.

Das war nicht das feinste Bild, sich einer Dame zu präsentieren, aber er konnte es sich nicht leisten, abzuwarten, bis er ordentlich angezogen wäre. Wenn er sich darüber hinaus nicht irrte, hatte Miranda ihn beim Brunnen mit nichts anderem als Wohlwollen betrachtet.

Fox schritt auf den Obstgarten zu. Er erklomm einen kleinen Hügel, der den Blick auf einen Großteil der Apfelbäume versperrte, und hielt inne. Stratham verabschiedete sich. Er hatte sich gerade über ihre Hand gebeugt – und sie wahrscheinlich ganz vollgesabbert, dieser Lustmolch – und sie winkte ihn mit einem Lächeln fort.

Musste Fox jetzt dort hinuntereilen? So wie er aussah? Die Bedrohung war fort. Für den Augenblick.

Und dann hörte er es. Ein schriller Schrei rechts von ihm den Hügel hinab. Der Tümpel!

Miranda hatte es auch gehört. Sie sah sich nach der Geräuschquelle um. Doch sie kannte sich auf dem Anwesen nicht so gut aus und wusste wahrscheinlich nichts von dem kleinen Tümpel.

Ein weiterer Schrei trieb Fox zum Handeln an. Er rannte den Hügel hinunter und rief dabei: »Miranda, hier entlang!«

Sie raffte die Röcke und folgte ihm, als er auf das Kindergeschrei zu rannte. Flora hätte ihn beinahe umgeworfen, als sie durch die Büsche brach und gegen seinen Brustkorb krachte. »O Fox! Es ist Clara. Sie ertrinkt!«

Fox packte das Mädchen an den Oberarmen, um sie zu stabilisieren. »Lauf und hol Mrs. Gates. Lauf!« Er ließ Flora los und sie stürmte den Hügel hinauf.

Miranda hatte ihn eingeholt und die letzten paar Meter zum Wasser rannten sie zusammen. Am Ufer standen mehrere Kinder. Philip schwamm auf die zappelnden Clara zu.

»Er ist zu langsam.« Fox zog die Stiefel aus. Er tauchte ins Wasser und wusste aus Erfahrung, dass es hier tiefer war als auf der anderen Seite. Mit langen Schwimmzügen hielt er auf Clara zu und überholte Philip rasch, der zum Luftholen innegehalten hatte.

Im nächsten Augenblick hatte er das Mädchen unter den Armen gepackt. »Geht es dir gut?«

Als sie darauf wild mit dem Kopf nickte, spritzte das Wasser aus ihrem durchnässten Haar in alle Richtungen.

Fox sah zum Ufer, an dem sich die Kinder versammelt hatten und dann zum gegenüberliegenden Ufer. Es wäre leichter, sie auf der flachen Seite aus dem Wasser zu tragen. »Ich werde dich zum anderen Ufer bringen. Halte dich einfach an meinem Arm fest.« Er brachte sie in Rückenlage und sicherte sie mit seinem rechten Arm, den er über ihrer Brust unter ihren Armen durchführte. Sie klammerte sich mit der Kraft von fünf Kindern an seinen Arm. Beim Schwimmen sah er Miranda den Teich umrunden, um ihn mit Clara im Schlepptau auf der anderen Seite zu empfangen.

Seine Füße berührten den Boden. Er nahm Clara auf die Arme und ging die letzten paar Meter aufrecht aus dem Wasser.

»Mrs. Gates!« Miranda wedelte wild mit den Armen. Als Fox sich umdrehte, sah er die ältere Frau mit einem Bündel Tücher an der Seite des Teichs entlanghasten.

Beinahe am Ufer angelangt, trat Fox an etwas Festes. Ein Schmerz schoss seinen linken Knöchel hinauf und er glitt aus. Als Clara kreischte, hechtete Miranda vor, um sie aufzufangen, bevor er auf die Knie fiel.

Miranda, die inzwischen wadentief im Wasser stand, hielt Clara fest, ehe sie ihm einen besorgten Blick zuwarf. »Geht es Ihnen gut?«

Trotz der betäubenden Schmerzen in seinem Bein, nickte Fox. Mrs. Gates kam an das Ufer geeilt. Miranda watete mit Clara hinaus und übergab sie der fürsorglichen Vorsteherin, die das kleine Kind in eine Decke schlang. »Du lieber Himmel, Fox. Gott sei Dank haben Sie sie gehört.«

Miranda streckte ihm die Hand hin. Fox nahm ihre Hilfe

an und kam auf die Füße. Als sie zusammen aufs Trockene wateten, ließen ihre Finger ihn nicht ein einziges Mal los.

Sie zeigte auf die Erde und sehr zu seiner Enttäuschung gab sie seine Hand frei. »Setzen Sie sich.« Dann wandte sie sich an Mrs. Gates. »Gehen Sie vor und bringen Sie Clara ins Gutshaus zurück. Ich werde Fox helfen.«

Fox setzte sich neben die Stelle, an der Mrs. Gates die Handtücher hatte fallenlassen. Die Vorsteherin hatte das Gesicht verzogen und ihre Miene lag irgendwo zwischen Wut und riesiger Erleichterung. Sie sah zu Fox´ Fußgelenk. »Ich kümmere mich um einen Umschlag für den Schnitt an Ihrem Bein.« Die kleine Clara noch immer an ihre Brust gedrückt, eilte Mrs. Gates davon, und sie hielt nur kurz inne, um die übrigen Kinder zum Haus zu scheuchen.

Miranda kniete sich neben ihn. »Lassen Sie mich sehen.«

Er streckte das linke Bein aus und sein Fußknöchel pochte. Vorsichtig zog sie ihm den Strumpf aus, wobei sie mit den Fingern über seine Haut streifte. Er beobachtete sie genau, wobei er angesichts ihrer hingebungsvollen Aufmerksamkeit beinahe den Schmerz in seinem Fußgelenk vergaß.

Behutsam tupfte sie seine Wunde mit einem Tuch ab. »Philip hat mir erzählt, was passiert ist. Bernard und er hatten ein Seil – vermutlich dasjenige vom Brunnen – an den Ast eines Baumes dort drüben gebunden und sich abwechselnd über das Wasser geschwungen.«

Fox drehte sich und richtete den Blick zum anderen Ufer. Er entdeckte besagtes Seil. Ja, es war das Seil vom Brunnen. Er lehnte sich zurück und stützte die Handflächen hinter sich ab. »Und sie haben Clara auch einmal gelassen.«

»Nicht ganz. Lisette erklärte, dass die anderen Kinder auf dieser Seite des Ufers durch das Wasser gewatet wären. Niemand hatte bemerkt, wie Clara sich dem Seil genähert hatte, bis sie ins Wasser fiel.« Miranda saß flach auf dem

Boden, während sie das Tuch weiterhin an sein Bein hielt. »Wie Sie sehen, ist sie recht weit hinausgelangt.«

Fox erinnerte sich an die heißen Sommertage seiner eigenen Kindheit. »Das schaffen die Kleinen immer.«

Auf ihre halb neugierigen und halb herausfordernde Art sah Miranda ihn mit hochgezogener Augenbraue an. »Sie sprechen aus Erfahrung?«

Er genoss diesen intimen Augenblick, wobei er sie aufmerksam betrachtete. »Ja. Hatten Sie einen Ort zum Schwimmen? Neben einem großen Eichenbaum vielleicht, von dem Sie sich haben fallen lassen?«

Sie nickte. »Benfield – meines Vaters Anwesen außerhalb Londons – hat einen großen See. Mein Bruder ist ein begeisterter Angler.« Wie auch gestern Abend, als sie von ihrer Familie erzählt hatte, huschte ein Schatten über ihre Augen. Sie lugte unter das Tuch auf sein Bein. »Wir sollten diese Wunde ordentlich säubern. Können Sie laufen?«

Er lächelte und genoss ihre umsichtige Fürsorge. »Es ist nicht so schlimm.«

Sie erwiderte seinen Blick. Das Sonnenlicht fiel durch die unbeweglichen Äste der Apfelbäume und ließ ihr Haar wie goldene Seide schimmern. Ihr Haarknoten hatte sich gelöst, wahrscheinlich eine Folge ihres schnellen Laufs zum Teich, und umspielte in langen Locken ihre Schultern.

»Es tut mir leid, dass Sie sich verletzt haben. Sie waren wundervoll, wie sie Clara gerettet haben.« Ihr Blick war sanft und die Lippen nur für ihn zu einem lieblichen Lächeln geformt. »Lassen Sie sich von mir aufhelfen.«

Daraufhin erhob sie sich und bot ihm ihre Hand. Er überlegte, sie nach unten zu ziehen, sodass sie über ihm gebreitet läge, um sie dann besinnungslos zu küssen. Verflucht, an so etwas durfte er gar nicht denken. Nicht mit den nassen Kleidern, die seinen Zustand der Erregung unweigerlich verraten würden. Er zwang sich, an etwas anderes zu denken

– was einfach unmöglich war –, als er ihre Hand nahm und seine andere benutzte, um sich hochzuhieven.

Sie zog ihn hoch, bis er stand. Tatsächlich zog sie ihn sogar noch weiter, sodass er beinahe in sie stieß. Er packte ihre Taille, um zu verhüten, dass sie rückwärts taumelte.

Als Reaktion darauf errötete sie ein bisschen. Außerordentlich charmant. Dann trafen sich ihre Blicke und er erkannte eine Neugier in ihren blaugrünen Augen, die sich genau mit seiner deckte. Sie teilte die Lippen. Er neigte sich ein wenig vor und senkte den Kopf.

Ihr Atem strich über seine Lippen, als sie zurücktrat. »Sie können mich nicht küssen.«

Er konnte den enttäuschten Zug um seinen Mund nicht unterdrücken. »Warum nicht?«

»Es ist nicht schicklich.«

Gott, wie gern er ihr widersprechen würde, dass es weitaus schicklicher war, ihn zu küssen, als einen Straßenräuber! »Warum nicht?«

Sie presste die Lippen zusammen und hielt den Kopf ein wenig schräg. »Sie wissen, warum nicht.«

»Dann heiraten Sie mich und machen Sie es damit schicklich.«

Sie lachte ein wenig unstet und versetzte ihm einen leichten Klaps auf den Unterarm. »Fox!«

Er fasste nach ihr und hielt ihr Handgelenk zwischen seinen Händen. »Ich meine es ernst. Heiraten Sie mich.«

Sie starrte ihn einen Augenblick an. »Ich kann nicht.«

»Das können Sie absolut. Ich lasse das Aufgebot am Sonntag verlesen.«

Sie schüttelte den Kopf. »Meine Eltern würden es nie erlauben.« Er öffnete den Mund, um sie zu unterbrechen, doch sie kam ihm zuvor. »Und ich will es auch nicht. Sie sind ein … Freund. Das ist alles.«

Wut loderte in seinem Inneren auf. Er hätte Stipple's End

und Bassett Manor darauf verwettet, dass sie im Begriff
gewesen war, ihn zu küssen. »Sagen Sie mir, dass Sie mich
nicht küssen wollten.« Er beugte sich vor und brachte seine
Wange damit bis zu einer Haaresbreite an ihre heran. »Sagen
Sie mir, ich soll Sie in Ruhe lassen und ich werde Folge leisten. Oder bitten Sie mich, Sie zu küssen und ich werde all
Ihre Träume wahr werden lassen.«

Sie schwieg einen Augenblick und dann fühlte er, wie
sich etwas in ihr rührte – der Widerhall eines Seufzens vielleicht. Ihre Wange streifte über die seine. Er drehte den Kopf,
um ihren Mund zu fordern. Sie legte die Hände über seine …
und stieß sie fort.

Wieder wich sie zurück. Ihr Blick nahm eine Kälte an, die
in bemerkenswertem Gegensatz zu dem heißen Nachmittag
stand, und sie strahlte eine Aura arroganter Überheblichkeit
aus, die er seit ihrem ersten Tag auf Stipple's End nicht mehr
erlebt hatte. Allein ihr eisiger Blick wäre ebenso wirkungsvoll wie ein weiteres Bad im Teich gewesen, doch dann
ergriff sie das Wort und trieb den Stachel noch tiefer.
»Welche meiner Träume könnten Sie schon verwirklichen?«

Und da war es. Sie dachte nicht im Entferntesten daran,
ihn als möglichen Ehepartner zu betrachten. Zum Teufel, sie
sah ihn noch nicht einmal als möglichen Liebhaber. Das
hatte der Straßenräuber ihm voraus.

Ihre Ablehnung schnitt tief, doch lag dies an seiner
verzweifelten Geldnot oder hatte sie etwa an versteckten
Gefühlen gerührt?

Er verzehrte sich danach, sie dennoch zu küssen, um ihr
zu zeigen, wie gut sie harmonierten, doch der Stolz ließ ihn
auf dem Boden der Tatsachen bleiben. Stattdessen schenkte
er ihr ein lässiges, sardonisches Lächeln und sagte: »Es sieht
ganz so aus, als würden Sie das nie erfahren.«

KAPITEL 7

*R*egentropfen trommelten an die Fensterscheiben, die zur Auffahrt nach Stipple's End hinausgingen. In stummer Langeweile konzentrierte sich Miranda auf das am Glas herabrinnende Wasser, während sie auf Carmodys Kutsche wartete, die sie nach Birch House bringen sollte.

Ihr Blick wanderte zur Uhr auf dem Kaminsims. Heute waren die Carmodys zum Tee im Pfarrhaus, weshalb sie es überhaupt nur auf sich nahmen, hier anzuhalten und sie mitzunehmen. Sie konnte nur raten, wie lange sie noch warten müsste.

Naja, zumindest konnte sie ihre Zeit in der Bibliothek verbringen.

Miranda begab sich in den von Büchern gesäumten Raum im hinteren Winkel des Gutshauses. Große, rautenförmige Bleiglasfenster erlaubten einen weiten Blick auf den Rasen und den dahinterliegenden Obstgarten. Der Wassertümpel inmitten der Apfelbäume war gerade so auszumachen.

Sie versuchte, nicht an den katastrophalen Tag vor drei Wochen zu denken, als Fox sie beinahe geküsst und ihr dann

einen Heiratsantrag gemacht hatte. Und da Fox jetzt nur
selten mit ihr sprach – offenbar vermied er ihre Gesellschaft
gänzlich –, hatte es den Anschein, als ob er beschlossen hatte,
dieses Ereignis auch zu ignorieren.

Würden sie es allerdings wirklich ignorieren, würden sie
so weitermachen, wie vorher – als Freunde. Derzeit
herrschte Unbehaglichkeit zwischen ihnen und außer Bana-
litäten, wie »Guten Tag« oder »Fürchterliches Wetter heute«,
spielte sich wenig zwischen ihnen ab.

Das tat Miranda leid. Sie hatte Fox lieb gewonnen. Er
besaß etwas, das sie – und fast jeden – zu ihm hinzog. Er war
aufmerksam, gütig, und soweit sie das von ihren Beobach-
tungen im Waisenhaus sagen konnte, leidenschaftlich loyal
und seinen Schützlingen ergeben.

Dazu fragte sie sich auch noch ständig, wie es wohl
gewesen wäre, ihn zu küssen. Und ob er es wieder versuchen
würde. Und ob sie, falls er das nicht täte, den Mut aufbringen
würde, auf den sie bei anderen Gentlemen scheinbar immer
mühelos zurückgreifen konnte, und ihn küsste.

Was war mit diesem Wagemut passiert? Sie hatte es bei
aller Liebe Gottes nicht bereut, einen gewöhnlichen Straßenräuber zu küssen. Allerdings war an diesem Kuss nichts
Gewöhnliches gewesen. Ein elektrisierendes Gefühl stieg
blitzschnell von ihren Zehen auf und breitete sich in ihrem
Bauch aus. Überraschenderweise war sie beinahe sicher, dass
Fox´ Kuss die gleiche Reaktion hervorgerufen hätte. Wohingegen Darleigh kaum mehr als Neugier geweckt hatte, und
beide, sowohl ein Räuber als auch ein Landmann – er war
mehr als das, aber sie fühlte sich im Augenblick nicht sehr
freundlich – tatsächlich etwas ausgelöst hatten … Lust.

»Ach, hier sind Sie, Lady Miranda!« Stratham trat ein und
schwang seinen Gehstock mit der Elfenbeinspitze wie einen
Stab in der Luft.

Sie lenkte ihre Aufmerksamkeit von Fox zu Stratham und

war über die plötzliche Woge der Enttäuschung überrascht, die sie in ihrer Brust wahrnahm. Da sie zu Zuvorkommenheit erzogen war, lächelte sie ihn an und meinte: »Guten Tag, Mr. Stratham. Haben Sie eine erfolgreiche Reise nach London genossen?«

Er ergriff ihre Hand und hauchte einen Kuss auf ihren Handschuh. »In der Tat. Obwohl ich fürchte, schon bald wieder auf Reisen zu sein. Was auch der Grund ist, warum ich heute gekommen bin, damit ich ein wenig Zeit mit Ihnen verbringen kann, während ich in Wootton Basset bin.« Er sah von einer Seite zur anderen und zog dabei eine Augenbraue hoch, was ihm den Anschein gab, als ob er im Begriff wäre, ein wichtiges Geheimnis preiszugeben. »In Wahrheit bin ich direkt vom Pfarrhaus gekommen, nachdem ich kombiniert hatte, dass die Carmodys mindestens noch eine halbe Stunde bleiben würden. Ich wusste, dass wir nicht gestört werden würden.« Er beendete seine Erklärung mit einem Grinsen und einem Klopfen seines Gehstocks auf dem polierten Eichenboden.

Miranda fragte sich, wer Mr. Stratham in das Gutshaus eingelassen hatte. Eine weitere Ahnung beschlich sie. Eine, die sich gut mit seinem konspirativen Betragen deckte. Vielleicht hatte er sich hereingestohlen. Es erinnerte sie an London und wie ihre Freundinnen und sie die Vorsicht bei fast jeder Gelegenheit über Bord warfen. Solch ein Betragen erschien jetzt ein bisschen riskant. Vielleicht hatte ihre Verbannung letztendlich einen Wandel ihres Verhaltens herbeigeführt. *Oh, Gott bewahre.*

»Kommen Sie, setzen Sie sich zu mir.« Mr. Stratham nahm sie an der Hand und führte sie zu einem Sofa vor dem Kamin. »Ich habe erfahren, dass es seit meiner Abreise beinahe unaufhörlich geregnet hat.«

»In der Tat.« Sie setzte sich und entzog ihm ihre Hand, um ihre Röcke zu glätten. »Alle machen sich große Sorgen um die Ernte. Sie hängt dem Zeitplan offenbar mehrere Wochen hinterher.« Mr. Stratham lehnte seinen Gehstock an das Ende des Sofas. »Ich bin sicher, dass es noch aufholt.«

Miranda drehte sich zu ihm. »Sie scheinen sich keine Sorgen zu machen.«

»Nicht wirklich. Er streckte den Arm über die Rückenlehne des Sofas aus. »Diese Dinge haben ihre eigene Art, wieder ins Lot zu kommen.« Er zwinkerte ihr zu, und sie konnte sich nicht entscheiden, ob er ungemein optimistisch war, oder mit Absicht begriffsstutzig.

Ihr Blick fiel über seine Schulter hinweg auf die Tür und sie bemerkte, dass sie halb geschlossen war. Da sie selbst sie weit offen gelassen hatte, musste sie daraus schlussfolgern, dass Mr. Stratham etwas Unziemliches im Sinn hatte. Sie sollte seinem Vorhaben ein Ende machen. Anders als bei dem Straßenräuber und zu ihrem Erstaunen, Fox, erzitterte ihr Körper bei Strathams Anwesenheit nicht vor Erwartungsfreude.

Obwohl sie ihm wahrscheinlich nicht die Gelegenheit verschafft hatte. Jetzt war der Moment gekommen unter Beweis zu stellen, dass sie über minderwertigen Dieben und verarmten Bauerntölpel stand.

Mr. Stratham nahm seine Finger von der Rückenlehne des Sofas, um ihr leicht über die Schulter zu streifen. »Lady Miranda, Ihre Schönheit raubt mir den Atem.«

Er war also kein Poet. Sie interessierte sich nicht für Poesie. Sie lehnte sich ein bisschen näher, um eine Gänsehaut zwischen ihren Schulterblättern herbeizuzwingen, oder am Nacken, *irgendetwas.*

Er reagierte entsprechend und die Lippen geteilt, näherte er sich ihr mit schräg gehaltenem Kopf. Seine Pupillen waren geweitet. Zumindest einer von ihnen war von Leidenschaft ergriffen.

Ihre Lippen berührten sich auf seinen Vorstoß hin und

Miranda gab sich Mühe, die Erregung zu empfinden, die diesen Kuss begleiten sollte – dieses Prickeln, das mit dem Kuss des Straßenräubers einhergegangen war. Doch es passierte nichts.

Ein lautes Krachen riss sie ebenso unweigerlich auseinander, als ob Mr. Carmody seine dünnen Arme zwischen sie beide geschoben hätte. Miranda spähte über Mr. Strathams Schulter und sah die Tür zittern, als sie von der Wand zurückprallte, gegen die Fox sie geschleudert hatte.

Fox.

Er sah aus, als wollte er Mr. Stratham den Kopf von den Schultern reißen und ihn dann an die Wand nageln.

Miranda sprang auf. Sie schluckte den großen Kloß aus Schamgefühlen herunter, der ihr in der Kehle saß. »Ähm. Ach, nun. Guten Tag, Fox.«

Fox starrte sie aus dunklen Augenschlitzen an. »Die Carmodys sind hier. Ich schlage vor, Sie machen sich auf den Weg.«

»Ja, danke.« Miranda wollte noch etwas sagen, aber ihr wollten nicht die richtigen Worte einfallen. Was könnte sie schon sagen, um diese Katastrophe abzuschwächen?

Mr. Stratham erhob sich mit seinem Gehstock in der Hand. »Ich werde Sie zu Ihrer Kutsche begleiten.«

Es gab so viele Gründe, warum er sie *nicht* zu Carmodys Kutsche begleiten konnte, und der geringste davon war nicht einmal, dass Mr. Carmody wahrscheinlich einen Anfall bekommen würde, wenn er erführe, dass Mr. Stratham ihr einen Besuch abgestattet hatte. Und wirklich, warum sonst würde er hier im Waisenhaus sein, das er beharrlich vermieden hatte, bis sie hier zu arbeiten angefangen hatte? Und was, wenn Mr. Carmody das Schlimmste annahm? Angesichts dessen, was ihre Eltern ihm erzählt hatten, wartete er nur darauf, dass sie sich ruinierte. O nein, sie konnte nicht mit Mr. Stratham gesehen werden … einmal abgesehen davon, dass Fox Zeuge ihres unangebrachten Kusses geworden war.

Fox starrte weiter in ihre Richtung. »Ich werde Sie begleiten.«

Der Tonfall, in dem er seine Ankündigung hervorbrachte, duldete keinen Widerspruch. Mit hoch erhobenem Kopf schritt Miranda aus dem Zimmer und ihr Puls raste sogar noch schneller, als sie in der Türöffnung an Fox vorbeiging.

Er drehte sich und ging neben ihr her. In seiner abstrahlenden Körperhitze hallte seine Wut nach. Sein Haar und seine Kleidung waren feucht, als ob er ohne Hut im Regen gearbeitet hätte. Eine vereinzelte Locke war ihm in die Stirn gefallen und verlieh ihm ein verwegenes, nachlässiges Aussehen. Er wirkte, als ob er nicht unter Kontrolle zu bringen sei. Wild.

Sie verabscheute, was sie in seinem Blick erkannt hatte, als er in die Bibliothek hereingeplatzt war. »Es tut mir leid.« Die Worte klangen armselig.

»Weswegen? Ich bin nicht Ihr Vormund.« Er warf ihr einen giftigen Blick zu. »Oder Ihr Ehemann.«

Wenn er sie geschlagen hätte, würde sie sich besser gefühlt haben. Stattdessen drohte ihr der Magen zu schrumpfen, um dann ganz zu verschwinden.

»Ich würde Ihnen den Rat geben, sich Ihrer Entscheidungen wohlbewusst zu sein. Sie haben deutlich gemacht, dass Wootton Bassett nicht nach Ihrem Geschmack ist. Mit ihm könnten sie einen beträchtlichen Teil des Jahres in London verbringen, aber er wird immer nach Hause kommen.«

Er war also eine weitere Person, die sich anmaßte zu wissen, was das Beste für sie war! »Ich würde es Ihnen danken, wenn Sie Ihre Ratschläge für sich behielten.« Sie durchquerten die Haupthalle. Fox ging vor, um ihr die Tür zu öffnen.

»Wie Sie wünschen.« Er schwang seine Hand in einer großartigen Geste um sie hinaus zu bitten.

Sie nahm ihre Haube von einem Tisch und zog sie auf den Kopf, ohne sich die Mühe zu machen, die Bänder unter ihrem Kinn zu einer Schleife zu binden. Mit einem letzten wütenden Blick marschierte sie in den Regen hinaus.

Und zuckte zusammen, als die Tür hinter ihr ins Schloss krachte.

~

Fox drehte sich von der Tür weg und ballte die Hände zu Fäusten, als er Stratham ansichtig wurde, der seinen Gehstock wirbelte und wie ein Idiot grinste. Fox wollte ihm den Stock in den …

»Fox, Sie sehen gereizt aus. Ist hier noch etwas anderes in die Brüche gegangen?«

Mit übermächtiger Anstrengung drückte Fox die Handflächen flach an die Seiten und zwang sich, zu entspannen. Es hatte keinen Sinn, Stratham zu schlagen, so gern er das auch tun würde. »Wir müssen immer noch das Dach reparieren. Dank der Großzügigkeit, wie der Ihren, haben wir uns keine anständige Reparatur leisten können«, spottete Fox, der unfähig war, seine Emotionen unter Kontrolle zu behalten.

Stratham presste die Lippen aufeinander. »Sie sind immer so unfreundlich. Ich verstehe nicht, warum Sie mir für Jane die Schuld geben. Zumindest nehme ich an, dass dies der Grund für Ihr Verhalten ist. Sie hatte ihre Wahl getroffen und dafür die Verachtung des gesamten Bezirks riskiert.«

Sie hatte gar nichts riskiert. »Wer würde es wagen, die Gattin eines Abgeordneten zu verleumden? Insbesondere einem, der solche Macht ausübt.« Fox trat auf den kleineren Mann zu. »Sollten Sie nicht unterwegs sein, um ihre ›Beiträge‹ einzusammeln oder wie immer Sie das Geld nennen, das Sie im Norden Wiltshires erpressen?«

Stratham hielt den Gehstock mit beiden Händen vor der Brust umklammert, als ob er ein Schutzschild wäre. »Passen Sie auf, was Sie sagen, Foxcroft.«

»Drohen Sie mir?« Fox trat einen weiteren Schritt vor. »Nach allem, was mein Vater für Sie getan hat? Nach allem, was er Ihnen gegeben hat?«

Stratham sah zur Seite, wobei er die Schultern zurücknahm. »Ihr Vater war ein guter Mann.«

»Mein Vater ließ in moralischer Hinsicht ebenso zu wünschen übrig wie Sie. Darum werden sie beide sich so gut verstanden haben, dessen bin ich mir sicher.« Noch einmal schäumte die Wut auf, die Fox gerade erst bezwungen hatte. »Sie müssen mich entschuldigen, aber ich muss auf das Dach.« Vor einigen Wochen hatten sie die Plane angebracht, doch heute Morgen hatte es wieder getropft, was bedeuteten musste, dass sich die Abdeckung gelockert hatte.

»Bei diesem Wetter? Nicht einmal Sie sind so blöd.« Stratham hielt inne. »Oder doch?«

Fox schob sich an dieser kleinen Ratte vorbei. »Verschwinden Sie aus meinem Waisenhaus, und kommen Sie nicht wieder hierher, wenn Sie nicht dazu eingeladen werden.«

Einige Augenblicke später trat Fox in den grauen Tag hinaus und näherte sich Rob, der am Fuß einer Leiter stand. »Bist du bereit?«

»Aye.« Rob deutete mit dem Kopf zur Vorderseite des Hauses. »War das Strathams Kutsche in der Einfahrt?«

Fox nickte. Der Idiot hatte sich wirklich nicht diskret bei seinem unbefugten Besuch angeschlichen. Fox nahm an, dass es Stratham immer noch verboten war, Miranda zu besuchen. Warum wäre er sonst hierhergekommen?

Weil seine Chancen besser standen, sie ohne Anstandsperson vorzufinden.

Fox' Stimmung verdüsterte sich bis zum gleichen Farbton der Sturmwolken, die von Westen heranzogen. »Ich habe ihn beim Küssen mit Miranda in der Bibliothek erwischt.« Er fing an, die Leiter hochzuklettern.

»Hurensohn. Glaubst du, er hat ihr schon einen Antrag gemacht?« Rob rief die letzten Worte.

Fox konnte auf Robs Frage nicht antworten, da sein Freund ihn nicht hören würde. Er stieg auf das Dach, damit Rob ihm folgen konnte. Vorsichtig tastend arbeitete er sich zur Ecke vor. Wie erwartet, war die Plane ein Stück weit zurückgeweht und hatte einen Teil des Lochs freigelegt.

Als Rob neben ihm auftauchte, antwortete Fox: »Falls er das getan hat, muss sie ihm die gleiche Antwort gegeben haben wie mir.« Dieser Gedanke brachte ihm ein wenig Erleichterung. Doch wenn sie Stratham ebenfalls abgelehnt hatte, warum küsste er sie dann? Versuchte er, sie zu kompromittieren? Herrgott, im Grunde genommen hatte er das gerade getan. Wenn an Fox' Stelle jemand anderer hereingekommen wäre ... Schon wieder schäumte er innerlich vor Wut. Verdammt, wenn jemand sie kompromittieren würde, dann doch *er* und nicht dieser schleimige Stratham.

Fox richtete den Blick auf die ramponierten Dachziegel. Das Waisenhaus war dringend auf den Zustrom einer großen Geldsumme für den Austausch der Ziegel und Instandsetzung des darunter liegenden Dachstuhls angewiesen.

Rob stieß einen leisen Pfiff aus. »Kannst du dir vorstellen, dass dies hier noch mit Stroh gedeckt wäre?«

Die mittelalterliche Halle war mit einem Strohdach erbaut worden, das von Fox' Vorfahren beim Umbau des Gebäudes zu einem Waisenhaus durch ein Ziegeldach ersetzt worden war. Normalerweise tröstete Fox der Gedanke an seine Vorfahren, die so viel geopfert und so hart gearbeitet hatten, um den weniger Begünstigten ein besseres Leben zu ermöglichen. Doch dann besann er sich auf die Verfehlungen seines Vaters und er wurde wütend. Warum hatte sein Vater sie alle enttäuscht und ihnen dieses katastrophale Chaos zurückgelassen?

Fox ging auf die Knie, um die Plane wieder an ihren Platz zu rücken. Fäulnis hatte einen Großteil des Holzgerüsts zerstört. Unter der Plane blieb es größtenteils trocken, aber er konnte nicht voraussagen, wie lange die Struktur noch sicher standhalten würde. Fox hoffte nur, dass sie nicht einbrach und eines der Kinder verletzte. Er würde Mrs. Gates informieren, dass sie keine Aktivitäten in der Halle abhalten sollte. Vielleicht sollte er darüber nachdenken, die Kinder nach Bassett Manor umzusiedeln. Sein Haus war nicht ganz so groß wie Stipple's End, und es war nicht zu einem Waisenhaus umgebaut worden, doch es hatte zumindest keine katastrophalen Löcher im Dach.

Sie machten sich daran, die Plane wieder an Ort und Stelle zu befestigen. Während sie die Plane an das Holz nagelten, zermarterte Fox sich das Gehirn über eine Lösung für ihre finanziellen Probleme.

»Was, wenn ich Strathams Beitragsgeld klaue?«

Rob, der nahe der Ecke kniete, blickte auf, während er seinen Hammer über einen Nagel in der Schwebe hielt. »Wie willst du das anstellen?«

Fox hockte sich auf die Fersen zurück. Es regnete jetzt ein wenig stärker und er wünschte, er hätte seinen Hut und einen Mantel mitgebracht. »Er fängt bald mit dem Eintreiben an. Dann bringt er das Geld zu Norris. Warum sollten die beiden sich die Taschen mit diesem Geld füllen, wenn es Menschen gibt, die es viel dringender brauchen?«

Das Wasser troff von Robs Hutkrempe. »Du würdest eine ganze Menge riskieren, wenn du von ihnen erwischt würdest. Man weiß nicht, in welche Arten von Gesetzlosig-keiten die beiden verstrickt sind.«

Vergebens versuchte Fox, sich den Regen aus dem Gesicht zu wischen. »Trotz allem fällt mir dies als einzige Möglichkeit ein, auf schnellem Wege an viel Geld zu kommen.«

Rob wandte den Blick ab, wobei der den Hammer in seiner Handfläche wog. »Es tut mir leid, dass die Sache mit Lady Miranda nicht geklappt hat.« Er drehte sich wieder um. »Bist du sicher, dass diese Möglichkeit gestorben ist?«

»Gewiss.«

Sie hatte sich mehr als deutlich ausgedrückt. Oh, er begehrte sie weiterhin, doch verdammt sollte er sein, wenn er ihr noch einmal einen Antrag machte. Zumindest so lange nicht, bis ihr aufging, dass er keine zweitklassige Wahl war.

Rob schwang den Hammer. »Es macht dir nichts aus, noch einmal ein Straßenräuber zu sein? Ich mache mit, wenn du willst.«

»Nein, ich werde es allein tun. Diesmal gehe ich weder für dich oder sonst jemanden ein Risiko ein.« Die Vorstellung, seine Maske noch einmal aufzusetzen, ließ ihn an das erste Mal denken. Als er Miranda geküsst hatte.

Er *könnte* sie doch kompromittieren, nicht wahr? Besser er als Stratham, der genau das heute beinahe zustande gebracht hatte. Eigentlich hatte Stratham diese Tat heute begangen, falls Fox publik machen wollte, was er gesehen hatte. Was er ganz sicher nicht beabsichtigte. Fox schloss die Augen gegen den Regen. Er hatte sich zur Dieberei herabgewürdigt, doch er war weiß Gott kein Schuft.

Noch nicht.

~

Zehn Tage später hielt der Regen noch immer an und trommelte auf das Dach der Kutsche, als Miranda und Beatrice von Stipple´s End nach Hause zurückkehrten. Sie hatten Birch House fast erreicht, als Beatrice endlich das Wort ergriff. »Was ist zwischen dir und Fox passiert? Er geht dir ständig aus dem Weg.«

Miranda rief sich Fox' wütenden Gesichtsausdruck in Erinnerung, als er sie neulich beim Küssen mit Stratham erwischt hatte. »Nichts ist passiert. Er ist ungemein beschäftigt, nicht wahr? Mit Stipple's End und Bassett Manor.«

Beatrice sah sie mit Luchsaugen an, doch sie sagte nichts. Einen Augenblick später wandte sie sich wieder ab und blickte aus dem Fenster. »Mrs. Gates hat mir erzählt, du hättest heute eine neue Duftseife erfunden. Du hattest gedacht, du würdest die Kinder unterrichten. Welch eine Überraschung, dass du von ihnen gelernt hast.« Stichelte Beatrice sie etwa? »Mrs. Gates ist der Ansicht, dass sie sich in Mrs. Abernathys Geschäft gut verkaufen wird.« Sie fasste Miranda mit einem nachdenklichen Blick ins Auge. »Ich bin beeindruckt.«

Miranda rutschte auf ihrem Platz umher. Man hatte ihr schon Komplimente für ihr Haar, ihre Kleidung, ihr Lachen und einhundert andere Dinge gemacht, aber noch nie für etwas so Banales wie die Herstellung von Seife. Warum wallte dann der Stolz in ihrer Brust auf?

»Es macht Spaß, mit den Mädchen Seife zu machen.« Schockierenderweise.

»Dann ist das Leben hier nicht so nervtötend, wie du es dir vorgestellt hast?«

»Es ist vermutlich zwecklos, dich davon zu überzeugen, dass ich nichts Nervtötendes erwartet habe.« Das entsprach jedenfalls nicht ganz der Wahrheit. »Ich genieße viele Dinge an Wootton Bassett.« Miranda beäugte den schmutzigen Saum ihres bevorzugten Tageskleides. Der ständige Schlamm gehörte nicht zu diesen Dingen. Resigniert hob sie den Blick wieder.

In einer als unbekümmert gedachten Weise lenkte

Beatrice ihre Aufmerksamkeit wieder aus dem Fenster, aber Miranda konnte die Anspannung ihrer Schultern wahrnehmen. »Mr. Stratham ist eines dieser Dinge.«

Nun dämmerte ihr die Erkenntnis. Miranda würde Beatrice umgehend ins Bild setzen. »Nein. Und das heißt, dass mein Interesse an Mr. Stratham rein pragmatisch und wahrscheinlich vorübergehender Natur ist.«

Tief errötend schaute Beatrice Miranda an. »Nicht romantisch?«

Bei dem Wort romantisch blitzte in Mirandas Fantasie ein Bild von Augen in saphirblau, jadegrün und bernsteinfarben auf. Guter Gott, das war ein alarmierender – und völlig inakzeptabler – Gedanke. »Beatrice, du musst begreifen, dass ich, obwohl ich mein Hiersein nicht verabscheue, wieder nach London zurückkehren werde. Ich habe kein Verlangen, in Wiltshire zu bleiben – weder aus romantischen noch aus anderen Gründen.«

»Aber Strathams Kutsche stand nach dem letzten Tee im Pfarrhaus vor Stipple's End. Er war eilig aufgebrochen, offenbar um dich zu besuchen.« Beatrice wurde blass. Ihr stetiger Blick forderte Miranda heraus, die Wahrheit zu verdrehen.

Miranda war bereits von Beatrices Vater ins Verhör genommen worden. Mit schmalem Blick gab sie Beatrice dieselbe Antwort, die sie Carmody gegeben hatte. »Ja, er hat mich aufgesucht. Aber ich war beschäftigt.«

Ihr Selbsterhaltungstrieb verbot ihr, zuzugeben, dass sie mit ihm allein gewesen war. Miranda kam ein Gedanke in den Sinn – Beatrice hatte offensichtlich bereits seit Tagen darüber nachgedacht. »Mir war nicht bewusst gewesen, dass du auf seine Aufmerksamkeit hoffst.«

Wieder röteten sich Beatrices Wangen, als die Kutsche rumpelnd zum Stehen kam. Sie öffnete den Mund, um zu antworten, doch dann sagte sie bloß: »Ach, unwichtig.« Und mit einem Satz war sie draußen.

Miranda, die ihr folgte, brannte darauf, ein Gespräch über Beatrices Gefühle für Stratham in Gang zu setzen. In Mirandas Vorstellung begann diese Verbindung Gestalt anzunehmen, und sie lächelte. Die beiden zusammenzubringen, würde so sein, als ob sie zurück in London bei ihren Freundinnen wäre.

Fitchley öffnete die Tür zum Haus, und Beatrice verschwand im Inneren. »Ich habe einen Brief für Sie, Lady Miranda.« Er reichte ihr das Schreiben, womit er sie auf ihrem Weg wirkungsvoll aufhielt.

Sie wendete den Umschlag in ihrer Hand um. Das Siegel ihres Vaters. Ihr Herzschlag beschleunigte sich und ihr Vorhaben hinsichtlich Beatrice trat in den Hintergrund. »Ich danke Ihnen.« Sie eilte die Treppe hinauf, wobei sie versucht war, zwei Stufen auf einmal zu nehmen. In ihrem Zimmer angekommen, machte sie die Tür fest hinter sich zu und schüttelte ihren Regenumhang ab. Dann nahm sie ihre Haube ab, die sie zusammen mit ihren Handschuhen über das Bettende legte.

Sie sah auf das Schreiben hinab. Würden es gute Nachrichten sein oder schlechte? Eine frohe Botschaft oder eine scharfe Rüge? Sie nahm den Brief und brach das Siegel, um dann den ganzen Brief mit einem Blick zu überfliegen. Er war kurz. Zum Verrücktwerden, enttäuschend kurz.

Miranda,

Bitte hör auf, mich anzuflehen, nach Hause zu kommen. Du ruinierst nicht nur dich selbst mit deinem Verhalten – du ziehst die ganze Familie mit hinein.

Tu allen einen Gefallen und hör auf zu schreiben.

Holborn

Das Papier rutschte ihr aus den Fingern und trudelte auf den Schreibtisch. Die weißgrauen Wände ihres Zimmers verschwammen vor ihren Augen. Es war ein Wunder, dass Vater sie nicht in ein Kloster geschickt hatte, sondern ins ländliche Wiltshire.

Sie schnappte sich den Schürhaken und machte sich daran, das Feuer zu schüren. Ihre Beklemmung schnürte ihr die Kehle zu, bis sie schmerzte, während sie in der Glut stocherte. Wenn nur ihre Eltern nicht so kontrollsüchtig gewesen wären. Sie waren überzeugt, dass sie sich ruinieren würde, und sie trauten ihr nicht zu, ihre eigenen, vernünftigen Entscheidungen zu treffen. Die Erinnerung an den Kuss mit Stratham in Stipple's End ließ sie innerlich zusammenfahren. Wahrscheinlich hatte sie ihren Eltern nie einen Grund dazu gegeben.

Ihre Bemühungen, das Feuer zu schüren, waren ebenso aussichtslos wie ihre Überlegungen, auf welche Weise sie das Vertrauen ihrer Eltern zurückgewinnen könnte. Sie stellte den Schürhaken in den Ständer zurück, setzte sich auf die Bettkante und schlang sich eine Decke um die Schultern. Dann ließ sie sich zurückfallen und starrte zur Decke hinauf. Ein Riss verlief in einer krummen Linie von einer Ecke bis zur Mitte des Zimmers. Wie lang hatte er gebraucht, um so weit zu kommen? Und wie lange würde es dauern, bis er die andere Ecke erreichte und den Raum entzweite?

Wie lange würde sie in diese Verdammnis verbannt sein? Sie war allein und von allem getrennt, was sie kannte. Allen, die sie liebte.

Und zum ersten Mal fragte sie sich, ob sie das nicht verdient hatte.

∾

*M*itternacht war gekommen und längst vorbei, doch noch immer lehnte Fox an einem Baum, während er den stillen Weg beobachtete, der nach Stratham Hall führte. Er würde weitere zehn Minuten warten. Wie schafften es echte Straßenräuber, nicht vor Langeweile zu sterben, während sie auf ihr nächstes Opfer warteten?

Obwohl es gerade erst Mitte August war, hing der frische Duft nach Herbst bereits in der Luft. Normalerweise liebte Fox diese Jahreszeit, aber das Erntedebakel lastete schwer auf ihm und dämpfte seine Vorfreude auf die kommende Saison.

Im Laufe der vergangenen zwei Wochen hatte er sich allabendlich außerhalb von Strathams Anwesen in Stellung gebracht. Wenn die Ratte ihr Nest verließ, folgte Fox ihm in der Hoffnung, dass er nach Cosgrove unterwegs war. Dass Stratham das Beitragsgeld zu Norris bringen würde, ergab Sinn, da dieser die treibende Kraft hinter dem Plan war. Fox wusste das, weil sein eigener Vater Geldeintreiber für den Earl gewesen war, bis Norris entdeckt hatte, dass der ältere Foxcroft einen Teil abgezweigt hatte, um seine Verluste an den Spieltischen zu begleichen. Norris hatte ihr Verhältnis beendet. Obwohl er es nicht beweisen konnte, glaubte Fox, dass der Earl alles Erdenkliche zur Förderung der Spielsucht seines Vaters getan hatte. Wenn ihn nicht ein Herzanfall dahingerafft hätte, würde er wahrscheinlich sowohl Stipple's End und auch Bassett Manor vollkommen ausgeblutet haben.

Konnten die Leute das Geld aufbringen, das Norris dieses Jahr forderte? Nicht, dass sie eine Wahl hätten. Entweder bezahlten sie Norris oder er würde tun, was immer nötig war, um ihre Lebensgrundlage zu ruinieren, so wie er es mit Fox' Vater getan hatte.

Die Lichter von Strathams anmaßend extravagantem Haus waren durch die Bäume sichtbar. Vor gerade einmal fünfzig Jahren errichtet, musste Fox zugeben, dass das Anwesen weitaus prachtvoller als Bassett Manor war, doch seiner Meinung nach war es durch den Mangel an Charakter und Geschichte weniger einladend.

Strathams Kutsche ratterte von der Hinterseite um die Auffahrt. Fox bestieg sein Pferd Icarus, während er auf Stratham wartete, bis dieser seine Kutsche bestiegen hatte. Innerhalb weniger Minuten rumpelte die Kutsche auf Fox zu. Er ließ sein Pferd hinter die Bäume zurücktreten.

Der Kutschbock war mit einem Mann besetzt, und hinten stand ein Diener. Normalerweise nahm Stratham keinen zusätzlichen Mann mit. Konnte das bedeuten, dass er das Beitragsgeld heute Abend mit sich führte und er deshalb zusätzliche Sicherheit benötigte?

Fox überprüfte seine Pistolen und fuhr mit der Hand über den Griff seines Säbels. Trotz seiner umfangreichen Bewaffnung waren die anderen in der Überzahl – nicht, dass er Stratham in die Gleichung einbezogen hätte.

Ein Zweig knackte hinter Fox. Er zog eine der Pistolen aus dem Taillenbund und drehte sich im Sattel.

»Halt.« Rob, der maskiert war, führte sein Pferd näher. »Ich bin es bloß. Ich dachte, du könntest etwas Hilfe gebrauchen.«

Fox atmete aus, wobei die Luft zwischen den zusammen-gebissenen Zähnen hervorzischte. »Ich will dich nicht in Gefahr bringen, habe ich dir gesagt.«

»Aber es sind zwei in der Kutsche.«

Fox nickte. »Also gut, aber bleibe versteckt, es sei denn, ich brauche dich.« Er trieb Icarus zum Trab und schweigend folgten sie Stratham.

Nach einigen Minuten fragte Rob: »An welcher Stelle hast du vor, es zu tun?«

»Vorausgesetzt, dass er auf seinem Weg nach Cosgrove

ist, kurz vor der Brücke. Ich werde eine Abkürzung über Wickershams Feld nehmen, um sie dahin zu überholen.«

Rob grunzte zur Antwort und sie suchten sich ihren Weg über das Feld. Im Schatten vor der Brücke hielten sie an und hörten das entfernte Rattern von Strathams Kutsche. Er war also auf dem Weg nach Cosgrove.

Fox und Rob zogen sich unter eine Baumgruppe zurück. Fox saß von Icarus ab und genau in dem Moment, als die Kutsche in Sicht kam und um eine Kurve bog, rannte er mitten auf die Straße.

Die Kutsche wurde langsamer. Der Kutscher erhob sich halb auf seinem Bock. »Du da! Verschwinde von der Straße!«

Fox zog seine Pistolen aus dem Taillenbund und richtete sie auf den Kutscher. Die Stimme sorgfältig verstellt, rief er: »Stehen bleiben und Geld her!«

Der Kutscher brachte die Pferde zu einem erschreckten Halt.

Die Arme weit vorgestreckt hielt Fox die Pistolen ruhig. »Ich weiß, dass ein Diener hinten ist. Komm langsam hervor. Ich habe eine Kugel für den Kutscher und eine für dich, wenn es nötig ist.«

Der Diener tauchte auf der rechten Seite der Kutsche auf. Der Mond war nur eine Sichel am kaum bewölkten Himmel, doch die Laternen an der Kutsche sorgten für reichlich Beleuchtung.

Hinter dem Diener, der auf dem Weg nach vorn war, machte Stratham die Tür der Kutsche auf und sprang auf den Boden. »Was hat das zu bedeuten?«

Fox zielte mit einer Pistole auf den Kutscher. »Du kommst dort herunter. Langsam.« Er richtete seine andere Waffe auf den Diener. »Halt deine Hände erhoben, wo ich sie sehen kann.«

Stratham trat um seinen Diener herum. »Du bist dieser verdammte Schurke! Ich dachte, du hättest dich aus dem

Staub gemacht oder, besser noch, du hättest ins Gras gebissen.«

»Ganz und gar nicht. Ich habe auf Euch gewartet.« Hinter seiner Maske lächelte Fox maliziös. Ihm kam eine gute Idee. »Kutscher, spanne die Pferde aus.«

»Bist du von Sinnen? Diese Viecher kosten ein Vermögen!«, kreischte Stratham.

Fox lachte leise in sich hinein. »Ihr werdet sie ohne Zweifel wiederfinden.« Der Kutscher zauderte. »Kutscher, ich halte noch immer eine Pistole auf dich gerichtet, oder hast du das vergessen?«

Der Bedienstete machte die Pferde los. Sie trotteten an den Straßenrand und senkten die Köpfe zum Grasen.

Fox zeigt mit der Pistole auf sie. »Kutscher, versetze ihnen einen tüchtigen Klaps, um sie aufzuscheuchen.« Der Kutscher gehorchte und Stratham jaulte wie ein verwundetes Tier.

Der kleinere Mann trat vor und tauchte in den Schatten, als er sich vom Licht entfernte. »Dafür wirst du bezahlen. Ich werde nicht ruhen, bis du hängst.«

»Für was? Fürs Losbinden der Pferde?« Fox winkte mit der Pistole in seine Richtung. »Kommt zurück ins Licht, bitte.«

Mit argwöhnischem Blick trat Stratham wieder zurück. »Ich gehe davon aus, dass du einen anderen Grund hast, meine Kutsche anzuhalten.«

Fox hielt mit einer Pistole den Diener und mit der anderen den Kutscher in Schach. »Aye.«

Stratham nickte zu Fox. »Du hast nur zwei Kugeln. Und wir sind drei.«

Fox nahm Stratham in übertriebener Manier von Kopf bis Fuß ins Visier, um diesem Windhund klarzumachen, dass er taxiert wurde, selbst wenn der Taxierer eine Gesichtsmaske trug. »Das ist ein bisschen großzügig oder nicht? Ich würde bestenfalls zweieinhalb zählen.«

Stratham ballte die Hände zu Fäusten und warf sich in die Brust, doch er tat keinen Schritt. »Wir können dich übermannen.«

»Nein, ich habe weitere Männer unter den Bäumen.« Fox rief: »Pfeife bitte einmal.« Rob antwortete entsprechend. »Vorausgesetzt Ihr habt Euch zur Zufriedenheit über unsere Fähigkeit überzeugt, jegliche Rebellion niederzuschlagen, die Ihr vielleicht anzetteln könntet, sollten wir zu unserer Transaktion übergehen. Ich werde alles Geld nehmen, das Ihr heute Abend bei Euch habt.« Mit einer kleinen Bewegung der Pistole war sie nun auf Strathams Brust gerichtet. »Alles.«

»Gütiger Himmel.« Stratham fuhr sich mit der Hand durchs Haar und brachte die stets einwandfreie Frisur in Unordnung.

Fox grinste. Das Adrenalin pulsierte durch seine Venen. Endlich war das Glück ihm hold. »Du«, meinte er mit einem Fingerzeig auf den Diener, der gleich hinter Stratham stand, »holst das Geld. Nimm deinen Umhang ab und lass ihn auf dem Boden liegen. Meine Männer haben ihre Pistolen auf dich gerichtet. Wenn du mit einer Waffe aus der Kutsche kommst, werden sie dich erschießen. Hast du verstanden?«

Der Diener nickte und wich langsam zurück, ehe er sich in die offene Tür der Kutsche beugte. Fox konnte den Bediensteten nicht sehen und hoffte, dass Rob die Bewegungen des Mannes gut im Blick hatte.

»Wie kannst du wissen, dass ich Geld bei mir habe? Arbeitest du für Norris? Er sollte besser nicht sein eigenes Geld stehlen, nur um es erneut von mir einsammeln zu lassen.«

Das wäre kein schlechter Trick. Fox würde bei diesem alten Kauz nicht ausschließen, dass er sich solch eine Boshaftigkeit einfallen ließe. Und seiner Ansicht nach schadete es überhaupt nichts, Stratham das Schlimmste über den Mann denken zu lassen, der die Fäden zog. »Glaubt, was Ihr wollt.«

Der Diener tauchte mit einer Gobelintasche aus dem Inneren der Kutsche auf. Fox konnte kaum abwarten nachzusehen, wie viel sie enthielt. Nach Strathams Reaktion zu urteilen, musste es eine Menge sein. Vielleicht mehr, als Fox zu hoffen wagte. Mehr als er brauchte, konnte es allerdings nicht sein. Er bezweifelte, dass es einen zu großen Betrag gäbe. Er nickte zu der Baumgruppe hinüber, in der Rob sich versteckt hielt. »Stell sie dort drüben hin und dann tritt hierher zurück. Langsam.«

Sobald der Diener die Tasche in der Nähe der Bäume abgestellt hatte, trat Rob heraus und nahm sie mit einer Hand, während er mit der Pistole in der anderen auf den Diener zielte.

Strathams Hand zuckte, als würde er seinen dritten Arm vermissen – diesen verdammten Gehstock. »Ich hoffe für dein Wohl, dass du für Norris arbeitest. Wenn nicht, wird er jede ihm verfügbare Möglichkeit erschöpfen, dich zur Strecke zu bringen.«

»Warum, wenn er, wie Ihr hervorgehoben habt, Euch einfach mehr Geld sammeln lassen kann?« Noch als er das sagte, zuckte Fox innerlich zusammen. Eine weitere Zahlung aufzubringen, könnte für einige Leute den Ruin bedeuten.

Noch ehe er seine Aktionen bedauerte, wich Fox zu den Bäumen zurück. Der Diener war an Strathams Seite zurückgekehrt und der Kutscher harrte auf der anderen Seite der jetzt einsamen Fahrspur.

Als Fox das Atmen ihrer Pferde vernahm, wusste er, dass Rob aufgesessen war und Icarus zur Flucht bereit hatte. »Einen schönen Abend noch, Gentlemen.« Er hastete in den Schutz der Bäume und steckte eine Pistole weg. Mit seiner freien Hand zog er sich auf Icarus Rücken und sie stoben so schnell von der Baumgruppe am Straßenrand davon, wie ihre Pferde es erlaubten. Sie hielten sich weitab der Straße und ritten auf Bassett Manor zu, wobei sie nicht anzuhalten wagten, um das Geld zu zählen, das er jetzt hinten an seinem Sattel festgebunden hatte.

Wie würde er Mrs. Gates oder irgendjemandem, der vielleicht danach fragen könnte, den überraschenden Geldsegen erklären? Die plötzlichen Reparaturen würden nicht unbemerkt vonstattengehen, insbesondere, da er alle Leute, die älter als fünfzehn Jahre waren, um eine Spende gebeten hatte. Wenn er ihnen sagte, dass er etwas Wertvolles verkauft hatte, würden sie sich wohl fragen, warum er dies nicht schon früher getan hatte. Für den Fall, dass sie fragten, würde er einen anonymen Spender erfinden. Er würde vorsichtig sein müssen, damit Stratham oder Norris keinen Verdacht schöpften. Einen Großteil des Geldes würde er für mindestens zwei Wochen horten.

Jetzt, da er einen Plan gefasst hatte, atmete er erleichtert auf und gestattete sich, zu entspannen. Sie kamen an der nach Birch House führenden Straße vorbei, und er wurde langsamer. Spazierte Miranda nachts immer noch im Garten der Carmodys umher? Noch wichtiger war allerdings die Frage, ob sie weiterhin von dem Straßenräuber träumte?

»Rob«, rief er seinem Freund zu.

Rob hielt an und wartete, bis Fox neben ihn herangeritten war.

Fox griff hinter sich und band die Geldtasche los. »Hier, bring dies nach Bassett Manor.«

Rob nahm die Tasche. »Wir sind sehr nahe bei Birch House. Was hast du vor, Mann?«

»Ich werde deinen Rat annehmen.« Erwartungsvoll nahm er die Zügel auf. Wie kompromittierte man eine Frau? Sollte er einfach in ihr Zimmer einsteigen und sich erklären? Sollte er auf sie warten, bis sie zu ihrem nächtlichen Spaziergang herauskäme und dann ein Geschrei anstimmte?

Rob schmunzelte. »Viel Glück dann.« Eine Hand zum Abschied erhoben, ritt er davon.

Fox lenkte Icarus zur Hinterseite des Hauses, wo er absaß und ihn an einen Baum band. Er stahl sich durch den enttäuschend einsamen Garten und betrachtete das Gebäude. Welches Zimmer war ihres? Er war nur ein paar Mal in Birch House gewesen und nie in den oberen Stockwerken.

Er hielt inne und trat in den Schatten eines Baumes. Was zum Teufel hatte er im Sinn? Eine Kompromittierung erforderte eine skandalöse Tat. Aber war nicht auch jemand erforderlich, der den Skandal beobachtete? Wer würde um diese Stunde etwas beobachten? Das Haus war vollkommen dunkel. Er würde einen Aufruhr anstiften müssen.

Aber ich bin als der verdammte Straßenräuber gekleidet. Er sah an seinem Aufzug hinab. Der Straßenräuber konnte sie nicht kompromittieren. Das musste Montgomery Foxcroft tun.

Er erstarrte mitten in der Bewegung – eine Hand an den Baumstamm gestützt, der Rumpf dem Haus zugewandt und seine Füße beim geringsten Anlass zur Flucht bereit.

Seine Unentschlossenheit lag im Wettstreit mit der sich bietenden Gelegenheit. Er war hier. Als Räuber gekleidet. Sie hatte den Räuber gemocht. Sie hatte ihn geküsst. Er könnte sich in ihr Zimmer schleichen und ihr vielleicht noch einen Kuss oder zwei stehlen, um wieder zu verschwinden, ehe irgendjemand etwas mitbekam. Oder er könnte seine Maske abnehmen, sie als Montgomery Foxcroft küssen und damit für immer an sich binden.

So gesehen hatte er nichts zu verlieren.

Fox hob die Hand an seine Maske und erstarrte mitten in der Geste, als die Hintertür des Hauses aufschwang.

KAPITEL 8

Miranda blieb auf dem kleinen Absatz vor der Hintertür abrupt stehen. Obwohl es so dunkel war, dass ihre Augen sie täuschen könnten, spürte sie sicher, dass jemand keine zehn Meter entfernt stand.

Die Vernunft verlangte, kehrtzumachen, doch die Vernunft wurde ihrer Meinung nach stark überbewertet. Darüber hinaus kribbelte ihr der Nacken vor Erwartungsfreude. Im Garten harrte jemand, den sie kannte. Sie trat auf das weiche Gras. »Wer ist dort?«

»Sie hatten versprochen, dass wir uns wiedersehen würden. Ich bin des Wartens müde geworden.«

Der Straßenräuber.

Er schlenderte auf sie zu und blieb ein paar Schritte von ihr entfernt stehen. Die kühle Nachtbrise ließ ihr Haar auffliegen. Miranda strich sich eine verirrte Locke aus dem Gesicht. »Haben Sie an den Hintereingängen aller Häuser in der Umgebung gelauert, oder wussten Sie irgendwie, dass Sie mich hier finden würden?«

»Ich habe meine Möglichkeiten, zu finden, was ich brauche.« Er lehnte an einem kleinen Birnbaum nicht weit von

der Treppe entfernt, die sie gerade in den Garten hinabge-
stiegen war.

Miranda vernahm das Lächeln in seiner Stimme. *Geh
hinein*, schrie es in ihrem Verstand. Doch andere, weniger
sensible Körperteile trieben sie vorwärts, bis sie ihm gegen-
überstand. Er trug die gleiche dunkle Kleidung, die er in der
Raubnacht getragen hatte. Eine Maske verhüllte seinen
gesamten Kopf mit Ausnahme von Mund und Kinn. Ein
Jammer, denn sie wollte liebend gern sein Gesicht sehen.

»Sagten Sie brauchen?«

»Hmm. Das habe ich.« Seine tiefe Stimme besaß einen
heiseren, verlockenden Klang. Er trat näher und sie konnte
die Wärme seines Körpers spüren. »Sie scheinen sich in einer
prekären Situation zu befinden. Ich konnte nicht verhindern,
mitanzuhören, wie dieser Mann Sie bei unserer ersten
Begegnung zurechtgewiesen hatte. Welche Beziehung haben
Sie zu ihm?«

Ihr wurde der Hals trocken. »Er ist mein Gefängniswärter.« Die Worte kamen krächzend hervor. Der Straßenräuber lachte. Es war ein tiefer reinigender Klang purer
Heiterkeit, der Miranda zum Lächeln brachte, doch rasch
ernüchterte sie wieder. »Sie riskieren eine ganze Menge,
hierher zu kommen.«

»Vielleicht sind manche Dinge jedes Risiko wert.« Er
strich ihr das Haar hinters Ohr, wobei er mit dem Finger
ihre empfindliche Haut entlang strich. Erwartungsvolle
Schauder überliefen sie an den Armen, dem Bauch und an
den Schenkeln.

Zum Schutz gegen die kühle Nachtluft zog sie ihren
Morgenmantel fester um sich. So viele Nächte war sie im
Garten spazieren gegangen, und nie war ihr in den Sinn
gekommen, dass sie jemandem begegnen könnte.
Geschweige denn dem Straßenräuber.

»Es ist kalt.« Er nahm sich den Umhang von den Schultern und legte ihn ihr um. Umgehend fühlte sie sich in köstlicher Wärme geborgen. Sie war von einem frischen, erdigen Duft umhüllt, der etwas ungemein Männliches hatte. In ihrem Hinterkopf kitzelte das Wiedererkennen. Sie musste sich auf ihr erstes Treffen besinnen.

»Aber jetzt ist Ihnen kalt.«

Er griff nach ihr und die Arme um ihren Rücken geschlungen zog er sie an sich. Die Beine weit auseinandergestellt positionierte er sie dazwischen. »Jetzt nicht mehr.«

Sie schluckte schwer. Sie sollte sich den Umhang vom Leib reißen und zurück ins Haus eilen, doch sie war nicht imstande, sich zu rühren. Sie konnte bloß zu seinem maskierten Gesicht aufschauen. Ihr Flirt mit dem Straßenräuber war leichtsinnig, gefährlich, verboten. Ein Nervenkitzel fuhr ihr über das Rückgrat.

Miranda legte den Kopf zurück. Ihr Straßenräuber war recht groß. »Sind Sie gekommen, um Lösegeld für mich zu fordern? Wenn Sie wussten, wo ich zu finden bin, wissen Sie vielleicht auch etwas über meine Familie.«

Er hielt sie mit seinen Händen eng an sich geschmiegt. »Mir ist bekannt, dass Sie Ihrer gewohnten Annehmlichkeiten beraubt worden sind. Und, bitte verzeihen Sie, wenn ich das sage, aber Ihre gewohnten Annehmlichkeiten bedeuten einen größeren Luxus, als Leute wie ich je erleben werden. Es ist mir nicht in den Sinn gekommen, Lösegeld für Sie zu fordern, aber das ist ein ausgezeichneter Einfall.«

Sie ignorierte Letzteres, denn es schien humorvoll gemeint zu sein. »Und was für ›Leute‹ sind Sie dann?«

In der Dunkelheit stieß er ein leises, tiefes Lachen hervor. Sie schmiegte sich enger an ihn.

Er senkte den Kopf und raunte ihr ins Ohr: »Ich würde mich lieber nicht klassifizieren.«

Das Herz pochte ihr im Stakkato in der Brust. »Wenn Sie

nicht hier sind, um mich zu entführen, warum sind Sie dann gekommen?«

»Für einen weiteren Kuss, vielleicht.« Er hauchte ihr seinen warmen Atem wie eine Liebkosung über die Schläfe.

Miranda erschauderte. »Ich sollte zurückgehen.«

Er streifte ihr mit den Lippen über die Wange. Die grobe Baumwolle seiner Maske schabte seitlich an ihrem Gesicht und ihrem Ohr entlang. »Ich werde Sie nicht aufhalten.«

Sie legte die Hände auf seine Schultern, worauf der Umhang aufklaffte, sodass noch weniger Barriere zwischen ihnen blieb. Er nahm die Hände von ihrem Rücken und legte sie an ihren Hals, um sie zu streicheln und näher zu ziehen. Und als sich dann ihre Lippen berührten, wurden ihr die Knie weich. Sie packte ihn fester, wozu sie die Hände hinter seinen Nacken schob, und hielt sich an ihm fest, um nicht zu Boden zu sinken.

Ihre Frustration und Einsamkeit – ja, Einsamkeit, wie sie jetzt erkannte – verblassten bei ihrem Kuss. War sie bei ihrer letzten Begegnung forsch gewesen, ließ sie sich jetzt von ihm leiten, und war zufrieden, seinem Willen folgen. Er hielt eine Hand um ihren Hinterkopf, als er die Lippen über ihren teilte. Er leckte sie mit der Zunge und sie öffnete sich für ihn, um sie in sich aufzunehmen.

Sein Kuss wurde leidenschaftlicher, während er sie mit seinen Händen hielt – sicher, beständig, gefangen. Ihr Kopf sank unter seinem Ansturm zurück. *Ja, befiehl mir.* Sinnliches Verlangen pulsierte durch ihren Leib und pochte zwischen ihren Schenkeln. *Mach mich zu der deinen.*

Er zog eine Spur aus Küssen an ihrem Kiefer entlang. Als er auf ihr Ohrläppchen stieß, knabberte er daran und löste damit einen sehnsüchtigen Schauer aus, der ihren Leib innerlich zu krümmen schien. Er verflocht die rechte Hand mit ihrem Haar, während er mit der linkten über ihre Schulter wanderte und sie direkt über ihre Brust legte, wobei die Wärme seiner bloßen Handfläche ihre Haut durch die dünne Baumwolle ihres Nachthemds hindurch erwärmte.

Dann wankte sie und sackte mit einem leisen Stöhnen gegen ihn. Er drehte sich mit ihr und schob sie mit dem Rücken gegen den Birnbaum. Seine Hand wanderte an ihrem Körper herunter, legte sie an ihre Hüfte und zog sie gegen seine Erektion.

Sie zerrte an dem Stoff, der fast sein ganzes Gesicht bedeckte. »Willst du deine Maske nicht abnehmen?«

An ihren Hals geschmiegt schüttelte er den Kopf, während er sich küssend und leckend einen Weg zurück zu ihrem Mund bahnte.

»Ich werde dich nicht verraten«, flehte sie.

»Schhh.« Er küsste sie und sein geöffneter Mund legte sich auf ihren und verschlang jede Antwort, die sie hätte geben können.

Sie bog sich ihm entgegen, und wieder bahnte er sich mit einer Hand einen Weg zwischen sie. Als er ihre Brust ertastete, wurde ihre Brustwarze unter seiner Handfläche hart. Er schloss die Finger darum, und sie keuchte in seinen Mund.

Ein dumpfer Aufprall vom Haus her ließ sie in ihren Bewegungen erstarren. Als er sich aufrichtete, hauchte er gegen ihre Stirn.

Sie schob seinen Umhang von den Schultern und hielt ihn ihm entgegen. »Du musst gehen.«

Er blickte auf das Haus, als erwartete er jemanden.

»Ich kann mich hier draußen nicht mit dir erwischen lassen. Nicht noch einmal! Bitte geh!« Als sie ihn von sich wegschob, trat er endlich zurück.

Sie machte kehrt und lief eilig zum Haus. An der Tür drehte sie sich noch einmal, um zu sehen, ob er noch dort war.

Sein Schemen war neben dem Baum auszumachen. »Bis zum nächsten Mal also.«

Sie trat ein und zog die Tür zu. Es konnte kein nächstes Mal geben.

⁓

Seit dem Besuch des Straßenräubers im Garten von Birch House war fast eine Woche vergangen, aber Miranda konnte seine Hände noch immer auf ihrem Körper spüren, und noch immer sehnte sie sich nach seinem Kuss. Zum hundertsten Mal ermahnte sie sich, ihre Konzentration auf den Tanzunterricht der Kinder zu richten. Zwischen Mirandas gedanklichen Abschweifungen sowie dem Mangel an Interesse und Anmut der Jungen, war die heutige Stunde eine einzige Katastrophe.

»Au!« Beatrice humpelte von der behelfsmäßigen Tanz-fläche, die sich genau dort befand, wo Miranda vor einigen Wochen mit Fox Walzer getanzt hatte. Sie tanzten in der Bibliothek, da Fox den Saal als zu gefährlich erachtete.

»Tut mir leid, Miss Carmody.« David, der älteste Junge auf Stipple's End, betrachtete mit verlegenem Blick die Tanzfläche.

Jetzt war eine ihrer Tänzerinnen verletzt. Erst hatte es Zank wegen der Frage gegeben, wer mit wem zusammen tanzte, und allein dieser Prozess hatte viel zu viel Zeit in Anspruch genommen. Dann hatten die Mädchen geschmollt, weil sie den Walzer nicht vor dem »*The Touchs-tone*« lernten. Wer hätte ahnen können, dass das Tanzen sich als Mirandas größte Herausforderung entpuppen würde?

Beatrice setzte sich in den grünen Sessel am Kamin und griff nach ihrem Fuß, um ihn zu massieren. »Macht ohne mich weiter.«

Miranda nickte und wandte sich wieder den Kindern zu, die weiterhin in ihrer Tanzformation versammelt

waren. David und Beatrice hatten die Führung übernom-
men, doch nun stand David nur noch mit ratlosem
Blick da.

»Setz dich, David.« Miranda zeigte zu dem Sofa. Damit
blieben sechs Paare auf der Tanzfläche.

»Warum tanzt du nicht mit ihm, Lady Miranda?«, fragte
Lisette.

»Es ist zu schwierig, euch alle zu dirigieren, wenn ich die
Schritte selbst machen muss.« Es war schon zu schwierig, sie
zu dirigieren, wenn sie *nicht* tanzte.

»Ach, ich bin das Tanzen leid. Können wir nicht endlich
Schluss machen?« Bernard ließ sich neben David auf das
Sofa fallen, und die übrigen Jungen lösten ihre Formation
auf.

»Nein, wartet!« Miranda hielt die Hände hoch erhoben
und versuchte, sie zurückzuwinken. Es war schwierig gewesen, einige der Jungen zum Mitmachen zu überreden, aber
Mrs. Gates hatte ihnen eine Erleichterung ihrer häuslichen
Pflichten in Aussicht gestellt, wenn sie sich entgegenkommend zeigten. »Wir sind fast mit *The Touchstone* durch, und
dann machen wir für heute Schluss.«

Mehrere Jungen zogen ein Gesicht, während andere
einfach nur ausdruckslos vor sich hin schauten, als wären sie
zum Weitermachen zu erschöpft. Sie ließ die Hände sinken.
Wenn es ihr auch gegen den Strich ging, nicht fertig zu
werden, war es wahrscheinlich das Beste.

Flora machte ein langes Gesicht. »Aber Sie haben gesagt,
wir könnten Walzer tanzen!«

Es missfiel Miranda, die Mädchen zu enttäuschen, aber
mehr als einen Tanz konnte man von den Jungen tatsächlich
nicht erwarten. Bereits ein Tanz hatte sich eigentlich als zu
viel erwiesen. »Das habe ich nie versprochen.« Sie war
unverbindlich geblieben und hatte sich damit einer der Lieb-
lingsmethoden ihrer Mutter bedient. *Wir werden sehen*, war

eine ausgezeichnete Taktik, wie sie zähneknirschend zugeben musste.

Bernard schauderte. »Ich will sowieso keinen Walzer tanzen. Muss man sie dabei nicht an der *Taille* anfassen?«

David und ein weiterer Junge richteten den Blick zu Boden und bekamen rote Ohren. Da sie die Ältesten waren, überraschte es Miranda nicht, dass sie die Taille eines Mädchens berühren wollten – und wahrscheinlich noch mehr, wenn sie die Gelegenheit dazu bekämen.

»Dann müssen wir eben an einem anderen Tag Walzer tanzen.« Ehrlich gesagt hoffte Miranda, sie würde abreisen, ehe sie erneut versuchte, Tanzunterricht zu geben. Aber die Mädchen würden so enttäuscht sein ... Ein Gefühl des Bedauerns regte sich in ihrer Brust.

Delia wandte sich an Miranda. »Können Sie uns den Walzer nicht zumindest vortanzen?«

Obwohl sie müde und frustriert war, gab Miranda unter dem flehenden Blick des Mädchens nach. »Mit wem? Beatrice? Sie hat sich den Fuß verletzt. Nein, es tut mir leid, aber wir müssen auf einen anderen Tag warten.«

»Sie könnten mit Mr. Foxcroft tanzen«, schlug Delia vor.

Sämtliche Köpfe im Raum drehten sich zur Tür um. Sie wandte sich um. Fox lehnte am Türrahmen. Er hatte eine Augenbraue hochgezogen, und sie konnte seine Reaktion, auf diese Weise aufgefordert zu werden, nicht ermessen.

Sie verschränkte die Arme vor der Brust. »Wie lange stehen Sie schon da?«

»Lange genug, um festzustellen, dass der Tanzunterricht vielleicht nicht Ihre Stärke ist.«

Sie sah ihn mit hochgezogener Augenbraue herausfordernd an. »Und Sie glauben, Sie könnten es besser? Die Kinder haben um eine Demonstration des Walzers gebeten, wenn Sie geneigt sind.«

»Ich will es gern versuchen. Auch wenn ich nicht die

richtigen Schuhe trage.« Er blickte an sich herunter. Zwar waren seine abgewetzten braunen Stiefel für einen elegantem Walzer nicht gerade zuträglich, jedoch sah er in der hellbraunen Reithose, dem dunkelblauen Jackett und der einfach geknoteten Krawatte heute recht attraktiv aus.

»Geben sie mir also einen Korb?« Hatte sie sich hoffnungsvoll angehört? Obwohl er hervorragend tanzte, wollte sie ihm nicht so nahe kommen. Nicht, nachdem sie sich so erfolgreich aus dem Weg gegangen waren.

»Ganz bestimmt nicht.« Er kam zu ihr in die Mitte des Raums und sah sich um. »Gibt es Musik?«

Miranda zeigte zu dem achtjährigen Jungen, der in der Nähe der Fenster saß. »Der kleine Martin hat auf seiner Flöte gespielt.«

Fox lächelte dem Jungen zu. »Kannst du eine Melodie spielen, zu der wir uns so bewegen können?« Er gab mit den Füßen einen Dreivierteltakt an.

Martin nickte und fing zu spielen an.

Fox trat ihr gegenüber und verbeugte sich. In die Ecke getrieben, ergriff sie seine Hand, wenngleich sie sich keineswegs sicher war, ob sie ihn berühren wollte. Seit der Ablehnung seines Heiratsantrags hatte sie kaum noch Zeit mit ihm verbracht, geschweige denn in unmittelbarer Nähe. Sie hielt den Atem an, da sie sicher war, dass ihre Unbeholfenheit im Umgang miteinander in einer katastrophalen Vorführung enden würde.

Er schwang sie in den Walzer und versetzte sie in die Perfektion ihres ersten Tanzes zurück. Mit der musikalischen Begleitung bewegten sie sich heute wie eine Einheit. Dieser Augenblick war das Erlebnis, das ihrem alten Leben am ähnlichsten war, seit sie es gezwungenermaßen hatte verlassen müssen.

Kurz schloss sie die Augen, um sich seiner Führung hinzugeben, während sich ihre Anspannung durch die Musik löste, und sie sich gestattete, den Moment zu genießen. Als sie die Augen wieder aufschlug, lag in seinem Blick ein entschlossenes starkes Brennen, das sie exakt an ihren ersten Walzer erinnerte. Sie konnte die Augen nicht abwenden und wollte es auch nicht.

Und so tanzten sie.

Bis Martin mit seinem Lied endete. In Wahrheit bemerkte sie erst, dass die Musik aufgehört hatte, nachdem er bereits eine Weile zu spielen aufgehört hatte. Wie bei ihrem vorherigen Walzer hatten sie ohne Musik weitergetanzt.

»Das war so schön«, murmelte eines der Mädchen.

»Ja«, stimmte Fox zu, doch Miranda wusste, dass das Mädchen und er nicht das Gleiche meinten. Die Hitze brannte stechend in ihrem Nacken, und Miranda trat zurück. Das Jadegrün in Fox' Augen schien das Gold zu überlagern, als wäre die Flamme darin erstickt worden, ehe er den Blick endlich abwandte.

»Wann können wir den Tanz lernen, Lady Miranda?« Lisette rang die Hände in eindringendem Flehen vor sich.

Miranda strich mit ihren plötzlich feuchten Handflächen glättend über ihren Rock. »Bald, da bin ich mir sicher. Aber wir haben heute schon genug geübt.«

Als ob sie mitgehört hätte, erschien Mrs. Gates an der Türschwelle. »Es ist Zeit für die Nachmittagsarbeit. Tatsächlich ist sie schon längst überfällig.« Sie lächelte. »Aber ich wollte nur ungern eine so dienliche Unterrichtsstunde unterbrechen. Habt ihr alle Spaß am Tanzen gehabt?«

»O ja!« Alle auf einmal schnatterten die Mädchen drauflos und sprachen sowohl zu Mrs. Gates als auch untereinander. In Zweierreihen fingen sie an, die Bibliothek zu verlassen und als das letzte Paar hinausging, überhörte Miranda eine Unterhaltung.

»Vielleicht wird Lady Miranda ja Mr. Foxcroft heiraten, und dann bleibt sie für immer bei uns!«

»Unsinn. Warum sollte sie hierbleiben, wenn sie nach London zurückkehren kann?«

»Aber sie tanzen so himmlisch miteinander!«

Miranda traf auf Fox´ Blick, als sie den ihren von dem Paar weglenkte. So wie er sie anschaute, mutmaßte sie, dass er die beiden ebenfalls gehört hatte.

Beatrice stand von ihrem Stuhl auf. »Miranda, ich bin im Handumdrehen zum Gehen fertig. Ich muss nur noch schnell nach oben laufen und, ähm, etwas holen.« Sie war aus der Bibliothek, ehe Miranda fragen konnte, um was es sich handelte. Abgesehen davon schaute Fox sie noch immer an.

Und jetzt waren sie unter sich. Schon wieder. Großer Gott, aber auf dem Land scherte man sich wirklich nicht um Anstand. Wenn sie es so betrachtete, schien Wootton Bassett perfekt für sie zu sein. Ironischerweise glaubten ihre Eltern, sie sei hier draußen vor sich selbst in Sicherheit – oder zumindest sicherer als in London.

Ihre Vernunft mahnte sie dringlich, die Beine in die Hand zu nehmen und vor Fox zu fliehen.

Er stand vielleicht einen halben Meter von ihr entfernt. »Wissen die Kinder, dass Sie gehen?«

Mirandas Magen ballte sich zusammen, und ihre Füße hafteten wie angewurzelt am Boden. »Nein, doch *ich selbst* weiß nicht einmal, dass ich gehen werde.«

Sein Körper verschob sich und öffnete sich irgendwie. »Wollen Sie damit sagen, es besteht die Möglichkeit, dass Sie bleiben?«

Sie nahm die Hoffnung in seiner wie beflügelt klingenden Stimme wahr, und das schlechte Gewissen ließ sie mit den Schultern zucken. »Nein. Das war sarkastisch gemeint. Gewiss werde ich gehen. Allerdings weiß ich nicht, wann.«

Er stieß die Luft aus, als hätte er während ihrer Antwort

den Atem angehalten. »Die Kinder lieben Sie, wissen Sie. Und Sie scheinen sie ebenfalls liebgewonnen zu haben. Warum sollten Sie nicht erwägen, hierzubleiben? Oder vielleicht zu Besuch zu kommen?«

»Oh, ich könnte sie besuchen.« Doch Miranda konnte sich nicht vorstellen, wann oder wie das geschehen sollte. Sobald sie zu ihrem alten Leben zurückgekehrt wäre, gäbe es eine nicht enden wollende Abfolge gesellschaftlicher Verpflichtungen, so wie es immer gewesen war. Einst war sie überzeugt gewesen, keinen Sommer ohne diese Aktivitäten auszuhalten. Doch das hatte sie. Und in Wahrheit vermisste sie den Trubel gar nicht so sehr, wie sie es erwartet hatte.

In seinen Augen flackerte das Gold wieder auf. »Haben Sie meinen Antrag deshalb abgelehnt? Weil Sie sich ein Leben hier nicht vorstellen können?«

Miranda wurde innerlich heiß. »Zum Teil, ja.«

»Und der andere Teil?«

»Es gibt viele andere ›Teile‹.«

»Und davon werden Sie keine anderen verraten, nicht wahr?« Seine Stimme nahm einen tieferen Tonfall an. Der Klang streichelte über sie hinweg wie ein seidenes Hemd.

»Warum haben Sie mir einen Antrag gemacht?« Kaum hatte sie die Frage gestellt, hätte sie sie am liebsten zurückgenommen. Keine der zu erwartenden Antworten sagte ihr zu: Er war auf ihr Geld aus, er musste Stratham in einem urinstinktiven männlichen Konkurrenzkampf besiegen, oder er begehrte sie. Die letzte Möglichkeit fachte die Hitze erneut an, die er vor ein paar Augenblicken an ihrem Rücken ausgelöst hatte.

Er blickte sie einen langen Moment lang an. »Ich achte Sie sehr.«

Das zu hören hatte sie nicht erwartet. »Achtung? Sie wollen eine Ehe auf Achtung aufbauen?« Das reichte wohl für die meisten Leute aus, die sie kannte, doch sie wollte mehr. »Nein, danke.«

Seine Augen wurden dunkel und er bewegte sich auf sie zu. »Unter anderem.« Er nahm ihre Hand, und ein Schauder fuhr ihr den Arm hinauf. »Achtung ist eine hervorragende Grundlage für eine erfolgreiche Ehe. Wie auch gegenseitiger Respekt. Ähnliche Interessen. Harmonie beim Tanzen.« Er formte die Lippen zu einem gefährlichen Lächeln. »Anziehungskraft.«

Ein Feuer wurde in Mirandas Unterleib lebendig und wärmte ihren Körper von innen heraus. Genauso hatte sie sich gefühlt, als der Straßenräuber sie geküsst hatte ... Verflixt, sie musste sich aber ausgerechnet zu einem Straßenräuber und auch zu Montgomery Foxcroft hingezogen fühlen! Warum war sie nicht imstande, auch nur ein Mindestmaß an Interesse für jemanden wie Stratham aufzubringen, oder noch besser für einen dieser Milchbubis in London, die ihr Vater gutheißen würde?

In dem Moment, in dem Beatrice die Bibliothek wieder betrat, riss Miranda ihre Hand weg. Damit Beatrice keine verhängnisvollen Rückschlüsse über ihre Nähe zog, trat sie einen Schritt zurück.

Um Fox' Mund zeigte sich ein harter Zug. So einladend, wie er noch vor einem Moment erschienen war, drückte er nun das komplette Gegenteil aus und seine Miene war kalt und verschlossen.

Beatrice hielt ein Päckchen. »Bist du bereit, Miranda?«

Fox zog die Mundwinkel wieder nach oben, doch in seinem Ausdruck lag eine gewisse Bitterkeit. »Wir haben gerade eine schöne, *private* Unterhaltung genossen.«

Miranda erfasste seine Andeutung bei dem Wort »privat«. Was hatte er vor? Sie sah ihn misstrauisch an. »Vielen Dank für Ihre Hilfe heute Nachmittag. Guten Tag, Fox.«

Beatrice sagte Auf Wiedersehen und ging mit Miranda

hinaus. In der Halle nahm Beatrice ihre Haube vom Tisch und band sie unter ihrem Kinn fest. »Die Kinder beten dich wirklich an. Heute ist es chaotisch gewesen, aber alle haben sich so gut amüsiert. Du vermittelst ihnen das. Ein Gefühl von … Freude.« Sie blinzelte Miranda zu, als ob sie ihre eigenen Worte nicht ganz glauben könnte.

Miranda hätte sich glücklich fühlen sollen, doch wenngleich sie den Kindern einen heiteren Nachmittag geschenkt hatte, schien sie Fox eine weitere Erinnerung beschert zu haben, die er vielleicht gern vergessen würde.

Und worin würde ihr bleibender Eindruck bestehen? Würde sie sich gern an ihre Zeit hier erinnern oder wäre sie froh, sie hinter sich zu lassen? Sie hoffte, es würde eine Mischung aus beidem werden, denn sie wollte ihr Andenken an ihre Zeit hier nicht missen.

Allerdings hatte sie den Verdacht, dass sie genau das bereits tat.

~

*F*ox sah auf das Hauptbuch vor sich hinab und starrte auf die Zahlenreihen, bis sie verschwammen. Das von Stratham gestohlene Geld war nicht so viel, wie er sich erhofft hatte, doch es hätte für die Instandsetzung des Daches gereicht. Wenn nicht die Hälfte der Lebensmittelvorräte verdorben wären, weil nun die Küche ein Leck hatte. Wenn nicht die Hälfte der Kinder krank geworden wären und medizinische Betreuung gebraucht hätten. Wenn nicht drei der Jungen neue Kleidung und Schuhe gebraucht hätten.

Das Geld war um diese Jahreszeit immer knapp, aber normalerweise versprach die Ernte einen Zuschuss an Mitteln, der sie durch ein weiteres Jahr brachte. Normalerweise. Doch was von den Feldfrüchten nicht eingegangen war, aufgrund des kalten, nassen Sommers, würde nicht genügend Erzeugnis einbringen. Es würde ein magerer Winter werden. Und Frühling. Und Sommer.

Fox hatte die Stirn in die Hand gestützt und sah aus dem Fenster in den Garten. Die Kinder spielten Ball. Miranda kam in Sicht, das goldene Haar auf ihrem Kopf aufgetürmt, und ihr pfirsichfarbenes Kleid war – wie sie selbst und alle anderen Kleider, die sie trug – noch immer viel zu schick für ihr bescheidenes Waisenhaus.

Da der Herbst bereits vor der Tür stand, war er auf ihre baldige Abreise gefasst. Und sie hatte bestätigt, dass sie gehen würde. Er rügte sich erneut, sie nicht in die Arme geschlossen und wie von Sinnen geküsst zu haben, als Beatrice letzte Woche nach der Tanzstunde in die Bibliothek getreten war. Eine perfekte Gelegenheit, Miranda zu kompromittieren war vergeudet.

Und er hatte die Entscheidung getroffen, sie zu kompromittieren. Er hatte es auf der Straße entschlossen, nachdem er Strathams Beitragsgeld gestohlen hatte, und sie im Garten zu küssen hatte sein Verlangen nur noch mehr geschürt.

An jenem Tag hatte er mindestens eine Viertelstunde in der Tür gestanden und sie beobachtet, wie sie die Kinder zu den komplizierten Schritten eines Tanzes anleitete. Das Vorhaben war schwierig, doch sie hatte Geduld, Verständnis und eine andere Emotion gezeigt … konnte es Liebe sein?

Liebe.

Das Wort schnitt wie eine Messerschneide direkt durch sein Herz. Liebte er sie? Er wusste es nicht, doch er wollte sie wegen mehr als nur ihrem Geld. Wegen mehr als nur Begierde. Er wollte sie hier. Mit ihm. Mit ihnen allen. Er hatte die Kinder nie so glücklich erlebt. So unbeschwert. *Er hatte* sich nie so glücklich oder unbeschwert gefühlt – und das sagte eine Menge angesichts seiner verfahrenen finanziellen Lage.

Und die war ebenso schlimm wie immer. Er schlug das Hauptbuch zu. Ihm lief die Zeit davon und sie mied ihn eindeutig, während sie zudem sicherstellte, dass sie nie allein waren. Das machte eine Kompromittierung vollkommen unmöglich. Verdammt, aber er wünschte, er könnte die Zeit zurückdrehen zu dem Abend der gesellschaftlichen Veranstaltung. Er stand auf und trat in den Korridor hinaus. Als er die Haupthalle betrat, ließ Mrs. Gates gerade Mr. Carmody herein. Er wäre ein ausgezeichneter Zeuge für eine Kompromittierung.

Der ältere Mann nickte. »Guten Tag, Fox. Wo kann ich Miranda finden?«

Mrs. Gates kam Fox mit ihrer Antwort zuvor. »Ich laufe rasch und hole sie.« Geschäftig marschierte sie aus der Halle und ließ die beiden Männer allein.

Carmody ließ den Blick durch die gesamte Halle schweifen, ehe er ihn auf das Fass in der Ecke heftete. Das Dach tropfte nicht, doch sie hatten das Fass für alle Fälle dort stehen gelassen. »Sie haben dort ein Leck?«

Fox schluckte eine sarkastische Entgegnung herunter. »Ja.«

Carmody setzte seinen Rundblick fort. »So ein altes Gebäude muss eine Menge Arbeit sein.« Er blickte Fox direkt an. »Allerdings ist Ihr eigenes Anwesen genauso alt, nicht wahr?«

Fox erwiderte nichts und biss stattdessen die Zähne zusammen.

Nach einigen Augenblicken unbehaglicher Stille betrat Miranda die Halle und plötzlich wirkte das ramponierte Mobiliar und die abgewetzten Läufer noch schäbiger. Sie sah zu Fox herüber, ehe sie ihre Aufmerksamkeit Carmody zuwandte.

Beatrice folgte Miranda auf den Fersen. »Guten Tag,

Vater. Wenn du gekommen bist, um uns abzuholen, sind wir noch nicht ganz aufbruchbereit.«

Carmody warf einen Blick auf seine Taschenuhr. »Du kannst bleiben. Ich bin gekommen, um Miranda abzuholen. Ihre Eltern sind angekommen.«

Fox´ Magen sackte zusammen.

Miranda machte große Augen. »Meine Eltern sind hier?«

Carmody nickte. »In Birch House. Ich bot ihnen an, sich auszuruhen, während ich mich auf den Weg machte, um dich abzuholen.«

Fox bemerkte Mirandas kräftigere Gesichtsfarbe und wie sie die Hände an ihrem Rock ballte und streckte. Nach einem Augenblick fragte sie: »Soll ich nach London zurückkehren?«

Carmody warf Miranda unter seinen gesenkten Lidern einen blasierten Blick zu. »Ich weiß ganz gewiss nichts von den Plänen Ihrer Gnaden. Aber du solltest sie besser nicht warten lassen.«

Beatrice berührte Miranda am Arm. »Möchtest du, dass ich dich begleite?«

Carmody richtete sich auf. »Das wird nicht nötig sein, Beatrice. Ich werde die Kutsche zur vereinbarten Zeit schicken. Deine Anwesenheit ist nicht erforderlich.«

Beatrice schürzte die Lippen und antwortete mit einem kurzen Nicken, ehe sie sich aus der Halle zurückzog.

Miranda schüttelte den Kopf, als ob sie für einen Augenblick abgeschweift wäre. »Ich sollte mich von Mrs. Gates und den Kindern verabschieden.« Sie sah Fox an und die Traurigkeit in ihrem Blick krampfte ihm den Magen zusammen.

Carmody räusperte sich. »Es bleibt keine Zeit.«

Sie drehte sich zur Rückseite des Hauses um. »Es wird nur einen Augenblick dauern.«

»Wieder einmal zeigst du, warum deine Eltern dich überhaupt hierhergeschickt haben«, blaffte Carmody. »Wir wären bereits auf dem Weg, wenn du nicht widersprechen müsstest.«

Fox drückte die Handflächen an die Beine damit er keine Dummheit begehen konnte, wie beispielsweise, Carmody zu schlagen oder Miranda zu umarmen. Er wollte beides tun.

Miranda wirbelte herum. »Ich war nicht –« Sie presste die Lippen zusammen und Fox stellte sich vor, wie sie die Zähne dahinter zusammenbiss. »Egal. Lasst uns sofort aufbrechen.«

Fox trat zu ihr und streckte die Hand aus, als ob er sie am Arm berühren wollte, doch dann ließ er sie sinken. »Ich werde mit den Kindern sprechen. Sie werden es verstehen.«

»Danke.« Unvergossene Tränen glänzten in ihren Augen. »Ich – sagen Sie ihnen, dass ich wiederkomme.«

Fox war nicht sicher, ob er ihr glaubte. Nicht, wenn sie diesen Tag so herbeigesehnt hatte. »Es ist schon gut. Es ist ohnehin beinahe Herbst.« Er sprach die Worte *Sie werden nicht zurückkehren* nicht aus.

Miranda nahm ihre Haube und die Handschuhe von einem Tisch neben der Tür. Sie sah Fox an, als ob sie etwas sagen wollte, doch dann lenkte sie den Blick zu Carmody. »Ich bin fertig.«

Carmody tippte sich an die Hutkrempe. »Guten Tag, Fox.«

Die Tür fiel hinter ihnen ins Schloss. Der Winter würde in der Tat dunkel und grimmig werden.

KAPITEL 9

Die Kutschfahrt nach Birch House war sowohl unendlich als auch viel zu rasch vorüber. Gott sei Dank sagte Mr. Carmody nichts. Obwohl seine nervtötende Konversation wahrscheinlich besser gewesen wäre als die Angst, die Miranda innerlich auffressen wollte.

Die Kutsche ihrer Eltern stand in der Auffahrt und die perfekt harmonierenden Braunen wurden von einem Pferdeknecht versorgt. Als Miranda aus Mr. Carmodys Kutsche entstieg, hob sie für den Kutscher eine Hand. Er lächelte und winkte zurück. Die freundliche Geste verlieh ihr die nötige Kraft, um ins Haus zu gehen und sich dem Ungewissen zu stellen.

Carmody, der hinter ihr eingetreten war, übergab Fitchley seinen Hut. Er drehte sich zu Miranda. »Seine Gnaden und Ihre Gnaden befinden sich im Salon.«

Miranda nickte und langsam öffnete sie die Tür zum größten Zimmer in Birch House – obwohl es in Mirandas Schlafzimmer gepasst hätte –, das vom Foyer abzweigte.

»Da bist du ja, Mädchen«, stellte der Herzog fest, als er ihr von der anderen Seite des Zimmers entgegenschritt.

»Setz dich.« Er zeigte auf einen Sessel dicht beim Sofa, auf dem ihre Mutter mit einem angewiderten Ausdruck thronte, der ihre klassischen Züge zerfurchte.

Miranda, die pflichtschuldig und respektvoll erscheinen wollte, kam seiner Aufforderung nach und setzte sich in den Sessel, den ihr Vater ihr zugewiesen hatte. »Guten Tag, Vater, Mutter.« Sie nickte den beiden zu und wagte ein Lächeln. »Hattet ihr eine angenehme Reise?«

Der Herzog verschränkte die Hände hinter dem Rücken. *Also soll der Tanz beginnen.* Miranda rang die Hände, obschon sie einen, wie sie hoffte, friedfertigen Ausdruck bewahrte.

Er schritt hinter das Sofa, auf dem ihre Mutter saß. Seine Augenbrauen zogen sich zu seinem ernsthaftesten Ausdruck zusammen. »Carmody erzählt mir, dass du trotz deines Verbots, dich zu sozialisieren, recht beliebt bist.«

Was um alles auf der Welt meinte er? Sie war nicht ganz sicher, was er von ihren Aktivitäten in diesem Sommer wusste, einmal abgesehen davon, dass Carmody ihn über ihren schlecht durchdachten Kuss mit dem Straßenräuber auf ihrer Reise nach Wiltshire informiert hatte. Gott sei Dank wusste niemand, dass sie diese Anstößigkeit wiederholt hatte. Sie schob die Erinnerung daran beiseite. Sie konnte jetzt nicht daran denken. Carmody hatte ihnen wahrscheinlich von Strathams Versuch, ihr den Hof zu machen, berichtet. Verdammt sollte der Mann sein.

»Mr. Carmody irrt sich.«

»Lüg mich nicht an.« Ihr Vater setzte seine Runde durch das Zimmer fort, ehe er bei Mirandas Sessel stehen blieb.

»Der lokale Abgeordnete hat dir den Hof gemacht. Mir ist zu Ohren gekommen, dass er sich im Waisenhaus aufgehalten hat, wo von dir erwartet wurde, zu *arbeiten*.«

Miranda unterdrückte ihre Wut. Ihr Vater verabscheute emotionale Ausbrüche. »Mr. Stratham hat das Waisenhaus besucht, aber ich habe ihn nicht ermuntert. Was hat Mr. Carmody dir erzählt?«

Vater drohte ihr mit einem Wackeln seines Fingers. »Wälze dies nicht auf Carmody ab. Ich habe keinen Zweifel, dass er die volle Wahrheit über diese Angelegenheit wiedergegeben hat. Ich werde diesen Stratham höchstpersönlich aufsuchen und ihn instruieren, dich in Ruhe zu lassen.«

Eine böse Vorahnung nagte in Mirandas Magengegend. »Warum würdest du das tun wollen, wenn ich abreisen werde?«

»Du wirst nicht abreisen.« Die Stimme ihrer Mutter hätte Mirandas angegriffene Nerven beschwichtigen können, doch die gerade von ihr geäußerten Worte hatten eine gegenteilige Wirkung.

Sie vergaß – wie es die Regel war –, dass sie ein ruhiges Verhalten an den Tag legen wollte, und sprang auf. »Aber es ist September. Meine Freundinnen werden mich in der Stadt erwarten.«

»Setz dich.« Der Herzog baute sich vor dem Sofa auf.

Miranda atmete geräuschvoll aus und ließ sich wieder in ihren Sessel sinken. »Warum habt ihr euch die Mühe gemacht, herzukommen, wenn ihr beabsichtigt, mich hierzulassen? Ich habe nichts getan, um das zu verdienen.«

»Nichts?« Die blauen Augen ihres Vaters wurden groß. »Boxkämpfen in Covent Garden beizuwohnen ist nichts? Dich um ein Haar auf dem Dark Walk von Vauxhall zu kompromittieren ist nichts? Dich einem Straßenräuber an den Hals zu werfen ist nichts?« Seine Stimme schwoll bei jeder nachfolgenden Frage an, bis sie in einem beinahe ohrenbetäubenden Crescendo gipfelte.

Miranda zuckte zusammen. »Ich meine, ich habe in letzter Zeit nichts gemacht. Ich bin ein Muster von, ähm, einer Gefangenen.«

»Du betrachtest dies als ein Gefängnis?« Ihr Vater breitete die Arme aus, um auf den dürftigen Salon hinzuweisen. »Das ist nichts«, spie er.

Seine Worte trafen sie tiefer als irgendeine körperliche Bestrafung. Konnte sie denn nichts tun, um sie zufriedenzustellen? Sie würde ihre Anstrengungen im Waisenhaus verdoppeln. »Es tut mir leid. Ich weiß, du warst ...nachsichtig.« Sie betete, dass sie genau das hören wollten. »Ich arbeite gern im Waisenhaus und ich glaube, es hat eine positive Wirkung auf mich. Vielleicht möchtet ihr einmal kommen und sehen, was ich dort tue?«

Auf dem Gesicht ihrer Mutter zeigte sich ein kurzes Aufblitzen einer Emotion – Abscheu vielleicht – und ein rasches Flattern erfasste ihre Augenlider und Nasenflügel, ehe sie ihre Fassung wiedergefunden hatte. »Das sind schöne Worte, aber ich bin nicht sicher, ob du auch nur eine einzige Sache seit deiner Ankunft gelernt hast. Wir hatten gehofft, du hättest zumindest ein bisschen Bescheidenheit angenommen.« Mirandas Mutter ignorierte die Einladung zum Besuch des Waisenhauses vollkommen. Hatte sie wirklich von ihren Eltern erwartet, ein Interesse für jegliches Vorhaben zu entwickeln, das sie nicht direkt betraf, ob positiv oder negativ?

»Wir haben deine Briefe erhalten.« Ihr Vater heftete seinen stechenden Blick auf sie. Er war von der Sorte, bei der sie sich wie eine Achtjährige fühlte, die gerade ihre Gouvernante zum Weinen gebracht hatte. »Was ihnen mangelt, ist deine Reue für dein skandalöses Benehmen. Jetzt schwächt deine scheinbar reuevolle Art in unserer Gegenwart deine Glaubwürdigkeit. Du musst deine Handlungsweise ändern und keine leeren Versprechungen machen.«

»Das mache ich. Ich meine, ich werde.« Selbst für ihre Ohren klangen die Worte hohl. Dennoch war es das, was ihre Eltern hören wollten, und sie konnte nicht aufhören, ihnen gefallen zu wollen. Sie hatte ihre Aufmerksamkeit, doch sie war leicht zu erlangen. Sie brauchte ihre Anerkennung.

Die Lippen ihres Vaters wurden weiß. Nach einem Augenblick drehte er sich von ihr weg und nahm seine Schritte wieder auf.

Ihre Mutter saß dort so stoisch wie immer. »Dein Vater und ich glauben, dass mit deiner Abwesenheit von der Gesellschaft eine erneute Besserung deines Ruf einhergeht. Aber du musst dich selbst hier angemessen verhalten.«

Ihr Ruf konnte nicht ruiniert sein. Bei keiner ihrer Freundinnen war der Ruf in Gefahr. Sie hatten sich harmlosen Vergnügungen hingegeben. »Francesca, Lord Dunbar, Darleigh – sie alle sind nicht negativ beeinträchtigt worden.«

Fältchen zeichneten sich um Mund und Nase ihrer Mutter ab, die wahrscheinlich auf ihren dauerhaften Ausdruck von Missbilligung zurückzuführen waren. »Francesca wurde im Juli von Lord Dunbar bei einer Hausparty kompromittiert.«

Beinahe hätte Miranda sich die Hand vor den Mund geschlagen, doch sie hielt sie fest in ihrem Schoß, um ihren Eltern nicht zu zeigen, wie sehr sie diese Neuigkeit schockierte. Sie weigerte sich, ihnen diese Befriedigung zu gewähren. Die arme Frannie. Dunbar war ein fröhlicher Zeitgenosse, aber überhaupt nicht zum Heiraten geeignet. Miranda fragte sich, ob sie es mit ihrem Benehmen übertrieben hatte. Wenn sie vor Beatrice und Mr. Carmody jemand anderes als den Straßenräuber geküsst hätte, wäre sie jetzt verheiratet. Sie schluckte gegen den Kloß in ihrer Kehle an.

Ihr Vater blieb vor ihrem Stuhl stehen. »Und was hast du dazu zu sagen?«

Würde sie sich in seiner Gegenwart immer wie ein aufsässiges Kind fühlen? Sie sah zu ihm auf. »Es tut mir für Francesca leid. Und ich verstehe, in welcher Weise meine

vergangenen Handlungen sich nachteilig auswirken könnten.« Und das tat sie wirklich, aber sie war klüger als die
unvernünftige Frannie.

»Ha.« Ihr Vater setzte seine Schritte fort. »Weil du wieder
und wieder bewiesen hast, dass dir nicht zu trauen ist, haben
wir beschlossen, dass du so bald wie möglich heiraten musst.
Wir werden einen passenden Ehmann für dich finden und so
schnell wie möglich nach dir schicken lassen, sobald wir das
getan haben. In der Zwischenzeit wirst du so weitermachen
wie bisher. Ohne die Aufmerksamkeit von diesem Stratham
natürlich.«

Mirandas Magen krampfte sich zusammen, als hätte sie
jemand hineingeboxt. Ihre Eltern wollten sie nicht mehr. Sie
waren erpicht darauf, sie zum Problem eines anderen zu
machen. Ja, ihre Eltern betrachteten sie als Problem. Aber
heiraten? War sie hier in Wootton Bassett nicht weit genug
aus dem Weg? Sie nahm ihren Mut zusammen und wagte zu
fragen: »Habt ihr jemanden im Sinn?«

Er hielt nicht inne, sondern setzte seine Runde durch das
Zimmer fort. »Wir sind auf dem Weg zu einer Hausparty in
Wokingham. Der Herzog ist an einer Ehefrau von angemes-
sener Herkunft und Vermögen für seinen zweiten Sohn
interessiert.«

»Für seinen Erben bin ich wohl nicht gut genug?« Sie
hatte die Frage leise gemurmelt, doch ihre Mutter besaß das
Gehör eines Jagdhundes.

»Sein Erbe ist bereits verlobt.« Die blaugrauen Augen der
Herzogin waren bar jeder Wärme. Miranda sehnte sich so
sehr nach dem kleinsten Anzeichen von Zuneigung.

»Aber Lord Walter ist dicklich und bleich. Und er riecht
nach Käse.« Miranda rümpfte die Nase. »Wenn meine
Aussichten so furchtbar sind, warum sollte ich dann nicht
Stratham zu mehr Aufmerksamkeit ermuntern? Er ist wohlhabend. Wenn er auch nicht adelig ist, ist er ein Abgeordne-

ter. Ich könnte es bestimmt schlimmer treffen.« Wie einen Straßenräuber.

Vater ließ die Hand auf die Rückenlehne des Sofas sausen. »Verflixt, Mädchen! Du wirst dich gut verheiraten. Nicht so einen ordinären Einfaltspinsel vom Lande. Es ist mir egal, ob er Abgeordneter ist …« Ihr Vater redete weiter, doch Miranda richtete ihre Aufmerksamkeit nach innen.

Aus irgendeinem Grund brachte der Abscheu ihres Vaters sie dazu, die Fingernägel in ihre Handfläche zu graben.

Es lag nicht daran, dass er insbesondere Stratham schlecht machte, weil sie ihn ehrlich gesagt auf keinen Fall heiraten wollte. Nein, es lag an seiner generellen Verhöhnung des *Landlebens.* Ihre Gedanken waren für einen Moment blockiert. Sie hatte praktisch einen Zeitvertreib daraus gemacht, ihre Verbannung zu verhöhnen – insbesondere ihre Örtlichkeit! Und jetzt ertappte sie sich, wie sie Wootton Bassett und seine Bewohner verteidigen wollte. Kopfschüttelnd versuchte sie, sich auf die Ergüsse ihres Vaters zu konzentrieren, worin auch immer diese bestünden.

»Es ist deine Pflicht zu heiraten, wen wir für richtig erachten.« Aha, er redete also immer noch über die Heirat. Nichts Neues also. Diese Tirade hörte sie sich schon ihr ganzes Leben an.

Miranda sah zu ihrer Mutter in der Hoffnung, an ihr weibliches Zartgefühl zu appellieren. »Habe ich also nichts mitzureden? Euch war gestattet worden, einander auszuwählen.« Auch wenn ihre Eltern sich nicht liebten – und Miranda war sich ziemlich sicher, dass dem so war –, waren sie den Bund der Ehe bereitwillig eingegangen. Sicherlich war Miranda nicht selbstsüchtig, wenn sie zumindest das für sich ersehnte. Aber war das alles, was sie sich wünschte?

Ihr Vater öffnete den Mund, doch ihre Mutter hielt beschwichtigend eine Hand hoch. »Du hättest eine Wahl gehabt, aber die hast du dir mit deinem abstoßenden

Benehmen verspielt. Wir machen es uns zur Aufgabe, einen Gentleman für dich zu finden, der sowohl deine Erbschaft als auch deine Bewunderung wert ist. Lord Walter erfüllt beide Anforderungen.«

Miranda schluckte ihre protestierenden Worte herunter, dass sie Lord Walter niemals bewundern könnte. Sie starrte ihre Eltern an und versuchte die Meuterei zu ersticken, die sich in ihrem Inneren anbahnte.

Schließlich stand ihre Mutter auf. »Wir werden jetzt gehen. Ich weiß, du bist noch immer wütend, Miranda, aber hoffentlich siehst du mit der Zeit ein, dass wir wirklich nur das Beste für dich wollen.« Sie schritt auf Miranda zu und tätschelte ihr die Hand. Endlich, ein Krumen Fürsorglichkeit.

Ja, sie war weiterhin aufgebracht, aber Miranda stürzte sich so begierig auf die Berührung ihrer Mutter, wie die Kinder im Waisenhaus auf den Nachtisch. »Wirst du mir zumindest schreiben?«

Mutter zog die Hand zurück und richtete sich gerade. »Ja.«

»Komm meine Liebe.« Vater ging auf die Tür zu und hielt sie auf. »Wir müssen diesem Stratham auf unserem Weg nach Wokingham noch einen Besuch abstatten.«

Miranda erschauderte bei dem Gedanken, wie die beiden Stratham aufsuchten. Beschämt erwog sie, sich für den Rest ihrer Verbannung auf ihr Zimmer zurückzuziehen.

An der Tür angekommen hielt ihre Mutter inne. »Vergiss nicht, was Vater gesagt hat. Ermuntere Mr. Stratham nicht oder irgendeinen anderen Mann von gesellschaftlich niedrigerem Stand, dem du womöglich begegnen könntest.« Und damit waren ihre Eltern fort.

*D*er September sollte ein heiterer Monat sein. Warme Spätsommertage, der Obstgarten voller praller Äpfel, fröhliche Pächter beim Einbringen der Ernte. Fox lenkte sein Pferd in die Zufahrt nach Stipple's End. Die Straße war so nass und zerfurcht wie normalerweise Ende Oktober.

Seine trostlose Stimmung passte zum Wetter. Normalerweise freute er sich darauf, im Waisenhaus zu sein, und das sogar, nachdem Miranda seinen Heiratsantrag abgelehnt hatte. Nur in ihrem Dunstkreis zu sein, hellte seinen Tag ein bisschen auf. Und in diesem Sommer brauchte er alles Licht, das er irgendwie bekommen konnte.

Er lenkte Icarus zu der kleinen Scheune und versorgte das Pferd, ehe er sich dem Herrenhaus zuwandte. Der Wind blähte die Plane über dem Loch auf dem Dach. Als wäre das leckende Dach nicht schon schlimm genug, waren vergangene Woche drei Kinder angekommen, die allesamt neue Kleidung und Schuhe brauchten, und einer dazu noch Medizin. Er hatte versucht, sie wegzuschicken – er war einfach bereits an der Belastungsgrenze angekommen –, doch sie konnten nirgendwo hin. Immer, wenn er sich dem Lichtschein am Horizont ein kleines Stück näherte, legte sich erneut die Dunkelheit über ihn. Er musste ins Auge fassen, den Straßenräuber wieder auferstehen zu lassen.

Helles Gelächter schlug ihm entgegen, als die Kinder in den Garten liefen und ihre warm eingepackten Körper trotz des bedeckten Himmels und der kalten Temperaturen begierig nach draußen strebten. Zumindest hatte der Regen aufgehört.

Fox trottete zur Hintertreppe und stand auf der Türschwelle, ehe er sie in der Tür stehen sah.

Miranda.

Er schaute sie einen Moment lang an, ehe er die Sprache wiederfand. »Sie sind nicht abgereist?«

Sie brachte ein Lächeln zustande und hielt die Tür für ihn auf, damit er hineingehen konnte. »Nein. Meine Eltern sind nicht gekommen, um mich abzuholen. Sie waren gekommen, um mir mitzuteilen, dass ich verheiratet werden soll.«

Fox, der sich den Schmutz von den Stiefeln klopfte, erstarrte mitten in seinem Tun. Sein Herz donnerte und seine Ohren waren von einem lauten Rauschen erfüllt. »Wann?«

Miranda blinzelte und dann zuckte sie mit den Schultern. »Ach, ich habe keine Ahnung. Soweit ich weiß, haben meine Eltern sich noch nicht auf einen Bräutigam festgelegt.« Sie wirkte bemerkenswert unbekümmert. Im Gegensatz dazu wollte Fox mit der Faust auf die nächstgelegene Wand einschlagen.

Er beendete die Reinigung seiner Stiefel und entgegnete ihren Blick. Sie standen im Dämmerlicht des rückwärtigen Korridors, jeder auf einer Kante des zerschlissenen Läufers, der die gesamte Länge des Flurs bedeckte. Fox schien es, als hätte sich die Hitze zwischen ihnen gestaut und würde eine beinahe solide Masse bilden, die sie unweigerlich zueinander hinziehen würde. Er verdrängte alles andere aus seinen Gedanken und gestattete sich, ganz in diesem Moment mit ihr zu versinken.

»Ich denke, wir sollten eine Waisenhausbesprechung anberaumen.« Ihr geschäftsmäßiger Tonfall dämpfte seine Stimmung.

Er blinzelte. »Eine Besprechung?«

Sie drehte sich um und führte ihn zu dem kleinen Büro. »Ja. Wir müssen uns einen Plan ausdenken, wie wir Geld für die Dachreparatur zusammenbringen können.«

»Wir?« Kopfschüttelnd folgte Fox ihr ins Büro. »Aber

werden Sie nicht gehen, um sich zu verheiraten?« Die Worte schnitten ihm ins Herz.

»Das habe ich nicht gesagt. Jedenfalls ist das jetzt nicht von Belang.« Sie trat an das Fenster und blickte auf die spielenden Kinder hinaus. Sie gab solch ein bezauberndes, häusliches Bild ab … »Fox, erzählen Sie mir, warum nie Geld vorhanden ist?« Sie drehte sich und das milchige Licht vom Fenster färbte ihre Augen in ein faszinierendes Graugrün.

Fox verlagerte sein Gewicht und ließ sich ihre Frage für einen Augenblick durch den Kopf gehen. Er nahm eine Feder vom Schreibtisch und rollte sie zwischen den Fingern. »Mein Vater hat es verspielt. Die Reserven, um genau zu sein. Ich habe ein hypothekenbelastetes Anwesen geerbt und ein beinahe mittelloses Waisenhaus.«

Sie setzte sich auf einen kleinen Holzstuhl. »Warum haben Sie es nicht geschlossen?«

Er hatte die Möglichkeit erwogen. Stattdessen hatten sie weniger Kinder als in der Vergangenheit in ihre Obhut genommen, doch er hatte sich nicht überwinden können, das Waisenhaus ganz zu schließen. »Sicherlich sind Sie lange genug hier, um sich diese Frage selbst zu beantworten.«

Sie riss kurz die Augen auf, doch dann nickte sie. »Ja. Dann brauchen Sie eine Menge Geld. Spenden denn die Leute nicht, so wie Mr. Stratham es getan hat?«

Dies wäre die perfekte Gelegenheit, ihr zu erklären, dass Strathams Spende eine Beleidigung gewesen war, aber er konnte nicht auf die Sache aufmerksam machen, da er nach seinem Überfall auf Stratham Geld zur Verfügung gehabt hatte.

»Wegen der Ernte haben dieses Jahr nur wenige Leute Spenden geleistet.« Er schaute auf die mageren Felder hinaus.

»Wir müssen wohlhabendere Leute ansprechen. Ich habe Lord Norris noch nicht kennengelernt. Spendet er Geld?«

Fox lenkte den Blick zurück zu ihr, wie sie dort saß und die bloßen Hände ohne Handschuhe in den Schoß gelegt hatte. Ihre Nägel waren nicht mehr so makellos wie bei ihrer Ankunft. Oh, sie waren immer noch wohlgepflegt, aber nicht mehr so lang und sie hatten auch nicht mehr alle die gleiche Länge. Es waren Hände einer vornehmen Lady vom Lande und ihr Anblick trieb ihm einen Stich des Verlangens direkt ins Herz.

»Lord Norris ist mehr an seinen Antiquitäten interessiert als an lokalen Angelegenheiten.« Mit Ausnahme der Umstände, die er auf sich nahm, um dafür zu sorgen, dass er von allen das Geld der geforderten Beiträge erhielt, die Stratham für ihn einsammelte.

»Aber es muss noch andere Menschen geben, die Geld spenden könnten.«

»Das könnte sein, aber dem ist nicht so. Was geht Ihnen durch Ihren hübschen Kopf?«

Sie sah zu ihm auf und zog die rechte Augenbraue zu dem ihr so eigenen Miranda-Blick hoch, worauf er beinahe gelächelt hätte. »Ich versuche, mir eine Möglichkeit auszudenken, Geld für dieses Heim aufzubringen. Ich denke, wir müssen etwas tun, um die Leute zu ermuntern, sich von ihrem Geld zu trennen. Ich weiß, es ist ein mageres Jahr, aber vermutlich gibt es – anders als Sie – Menschen mit Reserven, die dem Waisenhaus helfen können.« Sie tippte sich mit einem Finger an die Lippe.

Fox ging wieder dazu über, nach draußen zu blicken, denn er *konnte nicht* auf ihren Mund schauen.

»Was haben Sie in der Vergangenheit unternommen, um Geld aufzubringen? Abgesehen von Spenden?«

Straßenraub. Fox verkniff sich ein Lachen. »Das Waisenhaus hat immer von der Großherzigkeit meiner Familie und anderer gelebt. Leider war mein Vater nicht so großherzig wie meine Vorfahren.«

»Ja, so scheint es.« Der Stuhl knarrte, aber Fox drehte sich nicht um.

Aus dem Augenwinkel sah er sie neben sich ans Fenster treten. »In diesem Jahr werden sich die Leute noch weniger als in anderen Jahren von ihrem Geld trennen wollen, es sei denn, sie können etwas im Austausch dafür bekommen.« Wenn er die Hand ausstreckte, könnte er sie berühren, sie zu sich ziehen, sie an sich binden …

»Ich verstehe.« Miranda schritt hinter seinen Schreibtisch und darum herum auf die andere Seite des kleinen Raumes hin und her. »Dann sollten wir eine Veranstaltung planen, etwas Unterhaltsames wie ein geselliges Fest. Die Leute werden Eintritt bezahlen, um teilzunehmen.«

»Und wie werden wir uns leisten können, es auszurichten?« Er drehte sich, um ihr zuzuschauen, wie sie sich durch das Zimmer bewegte. Sie sah hier so behaglich aus, als würde sie oft Zeit in diesem Büro verbringen und die Angelegenheiten des Waisenhauses besprechen. Er schob die Wärme von seinem Herzen fort, damit er sich am Ende nicht zu wohlig fühlte. Es war eine vorübergehende Sache, das durfte er nicht vergessen – bald schon würde sie heiraten. Gott, er würde sie verlieren, wenngleich er sie allerdings nie gehabt hatte. Er betrachtete ihr Haar, ihr Gesicht, ihren Hals. Er war bereit, seine Moralvorstellungen zu kompromittieren, um sie zu haben, aber was für eine Art von Ehe würde das sein? Nun, ihm bliebe allerdings ein ganzes Leben lang, um es wiedergutzumachen …

»Ich könnte eine Lösung haben.«

Fox riss seine Gedanken zu ihrer Unterhaltung zurück. Sie hatte eine Idee, wie sie Geld aufbringen konnten? Er hätte nicht überrascht sein sollen. Sie hatte ihn darauf gebracht, das Dach mit Plane abzudecken, als Rob und er zu sehr über eine vollständige Reparatur nachdachten.

Er machte den Mund auf, um zu fragen, doch sie schüttelte den Kopf. »Nein, fragen Sie noch nicht. Überlassen Sie es mir.« Sie nahm ihre Schritte wieder auf. »Ich frage mich, ob wir vielleicht auch eine Art von Markt abhalten können. Wir könnten die Seife der Mädchen verkaufen. Und einige von ihnen haben mit dem Sticken angefangen.« Sie zog eine Augenbraue hoch, als ob sie ihn herausfordern wollte, etwas Abwertendes über ihre Handarbeit zu sagen. »Sie können Taschentücher besticken.«

Fox gestattete sich ein Lächeln. »Sie scheinen alles in der Hand zu haben.«

»Noch nicht.« Sie sah zu ihm auf und grinste zur Antwort. »Aber das werde ich.«

In diesem Moment fasste er den Entschluss, einen Weg zu finden, sie zu einer Heirat mit ihm zu bewegen. Um jeden Preis.

KAPITEL 10

Am folgenden Nachmittag versanken Mirandas Stiefel bis zum Knöchel im Schlamm. In dem Versuch, ihr Kleid sauber zu halten, hielt sie es mit einer Hand gerafft, doch trotz ihrer Bemühungen hatte sich am Saum ein Schmutzrand gebildet. Mit der anderen Hand trug sie einen Regenschirm, den sie, wie sie jetzt dachte, lieber nicht mitgebracht hätte. Mit zwei Händen hätte sie ihr Kleid vielleicht retten können.

Dass sie die Stirn hatte, sich in diesem Zustand auf Stratham Hall oder irgendeinem anderen Anwesen zu zeigen, war ihr kaum begreiflich, aber welche Wahl hatte sie schon? Die Wegstrecke von Birch House bis Stratham Hall betrug über zwei Meilen, die Beatrice und sie zu Fuß zurückgelegt hatten. Die Alternative, um die Kutsche zu bitten, hätte bedeutet, Mr. und Mrs. Carmody ihr Fahrtziel verraten zu müssen, und da Miranda gesellschaftliche Besuche verwehrt waren ... nun, es *gab* keine Alternative.

»Ist es noch viel weiter?« Blinzelnd richtete Miranda den Blick gen Himmel. Wolken verdeckten jeden Anflug von

Blau, doch im Augenblick war es nur leicht bedeckt, und die Sonne schimmerte hell hinter dem Grau.

Beatrice ging ein paar Schritte voraus und schwang ihren Regenschirm. »Nein, wir sind jetzt auf dem Stratham-Anwesen.«

»Ich bin dir dankbar, dass du mich heute begleitest.«

»Was sollte ich denn tun? Ich konnte dich nicht allein zu ihm gehen lassen?« Beatrice blickte zurück, und ein kritischer Zug umspielte ihren Mund. »Ich habe mich bereit erklärt, dich zu begleiten, weil du einen ausgezeichneten Grund für diesen Besuch hast. Trotzdem passt mir die Tatsache nicht, dass dir der Umgang mit Mr. Stratham untersagt ist und du diese Anweisung ignorierst.«

»Ich habe ja gar keinen Umgang mit Mr. Stratham. Ich bin in einer Angelegenheit des Waisenhauses bei ihm. Was immer du von mir denken magst, Beatrice, ich habe nicht den Wunsch, mich in eine kompromittierende Lage zu bringen.« Miranda erinnerte sich an Frannie und ihre Heirat mit Lord Dunbar. Das hätte sie in der Ehefalle sein können.

Beatrice verlangsamte ihre Schritte. »Um ehrlich zu sein, revidiere ich fortwährend meine Meinung über dich. Vor drei Monaten hätte ich nie geglaubt, dass du eine Wohltätigkeitsveranstaltung für das Waisenhaus planen könntest. Ich glaube immer noch nicht, dass Mr. Stratham deinem Plan zustimmen wird.« Sie schritt durch eine Baumgruppe. »Dort ist es.«

Miranda trat neben Beatrice. Die Auffahrt zum Herrenhaus lag auf der rechten Seite. Aus Stein erbaut, bot Stratham Hall mit hohen Fenstern an der Vorderfront eine imposante Fassade. Dies sah weitaus mehr nach den Häusern aus, die Miranda normalerweise besuchte.

»Warum glaubst du nicht, dass Mr. Stratham uns helfen wird?« Miranda zeigte auf das vor ihnen liegende Herrenhaus, als sie auf die Auffahrt einbogen. »Er besitzt ein großes

Anwesen und, soweit ich das einschätzen kann, die Mittel, um selbst für Londoner Verhältnisse ein angemessenes Fest auszurichten.«

Beatrice schüttelte den Kopf.

»Was?« Miranda blieb stehen und spürte den feinen Kies der Einfahrt, der an ihren Stiefelsohlen klebte, oder eher an den dicken Schlammklumpen, die ihre Stiefelsohlen bedeckten.

Beatrice drehte sich mit geschürzten Lippen zu Miranda. »Da hast du es wieder. Gerade wenn ich anfange zu denken, du seist nicht annähernd so arrogant, wie ich es ursprünglich empfunden habe, sagst du so etwas und festigst meinen ersten Eindruck.«

Ein dicker Regentropfen traf Miranda auf die Wange. »Was habe ich gesagt?«

Beatrice öffnete ihren Schirm gegen den aufkommenden Regenschauer. »Du hast angedeutet, dass in Wiltshire nicht einmal in einem der schönsten Häuser der Gegend jemand ein ›angemessenes Fest‹ ausrichten kann.«

Miranda spannte ihren Regenschirm ebenfalls auf. »Das stimmt nicht. Ich sagte, Mr. Stratham *könnte* wahrscheinlich ein angemessenes Fest veranstalten.«

»Aber du erweckst den Eindruck, als wäre dies ein unerwarteter Bonus.«

Miranda ließ den Schirm über dem Kopf wirbeln. »Und ist es das nicht? Wir befinden uns im ländlichen Wiltshire. Es gibt in London Leute, die für Londoner Verhältnisse kein anständiges Fest ausrichten können. Mir ist immer noch nicht ganz klar, was an meiner Behauptung falsch war.«

Wieder schüttelte Beatrice den Kopf und ging auf das Haus zu. »Schon gut. Vergiss, dass ich etwas gesagt habe. Du hast bestimmt recht.«

Stirnrunzelnd setzte Miranda ihren Weg die Auffahrt entlang fort. Sie wusste, Beatrice hatte ihr Urteil über sie gefällt, als sie den Straßenräuber geküsst hatte, wenn nicht sogar schon früher. Sie hatten sich nie über die genauen Gründe für ihre Verbannung unterhalten. Miranda konnte nur vermuten, dass die Carmodys ihrer Tochter alles erzählt hatten, was ihnen bekannt war und das war wahrscheinlich eine vollständige Auflistung ihrer Vergehen.

»Ich bin ein guter Mensch, solltest du wissen.« Miranda sprach, bevor ihr bewusst war, dass sie es vorhatte.

»Weil du im Waisenhaus hilfst? Ich war in dem Glauben, du hättest keine Wahl in dieser Angelegenheit gehabt.«

Miranda blieb stehen und streckte die Hand aus, um Beatrice zum Anhalten zu bewegen. »Ich könnte ebenso gut nach Stipple's End gehen und meine Aufgaben erledigen, ohne ein Wort darüber zu verlieren. Stattdessen stapfe ich über schlammige Feldwege und durch mehrere Regenschauer, um eine Veranstaltung zu organisieren, die das Waisenhaus retten könnte. Wirklich, Beatrice, du arbeitest seit Jahren dort, und die prekäre Lage zu sehen, macht dir nichts aus?« Gereiztheit fraß an Mirandas guter Laune.

Beatrice erstarrte. Nach einem kurzen Moment drehte sie sich zu Miranda und sah sie an. »Ja, es macht mir etwas aus. Ich habe nur nie ... ah, ich habe nie darüber nachgedacht, wie ich vielleicht etwas anderes beitragen könnte als das, was ich ohnehin schon leiste.« Beatrices Wangen waren gerötet, doch Mirandas Vermutung nach rührte die Farbe ebenso sehr von den Emotionen her, wie von der körperlichen Anstrengung.

»Es war nie meine Absicht gewesen, dir irgendwie eine Unzulänglichkeit zu unterstellen.« Miranda tätschelte den Arm der anderen und zog dann die Hand zurück. »Wir werden zusammen ein großes Fest veranstalten, und das Geld wird für das Waisenhaus nur so fließen.«

Beatrice zuckte mit den Schultern. »Du sagst zusammen, aber ich weiß gar nicht so recht, was ich tun soll.«

Miranda drehte sich zum Haus und fing an, die Auffahrt weiterzugehen. Sie konnten nicht den ganzen Tag hier draußen stehen und reden. »Es gibt jede Menge für dich zu tun. Tatsächlich wird dies eine ausgezeichnete Gelegenheit für dich sein, eine große Veranstaltung zu planen, was eine sehr nützliche Eigenschaft für eine Ehefrau ist.« Sie zwinkerte Beatrice zu. Leider würde Miranda heute mit Stratham flirten müssen, um ihr Ziel für die Wohltätigkeitsveranstaltung zu erreichen, aber sie würde tun, was sie konnte, um Beatrices Interessen in dieser Richtung zu fördern.

Beatrice blieb stehen. »Machst du dich lustig über mich?«

Miranda blieb lange genug stehen, um sich bei Beatrice unterzuhaken und dann führte sie sie auf das Herrenhaus zu. »Du liebe Güte, nein. Ich meine es sehr ernst. Wenn du heiratest, wirst du Feiern, Bälle und Feste planen müssen.«

»Blödsinn. Wenn ich heirate – und das ist fragwürdig –, bezweifle ich, dass ich solche Dinge tun muss.«

Beatrice fing an, die Steinstufen hinaufzugehen, die zum Haus führten.

Miranda gefiel nicht, wie Beatrice sich herabwürdigte und drückte ihr den Arm. »Sag so etwas nicht.«

Beatrice warf ihr einen skeptischen Blick zu. »Glaubst du wirklich, dass die Leute zu dieser Wohltätigkeitsveranstaltung kommen werden?«

Miranda konnte sich nicht vorstellen, warum sie nicht kommen sollten. Es war nicht so, als hätte Wootton Bassett und seine Umgebung ein reichliches Angebot an gesellschaftlichen Veranstaltungen vorzuweisen. Dennoch musste sie dafür Sorge tragen, eine angemessen attraktive Veranstaltung anzubieten, damit die Leute nicht nur daran teilnehmen wollten, sondern das Gefühl hatten, dies einfach tun zu *müssen*. All die besten Feste in London waren Veranstaltungen, an denen man teilnehmen *musste*.

»Vertrau mir, Beatrice. Alle werden sich darum reißen, an

diesem gesellschaftlichen Ereignis der Saison teilzunehmen.« Sie ließ von Beatrices Arm ab und formte den Mund
zu einem Lächeln. »Und du wirst heiraten.«

Die Vordertür öffnete sich. Makelloser Marmor schimmerte unter einem großen Aubusson Teppich, dessen Oran-
ge-, Rot- und Brauntöne dem Eingangsbereich eine gewisse
Wärme verliehen. Eine Wand war mit einem prachtvollen
Rokoko Gemälde dekoriert. Das durch ihren Aufenthalt in
solch einem herrlichen Haus erzeugte Wohlgefühl, vertrieb
das Unbehagen von ihrem Gespräch mit Beatrice in der
Auffahrt.

Beatrice klappte ihren Regenschirm zusammen und
übergab ihn dem Diener. Sie drehte sich zu dem Butler, der
mitten in dem ovalen Raum stand und richtete das Wort an
ihn: »Wir sind hier, um mit Mr. Stratham zu sprechen.«

Der Butler nickte. »Gestatten Sie mir, Sie in den
Goldenen Salon zu führen.«

Nachdem sie einem Diener ihre Regenschirme und gefüt-
terten Umhänge übergeben hatten, folgten sie dem Butler
durch ein Wohnzimmer in einen großen Salon, in dem die
Sitzpolster, der Teppich, die Vorhänge und sogar der Wandteppich über dem Kamin, vorherrschend goldfarben waren.

Miranda fand diese Zurschaustellung protzig. Der Butler
verschwand und sie nahm in einem Ohrensessel beim Kamin
Platz.

Beatrice ließ sich auf dem Sofa vor dem Feuer nieder. Ihr
Blick schweifte über jede Wand und jedes Möbelstück, als ob
sie sich jede Einzelheit einprägen wollte. »Ich bin vorher
noch nie hier gewesen. Es ist sehr, ähm, golden.«

Mr. Stratham trat durch eine andere Tür ein. Er lächelte
wie üblich. »Guten Tag, Lady Miranda, Miss Carmody. Es ist
schon so lange her, seit ich das Waisenhaus besucht habe,
aber ich war geschäftlich unterwegs. Ich freue mich, dass Sie
mich ebenso vermisst haben, wie ich Sie vermisst habe.« Er

wendete sich zuerst Miranda zu, deren Hand er nahm, um ihr einen flüchtigen Kuss auf den Handrücken zu hauchen.

Seinem Benehmen nach zu urteilen, vermutete Miranda, dass ihre Eltern ihn nicht angetroffen hatten, als sie Stratham Manor besucht hatten. Gott sei Dank musste sie diese Peinlichkeit nicht erklären. »Sie sind von allen vermisst worden.«

Mr. Stratham beugte sich über Beatrices Hand. Dann ließ er sich mit einem Schnippen seines Frackschoßes in einem Sessel neben dem Sofa nieder. »Brooks wird etwas Tee bringen. Er sagt, Sie seien zu Fuß hergekommen. Das ist sehr tüchtig von Ihnen.«

Miranda verschränkte die Hände im Schoß und verschlang die Finger miteinander. »Wir haben eine dringende Angelegenheit zu besprechen, Mr. Stratham. Wir sind arg auf ihre Hilfe angewiesen.«

Mr. Stratham sah von Miranda zu Beatrice und wieder zurück. »Ihr Besuch klingt in der Tat dringlich. Wie kann ich behilflich sein?« Er lehnte sich in seinem Sessel zurück und ließ eine Hand über die Armlehne baumeln.

Miranda sah zu Beatrice. Sie blickte zu Mr. Stratham und wandte ihre Aufmerksamkeit nicht ab. Miranda wagte einen Vorstoß. »Wie ich weiß, sind Sie über das leckende Dach auf Stipple's End im Bilde. Da sind außerdem noch andere Bedürfnisse und wir planen eine Wohltätigkeitsveranstaltung für das Waisenhaus.«

Mr. Stratham zog die Augenbrauen zusammen. Er wirkte sehr bekümmert. Tatsächlich hatte sie sein Gesicht noch nie zuvor so verkniffen gesehen. »Ich weiß bestimmt nicht, wie ich Ihnen behilflich sein kann.«

Mit einem strahlenden Lächeln brachte Miranda ihre Attribute bestmöglich zur Geltung. Sie blinzelte, wissend, dass ihre Wimpern auf reizvolle Weise flatterten, und so die Aufmerksamkeit auf ihre blaugrauen Augen lenkten. So, wie es sein sollte, war Mr. Stratham von ihr gefesselt.

»Mr. Stratham, ich brauche einen Ort, an dem ich diese Wohltätigkeitsveranstaltung abhalten kann. Stratham Hall ist die perfekte Umgebung. Sie verfügen über reichlich Platz und nach Ihrer hervorragenden Ausstattung zu urteilen, sind Sie als Gastgeber kein Neuling. Verraten Sie mir doch, ob Sie einen Ballsaal haben?« Sie beugte sich vor und schürzte die Lippen zu einem, wie sie wusste, bezaubernden Schmollmund. Wie vorauszusehen war, starrte Mr. Stratham auf ihren Mund. Miranda wagte nicht, Beatrice anzuschauen, denn sonst würde sie sicherlich eine gewisse eifersüchtige Wut bei der anderen erkennen.

»Ja, es gibt einen Ballsaal. Er ist nicht übermäßig groß –«

Miranda sprang auf. Der dicke Klumpen aus Schlamm und Kies, der unter den Sohlen ihrer Stiefel klebte, machte ihren Stand ein bisschen unstet. Es war peinlich, aber was unternahm man dagegen auf dem Lande? »Bitte, würden Sie uns den Raum zeigen? Er ist bestimmt mehr als angemessen, da bin ich sicher. Ich würde gern sehen, wie viele Musiker untergebracht werden können.«

Beatrice erhob sich ebenfalls und ihre Züge drückten Gleichgültigkeit aus, doch Miranda wusste es besser. Oh, sie würde es wiedergutmachen!

Mr. Stratham blieb keine andere Wahl, als sich ihnen anzuschließen. Er trug einen verdatterten Ausdruck zur Schau, den Mund halb geöffnet und die Stirn in Falten gelegt. Wenn er die Benutzung seines Besitzes ablehnen wollte, sagte er es nicht.

Miranda trat auf ihn zu, um ihm den Gnadenstoß zu versetzen. Sie nahm seinen Arm und hakte sich bei ihm unter, um dann ihre andere Hand obenauf zu legen. Sie legte den Kopf schief, um ihren Hals auf die vorteilhafteste Weise zur Geltung zu bringen, und dann schenkte sie ihm ein kokettes Lächeln. In seinen Augenwinkeln zeichneten sich feine Linien ab, als er die Augen fast unmerklich verengte.

»Ich werde Ihnen für die Zusicherung Ihrer Hilfe unendlich dankbar sein, Mr. Stratham.« Als sie zu ihm aufblickte,
tat sie es mit demselben verschleierten Blick, dessen sie sich
bei Charles Darleigh bedient hatte, als sie ihn überredete, sie
zu einem Kampf nach Covent Garden mitzunehmen.

Strathams Mund entspannte sich zu diesem vertrauten
Grinsen und sie wusste, dass sie gewonnen hatte. Er
tätschelte ihre Hand. »Ich wäre entzückt, mein Heim zur
Verfügung zu stellen.«

Das Trio verließ den Goldenen Salon und betrat ein
weiteres Wohnzimmer, das hauptsächlich in Gelb und ja,
etwas Gold gehalten war. Von dort betraten sie einen großen
Raum, bei dem es sich zweifelsfrei um den Ballsaal handelte.
Am hinteren entfernten Ende befand sich ein halbrundes
Podium, während an der gegenüberliegenden Wand vier
Paar verglaste Doppeltüren zu einer Terrasse führten. Breite
Fenster füllten den Bereich zwischen den Türen und boten
einen großartigen Blick auf einen wohlgepflegten Garten
und die dahinter liegende Parklandschaft.

Miranda bemerkte den sehr neuen Parkettfußboden.
Lady Hess hatte vor einigen Monaten einen ähnlichen
Fußboden in ihrem Londoner Stadthaus legen lassen. »Was
für ein eleganter Raum Mr. Stratham. Wann haben Sie zum
letzten Mal eine Gesellschaft gegeben?«

Mr. Stratham sah sie nicht an, als er ihr antwortete. »Das
ist über zwei Jahre her, ehe meine Frau verstorben ist.«

»O ja, ich habe von der Tragödie gehört. Das muss sehr
schwierig gewesen sein.« Sanft drückte Miranda ihm
den Arm.

»In der Tat, aber das Leben geht immer weiter und das
wird auch von uns verlangt.« Als er lächelte, war es allerdings nicht sein übliches überschwängliches Lächeln und ein
Schatten huschte über seine Augen.

Miranda fragte sich, ob seine Heirat eine Liebesverbindung gewesen war. Wenn dem so war, hatte Fox bloß Pech gehabt. Dieses Szenario gefiel ihr nicht, aber nicht, weil sie sich besonders traurig fühlte, dass Mr. Stratham seine Frau verloren hatte. Es bedeutete vielmehr, dass Fox eine Pechsträhne erlitten hatte, die mit dem finanziellen Betrug seitens seines Vaters über den Verlust der Frau, die er zu heiraten gehofft hatte, bis hin zu seiner nicht enden wollenden Besorgnis über das Waisenhaus anhielt. Warum wollte sie die Dinge für ihn ins Lot bringen? Sie wollte diese Frage nicht beantworten und verdrängte sie prompt in ihren Hinterkopf.

Miranda trat einen Schritt von Mr. Stratham weg und ihre geheimen Gedanken ignorierend, blickte sie auf das schimmernde Holz hinab. »Dieser Fußboden sieht brandneu aus. Parkett ist groß in Mode.«

Mr. Stratham verschränkte die Hände hinter dem Rücken und blickte sich im Raum um, als ob er ebenfalls den Fußboden in Augenschein nahm. »Ich habe ihn gerade erst im Sommer legen lassen.«

Miranda bedeutete Beatrice, weiter in den Raum zu treten. »Beatrice, hast du je solch ein wunderschönes Holzmuster gesehen?«

Beatrice kam heran und stellte sich neben Miranda. Der getrocknete Schlamm bröckelte von ihren Stiefeln, und Miranda bemerkte, dass sie beide eine kleine Schmutzspur hinterließen. Wäre sie nicht so verärgert gewesen, hätte sie sich entschuldigt. Er hatte sein bereits prachtvolles Anwesen renoviert, während das Waisenhaus ein Leck im Dach hatte? Und zu welchem Zweck, wenn er nicht einmal Gesellschaften gab?

Sie hatte gedacht, ihm die Kosten der Dekorationen für die Wohltätigkeitsveranstaltung aufzuhalsen, doch jetzt addierte sie auch noch das Essen und die Musiker hinzu. »Es ist zauberhaft. Und es wird den perfekten Rahmen für unser Fest bieten. Dies wird das Ereignis der Saison, Mr. Stratham.

Jeder von Rang und Namen in Nord Wiltshire wird
kommen.« Miranda drehte sich bei den letzten Worten um
und stand nun mit dem Rücken zum Fenster.

Mr. Stratham hielt mitten im Raum inne. »Lord Norris
gibt im September ein Fest. Ich bin nicht sicher, ob er teilnehmen wird.« Ein Muskel zuckte an seinem Hals, was
Miranda den Eindruck vermittelte, dass er irgendwie beun-
ruhigt war. Sie konnte sich nicht vorstellen, warum, doch es
interessierte sie auch nicht besonders.

»Ich erinnere mich, dass Sie mir von Lord Norris' jährli-
chem Fest berichtet haben.« Miranda beschrieb einen Kreis
und überlegte, wie sie den ehrenwertesten Bewohner dieses
Bezirks bewegen könnte, an ihrer Wohltätigkeitsveranstaltung teilzunehmen. Bei Beatrices Anblick blieb sie stehen.
»Beatrice, hast du irgendeinen Einfall, wie wir Lord Norris
zur Teilnahme ermuntern könnten?«

Beatrices Tonfall war eiskalt. »Er ist sehr eigen mit seinen
Antiquitäten.«

Miranda erinnerte sich an ihre Unterhaltung auf Fox'
Karren im Frühsommer. Das schien eine Ewigkeit her.

»Ach ja, er ist wie mein Patenonkel, Mitglied der London
Natural Society of Antiquities and Oddities.« Miranda
klatschte in die Hände. »Ich werde unverzüglich an Lord
Septon schreiben! Er wird genau wissen, was Lord Norris'
Aufmerksamkeit erregen könnte. Vielleicht sollten wir Antiquitäten ausstellen, wie in einem Museum?« Sobald sie das
gesagt hatte, erkannte sie, dass sie wahrscheinlich niemals
genügend zusammentragen könnten, um einem echten
Museum Konkurrenz zu machen. »Oder wir sollten vielleicht etwas verkaufen, was er gern kaufen möchte. Natürlich müssen wir das Objekt gratis oder zu einem geringen
Preis beschaffen.« Ihre Stimme versiegte, als sie sich das
Gehirn zermarterte.

»Du scheinst an alles zu denken.« Es war unmöglich, den

Sarkasmus zu überhören, der Beatrices Feststellung untermalte.

Miranda wandte sich Mr. Stratham zu und ignorierte Beatrices Missbehagen. »Lassen Sie uns jetzt über das Datum für unsere Veranstaltung und auch über die Erfrischungen sprechen. Mrs. Gates versicherte mir, dass wir die Musiker verpflichten können, die auf den gesellschaftlichen Veranstaltungen spielen.« Falls Mr. Stratham einen eigenen Standpunkt dazu hatte, die gleichen Musiker zu engagieren, die auf den örtlichen Veranstaltungen spielten, zeigte er das nicht. »Sollten wir nicht in den Goldenen Salon zurückkehren? Ich brauche dringend eine Tasse Tee, stelle ich fest.«

Anstatt Mr. Strathams Arm zu ergreifen, hakte Miranda sich bei Beatrice unter und ging ihrem Gastgeber aus dem Raum voraus, ohne eine Antwort abzuwarten. Letztendlich brauchte Miranda eigentlich auch keine.

~

Fox rutschte auf seinem Stuhl hin und her und fragte sich nicht zum ersten Mal, wie er in einer Besprechung mit vier Frauen gelandet war, die über Dekorationen und Musik und Speisen debattierten. Miranda stand am Kopfende des Esszimmertisches in Stipple's End. Mrs. Gates und Beatrice saßen auf der einen Seite, während Robs Ehefrau, Felicity Knott, auf der anderen saß. Am gegenüberliegenden Ende des Tisches war Fox, der sich dort zumindest sicher aufgehoben fühlte.

»Was denken Sie, Fox?« Mrs. Gates setzte sich vor und richtete über die gesamte Länge des Tisches hinweg den Blick auf ihn. Offenbar war er doch nicht sicher genug.

»Ähm, wozu?«

Miranda antwortete. »Zum Verkauf von Antiquitäten, um Lord Norris' Interesse zu wecken. Mein Patenonkel, Lord

Septon, wird mit einigen seiner Freunde aus den Kreisen der Antiquitätenliebhaber von London anreisen. Ich rechne damit, dass ihre Anwesenheit Lord Norris anlockt, aber wir werden Objekte brauchen, die wir verkaufen können. Mrs. Gates dachte, Sie könnten vielleicht etwas auf Bassett Manor haben.«

Fox trommelte mit den Fingerspitzen auf die Tischplatte. Bassett Manor war voller altem Plunder, das meiste davon vollkommen wertlos. Alles von Bedeutung war in den letzten achtzehn Monaten zur Begleichung der sich anhäufenden Schulden und der Ernährung der Kinder sowie ihrer Bekleidung verkauft worden. Jedoch existierten noch einige Wandteppiche, die irgendeine weibliche Verwandte im vierzehnten Jahrhundert gewebt hatte und von deren Farbe noch etwas erhalten war. »Ich habe ein paar Wandteppiche. Die können Sie gerne haben.«

»Wandteppiche, sagten Sie?« Mrs. Gates setzte sich in ihrem Stuhl gerade. »Wir haben ein paar Wandteppiche im dritten Stock im Schlaftrakt. Die hatte ich ganz vergessen. Sie hingen früher in der großen Halle. Vielleicht sind sie etwas wert?«

Miranda klatschte in die Hände. »Ausgezeichnet!«

Fox achtete nicht darauf, was sie als Nächstes sagte. Er konzentrierte sich lieber auf das verführerische Aufblitzen ihrer Augen, wenn sie in der lebhaften Art sprach, derer sie sich gerade bediente. Sie war so einnehmend, weshalb er keinen Zweifel daran hatte, dass alle kräftig spenden würden, um ihre Sache zu unterstützen. Er war nur froh, dass ihre Sache seine Sache war.

Fürs Erste.

Dann sagte sie »Stratham«, und er wurde hellhörig. »Was hat Stratham mit all dem zu tun?«

Eine leichte Röte färbte Mirandas Wangen. »Ich wollte es

Ihnen schon längst sagen. Wir veranstalten das Fest in Stratham Hall.«

Fox war von seinem Stuhl aufgesprungen, bevor er sein Temperament zügeln konnte. »Nein. Auf keinen Fall. Wir werden die Sache hier abhalten.«

»Aber Fox, wir können das Fest nicht hier veranstalten. Bei allem Respekt für Sie und Mrs. Gates ist Stipple's End nicht der geeignete Ort für eine elegante Feier, selbst wenn es in bestem Zustand wäre.« Sie sprach in einem lieblichen, sanften Ton, der ihn wahrscheinlich beschwichtigen sollte, aber er zerrte an seinen Nerven.

»Dann eben Bassett Manor.«

Mrs. Gates stand auf. »Fox, Stratham Hall wird die Leute zur Teilnahme ermuntern. Mr. Stratham hat sein Haus nicht mehr geöffnet, seit« – sie schlug den Blick nieder – »nun, er hat es seit Jahren nicht mehr geöffnet.«

Fox wusste sehr genau, wann Stratham die letzte Gesellschaft gegeben hatte, nicht dass er dabei gewesen wäre. Es war vor Janes Ableben gewesen. Er war zu dem Anlass – es war ihr erster Ball – eingeladen gewesen, aber er hatte es vorgezogen, sein Pferd zu striegeln oder vielleicht die Grashalme im Park von Bassett Manor zu zählen – was auch immer –, als einen Abend in Strathams protzigem Haus zu verbringen.

»Es ist mir einerlei, und wenn er den verdammten Prinzregenten zu Gast haben will. Ich werde die Veranstaltung nicht dort abhalten.« Er marschierte aus dem Zimmer, ohne den anderen Zeit zu einer Antwort zu lassen. Bevor er den hinteren Flur zur Hälfte durchquert hatte, hielt Miranda ihn an, indem sie ihn am Arm fasste.

»Warten Sie. Sie müssen vernünftig sein.« Sie zog die Augenbrauen in einer völlig überheblichen Art und Weise hoch, um ihn zur Fortsetzung seiner Flucht herauszufordern.

»Na schön.« An die Wand gelehnt verschränkte er die Arme. »Überzeugen Sie mich.«

Sie richtete ihr Rückgrat auf und reckte das Kinn. »Wie Mrs. Gates schon sagte, wird Stratham Hall für sich genommen schon Leute anlocken. Außerdem habe ich Mr. Stratham davon überzeugt, wesentlich mehr beizutragen als nur sein Haus zur Verfügung zu stellen.«

Fox stieß sich von der Wand ab. »Was wird er leisten?«

Ein Schatten legte sich über ihr Gesicht. »Er kommt für die Dekoration, das Essen und die Musik auf.«

Fox war gleichzeitig erfreut, dass Stratham sein Geld endlich für einen guten Zweck ausgeben würde, und angewidert, weil er auf den Mann angewiesen war, der dieses Geld von so vielen im Bezirk erpresst hatte.

Sie trat einen Schritt vor und hob den Kopf. Das Licht fiel auf die obere Hälfte ihres Gesichts. »Wir können es nicht ohne ihn machen.«

Ebenso gut hätte sie ihm ein Messer in den Bauch stoßen können.

Fox stemmte die Hände in die Hüften. »Er ist also der Gastgeber dieses Festes. Mit Ihnen.«

Sie machte große Augen und schürzte die Lippen. »Nein, er ist nicht der Gastgeber. Nun, ja, vermutlich ist er das. Aber es ist ja nicht so, als würden wir *zusammen* ein Fest geben.«

Er spürte, wie seine Lippen sich kräuselten. »Und diese Aktivität findet im Rahmen Ihrer Bestrafung statt?«

Sie machte den Mund fest zu. Auf ihrer Stirn zeigten sich winzige Fältchen, die auf ihre Gereiztheit hinwiesen. »Meine Strafe geht Sie nichts an, aber ja, ich darf diese Veranstaltung beaufsichtigen, weil sie Teil meiner Arbeit in Stipple's End ist.«

»Wie praktisch für Sie. Ihre Eltern müssen Stratham gutheißen, nehme ich an. Vielleicht wird er sogar Ihr geheimnisvoller Bräutigam.«

Sie zog eine Augenbraue hoch. »Tatsächlich halten meine Eltern ihn für meiner unwürdig. Derzeit sind sie anderswo auf der Suche nach einem Ehemann.« Sie rückte eine Haaresbreite näher. »Ich werde Stratham nicht heiraten.«

Wenngleich ihre Worte ihn beschwichtigten, änderten sie nichts an der Tatsache, dass sie ihn nicht heiraten würde. Und wenn Stratham schon ›unter ihrer Würde‹ war, dann musste Fox absolut außer Frage stehen – nicht einmal der Rede wert, wollte er wetten. In diesem Moment wünschte sein verletzter Stolz Miranda und ihren verdammten Vater aus tiefsten Herzen zum Teufel.

»Oh, Fox.« Mrs. Gates kam in den hinteren Flur und Miranda wich unverzüglich zurück. Eine weitere Gelegenheit für eine Kompromittierung schwand dahin. »Würde es Ihnen etwas ausmachen, Miranda das Zimmer im dritten Stock zu zeigen, das wir als Lager benutzen? Ich gebe heute Nachmittag Backunterricht.« Sie ging bis zum Ende des Flurs weiter und dann war sie hinaus.

Fox, der weiterhin wütend darüber war, etwas von einem Mann annehmen zu müssen, den er verabscheute – und über die verpasste Gelegenheit wohl mehr als ein bisschen gereizt –, beugte sich vor. Vielleicht sollte er Miranda in die Arme schließen und Mrs. Gates zurückrufen? Stattdessen entgegnete er: »Ich bin sicher, dass Sie meine Hilfe nicht brauchen. Soll ich nach Stratham schicken lassen?«

Sie stemmte eine Faust in die Hüfte. »Sie sind unausstehlich. Wir retten *Ihr* Waisenhaus. Ich weiß, Sie können Stratham nicht leiden, aber können Sie Ihren Groll zum Wohle der Kinder nicht einmal beiseiteschieben?«

So gesehen war Fox ein selbstsüchtiger Mistkerl. Er fing an, den Korridor auf die große Halle und dann die Haupttreppe zuzugehen. »Folgen Sie mir.«

Sie stiegen in den zweiten Stock hinauf. Als sie den Treppenabsatz erreicht hatten, führte er sie an den Schlafsälen bis zum Ende des Flurs vorbei, von dem aus eine Treppe in den dritten Stock führte. Die Treppen waren mit einem Teppichboden verkleidet, der einmal rot gewesen war. Sie knarrten, als er den ersten Schritt tat.

»Ich bin seit einer Weile nicht hier oben gewesen.« Versuchte er, die Baufälligkeit oder das Durcheinander im Voraus zu entschuldigen, auf die sie vielleicht treffen würden?

Dienstbotenzimmer reihten sich auf dieser Etage aneinander, doch keines wurde derzeit benutzt. Der Geruch von alterndem Holz und Schimmel stieg ihm in die Nase. Himmel, wahrscheinlich befand sich auch in dieser Ecke des Gebäudes ein Leck. Mit der Hand wischte er sich über das Gesicht und durchquerte den Flur.

Er öffnete eine Tür und trat in ein unaufgeräumtes Zimmer. An einer Wand waren Truhen aufgereiht und in einer Ecke stand ein stabiler Schrank. Durch ein großes Fenster, das zur vorderen Auffahrt hinausging, fiel das Licht auf eine alles bedeckende Staubschicht.

Miranda kam hinter ihm heran und ging sofort zu einem alten Tisch hinüber, auf dem ein Stapel Wandteppiche aufgehäuft war. Sie fuhr mit den Fingern über die ausgeblichenen Fasern und bat: »Helfen Sie mir, dies herumzudrehen.«

Fox ging ihr zur Hand und zusammen wendeten sie das schwere Stück um. Beim Anblick der lebhaften Schönheit auf der Rückseite keuchte sie vor Staunen auf – es war eine ländliche Szene von üppigen grünen und goldenen Feldern und tanzenden Kindern mit rosigen Wangen. »Das ist außerordentlich.« Sie blickte zu ihm auf. »Sie scheinen sehr kostbar zu sein, nicht wahr?«

Über Wandteppiche wusste Fox so gut wie gar nichts. »Das kann ich nicht sagen. Sie sind in einem weitaus besseren Zustand als die von Bassett Manor. Ich möchte wetten, dass Norris zumindest interessiert genug sein wird, um zu Ihrer Veranstaltung zu kommen.«

»Es ist *unsere* Veranstaltung, Fox.« Miranda warf ihm einen ungehaltenen Blick zu, ehe sie den Wandteppich an einer Kante anhob. »Hier sind mindestens fünf Exemplare.« Sie grinste ihn an.

Er konnte ihre Begeisterung spüren und sie in dem Funkeln ihrer Augen und dem breit lächelnden Mund erkennen. An seiner miserablen Laune festzuhalten, erwies sich damit als schwierig.

»Lassen Sie uns nachschauen, was wir hier oben sonst noch finden können«, schlug sie vor und trat dabei auf den Schrank in der Ecke zu. Als sie versuchte, ihn zu öffnen, wollte sich die Tür nicht bewegen lassen.

»An der Oberseite ist ein Riegel.« Ehe Fox dort ankam und die Tür für sie öffnen konnte, stand sie schon auf den Zehenspitzen und zerrte an der Verriegelung. Doch sie wollte sich nicht bewegen lassen, und auch sie rührte sich nicht.

»Mein Kleid ist eingeklemmt.«

Fox trat neben sie – *direkt* neben sie, denn er musste nahe genug herankommen, um den Stoff zu befreien – und zupfte an ihrem Ärmel. Das Zierband an ihrem Handgelenk hatte sich aufgelöst und war am Verschluss hängengeblieben. Dabei löste er unbeabsichtigt den Riegel, worauf die Tür sofort aufschwang und sie mit sich nahm. Obwohl sie zur Seite sprang, verlor sie dennoch das Gleichgewicht.

Fox fasste sie um die Taille. »Legen Sie Ihre andere Hand um meinen Hals.« Während er sie mit dem linken Arm aufrecht hielt, unternahm er mit der rechten Hand einen neuen Versuch, ihr Handgelenk zu befreien. Ihr würziger Orangenduft eroberte seine Sinne. Ihr goldenes Haar kitzelte ihn am Kinn. Ihr Arm lag um seinen Hals und ihre Finger streichelten über seine rechte Schulter. Von dieser Schulter strahlte die Hitze in jeden anderen Teil seines Körpers aus. Er musste ihren Arm befreien, aber gleichzeitig konnte er es nicht ertragen, sie loszulassen.

Ihr Atem ging ruhig, während sein eigener flach und unregelmäßig zu sein schien. Er hoffte bei Gott, dass sie nichts bemerken würde. Nach einer gefühlten Ewigkeit hatte er das Band aus dem Riegel befreit und ließ sie los.

Er dachte, sie würde zuerst ihr zerfleddertes Kleid inspizieren. Stattdessen umfasste sie ihr Handgelenk mit der rechten Hand und blickte zu ihm auf. »Ich danke Ihnen.«

Als Fox sie darauf eingehend ansah, studierte er jede Nuance ihrer Reaktion. Ihr Puls pochte kräftig und vielleicht ein bisschen schnell. Vielleicht war sie doch nicht so immun, wie er ursprünglich vermutet hatte. »Ich möchte mich für den Tag am Teich entschuldigen. Eigentlich hatte ich Sie in einem anderen Rahmen fragen wollen.«

Sie wich seinem Blick aus und rieb ihr Handgelenk, während ihre Finger mit dem zerrissenen Samtband spielten. »Hoffentlich verstehen Sie, dass meine Entscheidungen in Wahrheit nicht meine eigenen sind.«

Wollte sie damit sagen, sie hätte ihn erwählt, wenn sie gekonnt hätte? Vielleicht sollte er sie nach Gretna Green entführen …

Sie ließ die Hände sinken. »Meine Heirat ist für meine Eltern, nicht für mich. Fox, Sie werden für eine andere ein hervorragender Ehemann sein.« Als sie die Hand nach ihm ausstreckte und ihn berührte, entfachte dies ein Feuer der Sehnsucht in ihm, das er nicht löschen wollte und auch nicht konnte. »Das hoffe ich wahrhaftig für Sie.«

Und das tat sie. Er konnte es in ihren Augen sehen. Allerdings trug dies nichts zur Linderung seiner Enttäuschung bei. Er hatte sich in sie verliebt. Nicht, dass es von Belang gewesen wäre. Bald schon würde sie fortgehen und einen anderen heiraten, wenn er nicht etwas Drastisches unternahm. Vielleicht etwas, das dafür sorgte, dass sie ihn nie wieder lieben würde. Wäre er dazu imstande?

»Sollen wir dann den Schrank durchsehen? Wir haben uns wirklich viel Mühe gegeben.« Sie lächelte schelmisch, aber Fox war nicht in der rechten Stimmung, es zu erwidern.

»Ich lasse Sie weitersuchen. Es gibt andere Dinge, die meine Aufmerksamkeit erfordern.« Er schaute auf ihre Hand hinunter, die noch immer auf seiner ruhte. Er drückte sie kurz zwischen seinen Händen und musste all seine Willenskraft mobilisieren, um ihr nicht einen Kuss auf die Handfläche zu geben. »Danke für alles, was Sie leisten. Stipple's End wird Sie schmerzlich vermissen, wenn Sie fortgehen.«

Etwas flackerte in ihren Augen auf, aber er konnte die Emotion nicht benennen. »Und ich werde es ebenfalls vermissen.« Sie zog ihre Hand zurück, und er konnte ihr Fehlen bis in die Zehenspitzen fühlen. »Ich bin noch nicht fort, und vor meinem Weggang beabsichtige ich, so viel Geld zusammenzubringen, dass Sie sich überhaupt keine Sorgen mehr machen müssen.«

Bei Gott, noch nie hatte er sich so sehnlichst gewünscht, einen anderen Menschen zu berühren, wie sie in diesem Moment. »Wenn das jemand fertigbringen kann, dann Sie, Miranda. Ich zweifle kein bisschen an Ihnen.« Einen weiteren qualvollen Moment zermarterte er sich das Gehirn, doch letztendlich konnte er sich zu nichts anderem durchringen, als von ihr abzulassen.

KAPITEL 11

*I*n der folgenden Woche ratterte eine Kutsche die Auffahrt zu Birch House hinauf und lenkte Mirandas Aufmerksamkeit von der Liste der Speisen ab, die sie für die Wohltätigkeitsveranstaltung vorbereitet hatte. Obwohl der Tag trüb und grau war und der Blick aus dem Fenster des Salons vom Regenschleier verzerrt war, der an den Scheiben herunterprasselte, konnte sie gerade so das Wappen ihres Vaters auf der Kutsche ausmachen.

Waren sie gekommen, um sie abzuholen? Welch eine Ironie, dass sie in dem Moment erschienen, in dem sie eigentlich bleiben wollte.

Beatrice sprang auf und zeigte angesichts der Ankunft von Mirandas Eltern eine Begeisterung, die sie selbst nicht aufbringen konnte. »Es scheint, als wären deine Eltern hier, um dich zu deinem Verlobten zu bringen.«

Der Kutscher sprang vom Kutschbock und lief auf das Haus zu – allein. Wenn Mirandas Eltern hier wären, würden sie nicht draußen auf sie warten. »Ich glaube nicht, dass meine Eltern in der Kutsche sind.«

Fitchley trat ein und streckte ihr die Hand entgegen. »Ein Brief für Sie, Lady Miranda.«

»Bloß ein Brief?« Beatrice klang eine Spur enttäuscht.

Fitchley nickte flüchtig und ging davon.

Miranda riss den Umschlag auf und überflog das Schriftstück. Ihr Herz sackte ihr in die Magengrube. Beatrice hatte recht, wenn auch ihre Eltern nicht gekommen waren, um sie zu begleiten. »Meine Eltern haben einen in Frage kommenden Ehemann für mich gefunden und wünschen meinen sofortigen Aufbruch nach Wokingham.«

»Bist du also verlobt?«

»Noch nicht.« Das würde sie allerdings bald sein. Eventuell mit Lord Walter. »Oh, ich kann jetzt nicht abreisen!«

»Nun, du kannst die Anordnung deiner Eltern nicht missachten.« Beatrice blinzelte. »Oder?«

Miranda ignorierte die Frage und fing an, auf und ab zu gehen. »Mir bleiben noch vier Tage bis zur Wohltätigkeitsveranstaltung. Wokingham ist eine Tagesreise entfernt. Ich kann morgen früh losfahren und am Abend dort ankommen. Dann habe ich einen Tag, um zu tun, was auch immer sie verlangen, und rechtzeitig wieder hier sein.«

Beatrice ließ ein unfeines Schnauben hören. »Du glaubst, du kannst dort hineinspazieren und dich verloben, um dann mit ihrer Erlaubnis eiligst zurückkehren?«

Wollte Beatrice gar nicht, dass sie wieder herkam? Sie wirkte über Mirandas bevorstehenden Weggang keineswegs enttäuscht. Und hoffte Miranda etwa, Beatrice würde sie vermissen? Unwillig sich einzugestehen, dass sie sich wohl Beatrices Freundschaft wünschte, verdrängte sie den Gedanken. »Ich werde rechtzeitig für die Wohltätigkeitsveranstaltung zurück sein. Ich kann von dir nicht erwarten, dass du den Überblick über die ganze Angelegenheit behältst.«

Beatrice plusterte sich sichtlich auf. »Es ist nicht so, als ob ich das nicht schaffen könnte. Vielleicht wäre es sogar das

Beste, wenn du nicht wiederkommst. Schließlich werde ich
in Zukunft diejenige sein, die hier lebt, und nicht du.«

Hatte Beatrice nicht über die Tatsache geklagt, dass sie
nie heiraten würde, und nie ein Ereignis wie dieses zu
planen hätte? Und jetzt führte sie sich auf, als wäre dies so
selbstverständlich für sie wie das Lesen eines Kirchenge-
sangbuchs. »Meine Anleitung ist notwendig, Beatrice. Du
lernst recht ordentlich, jedoch weißt du sicherlich, dass es
für diese Veranstaltung Erfahrung und Schliff braucht.
Gewiss werde ich rechtzeitig zurückkehren. Du kannst
dich wirklich darauf verlassen.« Während Mirandas
Ansprache war Beatrices Blick schmal geworden, doch
Miranda blieb keine Zeit, die junge Frau zu
beschwichtigen.

Miranda nahm ihren Brief und die Liste. »Ich gehe nach
oben und packe. Würdest du bitte deine Eltern über meine
Abreise in Kenntnis setzen?« Sie wartete Beatrices Antwort
nicht ab.

~

Fox hatte für seine Ankunft in Stratham Hall am
nächsten Tag den perfekten Zeitpunkt gewählt.
Als er aus seinem Landauer stieg, kam die Kutsche der
Carmodys gerade die Auffahrt herauf.

Er blickte an seinem neuen Frack hinab und war froh,
dass er sich von Rob hatte überreden lassen, ihn zusammen
mit der Kombination, die er bei der Wohltätigkeitsveranstaltung tragen würde, anfertigen zu lassen. Wie hätte er seinen
Freund abweisen können, wenn dieser angeboten hatte, für
die Kosten aufzukommen?

Fox schüttelte den Kopf. Es war erbärmlich, dass er auf
die Güte anderer angewiesen war. Er hatte jedoch andererseits hart dafür gearbeitet, dass Menschen wie Rob mit

einem Mindestmaß an Bequemlichkeit leben konnten. Wenngleich das für ihn bedeutete, darauf zu verzichten.

Die Kutsche der Carmodys hielt hinter Fox′ Landauer an. Fox ging darauf zu und gab dem Kutscher mit einem Wink zu verstehen, dass er die Tür eigenhändig öffnen würde. Ein kleiner Anflug von Vorfreude machte sich in seiner Brust bemerkbar. Er fragte sich, ob Miranda seinen neuen Frack bemerken würde.

Fox öffnete die Tür und hob die Hand, um den Damen beim Aussteigen behilflich zu sein. Als Beatrice zuerst erschien, musste er seine Enttäuschung niederringen. Nachdem er sie auf festen Boden befördert hatte, wandte er sich wieder der Kutsche zu und erblickte ihre Zofe. Er blickte in das schattige Innere auf der Suche nach einem weiteren Fahrgast.

Beatrice stand in der Auffahrt. »Ich bin es nur, fürchte ich. Und Tilly.«

Panik presste Fox die Lunge zusammen, als er dem Dienstmädchen heraushalf. »Wo ist Lady Miranda? Sie hatte doch bei Ihnen sein sollen.«

Beatrice nahm seinen neuen Frack in Augenschein. Sie hatte es bemerkt, aber es war nicht dasselbe. »In der Tat. Aber sie ist fort.« Beatrice drehte sich von ihm weg und schritt auf das Haus zu.

Fox starrte ihr einen Moment verdattert hinterher, ehe er an ihre Seite eilte. »Wohin ist sie gegangen? Wann kommt sie wieder?«

Beatrice blieb auf halbem Weg die Stufen hinauf stehen, doch ehe sie noch antworten konnte, hatte sich die Tür geöffnet. Stratham stand dort, von der Eingangshalle im Hintergrund eingerahmt, und trug sein albernes Grinsen zur Schau. Fox gönnte sich das Vergnügen, mitanzusehen, wie das Gesicht des Mannes lang wurde, als er Mirandas Fehlen entdeckte.

»Aber wo ist denn Lady Miranda?« Er blickte vollkommen verdutzt an Beatrice, Tilly und Fox vorbei – wobei Fox sich nicht einmal sicher war, ob Stratham ihn überhaupt schon registriert hatte.

Mit ihrem Dienstmädchen dicht auf den Fersen, trat Beatrice ins Haus und zwängte sich an dem verblüfften Stratham vorbei. »Sie ist abgereist, um ihren Verlobten kennenzulernen. Wir müssen ohne sie weitermachen.«

Fox stolperte auf der letzten Stufe. Jetzt hatte Stratham ihn bemerkt – und sein Blick senkte sich auf Fox' Füße. Dann grinste er. Mistkerl.

Als er an Stratham vorbei in die Eingangshalle schritt, schwang Fox seinen Ellbogen nach außen und erwischte Stratham am Oberarm. »Lady Stratham hat bestimmt vor, zu der Wohltätigkeitsveranstaltung zurückzukehren«, stellte Fox fest, »nach allem, was sie geleistet hat.« Es schien, als versuchte er, sich selbst genauso von dieser Tatsache zu überzeugen wie alle anderen.

»Ich fürchte nein.« Beatrice übergab einem Diener ihren Mantel und band die Schleife ihrer Haube auf. Sie betrachtete die beiden Männer mit einem selbstbewussten Blick, den Fox noch nie zuvor bei ihr gesehen hatte. »Ich werde keine Schwierigkeiten haben, aus dieser Veranstaltung einen Erfolg zu machen.«

Fox holte tief Luft. Er konnte nicht glauben, dass Miranda gegangen war und nicht zurückkommen würde. Er hatte versucht, sich auf ihre unausweichliche Abreise – und Eheschließung – vorzubereiten, doch jetzt, da er mit der Realität konfrontiert war, schmerzte es und ganz gleich, was auch geschähe, bliebe es schmerzhaft.

Stratham sah Beatrice stirnrunzelnd an. »Ich bin ein wenig besorgt, dass Lady Miranda nicht hier ist, muss ich sagen.«

Beatrices Augen funkelten. »Es besteht kein Grund zur Sorge, Mr. Stratham. Ich habe alles gut unter Kontrolle. Abgesehen davon ist es auch nicht so, als ob wir absagen könnten. Einige unserer Gäste nehmen eine Reise auf sich, um teilzunehmen, und haben sie wahrscheinlich bereits angetreten.«

Stratham zuckte mit den Schultern. »Das ist keine große Sache. Sie beziehen sich auf Lord Norris' Freunde von der Antiquitätenvereinigung. Sie kommen auch, um an seinem Fest teilzunehmen, das sehr bald nach der Wohltätigkeitsveranstaltung stattfindet. Eine Absage der Wohltätigkeitsveranstaltung würde sie nicht enttäuschen.«

Fox riss sich aus seinem Selbstmitleid und starrte Stratham an. »Es würde die Kinder enttäuschen, Sie selbstsüchtiger Flegel.«

Stratham drehte sich zu Fox. »Es besteht keine Veranlassung, vulgär zu werden.«

Beatrice räusperte sich. »Wenngleich diese Demonstration von Männlichkeit, ähm, erhellend ist, schlage ich vor, unsere heute anstehenden Aufgaben anzugehen. Fox, haben Sie die Objekte vom Waisenhaus mitgebracht, die versteigert werden sollen?«

Fox juckte es, dem Mann einen Fausthieb ins Gesicht zu verpassen, doch er zwang sich, Beatrice anzuschauen und ihre Frage zu beantworten. »Ja.«

»Und wir stellen die Gegenstände in dem Wohnzimmer aus, das vom Ballsaal abzweigt, stimmt das, Mr. Stratham?«

»In der Tat. Der Raum ist vorbereitet. Lady Miranda hat sich neulich darum gekümmert.«

Beatrice verdrehte die Augen.

Was war da los?

»Ich werde die Sachen von meinen Männern hineinbringen lassen.« Fox drehte sich zum Gehen und erwog, sich davonzumachen, während seine Dienstboten – zwei von den zehn, die er als Personal behalten konnte – den Landauer abluden.

»Mr. Stratham, warum gehen Sie nicht schon in den Salon und ich komme dann gleich zu Ihnen? Ich habe einige Dinge mit Fox zu besprechen.« Beatrice lächelte reizend und zeigte damit ein Selbstbewusstsein, das Fox noch nie an ihr erlebt hatte.

Stratham verbeugte sich vor ihr, doch er ließ den Blick auf ihr verweilen, ehe er davonging. Es hatte den Anschein, als hätte er Beatrices neugefundenes was-auch-immer ebenfalls bemerkt.

Beatrice bedeutete Fox, ihr nach draußen zu folgen, und dann rief sie ihrer Zofe zu, die während des gesamten Austauschs mit Stratham still in ihrer Ecke stehen geblieben war. »Tilly, du kannst drinnen bleiben.«

Sobald sich die Tür hinter ihnen geschlossen hatte und Beatrice sich unter dem Säulenvorbau zu ihm umdrehte, hatte sie ihre gewohnte, ernsthafte Miene wieder aufgesetzt. »Glauben Sie, Sie können es schaffen, sich Mr. Stratham gegenüber zivilisiert zu benehmen? Ich verstehe, dass Sie ihn wegen der Sache mit Jane nicht mögen, aber meinen Sie nicht, dass es Zeit ist, die Vergangenheit zu begraben? Sie hat ihn geliebt, wissen Sie.«

Die vertraute Wut schmeckte bitter in seinem Mund. »Ich bin nicht sicher, ob sie das getan hat.«

Beatrice riss den Kopf zurück, was wahrscheinlich eine Reaktion auf die Emotion war, die Fox in seinem Blick nicht hatte zurückhalten können. »Das ist absurd. Ich kannte Jane. Sie war von Strathams Antrag begeistert. Es war ein Segen für sie, solch einen Gentleman für sich zu gewinnen.«

»Mit ›solch einem Gentleman‹ meinen Sie einen korrupten Abgeordneten?« Fox konnte kaum fassen, dass er diese Worte laut ausgesprochen hatte. Er hatte sehr darauf geachtet, Stratham nicht zu beschuldigen, weil er tatsächlich nichts beweisen konnte. Trotzdem wusste er es, und dieses Wissen schwelte insbesondere dann in seinem Verstand, wenn alle anderen ein Loblied auf den Schuft anstimmten.

Sie versteifte sich. »Jetzt ist aber Schluss. Sie können Mr. Strathams guten Namen nicht schlechtmachen.«

Er sollte aufhören, nachgeben, und Beatrice denken lassen, was immer sie wollte. Doch die Worte drängten aus seinem Mund, ehe er sie aufhalten konnte. »Wären Sie überrascht zu erfahren, das Jane zu dieser Heirat gezwungen worden war? In diesem Bezirk ereignen sich Dinge, die Ihr jungfräuliches Empfinden ernsthaft beleidigen würden, Miss Carmody.«

Beatrice fasste sich plötzlich mit einer Hand an die Brust. Ihr stand der Mund offen. »Aber … aber Jane war glücklich.«

»Jane war, was immer zu sein ihr Vater befahl. Sie werden solch ein Betragen bestimmt wertschätzen, da bin ich sicher.«

Beim Anblick ihrer weit aufgerissenen Augen bedauerte Fox seine lose Zunge umgehend. Er hatte sie nicht beleidigen wollen.

Sie machte den Mund zu und nickte. »Ja, ich weiß genau, wie das sein kann. Arme Jane.« Sie sah ihn einen Moment lang an. »Und Sie Ärmster. Ich habe es nicht gewusst.«

Himmel, er wollte ihr Mitleid nicht. Und er wollte sie auch nicht gegen Stratham umstimmen. Vor langer Zeit hatte er sich zu überzeugen versucht, dass es sich nicht lohnte, Stratham zu verabscheuen, aber vielleicht sollte er einen neuen Anlauf unternehmen. »Hassen Sie Stratham nicht auch noch. Er leistet Stipple′s End einen Dienst.« Diese Worte auszusprechen, brachte seinen Mageninhalt zum Gerinnen.

Beatrices Miene wurde weicher und wieder erkannte Fox die Schönheit, die hinter ihrer stoischen Art versteckt lag. »Sie sagen, es gäbe Dinge, die zu erfahren mich überraschen würde. Ist es möglich, dass Sie ebenso überrascht sein könnten? Vielleicht ist Mr. Stratham gar nicht, was er zu sein scheint.«

An der Art, wie sie das sagte, konnte Fox erkennen, wie sie hoffte, dass dies wahr wäre.

Er rief sich die Nacht des Überfalls in Erinnerung und Strathams Verdacht, dass Norris jemanden angeheuert haben könnte, der das Beitragsgeld stehlen würde. Stratham hielt Norris offenbar für noch hinterhältiger als Fox. Könnte es möglich sein, dass Stratham unter Norris' Fuchtel stand und ein widerwilliger Beteiligter an der Korruption war, die diesen Bezirk plagte?

Mit einem Schulterzucken schüttelte Fox den Gedanken ab. Es interessierte ihn nicht die Bohne. Der Mann war ein Erpresser und alles andere war unwichtig. Es war höchste Zeit, dass Norris und Stratham und wer sonst noch immer an der Sache beteiligt war, für die Verbrechen bezahlte. Und wenn er seine finanziellen Probleme in den Griff bekäme, könnte er der Mann sein, der für Gerechtigkeit sorgen würde.

Doch im Augenblick türmte sich das Problem seines Geldmangels so unweigerlich vor ihm auf, wie die dunklen Tage des bevorstehenden Winters. »Hat Miranda irgendwelche Andeutungen gemacht, wie viel die Objekte ihrer Meinung nach einbringen könnten?« Fox wusste, wie viel Geld er brauchte und wie viel Geld er wollte – das waren zwei unterschiedliche Beträge –, und er sollte sich versichern, nicht vollkommen danebenzuliegen.

Beatrice zog die Augenbraue hoch. »*Miranda?* O Fox, sagen Sie bloß nicht, dass Sie sich auch in sie verliebt haben?«

Fox verlagerte das Gewicht von einem Fuß auf den anderen. Rob und Mrs. Gates waren die einzigen Menschen, die überhaupt Kenntnis darüber hatten, dass er Miranda begehrte, doch sogar sie kannten die wahre Tiefe seiner Gefühle für sie nicht. »Das habe ich nicht.« Die Lüge brannte auf seiner Zunge. »Sie nennen sie beim Vornamen, warum kann ich das nicht tun?«

»Weil Sie ein lediger Gentleman sind.« Beatrice winkte ab. »Unwichtig. Ich möchte nicht über sie sprechen. Sie ist fort und sie wird nicht wiederkehren. Lassen Sie uns also jetzt die Sachen für die Auktion hereinbringen und arrangieren. Ich habe heute Nachmittag einen Termin mit Mr. Strathams Küchenpersonal und ich möchte mich nicht verspäten.«

Fox ging die Stufen zur Auffahrt hinunter und gab den Bediensteten ein Zeichen, die noch immer auf dem Kutschbock saßen. Sie sprangen herunter und machten sich daran, die Sachen ins Haus zu tragen. Fox stand auf dem Kies und sah zum grauen Himmel auf. Dann blickte er auf seinen jetzt nutzlosen Frack hinab. Es gab keinen Grund, noch zu bleiben. Er konnte sich ebenso gut nach Stipple's End begeben und mit der Apfelernte beginnen. Sie hatten ohnehin morgen in aller Früh anfangen wollen.

Traurigerweise würde die Ernte gar nicht viel Zeit beanspruchen.

~

*M*iranda stand vor einem Spiegel des Ankleideraums ihres Schlafzimmers auf Wokingham. Seit letztem Frühling hatte sie sich nicht mehr so erlesen gekleidet. Die Abendrobe fühlte sich merkwürdig an ihrem Körper an, als ob sie langsam und geschmeidig gehen müsste, um sie nicht zu zerknittern. Ihre Zofe schloss die Perlenkette um Mirandas Hals. Sie drehte das Gesicht weg und ihr Blick verweilte auf der Truhe, die ihre Kleider, ihren Schmuck und ja, sogar einige ihrer Bücher nach

Wokingham transportiert hatte. Die Bücher waren eine überraschend aufmerksame Geste ihrer grimmigen Eltern gewesen.

Anne trat zurück, um ihre Arbeit zu bewundern. »Warum runzelt Ihr die Stirn, Mylady? Ihr seht bezaubernd aus.«

»Mmm, ja, danke.« Warum runzelte sie die Stirn? Sie sollte glücklich sein, ihre Sachen hier zu haben und wieder zurück im Schoße der Gesellschaft zu sein, die sie genährt und geliebt hatte. Warum war sie dann von Gedanken an die Kinder in Stipple´s End und deren Wohl besessen?

Weil sie sich sorgte, nicht rechtzeitig zurück zu sein. Die Fahrt nach Wokingham hatte wegen des Wetters einen zusätzlichen Tag beansprucht. Sie hatten über Nacht Schutz in einem Gasthaus suchen müssen und waren an diesem Nachmittag endlich angekommen.

Anne beeilte sich, auf das Klopfen an der Tür zu öffnen. Mirandas Mutter rauschte wie eine Vision in dunkelblauer Moiré-Seide und funkelnden Saphiren ins Zimmer. Der Anblick erinnerte Miranda an die unzähligen Abende, an denen sie ihrer Mutter zugesehen hatte, wie sie sich für gesellschaftliche Ereignisse gekleidet hatte. Miranda war so begierig gewesen, ihre eigenen Kleider und Schmuck zu haben. Begierig, an den Festen, Feiern und Bällen teilzuhaben, die für ihre Position in der *feinen Gesellschaft* so wesentlich waren. Einen Großteil ihres Exils war sie von ebendiesem Verlangen erfüllt gewesen. Nicht wahr? Doch jetzt, da sie im Begriff war, wieder in die Welt einzutreten, die sie so liebte, konnte sie nicht aufhören, sich zu fragen, was ihre Mädchen wohl davon hielten.

Ihre Mädchen? Wann war es bloß dazu gekommen?

Die Herzogin sah Miranda mit abschätzigem Blick an. Dann nickte ihre Mutter und ihr Ausdruck wandelte sie zu freudiger Anerkennung. So war es immer.

Bis Miranda den Mund aufmachte. »Wer ist das Opfer? Lord Walter?«

Wie erwartet zog ihre Mutter die Mundwinkel herab. »Nein. Und er ist kein Opfer. Er ist ein potenzieller Bräutigam.«

Ihre Eltern hatten sich nicht die Mühe gemacht, ihr den Namen ihres zugedachten Ehemannes zu verraten. Nachdem sie nun wusste, dass es nicht Lord Walter war, stellte Miranda fest, dass sie der Name nicht besonders interessierte.

Ihrer Mutter betrachtete ihr eigenes Spiegelbild und vermied Mirandas Blick. »Lord Kersey.«

Plötzlich war Miranda hellwach. »Du scherzt.«

»Absolut nicht. Anders als du, nehme ich solche Dinge nicht leicht.« Die Herzogin drehte sich vom Spiegel weg, während sie die Hand auf den Schmuck an ihrem Hals legte.

»Wenn du so um meinen guten Ruf besorgt bist, warum bringst du mich dann mit ihm zusammen?« Lord Kersey wurde in der Regel als wertloser Nichtsnutz und Ebenbild seines Vaters, dem Earl of Stratton erachtet. Es war Miranda verboten, den Namen des Älteren in guter Gesellschaft auszusprechen.

»Er hat sich von seinem Vater distanziert. Viele glauben, er versucht, den Ruf der Familie zu bessern.«

Miranda zog einen elfenbeinfarbenen Handschuh über ihre linke Hand und schob ihn den Unterarm hinauf. »Ich bin über die Wendung der Ereignisse verblüfft.«

Abgesehen von Lord Kerseys mangelhaftem gesellschaftlichen Ansehen, fand Miranda ihn persönlich begehrenswerter als Lord Walter. Lord Kersey war weder dicklich noch fahl und er roch auch nicht nach Käse. Um bei der Wahrheit zu bleiben, war sie ihm nie nahe genug gekommen, um festzustellen, ob er nach irgendetwas roch.

Der Duft von frischem Gras, Erde und Rosmarin kam ihr in den Sinn. Wer roch so?

Fox.

Sie vermisste diesen Duft.

»Miranda, zieh deinen anderen Handschuh an. Wir müssen nach unten gehen.« Ihre Mutter drehte sich um und ging leichten Schrittes auf die Tür zu.

Kopfschüttelnd zog Miranda den zweiten Handschuh an. Sie betrachtete noch einmal ihr Spiegelbild und schaute es an, als ob sie die Person nicht erkannte, die sie darin sah. Sie war nicht daran gewöhnt, sich auf diese Weise herausgeputzt zu sehen, mit ihrem kunstvoll frisierten Haar und funkelnden Juwelen an ihren Ohren, ihrem Hals und Handgelenk.

»Miranda!« Ihre Mutter harrte auf der Türschwelle und ihre Ungeduld grub sich in ihre attraktiven Züge.

Miranda folgte ihrer Mutter und wurde dabei das Gefühl nicht los, rückwärts zu laufen.

∼

*D*ie Menschen hatten sich am Eingang zum Ballsaal so dicht zusammengeschart wie an einem sonnigen Nachmittag auf der Bond Street. Freundliche Gesichter begrüßten Miranda, als sie sich durch die Menge schob.

»Wir haben Sie diesen Sommer vermisst!«

»Brighton war ohne Sie nicht dasselbe!«

»Ich wünschte, Sie hätten auf Lord Leavitts Hausparty sein können!«

Miranda konnte all den Menschen kaum antworten, die sich um ihre Aufmerksamkeit rissen. Aus dem Augenwinkel erspähte sie das halb selbstgefällige und halb amüsierte Lächeln ihrer Mutter, die selbst auch von einer Freundesschar umgeben war. Die Menge zerstreute sich nach einigen Minuten, und Miranda blieb inmitten einer Handvoll Mädchen ihres Alters zurück. Diese waren im Gegenzug von einem Kreis weniger bekannter Freunde umgeben.

Rebecca Jones-DeWitt beugte sich näher. »Hast du von der Sache mit Frannie gehört?«

Miranda fächelte sich Luft zu und benutzte den Fächer als Schild. »Ja. Ist sie hier?«

»Du liebe Güte, nein. Dunbar und sie haben vor einigen Wochen geheiratet. Sie haben sich zeitweise zurückgezogen.«

Leider befürchtete Miranda, dass Frannie sich für immer zurückgezogen hatte. Sie schaute sich im Ballsaal nach Lord Kersey um, doch sie schaffte es kaum, an dem Kreis von Menschen vorbeizusehen, der noch immer um sie harrte.

Lady Georgina Farraday schob sich neben Miranda. »Wir sind so froh, dass du endlich hier bist. Der Aufenthalt auf dem Land war hoffentlich nicht zu nervtötend.« Georgina hatte den Blick auf den Ballsaal gerichtet, immer auf der Suche nach der neuesten Begebenheit.

»Eigentlich war es gar nicht nervtötend. Ich hoffe tatsächlich, zurückkehren zu können.«

Rebecca schnappte nach Luft. »Sag so etwas nicht, Miranda!«

»Nicht *dauerhaft*. Es ist nur, dass ich –«

Georgie hob ihren Fächer und flüsterte zu Miranda und Rebecca. »Ich habe gerade Lord Kersey gesehen. Nein, starrt nicht sofort dorthin. Er ist drüben bei den Terrassentüren.«

Miranda schluckte ihre Frustration über den Dämpfer, von ihrer Freundin unterbrochen zu werden, und verrenkte sich den Hals. Da Lord Kersey recht groß war und beinahe an Fox heranreichte, war er leicht zu entdecken. Jedoch waren Lord Kerseys Schultern sehr breit und von seiner kunstvoll geschlungenen Krawatte bis zu seinen ungemein

glänzenden Tanzschuhen trug er die neueste Mode. Selbst
aus dieser Distanz konnte Miranda sein gutes Aussehen
bewundern.

»Er war auch bei Lord Leavitts Hausparty dabei.«
Rebecca klimperte mit den Wimpern in seine Richtung.
»Wenn er sich seinen Platz in der Gesellschaft erfolgreich
zurückerobert, wird er ein guter Fang sein.«

Georgie schniefte. »Ach, komm schon, Becca. Trotz
seines Titels würden deine Eltern niemals einen Antrag von
ihm erwägen.«

»Du hast wahrscheinlich recht. Trotzdem kann ich mich
an ihm sattsehen, nicht wahr?« Rebeccas heiteres Schmun-
zeln wurde von Georgies erwidert.

Miranda sah keine Notwendigkeit, sie von dem schlecht
durchdachten Plan ihrer Eltern in Hinsicht auf den Viscount
in Kenntnis zu setzen. War Lord Kersey überhaupt daran
interessiert, sie zu heiraten? Wenn er die Absicht verfolgte,
seine gesellschaftliche Position zu verbessern, dann vermutete Miranda, dass sie ein angemessene Zielperson als
Ehefrau wäre. Groll keimte in ihr auf, und wieder fächerte
sie sich Luft ins Gesicht. Wollte denn niemand sie um ihrer
selbst willen haben?

Und jetzt durchquerte er den Ballsaal und kam direkt auf
sie zu. »Schirmt mich ab.«

Georgina schwang den Blick zu Miranda herum.
»Warum? Vielleicht kommt er auf mich zu. Oder Rebecca.«

»Ausgezeichnet. Ihr beide bleibt hier und wartet auf ihn.
Ich bin … anderweitig unterwegs.« Miranda eilte vor ihren
Freundinnen davon und glücklicherweise entdeckte sie ihren
Bruder, der an der Wand lehnte. In makellosem Schwarz
gekleidet, war er mit diesem speziellen Lächeln, das er einzig
und allein ihr vorbehielt, ein willkommener Anblick. Sie trat
neben ihn.

»Kleine Schwester.« Jasper nahm ihre Hand. Er betrachtete sie für einen Moment. »Du siehst verändert aus.«

Miranda sah an sich hinab und strich sich mit einer Hand glättend über die Taille. »Tue ich das?«

»Das Landleben scheint dir zu bekommen.« Er richtete den Blick über ihren Kopf hinweg auf den Ballsaal hinter ihr.

Miranda stellte sich neben ihn und lehnte mit dem Rücken an der Wand. Jasper besaß das gleiche blonde Haar und die eindringlichen eisblauen Augen ihres Vaters, aber Gott sei Dank weniger seines konservativen Benehmens. Dennoch war er als arrogant zu beschreiben, wozu er guten Grund hatte. Er war attraktiv und mit einem scharfen Verstand gesegnet. Zu Pferd machte er eine bessere Figur als alle anderen und er stand ganz oben auf jeder Liste potenzieller Ehekandidaten.

Beatrice hatte Miranda arrogant genannt. Stimmte das? Sie drehte sich zu ihrem Bruder. »Bin ich arrogant?«

Jasper lachte und es war ein tiefer, kehliger Klang. »Wahrscheinlich. Aber du sagst das, als ob es eine schlechte Eigenschaft wäre. Selbstbewusstsein wird fälschlicherweise oft als Arroganz ausgelegt. Du bist eine starke junge Frau, und die meisten Menschen bevorzugen das schwächere Geschlecht, formbar und sanftmütig.«

Miranda zog eine Augenbraue hoch. »Ist das deine Vorliebe?«

In gespieltem Entsetzen riss er die Augen auf. »Ich werde mit meiner Schwester nicht über Frauen sprechen.«

»Gut.« Miranda beobachtete Lord Kersey, wie er sich mit Georgina und Rebecca unterhielt. »Warum sind Mutter und Vater so erpicht darauf, mich mit Lord Kersey zu verheiraten?«

»Weil du für sie eine verdammte Belastung bist.« Bei Miranda war Jasper nie auf seine Ausdrucksweise bedacht, und das war eine Eigenschaft, für die sie ihn liebte. Sie drehte den Kopf, als er das Gewicht verlagerte, um sich zu ihr zu drehen.

Miranda warf einen Blick zu Lord Kersey, der noch immer mit ihren Freundinnen in eine Plauderei verstrickt war. »Ich habe jetzt keine Zeit dafür. Ich muss nach Wootton Bassett zurückkehren.«

»Das kannst du nicht ernst meinen. Du hast uns allen Briefe geschrieben und darum gebettelt, nach Hause kommen zu dürfen.«

Das stimmte schon, doch im vergangenen Monat hatte sie solch ein Bittschreiben nicht verfasst. »Das habe ich. Das tue ich. Nur nicht gerade jetzt. Lord Septon kommt, und ich hatte gehofft, ihn dort zu treffen.«

»Was macht dein Patenonkel in Wiltshire?«

In schneller Folge öffnete und schloss Miranda ihren Fächer. »Wir werden eine Wohltätigkeitsveranstaltung für das örtliche Waisenhaus abhalten. Dabei versteigern wir Antiquitäten.«

»*Wir*? Wer um alles in der Welt ist ›*wir*‹?« Mit einem amüsierten Ausdruck verschränkte Jasper die Arme vor der Brust.

Miranda erkannte, dass sie sich ebenso aufgeregt anhörte, wie sie sich fühlte, und ließ den Fächer sinken. Das ging einfach nicht. »Beatrice Carmody, der Gentleman, dem das Waisenhaus gehört …«

Jasper hielt eine Hand hoch. »Warte einen Moment. Welcher Gentleman? Ist das der Kerl, der dir den Hof macht? Mutter hat einen Abgeordneten erwähnt, den sie hatten verwarnen wollen. Offenbar war er nicht zugegen, um den Vortrag des Herzogs über gesellschaftliche Hierarchie und darüber, wie wichtig es ist, dass jede Gesellschaftsschicht ihre eigenen Beziehungen pflegt, über sich ergehen zu lassen.«

»Nein, Fox ist nicht der Abgeordnete.«

»*Fox?*« Jasper riss die Augen auf. »Wie dem auch sei, es hört sich an, als ob dieser Zeitgenosse die wahre Bedrohung wäre.«

«Warum? Weil ich ihn nenne, wie er von allen genannt wird? Das ist Unsinn.« In Gottes Namen, Fox war sein Nachname und kein Kosename. »Ich brauche deine Hilfe, um zurückzukehren. Ich muss einfach vor der Wohltätigkeitsveranstaltung dort sein. Es ist ein enormes Vorhaben – Lord Septon bringt mehrere Freunde von der Antiquitätenvereinigung mit, und niemand in Wootton Bassett hat je eine Londoner Veranstaltung ausgerichtet.«

Jasper runzelte die Augen, als ob er lachen wollte. »Aber das ist keine Londoner Veranstaltung, Miranda. Es ist eine Wohltätigkeitsveranstaltung für ein hinterwäldlerisches Waisenhaus.«

Miranda schlug ihm auf den Arm. »Mach dich nicht über Stipple's End lustig. Diese armen Kinder haben nichts. Niemanden.«

Er zog eine Augenbraue hoch und setzte ein halbes Lächeln auf. »Offenbar haben sie dich. Diese Glückspilze.«

»Wirst du mir helfen oder muss ich mich auf eigene Faust zurückschleichen?«

Jasper antwortete ihr mit einem tiefen Seufzen. »Du weißt, wie du meine dunkle Seite verlocken kannst. Der Herzog und die Herzogin werden dies nicht gutheißen.«

»Aber du wirst mir jedenfalls helfen?«

»Ja. Allerdings ist Holborn für den heutigen Abend im Spielzimmer verloren, und so wird die Sache bis morgen warten müssen.« Sie wussten es beide besser, als ihren Vater an den Spieltischen zu unterbrechen.

Morgen wollte Miranda aufbrechen. »Gut, aber am Nachmittag möchte ich unterwegs sein.«

Jasper kniff die Augen zusammen. »Nur weil du in schrecklicher Eile bist, bedeutet das nicht, dass diese Dinge schnell vonstattengehen. Ich werde mit Kersey reden müssen und dann muss ich Holborn überzeugen, damit er dich fahren lässt. Es wird mehr als ein fünfminütiges Gespräch dafür erforderlich sein.« Er schüttelte den Kopf. »Du bist immer so impulsiv. Die richtige Planung und Ausführung sollten nicht unterschätzt werden.« Und mit diesen Worten stieß er sich von der Wand ab.

»Warte, du wirst mich doch hier nicht allein stehen lassen, nicht wahr?«

Jasper schmunzelte leise. »Miranda du bist die am wenigsten hilflose Frau, die ich kenne. Du wirst es schon schaffen.«

Miranda sah seiner sich entfernenden Rückseite finster hinterher. Wenn er nicht eingewilligt hätte, ihr zu helfen, hätte sie ihm den Fächer an den Kopf geworfen.

KAPITEL 12

*M*iranda eilte aus dem überhitzten Raum auf die Terrasse hinaus. Sie hatte den Tag damit verbracht, wieder an das Leben anzuknüpfen, das sie vor drei Monaten verlassen hatte, und ihr schmerzte das Gesicht vom vielen Lächeln. Kühle Herbstluft wehte ihr ins Gesicht, die ihre brennenden Wangen beruhigte und ihr wieder zu klarem Denken verhalf.

Wo um alles in der Welt war Jasper? Sie hatte heute Morgen aufbrechen wollen, doch seit gestern Abend hatte sie ihn nicht mehr gesehen. Sie musste annehmen, dass er seine Zeit genau damit verbrachte, was er ihr versprochen hatte – und mit Kersey und ihrem Vater sprach. Das hoffte sie zumindest.

»Guten Abend, Lady Miranda.« Eine tiefe, männliche Stimme grollte in der Dunkelheit.

In der Hoffnung, dass es vielleicht Jasper sein könnte, ging sie darauf zu, doch sobald die Gestalt aus dem Schatten trat, wusste sie, dass er es nicht war.

Der Lichtschein aus dem Raum hinter ihr ergoss sich über Lord Kerseys Oberkörper und beleuchtete seine attraktiven Züge und den ausgezeichnet geschnittenen schwarzen Frack.

»Guten Abend, Lord Kersey.« Miranda warf einen Blick über ihre Schulter zurück. Sie befanden sich eindeutig im Sichtfeld des Kartenzimmers und somit würde sie ihren Ruf höchstwahrscheinlich nicht in Gefahr bringen. Wenn allerdings ihren Eltern zu glauben war, mangelte ihr die Fähigkeit zu erkennen, wann sie ihren Ruf gefährdete, und wer konnte das also schon wissen?

Lord Kersey trat weiter in das Licht, aber nicht näher zu ihr. »Ich habe heute mit Ihrem Bruder einen Ausritt unternommen.«

Miranda drehte sie so, dass die Türen zu ihrer Linken waren. »In der Tat? Konnten Sie mit ihm mithalten? Jasper ist zu Pferd beinahe unschlagbar.«

Lord Kerseys herzliches Gelächter erfüllte die Luft um sie. »Ja. Ich habe mich ganz gut geschlagen. Danke für Ihre Besorgnis.«

Obschon die meisten Männer diesen letzten Kommentar als ein Mittel zum Flirten gemeint hätten, bekam sie den Eindruck, dass er sie neckte. Tatsächlich hatte er bislang noch nicht versucht, zu nahe zu kommen oder eine Ausrede zu finden, um sie zu berühren.

Miranda beäugte ihn argwöhnisch. »Nun, ich sollte vermutlich wieder hineingehen. Es war ein Vergnügen, Sie zu treffen, Mylord.«

»Wenn Sie bitte nur einen Moment warten wollen, Lady Miranda.«

Wieder wartete sie auf eine zurückhaltende Hand, doch er bewegte sich nicht. Miranda auch nicht.

Er machte ihr ein Zeichen, aber er kam immer noch nicht zu nahe. »Ich bin nicht ganz sicher, wie ich das sagen soll.«

Mirandas Magen krampfte sich zusammen. Beinahe hätte sie der Drang überkommen, schreiend von der Terrasse zu rennen. Ihr Vater hatte ihn von dieser Verbindung überzeugt, und er würde ihr einen Antrag machen! »Lord Kersey, ich glaube wirklich nicht –«

»Bitte, gestatten Sie mir, zu enden.« Der Viscount zog einen Mundwinkel hoch, doch seine Augen wurden etwas dunkler und sie dachte, dass es ihm eher nicht gefiel, unterbrochen zu werden. »Ihr Bruder hat mit mir über den, ähm, Plan Ihres Vaters gesprochen und ich muss zugeben, dass ich nicht interessiert bin, eine Brautwerbung anzustreben. Mir ist von Jasper gesagt worden, dies sei akzeptabel für Sie.«

Miranda seufzte hörbar. »O ja. Das ist sehr akzeptabel. Vielen Dank, Lord Kersey.« Sie legte den Kopf schief. »Verzeihen Sie, dass ich das sage, aber es ist merkwürdig, dass Sie diese Gelegenheit nicht beim Schopf gepackt haben.«

Er zog den Kopf zurück und verzog amüsiert die Lippen.

Miranda lachte leise. »Es liegt mir fern, meine eigenen Reize überzubewerten. Es ist nur so, dass ich noch keinen Mann kennengelernt habe, der nichts von mir wollte.«

»Das haben Sie gerade.«

Es dauerte einen Moment, bis ihr die wahre Bedeutung seiner Worte aufging. Er wollte sich nicht mit ihr verbinden, weil dies seine Position nicht verbessern würde. Er brauchte jemanden mit einer perfekten gesellschaftlichen Vergangenheit. Jemanden mit einem ruhigen Wesen. Jemanden mit guten Manieren. *Jemand anderes.*

Sie war wirklich diese Außenseiterin, wie ihre Eltern behaupteten. Guter Gott, sie wollte so schnell wie möglich von dieser Hausparty fort.

»Ich weiß Ihre Aufrichtigkeit zu schätzen, Lord Kersey.« Miranda warf den Kopf zurück, auf der Suche nach ihrem plötzlich abhanden gekommenen Selbstrespekt. »Und ich bin für Ihr Desinteresse besonders dankbar.« Ein Lachen, das ihr vielleicht als Schluchzen über die Lippen kommen könnte, grummelte in ihrer Brust. Sie erstickte es, und so würde sie es niemals sicher wissen. »Guten Abend.«

Sie machte auf dem Absatz kehrt und trat wieder in das Kartenzimmer, ehe Lord Kersey etwas antworten konnte, was ihr Gleichgewicht noch weiter vernichten konnte.

»O Miranda, da bist du ja!« Georgie eilte auf sie zu, die Wangen gerötet und mit funkelnden Augen.

Rebecca folgte dicht hinter ihr. »Du wirst nie erraten, wer gerade angekommen ist!« Sie sah zu Georgie, die sich kaum zurückhalten konnte und tatsächlich ein kleines Quieken ausstieß.

Mit einem identischen Ausdruck von Fröhlichkeit drehten sie sich zu Miranda. »Darleigh!«, kreischten sie wie aus einem Mund.

Miranda widerstand dem beinahe schmerzvollen Drang, die Augen zu verdrehen. *Wo um alles in der Welt war Jasper?* »Habt ihr meinen Bruder gesehen?«

Georgie starrte Miranda für einen Moment an, ehe sie den Blick zu Rebecca lenkte, die genau die gleiche Bewegung vollführte. Georgie sah wieder zu Miranda zurück. »Hast du nicht gehört, was wir gesagt haben?«

Miranda hielt ihren Fächer fest in der Hand, als ob er sich als Stichinstrument benutzen ließe. »Ja, ich habe euch gehört. Ich bin auf der Suche nach Jasper.«

Rebecca schüttelte den Kopf auf eine Weise, als ob sie versuchte, sich Motten aus den Ohren zu schütteln. »Aber *Darleigh* ist hier.«

Georgie streckte die Hand aus und berührte Rebeccas Arm. »Sie möchte wissen, wo Lord Saxton ist, damit sie Darleigh treffen kann, ohne Verdacht zu erregen.« Georgie lächelte Miranda nachsichtig an. »Hab keine Angst, denn wir sind deine besten Freundinnen. Wir haben für dich ein Treffen mit Darleigh im Garten arrangiert.«

»Ihr habt was?« Miranda hielt den Fächer immer fester,

bis sie spürte, wie das zierliche Holz nachgab. »Ich will mich nicht mit Darleigh treffen. Ich muss Saxton finden, damit ich nach Wootton Bassett zurückkehren kann. Wie ich euch zu sagen versucht habe …«

Rebecca schob die Unterlippe zu einem überaus unvorteilhaften Schmollmund heraus. »Du bist nicht mehr so unterhaltsam wie früher. Was haben sie dir in diesem abscheulichen kleinen Dorf angetan?«

»Du bist nicht an den Pranger gestellt worden, nicht wahr?« Georgie hatte die karamellfarbenen Augen weit geöffnet und zum ersten Mal erkannte Miranda, dass ihren beiden engsten Freundinnen auf der Welt nicht alle Tassen im Schrank hatten.

»Um Himmels willen! Wootton Bassett ist kein schreckliches kleines Dorf. Es gibt dort nette Leute dort, die schöne Dinge tun.«

Sie rief sich ihre Schützlinge in Erinnerung, und wie anders ihre Leben von Georgies und Rebeccas waren. Miranda hatte mit den Mädchen über das Drumherum gesprochen, eine Dame zu sein, doch über ihre Leistungen bei der Handarbeit und dem Tanzen hinaus, waren sie ganz einfach gute Mädchen. Sie waren Mädchen, die ihre Zeit nicht darauf verschwendeten, heimliche Treffen zu arrangieren, die Miranda wahrscheinlich in Teufels Küche bringen würden.

Gerade als sie schon befürchtete, sie könnte ihre Freundinnen bei der Durchsetzung ihrer Absicht zu gehen, einfach umstoßen, erspähte Miranda Jaspers große Gestalt nahe einer Ecke des Kartenzimmers. Mit einem gemurmelten »Nicht wichtig« entfernte sie sich ohne einen weiteren Blick auf Georgie und Rebecca, die jetzt wie wild tuschelten.

Jaspers Augen leuchteten bei Mirandas Anblick auf, als sie auf ihn zuschritt. »Guten Abend, Miranda.«

Miranda nahm seine lässige Haltung zur Kenntnis und

wie er das Faro-Spiel an einem Nachbartisch beobachtete. »Wo bist du gewesen?«

»Was, keine herzliche Begrüßung? Keine schwesterliche Zuneigung? Keine Dankbarkeit für die guten Taten eines Bruders?« Letzteres fragte er mit einer übertrieben hochgezogenen Augenbraue.

»Ja ja, danke, für dein Gespräch mit Kersey.« Miranda stand nicht der Sinn danach, diese Unterhaltung wieder aufzugreifen … nicht einmal in ihren eigenen Gedanken. »Aber du wirst keine schwesterliche Zuneigung von mir erhalten, bis wir nicht unterwegs sind. Wann fahren wir los?«

Er wandte sich wieder dem Kartenspiel zu. »Was das angeht … ich bin auf einen Haken gestoßen. Mit dem Ausscheiden von Kersey aus dem Feld der potenziellen Verehrer hat Holborn einfach das nächste Ziel ins Auge gefasst.«

»Und das wäre?« Miranda fürchtete sich vor der Antwort, aber sie musste es trotzdem wissen.

Jasper sah sie nicht an. »Lord Walter.«

»Kannst du ihnen das nicht ausreden?«

Jetzt drehte er sich um. »Bist du der Ansicht, ich hätte einen gewissen Einfluss?« Er schnaubte. »Die Landluft hat deinem Verstand zugesetzt.«

Miranda wollte ihn mit ihrem Fächer auf den Schädel schlagen. »Aber die Wohltätigkeitsveranstaltung findet morgen Abend statt! Ich muss sofort abreisen. Wenn die Straßenverhältnisse schlecht sind, laufe ich Gefahr, die ganze Sache zu verpassen!«

Zwei der am Faro-Tisch sitzenden Gentlemen, warfen wütende Blicke in ihre Richtung. Jasper fasste Miranda am Ellbogen, um sie aus dem Kartenzimmer zu führen.

»Wie ich sehe, hast du die Kunst der Mäßigung immer noch nicht erlernt.« Jasper ließ sie los, sobald sie den

Korridor einige Meter entlanggegangen waren. »Du musst diese Besessenheit bezüglich dieser albernen Wohltätigkeitsveranstaltung überwinden.«

Miranda keuchte. »Sie ist nicht albern.» Sie biss die Zähne zusammen. »Und ich werde dorthin zurückkehren ... ob mit oder ohne deine Hilfe.«

Jasper schüttelte den Kopf. »Du bist ein äußerst starrsinniges und schwieriges Mädchen.« Er schwieg einen Moment. »Ich habe keinen Zweifel, dass du dich allein davonschleichen und noch mehr Unheil anrichten wirst. Langsam frage ich mich, ob der Herzog und die Herzogin mit ihrer Behandlung von dir nicht recht haben. Du hast wirklich keine Vorstellung von der Wirkung deines Betragens.«

Miranda ließ die Schultern hängen. »Was ist mit dir passiert? Früher warst du genauso spitzbübisch wie ich, und darauf konnte ich mich verlassen.«

Jasper schmunzelte. »Da irrst du dich gewaltig. Niemand ist so spitzbübisch wie du.« Er wurde wieder ernst. »Und das hätte dich um ein Haar in ernste Schwierigkeiten gebracht. Das könnte es immer noch, wenn du nicht vorsichtig bist.« Er legte eine Hand an die Brust. »Weil ich ein gutherziger und hilfsbereiter Bruder bin, werde ich dich *morgen früh* begleiten. Wir werden dich rechtzeitig zu deiner geheiligten Wohltätigkeitsveranstaltung bringen, das verspreche ich.«

»Was ist mit Mutter und Vater?«

»Ich werde ihnen erklären, dass Lord Septon in der Hoffnung, seine Patentochter zu sehen, zu dieser Wohltätigkeitsveranstaltung nach Wootton Bassett gereist ist. Sie werden ihn nicht enttäuschen wollen. Natürlich muss ich versprechen, dich gleich am nächsten Tag zurückzubringen.« Er überlegte kurz, wobei er den Kopf zur Seite neigte. »Das einzige Problem besteht in der Frage, wo ich unterkommen soll, wenn wir dort ankommen. Ist Strathams Haus angemessen?«

»Ja, mehr als das. Du wirst dich dort sehr wohl fühlen. Bist du sicher, dass du dort bleiben darfst?«

»Ach, süße Schwester, wann begreifst du endlich, dass die Regeln für dich und mich nicht dieselben sind?«

Doch das wusste Miranda nur zu gut. Vielleicht brach sie sie deshalb immer wieder.

～

*F*ox saß in der Einfahrt von Stratham Hall in seinem Landauer. Das Tageslicht schwand im Gleichklang mit seinem Interesse an dieser Wohltätigkeitsveranstaltung. Oh, er freute sich, dass das Waisenhaus der Nutznießer sein würde, aber musste er wirklich dabei sein?

»Steigen wir aus?«, fragte Rob vom gegenüberliegenden Sitz aus. Er war mit Fox von Bassett Manor herübergefahren. »Ich muss hineingehen. Ich habe Mrs. Knott gesagt, ich würde etwas früher kommen.«

Fox lehnte den Kopf gegen das Sitzpolster zurück. »Geh nur. Ich denke noch darüber nach.«

Rob trat ihm gegen das Schienbein. »Diese verdammte Wohltätigkeitsveranstaltung ist für *dein* Waisenhaus!«

Fox blickte auf sein Bein hinunter. »Willst du meine neue Garderobe ruinieren?«

»Nein, aber welchen Unterschied macht das schon, wenn du sie nicht benutzen wirst?« Rob zog die Augenbrauen über seinen blitzenden Augen zusammen. »Ich habe dich nie als Feigling erlebt, Fox. Außerdem haben wir über das Potenzial für andere Möglichkeiten gesprochen, wenn du dich erinnerst.«

Natürlich erinnerte er sich. Rob hatte vor ein paar Tagen angedeutet, dass unter den auswärtigen Gästen eventuell eine heiratsfähige, *vermögende* Frau sein könnte. Wenn es mit Miranda nicht funktioniert hatte, warum dann nicht mit

einer anderen? »Es hatte nicht funktioniert« war eine unauf-
richtige Umschreibung für die Leere in Fox' Brust. Doch er
hatte Rob die wahre Natur seiner Gefühle für Miranda
verheimlicht. Verdammt, die hatte er sich selbst gegenüber
kaum eingestanden.

Rob sprang ab. »Komm schon. Eine ordentliche Portion
von Strathams Schnaps wird deine Stimmung ganz bestimmt
bessern.«

Dies war das beste Argument, das er bisher vorgebracht
hatte. Fox stieg aus dem Landauer. »Also gut. Ich werde zu
diesem verflixten Fest gehen.«

Zusammen gingen sie ins Haus. Die Dienstboten
wuselten geschäftig umher und taten, was immer sie zur
Vorbereitung einer solchen Veranstaltung zu tun hatten. Ein
Lakai führte sie in den Goldenen Salon, in dem Mrs. Knott
und Mrs. Gates mit der Überprüfung der Anordnung der
Antiquitäten beschäftig waren.

In einem Zimmer ausgestellt, erwiesen sie sich als
eindrucksvolle Sammlung.

Da waren die Wandteppiche, sowohl von Stipple's End
als auch von Bassett Manor, Gegenstände aus Silber, einige
Porträts und eine Handvoll Landschaftsgemälde, ein bisschen Schmuck, wenn auch nichts überaus Kostbares, soweit
er das beurteilen konnte, und etwas uralt aussehendes
Steingut von Stipple's End, das scheinbar im Garten ausge-
graben worden war. Fox erlaubte sich erstmals zu glauben,
dass hiermit tatsächlich genug Geld zusammenkommen
könnte, um sie durch den Winter zu bringen.

Rob war stehen geblieben, um sich mit seiner Frau zu
unterhalten, und tauchte nun neben ihm auf. »Mrs. Knott
wird sich um einen Brandy für uns kümmern.«

Fox nickte und versuchte, nicht an seiner steifen
Krawatte zu zupfen. Alberne Geldverschwendung. Angeblich
war er topmodisch gekleidet, nicht dass es irgendwie wichtig

wäre. Er hatte Miranda beeindrucken wollen, und nun war
sie fort. Verflixt, wo blieb der Brandy?

Von der Tür her waren herannahende Schritte zu hören.
In Erwartung, einen Diener mit dem Tablett zu sehen, drehte
Fox sich um. Stattdessen war es Stratham, der mit dem gleichen selbstgefälligen Grinsen herbeigeschlendert kam, das er
stets zur Schau trug. Und einer grünen Weste.

Verdammt. Fox blickte auf seine Brust hinunter. Strathams
Kleidungsstück war seiner eigenen smaragdgrünen Weste
ungemein ähnlich. Er sah zu Stratham auf und erkannte in
dessen Blick, dass er die gleiche Ähnlichkeit festgestellt hatte.

Der Lakai betrat das Zimmer hinter Stratham, und Fox
wandte sich ohne Umschweife dem Brandy zu.

Stratham unternahm einen Versuch, Fox von oben herab
anzuschauen, doch angesichts seiner vertikalen Unzulänglichkeit wirkte dies fast schon komisch. »So früh schon
kosten Sie die Schätze meines Kellers?«

Fox nahm ein Glas vom Tablett. »Ja.« Nachdem er sich
mit einem Schluck gestärkt hatte, wandte er sich zum Gehen
und blieb ruckartig stehen, als zwei Gentlemen hereinka-
men. Bei dem lachhaften Anblick von Lord Norris, der in
seiner purpurfarbenen Weste wie eine Wurst in der Pelle
aussah, hätte er beinahe seinen Brandy ausgespuckt. Der
Mann war noch kleiner als Stratham, aber doppelt so breit.
Der Gentleman an seiner Seite bildete einen amüsanten
Gegensatz, denn er war unglaublich groß und dünn.

»Lord Norris!« Stratham sauste an Fox vorbei, um dem
Mann, der wahrscheinlich jeden seiner Schritte kontrollierte,
seinen kriecherischen Respekt zu erweisen.

Norris blinzelte, wobei seine prallen Lider, die so dick
wie alles andere an ihm waren, sich über die Augen spannten. »Stratham, einen wundervollen Abend wünsche ich.
Hoffentlich macht es Ihnen nichts aus, dass wir ein bisschen
zu früh gekommen sind. Ich wollte schon einmal einen Blick

werfen.« Mit seinem korpulenten Finger wies er wackelnd auf die im Raum verteilten Gegenstände. »Das hier ist Septon. Von London angereist.«

Mirandas Patenonkel. Dass jemand, der ihr so nahestand, auf freundschaftlichem Fuß mit Leuten wie Norris stand, störte ihn ein bisschen.

Septon verneigte sich. »Guten Abend, Gentlemen. Vielen Dank für die freundliche Einladung. Ist meine Patentochter hier?«

Fox öffnete den Mund, aber Stratham kam ihm zuvor. »Ich bitte um Verzeihung, Lord Septon. Lady Miranda wurde von Seiner Gnaden weggerufen. Es tut ihr leid, Sie enttäuschen zu müssen.«

Der ältere Mann nickte, doch Fox konnte einen Anflug von Traurigkeit in seinen Augen erkennen. Er hatte sich also darauf gefreut, sie zu sehen. Und wer würde das nicht?

Der Lakai brachte Robs Brandy und entfernte sich dann. Fox wollte ihm folgen, um der Flasche habhaft zu werden.

Norris schlenderte zur Inspizierung der Wandteppiche hinüber, die von der Decke hingen. Alle fünf aus dem Waisenhaus waren gereinigt worden. Die Farben waren leuchtend und die Muster atemberaubend. Die vier Exemplare von Bassett Manor waren zwar größer, aber im Vergleich dazu glanzlos. Er würde sich glücklich schätzen, wenn jemand sie als Ramsch erstehen würde.

Der untersetzte Earl stand mit den Händen hinter dem Rücken verschränkt da. Er drehte sich zu Fox und den anderen. Die Knöpfe seines Fracks schienen jeden Augenblick abplatzen zu wollen. »Wo haben Sie diese Wandteppiche gefunden? Sie sind weitaus besser als die Ihren, Fox.« Norris war letztes Jahr daran interessiert gewesen, Fox' Wandteppiche zu kaufen. Er hatte sie besichtigt, einen Preis ausgehandelt und war dann nie zurückgekehrt, um sie tatsächlich zu kaufen. Fox hatte bereits fest mit dem Geld gerechnet.

Fox trank den Rest seines Brandys in einem Schluck. »Sie sind von Stipple´s End. Und, ja, sie sind exquisit.« Er nahm den Earl mit einem festen Blick ins Visier, der ihn wie ein saftiges Stück Wild aufspießen sollte. »Und sehr, sehr teuer.«

Norris fuhr mit den Fingern über einen der bestickten Ränder. »Das denke ich auch. Was sagst du, Septon, dreizehntes Jahrhundert?«

Septon trat auf die Wandteppiche zu und nahm ein Vergrößerungsglas aus seinem Frack hervor. »Hmmm. Ja. Ausgezeichnete Darstellung der Turnierplätze, auf diesem hier.« Er studierte eine Szene, in der zwei Ritter – die Lanzen im Anschlag – zu Pferd aufeinander zustürmten. Die das Ereignis bejubelnde Menge war unglaublich detailliert dargestellt. Man konnte meinen, das Geschrei fast zu hören.

Norris lachte. »Ich kann schon voraussehen, wie wir den Preis dafür in unserem Wettbewerb in die Höhe treiben. Es scheint ganz so, als würde Ihrem kleinen Waisenhaus das Glück beschieden sein.«

Fox ballte die Hand um sein Glas. Sie sollten so oder so »Glück« haben. Norris konnte sie alle problemlos für das nächste Jahr durchfüttern. Ein Tippen an seinem Arm ließ ihn den Kopf wenden. Rob raunte: »Ignoriere ihn.«

Fox lockerte seine Muskulatur. »Mir steht der Sinn nach mehr Brandy.« Bevor sich ihm noch etwas anderes in den Weg stellen konnte, schritt er durch die gleiche Tür hinaus wie der Lakai. Nach Durchquerung mehrerer Zimmer landete er in der Eingangshalle. Ein verflixter Irrgarten von einem Haus.

Er machte kehrt, um den Weg zurück zu gehen, den er gekommen war, und sein Blick fiel auf Beatrice, als sie die Treppe herunterkam. Sie trug ein violettes Kleid, das im Kerzenlicht funkelte. Ihr dunkles Haar war hochgesteckt und mit winzigen Juwelen geschmückt. Noch nie hatte er sie so … schön gesehen.

Ein kühler Luftzug streifte ihm über den Rücken, als der Lakai die Tür öffnete. Beatrice erstarrte am Fuße der Treppe. Ihr Blick war auf irgendetwas hinter Fox geheftet. Ihre Mundwinkel sanken herab.

Fox wirbelte herum und hätte bei diesem Prozess beinahe sein Glas mit dem Brandy fallen lassen.

Von der Tür eingerahmt stand dort der Himmel auf Erden höchstpersönlich.

KAPITEL 13

*M*iranda blieb ruckartig stehen. Zuerst erkannte sie den Mann in der Eingangshalle nicht, doch als ihr Blick dann auf sein Gesicht fiel – und es wirklich ansah –, erkannte sie, dass es Fox war.

Allerdings ein Fox, den sie noch nie gesehen hatte. Mit einem pechschwarzen Frack, einer smaragdgrünen Weste, einem makellosen weißen Hemd und einer Krawatte bekleidet, sah er ungemein gut aus. Er trug sogar Tanzschuhe. *Tanzschuhe.*

Sein braunes Haar war ordentlich gestutzt und aus seinem dynamischen Gesicht zurückgekämmt. Immer noch einen Hauch zu lang für die Londoner Mode, kräuselte es sich oben am Kragen und verlieh ihm eine Aura von unbändiger Männlichkeit, die den ihr vertrauten Fox mit dem verband, der vor ihr stand.

»Wirst du vielleicht aus der Tür gehen?« Jasper schob sie über die Schwelle.

Als sie darauf einen größeren Schritt als üblich tat, geriet sie ins Stolpern. Das Rascheln von Röcken weckte ihre

Aufmerksamkeit, aber sie hatte Schwierigkeiten, den Blick von Fox zu lösen.

Beatrice schritt auf sie zu und blieb fast in der Mitte des Raumes stehen. In der Nähe von Fox. Zu nahe bei Fox. »Miranda, wir haben dich nicht erwartet.«

Miranda versuchte, ihre Stimme wiederzufinden. »Ich verstehe nicht, warum. Ich sagte doch, ich käme zurück.«

»Haben Sie das?« Fox trat einen Schritt vor. Fort von Beatrice.

Miranda verkniff sich ein Lächeln. »Auf jeden Fall. Um nichts auf der Welt würde ich dies versäumen wollen.« Jasper räusperte sich und stellte sich neben sie. »Oh, Verzeihung. Jasper, du erinnerst dich an Miss Carmody, und das ist Mr. Montgomery Foxcroft. Beatrice und Fox, das ist mein Bruder, Lord Saxton.«

Jasper nahm Beatrices Hand. »Es ist mir ein Vergnügen, Miss Carmody.« Mit einem abschätzenden Blick musterte er Fox vom Kopf bis zum Tanzschuh. »Mr. Foxcroft.«

Fox erwiderte Jaspers prüfenden Blick. »Guten Abend, Lord Saxton. Wie freundlich von Ihnen, Lady Miranda zu begleiten.«

Jaspers Mundwinkel zuckten. »Seit ihrer Ankunft auf der Hausparty hat sie unaufhörlich von dieser Wohltätigkeitsveranstaltung geplappert, also blieb mir keine Wahl. Gewiss haben Sie bemerkt, dass meine Schwester eine Naturgewalt sein kann, wenn sie sich etwas in den Kopf gesetzt hat.«

Fox schaute zu ihr und die goldenen Sprenkel in der Mitte seiner Augen wurden von den Hunderten von Kerzen über ihm erleuchtet. Oder vielleicht von etwas anderem.

Beatrice schürzte die Lippen und ballte die Hände zu Fäusten. »Wie nett von dir, dass du Zeit gefunden hast, um wiederzukehren Miranda. Aber du verstehst bestimmt, dass du dir nicht die Mühe hättest machen müssen. Ich habe die Dinge gut im Griff.«

Fox starrte Miranda weiterhin an. »Das mag sein, aber Lady Mirandas Anwesenheit ist sehr willkommen.« Seine Stimme wurde sanfter. »Lord Septon hat nach Ihnen gefragt.«

»Danke, ich freue mich schon, ihn zu sehen.« Miranda sah auf ihr Reisekostüm hinab. »Aber ich muss mich umkleiden.« Sie wandte sich an einen Lakaien. »Ich frage mich, ob man Jasper und mir Zimmer im oberen Stockwerk zeigen könnte. Mein Bruder wird nämlich hierbleiben, sodass er ein Schlafzimmer benötigt.» Der Lakai nickte und entfernte sich daraufhin. Umgehend kehrte er mit dem Butler im Schlepptau zurück.

»Bitte folgen Sie mir, Mylord. Mylady.« Er führte sie zur Treppe im hinteren Bereich der Eingangshalle.

Miranda ging an Fox vorbei. Er duftete weniger nach frischem Gras und mehr nach Rosmarin, doch so oder so war es ein schöner Duft. »Ich bin gleich zurück. Lassen Sie Beatrice *nicht alles* befehligen.«

Er lachte leise. »Keine Sorge. Ich werde nach Ihnen Ausschau halten.«

Wie merkwürdig, dass sie angesichts dessen, was zwischen ihnen vorgefallen war, scherzen konnten. Irgendetwas war anders. Vielleicht lag es einfach daran, dass sie ihn noch nie bei einer gesellschaftlichen Veranstaltung erlebt hatte – jener lang zurückliegende Tag im Pfarrhaus war unbedeutend.

Als sie mit einer Hand über das glatte, polierte Holz der Balustrade strich, sah sie nach unten. Fox sah ihr nach, während sie die Stufen hinaufstieg, und es war, als könne er den Blick nicht von ihr abwenden. Vor lauter Aufregung liefen ihr kleine Schauder über die Arme und das Rückgrat. Ja, irgendetwas war völlig anders.

Jasper raunte neben ihrem Ohr. »Ich wusste, dass Foxcroft das größere Problem sein würde.«

Miranda zuckte zusammen. Sie riss den Blick von Fox los und heftete ihn auf den Rücken des Butlers. Normalerweise hätte sie ihrem Bruder eine schnippische Antwort entgegnet, doch sie konnte die richtigen Worte nicht finden. Möglicherweise lag es an ihrer Befürchtung, dass er recht haben könnte.

Aber sie wollte sich nicht zu Fox hingezogen fühlen! Schlimm genug, dass sie noch immer von diesem teuflischen Wegelagerer träumte! Ihre Eltern würden schlichtweg in Ohnmacht fallen, wenn sie sich mit jemandem wie Montgomery Foxcroft einließe.

Der Butler führte sie in ein gut ausgestattetes Zimmer, das in Rosé- und Burgundertönen gehalten war. »Haben Sie eine Zofe, Mylady?«

»Nein, aber ich bin sicher, dass Mr. Stratham ein Dienstmädchen hat, das er entbehren kann.« Miranda sah auf den Korridor hinaus zu ihrem Bruder. »Ich sehe dich in einer Weile. Es sei denn, du möchtest lieber nicht nach unten gehen.«

Jasper schüttelte den Kopf. »Ich habe hart gearbeitet, um dich rechtzeitig hierher zu schaffen, und jetzt willst du, dass ich den Spaß verpasse? Das glaube ich nicht. Außerdem habe ich Septon schon eine Weile nicht mehr gesehen. Nett von ihm, dass er zu deiner kleinen Wohltätigkeitsveranstaltung gekommen ist.«

»Septon ist, im Gegensatz zu einigen anderen Familienangehörigen, überaus eifrig darin, seine Hilfe und Anteilnahme anzubieten. Als ich ihm das erste Mal über das Ereignis schrieb, hat er mit einem liebevollen und *ausführlichen* Brief geantwortet.« Miranda starrte ihn mit einem gespielt bösen Blick an.

Jasper hob kapitulierend die Hände. »Tut mir leid, ich bin kein guter Briefeschreiber.«

Ein Lakai erschien mit ihrem Kleid und einer kleinen

Tasche, die ihre anderen Utensilien enthielt. Sie hatte darauf bestanden, dass Jasper ihr erlaubte, das Kleid im Inneren der Kutsche aufzuhängen, damit es nicht zerknitterte. Sie hatte gewusst, dass die Zeit knapp sein würde, sobald sie hier angekommen wäre.

Der Butler zeigte den Flur entlang. »Wenn Sie mir bitte folgen wollen, Mylord.« Jasper warf Miranda einen vielsagenden Blick zu – Gott weiß, warum – und folgte dem Dienstboten.

Miranda wollte gerade die Tür hinter dem Butler schließen, als Mrs. Gates im Flur erschien.

Das Gesicht der älteren Frau hellte sich auf. »Miranda! Fox sagte, Sie seien angekommen. Aber das habe ich ja die ganze Zeit gewusst.« Strahlend betrat sie unaufgefordert das Zimmer und schloss Miranda in die Arme.

Miranda erstarrte einen Moment lang. Man umarmte sich nicht. Zumindest umarmte sich niemand, den sie kannte. Nicht sicher, wie sie reagieren sollte, tätschelte sie Mrs. Gates den Rücken. Einen Augenblick später zog Miranda sich aus der Umarmung zurück, und Mrs. Gates drehte sie herum, um ihr aus dem Kleid zu helfen. »Sie werden zufrieden sein, wie wir alles hinbekommen haben.«

Miranda zog die zu einer Schleife gebundenen Bänder ihrer Haube auf und ließ die Kopfbedeckung auf das Bett segeln. »Es sieht gewiss so aus, als ob Beatrice alles im Griff hat.« Und dabei verhielt sie sich recht territorial.

»O ja, ich habe sie noch nie so hart arbeiten sehen. Sie scheint sehr motiviert zu sein. Und ich wage zu behaupten, dass Mr. Stratham ein Auge auf sie geworfen haben könnte.«

Miranda schlüpfte aus dem Kleid. Sie hatte absichtlich die Unterwäsche angezogen, die sie unter ihrem Ballkleid tragen würde, obwohl das dünnere Hemd sich unter ihrer Reisekleidung als unangenehm erwiesen hatte. »Welch ein Glück für Beatrice.«

Mrs. Gates nahm Mirandas Kleid vom Schrank. Der dunkelgrüne Gazeüberwurf raschelte leise an der blassgrünen Seide darunter, als sie es Miranda entgegenhielt. »So ein schönes Kleid.« Sie half Miranda in das Gewand und machte sich daran, es zuzuschnüren.

Miranda betrachtete sich im Spiegel. Einige Haarsträhnen hatten sich aus ihrem Dutt gelöst. Ihre Frisur passte ganz und gar nicht zu der Eleganz ihres Kleides. Sie fasste sich an den Hinterkopf.

Mrs. Gates schnalzte mit der Zunge. »Wir werden Ihre Frisur im Handumdrehen wieder hinbekommen. Wo sind Ihre Perlen und die hübschen Sachen?«

Miranda ging zu der Tasche neben dem Kleiderschrank hinüber und nahm ihre Schmuckschatulle heraus. »Hier drin.« Sie reichte Mrs. Gates das Kästchen.

»Meine Güte, das ist ganz schön schwer.« Mrs. Gates stellte das Kästchen auf einen kleinen Tisch und warf einen Blick hinein. Mit einem Keuchen nahm sie ehrfürchtig verschiedene Schmuckstücke heraus und legte sie auf die Tischplatte. »Davon haben Sie noch nie etwas getragen.«

Natürlich war der Schmuck nicht unter Mirandas Sachen gewesen, aber hätte sie solchen Putz im Waisenhaus getragen? Vielleicht hätte sie die perlenbesetzte Brosche tragen können. Oder die Kamee. Und ganz sicher das Granatkreuz. Miranda nahm einen Smaragd-Anhänger und legte ihn sich um den Hals. »Können Sie die Smaragdkämme in meinem Haar verwenden?«

Mrs. Gates hielt die beiden großen, mit Smaragden und Diamanten besetzten goldenen Kämme hoch. »Gewiss. Setzen Sie sich hier auf die Stuhlkante.« Als Miranda der Aufforderung nachgekommen war, sprach die ältere Frau weiter: »Wir haben nicht mit Ihrer Rückkehr gerechnet. Ich gehe davon aus, dass Fox begeistert ist, Sie zu sehen.«

Begeistert? Hatte er sich mit Mrs. Gates über sie unterhalten? Sie dachte an seine Reaktion bei ihrer Ankunft. Ja, der Ausdruck »begeistert« schien eine angemessene Beschreibung zu sein. Bei dieser Überlegung kribbelte es heiß in ihren Gliedern.

Die Vorsteherin ließ Mirandas Haar herunter und machte sich daran, zwei Strähnen davon zu flechten. »Ich hoffe, Sie werden ihn anständig behandeln. Er ist mir so lieb wie ein eigener Sohn. Ich würde ihn so gern glücklich sehen. Er hat schon genug Kummer durchgemacht.«

»Sprechen Sie von Jane Pennymore?«

»Sie wissen also von Jane.« Mrs. Gates bewegte die Finger schnell und geschmeidig. »Mehr als das ist es auch, wie tief sein Vater ihn betrogen und enttäuscht hatte.«

Miranda besann sich darauf, dass Fox ihr von seinem Vater erzählt hatte. Er war nicht ausführlich geworden, doch es hatte gereicht. »Indem er mit seinem Glücksspiel den Lebensunterhalt aller riskierte.«

Mrs. Gates schnalzte mit der Zunge. »Hat Fox Ihnen das erzählt? Er spricht selten von seinem Vater. Er muss Sie sehr gern haben.«

Mrs. Gates´ Beobachtung bescherte ihr einen kleinen Freudenrausch. Gleichzeitig wollte Miranda nicht zu eingehend über Fox´ unterschwellige Gefühle nachdenken – das war ein gefährlicher Weg.

Als Mrs. Gates mit den Zöpfen fertig war, schlang sie den losen Teil zu einem Dutt und wand die Zöpfe darum. Sie schob einen Kamm in die rechte Seite der Frisur und war im Begriff, den anderen auf der linken Seite anzubringen.

Miranda hob die Hand hoch. »Wenn Sie erlauben, Mrs. Gates.«

Die ältere Frau gab den Kamm zurück, und Miranda schob ihn auf der linken Seite ins Haar, aber weiter oben. Nun spiegelten sich die Kämme nicht mehr genau auf gleicher Höhe. »Es ist besser, wenn sie ein bisschen versetzt sind, finden Sie nicht?« Sie musste nicht ausführen, dass Asymmetrie gerade in Mode war. Das brachte sie zum Nachdenken. Früher hatte sie ihre Worte nie auf die Goldwaage gelegt. Dies war offenbar eine weitere seltsame Entwicklung.

Mrs. Gates klatschte in die Hände. »Ja! Es hat eine schöne Wirkung. Sie haben ein gutes Auge, Miranda.«

»Danke, Mrs. Gates. Ich kann meine anderen Accessoires selbst finden, wenn Sie wieder zur Feier gehen möchten. Ich bin gleich unten.«

Mrs. Gates warf einen Blick auf die kleine vergoldete Uhr auf dem Nachttisch. »Die Auktion soll in dreißig Minuten beginnen. Es ist wunderbar, Sie wieder bei uns zu haben, meine Liebe.« Mrs. Gates lächelte Miranda zu, ehe sie aus dem Zimmer eilte.

Miranda sprühte sich ein wenig Parfüm hinter die Ohren und über den Hals. Indem sie ihre elfenbeinfarbenen Handschuhe und die Tanzschuhe anzog, vervollständigte sie ihre Toilette – große Güte, wie geschickt sie inzwischen darin geworden war, sich im Nu fertig zu machen – und folgte Mrs. Gates. Gelächter und Gesprächsfetzen hallten die Treppe hinauf, als sie sich auf den Weg zur Feier machte. Die Eingangshalle war voller Menschen, und darunter waren auch Delia, Lisette und Flora. Miranda ging zu ihnen, um sie zu begrüßen.

»Wie prächtig ihr Mädchen ausseht! Lasst mich sehen!« Miranda bat sie alle, sich im Kreis zu drehen und ihre Kleider zu zeigen. »Lisette, hast du sie alle gemacht?«

Lisette errötete auf reizende Weise. »Wir haben sie aus zweiter Hand von Mrs. Abernathy bekommen. Ich habe sie ein bisschen mit Spitze und so weiter verziert. Das von Flora hat sogar ein paar Glitzersteine.«

»Ja, das stimmt. Das hast du wunderschön gemacht, Lisette. Ihr seht alle entzückend aus.«

Flora kam mit ausgestreckten Armen auf sie zu. »Ich bin

so froh, dass Sie zurückgekehrt sind!« Himmel, sie würde Miranda auch noch umarmen.

Schnell streckte Miranda die Hände nach denen des Mädchens aus, bevor sie ihr zu nahe kam. Sich in der Privatsphäre des Schlafzimmers zu umarmen, war eine Sache, aber mitten in einer belebten Eingangshalle war dies vollkommen inakzeptabel. Flora runzelte die Stirn, und eilig erklärte Miranda: »Wir wollen dein Kleid nicht zerknittern, Liebes.«

Flora nickte vehement. »Wann fängt der Tanz an?«

Miranda hatte keine Ahnung, ob der Zeitplan eingehalten würde, den sie aufgestellt hatte. Dem Zeitpunkt der Auktion nach zu urteilen, schien es allerdings so. »Ich glaube, die Musikanten werden nach der Auktion zu spielen beginnen. Möchtet ihr Mädchen in der Zwischenzeit etwas essen?«

Die drei nickten, und Miranda führte sie in den Speisesaal, in dem ein üppiges Büffet über fünf Tische verteilt war. Die Mädchen strebten direkt zum Tisch mit den Süßigkeiten.

Beatrice stand im Türrahmen. Gerade hatte sie ein Gespräch mit einem Diener zu Ende geführt, der davonhuschte, um wahrscheinlich ihren Auftrag zu erfüllen.

Miranda blieb neben ihr stehen. »Beatrice, das hast du sehr gut gemacht. Es scheint alles genau so zu sein, wie ich es arrangiert habe. Ich bin so froh, dass meine Listen hilfreich waren.«

Beatrice formte den Mund zu einem boshaften Lächeln. »Ich wusste, dass du die Leitung für dich beanspruchen würdest.«

Miranda erschrak über die Gehässigkeit im Tonfall der anderen. »In Wahrheit war es meine –«

Beatrice ging auf Miranda los und stieß ihr einen Finger ins Gesicht. »Siehst du, schon wieder! Das hat nichts mit dir zu tun. Ja, es war deine Idee. Ja, du hast viel davon organisiert. Aber *ich* habe es in die Tat umgesetzt. Ich habe dafür gesorgt, dass alles zusammenkam. Ich, ich, *ich*.«

Miranda stand wie angewurzelt da. Noch nie hatte sie so viel Emotionalität bei Beatrice erlebt. Sie schwieg einen Augenblick, während sie überlegte, womit sie die andere besänftigen könnte.

Mrs. Gates' Umarmung schlich sich in Mirandas Gedanken. Sie fragte sich, ob Beatrice wie sie selbst jemals umarmt worden war. Trotz Beatrices Aufregung brachte Miranda eine körperliche Demonstration ihrer Fürsorge nicht über sich – und sie sorgte sich wirklich. Stattdessen benutzte sie die Methode, die ihr immer gute Dienste geleistet hatte: Geschenke. »Ich habe dir etwas mitgebracht. Einen Roman. Ich weiß, dass dein Vater sie nicht erlaubt, aber ich dachte, du würdest gern einen lesen.«

Beatrice wurde rot und machte große Augen, doch sie zügelte ihren Gesichtsausdruck schnell zu subtiler – oder besser ausgedrückt, sie bemühte sich um subtile – Neugierde. Doch es bestand kein Zweifel an ihrem Interesse. »Das ist, ähm, sehr aufmerksam von dir.«

Miranda ließ sich nicht hinters Licht führen. Beatrices erste Reaktion war zu ... erfreut gewesen. Und verdammt sollte sie sein, wenn sie diesen Ausdruck nicht auf Beatrices Gesicht sehen wollte. Miranda erinnerte sich an die geheimnisvoll verschnürten Pakete, die Beatrice mit sich herumschleppte. »Kann es sein, dass du schon Romane gelesen hast?«

Mit purpurroten Wangen nickte Beatrice.

Miranda verkniff sich ein Kichern. Sie teilten also die Liebe zu Romanen und vielleicht Erinnerungen an Eltern, die sie nie umarmten. Und sie erachtete es plötzlich als unumgänglich, sich mit der zu mürrischen Beatrice zu verbünden. Zu diesem Zweck würde Miranda alles in ihrer

Macht Stehende tun, um Sorge dafür zu tragen, dass die andere sich Mr. Stratham angeln konnte.

Miranda deutete auf die Tür. »Komm, zeig mir die Ausstellung für die Auktion. Ich werde dir das Buch geben, wenn wir wieder in Birch House sind.«

Beatrice ging neben ihr her. »Du kommst zurück?«

»Das habe ich dir doch gesagt. Ich bin sicher, dass meine Sachen bereits gebracht worden sind.« Miranda lächelte den Leuten zu, als sie sich durch das wachsende Gedränge bewegten.

»Aber wirst du nicht verheiratet?« Beatrice sprach in leisem Ton.

Miranda winkte ab. »Um Himmels willen, nein. Zumindest noch nicht.«

»Aber ich dachte, deine Eltern hätten einen Ehemann für dich gefunden.«

»Wir haben nicht zusammengepasst.« Lord Kerseys freundliche Zurückweisung war noch immer schmerzhaft. Und sie sträubte sich schlichtweg gegen den Gedanken, man könnte sie mit Lord Walter verbinden.

Sie traten in den Goldenen Salon. Stuhlreihen waren aufgestellt worden, und dazu ein Podium. Ein Auktionator aus London stand an der Stirnseite des Raumes – zumindest der Seite, die man als Stirnseite vorgesehen hatte.

»Miranda, meine Liebe! Mir ist gesagt worden, du seist nicht hier. Was für eine wunderbare Überraschung.« Lord Septon trat vor, nahm ihre Hand zwischen seine und drückte sie innig. Auf den kantigen Flächen seines Gesichts zeichneten sich feine Linien ab, als er lächelnd zu ihr herabblickte. »Solch eine schöne Ausstellung, die du für uns arrangiert hast. Das hast du sehr gut gemacht.«

Miranda zog ihre Hand zurück, nachdem sie seinen Händedruck erwidert hatte und zeigte zu Beatrice. »Lieber Septon, dies ist meine Freundin, Miss Beatrice Carmody. Sie ist diejenige, die du loben solltest. Ich bin gerade erst aus Wokingham zurückgekehrt.« Miranda stellte erfreut fest, dass Beatrices Mundwinkel nach oben zeigten.

Beatrice sah zu Miranda, ehe sie ihre Aufmerksamkeit auf Lord Septon lenkte. »Es ist uns eine Ehre, Sie und die anderen Mitglieder der Antiquitätenvereinigung bei uns zu haben.«

»Sie sind es, die uns eine Ehre erweisen. Dies ist eine beeindruckende Sammlung. Ich wage zu sagen, dass wir über einige Objekte handgreiflich werden könnten.« Er lachte herzlich.

Miranda sah sich suchend im Raum um und nahm dabei die verschiedenen Gäste zur Kenntnis, wobei sie den ihr bekannten zunickte, doch dann verharrte sie, als ihr Blick auf Fox fiel, der an einem der Türrahmen lehnte. Er schaute sie mit feurigem Blick unverwandt an. Ein Schauder kroch ihr über die Schultern.

Beatrice klatschte in die Hände. »Wir sollten unsere Plätze einnehmen.«

Lord Septon bot Miranda seinen Arm an. »Darf ich dich zu deinem Platz führen?«

Miranda riss den Blick von Fox los. »Nein, danke. Ich werde einfach im Hintergrund stehen bleiben.«

»Wie du willst. Ich brauche ganz weit vorn einen Platz.« Er verbeugte sich vor ihnen und ging auf die erste Stuhlreihe zu.

Beatrice drehte sich zu Miranda. »Wirst du vor der Auktion nicht ein paar Worte an alle richten?«

Miranda schüttelte den Kopf. »Nein, wie ich sehe, hast du alles sehr gut in der Hand.« Auf Beatrices schlagartig panischen Blick fügte Miranda eilig hinzu: »Es sei denn, du möchtest, dass ich etwas sage.«

Beatrice holte tief Luft und straffte die Schultern, ehe sie antwortete: »Nein, du hattest recht. Ich habe meinen Teil aus einem Pflichtgefühl heraus geleistet, das meine Eltern mir in meiner Kindheit eingeimpft hatten. In den vergangenen paar Tagen habe ich erkannt, dass ich dies hier tue, weil ich es will. Und ich möchte es, weil du mir gezeigt hast, wie wichtig es ist.«

»Ich?« Miranda hatte Beatrice inspiriert? Dieser Abend war voller Überraschungen. Um sie herum nahmen die Leute Platz oder rückten an die Außenseiten des Raumes, und die Unterhaltung erstarb. Miranda gab Beatrice einen Schubs. »Geh schon.«

Beatrice antwortete mit einem kleinen Lächeln, ehe sie zum Podium schritt. Miranda wich in den Hintergrund des Raumes zurück. Ihr Bruder trat mit einer atemberaubenden rabenschwarzen Schönheit am Arm ein. Er führte sie zu einem Platz in der hinteren Reihe und setzte sich neben sie, um ihr dann ins Ohr zu flüstern. Sie sah ihn mit dem gleichen Ausdruck an, den Miranda bei dem anderen Geschlecht benutzte, wenn sie etwas wollte. Allerdings war sie sich sehr sicher, dass sie selbst das, worauf die Unbekannte aus war, gewiss noch nie zu erreichen versucht hatte.

Nach Beatrices Einführung, fing der Auktionator mit der Beschreibung des ersten Gegenstandes an. Es war ein Landschaftsgemälde. Septon bot zuerst. Er hatte mindestens ein halbes Dutzend Menschen von der Antiquitätenvereinigung mitgebracht und vielleicht waren es sogar eher zehn. Sie würde ihm einen besonderen Dankesbrief schreiben.

»Sie sehen wunderschön aus.«

Miranda hatte Fox nicht bemerkt, der neben sie getreten war. Sein leise gesprochenes Kompliment flatterte wie ein Hauch über ihr bloßes Schlüsselbein. Sie drehte sich zu ihm um, und erneut war sie über seine veränderte Erscheinung verblüfft.

»Danke. Sie sehen ebenfalls gut aus.« Was für eine schrecklich unzulängliche Bemerkung. Aber sie konnte auch nicht mit Poesie schmeicheln, ohne sich vollkommen lächerlich zu machen. Für einen Moment verfielen sie in Schweigen und ihre Blicke verbanden sich in einer Art stillem Wettstreit, bei dem sie beide überlegten, was sie sagen oder besser nicht sagen sollten. Endlich entschied Miranda sich für den sicheren Weg. »Wer ist die Frau, die bei meinem Bruder sitzt?«

Fox sah zur hinteren Reihe. Obwohl sie ihn jetzt im Profil betrachtete, bemerkte Miranda das Flattern seiner Nasenflügel.

»Mrs. Danforth.«

Miranda sah zu Mrs. Danforth zurück, die sich näher zu Jasper gelehnt hatte. »Ich habe sie noch nie getroffen. Lebt sie in Wootton Bassett?«

Fox lenkte den Blick nicht von der umwerfenden Frau weg. »Nicht weit davon, ja.«

»Sie ist sehr kokett für eine verheiratete Frau.« In Wahrheit war sie nicht schlimmer als irgendeine der verheirateten Frauen Londons. »Es sei denn, sie ist Witwe.«

Endlich drehte er sich zu Miranda zurück. Seine Augen waren heute Abend ungemein lebendig. Jedes Mal, wenn er sie ansah, fühlte es sich an, als ob sie berührte. »Ja, in der Tat. Sie ist Witwe. Das ist sie schon seit geraumer Zeit.«

Miranda hatte jedes Interesse an Mrs. Danforth verloren. »Ich werde nach den Musikanten sehen. Der Tanz soll nach der Auktion beginnen.« Sie erwartete, dass er sie begleitete, und praktisch hatte sie ihn dazu eingeladen. Sie hielt den Atem an, während sie auf seine Antwort wartete.

Das Gold in seinen Augen funkelte gegen das Grün und Blau an. Beatrice tauchte neben ihnen auf, ehe er etwas sagen konnte. »Habe ich dich von den Musikanten sprechen hören? Ich war gerade auf dem Weg, um mich zu vergewissern, dass sie alle auf ihrem Posten sind. Warum begleitest du mich nicht?«

Ertappt, Miranda konnte nur nicken und mit Beatrice davongehen. Über die Schulter warf sie einen langen Blick zu Fox zurück. Er schaute sie weiter an. Eine warme Woge spülte über ihre Glieder hinweg, als sie leichten Schrittes aus dem Goldenen Salon ging.

Während der nächsten Stunde hielt Miranda sich beschäftigt, indem sie zwischen den Räumen hin und her wechselte. Die Auktion war ein voller Erfolg. Dem Waisenhaus würde ein sehr angenehmer Winter bevorstehen. Die Wandteppiche von Stipple's End waren die letzten Stücke, die noch zu versteigern waren. Lord Septon, der rundliche Mann, bei dem es sich, wie man sie hingewiesen hatte, um Lord Norris handelte, und ein dritter Gentleman von der Antiquitätenvereinigung konkurrierten um die begehrten Objekte. Am Ende ging Lord Norris als Sieger hervor.

Froh, dass die Auktion endlich zu Ende war, begab sich Miranda zum Ballsaal, in dem bereits die Musik eingesetzt hatte und einige Paare tanzten. Sie hatte Wert darauf gelegt, dass im ersten Teil des musikalischen Repertoires ein Walzer gespielt würde.

Auf ihrem Posten gegenüber dem Podium hatte Miranda alle Türen im Blick, die in den Ballsaal führten. Unter den Gesichtern der Eintretenden hielt sie nach Fox Ausschau. Als der Reel-Tanz zu Ende ging, sah sie ihn endlich hereinkommen. Er blickte sich forschend in der Menge um, bis er sie fand, und dann bog er die Lippen zu einem halben Lächeln, ehe er auf sie zukam.

Geduld hatte noch nie zu Mirandas Stärken gehört. Sie ging ihm auf halbem Wege entgegen und gerade als die ersten Akkorde des Walzers angestimmt wurden, trafen sie zusammen. Er nahm sie an der Hand. »Würden Sie gern tanzen?«

Sie lächelte zu ihm auf. »Das würde ich.«

Er führt sie in die Mitte des Ballsaals und schwang sie in

seine Arme. Die Erinnerung ihrer früheren Tänze spülte über sie hinweg wie ein warmes, willkommenes, nach Rosmarin duftendes Bad.

Er dirigierte sie zu den Terassentüren und dann auf das Podium zu. »Diese Musik ist besser als bei unserem ersten Walzer.«

Sie lachte. »Ich habe es sehr gemocht.«

Er zog eine Augenbraue hoch. »Nun, jedoch sehe ich jetzt gewiss für die Rolle passabler aus.«

»Sie sehen bis aufs i-Tüpfelchen passabel aus.« Sie fuhr mit der Hand glättend über die schwarze Wolle, die seine Schulter bedeckte. Das Jackett war nicht aus dem allerfeinsten Tuch gefertigt, doch es saß perfekt. Er hatte allerdings auch einen prächtigen Körperbau vorzuweisen.

Seine Augen verdunkelten sich, bis auf das Gold in der Mitte, das zu funkeln schien. »Hören Sie auf, mich so anzuschauen, Miranda.«

»Wie denn?«

»Als wäre ich ein Leckerbissen auf dem Büffettisch.« Seine tiefe Stimme strich vibrierend über ihre nackte Haut.

Miranda machte große Augen. War sie so offensichtlich? »Verzeihung.« Selbst nach ihrer Ablehnung seines Antrags hatte er deutlich gemacht, sie immer noch zu wollen. Hatte er im Laufe ihrer Abwesenheit seine Meinung geändert? Sein Benehmen schien keinen Hinweis darauf zu liefern. »Ich habe Ihnen kein Unbehagen bereiten wollen.«

Er verzog die Lippen zu einer Art Grimasse und lenkte den Blick über ihre Schulter hinweg. »Ich fühle mich genau genommen nicht unwohl.« Er blickte ihr ins Gesicht und wendete die Augen rasch wieder ab. »Ja, ich fühle mich unbehaglich, aber wahrscheinlich nicht aus den Gründen, die Sie vermuten.«

Miranda wollte lächeln, denn sie wusste *genau*, was er meinte.

»Ich muss Sie einfach fragen.« Er holte tief Luft. »Sind Sie verlobt?«

Als sie die in seinem Tonfall vorherrschende Angst heraushörte, wäre sie beinahe gestolpert. »Nein.« Sie lehnte sich ein wenig dichter an ihn.

»Sie quälen mich. Wissen Sie das?« Wieder sah er sie an, doch diesmal heftete er seine unbeschreiblichen Augen auf ihr Gesicht. »Ich bin immer noch … es ist …«

»Sagen Sie es nicht.« Jetzt wandte Miranda den Blick ab. Was konnte sie sagen? Selbst wenn sie gewollt hätte – und sie war sich keineswegs sicher, ob dem so war –, sollte sie ihn nicht ermutigen. Ihre Eltern hatten sie davor gewarnt, sich mit »gesellschaftlich unangemessenen« Gentlemen vom Lande einzulassen. Doch sie fühlte sich heute Abend so … Ihr kam ein rebellischer Einfall, wie stets. Wenn sie ihn wirklich wollte, könnten sie einfach nach Gretna Green durchbrennen. Genau das hatte eine Bekannte von Georgie aus Kindertagen vergangenen Herbst getan.

Sie lenkte ihre Aufmerksamkeit wieder zu Fox, der allerdings erneut dazu übergegangen war, den Blick über ihre Schulter zu lenken, während sein Gesicht eine ausdruckslose Maske war. Ein Gefühl der Verzagtheit keimte in Miranda. War sie dazu verdammt, sich zu unangemessenen Männern wie dem Straßenräuber und Montgomery Foxcroft hingezogen zu fühlen? Sie *könnte* mit ihm durchbrennen, doch ein zu großer -Teil von ihr konnte die Enttäuschung nicht ertragen, die ihre Eltern ihr sicherlich entgegenbringen würden.

Der Tanz neigte sich dem Ende zu, und noch ehe sie die Berührung durch seine Hand auf ihrem Rücken ganz ausgekostet hatte, löste er sich von ihr. Für einen Moment standen sie sich gegenüber.

Lisette eilte an Mirandas Seite und ergriff ihre Hand. »Lady Miranda, Ihr müsst helfen. Flora ist verschwunden.«

Widerstrebend wandte Miranda sich von Fox ab. »Was ist los? Ist sie krank?«

»Nein. Sie ist weg.« Lisettes Unterlippe bebte, und in ihren haselnussbraunen Augen schimmerten die Tränen. »Sie ist mit Mrs. Danforth fortgegangen.« Sie schloss ihre Ausführung mit einem Keuchen ab.

Miranda schüttelte den Kopf. »Das verstehe ich nicht. Warum ist sie mit Mrs. Danforth fortgegangen?«

Fox trat zu ihnen. »Kommen Sie, lassen Sie uns alle etwas zur Seite gehen.« Sein Gesicht hatte einen düsteren Ausdruck angenommen und die Brauen waren zusammengezogen.

Mit einem Taschentuch tupfte Lisette sich die Augen ab. »Mrs. Danforth ist diejenige, die Rose fortgebracht hat.«

Miranda erstarrte, als sie sich der Ecke näherten. »Ist Rose nicht die Prostituierte?«

»Ja.« Lisette begann zu weinen.

Miranda tätschelte dem Mädchen die Schulter. »Na, na. Wir werden das wieder hinbekommen. Ich bringe dich zu Mrs. Gates, und dann werden wir diese Sache aufklären. Sicherlich wird jemand wissen, wo Mrs. Danforth sie hingebracht hat.«

Lisette sah zu Fox und dann zu Miranda. »Fox sollte das wissen. Sie ist seine Freundin.«

Miranda drehte sich zu Fox. Er hatte auf die Frau reagiert, als sie mit Jasper zur Auktion gekommen war. »Sie ist Ihre *Freundin*?«

Fox presste die Lippen zusammen. »Lassen Sie uns Mrs. Gates ausfindig machen. Dann werde ich zu Mrs. Danforth gehen und Flora abholen.«

Ehe Miranda ihm weitere Fragen stellen konnte, führte er Lisette zur Tür und überließ es Miranda hinter ihnen herzutrotten. Anstatt wertvolle Zeit mit der Suche nach Mrs. Gates zu vergeuden, hielt Miranda es für klüger, Flora unverzüglich zu folgen. Das bedeutete, dass sie Mrs. Danforth aufsuchen müsste. Hoffentlich wäre sie nicht zu schwer zu finden. Wenn sie ohne Verzögerung aufbrach, konnte sie die andere vielleicht noch überholen.

Anstatt hinter Fox herzugehen, trat Miranda durch eine andere Tür und begab sich auf diesem Weg in die Eingangshalle. Ein Lakai ließ sie zum vorderen Säulenvorbau hinaus. Sie fröstelte, als die kühle Herbstnachtluft auf ihren bloßen Hals und die Schultern traf, doch es blieb keine Zeit, einen Mantel oder einen Schal zu holen. Eilig lief sie die Treppe hinunter und richtete ihre Aufmerksamkeit auf die in der Einfahrt geparkten Kutschen, während sie sich anstrengte, ihre Augen an das Halbdunkel zu gewöhnen. Die Laternen an den Kutschen spendeten etwas Licht, das die Seiten der Karossen und den Kies darunter beleuchtete, aber sie war ratlos, wonach sie suchen sollte. Welches der Vehikel gehörte Fox?

Sie konnte die Kutsche nehmen, mit der Jasper und sie hergekommen waren, vorausgesetzt, sie war von der Ablieferung ihrer Sachen in Birch House zurückgekehrt. Allerdings müsste Fox' Kutscher ihrer Vermutung nach, den Weg zu Mrs. Danforth kennen. Erneut loderte die Wut in ihr auf, doch sie verdrängte das Gefühl. Sie würde noch genug Zeit haben, Fox über seine *Freundschaft* mit Mrs. Danforth auszufragen.

Dort! Ein dunkler, etwas schäbiger Landauer, der fast so alt zu sein schien wie Miranda. Sie ging auf den Mann zu, der an der Seite lehnte. Er trank einen Schluck aus einem Flachmann und wischte sich mit einer Hand über den Mund.

Sie blieb vor ihm stehen. »Verzeihung, ist das Mr. Foxcrofts Landauer?«

Der Kutscher schob den Flachmann in seinen Mantel. »In der Tat, Madam.«

Sie setzte ihr kokettes Lächeln auf und die Gesichtszüge

des Mannes entspannten sich. »Er verlangt, dass Sie mich zu Mrs. Danforth fahren.«

Der Kutscher riss Mund und Augen auf. »Das ist bestimmt ein Missverständnis.«

Miranda sah ihn mit klimpernden Wimpern an und rückte näher. »Nein. Ich muss etwas holen. Es wird nur einen Moment dauern. Wir sollen uns beeilen, hat Fox gebeten.«

Der Kutscher sah zum Haus und auf seinem Gesicht zeichnete sich Unentschlossenheit ab. Er blickte zu Miranda zurück, die die Lippen zu einem provozierenden Schmollmund geschürzt hatte. Dann blinzelte er. Und öffnete ihr die Tür.

Mit einem erleichterten Atemzug stieg Miranda ein. Sie setzte sich gegen die Rückenlehne zurecht und verschränkte die Arme vor der Brust. Sie würde nur schnell hineingehen, Flora schnappen und wieder bei der Wohltätigkeitsveranstaltung sein, ehe irgendjemand ihre Abwesenheit bemerkt hätte. Was konnte schon schiefgehen?

~

Fox entdeckte Mrs. Gates im Goldenen Salon, bei der Beaufsichtigung der versteigerten Objekte. Einige Stücke wurden heute Abend bezahlt und abgeholt, während andere am nächsten Tag geliefert oder abgeholt werden sollten. Fox hätte bei dieser Aufgabe zur Hand gehen sollen, aber er war zu sehr von Miranda abgelenkt worden.

Sorgenfalten zeichneten sich auf Mrs. Gates Stirn ab, als sie herbeieilte und mit der Hand über Lisettes Stirn strich. »Meine Güte, was ist denn passiert, Kind?«

»Es geht um Flora!« Tränen strömten Lisette über die Wangen. »Sie ist mit Mrs. Danforth gegangen.«

Mrs. Gates ließ den Blick zu Fox schnellen. Es war Jahre

her, seit sie einen derart wütenden Blick auf ihn gerichtet
hatte. »Ich dachte, Sie hätten der Frau gesagt, sich fern-
zuhalten.«

Fox fühlte sich in die Zeit zurückversetzt, als er einen
Eimer voller schöner Äpfel ruiniert hatte, indem er sie auf
eine Zielscheibe geworfen hatte, die er zusammen mit einem
anderen Jungen im Obstgarten aufgestellt hatte. Mrs. Gates
hatte ihn zur Strafe zwei Wochen lang jeden Tag die Bibliothek putzen lassen. Abwehrend entgegnete er: »Das habe
ich.« In einem Brief. Auf den Polly nicht geantwortet hatte.

Lisette bekam einen Schluckauf. »Wo ist Lady Miranda?«

Stand sie nicht hinter ihm? Fox drehte sich zu der leeren
Stelle um, doch er sah nur Lord Saxton eintreten. Sein Unbe-
hagen fraß sich wie eine unbezahlte Schuld in seine
Knochen.

Saxton nutzte diesen unpassenden Moment, um Lisettes
Frage zu überhören. Er trat weiter in das Zimmer. »Ich bin
selbst auf der Suche nach ihr. Haben Sie sie gesehen?«

Lisette schluckte, als sie zu Mirandas Bruder hinauf-
blickte. »Ja, sie war gerade hier.«

Fox warf Mrs. Gates einen vielsagenden Blick zu. Mit
einem dezenten Nicken drehte Mrs. Gates Lisette von dem
Gentleman weg und flüsterte ihr etwas ins Ohr.

Er wandte sich an Saxton. »Sie war mit uns im Ballsaal.
Allerdings ist sie mit einem der Mädchen nach Stipple's End
zurückgekehrt, das krank geworden ist.« Das würde sowohl
Mirandas als auch Floras Abwesenheit für den restlichen
Abend erklären. Er hatte nicht die Absicht, eine der beiden
wieder herkommen zu lassen.

Die Vorsteherin warf einen Blick über die Schulter zu
Saxton. »Ich bitte um Verzeihung, Mylord. Sie ist sehr aufgewühlt wegen ihrer Freundin.«

Saxtons blassblaue Augen weiteten sich kurz. »Sie wollen
sagen, Miranda hätte das Fest verlassen, um sich um ein

krankes Kind zu kümmern? Meine Schwester, Miranda?«
Als er darauf Fox musterte, strafte das Zucken um seinen
Mund seiner Skepsis Lügen.

Mrs. Gates gestattete Lisette, sich wieder umzudrehen,
doch sie hielt das Mädchen dabei fest. »Ja, Mylord. Miranda,
das heißt, Lady Miranda, ist den Mädchen sehr nahe. In der
Tat verlassen wir uns in Stipple's End sehr auf sie.«

Saxton legte den Kopf schief. »Würde ich dies nicht aus
Ihrem Mund hören, hätte ich es vielleicht nicht geglaubt,
Madam. Anscheinend ändern sich die Menschen doch.«

Fox fühlte sich bei dieser Unterhaltung zunehmend
gereizt. Nicht, weil es Miranda irgendwie herabsetzte – und
dem war vermutlich so –, sondern weil sie Gott-weiß-wo
war. Tatsächlich hatte Fox einen Verdacht, hinsichtlich ihres
Aufenthaltsorts, und wenn er recht hatte, musste er sie auf
der Stelle dort herausschaffen.

Fox setzte seine gutartigste Miene auf und verneigte sich
vor Mrs. Gates und Lisette. »Ich muss mich um einige Dinge
kümmern, wenn Sie mich entschuldigen würden.« Er war
bereits auf halbem Weg zur Tür, ehe er bemerkte, dass
Saxton ihm folgte. *Verflixt.*

»Foxcroft. Wie ich höre, gibt es in der Gegend ein
gewisses Etablissement, wo ein Gentleman hingehen könnte
...«

Dann fiel Fox wieder ein, dass Mirandas Bruder
während der Auktion bei Polly Danforth gesessen hatte.
Falls Miranda, wie Fox vermutete, zu Polly gegangen war,
dann war das der absolut *letzte* Ort, an dem Saxton sein
sollte.

Fox hielt vor dem Goldenen Salon an und zermarterte
sich das Gehirn, wie er den anderen von seinem Vorhaben
abbringen konnte. »Das wäre bei Polly Danforth. Es ist noch
ein bisschen früh. Die beste Zeit dafür ist gegen
Mitternacht.«

Saxton nickte. »Ausgezeichnet. Und wie könnte ich diese Oase des Vergnügens finden?«

»Ihre Kutsche steht in der Einfahrt, vermute ich?«

»Das sollte sie dann, falls dem gegenwärtig nicht so ist«, antwortete Saxton. »Mein Kutscher musste Mirandas Sachen nach Birch House bringen.«

»Ich werde Ihrem Kutscher die Adresse geben.« Fox beabsichtigte, das bequemerweise zu vergessen.

»Ausgezeichnet. Dann werde ich mir wohl etwas mehr von Strathams Brandy gönnen. Er hat eine verflucht gute Auswahl.«

Weil ein in Bedrängnis geratener Franzose aus der Nachbarstadt den Brandy als Beitragszahlung angeboten hatte, aber Saxton sollte doch glauben, was er wollte. Fox hatte Dringenderes zu tun, als Strathams illegales Verhalten anzuprangern.

Er verbeugte sich steif und ging davon. Gott sei Dank folgte Mirandas Bruder ihm nicht. Fox stürmte durch die Eingangshalle und zur Auffahrt hinaus zu ... seiner Kutsche, die nicht mehr dort geparkt war.

»Verdammt und zugenäht!«

Ein paar Kutscher, die in der Nähe standen, sahen zu ihm herüber. »Was?«

»Ich brauche ein Pferd.« Fox hatte die Worte gemurmelt, ehe er sie dann für sie lauter wiederholte. »Ich brauche ein Pferd!«

»Der Stall ist dort entlang.« Einer der Kutscher zeigte um die Hausecke, wo die Kiesauffahrt aus dem Blickfeld verschwand.

Fox rannte in die angegebene Richtung los und fluchte auf der Stelle. Es gab einen Grund, warum diese Schuhe Tanzschuhe hießen. Zum schnellen Laufen oder auch nur Gehen waren sie furchtbar ungeeignet. Die Kieselsteine der Auffahrt gruben sich in die weichen Sohlen. Er konnte jede

Bodenerhebung spüren, als er sich eilig auf das Licht der Stallungen zubewegte.

An seinem Ziel angekommen, hielt er einen Moment inne, um sich einen Überblick über den Bestand zu verschaffen. Ein junger Pferdeknecht striegelte ein Pferd, während mehrere andere Tiere in den Boxen untergebracht waren.

Fox sah zur Sattelkammer, aber es blieb keine Zeit, das Tier zu satteln. »Welches ist das Schnellste?«

»Wie bitte, Sir?« Der Bursche mit dem karottenroten Haarschopf hielt in seiner Arbeit inne und gaffte ihn an.

Ungeduldig klopfte Fox mit einer Hand an seinen Oberschenkel. »Ich brauche dringend ein Pferd.«

Der Stallknecht drehte sich ein Stück weit um, wobei er die Hand mit der Bürste auf der Flanke des Pferdes behielt. »Vermutlich ist Gawain hier so schnell wie alle anderen.« Und wie es der Zufall so wollte, hatte Gawain noch ein Gebiss im Maul.

»Bring die Zügel an, Bursche.« Ehe der Knecht sich auch nur rührte, hatte Fox sich auf den Pferderücken geschwungen. »Schnell!«

Der Bursche ließ die Bürste in einen Eimer fallen und stürmte in die Sattelkammer. Er kam eilig mit den Zügeln zurück und befestigte sie gerade, als Fox die Hand ausstreckte und ihm das geschmeidige Leder aus den Händen riss.

»Danke!«, rief Fox, als er das Pferd in die Nacht lenkte und es in den Galopp trieb. Innerhalb weniger Augenblicke brannte sein Gesicht von der kalten Luft. Er ließ die Ländereien von Stratham Hall hinter sich, als er das Pferd schneller antrieb.

Eine knappe Viertelstunde später bog er in Pollys Einfahrt ein. Das Haus lag in einer bewaldeten Parklandschaft und war von allen umliegenden Anwesen und auch von der Hauptstraße vollkommen isoliert. Er galoppierte zur

Vorderseite des Gebäudes und sprang von Gawains Rücken, ehe das Pferd zum Stehen gekommen war. Dann warf er Barton, Pollys Stallmeister, die Zügel zu.

Das Licht drang aus den Fenstern und beleuchtete den kahlen Schädel des Mannes. »Guten Abend, Fox. Es ist eine Weile her, seit wir Sie hier gesehen haben.«

Fox blieb keine Zeit für Höflichkeiten. Es war bereits nach elf. Wenn er Miranda nicht dort herausholte, ehe ihr Bruder auftauchte, falls er den Weg fand ... Lieber Himmel, daran war nicht zu denken. »Ich bin auf der Suche nach einer jungen blonden Frau, die gerade angekommen sein muss. Oder nach Polly und einem Mädchen, das sie herge-bracht hat. Eigentlich nach allen.«

Barton stieß einen leisen Pfiff aus. »Die Blondine ist viel-leicht vor zehn Minuten hier angekommen. Ich habe mich gerade um ihren Landauer gekümmert – ach so, ich hatte den Verdacht, dass er mir bekannt vorkommt, aber Sie haben ihn auch nur das eine Mal hergebracht ...« Er rieb sich über den kahlen Schädel.

»Und Polly?«

»Die Blonde hat auch nach ihr gesucht. Sie ist vor einer Weile hier angekommen, aber ich weiß nicht, ob sie jemanden dabei hatte. Sie ist mit ihrer Kutsche zum Hinter-eingang gefahren. Ich bedaure, Fox. Sie sollten es vielleicht in ihrem Büro versuchen?«

»Danke.« Mit einem Satz war Fox die Stufen hinauf, um dann auf der Schwelle stehen zu bleiben und sich einen Moment zu sammeln.

Ein Lakai in scharlachroter Livree öffnete schwungvoll die Tür. Sein Gesichtsausdruck schien in Stein gemeißelt, vollkommen desinteressiert.

In Erwartung, Miranda sofort zu entdecken, trat Fox in die stille Eingangshalle, doch stattdessen sah er niemanden außer dem Türsteher. Wo konnte sie sein? In Pollys Büro?

Bartons Rat befolgend, begab er sich auf den Weg nach oben zu Pollys, als Wohnzimmer eingerichtetes Büro.

Flackernde Kerzen erhellten die Blümchentapete im Flur. Pollys Büro lag auf der linken Seite.

Plötzlich blitzte am Ende des Flurs etwas Grünes auf. Fox stürmte los und packte Miranda am Ellbogen.

»Sie kleine Närrin! Was zum Teufel führen Sie im Schilde?«

Miranda strengte sich an, seinen Griff abzuschütteln. »Ich suche natürlich nach Flora. Was auch gut so ist, denn Sie haben sehr lange gebraucht, um hierher zu kommen.« Sie blitzte ihn mit blauen Augen an.

Fox fasste sie noch fester. »Ich wäre vielleicht schon früher gekommen, wenn mir nicht jemand mein Transportmittel abspenstig gemacht hätte. Nichtsdestotrotz scheint Ihre frühere Ankunft ... zu nichts geführt zu haben.« Er fauchte die letzten Worte, als seine Wut jede andere Emotion unterdrückte. »Sie müssen hier verschwinden. Ich setze Sie wieder in meinen Landauer, und Sie fahren direkt nach Birch House.«

»Ich werde nicht ohne Flora gehen.« Sie stemmte die Füße in den Teppich. Fox zog sie am Arm, und sie fiel gegen ihn.

Er ignorierte das köstliche Gefühl, wie sie an seine Brust gedrückt war, und rückte sie von sich weg. »Ich werde mich um Flora kümmern.« Als Fox erkannte, dass die Tonlage seiner Stimme keineswegs zur Verschleierung ihrer Anwesenheit beitrug, holte er tief Luft, um sich zu beruhigen. »Sehen Sie denn nicht, dass dies kein Ort für Sie ist?«

Die Arme vor der Brust verschränkt, starrte sie ihn an.

»Ich fange langsam an zu verstehen, warum Ihre Familie Sie aufs Land abgeschoben hat *und* auch, warum sie Sie unbedingt verheiraten wollen. Sie sind die rücksichtsloseste, eigensinnigste –«

Fox erstarrte, als er ein Klicken vernahm, das sich anhörte, als wäre eine Tür geöffnet oder geschlossen worden. Schnellen Schrittes riss er die nächstgelegene Tür auf und schob Miranda hinein. Er trat hinter ihr ein und schloss sie in einem Quartier von der Größe eines Kleiderschranks ein.

Kerzenlicht leuchtete von einem kleinen Fenster, das in eine Wand eingelassen war. Auf der anderen Seite befand sich ein anderer, weitaus größerer Raum. Mit einem Bett in der Mitte. Auf dem Bett ... *heiliger Himmel.*

Eine Frau lutschte einem Mann sein Gemächt.

Fox wagte einen Blick zu Miranda. Sie sah stur geradeaus. Auf das Paar auf dem Bett. An ihre Seite gequetscht, erkannte Fox, dass sie mehr Platz hätten, wenn er hinter ihr stünde. Er konnte den deutlichen Klang von Schritten vor der Tür vernehmen, doch dann hörte er nichts mehr außer den Geräuschen von Sex und dazu noch das ohrenbetäubende Rauschen seines Blutes, das von seinem Kopf direkt hinunter zu seinem steif werdenden Schaft pulsierte.

Die Vernunft ermahnte ihn, zu fliehen, doch sein Verlangen ließ ihn wie angewurzelt auf der Stelle stehen. Miranda wankte ihm mit dem Rücken entgegen, worauf sein Verstand zugunsten seines Körpers vollkommen abschaltete.

KAPITEL 14

*M*iranda konnte nicht glauben, was sie dort vor sich sah. Eines der Küchenmädchen in Benfield hatte sie in einem mündlichen Vortrag aufgeklärt, was sich zwischen Männern und Frauen im Schlafzimmer abspielte, aber es war kein Vergleich, über den Akt zu hören und ihn zu beobachten.

Der Mann war im Profil zu sehen, wie er auf dem Bett kniete. Die überall im Zimmer verteilten Kerzen warfen ihren flackernden Lichtschein auf seine entblößte, muskulöse Brust. Er hatte eine Hand mit dem dunkelblonden Haar der Frau verflochten. Sie kniete ebenfalls, jedoch in der Taille gebeugt. Sie bewegte den Mund über seinem Schaft auf und ab, wobei in kurzen Abständen ihre Zunge hervorlugte. Einmal leckte sie über die Spitze seines Penis, und der Mann stöhnte auf. Die Frau bewegte die Hüften und er strich mit einer Hand an ihrem Hals entlang, bis er die Finger über ihrem Schulterblatt spreizte. Er bewegte sich ihrem Mund entgegen und drängte sie, ihn ganz in sich aufzunehmen.

Miranda vernahm ihre stoßweisen Atemzüge. Oder waren das ihr eigenen?

Der Raum war winzig und wahrscheinlich nur für eine Person vorgesehen. Deshalb drückte Fox sich an ihren Rücken, wobei seine Hitze ihr Kleid durchdrang und ihr die Haut versengte. Sie konnte sein Gesicht nicht sehen, was ihre Sinne nur noch mehr erregte.

Ein Hunger machte sich in ihrer Magengrube bemerkbar und wanderte nach unten. Ihre Schenkel wurden vor Verlangen feucht, bis sie ihre Hand zwischen ihre Beine drücken wollte, um das verzweifelte Bedürfnis zu stillen, das dort immer mehr Gestalt annahm.

Der Mann auf dem Bett dirigierte die Frau, sich aufzurichten, bis sie auf ihren Knien auf gleicher Höhe waren. Er schob ihr das Haar von den Brüsten weg und fuhr mit seinen Daumen über ihre Brustwarzen. Mirandas verhärteten sich als Reaktion darauf.

Die Frau warf den Kopf in den Nacken und ihr langes, helles Haar ergoss sich über ihren Rücken und streifte ihren Po. Er legte die Hände um ihre Brüste, hob sie an und blies auf die rosigen Knospen an ihren Spitzen. Miranda hatte das Gefühl, als würde sie in einen Dämmerzustand sinken. Ihre Brüste wurden prall. Auf der Suche nach was immer er ihr auch als Linderung geben konnte, lehnte sie sich an Fox zurück.

Fox schob ihr die Hände unter die Arme und glitt über ihren Brustkorb, bis er sie unterhalb ihrer Brüste platzierte.

Miranda tat einen langsamen, tiefen Atemzug. Würde er ihr geben, wonach sie sich sehnte? Was, wenn sie erwischt würden?

Der Mann auf dem Bett leckte der Frau über die Brust. Sie stöhnte auf und ließ die Hände zwischen ihre Schenkel wandern.

Fox umfasste Mirandas Brüste und schob die Handflächen hinauf, bis sie über ihren schmerzenden Brustwarzen lagen. Sie lehnte ihren Kopf an seine Brust zurück, und bog den Hals, doch sie behielt dabei den Blick auf das Paar auf dem Bett gerichtet. Fox′ Atem strich an ihrem Ohr entlang und über die Seite ihres Gesichts. Das Geräusch war zutiefst erotisch.

Die Frau atmete schneller, als der Mann erst an der einen, und dann an der anderen Brust saugte. Sie schob eine Hand in seinen dunklen Haarschopf und hielt ihn fest. Er drückte die Brustwarze fest zusammen, worauf sie keuchte und ihm die Brust in einem unverhohlenen Angebot entgegenstreckte.

Miranda presste sich noch fester gegen Fox. Seine stahlharte Erektion drückte gegen ihren Rücken. Ihr kamen plötzlich verruchte Gedanken in den Sinn. Wie sie mit ihm tun könnte, was die Frau auf dem Bett mit dem Mann getan hatte. Miranda brauchte sich nur umzudrehen und auf die Knie zu gehen ...

Der Mann auf dem Bett drehte die Frau um, sodass sie mit dem Rücken an seine Brust lehnte. Jetzt ähnelte ihre Position beinahe der von Fox und Miranda. Doch dann drückte der Mann die Frau auf alle Viere. Miranda riss die Augen auf.

Fox neckte ihre Brustwarzen durch den Stoff ihres Kleides, ehe er eine Hand in ihr Mieder senkte und sie unter ihr Hemd schob. Mit der bloßen Hand liebkoste er ihre Haut und als seine Finger sich um ihrer Brust schlossen, stöhnte sie leise. Miranda kreiste mit den Hüften und drängte gegen seinen Schaft. Er sog die Luft ein und zupfte an ihrer Brustwarze.

Auf dem Bett streichelte der Mann den Hintern der Frau und knetete ihr weiches Fleisch. Leise wimmernd stieß sie auf der Suche nach seiner Berührung nach hinten. Er strich mit den Fingern über die Innenseite ihrer Schenkel und dann verschwanden sie in ihr. Unter einem lauten Stöhnen bog sie den Hals zurück. Sie bewegte sich erst langsam an seiner

Hand, und dann immer schneller. Ihre Atmung wurde heftiger … wie auch ihre Schreie.

Fox streichelte Mirandas Brust weiter, während er mit der anderen Hand über ihren Bauch glitt. Er ließ die Finger auf ihrem Oberschenkel ruhen, und Miranda bewegte sich zuckend gegen ihn. Sie hatte gelernt, sich selbst zu befriedigen, aber noch nie hatte sie sich mit solcher Verzweiflung danach gesehnt. Statt eines zaghaften Akts, der aus Neugier und Rebellion entsprungen war, schien dies ein intuitives Bedürfnis, ein Urverlangen, das nur er stillen konnte.

Die Frau auf dem Bett schrie auf und krallte die Finger in die Bettdecke, als sie die Laken von der Matratze zog. Dann drang der Mann von hinten in sie ein.

Miranda stieß gegen Fox' Hand, während er die Finger zwischen ihre Schenkel presste. Er berührte ihren Hals mit den Lippen, und ein kleines, einfaches Wort entkam ihrem Mund: »Ja.«

Ein leises Weinen durchbrach den Kokon ihres Liebesspiels. »Ich möchte nach Hause gehen.« Flora war im Korridor vor der Tür.

Fox' Hände erstarrten, und Miranda drehte sich, bis sie mit dem Rücken an das Fenster drückte. Gedämpftes Licht fiel hinter ihr in den Raum, und sie konnte gerade so noch Fox' angespannte Gesichtszüge ausmachen. Er atmete schnell, aber tief. Ihr Blick fiel auf die Ausbeulung in seiner Hose, und ohne nachzudenken, streckte sie die Hand aus, um sie zu berühren.

»Nicht.« Er drehte sich zur Seite, wobei er sich gegen die Wand drückte, um sie nicht zu berühren. Er holte ein paar Mal tief Luft und einen Augenblick später öffnete er die Tür.

Kühle Luft strömte in die dunkle, überhitzte Kammer. Mirandas Wangen waren ebenso entflammt wie jeder andere Teil von ihr. Sie fächelte sich mit der Hand Luft ins Gesicht, ehe sie hinausging. Fox war bereits den halben Flur entlang

geeilt. Sie machte die Tür hinter sich zu und schnitt damit
die leidenschaftlichen Liebesgeräusche des Paares auf dem
Bett ab.

Flora und Mrs. Danforth hatten sich der Treppe zugewandt, um nach unten zu gehen, als Fox sie einholte.
Miranda beeilte sich, damit sie das Gespräch mitbekam,
während sie sich schämte, die arme Flora vor lauter Lust fast
vergessen zu haben. Sie hoffte, dass es dem Mädchen gut
ging.

»Miranda!« Flora stürzte auf sie zu und schlang ihr die
Arme um die Taille. Heute Abend war sie von mehr
Menschen umarmt worden als in ihrem gesamten Erwachse-
nenleben.

Dabei war die Umarmung in der dunklen Kammer mit
Fox nicht inbegriffen. Daran konnte sie jetzt bei Gott nicht
denken.

Fox drehte sich, um Miranda anzuschauen. Seine Augen
waren ausdruckslos, und seine Züge bar jeder Emotion.
»Bringen Sie Flora zurück nach Stipple's End.«

Miranda nickte. »Ja, lass uns gehen.« Einen Arm um
Flora gelegt, ging sie einen Schritt auf die Treppe zu.

Fox fasste sie am Arm, und bei seiner Berührung wäre sie
beinahe in die Knie gegangen. Sie hatte sich zwar von der
Kammer entfernen können, doch ihr Körper taumelte immer
noch von den Nachwirkungen.

Er ließ die Hand sinken und schaute Mrs. Danforth an.
»Sie müssen durch die Hintertür hinausgehen.«

»Ja, natürlich.« Mrs. Danforth besaß so viel Anstand, ein
wenig fahl zu wirken. Ihre Lippen waren angespannt.
»Folgen Sie mir.« Sie führte sie zur Dienstbotentreppe und
stieg dann in einen kleinen Raum hinab, der offenbar der
Aufbewahrung von Wäsche diente. Mrs. Danforth öffnete die
Tür und sah prüfend in den Korridor, bevor sie ein Zeichen
gab, weiterzugehen.

Sie folgten dem Gang bis zu einer Außentür, die Mrs. Danforth aufmachte und Miranda und Flora hindurchwinkte, bevor sie hinter den beiden hinaustrat. »Jenks! Holen Sie Fox´…« Sie sah Fox an, ohne den Satz zu beenden.

»Landauer.« Das einzelne Wort klang knapp und hart.

»Landauer und sag dem Kutscher, er soll die Mädchen ins Waisenhaus bringen, bitte.«

Miranda drehte sich auf der feuchten Erde auf dem Absatz um. »Fox, begleiten Sie uns nicht?« Obwohl sie die Frage stellte, wusste sie, dass er nicht mitkam. Er würde hierbleiben. Bei Polly Danforth. Er würde mit seiner Lust hierbleiben.

Sein Blick drohte, sie bis auf die Knochen zu Eis erstarren zu lassen. Er rückte nicht von der Tür weg. »Gehen Sie, Miranda.«

Sie biss die Zähne zusammen. Beim Geräusch der knirschenden Kutschräder, die hinter ihr den Boden aufwühlten, warf sie ihm einen letzten Blick zu und wandte sich ab. Der Kutscher half erst Flora und dann ihr in den Landauer. Mrs. Danforth verschwand im Inneren des Hauses, und die Tür schloss sich, ehe die Kutsche losfuhr.

Während ihr auf der Fahrt von Stratham Hall hierher kühl gewesen war, glühte Mirandas Haut jetzt, insbesondere an den Stellen, an denen Fox sie berührt hatte. Sie fuhr sich mit einer Hand über die Stirn.

Flora zappelte neben ihr. »Es tut mir so leid, Lady Miranda. Mrs. Danforth war immer so liebenswürdig zu uns. Und als Sie sagten, eine Kurtisane hätte ein schönes Leben, habe ich mir nur vorgestellt –«

»Was?« Miranda starrte das Mädchen an.

Flora blinzelte. »Sie haben gesagt, Kurtisanen würden ein angenehmes Leben führen. Ich werde Stipple´s End nächstes Jahr verlassen müssen. Ich könnte vielleicht wie meine Freundin Rose hier arbeiten, habe ich mir überlegt.«

Miranda nahm die Hände des Mädchens in ihre. »Nein! Ich hatte damit nicht gemeint, dass es ein anständiges Leben ist, Flora. Für dich nicht. Niemals.« Ihr Herz schlug wild. »Für keines von euch Mädchen.«

»Aber ich werde nie so reich sein wie Sie«, entgegnete Flora leise und ihre Tränen glitzerten in dem spärlichen Licht, das von den schwankenden Laternen durch die Fenster fiel. »Sie führen ein Leben wie im Märchen.«

Miranda ließ die Hände sinken und lehnte sich vollkommen sprachlos zurück. Dieses Mädchen wusste gar nichts von Mirandas Leben. Sie hatte den Kindern von Dingen erzählt, die sie in London tat. Wenn ihr Leben aber so märchenhaft war, warum war sie dann beinahe mit einem Mann verlobt, den sie nicht liebte, während sie sich nach einem verarmten Gentleman verzehrte, der zu allem Überfluss gerade jetzt einen Liebesakt mit einer anderen vollzog?

Ihr zitterten die Hände. In einem Versuch, sie ruhig zu halten, legte sie sie mit der Handfläche nach unten in ihren Schoß. »Flora, das Leben einer Kurtisane ist kein Märchen. Schöne Dinge zu besitzen und Feste oder Bälle zu besuchen und solcher Unsinn, macht nicht glücklich.« Sie sagte diese Dinge, weil sie der Ansicht war, dass es das Richtige war, das sie dem Mädchen sagen musste, doch darin lag eine Wahrheit, die sie nicht leugnen konnte. Miranda war davon ausgegangen, in Wootton Bassett unglücklich zu sein. Sie hatte sogar fest damit gerechnet. Doch sobald sie versucht hatte, das Beste daraus zu machen, nun, hatte sie das Beste daraus gemacht.

Bis sie Gefallen daran gefunden hatte.

Sie war in ihr altes Leben zurückgekehrt und hatte es kaum erwarten können, hierher zurückzukehren. Sie war gekommen, um die Aufgabe zu Ende zu führen, die sie mit der Wohltätigkeitsveranstaltung begonnen hatte, und um Sorge dafür zu tragen, dass ihr Patenonkel und seine

Freunde sich gut unterhielten. Aber sie hatte diese Menschen vermisst. Und ihr albernes kleines Dorf.

Miranda schloss die Augen. Das war eine Katastrophe. Bald würden ihre Eltern einen passenden Lord finden, und sie wäre gezwungen, ihn zu heiraten. Selbst Jasper würde ihr nicht mehr helfen können.

Jasper!

Ach du meine Güte, wohin glaubte er, war sie wohl hingegangen? Fox´ Zorn kam ihr wieder in den Sinn. Sie war unbedacht gewesen. Und dumm. Und vielleicht hatte sie sich kompromittiert.

Mit ihm.

Doch nein. Niemand hatte sie zusammen gesehen. Nun, Flora und Mrs. Danforth schon, aber sie zählten nicht.

Das war auch gut so. Eine Kompromittierung bedeutete, dass sie ihn heiraten müsste, und das konnte sie einfach nicht. Sie würde es ihren Eltern wohl zumuten, die Sache zu vertuschen, um sie vor solch einem grässlichen Fehler zu bewahren, derart weit unter ihrem Stand zu heiraten.

Flora begann wieder zu weinen.

Miranda streichelte dem Mädchen die Hand. »Ist alles in Ordnung mit dir? Es ist dir doch nichts zugestoßen, oder?« Sie wartete einen Moment mit angehaltener Luft auf die Antwort und war mit sich selbst ungehalten, weil sie sich nicht um das Wohlergehen des Mädchens gekümmert, sondern ihren eigenen selbstsüchtigen Gedanken nachgehangen hatte.

Sie schniefte. »Es ist nichts passiert, außer dass Mrs. Danforth mein Wunsch nicht recht war, ihr Haus zu verlassen.«

»Ich bin überzeugt, dass sie das nicht wollte.« Miranda wünschte, sie hätte die Frau die Treppe hinuntergestoßen. Fantasiebilder von ihr und Fox, wie sie sich so wie das Paar auf dem Bett liebten, verbrühten ihr den Verstand. »Wie lange kennt sie Fox schon?«

Flora zuckte mit den Schultern. »Sie kommt manchmal ins Waisenhaus und schenkt uns Kleidung oder Schuhe. Sie war immer so nett.« Ihr liefen die Tränen jetzt in Strömen.

Miranda legte einen Arm um Flora und zog sie zu sich. Wie konnte Fox sich nur mit einer solchen Frau anfreunden? Nun, höchstwahrscheinlich hatte er sich mehr als nur mit ihr angefreundet. Der Gedanke, dass er diese Frau für ihre Liebesdienste bezahlte, drehte Miranda den Magen um.

Der Landauer hielt in der Auffahrt von Stipple's End, und Miranda half Flora aus der Kutsche. Mrs. Gates empfing sie an der Tür. »Ich bin gerade erst angekommen, Liebes.« Sie nahm Flora in die Arme, die sich schluchzend an Mrs. Gates' Brust lehnte. »Na, na, mein Mädchen. Es ist jetzt alles gut.« Mrs. Gates hob den Blick zu Miranda. »Ich habe in der Küche Tee aufgesetzt, aber ich werde Flora nach oben in mein Schlafzimmer bringen. Sie muss heute Nacht nicht im Schlafsaal übernachten.«

Die Vorsteherin und Flora gingen vereint davon und ließen Miranda in der großen Halle allein zurück. Die Luft schien beinahe so kalt wie draußen, was auf den Mangel eines Feuers und die Zugluft zurückzuführen war, die durch das schlecht geflickte Loch in der Ecke eindrang.

Sie könnte sich von Fox' Landauer nach Birch House bringen lassen. Oder sie konnte in die Bibliothek gehen, wo normalerweise ein Feuer brannte. Ihre Füße trugen sie in Richtung Letzterer, obwohl ihr Verstand noch damit beschäftigt war, ihre Möglichkeiten abzuwägen. Warum bleiben? Fox würde wahrscheinlich nicht zurückkommen. Er würde die Nacht mit dieser Hure verbringen.

Die Vernunft sagte ihr, nach Birch House zurückzukehren. Aber da Vernunft noch nie ihre Stärke gewesen war, rollte Miranda sich in einem Sessel beim Feuer zusammen und wartete.

~

ox lehnte an der Wand des Korridors bei Polly Danforth, während er auf die Abfuhr seines Landauers und Pollys Rückkehr ins Haus wartete. Eine noch nie zuvor empfundene kalte Wut drohte, ihn zu verschlingen.

Endlich tauchte Pollys rabenschwarzes Haupt in der Tür auf, die sie hinter sich zumachte und sie beide daraufhin in ein flackerndes Halbdunkel einschloss.

Er räusperte sich. »Sag mir bitte, dass du nicht etwa eine Beziehung zu mir gepflegt hast, um die Mädchen in Stipple's End zu rekrutieren.«

Sie fuhr sich mit flatternder Hand an den mit Rubinen geschmückten Hals. Trotz der dämmrigen Lichtverhältnisse im Flur, konnte er die Beklemmung in ihrem Blick erkennen. »*Beziehung* ist ein äußerst starkes Wort.«

Fox hieb mit der Faust gegen die Wand. »Verdammt, Polly! Wir waren Freunde!« Er brachte es nicht über sich, ihre Beziehung chronologisch aufzulisten , weil er sich fürchtete, genauer hinzusehen. »Oder war deine Freundlichkeit nach Janes Vermählung mit Stratham auch eine Lüge?«

Sie trat auf ihn zu, doch er wich zurück. Ein kummervoller Ausdruck prägte ihr müdes Gesicht. Es war ein Antlitz, das er bis heute Abend hübsch gefunden hatte. »Ich würde gern glauben, dass wir *weiterhin* Freunde sind.«

Seine Haut fühlte sich schmutzig an. »Und dass Rose hierherkam, um für dich zu arbeiten, war ein Zufall?«

Sie fuhr zusammen und wich seinem Blick aus, dem sie offenbar nicht länger standhalten konnte. »Als ich dich eines

Tages in Stipple's End besuchte, sprach sie mich an. Sie wusste, wer ich war und –«

»Und *was* du bist.« Er ließ die Beleidigung zwischen ihnen stehen.

Ihre Augen flammten auf. »Ja. Dafür schäme ich mich nicht, Fox. Um zu überleben habe ich getan, was ich tun musste. Du tust dasselbe für deine kostbaren Waisenkinder.«

Wut stieg in seiner Brust auf und ließ seine Lunge schmerzen. »Ich prostituiere mich nicht.«

Die Hand aufreizend auf die Hüfte gesetzt, kam Polly auf ihn zu. »Kannst du ehrlich behaupten, du hättest nie in der Hoffnung mit mir geschlafen, dass ich eine Spende hinterlassen würde?«

Ihre Frage traf ihn wie ein Stich direkt in die Magengrube. Nach Janes und Strathams Heirat hatte sie sich mit ihm angefreundet, und die körperliche Beziehung zwischen ihnen war ganz natürlich zustande gekommen. Er hatte sie nie für ihre Dienste entlohnt. Sie hatte dem Waisenhaus Geld und Güter gespendet. Er hatte sie als freundliche und fürsorgliche Frau eingeschätzt. Aber hatte er wirklich irgendwann einmal erwartet, sie würde seine körperliche Zuwendung mit Wohltätigkeit für Stipple's End vergelten? Als ob *er* die Hure wäre?

Selbst in den finstersten Winkeln seines eigenen Verstandes lehnte Fox eine Beantwortung dieser Frage ab – und mit der Absicht zu gehen, schob er sich an ihr vorbei zur Tür. Die ganze Zeit hatte Mrs. Gates in Bezug auf Polly recht gehabt. »Ich kann jetzt erkennen, dass unsere Absichten vollkommen anders gelagert waren.« Er hatte die Hand auf den Türknauf gelegt und drehte sich dann auf dem Absatz herum, um sie anzusehen. »Dein Geld – oder anderes – wird in Stipple's End nicht mehr gebraucht. Du wirst jeden Kontakt mit mir oder einem meiner Schützlinge einstellen.«

Sie schürzte die Lippen. »Du kannst sie nicht daran hindern, hierher zu kommen.«

Er quetschte den Türknauf, als wollte er ihn aus dem Holz reißen. »Das habe ich gerade.«

»Wenn sie es unbedingt will, wird sie wiederkommen.«

Fox schüttelte den Kopf. »Das wird sie nicht. Damit ist gemeint, dass sie das nicht mehr will. Dafür wird Miranda sorgen.«

Polly tippte sich mit einem lackierten Fingernagel ans Kinn. »›Miranda‹? Was macht dich da so sicher?« Ihre Stimme wurde leise. »Oder ist sie jetzt deine Geliebte?«

Fox ließ die Tür los. »Gewiss nicht, sie ist eine Dame.« Sein Körper spannte sich an. Miranda mochte vielleicht nicht seine Geliebte sein, aber er wünschte sich bei Gott, sie wäre es. »Sie nimmt sich dieser Mädchen an. Sie kümmert sich wirklich.«

Polly zog eine Schulter hoch. »So wie Flora es erzählt, hat deine kostbare Miranda sie ermutigt, meinen Lebensweg zu ersuchen. Sie sagte dem Mädchen, man könnte es als Kurtisane in London recht gut treffen. Du behauptest, dich in mir geirrt zu haben, was lässt dich glauben, dich nicht auch in ihr geirrt zu haben?«

Er konnte nicht glauben, dass Miranda so etwas tun würde. So leichtsinnig war sie nicht.

Zweifel woben sich in seine Gedanken, aber er schüttelte den Kopf. Er konnte sich nicht in Miranda täuschen. In aller Eile war sie heute Abend nach Wootton Bassett zurückgekehrt, obwohl sie es nicht musste. Und das war sicher nicht wegen ihm geschehen. Sie musste wegen der Kinder zurückgekehrt sein.

Seine Stimme wurde dunkel vor Emotion. »Ich habe mich nicht in ihr getäuscht.« Fox drehte sich zur Tür und öffnete sie. Die kühle Nachtluft war wie ein willkommener Balsam für seine erhitzte Haut, doch er konnte die Feuchtigkeit in der Luft spüren. Regen drohte.

Er schritt zu dem Pfosten, an dem er Gawain angebunden hatte. Stratham würde für den Rest der Nacht ohne sein Pferd auskommen müssen.

Einmal aufgesessen, lenkte er das Tier in Richtung Stipple's End. Er schlug ein rasches Tempo an, doch dann wurde er langsamer. Wozu die Eile? Miranda wäre sicherlich nach Birch House weitergefahren, nachdem sie Flora im Waisenhaus abgesetzt hatte. Das würde sie zumindest tun, wenn sie vernünftig wäre.

Was heißen musste, dass sie in Stipple's End auf ihn wartete.

Das wäre auch nur gut, da er ihr einige Dinge zu sagen hatte. Erstens und am wichtigsten: *Geh.* Während des Walzers hatte sie ihn *schon wieder* fast abgewiesen – nachdem sie ihn mit kaum verhohlener Lust angestarrt hatte – und ihn dann zu völliger sexueller Frustration getrieben hatte. Sie würde ihn noch umbringen.

Was hieß, dass sie gehen musste.

Bei Fox' Ankunft in Stipple's End stand sein Landauer in der Einfahrt. Er bat den Kutscher, sich um Gawain zu kümmern, und strebte dann auf das Herrenhaus zu. Beim Betreten der großen Halle bemerkte er die Kälte, doch er ging zur Bibliothek weiter, da er sicher war, dass sie dort wartete.

Ein Lichtschein drang durch die offene Tür in den Korridor. Fox hielt an der Schwelle inne und schaute sich suchend im Raum um. Sie saß in dem grünen Ohrensessel gekuschelt beim Feuer – es war derjenige, in dem er gesessen hatte, als sie in der Nacht der geselligen Veranstaltung zufällig auf ihn gestoßen war. Ihre Hand ruhte auf der Armlehne und ihr Brustkorb hob und senkte sich im Rhythmus ihrer sanften Atemzüge ihres Schlafes.

Er wollte näher treten, doch das wagte er nicht. Sie war eine Vision. Ihr goldenes Haar rahmte ihr Gesicht so perfekt im Schlaf ein. Zu perfekt. Es mangelte ihm an der Lebhaftigkeit und Leidenschaft, die Miranda ausmachte.

Aber er konnte sie nicht dort schlafen lassen. Er trat in das Zimmer. Als eine Bodendiele knarrte, schlug sie die Augen auf. Blinzelnd rollte sie die Schultern zurück und schob die Füße unter sich hervor. Sie blickte zu ihm auf und erstarrte. Als sie aus dem Sessel auffuhr, verzerrte sich die Schönheit ihres Gesichtes.

»Wie können Sie mit so einer Frau befreundet sein?«

Bei der Heftigkeit ihres Zornausbruchs wäre Fox fast rückwärts gestolpert. In Reaktion darauf wallte seine eigene Wut erneut auf, die während seines Rittes und weil er sie so friedlich schlafend hier vorgefunden hatte, fast vollständig verraucht war. So unschuldig. Hah.

»Wie konnten Sie sich einfach so auf den Weg zu einem Bordell machen? Großer Gott, Miranda, wussten Sie, dass Ihr Bruder mit dem Gedanken spielt, heute Abend dorthin zu gehen? Was, wenn er Sie dort gesehen hätte?« Fox war sich im Klaren, dass er besser nicht über solche Dinge mit ihr sprechen sollte, doch ihm lag daran, ihr die Dummheit ihres Handelns begreiflich zu machen.

Sie erbleichte. »Ich habe nur versucht, Flora zu retten.«

»Was auch ich erledigt hätte.« Im Nachhinein hätte er Miranda und Lisette auf die Suche nach Mrs. Gates schicken sollen, während er zu Pollys Haus geeilt wäre, doch er konnte die Geschehnisse nun einmal nicht ändern. »Denken Sie jemals an die Folgen Ihrer Handlungen?«

Für einen Moment antwortet sie nicht. Fox wollte die Augen verdrehen. *Jetzt* nahm sie sich die Zeit zum Nachdenken. »Na schön, ich hätte nicht gehen sollen.«

Fox ernüchterte augenblicklich. Er war sich so sicher gewesen, dass sie mit ihm streiten würde.

Es war allerdings nur eine kurze Atempause. Die Hände in die Hüften gestemmt und mit blitzenden blauen Augen, begehrte dieses Zankweib noch einmal auf. »Aber diese Mädchen sehen *diese Frau* als Ihre Freundin an. Oder mehr als Ihre Freundin. Sie fühlen sich mit ihr wohl, und Flora war gewillt, dieser Person ihre gesamte Zukunft anzuvertrauen. Eine Zukunft als ... *Hure*.«

Fox knirschte mit den Zähnen. Seine Worte hörten sich wie ein Knurren an. »Polly sagte, Sie hätten das Mädchen ermutigt, und Flora hätte auf Ihren Vorschlag hin gehandelt.« Noch immer konnte er kaum glauben, dass dies wahr war.

Miranda holte tief Luft. Sie zupfte an den Seiten ihres Kleides. Ihre Nasenflügel blähten sich. »Möglicherweise habe ich das Potenzial eines Lebens als Londoner Kurtisane nicht genügend heruntergespielt.«

Fox machte einen Satz nach vorn. »Was?«

Die Augen weit aufgerissen, wich sie einen Schritt zurück. »Flora hat mir von ihrer Freundin Rose erzählt und wie sie in einem Londoner Bordell eine gute Stelle erobert hat. Ich habe den Mädchen nur gesagt, sie sollten ein solches Leben nicht in Betracht ziehen. Ich hätte nie gedacht, dass es Flora ernst damit ist. Die Dinge sind hier so anders. Jedes junge Mädchen in London hätte es besser gewusst.«

War ihr nicht klar, dass diese Mädchen sie als Idol ansahen? »Sie sind nicht in London!«

»Dieser Tatsache bin ich mir durchaus bewusst, danke!«

Einen Moment lang standen sie einfach da und starrten sich an. Sie gab nicht nach, und er auch nicht.

»Sie haben meine Frage über Mrs. Danforth nicht beantwortet. Wie können Sie sich mit jemandem wie ihr anfreunden und ihr den Kontakt zu den Mädchen erlauben?«

Er sprach mit leiserer Stimme, doch seine Wut ebbte nicht ab. »Ich muss mich vor Ihnen nicht rechtfertigen.«

Nach einiger Zeit antwortete sie. »Das müssen Sie vermutlich auch nicht. Ich war der Meinung, wir seien Freunde und die Kenntnis, dass Sie eine Beziehung mit ihr haben ... nun, das stört mich.« Sie verschränkte die Arme vor der Brust.

Fox platzte heraus: »Sie sind eifersüchtig? Dazu haben Sie kein Recht, wenn Sie mich so leicht hätten haben können.«

Sie ließ die Arme sinken. »Ich wollte Sie. Im Bordell.«

Sein darauffolgendes Lachen war ebenso leer wie seine Vorratskammer im Januar. »Für einen Fick.« Er beobachtete ihr Gesicht, als sie seine grobe Sprache registrierte und große Augen machte, während sie die verführerischen Lippen auf subtile Weise teilte. »Ich will mehr als das. Wenn Sie das ebenfalls möchten, bin ich für Sie hier.«

Mit ihren zu Fäusten geballten Händen und den im Feuerschein lodernden Augen erschien sie ihm atemberaubender, als er sie je zuvor erlebt hatte. Er konnte ihre Wut spüren, ihren Zweifel, ihre Verwirrung, ihr Verlangen. Er zwang seinen Körper kühl zu bleiben, anstatt sich durch ihre Leidenschaft und ihre bloße Anwesenheit zu erhitzen.

»Mein Vater wird mir niemals erlauben, mich für Sie zu entscheiden. Ihr Stand ist schon inakzeptabel genug, aber zu wissen, dass Sie sich mit der örtlichen Bordellbesitzerin amüsieren ... dadurch wird Ihre Glaubwürdigkeit noch weiter herabgesetzt.«

»Meine *Glaubwürdigkeit*? Jeder mir bekannte Adlige hat eine Mätresse – und oft genug eine Ehefrau zu Hause. Gerade vergnügt sich Ihr Bruder in genau dem Bordell, aus dem Sie gerade kommen. Im Vergleich zu Ihnen und Ihresgleichen bin ich absolut gesittet. Bei Ihrem Ruf und Ihrem Hang zu rücksichtslosem Verhalten wird jeder Mann, der Sie heiratet, seinen Entschluss sehr wahrscheinlich bedauern.«

Sie schleuderte einen Arm zur Seite, als der Zorn sich wieder einmal ihrer Gesichtszüge bemächtigte. »Sie leugnen also nicht, dass sie Ihre Geliebte ist?«

Fox konnte ihre Frage kaum fassen. »Nach allem, was ich gerade gesagt habe, heften Sie Ihr Augenmerk darauf?«

Wieder verschränkte sie die Arme vor der Brust. Ihre Wangen waren gerötet, und er konnte praktisch Rauch von ihrem Kopf aufsteigen sehen. »Ich werde nach Lord Norris' Fest abreisen.«

»Gut.« Er sprach das Wort zwar aus, doch jede Emotion dahinter war das völlige Gegenteil. In der Absicht, zu Ende zu bringen, was sie angefangen hatten, streckte er die Hand nach ihr aus. Er konnte sie einfach nicht so gehen lassen.

»Habe ich da Geschrei gehört?« Bei Beatrices Eintreten in die Bibliothek drehte Fox sich um.

Er wollte sie wieder aus dem Zimmer schieben, um Miranda dann in eine Position zu verleiten, in der sie ihn nicht leugnen könnte. Eine Position, wie sie sie im Bordell eingenommen hatten. »Nein.«

»Oh.« Beatrice sah Miranda an. »Bist du aufbruchbereit?«

Miranda ließ die Arme seitlich sinken. Jeder Hinweis auf ihren emotionalen Austausch war verflogen. »Was tust du hier, Beatrice? Das Fest ist doch noch nicht vorbei, oder doch?« Sie wirkte entsetzt, als wäre es ein schreckliches Verbrechen, dass das Fest zu Ende sei, ehe die Uhr eins geschlagen hatte.

»Nein, meine Eltern haben mir befohlen, zu gehen.« Sie verdrehte die Augen. »Das war nicht sehr klug von ihnen, da wir mit der Abrechnung der Versteigerung noch nicht fertig waren. Weil Mrs. Gates und Mr. Fox bereits gegangen waren, ist außer Mrs. Knott niemand mehr da, der sie abschließen könnte. Ich glaube allerdings, dass Mr. Knott und sie viel zu viel Spaß haben, um diese Angelegenheit zu Ende zu führen.

Dein Bruder sagte, du seist mit einem kranken Kind hergekommen und er hat gefragt, ob wir dich auf unserem Weg
nach Birch House abholen könnten. Das ist sehr umsichtig
von ihm.«

Miranda sah Fox an. Er antwortete ihr mit erhobener
Augenbraue. Sie schien ein bisschen überrascht oder vielleicht war sie dankbar, dass Fox sie vor Jasper gedeckt hatte.
»Mrs. Gates ist hier, um sich um Flora zu kümmern, also
kann ich vermutlich gehen. Dennoch sollten wir vielleicht
nach Stratham Hall zurückkehren, um alles abzuschließen.«

Fox räusperte sich. »Ich werde mich darum kümmern.«
Er musste sowieso noch Strathams Pferd zurückbringen.
Außerdem machte es ihn plötzlich nervös, dass niemand
außer Rob und seiner Frau ein Auge auf die Abrechnung
hatten.

Miranda ließ die Schultern zusammensacken. »Danke,
Fox. Dann lass uns gehen, Beatrice.«

Beatrice nickte. »Gute Nacht, Fox.« Sie drehte sich zu
Miranda und nebeneinander schritten sie beide aus der
Bibliothek. »Es war ein herrlicher Abend, auch wenn ich
früh gehen musste.«

Miranda sah über ihre Schulter zurück. Sie sah ihn mit
dem gleichen Ausdruck an, wie bei ihrem Walzer. Als ob sie
ihn verschlingen wollte. Als würde sie nur *ihn* begehren. Sein
Bedauern gab ihm einen Stich ins Herz und er drehte
sich weg.

Länger als ihm bewusst war, starrte er in die orangen
Flammen des Feuers. Als er sich endlich rührte, schmerzte
ihm der Nacken. Zur Lockerung seiner gequälten Muskulatur, rollte er die Schultern.

Er musste nach Stratham Hall zurückkehren. Zumindest
war diese Nacht kein vollkommener Reinfall gewesen. Jetzt
konnte er das Dach reparieren und für eine Vielzahl anderer,
dringend notwendiger Dinge bezahlen. Und endlich könnte

er sein eigenes Geld für Bassett Manor ausgeben. Sich an das Positive klammernd, drehte er sich zum Gehen.

Ein lautes Krachen dröhnte aus der großen Halle und er spurtete in den Flur. Unvermittelt konnte er den kalten Luftzug spüren, der ihm entgegenschlug, und er roch die Feuchtigkeit. Der Regen hatte eingesetzt.

Und durch ein brandneues großes klaffendes Loch im Dach, fiel er kübelweise direkt in die Halle.

KAPITEL 15

*M*rs. Gates sauste die Treppe hinunter und stürzte in die große Halle. »Gütiger Himmel, Fox! Das Dach!«

Sprachlos starrte Fox in den dunklen Nachthimmel auf, der den bereits ruinierten Holzboden mit Regen durchnässte. Die Tonne stand nutzlos in der Ecke und fing nur einen Teil des Sturzbachs auf.

Mrs. Gates kam zitternd neben ihm zum Stehen. »Was sollen wir nur tun?«

Fox verdrängte seinen Schock. »Ich werde Architekten und Zimmerleute beauftragen müssen.«

Kopfschüttelnd richtete sie den Blick auf den Boden. »O Fox, das hört nie auf. Vermutlich müssen wir wohl mehr als nur das Dach ersetzen.«

Ja, dies würde weitaus kostspieliger als die ursprüngliche Reparatur werden. Es war verdammt gut, dass sie die Wohltätigkeitsveranstaltung hatten. Seine Sorge um das Geld kehrte zurück. Er hätte dort sein sollen, um es zu zählen und es mitzunehmen. Stattdessen war er Miranda durch die Hölle und darüber hinaus hinterhergejagt.

Die Sorge über den Erlös, der sich noch immer in Stratham Hall befand, ließ ihn die Stirn runzeln. Er musste das Geld unverzüglich abholen, und das nicht nur, um festzustellen, wie viel sie erwirtschaftet hatten, sondern auch, um für seine sichere Verwahrung zu sorgen. »Ich kehre nach Stratham Hall zurück, um das Geld von der Wohltätigkeitsveranstaltung abzuholen. Behalten Sie die Kinder in der Zwischenzeit in ihren Schlafsälen und schließen Sie alle Zimmer, um zu versuchen, die Kälte draußen zu halten. Wir werde morgen damit anfangen, alle nach Bassett Manor umzusiedeln.«

Mrs. Gates sah ihn sprachlos an. »Sie wollen uns in Ihrem Haus wohnen lassen? Fox, Sie brauchen Ihre Privatsphäre. Sie leisten ohnehin schon viel zu viel.«

Nein, das tat er nicht. Bereits im Juni hätte er alle nach Bassett Manor umsiedeln sollen. »Es ist die einzige Lösung, bis Stipple's End instand gesetzt ist. Ich kann die Kinder und Sie nicht so leben lassen. Es wird einige Zeit beanspruchen, bis wir alles hinübergeschafft haben, aber wir werden es hinbekommen.«

Mrs. Gates nickte, worauf Fox sich verabschiedete. Draußen wies er den Kutscher an, Gawain zu holen und ihn für die Rückfahrt nach Stratham Hall an den Landauer zu binden.

Der stetig und monoton fallende Regen, schlug dem Gefährt entgegen, als es sich seinem Ziel näherte. Er wurde bei der Fahrt gnadenlos durchgerüttelt, doch es bestand keine Hoffnung auf Ersatz für die alten Federn.

Verflucht. Er hatte damit gerechnet, nach dieser Wohltätigkeitsveranstaltung endlich voranzukommen. Er hatte etwas Geld in der Kasse zurückbehalten wollen, anstatt sich anzustrengen, jeden Penny dreimal umzudrehen. Allerdings war er heute Abend ganz nah dran gewesen, auf gänzlich andere Weise zu Geld zu kommen. Wäre er noch ein bisschen länger mit Miranda im Bordell geblieben, hätte ihr Bruder vielleicht eintreffen können und sie beide wären jetzt schon verlobt. Dann bräuchte er sich nie wieder Sorgen um Geld zu machen.

Warum kam er immer wieder auf den Gedanken zurück, sie zu kompromittieren, damit sie ihn heiratete? Das hatte Rob schon vor Monaten vorgeschlagen, als sie gerade hier angekommen war. Ihm hatten sich beliebig viele Gelegenheiten dafür geboten. Tatsächlich hatte er das sogar getan – als Straßenräuber. Verdammt, sogar als Fox. Ihr intimer Walzer in der Nacht der geselligen Veranstaltung im Sommer hätte Grund genug sein können, sie vor den Pfarrer treten zu lassen.

Warum also hat er es nicht einfach getan? Er wollte sie schließlich heiraten. Für einen Moment gewährte er seinem Verstand etwas Luxus, indem er an ihren Körper dachte, der sich an seinen presste. Doch dann drängten sich ihre wiederholten Zurückweisungen in den Vordergrund und zerstörten die Illusion. Trotz ihres Eingeständnisses, ihn körperlich zu begehren, hatte sie ihm deutlich gemacht, dass er ihrer nicht würdig war und es auch nie sein würde. Das war der eigentliche Grund, warum er sie nicht kompromittierte. Was für ein Leben würden sie mit diesem Hindernis zwischen ihnen führen? Sie musste ihn wählen. Das verlangte sein Stolz.

Er war es müde, an sie zu denken. Er hatte versucht, von ihr abzulassen, doch sie fiel immer wieder in seinen Schoß zurück. Bald schon würde sie für immer gegangen sein. Er musste sich auf Stipple's End konzentrieren. Er hatte sich immer auf Stipple's End konzentriert. Warum war das jetzt nur so schwierig? Er brauchte keine Antwort auf diese Frage. Er hatte bereits beschlossen, nicht mehr an sie zu denken.

Endlich rollte der Landauer die Auffahrt von Stratham hoch. Obwohl vereinzelter, wartete noch immer eine Gruppe von Kutschen auf ihre Fahrgäste. Das elegante Herrenhaus erstrahlte im Licht, und als Fox auf den Kies trat, wogte ihm die von drinnen kommende ausgelassene Stimmung entgegen, worauf er sich noch einsamer fühlte, als er ohnehin schon war.

Allerdings hatte er kein Verlangen, sich unter die Feiernden zu mischen. Ihm war an dem Geld gelegen und sonst gar nichts. Tatsächlich würde er lieber draußen gewartet haben, während es von jemandem gebracht würde. Als er mit einem verzagten Seufzen die Stufen hinaufstieg, wurde sein Haar und seine neue Kleidung vom Regen feucht. Ein Jammer, dass er nicht seinen Straßenräuber-Umhang tragen konnte. Aus dicker Wolle gefertigt, hielt er ihn schön warm und was noch wichtiger war, er bedeckte ihn von Scheitel bis Stiefel, ähm, Tanzschuh. Fox sah an sich hinab und stellte fest, dass seine Schuhe heute Abend entsetzlich missbraucht worden waren. Höchstwahrscheinlich waren sie ruiniert, doch er konnte jetzt nichts dagegen unternehmen. Ein Ersatz für seine Tanzschuhe stand in etwa an der letzten Stelle auf seiner Bedarfsliste.

Die Tür öffnete sich weit und Fox wich einem Paar aus, das sich gerade verabschiedete. Er schlug den Weg zum Goldenen Salon ein. In dem menschenleeren Raum befanden sich einige verpackte Auktionsgegenstände, wenn es sich auch nicht um alle handelte. Vermutlich waren einige bereits abgeholt worden. Eine kurze Durchsicht ergab, dass das Geld nicht zu finden war.

Stratham kam in den Goldenen Salon geschlendert. »Mir wurde gesagt, Sie seien zurückgekehrt. Sind Sie gekommen, um noch etwas mehr von meinem Brandy zu trinken?«

Fox war kaum imstande, Geduld für den Mann aufzubieten, wenn er in bester Stimmung war, doch gegenwärtig musste er sich zügeln, um ihn nicht einfach niederzuschlagen. »Ich bin hier, um das Geld abzuholen. Wo ist es?«

Stratham klatschte in die Hände. »Ich habe es in mein

Arbeitszimmer gebracht. Ich werde gehen und es holen.« Er durchquerte das Zimmer, doch dann drehte er sich zurück, ehe er weiterging. »Kommen Sie nicht?«

»Ich habe nicht verstanden, dass ich eingeladen bin.« Fox wollte eigentlich gar nicht gehen, doch je schneller er das Geld hätte, umso eher könnte er gehen. Er folgte Stratham zu einer Ecke des Hauses. Ein kleines Feuer brannte in einem mächtigen Kamin, der mit goldgesprenkeltem Marmor verziert war. Über dem Kaminsims war ein großer, vergoldeter Spiegel aufgehängt – wahrscheinlich, damit Stratham sich selbst zusehen konnte, wie er sein verbrecherisch erworbenes Vermögen zählte.

Vielleicht aufgrund seiner schlechten Stimmung vermochte Fox seinen Ärger nicht mehr im Zaum zu halten. »Dies ist also das Herz Ihrer korrupten Machenschaften im Bezirk?«

Stratham drehte sich auf dem Absatz um. Die Kerzen und der Feuerschein boten Fox ausreichend Licht, um das geringfügige Flattern von Strathams Nasenflügeln zu registrieren. »Sie werfen fortwährend mit Anschuldigungen um sich, aber haben Sie irgendwelche Beweise?« Als Fox nichts darauf antwortete – was könnte er auch antworten, etwa »Ja, ich habe Ihr Beitragsgeld gestohlen?« –, fuhr Stratham fort. »Das hatte ich auch nicht angenommen. Sie halten besser den Mund, denn sonst wird das jemand für Sie übernehmen.«

Fox ließ seiner Wut freien Lauf und ging auf seinen Feind los. »Drohen Sie mir nicht, wenn Sie es nicht wahr machen können.«

Stratham blinzelte und stolperte rückwärts. Er schloss eine Schublade in seinem Schreibtisch auf und zog eine Holzschachtel heraus. Er schob sie Fox zu. »Hier. Das ist das letzte Mal, dass ich Ihnen einen Gefallen tue.«

Fox nahm die Schachtel. Am liebsten hätte er Stratham damit auf den Kopf geschlagen. »Sie sind der Ansicht, Sie hätten heute Abend *mir* einen Gefallen getan? Das war für eine Schar von Kindern, die keine Familie haben. Kein Geld. Keine Perspektiven. Eine Schar von Kindern, die ohne Stipple's End ihr Leben in Armenhäusern oder Schlimmerem fristen müssten. Haben Sie denn gar kein Mitgefühl?« Fox hatte Menschen wie Stratham immer als Menschen betrachtet, die ihr Leben führten, ohne an die Welt um sie herum zu denken. Jetzt erkannte er jedoch, dass Stratham wahrscheinlich sehr wohl über solche Dinge nachdachte und sie ihm schlichtweg unwichtig waren.

Stratham stützte eine Hand auf die Hüfte und erwiderte nichts. Im Ernst, was sollte er auch sagen? Fox öffnete die Schachtel. Es schien eine Menge Geld darin zu sein, aber er hatte keine Ahnung, wie viel es sein sollte. »Wo ist die Aufzeichnung über die Abrechnung?«

»Die andere Frau hat sie.« Stratham winkte mit einer Hand. »Groß, stämmig – mit Ihrem Verwalter verheiratet.«

Fox krümmte die Finger um die Schachtel und hielt sie fest gepackt. »Ihr Name ist Mrs. Knott. Sind die Knotts noch hier?«

»Keine Ahnung. Als Gastgeber kann man von mir nicht erwarten, dass ich das Kommen und Gehen Ihrer Angestellten überwache.« Stratham winkte zur Tür. »Ich denke, unser Handel ist abgeschlossen.«

Fox wog die Kiste in den Händen. »Ich möchte dies zählen. Gehen Sie vor.«

Stratham verlagerte das Gewicht und nestelte an einem Knopf seines Fracks herum. »Nein, nicht hier. Nehmen Sie es mit zurück in den Goldenen Salon.«

Fox zog eine Augenbraue hoch. »Was soll das? Fürchten Sie, ich könnte Ihren Schreibtisch durchsuchen und etwas Belastendes entdecken?«

Stratham sog hörbar die Luft ein und seine Gesichtsfarbe

verstärkte sich. Als er dann den Mund aufmachte, kam kein Laut hervor.

Wenn es auch eine Genugtuung war, den Mann zu ködern, hatte Fox jetzt allerdings keine Zeit dafür. »Na schön. Ich gehe.«

Er schlug den Rückweg zum Goldenen Salon ein und sah sich nach den Aufzeichnungen über die Abrechnung um. Dass sie einfach liegen gelassen wurden, war zu viel zu hoffen, aber ohne die Abrechnung wäre das Zählen des Geldes irgendwie sinnlos. Trotzdem setzte sich Fox hin und zählte die Scheine und Münzen. Es war eine beeindruckende Summe, aber nicht ganz, was er erwartet hatte. Hatte Stratham die Geldschatulle erleichtert? Fox konnte ohne die Aufzeichnungen nicht wissen, ob Geld fehlte. Er war weitaus mehr an Mirandas Dekolleté interessiert gewesen als daran, welche Summen die Versteigerung eingebracht hatte.

Da Fox nicht im Ballsaal nach Rob und seiner Frau suchen wollte, beschloss Fox, das Herrenhaus ganz zu verlassen. Morgen früh würde er mit Rob zusammenkommen, und dann könnten sie die Angelegenheit aufklären. In der Zwischenzeit würde er nach Hause gehen.

Allein. Immer ging er allein nach Hause, aber heute Abend kam es ihm noch einsamer vor als sonst.

~

Miranda Truhe stand in ihrem winzigen Zimmer, als sie im Birch House ankam. Fast hatte sie vergessen, wie klein und düster hier alles wirkte, nachdem sie die letzten Tage in ihrem großen Zimmer in Wokingham verbracht hatte.

Sie stand mitten im Raum und … tat nichts. Ihr Verstand war kaum in der Lage, alle Ereignisse zu sortieren. Als ihr das Buch einfiel, das sie Beatrice versprochen hatte, öffnete sie die Truhe und durchforstete ihre Habseligkeiten, bis sie die Finger um den Buchrücken schloss.

Mit leisen Schritten suchte sie sich ihren Weg zu Beatrices Zimmer am anderen Ende des Hauses, wobei sie besonders lautlos an Mr. und Mrs. Carmodys Tür vorbeiging. Bei ihrem Ziel angekommen, klopfte sie leise.

»Wer ist dort?«, rief Beatrice von drinnen.

»Ich bin es, Miranda.«

Beatrice machte die Tür auf und war bereits für die Nacht gekleidet. Ihr Blick fiel auf das Buch in Beatrices Hand.

»Ich habe dir *Emma* gebracht.« Miranda hielt Beatrice das Buch hin.

»Komm herein.« Beatrice zog sie am Handgelenk ins Zimmer. Sie nahm das Buch und strich mit der Handfläche ehrfürchtig über den makellosen neuen Buchdeckel. Auf dem Bett sitzend schlug sie den Roman auf und fing mit dem Lesen der ersten Seite an.

Miranda sah sich im Zimmer um, das beinahe doppelt so groß wie Mirandas war, aber ebenso spärlich möbliert. Selbst so bemerkte Miranda eher eifersüchtig, dass Beatrices Bett weitaus größer war und unendlich viel bequemer wirkte.

Beatrice schien bereits von dem Roman gefesselt, doch Miranda wollte jetzt nicht allein sein.

Sie setzte sich neben Beatrice auf das Bett. »Wie lange liest du schon heimlich Romane?«

Beatrice sah von den Seiten auf. »Seit ich anfing, im Waisenhaus zu arbeiten. Ich habe alle Romane in Stipple's End gelesen, ehe ich angefangen habe, sie mit meinem Nadelgeld zu bestellen.«

»An dem Tag, als wir mit Fox ins Dorf gefahren sind, hast du einen Roman abgeholt?«

Sie errötete. »Ja.«

Miranda lachte. »Und ich dachte, du wärst du von Grund auf anständig.«

Beatrice zog eine Augenbraue hoch. »Ich würde nicht sagen, dass ich so skandalös bin wie du. Unter der Nase meines Vaters heimlich Romane zu lesen, ist kaum mit der Herumtreiberei mit unangebrachten Leuten oder dem Küssen von Straßenräubern gleichzusetzen.«

Miranda atmete geräuschvoll aus. »Wie wahr.« Sei stützte die Handflächen auf die Überdecke aus Spitze. Beinahe hätte sie Beatrice über die Situation mit Flora berichtet. In ihren Gedanken nahmen die Worte Gestalt an, doch sie konnte es nicht über sich bringen, ihre Torheit auszuplaudern.

»Ich muss dir etwas sagen.« Beatrice drehte ihr das Gesicht zu. Ihre Brauen hatten sich gewölbt und ihre Lippe zuckte, als würde das Sprechen sie große Anstrengung kosten. »Danke, dass du die Wohltätigkeitsveranstaltung organisiert hast. Du hast etwas Wundervolles für das Waisenahaus getan. Alles, was du getan hast, ist … nun, du hast einen guten Eindruck auf die Kinder gemacht.«

Kein Mensch hatte Miranda je gedankt. Sie fühlte sich bei diesem Lob nicht wohl, denn sie hatte die arme Flora beinahe in eine unausweichliche Katastrophe geführt. Emotion wallte in Miranda auf, und sie konnte nur hoffen, dass Beatrice ihr kräftiges Schlucken weder sehen noch hören konnte. »Du hast auch eine Menge geleistet, Beatrice. Und ohne dich hätte die Wohltätigkeitsveranstaltung nicht stattgefunden.«

Beatrices Gesicht strahlte vor Lebendigkeit, als sie die Lippen zu einem Lächeln formte. »Ich habe mich noch nie so gebraucht gefühlt. Vorher haben mich die Menschen nie beachtet. Wusstest du, dass Mr. Stratham heute Abend mit mir getanzt hat? Zweimal.«

Miranda wiegte sich auf dem Bett zurück und stieß einen entzückten Schrei aus. Beatrice hob den Finger an die

Lippen und Miranda richtete sich auf. »Wie wunderbar Beatrice. Das bedeutet, dass er interessiert ist. Das wäre zumindest in London so. Er wird dich wohl bald zu einer Ausfahrt abholen, wage ich zu sagen.«

»Glaubst du das?« Ihre dunklen Augen glitzerten vor Aufregung.

»In der Tat. Aber bist du dir sicher, Beatrice? Ist Stratham jemand, den du willst?« Miranda besann sich darauf, was Fox gesagt hatte, und dass er ein williger Beteiligter an der Korruption war.

»Das glaube ich.« Sie nickte. »Ja, das ist er. Weißt du, meine Eltern werden schockiert sein, wenn er mir den Hof macht.«

»Nun, allein aus diesem Grund hoffe ich, dass er dir einen Antrag macht!« Miranda lachte, doch als sie Beatrice bemerkte, die sie ungläubig angaffte, hörte sie sofort damit auf. »Verzeihung. Manchmal spreche ich, bevor mir bewusst wird, dass ich wahrscheinlich etwas sehr Unangemessenes sage.«

Beatrice seufzte. »Ich wünschte, ich wäre dazu fähig.«

Miranda ernüchterte. »Nein, das tust du nicht.« Es kann schmerzhaft sein – sowohl für die anderen als auch dich, fügte sie im Stillen hinzu. »Du bist besser dran, so wie du bist.«

Beatrice runzelte die Stirn. »Du klingst so bedauernd. Ist etwas geschehen?«

Wieder formten sich die Worte in ihrem Verstand, um die Katastrophe mit Flora zu beschreiben, doch sie gingen ihr auf dem Weg zum Mund verloren. »Nein, ich stelle mir nur vor, dass ich über meine baldige Abreise ein bisschen traurig bin.«

»Und ich glaube wirklich, dass ich dich vermissen werde. Es tut mir leid, dass ich wegen der Wohltätigkeitsveranstaltung so hässlich gewesen bin. Es ist bloß, dass ich vorher

noch nie solche Aufmerksamkeit erhalten habe. Ich … es hat
mir gefallen.«

Vielleicht lag es an all den Umarmungen früher am Tag,
aber Miranda verspürte den Wunsch, Beatrice zu drücken.
Zaghaft legte sie Beatrice einen Arm um die Schulter, doch
als diese sie mit einem fragenden Blick ansah, beschränkte
sie sich auf ein sanftes Tätscheln.

Miranda erhob sich. »Nun, dann gute Nacht.«

»Gute Nacht, Miranda. Du hast wirklich etwas Gutes
getan. Alle werden dich vermissen.«

Mit einem Nicken ging Miranda hinaus und kehrte in ihr
eigenes Zimmer zurück. Ihre gute Tat war durch den Fehler
annulliert, den sie mit Flora gemacht hatte, aber vielleicht
könnte sie das wiedergutmachen. Sie könnte Flora helfen,
etwas anderes als eine Kurtisane zu werden. Ehe sie aus
Wootton Bassett fortginge, würde sie dafür sorgen, dass
Floras Talente bestmöglich genutzt würden.

Als Miranda kurze Zeit später ins Bett stieg, begehrte ihr
Magen unruhig auf. War sie immer noch wegen Flora aufgebracht? Nein, sie hatte einen Plan. Lag es an ihrer baldigen
Abreise? Nein, denn sie versuchte schon seit Monaten, fort-
zukommen. Doch nur beim Gedanken daran kribbelte ihr
die Haut. Was erwartete sie denn schon, abgesehen von
einem Ehemann, den ihr Vater für sie aussuchen würde?

Sie hatte die Bettdecke fest um ihren Leib gezogen und
sich unter ihrer Weichheit vergraben. Schlafen, sie musste
schlafen. Doch als sie die Augen zumachte, sprang die Erinnerung an Fox´ Hände auf ihrem Körper sie an.

Lange Zeit später wurde ihr gequälter Geist endlich in
ihrem Schlummer beschwichtigt.

∾

*I*n seinem Arbeitszimmer in Stipple's End trommelte Fox mit den Fingern auf die Schreibtischplatte. Rob war spät dran, aber andererseits hatte der Regen auch alles beeinträchtigt – selbst einen kurzen Gang von Robs Haus zum Waisenhaus. Es hatte die ganze Nacht bis in den Morgen hinein weitergeregnet. Die große Halle war nass und kalt. Obschon sie den restlichen Teil des Herrenhauses verschlossen hielten, durchdrang die feuchte Kälte jeden Winkel des Gebäudes, wohin er auch ging.

Er hielt inne und blickte zu Mrs. Gates, die auf einem Holzstuhl neben dem Fenster saß. Sie hatten bereits entschieden, die Umsiedlung nach Bassett Manor zu verschieben, bis sie einen Tag mit relativ trockenem Wetter hätten. Verdammt, er würde sich schon mit weniger Regen zufrieden geben, anstatt diesem Wolkenbruch. »Vielleicht sollten wir meine alten Wandteppiche oben an der Treppe aufhängen, um den zweiten Stock besser vor den Elementen zu schützen.«

Über Mrs. Gates Kopf strömte das Wasser am Fenster herab und warf fleckige Schatten auf ihre weiße Haube, als sie nickte. »Ein ausgezeichneter Einfall, Fox. Der obere Korridor ist sehr kalt.«

»Aber haben Sie eine akzeptable Nacht verbracht?« Fox hatte sich voller Sorge um die Bewohner von Stipple's End in seinem eigenen Bett hin und her geworfen.

Mrs. Gates rang die Hände im Schoß. »Ja, obwohl ich wegen dem Geld von gestern Abend besorgt war. Wir hatten es noch nicht fertig gezählt, als ich gegangen bin, aber es hätte mehr Geld da sein müssen. Allein für die Wandteppiche hätte Lord Norris die Hälfte dessen bezahlen müssen, was sich in der Schatulle befindet.«

Fox lehnte sich auf seinem Stuhl zurück. Genau das hatte auch er vermutet. Entweder hatte Norris – dieser Hund –

nicht bezahlt, oder Stratham hatte etwas für sich selbst abgezweigt. Von allen Dingen, die Fox wegen gestern Abend bedauerte, stand sein Versäumnis, nicht bei der Abrechnung dabei gewesen zu sein, ganz oben auf der Liste.

Rob kam herein und überreichte Fox ein Kontobuch. Er hatte die Augenbrauen tief in die Augen gezogen und erzeugte damit einen düsteren Gesichtsausdruck. »Hier ist die Abrechnung, Sie wird dir nicht gefallen.«

Fox schlug das Kontobuch auf und blätterte zu der gesuchten Seite. Er sah die Einträge durch und runzelte die Stirn. »Alles bis auf die Wandteppiche ist abgehakt. Soll das heißen, es haben alle bezahlt, nur Norris nicht?« Er reichte das Buch an Mrs. Gates.

Sie überprüfte die Zahlen und nickte. »Er hatte nicht bezahlt, als ich gegangen bin, und es sieht so aus, als hätte Mrs. Knott meine Aufzeichnungstechnik für die Zahlungen fortgesetzt.«

Rob stand neben dem Schreibtisch. »Mrs. Knott sagt, Norris hätte nicht gezahlt. Sie überlegte, ihn darum zu bitten, doch sie wusste nicht recht, wie sie ihn ansprechen sollte.« Er warf Fox einen ängstlichen Blick zu. »Wir dachten, du würdest dort sein.«

Fox ballte die Hände und schluckte seine Frustration. Verdammte Miranda und ihre Rücksichtslosigkeit. »Ich hätte da sein sollen, aber es gab da ein … Problem. Ich entschuldige mich, Mrs. Knott in eine schreckliche Lage gebracht zu haben.« Selbstverständlich konnte jemand wie sie einen aufgeblasenen, selbstherrlichen Kriminellen wie den Earl of Norris nicht ansprechen. Fox fuhr sich mit der Hand durchs Haar. »Danke, Mrs. Gates. Wir werden die Sache jetzt von hier aus regeln.«

Mrs. Gates legte das geöffnete Kontobuch wieder vor Fox auf den Schreibtisch. »Es tut mir so leid Fox. Ich hätte nicht mit Lisette gehen sollen.«

»Nein, Sie hätten es auch nicht geschafft, Norris das Geld abzunehmen.« Fox war derjenige, der nicht hätte gehen sollen.

Mrs. Gates ging hinaus und schloss die Tür hinter sich. Die Arme vor der Brust verschränkt, lehnte Rob an der Wand. »Was hast du vor?«

Fox stützte die Stirn in die Handfläche und starrte auf das Kontobuch hinab. Warum musste alles nur so verdammt schwierig sein? »Ich will nach Cosgrove gehen und das Geld holen.«

»Du glaubst, er wird es dir freiwillig geben? Nachdem er dich letztes Jahr nicht bezahlt hat?«

Fox ließ die Hand sinken und sah zu Rob auf. »Da er die Wandteppiche bereits in Besitz genommen hat, hoffe ich vielleicht törichterweise, dass er für sie bezahlt.«

Rob zog eine Augenbraue hoch. »Und wenn er das nicht tut?«

»Du hast den Schaden in der Halle gesehen, Rob. Wir, und damit meine ich dich und mich, können das nicht reparieren. Wir müssen einen Zimmermann beauftragen. Außerdem müssen wir jetzt auch noch den Innenbereich instand setzen.« Er schlug das Kontobuch zu und schob es auf die Schreibtischecke. »Wir kommen scheinbar niemals vorwärts!«

Rob richtete sich auf. »Ich werde mich darum kümmern, mit einigen Leuten über die Reparatur zu sprechen. Du hast doch zumindest genügend Geld, um damit voranzugehen, nicht wahr?«

Fox richtete seinen finsteren Blick auf die entfernte Wand, die Hände auf den Armlehnen zu Fäusten geballt. »Zum Vorangehen, ja. Es zu Ende zu bringen? Das ist verdammt unwahrscheinlich.« Um gar nicht erst von den eintausend anderen Dingen zu reden, die er mit dem Geld zu erledigen hätte, das Norris ihm nicht bezahlt hatte.

»Du bist darüber richtig in Rage, Fox. Nagt noch etwas anderes an dir?«

Fox starrte zu seinem Verwalter auf. »Der potenzielle Ruin dieses Waisenhauses, ganz zu schweigen von meinen Pächtern, meinen Dienstboten … mir, zum Teufel. Reicht das nicht?«

Die Röte stieg Rob am Hals hinauf. »Aye, das ist reichlich. Ich habe dich nur noch nie so aufgewühlt gesehen.«

Fox stieß sich aus seinem Stuhl hoch, der gegen die Wand hinter ihm krachte. »Ich bin auf dem Weg nach Cosgrove, um dem Schnösel abzuknöpfen, was er uns schuldet.«

Rob trat beiseite, als Fox auf die Tür zumarschierte. »Ich wünsche dir Glück, aber ich glaube nicht, dass es etwas ausmachen wird.«

Frustrierenderweise hatte Rob wahrscheinlich recht.

Eine halbe Stunde später stand Fox in einem großen, im chinesischen Stil dekorierten Wohnzimmer, auf Cosgrove. Farbenprächtige Vasen aus dem fernen Osten zierten jede verfügbare Abstellfläche. Zwei mit chinesischen Figuren verzierte Schwerter waren gekreuzt über dem Kamin aufgehängt. An zwei Wänden hingen prächtige Wandteppiche, die mit Abbildern schwarzhaariger, mandeläugiger Menschen bestickt waren.

Ehe er den Reichtum an Antiquitäten noch weiter katalogisieren konnte, schlenderte Norris ins Zimmer. Seine lavendelfarbene Weste schrie beinahe vor Anstrengung, den massiven Bauch des Mannes einzupferchen. Jedes Mal, wenn Fox ihn zu Gesicht bekam, schien er noch korpulenter geworden zu sein.

»Guten Tag, Fox. Zweimal in zwei Tagen. So oft habe ich Sie im vergangenen halben Jahr nicht gesehen.« Norris ließ sich in einen goldenen Sessel sinken und entlockte dem gepeinigten Möbelstück dabei ein Knarren.

Fox setzte sich Norris gegenüber auf ein himmelblaues

Sofa. Er würde den Schurken besser nicht gleich von Anfang an in die Defensive treiben. »Ich möchte Ihnen für Ihre Unterstützung bei der Wohltätigkeitsveranstaltung danken. Sie können sich nicht vorstellen, was Ihre Großzügigkeit für die Waisen bedeutet. Oder für mich persönlich.« Die letzten Worte sprach Fox unter großer Anstrengung aus. Er hätte sich lieber daran verschluckt.

Norris winkte dem Dienstmädchen zu, das mit einem Teetablett eingetreten war. Sie stellte es auf einem niedrigen Tisch vor dem Earl ab. Er sah sie kurz an. »Sie werden einschenken müssen.«

Fox hielt die Anweisung für unnötig. Wahrscheinlich konnte Norris sich nicht einmal so weit vorbeugen, um sich selbst die Schuhe anzuziehen.

Das Dienstmädchen schenkte ein und reichte Norris eine Tasse. Er blinzelte zu ihr auf, und für einen Moment spürte Fox den Widerwillen seitens der Frau.

Norris nippte an seinem Tee. »Es ist sehr freundlich von Ihnen, mir persönlich einen Besuch abzustatten.«

Hauptsächlich um seine Emotionen zu zügeln, trank Fox etwas Tee. Er musste mit Bedacht vorgehen. »Ich bin auch gekommen, um das Geld für die Wandteppiche zu kassieren, die Sie gekauft haben. Es sind herrliche Exemplare und ich bin sicher, dass Sie bereits entschieden haben, wo Sie sie aufhängen werden.«

Norris legte den Kopf schief. »Das habe ich in der Tat. Aber ich versichere Ihnen, dass ich bereits für sie bezahlt habe. Sie haben mich ja auch einen ordentlichen Batzen gekostet.«

Fox presste die Finger um die Untertasse in seiner Hand, ehe er das filigrane Stück auf den Tisch stellte, um es nicht zu zerbrechen. »Vielleicht liegt ein Missverständnis vor. Haben Sie den Betrag selbst entrichtet? Weder Mrs. Gates noch Mrs. Knott besinnen sich darauf, dass Sie dafür bezahlt hätten. Aber Sie haben die Wandteppiche gestern Abend mitgenommen, nicht wahr?«

»Das habe ich gewiss. Ich hatte kaum erwarten können, nach Hause zu kommen. Aber vergessen Sie sich nicht. Es ist für sie bezahlt worden.« Norris' Glubschaugen verhärteten sich zu Kieseln. Dann lachte er. »Sie würden vor meinem Wort doch gewiss nicht der Aussage einer Waisenhausvorsteherin und der Ehefrau eines gewöhnlichen Verwalters vertrauen?«

Fox fand die Arroganz des Mannes empörend. Aber was konnte er unternehmen? Wenn er sagte, Norris hätte nicht für die Wandteppiche bezahlt, würde der Earl das Gegenteil behaupten. Und leider hatte er recht. Ein Earl übertrumpfte jede Frau in Glaubwürdigkeit – und insbesondere solche von niederem Stand, wie Mrs. Gates und Mrs. Knott.

Fox zwang sich zu lächeln. »Wo beabsichtigen Sie, die Wandteppiche aufzuhängen?«

»Sie werden gerade angebracht. Ich zeige es Ihnen, wenn Sie wollen.« Er strahlte, als er sich auf die Füße hievte, und seine Hängebacken wackelten bei jeder Bewegung dazu.

»Gehen Sie voraus.« Fox folgte dem Earl aus dem Zimmer, wobei er sich alles merkte, was er sah. Anders als Stratham Hall war Cosgrove gut organisiert und Fox konnte sich den Grundriss leicht einprägen.

Der schwer atmende Norris wurde langsamer. »Ich komme ab und zu ein wenig aus der Puste. Sie sind gleich hier an meinem Arbeitszimmer vorbei.«

Fox nickte und ein kleines Lächeln umspielte seine Lippen. Es interessierte ihn nicht die Bohne, wo Norris diese verdammten Wandteppiche aufhängte, sondern nur, wo dieser Hurensohn sein Geld und seine Aufzeichnungen aufbewahrte.

∼

*D*as Mittagessen aus Hammelfleisch und Salzkartoffeln lag Miranda wie Blei im Magen. Ihre Sorge war weniger auf das Essen, sondern vielmehr auf den Schreck über das eingestürzte Dach zurückzuführen. Und auf das Wiedersehen mit Fox nach dem Streit von gestern Abend – um gar nicht von ihrem kleinen Zwischenspiel in der kleinen Kammer zu reden. Sie versuchte, sich auf ihre Stickerei zu konzentrieren, aber selbst unter den besten Voraussetzungen ließen ihre Fähigkeiten zu wünschen übrig. Eigentlich war es zum Lachen, dass sie den Mädchen etwas »beibringen« wollte, worin sie so wenig Übung hatte.

Das trübe Wetter verschlimmerte ihre mürrische Stimmung nur noch, jedoch hatte sie damit immerhin einen Grund, zu bleiben. Angesichts des starken Regens hatte sie Jasper leicht davon überzeugen können, ihre Rückfahrt nach Wokingham zu verschieben.

Der Regen lief in Strömen an den Fenstern in der Bibliothek von Stipple's End herab, und der graue Himmel zwang sie, ihre Handarbeit bei Kerzenlicht auszuführen. Sie sah zu Flora hinüber, die mit ihrer Nadel methodisch in den Stoff stach und ein schönes Kreuzmuster erzeugte. Nach der gerade noch abgewendeten Katastrophe von gestern Abend, wirkte das Mädchen bemerkenswert ruhig und gelassen.

Jasper schlenderte in die Bibliothek. Prompt stach Miranda sich mit der Nadel in den Finger. Sie warf das Stoffstück in den Korb zu ihren Füßen, womit sie den Anschein zu sticken ganz aufgab. »Guten Tag, Jasper.« Auf einmal hielten die Mädchen wie erstarrt inne, um ihren gut aussehenden Bruder anzuschauen. »Jasper, das sind meine Mädchen. Mädchen, das ist mein Bruder, Lord Saxton.«

Er verbeugte sich mit großer Geste vor allen im Zimmer versammelten Mädchen und schenkte ihnen ein herzliches Lächeln. »So verbringt meine Schwester also ihre Tage?

Welch ein Glück für euch alle, in den Genuss ihres reichhaltigen Wissens zu kommen.« Er trat auf das nächstbeste Mädchen zu – Delia – und blickte auf ihre Handarbeit hinunter. »Obschon ich bereits erkennen kann, dass deine Stickkünste Mirandas Fertigkeiten auf diesem Gebiet schon übertroffen haben.«

Miranda erhob sich. »Ja, jedes Mädchen hier ist besser als ich.«

»Hast du ihnen das Malen beigebracht? Oder hast du beschlossen, dir gar nicht erst die Mühe zu machen?« Er blickte sich unter seinem gefesselten Publikum um. »So schlecht sie auch mit der Nadel ist … mit dem Pinsel ist sie noch schlimmer.«

Miranda verdrehte die Augen. »Seht ihr, was ich mir in London gefallen lassen muss? Vielleicht bleibe ich einfach hier in Wootton Bassett.«

Lisette ließ ihre Nadel fallen. »Wirklich?« Sie drehte sich zu Delia. »Ich habe dir doch gesagt, dass sie bleiben wird!«

Delia runzelte die Stirn. »Sei nicht albern. Leute wie Lady Miranda leben nicht in Orten wie Wootton Bassett. Vielleicht ist Lord Saxton gekommen, um sie nach Hause zu holen.«

Jasper sah seine Schwester mit hochgezogener Augenbraue an. »Tatsächlich bin ich gekommen, um sie abzuholen – nach Birch House, meine ich. Wir werden aufbrechen, sobald der Regen nachlässt.«

Miranda warf ihrem Bruder einen scharfen Blick zu. Sie hatte den Mädchen nicht gesagt, wann sie gehen würde. Lisette sah sie immer noch mit großen, traurigen Augen an. Unfähig, ihren prüfenden Blick noch weiter zu ertragen, drehte Miranda sich weg und flüsterte zu Jasper: »Was tust du eigentlich hier?«

Er lehnte sich vor und sprach in einem leisen Tonfall. »Warum so argwöhnisch? Ich wollte dich bei der Arbeit sehen. Ich bin ein bisschen schockiert, das gebe ich zu. Diese Stätte ist eine Bruchbude. Wie lange ist das Dach schon eingestürzt?«

»Das ist erst vergangene Nacht passiert, aber den ganzen Sommer über war es immer wieder undicht.«

»Und es ist bis jetzt nicht repariert worden?« Jasper schüttelte den Kopf.

Miranda brauste auf. »Fox und alle anderen hier arbeiten sehr hart, um Stipple's End in Ordnung zu halten. Mit diesem Wetter war es ein schwieriges Jahr. Und die Ernte ist verheerend schlecht. Wir haben die Wohltätigkeitsveranstaltung geplant, um Geld für die Dachreparatur zusammenzubekommen.«

»Nun, hoffentlich habt ihr viel Geld eingenommen. Das sieht nach einer kostspieligen Reparatur aus.« Er richtete sich auf. »Bist du jetzt aufbruchbereit oder musst du das, woran du gearbeitet hast, noch etwas mehr verpfuschen?« Er beendete seine Frage mit einem heiteren Augenzwinkern, doch seine unbekümmerte Haltung irritierte sie.

Sie warf einen Blick auf die Uhr. Ihre Unterrichtsstunde war sowieso zu Ende. »Mädchen, damit ist unsere heutige Stunde beendet. Ich sehe euch morgen.« Sie hatte die feste Absicht, bis zu Lord Norris' Fest in Wootton Bassett zu bleiben, und wenn der Regen nicht anhielt, würde sie Jasper einfach davon überzeugen, dass sie mehr Zeit mit Lord Septon verbringen musste. Das würden ihre Eltern ihr gewiss nicht übel nehmen.

Sie nahm Jasper beim Arm und zog ihn zur Tür. Er verbeugte sich vor den Waisenmädchen, ehe er ihr in den Korridor folgte. Kalte Luft schlug ihnen entgegen, die ihre eisigen Tentakel um ihre bloßen Finger und ihren Hals schlang.

Sie wollte ihre Haube und ihre Jacke aus der Halle holen, doch dann fiel ihr ein, dass sie sie im Speisesaal gelassen

hatte, um sie vor der Kälte in der großen Halle zu bewahren.
»Einen Moment noch.«

Sie wollte den Speisesaal gerade wieder verlassen, als Fox
ihr in den Weg trat, worauf sie abrupt stehen blieb. Heute sah
er ganz anders aus, denn er trug wieder seine Arbeitskleidung und sein braunes Haar war ein bisschen zerzaust.
Dennoch erachtete Miranda ihn als ebenso attraktiv wie am
Vorabend. Möglicherweise sogar noch mehr, was für sie
keinen Sinn ergab.

Er musterte sie von Kopf bis Fuß und schien ihre
Erscheinung ebenso abzuschätzen, wie sie die seine. »Sie
sind immer noch hier. Ich dachte, Ihr Unterricht sei
beendet.«

»Das ist er. Ich gehe gerade.« Sie rührten sich beide nicht.
»Es tut mir so leid wegen des Dachs. Es ist so ein Glück, dass
wir gestern die Wohltätigkeitsveranstaltung hatten. Werden
Sie es bald reparieren können?«

Er verzog das Gesicht. Hatte sie etwas Falsches gesagt?
Sie hätte wahrscheinlich nicht nach der Reparatur fragen
sollen. Sie wusste, dass er sich jede Mühe gab, um alles
zusammen zu halten, doch er konnte seine Empfindlichkeit
hinsichtlich Stipple's End nicht verschleiern. Vielleicht hatte
er eine ebenso schlechte Nacht verbracht wie sie. Hatte er
sich ihr Zwischenspiel im Bordell und ihren anschließenden
Streit noch einmal durch den Kopf gehen lassen?

Sie lächelte, obwohl ihr Verstand und ihr Körper zu
bersten drohten. »Ich bin sicher, dass Sie alles ganz schnell
wieder in Ordnung gebracht haben. Das Waisenhaus hat so
ein Glück, Sie zu haben.« Sie forschte in seinem halb abge-
wandten Gesicht nach irgendeinem Hinweis seiner Emotion.

»Sie sollten gehen.« Seine Stimme klang tief und dunkel
– als ob er Kies geschluckt hätte.

Ihr Herz zog sich zusammen und sie ergriff seine Hand,
obwohl ihr Verstand sie schreiend warnte, das nicht zu tun.

»Fox, es tut mir leid wegen gestern Abend. Wenn ich die Dinge ändern könnte –«

Er umschloss ihre Finger mit festem Griff und durchbohrte sie mit einem wütendem Blick. »Das können Sie nicht. Dank Ihnen und Ihrer Rücksichtslosigkeit haben wir Norris' Zahlung nicht kassiert und jetzt fehlt uns das Geld.«

Miranda schnappte nach Luft. »Was ist passiert?«

Er schürzte die Lippen und zeigte ihr einen Fox, den sie noch nie zuvor erlebt hatte. »Ich war nicht dort, um die Abrechnung zu überwachen und jetzt behauptet Norris, er hätte bezahlt, obwohl Mrs. Knott mir das Gegenteil versichert. Sein Wort steht gegen ihres.«

Ihre Knie fühlten sich wacklig an, als das Grauen ihren Körper beschlich. »Es ist alles meine Schuld –«

Als Jasper sich räusperte, ließ Miranda Fox' Hand schlagartig los, als wären Dornen daraus gewachsen. Fox drehte sich zu Jasper und nickte ihm leicht zu.

Jasper drang weiter in den Korridor vor. »Guten Tag, Mr. Foxcroft. Sieht aus, als hätten Sie hier alle Hände voll zu tun. Verdammt großherzig von Ihnen, sich dieser armen Seelen anzunehmen.«

Fox drückte die geballte Hand gegen seinen Oberschenkel. »Ja, ich trage die Verantwortung für sie, und das nehme ich sehr ernst. Wenn Sie mich jetzt entschuldigen würden. Wie Sie schon sagten, habe ich alle Hände voll zu tun.« Ohne Miranda anzusehen oder einen Abschiedsgruß ging er davon.

Jasper half Miranda in ihre Jacke. »Ich bin froh, dass ich nicht an seiner Stelle bin. Kannst du dir vorstellen, dich um all dies kümmern zu müssen? Außerdem hat er sein eigenes Anwesen – und wie ich gehört habe, ist es nicht gerade klein.«

Mit zittrigen Händen band Miranda ihre Haube unter dem Kinn mit einer Schleife fest und fasste den Arm ihres

Bruders. Sie konzentrierte sich auf eine ruhige Stimmlage, anstatt ihrem Gedankenchaos nachzugeben. »Ich war noch nie auf Bassett Manor. Ich habe keine Ahnung von seinen Ausmaßen.«

Jasper führte sie nach draußen und half ihr in die Kutsche. »Nun, lass uns beten, dass es eine Verbesserung hierzu ist. Besser er als ich, der sich um solche Dinge wie beschädigte Gebäude und schmutzige Waisenkinder zu kümmern hat.« Mit einem mitleidigen Blick betrachtete er Stipple's End, ehe er in die Kutsche stieg. Er lehnte sich gegen das plüschige, königsblaue Samtkissen zurück, während der Diener die Tür schloss.

»Jasper, sie sind nicht schmutzig! Es wird gut für sie gesorgt! Ich wünschte, dass andere Waisenhäuser so gut geführt würden, aber ich bin mir sicher, dass dem nicht so ist.« Nein, selbst dann nicht, wenn erheblich mehr Mittel zur Verfügung stünden als in Stipple´s End, war Miranda sicher, dass niemand eine Einrichtung so erfolgreich leitete wie Fox. Die Kinder waren sicher aufgehoben, sie lernten und waren glücklich. Sie sah ihren Bruder stirnrunzelnd an. »Du solltest dich mal hören.«

Jasper heftete seinen eisigen Blick auf sie, der sie viel zu sehr an ihren Vater erinnerte. »Du solltest *dich selbst* hören. Du bist ganz verändert. Du verteidigst Waisenkinder, zeigst große Besorgnis und planst eine Wohltätigkeitsveranstaltung.« Als die Kutsche anfuhr, legte er die Handflächen zu beiden Seiten auf das Kissen. »Ich würde den Vorschlag machen, dass du dort nicht mehr weiterarbeiten musst, solange wir hier festsitzen, aber davon willst du bestimmt nichts hören, wage ich zu behaupten. Und wenn ich nicht den Beweis deiner offenkundigen Sorge um die Mädchen mit eigenen Augen gesehen hätte, könnte ich der Annahme sein, dass du wegen Foxcroft bleiben willst.«

Mirandas Puls schlug schneller. »Sei nicht albern. Ich habe kein Interesse an Mr. Foxcroft.«

Er legte den Kopf schief. »Tatsächlich? Als ich in den Flur kam, schien es, als würde zwischen euch eine gewisse Intimität herrschen.«

Intimität? Ganz gewiss war es nichts so Persönliches. Es war nicht das, was sie im Bordell miteinander gehabt hatten. Ihre Haut erhitzte sich langsam und sie holte tief Luft. »Musst du deine Nase in alles stecken? Ich habe lediglich meine Besorgnis über das Dach zum Ausdruck gebracht. Was soll ich an einem Landei wie ihm finden?«

Seine fesselnden Augen und ihre Art zu funkeln, wenn er lächelte. Seine von Arbeit rauen Hände und die Art, wie sie sie so sanft hielten, wenn sie tanzten, und so erotisch, wenn …

»Er sorgt sich um die gleichen Waisenkinder wie du.« Jasper redete, und sie versuchte, sich auf seine Worte zu konzentrieren. »Es hat ganz den Anschein, als hättet ihr eine Gemeinsamkeit.«

»Vielleicht. Aber das ist auch alles.« Sie presste die Lippen zusammen. Konnte er nicht über etwas anderes reden?

Er drückte die Lippen zu einem Strich zusammen. »Das ist auch gut. Kannst du dir vorstellen, tatsächlich eine Zuneigung zu Foxcroft zu hegen? Du würdest nie die Erlaubnis bekommen, ihn zu heiraten.«

Na also. Er hatte ausgesprochen, was sie sich seit gestern Abend eingeredet hatte. Was sie Fox entgegnet hatte. Eine Zukunft mit ihm war unmöglich. In ihrem Hinterkopf flötete ein winziges Stimmchen, dass es nicht unmöglich war, und sie bislang getan hatte, was ihr beliebte. »Und sieh nur, wohin mich das gebracht hat«, murmelte sie leise vor sich hin.

»Was war das?«, fragte Jasper, der seine Aufmerksamkeit von der verregneten Landschaft auf sie lenkte.

»Nichts.« Als Jasper das Gesicht wieder dem Fenster zuwandte, faltete Miranda die Hände im Schoß.

Die Dinge waren so viel einfacher für ihn. Da er in Saxton House lebte, konnte er tun und lassen, was er wollte und wann er wollte. Er konnte ihren Eltern fast vollkommen aus dem Weg gehen, wenngleich er sich in der Regel bei Mutters zweiwöchentlicher Teeeinladung zeigte. Miranda erinnerte sich an einen dieser Teenachmittage im letzten Frühjahr. Jasper hatte eine Romanze mit einer Opernsängerin und Vater hatte ihm mit einem anerkennenden Schulterklopfen zu solch einer ausgezeichneten Eroberung gratuliert. Der Herzog hatte sich immer nur dann herabgelassen, sie überhaupt anzusehen, wenn sie einen Ballsaal betrat und sich ihre Tanzkarte sofort füllte oder prominente Menschen ihre Bekanntschaft suchten. In solchen Momenten schwoll seine Brust, und er bedachte sie mit einem steifen Nicken.

Was würde sie nicht darum geben, den Herzog wirklich stolz auf sie zu sehen. Nicht auf ihre Schönheit oder ihre Eigenschaften, sondern auf *sie*. Wenn ihre Eltern so wie Jasper nach Stipple′s End kämen, würden sie dann anerkennend nicken und sie mit Lob überschütten? Nicht, wenn sie ihre Zeit mit Menschen wie Montgomery Foxcroft vertrödelte.

Ihre Erfahrung sagte ihr, sie wäre besser dran, wenn sie ihr Glück ohne die Billigung ihrer Eltern finden könnte. Doch im Herzen fürchtete sie, dass das nicht möglich war.

ox knallte die Tür zum Arbeitszimmer in Stipple´s End zu. Rob, der hinter dem Schreibtisch saß und Zahlen in das Hauptbuch eintrug, schreckte auf und ließ die Schreibfeder fallen. Als er zu Fox aufsah, runzelte er die Stirn. »Die Dinge auf Cosgrove sind wohl nicht gut gelaufen?«

Fox ließ sich auf dem kleinen Holzstuhl am Fenster nieder. »Der Hurensohn behauptet, er hätte Mrs. Gates bezahlt und mich davor gewarnt, die Sache an die große Glocke zu hängen. Warum sollte jemand ihr schon mehr glauben als ihm?« Fox sah keinen Sinn darin, Rob über die Zweifel des Earls an Mrs. Knotts Glaubwürdigkeit zu informieren.

»Mistkerl.« Rob stieß das Wort mit angehaltenem Atem hervor und bleckte die Zähne dabei. Darauf saßen sie einen Augenblick schweigend da, ehe er fragte: »Was hast du vor?«

Fox streckte die Beine vor sich aus. »Wir brauchen das Geld. Sonst werden wir nie genug für die Reparatur des Hauses haben.« Er zeigte auf das Buch auf dem Schreibtisch. »Das Hauptbuch sagt die Wahrheit.«

Rob legte seine Schreibfeder hin. »Aye, es ist schlimmer, als wir erwartet haben. Vermutlich denkst du, was ich denke.«

»Ich bin mir nicht sicher, was du denkst, aber ich werde das Geld stehlen. Was kann ich sonst tun?« Er warf die Hände in die Luft. »Verdammt, es ist nicht einmal Diebstahl, da es sowieso uns gehören sollte.«

Rob stützte die Hände auf die Armlehne des Stuhls. »Hast du einen Plan dafür?«

Fox nickte. »Seit ich dort weggegangen bin, habe ich darüber nachgedacht. Wie es der Zufall so will, bin ich ein bisschen in Cosgrove umhergelaufen. Ich habe Norris' Arbeitszimmer ausfindig gemacht. Es hat drei Fenster. Ich kann nicht mit Gewissheit sagen, dass das Geld dort drin ist, aber nach meinen Einschätzungen werde ich etwas finden.«

Sie brauchten das Geld, doch es ging ihm auch um Beweise, womit er die korrupten Machenschaften des Earls belegen könnte. Wie etwa eine Liste derjenigen, die Beiträge entrichtet hatten und die Höhe der Zahlungen. Etwas, um es dem Oberhaus vorzulegen, das dann irgendeine Strafe verhängen könnte. Wäre eine Deportation zu hart? Nein, das klang genau richtig.

Rob riss ihn aus seinen Gedanken. »Du erinnerst dich vielleicht, dass Freddie als Stallknecht auf Cosgrove arbeitet.«

Freddie war eines der Waisenkinder von Stipple's End gewesen. Er war vor ein paar Jahren auf Cosgrove angestellt worden. »Was hast du im Sinn? Ich möchte die Stellung des Jungen nicht in Gefahr bringen.«

Rob zog eine Schulter hoch. »Ich werde mich mit ihm unterhalten und herausfinden, ob er etwas darüber weiß, was sich in diesem Arbeitszimmer befindet, oder ob er wenigstens dafür sorgen kann, dass eines der Fenster unverschlossen bleibt.«

»Das wäre außerordentlich hilfreich. Aber ich werde den Jungen nicht in Schwierigkeiten bringen.«

»Verstanden. Wie lautet dein Plan?«

Fox dachte einen Augenblick nach. »Ich bin noch nie maskiert in ein Haus eingedrungen, aber ich sehe keine andere Möglichkeit.«

Rob nahm den Federkiel vom Schreibtisch und rollte ihn zwischen den Fingern. »Gibt er nicht in ein paar Tagen ein Fest?«

»Ich bin nicht eingeladen.« Fox ließe sich davon nicht abhalten. »Das macht nichts. Falls man mich erwischt, tue ich so, als wäre ich ein Gast. Die meisten der Anwesenden sind seine Antiquitätenfreunde aus London und sie kennen mich nicht.«

Rob rieb sich das Kinn. »Ich weiß nicht. Es scheint riskant zu sein. Auf der Straße ist es leichter, zu entkommen. Wenn du außerdem auf Cosgrove mit der Maske erwischt wirst, werden dich die Leute für den Straßenräuber halten.«

»Möglicherweise, doch das liegt lang zurück. Niemand weiß von dem anderen Raubüberfall mit Stratham. Ich muss die Verbindung zu Carmodys Straßenräuber riskieren.« Ungeduldig, diesen Plan in die Tat umzusetzen, stand Fox auf. Er wollte Norris' Festung am liebsten auf der Stelle stürmen und sich nehmen, was der Mann ihnen schuldete.

Rob nahm ihn mit einem durchdringenden, warnenden Blick ins Visier. »Ich glaube nicht, dass es von Bedeutung ist. Du begehst diesen Raub, und das reicht, um dich an den Galgen zu bringen.«

Fox öffnete die Tür, um zu gehen. »Na, dann lasse ich mich wohl besser nicht erwischen.«

∽

*D*a der beinahe Vollmond von einer dicken Wolkendecke verdeckt wurde, war es in der Nacht von Norris´ Fest mehr als dunkel. Glücklicherweise hatte der Regen nachgelassen. Fox ließ Icarus in einiger Entfernung zur Auffahrt von Cosgrove angebunden zurück und schlich sich so verstohlen, wie sein voluminöser schwarzer Umhang es zuließ, auf das Haus zu.

Kutschen standen in der Auffahrt und das bedeutete Diener und Stallknechte, die sich dort aufhielten. Sorgfältig darauf bedacht, im Schatten zu bleiben, stahl sich Fox bis zur Ecke des Gebäudes, in dem Norris´ Arbeitszimmer lag. Sobald er beim Gebäude angekommen war, presste er seine Gestalt an den grauen Stein, worauf sein wollener Umhang über die raue Oberfläche schabte.

Er tastete sich an der Fassade entlang, bis er beim ersten Fenster des Arbeitszimmers angelangt war. Jetzt würde er gleich wissen, ob Freddie erfolgreich gewesen war. Der Pferdeknecht hatte nichts darüber erfahren können, was Norris dort aufbewahrte, aber er war sich ziemlich sicher gewesen, eines der Fenster entriegeln zu können. Freddie war überglücklich gewesen, Fox zu helfen, dem er offenbar mehr Loyalität entgegenbrachte als seinem Dienstherren. Der Bursche hatte auch eine Kiste unter einem Strauch in der Nähe versteckt, um besser an das Fenster heranzukommen, da es recht hoch über dem Boden lag. Sobald Fox sich das leisten konnte – vorausgesetzt, er könnte das jemals –, würde er Freddie vom Grafen abwerben.

Auf der Kiste stehend, reckte er den Arm nach oben und stieß gegen das erste Fenster, aber es ließ sich nicht bewegen. Er nahm den behelfsmäßigen Schemel und probierte es mit demselben Ergebnis beim nächsten. Am dritten Fenster hatte er Erfolg. Fox schob das Fenster auf, wobei er für seine überragende Körpergröße dankbar war.

Eine gedämpfte Symphonie aus Musik und Gelächter drang durch das offene Fenster. Es klang, als stünde die Tür zum Arbeitszimmer offen. Mit dem Umhang in das Zimmer zu klettern, würde sich als schwierig erweisen. Er rollte den dicken Stoff zu einer Kugel zusammen, die er zu Boden fallen ließ. Dann zog er sich auf das Fenstersims und schwang die Füße darüber, um sich so lautlos wie möglich auf den Fußboden hinab zu lassen.

Das Arbeitszimmer war beinahe in vollkommene Dunkelheit getaucht. Wie er vorausgesehen hatte, stand die Tür offen und ein schwacher Lichtschein fiel ein. Sobald er sie geschlossen hätte, wäre es pechschwarz im Zimmer. Auf leisen Sohlen sah er sich im Zimmer um, bis er ein Bündel Kerzen auf dem Tisch entdeckte. Mit einem Kienspan aus dem Kamin entzündete er einen Docht und beeilte sich, die Tür zu schließen.

Er drehte sich zum Schreibtisch zurück und überlegte, wo er seine Suche beginnen sollte. Die Tischoberfläche war mit kleinen Kuriositäten bestückt, wobei es sich wahrscheinlich um kostspielige Antiquitäten handelte, die mit dem Geld anderer Leute bezahlt worden waren. Ein aufgeschlagenes Buch mit Namen und Geldbeträgen unter der Überschrift »Beiträge« zu finden, hatte er tatsächlich nicht erwartet, doch es hätte ihm seine Aufgabe leicht gemacht.

Behutsam zog er die erste Schublade hervor, als die Tür plötzlich knarrend aufschwang. Mit einer fließenden Bewegung drückte Fox die Flamme aus und ging hinter dem Schreibtisch in die Hocke.

Die Tür schnappte zu. Das Geräusch raschelnder Röcke erfüllte das Zimmer, als diese Person – es musste eine Frau sein – auf den Schreibtisch zustrebte. Seine Sinne waren in höchster Alarmbereitschaft, ehe er unvermittelt einen würzigen Duft von Nelken und Orange wahrnahm.

Miranda.

Was für ein Glück. Er hielt die Luft an und fragte sich, was zum Teufel sie hier zu suchen hatte. Sie kam näher – zu nahe. Als sie hinter den Schreibtisch trat, konnte er sich nicht rasch genug bewegen, ehe ihr Fuß mit seinem in Berührung kam.

Sie schnappte nach Luft.

Blitzartig sprang er auf und drückte ihr eine Hand auf den Mund. »Pssst.« Auf ihr Nicken hin ließ er sie frei.

»Sind Sie das?«, hauchte sie atemlos.

Fox wagte nicht, eine Konkretisierung zu verlangen. Außerdem wusste er bereits, wen sie meinte. Himmel, das war ein vielleicht ein Schlamassel. Mit leiser Stimme raunte er: »Sie müssen gehen.«

»Was machen Sie hier? Bestehlen Sie Lord Norris?«

Obschon sie leise sprach, fürchtete er, ihr Gespräch könnte Aufmerksamkeit erregen. Er legte seine Hand um ihren Arm und raunte: »Sie müssen gehen. Auf der Stelle.«

Zur Antwort schüttelte sie den Kopf, und ihr Duft nach Zitrusfrüchten und Gewürzen übermannte ihn. Es kostete ihn alle Mühe, sein Gesicht nicht in ihrem Haar zu vergraben.

»Ich kann Ihnen helfen.«

»Was?« Er befürchtete schon, sich verraten zu haben, als sie verstummte. Eilig fügte er in einem hoffentlich kehligen, nicht wiederzuerkennenden Tonfall hinzu: »Sie können mir nicht helfen.«

»Doch, kann ich. Ich werde kein Geschrei veranstalten, falls das ihre Sorge sein sollte. Das habe ich auch nicht, als Sie nach Birch House kamen, oder?«

Nein, das hatte sie nicht. Mit ihr hier in der Dunkelheit zu sein, ihren Duft zu riechen, die Maske zu tragen, die er getragen hatte, als er sie geküsst hatte ... all das ließ seine Entschlossenheit verrücktspielen. Sein Ziel, Norris´ Arbeitszimmer zu durchsuchen, verblasste angesichts des dringenden Bedürfnisses, sie in seine Arme zu schließen.

»Ich habe nur eine Bedingung«, sprach sie weiter. »Sie müssen mir einen Teil dessen geben, was Sie finden.«

Fox' Gedanken gelangten plötzlich und gründlich zum Stillstand. »Was?«

»Lord Norris schuldet dem örtlichen Waisenhaus Geld, und ich will dafür sorgen, dass sie es bekommen.« Sie rückte näher, bis sie so dicht vor ihm stand, dass ihr Atem ihn am Kinn kitzelte. »Sie verstehen also, dass ich Ihnen beim Stehlen seines Geldes helfe, aber ich möchte einen Anteil. Für das Waisenhaus.«

Noch nie war sein Wunsch sie zu küssen stärker gewesen als jetzt.

Zu spät nahm er den hellen Lichtschein wahr, der unter der Tür hindurchschimmerte. Eine Hand auf der Klinke.

Verdammter Mist. Zum Fliehen blieb keine Zeit. Keine Zeit, sich zu verstecken. Es war gerade noch Zeit seine Maske abzunehmen.

Und, wenn dies in diesem Moment auch gar nicht in seiner Absicht gelegen hatte: sie endlich zu kompromittieren.

～

*D*ie Tür hinter ihr öffnete sich. Von dem Straßenräuber wie gebannt, erstarrte Miranda. Seine Züge wurden vom Kerzenlicht erleuchtet, als er sich die Maske vom Gesicht zog.

Fox.

Sie blinzelte.

Fox.

Sie sog den Atem ein.

Fox?

Sie riss Mund und Augen auf. Sie vermochte den Schock

einfach nicht im Zaum zu halten, der aus ihr herausbrach.
Und gerade war sie knapp davor gewesen, ihn erneut zu
küssen, um sich dann eines Besseren zu besinnen, weil sie an
Fox und nicht an den Straßenräuber gedacht hatte. Aber Fox
war der Straßenräuber.

Nicht wahr?

»Was zum Teufel geht hier vor sich?«

Miranda wirbelte herum, und beim Anblick von Lord
Norris, der mit einer Öllampe in der Tür stand, kollidierte
ihr Herz mit ihrer Lunge. Dann sackte ihr das Herz mitsamt
allen anderen Organen bis zu den Füßen, als sie erkannte,
wer mit einem Ausdruck der Überraschung und Enttäuschung hinter ihm stand: Jasper.

»Ich frage noch einmal: Was haben Sie in meinem
Arbeitszimmer zu suchen – Foxcroft? Ich kann mich nicht
erinnern, Sie heute Abend eingeladen zu haben.«

Jasper schob sich an Lord Norris vorbei und trat in den
Raum. »Wenn Sie kein Gast sind, was zum Teufel machen Sie
dann hier in der Dunkelheit mit meiner Schwester?«

Fox lenkte den Blick von Jasper zu Lord Norris, dann zu
Miranda und wieder zu Jasper. Was sollte er antworten?
Dass er gekommen war, um den Earl zu bestehlen?

Miranda trat auf Jasper zu. »Er ist hergekommen, um
mich zu sehen.« Sie sprach, ohne etwas anderes im Sinn zu
haben, als zu verhüten, dass Fox erwischt würde.

Jasper drehte sich mit unerbittlichem Blick zu ihr um.
»Du hast dich ausgerechnet hier mit ihm verabredet?«

Lord Norris ließ Fox nicht aus den Augen. »Nein. Ich
glaube, Fox hatte eine andere Absicht verfolgt, als er hierher
kam. Nicht wahr, mein Junge?« Die runden Glubschaugen
des Earls wurden schmal, wenn dies auch ein Ding der
Unmöglichkeit schien.

Fox sah Miranda an, wobei er für den Bruchteil einer
Sekunde die Augenbraue hochzog, als wollte er sie fragen,

was er tun sollte. Sie musste sich schnell entscheiden: entweder würde sie ihn retten und sich dabei selbst ruinieren, oder ... sie würde Norris weitermachen lassen. Die Zeit dehnte sich, während drei Augenpaare sie beobachteten und darauf warteten, ob sie seine Retterin oder Henkerin wäre. Jasper zog die Augenbrauen zusammen und erinnerte sie viel zu sehr an ihren Vater.

Sie war ein Feigling.

Norris deutete auf das Fenster. Es war kaum einen Spalt geöffnet und wies dennoch zur Genüge darauf hin, auf welche Weise Fox in das Arbeitszimmer gelangt war. »Er ist dort hereingekommen. Welcher Mann schleicht sich auf ein Fest, um sich einen Moment mit einer Frau zu stehlen? Nein, er kam her, um mich zu beklauen, weil er denkt, dass ich ihm etwas schulde.« Als er darauf den Kopf schüttelte, schürzte er dabei auch missbilligend die Unterlippe. »Ich habe Sie gewarnt, Fox.« Der Earl sah zu Jasper. »Ich glaube, Sie werden mindestens ein paar tausend Pfund von mir finden, wenn Sie ihn durchsuchen.«

Fox hielt die Hände hoch. »Ich habe nichts von Ihnen, Norris.«

Lord Norris grinste maliziös. »Dann wird es Sie ja nicht stören, wenn Lord Saxton einmal kurz nachsieht.« Er bedeutete Jasper mit einer Geste, das Gewünschte zu tun.

Mirandas Magen krampfte sich zusammen. Was würde er finden?

Jasper stand vor Fox. Er wirkte geringfügig weniger wütend als bei seinem Auftauchen, doch sein Gesicht war noch immer angespannt. »Leeren Sie Ihre Taschen!«

Fox hielt Jaspers Blick stand, wobei es in seinem Kiefer zuckte. Es verging ein Augenblick, ehe er in seine Jacke griff und ... nichts hervorzog. »Das ist meine einzige Tasche.«

Fox hob die Arme seitlich zu seinem Körper.

Ein Schauder der Angst zuckte Miranda über das Rückgrat.

Jasper packte Fox am Arm. Er griff ihm in den Ärmel und zog ... die Maske hervor.

»Aha!«, krähte Lord Norris. »Er ist also zum Stehlen hier. Mit einer Maske!« Er schürzte seine dicken Lippen für eine Sekunde. »Ich frage mich, ob er der Straßenräuber war, der ... ach egal.«

Jasper drehte sich zu ihr um. »Einen Augenblick. Wurdest du nicht letzten Juni auf dem Weg nach Wootton Bassett von einem Straßenräuber überfallen, Miranda?«

Miranda sank das Herz in die Kniekehlen. »Ja. Aber ich glaube nicht, dass es Fox war.«

Die Augen des Earls waren so rund wie ihre Perlenohrringe. »Sie glauben nicht? Woher wollen Sie das wissen, junge Frau? Er trug doch eine Maske, nicht wahr?«

Miranda öffnete den Mund, um zu erklären, dass sie den Kuss des Straßenräubers überall erkennen würde, doch sie hatte Fox noch nie geküsst. Tief drinnen wusste sie dennoch, dass sie ein und dieselbe Person waren, und sie sich die ganze Zeit nicht zu zwei unterschiedlichen Männern hingezogen gefühlt hatte, sondern zu einem. Fox.

Wie konnte er ein Dieb sein? Die Tränen brannten ihr in den Augen, als Fox seine Arme sinken ließ. Er schien nicht im Geringsten bezwungen. Nein, er wirkte herausfordernd, während das Gold in der Mitte seiner Augen im schwachen Lichtschein aufflammte.

Jasper hielt ihm die Maske hoch. »Haben Sie nichts zu sagen, Foxcroft?«

»Nicht zu Ihnen.« Fox starrte Lord Norris finster an und erübrigte weder ihr noch Jasper einen Blick.

»Ich werde den Richter benachrichtigen.« Lord Norris schnalzte mit der Zunge. »Eine verdammte Schande. Was wird mit den armen Waisenkindern werden, nachdem Sie deportiert wurden, Fox?« Er wandte sich an Jasper. »Ich möchte mein Fest lieber nicht wegen diesem Unsinn unterbrechen. Ich könnte ihn über Nacht ebenso gut in den Stallungen einsperren.«

Miranda wirbelte zum Earl herum. »Die Stallungen? Das ist doch bestimmt nicht nötig! Er hat doch nichts gestohlen!«

»Vielleicht nicht heute Abend, aber ich würde darauf wetten, dass er Carmody bestohlen hat und wer weiß, was er sonst noch auf dem Kerbholz hat. Und er ist unrechtmäßig in mein Haus eingedrungen, mit der Absicht mich zu bestehlen. Ich bedaure, meine Liebe, aber das Gesetz macht keine Ausnahmen für Leute wie ihn.«

»Sie heuchlerischer Hurensohn.« Es klang, als hätte Fox die Worte geknurrt. Er hatte die herabhängenden Hände zu Fäusten geballt, und an seinem Hals war das Pochen einer Ader zu sehen. Miranda wollte die Arme um seinen Nacken schlingen. Gott, hätte sie doch nur gesagt, sie *hätten* ein Verhältnis!

Mit flehenden Augen wandte sie sich an ihren Bruder. »Jasper, unternimm doch etwas!«

Jaspers Augen wurden kurz sanfter. Trotzdem fasste er Fox am Arm. »Wo soll ich ihn hinbringen, Norris?«

»Nein!« Miranda fasste Fox am anderen Arm, als ob sie ihn von ihrem viel stärkeren Bruder wegzerren wollte. »Ihr könnt ihn nicht festhalten. Er hat nichts getan.«

Jasper wandte sich an Lord Norris. »Es ist wahr, er hat Ihnen nichts gestohlen.«

»Nur weil Sie nichts gefunden haben, heißt das nicht, dass er nichts genommen hat. Vielleicht hat er es hinausgeworfen.« Der Graf stieß das Fenster auf und blickte nach unten. »Dort, ich erspähe etwas auf dem Boden.«

»Es ist mein Umhang. Ich habe nichts genommen.« Noch nie hatte Fox derart kalt und abweisend geklungen.

»Wenn Ihre Behauptung wahr ist, was ich nicht glaube,

würde ich wetten, dass Sie nur deshalb mit leeren Händen dastehen, weil Sie gestört wurden. Ich werde jemanden hinausschicken, um zu holen, was immer es ist.«

Ihre Panik stieg Miranda bis in die Kehle auf. »Wenn Sie nichts finden, können Sie nicht beweisen, dass er etwas genommen hat. Ist das nicht so, Jasper?«

Lord Norris schüttelte vehement mit dem Kopf. »Das tut nichts zur Sache. Immerhin hat er Carmody bestohlen.«

Miranda hätte dem Earl am liebsten die Glubschaugen ausgekratzt. »Aber Sie können es nicht beweisen!«

Jasper starrte sie an. »Kannst du beweisen, dass er *nicht* der Straßenräuber war?«

Miranda suchte verzweifelt nach einer Antwort. Sie konnte nicht einfach behaupten, sie wüsste es. Sie konnte nicht sagen, dass sie mit beiden Männern recht intim gewesen war und um ihre Unterschiedlichkeit wusste – um gar nicht davon zu reden, dass dies eine glatte Lüge war, da die beiden ein und derselbe Mann waren! Gerade erst hatte sie angefangen, mit ihrer Familie Fortschritte zu machen, und dies würde alles zunichtemachen.

Niedergeschlagen sackten ihr die Schultern herab. »Nein.« Sie wagte einen Blick zu Fox und erschauderte über die tiefe Enttäuschung in seinen Augen.

»Dann lassen Sie uns gehen.« Jasper zog Fox in den Korridor. Miranda folgte dicht hinter ihm. Ihr Bruder warf ihr einen matten Blick zu. »Kehre zum Fest zurück, Miranda.«

Sie wollte widersprechen, doch sie wagte es nicht. Fox, der halb abgewandt von ihr stand, sagte nichts. Was hatte sie erwartet? Sollte er ihr vielleicht die Absolution erteilen und einfach in sein Verderben marschieren?

Lord Norris trat vor Jasper. »Hier entlang. Wir werden ihn zur Hintertür hinausbringen.«

Miranda stand dort wie am Boden festgewachsen, als sie

beobachtete, wie ihr Bruder Fox wegzerrte. Ein Kloß steckte ihr im Hals fest, bis es schmerzte. Deportation? Würde er wirklich in eine Strafkolonie geschickt? Und was würde aus Stipple's End werden? Ihr Grauen fraß sie innerlich auf, bis sie sich hohl fühlte. Sie musste eine Möglichkeit finden, dem ein Ende zu machen.

Aber so wie es aussah, bestand der beste und leichteste – und vielleicht der einzige – Weg darin, den letzten Rest ihres Ansehens zu opfern, der ihr noch geblieben war.

~

*F*ox' Rage toste durch jede Ader in seinem Leib, bis er zu platzen fürchtete. Wenn sie nur gesagt hätte, dass er gekommen war, um sie zu sehen, und sie beide zusammen diese geheime Verabredung ausgetüftelt hatten, hätte sie ihn retten können. Norris würde es wahrscheinlich nicht geglaubt haben, aber alle anderen hätten überzeugt werden können. Und der Gedanke an sein schlechtes Gewissen, weil er überlegt hatte, sie zu kompromittieren. Jetzt wünschte er, es getan zu haben, ohne einen Blick zurückzuwerfen.

Sie betraten einen Dienstbotengang und stießen unmittelbar auf einen Lakaien. Norris trug dem Mann auf, Hilfe zu holen und das Gelände vor dem Fernster seines Arbeitszimmers abzusuchen. Dann bat er ihn, Stratham zu den Stallungen zu schicken. Zum Teufel noch mal, aber diese Nacht konnte nicht noch schlimmer werden.

Die Gruppe verließ das Haus. Der Stall lag etwa hundert Meter entfernt. Norris richtete das Wort an Mirandas Bruder. »Ich werde Carmody morgen bitten, vorbeizukommen und zu bezeugen, dass Fox der Straßenräuber ist, der ihn bestohlen hat. Anschließend werden wir Foxcroft dem Richter übergeben.«

Saxtons Griff blieb weiterhin fest. »Was, wenn Carmody ihn nicht identifizieren kann? Miranda war Zeugin und, nun, sie hatte Grund, dem Verbrecher recht nahe zu kommen. Wenn sie sagt, dass Fox nicht der Straßenräuber ist, werden Sie widersprüchliche Aussagen zweier Zeugen haben.«

Norris Atem ging keuchend, als er schneller watschelte, um mitzuhalten. »Ach. Sie ist nur eine alberne junge Frau. Niemand wird ihr glauben.«

Saxton sah mit einer Arroganz auf den korpulenten Earl hinab, die Fox von Miranda kannte. »Ich bitte um Verzeihung, Lord Norris, sie ist die Tochter eines Herzogs.« Sein Tonfall troff von einer Kälte, die ausreichte, um den Wylye Fluss zufrieren zu lassen.

»Ja, ja, gewiss.« Norris keuchte jetzt beinahe. Beim Sprechen verlangsamte er seinen schwerfälligen Gang noch weiter. »Ich habe damit nur sagen wollen, dass sie es unmöglich wissen kann. Nicht, solange sie ihn nicht ohne Maske gesehen hat oder ihm nahe genug gekommen war, um trotz der Maske etwas von seinen Gesichtszügen zu erkennen.«

Fox fragte sich, ob Saxton genauere Einzelheiten angeben würde. Er wusste scheinbar, dass sie den Straßenräuber geküsst hatte, doch er erwiderte nichts. Mirandas kostbares Ansehen zu wahren, war offensichtlich jeden Preis wert. Für jedermann.

Sie kamen bei den Stallungen an und ihnen schlug der stechende Geruch der Pferde des Earls entgegen. Laternen beleuchteten den Innenraum, in dem zwei Pferdeknechte hastig ihre Werkzeuge beiseite stellten und eine aufrechte Haltung annahmen, um Norris und seine Gäste zu begrüßen. Wie Fox erkannte, war einer der Knechte Freddie. Der Bursche war gewachsen, seit Fox ihn das letzte Mal gesehen hatte, aber er würde jetzt auch auf die zwanzig zugehen. Er warf Fox einen flüchtigen Blick zu, den wahrscheinlich niemand sonst beachtete.

Nachdem Norris wieder ein wenig zu Atem gekommen war, wandte er sich an den älteren Pferdepfleger. »Sperren Sie diesen Mann in die Sattelkammer.« Er zeigte auf Fox.

Der Pferdepfleger nickte und marschierte zu einer Tür zwischen zwei Boxen. Er hielt sie auf und wartete auf Saxton, dass er Fox hineinführte. Norris folgte ihnen. In der Sattelkammer angekommen, richtete Norris das Wort an Saxton. »Danke, Lord Saxton. Ich werde die Dinge von hier an übernehmen.«

Saxton erweckte den Eindruck, als wolle er Einspruch erheben, doch dann nickte er kurz und ging davon.

Norris schloss die Tür und stellte endlich die Lampe ab, die er bereits hielt, seit er das Arbeitszimmer betreten hatte. »Es hat keinen Sinn, etwas vorzutäuschen, Fox. Ich weiß sehr wohl, dass Sie heute Abend hergekommen sind, um das Geld für die Wandteppiche an sich zu nehmen. Ein törichter Einfall, aber ich kann Ihrem Wagemut durchaus Anerkennung zollen.« Er schmunzelte, und Fox hätte dem Mann am liebsten das selbstgefällige Grinsen aus dem fetten Gesicht gewischt. »Unglücklicherweise wird Geld in Ihrem Umhang gefunden werden, und dann wartet der Galgen auf Sie. Deportation, wenn Sie Glück haben.«

»Sie werden in meinem Umhang nichts finden, Norris. Es sei denn, Sie haben es dort hineingetan.« Ein Gefühl wahrer Angst ließ seine Kehle zu Eis gefrieren.

»Na, na, jetzt verbreiten Sie ja schon wieder Ihre Anschuldigungen. Diese Behauptungen wären um so vieles wertvoller, wenn Sie etwas in der Hand hätten, um sie zu untermauern. Allerdings muss ich wohl annehmen, dass dem nicht so ist, denn sonst hätten Sie das vor Lord Saxton gesagt. Seien Sie vorsichtig, was Sie jetzt äußern, denn schon bald werden Sie als Verbrecher entlarvt.«

Norris würde Sorge dafür tragen, dass Fox formell verhaftet und anschließend für seine Verbrechen angeklagt würde, einschließlich desjenigen, das er heute Abend nicht verübt hatte. Seine Gedanken rasten auf der verzweifelten Suche nach einer Möglichkeit, den Spieß umzudrehen. »Ich werde Ihre jahrelangen Gelderpressungen beweisen und auf welche Weise Sie diesen Bezirk ausbluten lassen, bis den Leuten kaum noch genug zum Essen bleibt.«

Zum ersten Mal war auf dem Gesicht des Grafen ein Ausdruck von Beunruhigung zu erkennen. Er wischte sich mit einer Hand über die schweißnasse Stirn. »Sie haben das Geld von Stratham gestohlen, nicht wahr? Ich war mir sicher, dass er gelogen und das Geld selbst genommen hatte.«

Ein Siegesgefühl, wenn auch noch so klein, keimte in Fox´ Brust auf. Endlich gestand der Mann seine Sünden ein. Also hatte Stratham den Raub an Norris gemeldet. Aber wie konnte Fox das Geld – das nicht mehr da war – mit ihren erpresserischen Machenschaften in Zusammenhang bringen? Er wusste es nicht, doch er würde einen Weg finden. In der Zwischenzeit lächelte er schlau. »Ja, ich habe das Geld genommen. Meine Taten waren nicht schlimmer als das, was Sie tun.«

Norris blähte die Brust und Fox rechnete fest mit dem Aufplatzen der zitronengelben Weste des Earls. »Ich habe niemanden bestohlen. Diese Leute haben mir ihr Geld im Austausch für eine Dienstleistung gegeben.«

Fox fragte sich, ob Norris tatsächlich die Interessen seiner Wähler in diesem Bezirk erfüllte. »Ich habe Schwierigkeiten zu glauben, dass Sie etwas tun würden, das Ihnen nicht dienlich ist, ganz egal, wie viel Geld dabei im Spiel ist. Ist es Ihrer Meinung nach schwierig, eine Person zu finden, die gezwungen wurde, Sie zu bezahlen? Und könnte diese Person überzeugt werden, gegen Sie auszusagen?«

Norris machte große Augen und stammelte. »Niemand würde so dumm sein. Was wollen Sie außerdem von hier drinnen aus erreichen?« Der Earl kräuselte die Lippen, doch in seinen Augen spiegelte sich ein Anflug von Angst.

Eifrig darauf bedacht, die Saat des Zweifels weiter auszubringen, zog Fox eine Schulter hoch. »Sie werden einfach abwarten müssen.«

Die weitere Unterhaltung wurde durch ein Klopfen an der Tür unterbrochen. Norris rief: »Herein.«

Stratham steckte den Kopf durch den Türspalt. Ohne Fox eines Blickes zu würdigen, wandte er sich an den Earl. »Sie haben nach mir geschickt, Lord Norris?« Nanu, keine spöttische Bemerkung zu Fox? Keine aufdringliche Zurschaustellung von Macht oder Selbstgefälligkeit?

Norris nahm seine Lampe. »Es wird Sie sicher freuen, zu erfahren, dass ich den Straßenräuber dingfest gemacht habe, der Sie bestohlen hat.«

Strathams aufgerissene Augen wanderten zu Fox. »Sie?« Er bewegte den Mund weiter, doch er brachte keinen Ton hervor.

Fox weigerte sich, irgendetwas zuzugeben. Er genoss jedoch ein gewisses Maß an Befriedigung über Strathams Reaktion.

Der Earl hievte seinen korpulenten Leib auf Stratham zu. »Schlafen Sie wohl, Fox. Am Morgen werden Sie vor den Richter gebracht.«

Die Tür schloss sich hinter ihnen und die kalte Dunkelheit der Sattelkammer umhüllte Fox. Er hatte das Klicken des Schlosses nicht gehört – und vielleicht waren sie so dumm, ihn hier drin zu lassen, ohne ihn einzusperren. Er schlich sich zur Tür und lauschte. Die draußen zu hörenden Stimmen versiegten, als ob Norris und Stratham zum Haus zurückkehrten. Vielleicht konnte Freddie ihm helfen.

Nachdem Fox das Ohr noch eine Weile zum Lauschen an die Tür gepresst hatte, richtete er sich auf. Genau in dem Moment wurde er von der Tür getroffen und beinahe aus dem Gleichgewicht gebracht. Erneut ergoss sich Licht in den Raum und beleuchtete das Gesicht von Mirandas Bruder. Er trug eine Laterne mit einer Talgkerze ins Zimmer und schloss die Tür hinter sich.

Fox hatte einen Verdacht, warum er ihn besuchte, aber er blieb still. Saxton stellte die Laterne auf einen umgestülpten Eimer und sah Fox an. Der spärliche Lichtschein der einzelnen Flamme so niedrig am Boden warf gespenstische Schatten auf sein Gesicht. Nichtsdestotrotz war die Wut des Mannes an der Form seines Kinns und den schmalen Augen unübersehbar.

»Was um alles in der Welt spielt sich zwischen Ihnen und meiner Schwester ab? Sie bedeuten ihr nichts, behauptet sie, aber ich finde euch immer wieder in enger Verbundenheit.«

Fox wählte seine Worte mit Bedacht. »Warum glauben Sie ihr nicht?«

Er sah Fox mit einem Blick an, der zu fragen schien *Sind Sie ein Idiot?* »Weil sie Miranda ist. Verstehen Sie nicht, warum sie überhaupt erst verbannt worden ist? Sie hat sich in London mit einer Gruppe von Taugenichtsen herumgetrieben – vermögend und es waren sogar einige adlige Taugenichtse darunter, aber alle zusammen Dummköpfe. Ich werde Sie nicht mit den Einzelheiten langweilen, doch unsere Eltern haben sie aus London weggebracht, nachdem sie auf dem Dark Walk bei Vauxhall mit einem gewissen Gentleman gesehen worden ist. Ich bin überzeugt, dass Ihnen wohlbekannt ist, was sich auf dem Dark Walk abspielt, also erspare ich mir die Erklärung.«

»Tatsächlich bin ich nie in Vauxhall gewesen.« Doch Fox hatte beim Anhören der Geschichte den Verdacht, dass er diesen gewissen Gentleman umbringen wollte.

»Nun, dann lassen Sie sich von mir aufklären. Wohlangesehene Töchter von Herzögen spazieren auf dem Dark Walk nicht mit Taugenichtsen herum, die an einer Puppe und vielleicht einer großen Mitgift interessiert sind. Aber Miranda ist in all ihrer Torheit nicht nur mit diesem Mann gegangen, sondern sie hat sich darüber hinaus noch auf eine verführerische Umarmung mit ihm eingelassen. Gott sei Dank war der Zeuge ein enger Freund der Familie und wir konnten erfolgreich verhindern, dass diese Geschichte in ganz London bekannt wurde. Es wäre eine absolute Katastrophe gewesen.«

Das erklärte ihre Erfahrung beim Küssen. Ja, er wollte diesen gewissen Gentleman ganz bestimmt umbringen. Und er wollte auch Miranda erdrosseln. Hatte sie denn überhaupt keinen Verstand?

Saxton fuhr fort. »Also können Sie verstehen, warum ich bei Ihrer Beziehung zu meiner Schwester Verdacht schöpfe? Ihr Interesse an ihr erscheint mir offensichtlich – ob wegen ihrer Schönheit oder ihrem Geld, das weiß ich nicht. Nicht, dass es irgendwie von Bedeutung wäre, denn sie ist für jemanden wie sie nicht zu haben.«

Was für ein arroganter Schnösel. Unfähig, seinen Ärger weiter im Zaum zu halten, zischte Fox. »Für jemanden wie mich? Was heißt das genau? Ich bin arm? Oder ich leite ein Waisenhaus? Ich trage keine Titel? Oder ist es, dass ich hier lebe, anstatt in ihrem geliebten London?«

Saxtons steinharter Blick verriet nichts. »Es sind all diese Dinge, wenn Sie es genau wissen wollen. Wenn Miranda Ihnen Interesse entgegengebracht hat, dann deshalb, weil sie die Herausforderung liebt und zudem noch Spaß daran hat, auf die Konventionen zu pfeifen. Sie sind der am wenigsten in Frage kommende Gentleman, und deshalb empfindet sie ein perverses Vergnügen daran, Ihre Aufmerksamkeit zu erregen.«

Seine Worte sanken in Fox' aufgewühlten Verstand. Sie enthielten ein Körnchen Wahrheit. Warum sonst würde sie einen Fremden küssen – einen Straßenräuber beispielsweise? Sie war aufs Land verfrachtet worden und hatte bei der ersten Gelegenheit rebelliert, indem sie mit einem Stra-ßenräuber geflirtet hatte, und das war etwas, was die Menschen in ihrem Umfeld unweigerlich schockierte. War es möglich, dass sie niemals überhaupt irgendetwas für ihn empfunden hatte? Dieser sehr besondere Moment, den sie geteilt hatten und sogar die Nacht im Bordell sollen die Episoden eines Mädchens gewesen sein, das Frausein spielte?

Saxton unterbrach seine Gedanken. »Es überrascht mich, dass sie Sie heute Abend verteidigt hat. Wenn sie gezwungen wird, sich für den Anstand vor den Patzern in ihrem Urteils-vermögen zu entscheiden, wählt sie in der Regel Ersteres, aber das hat sie anscheinend, letzten Endes auch getan. Sie sind nicht wirklich hergekommen, um sie zu treffen, wie sie angedeutet hat.« Wenngleich nicht als Frage gestellt, waren die Worte von Unsicherheit untermalt. Fox´ Zorn brandete auf.

»Wäre das denn so schwer zu glauben? Wie Sie schon sagten, ist sie schön und wohlhabend. Gott weiß, wie sehr ich das Geld brauche. Und sie hat eine Vorliebe für diesen Straßenräuber. Warum soll ich mich also nicht mit einer Maske hereinschleichen und ein fantasievolles junges Mädchen verführen? Sie haben selbst gesagt, dass sie solche Abenteuer sucht, also schien es ein perfekter Plan –«

Saxtons Faust schnitt Fox das Wort ab. Er taumelte rück-wärts, aber er fiel nicht. Sein Gesicht pochte. Großer Gott, der Mann hatte einen üblen Schlag.

Saxton unternahm einen neuen Vorstoß und Fox gab seiner Wut nach, indem er dem anderen die Faust ins Gesicht schlug. Seine Knöchel trafen direkt unter Saxtons Auge auf seine Wange. Er taumelte zurück. Die beiden Männer standen dort und starrten einander mit erhobenen Fäusten an.

So sehr Fox auch eine ausschweifende Prügelei begrüßen

würde, um Dampf abzulassen, musste er nachdenken. »Ich habe sie nicht verführt.«

Saxton, der die Hände beugte und streckte, hielt inne. Selbst im Halbdunkel schimmerten die Augen des Mannes wie das harte, undurchdringliche Eis, das im Januar den See von Bassett Manor überzog. »Sollte ich zu einem anderen Glauben kommen, bringen wir dies hier zu Ende. Ich werde Sie zum Duell herausfordern und Sie entweder aufspießen oder erschießen. Ich bin in beiden Methoden gleichermaßen versiert.« Saxton strich seinen Frack glatt. »Es ist wirklich ein Jammer. Ich habe Sie recht gern gemocht. Ich verstehe, dass es Ihnen an Mitteln mangelt, aber zu stehlen?« Er schüttelte den Kopf.

Fox' Wut brauste erneut auf. Er wollte Saxton bis zur Besinnungslosigkeit prügeln. »Jemand wie Sie würde das nie verstehen.«

Fox könnte ihm erklären, dass er Norris nicht bestohlen hatte, und ihm sagen, dass Norris ihm das Verbrechen gerade jetzt noch anhängen würde. Aber er bezweifelte, dass Saxton ihm das abnehmen würde. Schon gar nicht jetzt, wo der Mann ihn eindeutig verprügeln wollte.

Saxton kehrte Fox' Worte auf ihn um. »Mit ›jemand wie ich‹ meinen Sie jemanden, der Geld hat?«

»Und Gelegenheit und Sicherheit. Sagen Sie mir, Lord Saxton, wären Sie in der Lage, mehr als hundert Pächter zu versorgen? Vierzig Waisenkinder? Zwei Bedienstete? Haben Sie einen Nachlass, der von Ihnen verlangt, sich die Knochen wund zu schuften und dabei wenig oder gar keinen persönlichen Komfort zu genießen? Haben Sie Verpflichtungen, die fast mit Sicherheit dafür sorgen, dass Sie nie den Dingen nachgehen können, die *Sie* vielleicht gerne tun würden? Wann haben Sie sich das letzte Mal *nicht* über alle anderen gestellt? Besser noch, wann haben Sie das letzte Mal auf etwas verzichtet, um einem anderen zu dienen – und zwar nicht, weil Sie es mussten, sondern weil Sie es wollten? Irren Sie sich nicht, ich habe dieses Leben gewählt, so schwierig und kapriziös es auch sein mag. Was für ein Leben haben Sie gewählt, Lord Saxton?« Fox´ Brustkorb hob und senkte sich schwer. Zur Besänftigung seines hämmernden Herzens sog er die Luft in tiefen Schlucken ein.

Saxton erwiderte nichts.

Plötzlich erschöpft, ließ Fox sich auf einen klapprigen Holzstuhl in der Ecke sinken. »Gehen Sie einfach. Bitte.«

Saxton stand noch einen Augenblick da, ehe er zur Tür hinausging und sie hinter sich zuzog. Diesmal hörte Fox das Klicken des Schlosses.

Saxton hatte die Laterne zurückgelassen. Schatten tanzten an den mit Sätteln, Zügeln und aller Art von Zaumzeug bedeckten Wänden. Fox spähte in die Flamme und zum ersten Mal, seit Miranda die Tür zum Arbeitszimmer geöffnet hatte, beruhigte sich sein Puls zu einer moderaten Geschwindigkeit.

Sein Verstand arbeitete fieberhaft auf der Suche nach einem Ausweg aus diesem Dilemma. Er musste gewährleisten, dass Carmody ihn nicht als Straßenräuber identifizierte. Nicht, dass es irgendwie wichtig wäre. Norris würde – oder hatte dies bereits getan – Geld zum Beweis, dass er ihn heute Nacht bestohlen hatte, in seinem Umhang deponieren. Es wäre schwierig, diesen Beweis zusammen mit der Maske abzustreiten, insbesondere wenn ein Earl Zeugnis ablegte. Wenn er nur etwas gegen Norris in der Hand hätte!

Fox hegte eine kleine Hoffnung, dass Freddie ihm helfen konnte. Es war eine Hoffnung, die langsam verblasste, als niemand zur Tür kam, und die mit der dunklen Stille jeder weiteren verstreichenden Stunde gänzlich schwand. Dennoch klammerte er sich daran, weil er nichts anderes hatte.

KAPITEL 17

*M*iranda litt den restlichen Abend unter dem Wissen, dass Fox in den Stallungen eingesperrt war. Er war so nahe und doch absolut unberührbar.

Als Jasper wieder auf dem Fest erschien, funkelte er sie quer durch den Raum böse an. Sie tat ihr Bestes, um ihm aus dem Weg zu gehen, doch jetzt, als die Festivitäten sich dem Ende zuneigten, hatte er sie in eine Ecke des Salons gedrängt. »Ich fühle mich nicht wohl damit, dass du heute Nacht hierbleibst.«

Lord Septon hatte Miranda gebeten, auf Cosgrove zu bleiben, damit sie am Morgen gemeinsam frühstücken und anschließend vielleicht einen Ausritt unternehmen könnten. Jasper sah sie stirnrunzelnd an. »Du solltest mit mir nach Stratham Hall kommen.«

Miranda schüttelte den Kopf. »Nein, ich habe am Morgen Pläne mit Septon. Wir werden ausreiten. Ich bin den ganzen Sommer nicht geritten, Jasper.«

»Das ist besser auch das Einzige, was du in den Stallungen tust.« Er nahm sie mit seinem unausstehlichsten brüderlichen Blick ins Visier. »Ich warne dich, Miranda. Halte dich von Foxcroft fern.«

»Was sollte ich denn tun? Ihn hinauslassen und mit ihm nach Schottland durchbrennen?«

Bei diesem Einfall durchfuhr sie ein aufgeregter Ruck.

Jasper kniff den Mund zu einem missbilligenden Strich zusammen. »Diese Situation ist nicht auf die leichte Schulter zu nehmen. Die Zukunft des Mannes steht auf dem Spiel. Und so, wie es aussieht, hast du schon genug getan, um ihn fälschlicherweise zu ermuntern. Lass ihn in Ruhe.«

Ihn fälschlicherweise ermuntern? Hatte Fox ihm von dem Heiratsantrag erzählt? Das hatte sie nicht ermutigt! »Ich habe nichts Unrechtes getan. Fox und ich sind Freunde. Sonst nichts.«

Er kräuselte die Lippen zu einem halben Lächeln, dem es an echter Belustigung mangelte. »Freunde sehen einander nicht auf die Weise an, wie ihr euch anschaut. Du wirst auf Abstand bleiben, oder ich werde dich am Morgen wieder zurück nach Holborn verfrachten.«

Seine Beobachtung brachte ihre Haut zum Kribbeln. Wie blickten sie einander an? Fox hatte sie gebeten, ihn nicht auf eine Weise anzuschauen, als ob sie ihn verschlingen wollte. War es ihre Schuld, dass er auf der Wohltätigkeitsveranstaltung so umwerfend gut ausgesehen hatte?

»Ich werde zu Bett gehen.« Sie wandte sich zum Gehen, doch Jasper legte ihr eine Hand auf den Arm, um sie zurückzuhalten.

»Vielleicht sollte ich eine Zofe auf einer Pritsche in deinem Zimmer schlafen lassen.«

Sie schwang zurück, um ihn zu konfrontieren, und entzog sich damit seiner Berührung. »Hör auf! Ich werde in meinem Zimmer bleiben. Geh weg.« Ehe er noch ein weiteres Wort hervorbringen konnte, war sie aus dem Salon geflohen. Als sie bei der Treppe ankam, hatte sie bereits die

Zeit überschlagen, die sie abwarten müsste, bis alle sich für die Nacht auf ihre Zimmer zurückgezogen hatten. Beim Hinaufsteigen der Stufen plante sie bereits ihren Weg zu den Stallungen. Sie betrat ihr Zimmer und konnte kaum abwarten, es wieder zu verlassen.

Unendliche zwei Stunden später schlich Miranda auf den Flur. Sie trug ihr Reitkostüm über dem Nachthemd – das sie angezogen hatte, um die Neugier der Zofe nicht zu wecken – mit der passenden Spenzer-Jacke dazu. Sie sah nicht gerade sehr angemessen aus, doch sie beabsichtigte auch nicht, jemanden zu treffen, der sich daran stören würde.

Auf ihrem Weg den schwach beleuchteten Korridor entlang, fragte sie sich, ob Fox leicht zu finden wäre. Im Stall konnte es nicht viele Räume geben, in denen sie ihn einsperren konnten. Hatte er es bequem? Vielleicht sollte sie ihm etwas zu Essen oder Wasser mitbringen. Ihre Halbstiefel trafen leise auf den Stufen auf, als sie die Treppe hinabstieg. Sie konnte nicht riskieren, irgendjemandem in der Küche zu begegnen. An ihrem ursprünglichen Plan festhaltend, sah sie sich in der Eingangshalle nach dem diensthabenden Lakaien um. Hoffentlich schlief er in einem Kabuff unter der Treppe. Glücklicherweise sah sie niemanden. Sie zog die Vordertür auf und schlüpfte in die kalte Nacht hinaus, wobei sie ihre Jacke fester um sich zog. Die Stallungen lagen zur Linken. Erfreulicherweise präsentierte sich die Auffahrt als ebenso verwaist wie die Eingangshalle. Schnell ging sie an der Hausseite entlang bis zum Ende des Gebäudes. Sie bog um die Ecke und als sie die Stallungen vor sich erblickte, verdoppelte sie ihr Tempo.

Als sie bei ihrem Ziel ankam, atmete sie in kurzen Stößen. Nach Luft schnappend blieb sie draußen an die Wand gedrückt stehen. Einen Augenblick später spähte sie durch die Tür, wobei sie sorgfältig darauf bedacht war, unsichtbar zu bleiben. Zwei Knechte saßen trinkend an einem Tisch. Hinter ihnen reihten sich die Boxen aneinander. Hatten sie ihn über Nacht in einer davon untergebracht?

Sie verrenkte sich den Nacken in dem Versuch, zur anderen Seite des Gebäudes zu sehen. Dann sah sie zum Tisch zurück. Einer der Knechte starrte sie direkt an! Erneut drückte sie sich an die Wand und die aufsteigende Panik raubte ihr abermals den Atem.

Ihre Vernunft mahnte sie, zurück zum Haus zu rennen, aber sie konnte Fox nicht im Stich lassen, wo sie so weit gekommen war. Seine Gefangennahme war ihre Schuld. Aber was sollte sie sagen, wenn der Knecht sie erwischte? Angestrengt suchte ihr Verstand nach einer Erklärung, warum sie vielleicht hier sein könnte –

Eine Hand schloss sich um ihren Arm und zerrte sie von der Tür weg. Der Knecht hielt einen Finger vor seine Lippen. »Ich habe nur einen Moment. Sind Sie hier, um Fox zu sehen?«

Sie blinzelte zu ihm auf. »Sie kennen ihn?«

Er nickte und lockerte seinen Griff. »Ich bin Freddie. Und wenn ich mich nicht irre, sind Sie Lady Miranda.«

»Wie können Sie das wissen?«

Ein Lächeln huschte über seine Lippen. »Mein Bruder Philip hat mir alles über Sie erzählt.«

Konnte sie tatsächlich solch ein Glück haben? »Philip? Vom Waisenhaus?«

»Ja, ich habe auch einmal dort gewohnt.« Er sah über seine Schulter zurück. »Sind Sie hier, um Fox zu helfen?«

Hoffnung keimte in ihrer Brust auf. »Wenn ich kann. Wo ist er?«

»In der Sattelkammer.« Er zeigte mit dem Daumen in die Richtung des Gebäudes. »Den ganzen Abend versuche ich schon, Tom loszuwerden, aber er ist der Ansicht, wir müssten gemeinsam Wache halten. Also habe ich angefangen, ihm Whiskey einzuflößen, und ich würde sagen, dass er kurz davor ist, umzukippen. Haben Sie einfach ein wenig Geduld und ich werde herauskommen, sobald er außer Gefecht gesetzt ist.«

Miranda zitterte. »Danke.«

Er verzog bedauernd den Mund. »Es tut mir leid, dass ich Sie nicht nach drinnen lassen kann, wo es wärmer ist. Werden Sie das schaffen?«

Sie war nicht so weit gekommen, um jetzt vor der Kälte zu kapitulieren. »Es wird schon gehen.«

Miranda zog sich in den Schatten neben dem Gebäude zurück und wartete. Bei dem durchdringenden Geruch nach Pferdemist rümpfte sie die Nase. Obschon sie mit Begeisterung ritt, hatte sie nie viel Zeit im eigentlichen Stall verbracht.

Als ihre Finger vor Kälte langsam taub wurden, kam Freddie endlich heraus. »Folgen Sie mir.«

Der Knecht führte sie in den Stall. Die auf dem Tisch zusammengesackte Gestalt musste Tom sein. Freddie sperrte eine Tür auf halbem Wege des Ganges an der linken Seite auf. Miranda eilte in die Sattelkammer. Eine Talgkerze brannte schwach und beleuchte kaum den, auf einem behelfsmäßigen Lager aus Pferdedecken an der entfernten Wand, ruhenden Fox.

»Fox!«

Er sprang auf, und ihr Herz krampfte sich bei seinem Anblick in den zerknitterten Kleidern und mit dem zerzausten Haar zusammen. »Was zum Teufel machen Sie hier?«

Bei seinem wütenden Tonfall blieb sie ruckartig stehen. Hatte sie mit einer begeisterten Begrüßung seinerseits gerechnet? Törichterweise hatte sie sich genau das von ihm erhofft.

Fox heftete den Blick auf den Knecht, der in der Tür stand. »Freddie, warum hast du sie reingelassen?«

»Sprechen Sie leise. Der andere Knecht schläft da draußen. Sie ist gekommen, um Ihnen zu helfen, hat sie
behauptet.«

Fox nickte, worauf er seine Aufmerksamkeit allerdings
wieder Miranda zuwandte. »Haben Sie einen Plan?«

Ihr zerriss es das Herz, ihn hier zu sehen, wie er in sein
Schicksal ergeben auf dem Boden in der ranzigen Dunkelheit
schlief. Die Unterkunft auf einem Schiff zu einer Strafkolonie wäre weitaus schlimmer. So gut sie konnte schluckte
sie ihre Emotionen hinunter. »Können wir das unter vier
Augen besprechen?«

Fox ballte und lockerte die Fäuste. »Na schön. Freddie, du
warnst uns, wenn jemand kommt?«

Der Junge nickte. »Sie werden mich hoffentlich wissen
lassen, wie ich helfen kann.« Er runzelte kummervoll die
Stirn. »Ich wünschte, ich könnte Sie einfach gehen lassen,
aber das traue ich mich nicht.«

»Gewiss nicht, Freddie. Dafür habe ich Verständnis.
Mach dir keine Sorgen.« Fox sah mit hochgezogener
Augenbraue zu Miranda. »Miranda hat offenbar einen
Plan.«

»Ich bin hier draußen, für den Fall, dass Sie mich brauchen.« Freddie zog die Tür zu, die er allerdings nicht
absperrte.

Jetzt, da sie mit Fox allein war, lagen Mirandas Nerven
plötzlich bloß, und ihr fiel nichts ein, was sie sagen könnte.

Er schlenderte auf sie zu und eine Armeslänge vor ihr
blieb er stehen. »Also, worin besteht Ihr Plan, Miranda?
Oder haben Sie das, wie alles andere auch, nicht ganz
durchdacht?«

Damit stachelte er ihre Wut an. »Hätten Sie lieber, wenn
ich wieder gehe?«

Sie starrten einander an, und in dem engen, finsteren
Raum war die Spannung spürbar. Wenngleich sein Gesicht

im Schatten lag, bohrte sich das harte Glitzern seiner Augen direkt in ihre Seele. »Nein.«

Und plötzlich pulsierte die Erleichterung bei diesem schlichten Wort durch ihre Adern, während ihre Knie weich wurden. »Ich habe mir Gedanken darüber gemacht, Fox, und ich glaube sicher, dass Carmody Sie nicht identifizieren wird. Ich werde ihm sagen, ich wüsste, dass Sie nicht der Straßenräuber sein können. Wie er weiß, habe ich den Straßenräuber geküsst und er wird mir glauben müssen.«

»Wie kommen Sie zu diesem Schluss? Es sei denn, Sie beabsichtigen, mich auch zu küssen?« Sie erschauderte, als er sich vorbeugte.

Sie sah auf seinen Mund. »Ich habe Sie geküsst.«

»Als Straßenräuber, doch das dürfen Sie den anderen nicht sagen.« Der eisige Ton seiner Stimme ließ sie frösteln. »Augenscheinlich.«

»Augenscheinlich.« Die Befürchtung, dass er sich nicht von ihr helfen lassen würde, raubte etwas von ihrer Entschlossenheit. »So habe ich Sie noch nie gesehen.«

»Ich war auch noch nie damit konfrontiert, gehängt zu werden.« Seine Worte waren abgehackt und brüsk.

»Sie werden nicht gehängt!« Ihre Stimme war schrill vor Angst, dass ihm das doch widerfahren könnte. »Ohne Mr. Carmodys Aussage gibt es nichts, was Sie des Verbrechens überführen könnte.«

»Nichts außer dem Geld, das Norris in meinem Umhang deponiert hat.«

Miranda schnappte nach Luft. Der Raum um sie herum schwankte ein wenig. Sie zitterte vor Aufregung und auch vor Kälte.

Fox nahm ihre Hand und liebkoste ihre Finger. Zum ersten Mal seit ihrer Ankunft schien er wieder er selbst zu sein. Der Fox, den sie kannte.

»Ist alles in Ordnung mit Ihnen? Sie sind ja eiskalt.«

Er führte sie zu den Decken und setzte sich zu ihr auf den weichen Haufen Wolle. Ihre beiden Hände zwischen seinen haltend, wärmte er sie.

Ihre Zähne klapperten. Fox setzte sich mit dem Rücken gegen einen Sattel und zog sie zwischen seine Beine. Er ergriff eine Decke, die er über sie breitete, ehe er die Arme um ihren Körper schlang. Seine warme Brust wärmte ihren Rücken, und sie schob den Kopf unter sein Kinn.

Sie hielt die Decke hoch. »Es ist kalt. Schieben Sie die Arme hier drunter.«

Er zauderte, doch dann gehorchte er schließlich. Er verschränkte die Arme vor ihrem Brustkorb und ließ die Hände auf ihren Ellbogen ruhen. Sie saßen einen Moment lang still da, während ihr Körper sich erwärmte und ihr Zittern nachließ. Ganz allmählich wurde sie sich seines Atems bewusst, der sie am Haaransatz kitzelte, und seines festen Körpers, wie er sich um ihren weichen Leib schmiegte.

So an ihn gelehnt dazusitzen, rief die Erinnerung an das Bordell wach. Ihr Herz schlug wieder schneller, aber nicht vor Schreck. Es pochte gleichmäßig, und im Einklang mit ihrer Sehnsucht nahm es immer mehr an Tempo zu. Ihrer Sehnsucht nach ihm.

Sie drehte sich in seinen Armen. Er blickte auf sie herab, und im flackernden Kerzenlicht sah sie das Gold seiner Augen schimmern. Mit einem Finger strich sie an seinem Kiefer entlang, der durch seine Bartstoppeln ganz borstig, aber verführerisch war. Sein Puls klopfte in der Ader an seinem Hals und sie verfolgte ihre Spur bis zum Kragen seines offenen Hemdes, wobei sie die entblößte Haut betrachtete, die ihrem Blick ausgesetzt war.

Er duftete nach Rosmarin und Heu und Mann. Nie roch er wie die Männer, die sie in London kannte, mit ihren sorgfältig kreierten Parfüms. Nein, sein Duft war echt und unnachahmlich. Sie ließ die Finger in seiner Halsgrube ruhen und hob den Blick zu ihm. Er rührte sich nicht, und sie nahm das Ausbleiben einer Reaktion als Einverständnis.

Dann erhob sie sich auf die Knie, und um ihm die Jacke von den Schultern zu schieben, strich sie mit den Händen über die Muskeln an seinen Oberarmen und dann wieder zurück, als er sich aus dem Kleidungsstück pellte. Er berührte sie nicht, sondern stützte die Hände seitlich auf der Decke auf.

Sie massierte ihm die Schulterblätter und den Nacken. Seine Muskeln entspannten sich unter ihrer Behandlung, und sein Blick verlor einen Teil seiner Wildheit. Sie strich mit den Handflächen über seine Schlüsselbeine und an der Vorderseite seines Hemdes hinab. Als er besonders tief Luft holte, bebte seine Brust. Ohne innezuhalten, setzte sie ihre Wanderung nach unten fort und zupfte den Leinenstoff aus seinem Hosenbund. Den Blick mit seinem verhaftet, fuhr sie mit den Händen an seiner erhitzten Haut empor, und bauschte den Stoff dabei. Seine Augen weiteten sich ein wenig, doch nicht vor Überraschung. Vor Vergnügen.

Als er sich nicht bewegte, um das Kleidungsstück abzulegen, umklammerte sie den Saum. Er packte ihre Hände. »Ich werde dich nicht etwas anfangen lassen, was du nicht zu beenden gedenkst.«

Pure Lust durchzuckte sie. Sie schenkte ihm ihr, wie sie meinte, verführerischstes Lächeln. »Ich beabsichtige, es zu Ende zu führen.«

Er packte ihre Hand noch fester. »Ich meine es ernst. Ich lasse nicht mit mir spielen, Miranda. Ich habe mich dir früher angeboten und du hast mich abgewiesen.«

Bei der Eindringlichkeit seines Blickes schwand ihr Lächeln aus dem Gesicht. »Ich werde dich nicht abweisen.« Sie drückte seine Hände zur Erwiderung. »Ich will dich.«

»Dein Bruder hat mir gesagt, es hat andere gegeben.« Er

spannte die Muskeln um seinen Mund an und sein Blick verfinsterte sich. »In London.«

Was hatte Jasper verraten? Irgendwelche Spielchen, die sie mit Darleigh gespielt hatte, waren bloß ein Abklatsch dessen, was sie für diesen Mann empfand. »Nein. Niemals. Zumindest nicht so. Du bist … du bist anders.«

Seine Züge entspannten sich ein wenig. »Ich würde dich immer noch heiraten.« Seine Stimme wurde immer tiefer, bis sie heiser klang.

»Ich weiß.« Sie zog ihre Hände weg und er ließ von ihr ab. Dann fasste sie sein Hemd am Saum und hob es über seinen Kopf, während er ihr half, es abzustreifen.

Mit entblößter Brust sah er atemberaubend aus. Seine Muskeln waren wohlgeformt und ein leichter Flaum aus hellbraunem Haar zog sich über seinen Bauch, bis er in seinem Hosenbund verschwand. Neugierig wollte sie seiner Spur folgen und sehen, wohin sie führte, doch zunächst musste sie erforschen, was ihrem hungrigen Blick ausgesetzt war.

»Du schaust mich schon wieder an, als wäre ich essbar.« Seine Worte steigerten ihre Erregung noch mehr und machten sie wagemutig.

Sie ergötzte sich an seiner männlichen Schönheit. »Ich habe noch nie so etwas Köstliches wie dich gesehen.«

»Himmel, Miranda. Eine Dame spricht nicht so.«

Mit der Fingerspitze umkreiste sie seine Brustwarzen und sah zu, wie sie fest wurden. Als Reaktion darauf verhärteten sich ihre eigenen. »Gefällt es dir nicht?«

Er schluckte hörbar. »Es gefällt mir sehr.« Der Puls an seinem Hals schlug schneller und Miranda spürte die Lust in sich aufsteigen.

Sie legte die Handflächen auf ihn und ließ sie zu der verlockenden Spur aus Haaren hinunterwandern, die in seine Hose führte. Er sog die Luft ein, als ihre Finger auf die

Knöpfe seines Schritts stießen. Unter ihrem Zutun glitt der Stoff beiseite und ihre Fingerknöchel streiften über den Wulst seines Penis, der ihrem Blick durch seine Unterwäsche verborgen war. Er zuckte, doch er machte keinerlei Anstalten, sie zu berühren oder ihr in irgendeiner Weise behilflich zu sein. Abermals sah sie zu seinem Gesicht auf, wobei sie mit den Fingerspitzen über seine Erektion streichelte. Seine Zunge schnellte hervor und er befeuchtete sich die Lippen.

Ihre Brüste wurden schwer, und ihr ganzer Körper vibrierte vor aufgestautem Verlangen. Trotzdem saß er einfach nur da. »Willst du mich nicht anfassen?«

Als er darauf eine Augenbraue hochzog, konnte sie nicht mit Sicherheit sagen, ob sie eine lustvolle Träumerei gestört hatte, während derer ihm nicht in den Sinn gekommen war, sie zu berühren, oder ob er einfach auf ihre Einladung gewartet hatte. Er formte die Lippen zu einem langsamen, verruchten Lächeln. »Ja.«

Blitzschnell beugte er sich vor und zog sie in seine Arme. Er drückte sie mit dem Rücken auf die Decken und deckte sie mit seinem Körper zu. Über ihrem Gesicht verharrend, berührte er sie mit der Fingerspitze am Mund und zeichnete zuerst ihre Unterlippe und anschließend die Oberlippe nach. Ihr Körper schrie vor Verlangen.

Und dann schmiegte er seine Handfläche an ihre Wange und senkte seinen Mund auf den ihren, um sie mit einem Kuss zu erobern, der so voller Leidenschaft war, so überwältigend, dass er alle Gedanken aus ihrem Kopf vertrieb. Sie bebte unter dem Ansturm seiner Zunge, die erst über ihre Lippen leckte und dann tief in ihren Mund fuhr. Ihre Antwort bestand aus allem, was sie zu geben vermochte, und verzweifelt hoffte sie, dass es genug war, um die Begierde zu stillen, die zwischen ihnen Gestalt annahm. Noch nie war sie so geküsst worden, und selbst dann nicht, als er sie als Straßenräuber geküsst hatte. Er schien etwas in ihr hervorzubringen ... es an die Oberfläche ihres Bewusstseins zu locken. Ein wildes Verlangen explodierte in ihrer Brust und zwischen ihren Schenkeln.

Er hielt ihren Nacken gestützt, während er den Kopf schräg hielt, um sich besser an ihrem Mund laben zu können. Die Finger mit seinem Haar verflochten, hielt sie ihn an sich gedrückt und wollte ihn nicht mehr loslassen.

Er öffnete die Knöpfe ihrer Jacke, schob die Finger hinein und hielt für einen kurzen Moment inne. Dann zog er sich zurück und sah auf ihre Brust hinunter. »Was hast du da an?«

Sie schob die Hände zu seinen Schultern. »Ein Nachthemd.«

»Du bist in deinem Nachthemd hierhergekommen?«

Sie zuckte mit den Schultern. »Mir erschien es nicht notwendig, mich für einen gesellschaftlichen Anlass zu kleiden.«

Dann lachte er. Es war ein tiefer, kehliger, wundervoller Klang, der ihr die Hitze in jeden Winkel ihres Körpers trieb. »Miranda, ich vergöttere dich.«

Ein schwindeliges Gefühl berauschte sie, bis sie befürchtete, es könnte ihr als ein Kichern entweichen. Sie schluckte die emotionale Aufwallung herunter und erhob sich auf der Decke, um ihn zu küssen, wobei sie mit der Zunge über seine Unterlippe leckte. Mit einem Stöhnen teilte er die Lippen und zog ihr hastig die Jacke aus. Er ließ die Hand zum Taillenbund wandern und stieß dort auf die Häkchen ihres Rocks. Geschickt lockerte er das Kleidungsstück und zog es über ihre Oberschenkel hinab. Sie wackelte unterstützend mit den Hüften.

»Halt still. Das werde ich übernehmen.« Er lehnte sich zurück und zog ihr den Rock über die Beine, womit er ihr Nachthemd freilegte, das ihr bis zu den Knien reichte. Abwechselnd streichelte er mit den Fingerspitzen über ihre Waden, während er ihre Halbstiefel auszog und sie beiseite

stellte. Mit einem halben Lächeln sah er zu ihr auf und streichelte mit den Handflächen ihr rechtes Bein empor, bis er
das Strumpfband über ihrem Knie fand. »Werden deine Füße
kalt werden, wenn ich sie ausziehe?«

»Dass ich in deiner Nähe frieren könnte, glaube ich
nicht.«

»Hmm. Genau wie ich mir erhofft hatte.« Er beugte sich
über sie und lockerte das Strumpfband. Mit warmen Fingern
massierte er ihre Haut, und dann lagen seine Lippen an ihrer
Kniekehle. Seine kitzelnde Berührung war zu verlockend,
um ihr zu widerstehen, und sie erschauderte. Sein Atem
erhitzte ihre Haut. »Himmlisch.« Nein, jetzt bestand kein
Risiko mehr, zu frieren.

Ganz langsam rollte er ihr den Strumpf herunter und
warf ihn beiseite. Mit unendlicher Geduld wiederholte er das
Ritual an ihrem anderen Bein und schnippte dabei mit der
Zunge in die seitliche Ausbuchtung an ihrem Knie.

Nachdem er ihre Beine entblößt hatte, ging er über ihren
Knöcheln in die Hocke und streichelte mit seinen Handflä-
chen zu der Hitze an der Innenseite ihrer Schenkel empor.
Sie öffnete sich instinktiv und warf den Kopf gegen die
Decke zurück. Ihr Nachthemd bauschte sich um ihre Taille,
doch er schob es beiseite und entblößte ihren Bauch.

Ihre Vorfreude reizte ihre Nervenenden, was sie veranlasste, sich aufzurichten und mehr von ihm zu suchen. Sie
wollte seinen Körper so wie vorher über sich fühlen.

Dann legte er seinen Daumen auf ihr Geschlecht und
drückte, worauf sie aufschrie. Ein Wirbelsturm von Empfindungen brauste in ihr auf und trieb sie unmittelbar an den
Rand der Verzweiflung. Sie stieß mit den Hüften gegen seine
Hand, aber er streichelte sie mit irrsinniger Sanftheit. Sie
schnappte nach Luft, die sie in ihre Lungen sog, bis sie vor
Sehnsucht fast keuchte.

Er schob sich an ihr hinauf und zog ihr dabei das Nachthemd in einer fließenden Bewegung vom Körper. Die ganze Zeit über spielten seine Finger in einem langsamen, methodischen Rhythmus mit der brennenden Stelle zwischen ihren Beinen. Seine Zunge schnippte gegen ihre Brustwarze, was ihre Ausdauer noch mehr zerschlug. Sie hielt seinen Kopf umklammert und er legte seinen heißen Mund auf ihre Brust. Ein wildes Wimmern brach aus ihr heraus, als er ihre Brustwarze mithilfe der Zunge zu einer pochenden, empfindlichen Knospe kitzelte. Sie stieß ihre Brust tiefer in seinen Mund und bettelte um mehr.

Als er sie dann küsste, stieß er mit der Zunge in ihren Mund und mit dem Finger in ihre feuchte Scheide. Sie ruckte nach oben und zog an seinem Haar, womit sie seinen Kuss mit einer Lust erwiderte, die über jedes Begriffsvermögen hinausreichte.

Sie wiegte die Hüften gegen den Widerstand seiner Hand. Streichelnd drang er in sie ein und wieder heraus und sein Finger trieb sie auf eine Ekstase zu, die sie zu übermannen versprach und sie erlösen würde.

Er setzte sich ruckartig zurück und schließlich verspürte sie einen kalten Luftzug. Auf die Ellbogen gestützt sah sie zu, wie er die Stiefel mit schnellen Bewegungen auszog.

Barfuß ließ er seine Hose herunter und blieb neben ihr stehen, um ihren Körper zu betrachten. »Ich habe noch nie so etwas Schönes wie dich gesehen.« Er liebkoste ihre Brüste ihren Bauch, ihre Oberschenkel. »So perfekt.« Er sah ihr in die Augen. »Dass du dich mir hingibst, stimmt mich ungemein demütig.«

Ein Anflug von Scham ließ sie erröten. »Warum?«

Er lächelte. »Weil du Miranda bist. Eine Göttin im Vergleich zu meiner schlichten Sterblichkeit. Neben dir bin ich eine Bestie.«

Über seinen Vergleich überhaupt nicht glücklich, schüttelte sie den Kopf. »Ich bin nur eine Frau. Deine Frau.«

Mit einem wilden Knurren ließ er sich auf sie sinken und sie rief sich die harte Arbeit in Erinnerung, die er täglich verrichtete. Er schmiegte seine schwieligen Hände um ihr Gesicht, während er mit heftiger Begierde über ihren Mund herfiel.

Dann brachte er sich zwischen ihren Beinen in Stellung und seine geschmeidige Erektion liebkoste ihr Geschlecht.

An sie gedrückt schob er eine Hand zwischen ihre Leiber und streichelte ihre empfindliche Stelle.

»Warte.«

Bei ihrem Kommando erstarrte er und schloss die Augen, als litte er Qualen. »Bitte sag mir nicht, dass du deine Meinung geändert hast.«

»Nein, es ist nur … ich möchte dich berühren.« Sie griff zwischen sie und stieß auf seine Hand. »Zeig mir, was ich tun muss.«

Er schlug die Augen auf, deren goldenes Zentrum so heiß brannte wie ihr Geschlecht. »Hier.« Er drückte ihre Finger um seinen Schaft. Er war weich, aber fest, wie in Seide eingeschlagenes Holz. »Du kannst deine Hand bewegen, wenn du möchtest.«

Er stöhnte, und sie lächelte selig. Probeweise schloss sie die Hand fester um ihn und glitt mit der Handfläche zum Ansatz und dann wieder zur samtenen Spitze hinauf. Staunend fragte sie sich, wie dies wohl in sie hineinpasste, doch sie nahm an, dass es das wohl tun musste.

Seine Atmung beschleunigte sich mit ihren Bewegungen. »Miranda, ich muss mich in dir erlösen. Jetzt.«

Sie zog die Hand zurück und küsste ihn auf den Mund. »Dann komm.«

KAPITEL 18

Fox' Hand zitterte, als er ihre samtige Weichheit berührte. Ihre Scheide krampfte sich um seinen Mittelfinger, bis er ihn widerstrebend zurückzog. Mit großer Behutsamkeit ersetzte er seinen Finger durch seinen Schaft und schloss die Augen, als das Paradies ihn verschlang. Er atmete tief und zwang seine Hüften ruhig zu bleiben, anstatt vorzuschnellen und ihr unnötiges Unbehagen zu verursachen. Sie dehnte sich um ihn und kippte ihre Becken zurück, um seine Invasion anzunehmen.

Dann sog sie scharf die Luft ein. Fox hielt inne. »Ist alles in Ordnung? Ich habe dir doch nicht wehgetan, oder?« Er hatte absolut keine Erfahrung mit Jungfrauen.

»Es ist gut.« Ihre Stimme klang angestrengt, und er glaubte ihr nicht. »Wirklich. Ich muss mich nur an dies … gewöhnen.« Ihre Muskeln verkrampften sich und Fox fürchtete, dass er sich zu bald erlösen würde. »So, das ist besser.« Sie lächelte an seinem Nacken und küsste seine Haut dort.

Ihr Griff um seinen Schaft hätte ihn beinahe überwältigt, doch er zog sich zurück und stieß erneut mit etwas mehr Kraft in sie. Er fasste ihre Beine und legte sie um seinen Leib, wobei er ihre Hüfte in der optimalen Position anwinkelte. Sie ergab sich ihm hemmungslos und öffnete sie gänzlich für ihn, während sie ihn mit den Händen an sich zog. Als ob er sie je verlassen würde.

Er labte sich an ihrer leidenschaftlichen Erregung, während er immer wieder in die die Geborgenheit eintauchte, die ihr Körper so bereitwillig gab. Ihr Atem traf in festen und schnellen Stößen aufeinander. Sie hatte die Augen geschlossen und den Kopf zurückgeworfen, wobei sie ihren edel geschwungenen Hals entblößte. Fox leckte über ihre erhitzte Haut und knabberte an der samtig weichen Stelle direkt unter ihrem Ohr. Sie schauderte und umklammerte ihn noch fester mit ihren Beinen.

Eine Ekstase baute sich auf, die seine sorgfältig gewahrte Kontrolle zu vernichten drohte. Er zwang sich zur Zurückhaltung, um das Vergnügen so lange wie möglich hinauszuzögern. In diesem ersten Moment, als er sie auf der Straße erblickt hatte, war sie ihm perfekt vorgekommen. Das erste Mal, als er sie geküsst hatte, war ihm sein Halt in der einzigen Welt abhandengekommen, die er je gekannt hatte. Jetzt riss ihn die Emotion über die Grenze und tauchte ihn in das funkelnde Jenseits. Schnell schob er eine Hand zwischen sie und streichelte sie, bis sie aufschrie. Er bedeckte ihren Mund mit seinem und erstickte die Laute ihres unleugbaren Verzückens, die er tief in sich aufnahm, um sie dort für immer in Ehren zu halten.

Sie krampfte sich um ihn und klammerte sich mit den Armen an seinen Rücken. Ihre Zunge tanzte mit seiner, während ihrer Kehle erotische Laute der Freude und purer Befriedigung entwichen. Als ein gewaltiger Orgasmus seinen Körper durchrüttelte, gab er sich ihm hin und sank tief in sie. Er brach ihren Kuss ab und keuchte an ihrem Hals, während er sie fest an sich geschmiegt hielt. Mit einem letzten Stoß erlöste er sich in ihr. Als sein Atem ruhiger wurde, küsste er ihren Nacken und schob ihr vereinzelte Strähnen des goldenen Haars aus ihrem Gesicht.

Ihre schimmernden, wasserblauen Augen trafen auf seinen Blick und als sie ihn anlächelte, kräuselten sie sich in den Augenwinkeln. »Ist das alles?«

Fox stützte sich auf einen Ellbogen. »Du bist nicht befriedigt?«

»Doch, ja. sehr. Aber bist du es?« Sie sah nach unten und er wusste, dass sie sich auf die Tatsache berief, dass er sich nicht aus ihr zurückgezogen hatte.

Er formte die Lippen zu einem Lächeln. »Mehr als ich es je in meinem gesamten Leben sein könnte.« Er zog sich aus ihr zurück und lehnte sich an ihre Seite. Dann drückte er einen Kuss auf ihren blonden Kopf und war noch immer baff, dass sie ihn erwählt hatte und ihm zu Hilfe gekommen war.

Sie drehte sich in seinen Armen. »Warum wünscht sich Lord Norris so sehr, dass du verurteilt wirst? Ich verstehe das nicht.«

Fox zog eine Decke über sie. »Er weiß, dass ich über seine Erpressungen im Bilde bin. Ich habe einen guten Teil seiner jährlichen Beiträge gestohlen, die Stratham eingesammelt hatte.«

Sie machte große Augen. »Du hast Stratham beraubt?«

Er lächelte. »Du glaubst nicht, dass ich zu solch einer Tat fähig wäre?«

»Nun ich habe mit eigenen Augen gesehen, wie du Carmody bestohlen hast, also vermute ich, dass du sehr gut dazu in der Lage bist. Ich hatte allerdings nichts davon gehört.«

Er streichelte mit den Fingern über ihre Schulter und den Unterarm. »Weil Stratham und Norris es niemandem erzählt haben. Was sollten sie auch sagen? Dass ein Straßenräuber sehr viel Geld gestohlen hatte, dass sie erpresst hatten und nun transportierten?«

Sie setzte sich auf und hielt sich die Decke vor die Brust. Es blieb nicht viel davon für ihn übrig. Ihr Haar fiel ihr in herrlichster Unordnung über die Schultern. »Warum hätte Stratham nicht einfach behaupten können, das Geld gehörte ihm?«

Fox zog eine weitere Decke über seinen Schoß und setzte sich gegen den Sattel zurück. »Vermutlich hätte er das tun können, aber es scheint, als hätte Norris Strathams Geschichte ohnehin nicht geglaubt. Er glaubte, dass Stratham das Geld wahrscheinlich selbst genommen hatte.«

Miranda schüttelte den Kopf. »Was wirst du tun?«

»Ich bin nicht sicher. Ich habe keine Beweise gegen Stratham oder Norris.«

Ihre Augen leuchteten auf. »Stratham wird dir vielleicht helfen!«

Er höhnte: »Er würde mir nicht einmal einen Schluck Wasser geben, wenn ich vor Durst stürbe.«

Sie zog eine cremig-weiße nackte Schulter hoch. »Er ist gar nicht so schlimm. Er hat dir die Spende für das Waisenhaus gegeben.«

Fox wusste, dass er sich auf diese Unterhaltung konzentrieren musste, weil er einen Plan brauchte, aber verdammt sollte er sein, wenn ihr entkleideter Zustand und ihr Duft nach Liebesakt dies nicht beinahe unmöglich machten. »Weil du ihn dazu gezwungen hattest.«

Sie schien sich seiner aufsteigenden Lust vollkommen unbewusst und tippte sich mit einem Finger an die vom Küssen geschwollenen Lippen. »Aber du sagtest, dass Norris dachte, Stratham hätte das Geld gestohlen, und ihm nicht glaubte, er sei bestohlen worden. Sicherlich war Stratham nicht sehr glücklich darüber. Vielleicht ist er bereit, dazu beizutragen, Norris zur Strecke zu bringen?«

Unfähig sich zurückzuhalten, beugte Fox sich vor und küsste sie. Obwohl kurz, hinterließ diese Verbindung genügend Eindruck, um sie leicht benommen zu machen. Er grinste. »Miranda, du hast einen messerscharfen Verstand. Wahrscheinlich wird er irgendeine Art von Beweis haben. Also, wie überzeugen wir ihn, ausgerechnet mir zu helfen?«

Miranda ließ die Decke fallen. Ihre Brüste ragten wie perfekte elfenbeinfarbene Kugeln hervor, die rosa Spitzen so stolz und verführerisch. Er fing an, sich erneut vorzubeugen, doch sie sprang auf und sammelte ihre Sachen ein. »Das werde ich übernehmen. Ich gehe jetzt.«

Fox erhob sich. »Du kannst jetzt nicht gehen. Es ist mitten in der Nacht.«

Sie zog das Nachthemd über den Kopf und dann setzte sie sich, um ihre Strumpfbänder wieder zu befestigen. »Es ist tatsächlich eher Morgen. Wir müssen dich so schnell wie möglich hier herausbekommen. Oh!« Sie erstarrte in ihrer Bewegung und sah zu ihm auf. Ihr Blick hielt an dem Verbindungspunkt seiner Oberschenkeln inne, und Gott helfe ihm, aber sein Körper reagierte. Wunderschön waren ihre Wangen anzusehen, als sie in einem zarten Rosa erblühten.

Um ihrer Schamhaftigkeit willen, zog Fox seine Unterwäsche und dann seine Hose an, ehe er vor ihr auf der Decke auf die Knie ging. »Ich bin dir sehr dankbar für deine Entschlossenheit, mir zu helfen, aber ich muss derjenige sein, der mit Stratham spricht.«

Er zog sich fertig an und sie tat es ebenfalls. »Wie willst du das tun, wenn du hier eingesperrt bist?«, fragte sie, als sie versuchte, ihr Haar mit den Fingern zu bändigen. Es war sinnlos und sie sah vollkommen entzückend aus. Alberner Mannesstolz stieg in seiner Brust auf.

»Ich habe einen Plan.« Fox ging zur Tür und zog sie einen Spalt auf. Immer noch über dem Tisch zusammengesunken, schnarchte Tom laut. Fox stieß die Tür weit auf und gab

Freddie ein Zeichen, der auf einem Stuhl in der Nähe des Eingangs saß und wahrscheinlich das Herrenhaus im Auge behielt. Der gutmütige Bursche kam eilig zur Sattelkammer gelaufen.

Fox nahm Miranda an der Hand und führte sie über die Schwelle. Er drehte sich zu Freddie. »Kannst du dafür sorgen, dass Lady Miranda zum Haus zurückkommt?«

Freddie nickte. »Aye.«

»Wenn du auf jemanden triffst, wirst du erklären müssen, warum du mich nicht hier bewachst.« Fox wusste, dass dem jungen Mann wahrscheinlich nicht passen würde, was er als Nächstes sagte, doch es widerstrebte ihm, dass Miranda nach Stratham Hall gehen wollte. Sie konnte sich nicht weiterhin auf diese unbedachte Weise verhalten, und ganz besonders nicht, was ihn anbetraf. »Du wirst sagen, ich sei entkommen.«

»Was?« Miranda ließ seine Hand los und drehte sich zu ihm um.

»Miranda, das ist die beste Lösung. Ich muss derjenige sein, der mit Stratham spricht. Und wenn sich die Sache so entwickelt, wie wir uns erhoffen, wird meine Flucht nicht ins Gewicht fallen, da es ohnehin nichts gibt, was mir angelastet werden könnte.«

»Aber wie willst du entkommen sein? Du solltest dort drinnen mit zwei Männern zur Bewachung eingesperrt sein. Du willst Freddie doch nicht in Schwierigkeiten bringen.« Ihr Blick schnellte zu dem hilfsbereiten Knecht.

»Nein, natürlich nicht.« Er sah Freddie an, dessen Gesicht ein bisschen blass geworden war. »Freddie wird ihnen erzählen, dass ich verlangt habe, das stille Örtchen zu benutzen, und als Tom die Tür aufgemacht hat, habe ich ihm eins übergezogen. Er ist bereits bewusstlos und der Whiskey wird wahrscheinlich verhindern, dass er sich an die wahren Abläufe erinnert.«

Freddie sah von dem schnarchenden Tom zu Fox. »Werden Sie ihm eins überziehen? Für den Fall, dass ihn einer genauer anschaut?«

Fox zuckte mit den Schultern. »Das könnte ich, wenn du es für nötig hältst.«

»Nein, ich werde das übernehmen. Er ist ohnehin ein Schwachkopf.« Freddie nahm einen Eimer und schlug Tom auf den Schädel. Miranda fuhr zusammen, doch Tom rührte sich nicht. Freddie nahm Tom beim Arm und zog ihn vom Stuhl. Fox beeilte sich, ihm zu helfen, den Mann zur Sattelkammer zu zerren.

Freddie trat über den bäuchlings hingestreckten Tom hinweg. »Sie werden mich dann wohl auch schlagen müssen, vermute ich.«

Fox würde eher sich selbst schlagen. »Warum kannst du nicht selbst zum stillen Örtchen hinausgegangen sein? Es wäre nachvollziehbar, wenn ich abwarten würde, bis einer von euch weg ist, ehe ich einen Fluchtversuch riskiere. Du bist zurückgerannt, als du mich aus dem Stall reiten sahst.«

Freddie nickte. »Das könnte klappen. Aye, das wird es, glaube ich.«

Miranda sah zwischen den beiden Männern hin und her. Fox konnte sehen, wie sich die Rädchen in ihrem Gehirnkasten drehten, während ihr Ausdruck von Beunruhigung zu Skepsis und endlich zu Akzeptanz wechselte.

Fox lächelte, um ihre Furcht zu zerstreuen. »Bist du bereit?«

Ihr Blick wurde weich und sie hob die Hand, um seinen Kiefer zu berühren. »Sei bitte vorsichtig.«

Er beugte sich vor und küsste sie auf die Lippen. Sie erwiderte seinen Kuss, doch er endete viel zu früh. Später wäre mehr Zeit. »Geh jetzt.« Er machte ihnen beiden ein Zeichen, zum Aufbruch.

Freddie drehte sich zurück. »Nehmen sie den Braunen.

Stone ist so schnell wie jedes der Reitpferde seiner Lordschaft.«

»Danke, Freddie. Für alles. Und wenn dies vorbei ist, erwarte ich, dass du kommst und für mich arbeitest.«

Der Junge grinste. »Mit dem größten Vergnügen, Sir.«

Freddie und Miranda brachen auf. Sie drehte sich um und winkte, womit sie ihn an das erste Mal erinnerte, als sie sich getrennt hatten – nach dem Kuss auf der Straße. Fox trat in die Pferdebox und schnell hatte er Stone fertig gemacht, ohne sich dabei um einen Sattel zu scheren.

Er ritt in den anbrechenden Morgen hinaus, doch dann parierte er sein Pferd, als er drei Gestalten vor dem Herrenhaus sah, anstatt zwei. Sein Nacken kribbelte vor Beunruhigung. In der beinahen Dunkelheit kniff er die Augen zusammen und versuchte, die Identität der dritten Person zu ermitteln. Groß, breitschultrig. Nicht Norris. Als er Stone näher lenkte, fluchte er, als die Erkenntnis ihn wie eine Faust in die Magengrube traf. Saxton. Warum zum Teufel war er nicht auf Stratham Hall?

Fox wollte anhalten und Saxton zusammen mit Miranda konfrontieren, doch er musste losreiten. Wenn er jetzt nicht verschwand, würde er vielleicht keine weitere Chance dazu haben. Stone zu einem Galopp anspornend, zwang er sich, nicht zurückzuschauen.

~

*T*rübe graue Wolken wirbelten am dunkelvioletten Himmel in der Morgendämmerung, als Miranda und Freddie auf ihrem Weg vom Stall waren. Sie kannte die Farbe gut, da sie während ihrer Zeit, die sie in London residiert hatte, oft genau zu dieser Stunde nach Hause gekommen war. Das schien ein ganzes Leben zurückzuliegen.

Auf ihrem Marsch zum Haus blickte sie immer wieder zurück, um Fox′ Aufbruch zu verfolgen. Als Freddie keuchte, riss sie den Kopf herum und wäre beinahe mit Jasper zusammengestoßen.

»Ich wusste, dass ich dir nicht vertrauen kann.« Jaspers ausdrucksloser Tonfall und seine angespannten Züge spiegelten seine Enttäuschung wider. »Ich habe der Zofe aufgetragen, regelmäßig nach dir zu sehen.«

Wäre sie nicht über das eventuelle Scheitern von Fox′ Plan in Panik gewesen, würde sie über die Handlungen ihres Bruders außer sich gewesen sein. Stattdessen wollte sie ihn nur aufhalten, damit Fox entwischen konnte.

Sie zog ihn am Arm. »Komm herein, Jasper, ich muss dir etwas sagen.«

Er sah sie von ihrem verwuschelten Haar bis zu ihrem unangemessenen Aufzug abschätzend an. »So, wie du aussiehst, kann ich mir gut vorstellen, was du sagen wirst. Zumindest hat dich niemand gesehen. Ja, ich stimme dir zu, wir müssen hineingehen.«

Ein Pferd wieherte und Hufe donnerten über den Boden. Sie drehten sich alle drei zu dem Aufruhr um. Miranda zuckte zusammen und fühlte, wie Jaspers Muskeln sich unter seinem Jackenärmel anspannten.

Ihr Buder richtete seine flammenden grünen Augen auf sie. »Du hast Foxcroft freigelassen?«

»Er ist entkommen, Mylord.« Freddies Stimme zitterte und ließ seine Aussage mehr wie eine Frage klingen.

Miranda schloss die Hand um den Unterarm ihres Bruders. »Jasper, Fox hat nichts gestohlen, und er ist nicht der Straßenräuber.«

Jasper kräuselte die Lippen. »Tatsächlich hat Norris einen großen Geldbetrag in Fox′ Umhang gefunden. Es war der gleiche Betrag, der in seinem Arbeitszimmer fehlte. Ich fürchte, dein Liebhaber hat dich angelogen.« Bei dem Spott in Jaspers Gesichtsausdruck und seinem Tonfall stolperte Miranda rückwärts. Er hatte die Rollen des Richters und der Jury eingenommen und würde zweifelsohne auch die des Vollstreckers übernehmen. Ihr Magen rumorte vor Angst. Hatte sie tatsächlich erwartet, die Nacht mit Fox zu verbringen, ohne dass es jemand herausfinden würde? Die Wahrheit ließ ihr die Schamesröte ins Gesicht steigen: *ja.*

Jasper nahm Miranda mit einem erbarmungslosen Blick ins Visier. »Und jetzt erzähl mir, wohin Fox geritten ist.«

Sie erschauderte und nicht etwa von der Kälte in der Morgendämmerung. Sie musste Jasper begreiflich machen, dass Fox kein Verbrecher war. Zumindest heute nicht. »Er hat nichts von Norris gestohlen. Norris hat das Geld in seinen Umhang getan. Dazu kommt noch, dass Norris nie für die auf der Auktion von ihm ersteigerten Wandteppiche bezahlt hat. Fox ist heute Nacht hergekommen, um das Geld zu nehmen, das Norris dem Waisenhaus schuldet!«

»Das hat er dir erzählt?« Auf ihr Nicken fuhr er fort. »Und du glaubst ihm? Natürlich glaubst du deinem Liebhaber. Wo ist er hin?«

Sie musste Fox Zeit verschaffen, damit er Stratham überzeugen könnte, ihm zu helfen. »Ich weiß es nicht.«

»Unsinn!« Jasper fasste sie am Arm. »Das ist keine stupide Spielerei, Miranda! Der Mann ist ein Verbrecher. Hiermit ruinierst du uns alle! Wo ist Foxcroft?«

Miranda schreckte zurück. Konnte sie ihre gesamte Familie ruinieren? Ihr Verstand lief auf Hochtouren, als sie herauszufinden versuchte, wie sie das Ansehen ihrer Familie bewahren und Fox trotzdem helfen könnte.

»Himmel.« Jasper stieß sie fort und sie schaffte es gerade noch, das Gleichgewicht zu bewahren. Dann ging er auf Freddie los. »Vermutlich hast du Fox bei der Flucht geholfen, obwohl ich keine Vorstellung habe, warum. Wenn du eine Strafverfolgung vermeiden willst, weil du einem Verbrecher geholfen hast, musst du mir auf der Stelle sagen, wohin er gegangen ist.«

Freddie warf Miranda einen entschuldigenden Blick zu, aber sie wusste, dass er keine Chance hatte. »Stratham Hall.«

Jasper ruckte mit dem Kopf zurück und seine Verwirrung zeigte sich in einem Zucken um den Mund und schmalen Augen. »Warum sollte er dorthin gehen? Versucht er nicht zu flüchten?«

»Nein.« Miranda stemmte die Hände in die Hüften. »Ich habe dir gesagt, dass er unschuldig ist. Er beabsichtigt, das zu beweisen.«

Jasper drehte sich auf dem Absatz um und marschierte auf das Haus zu. »Ich werde Norris wecken und dann brechen wir nach Stratham Hall auf.«

Miranda hastete hinter ihm her. Fox' Plan musste einfach klappen. Sie war im Begriff zu sagen: »Ich werde dich begleiten«, aber ihr war klar, dass Jasper das nie erlauben würde. Sie würde in angemessenem Abstand folgen, denn sie hatte keinerlei Absicht, zurückzubleiben.

KAPITEL 19

Im Osten war die Morgendämmerung voll angebrochen, als Fox Stone in der Auffahrt von Stratham Hall zum Halt durchparierte. Er hoffte, dass Miranda keine allzu großen Schwierigkeiten bekommen hatte, und wünschte, er hätte ihr helfen können. Im Augenblick galt seine erste Priorität allerdings dem Strick des Henkers zu entkommen.

Er rannte die Stufen hinauf und pochte an die Vordertür. Fast sofort wurde er von einem Lakaien begrüßt. »Mr. Stratham empfängt um diese Zeit keine Besucher.«

Fox schob sich an ihm vorbei in die Eingangshalle. »Ich bin kein Besucher. Gehen Sie und wecken Sie ihren Dienstherren und sagen Sie ihm, er soll Foxcroft in seinem Arbeitszimmer treffen.« Fox marschierte bereits auf die Ecke des Hauses zu. Er wettete, das Stratham in Windeseile hier unten sein würde, sobald er von seiner Ankunft erfuhr, und dass er bereits in sein Büro gegangen war.

Der Lakai folgte Fox einen Moment. »Ich bedaure, das kann ich nicht erlauben.«

Fox schwang herum und konfrontierte den kleineren,

leichter gebauten Dienstboten. »Ich glaube, Sie verstehen nicht. Ich habe Sie nicht um Ihre Erlaubnis gefragt. Jetzt holen Sie Stratham.« Fox drehte sich wieder um und beschleunigte seine Schritte. Die Angst kroch ihm an der Wirbelsäule empor, als er sich fragte, ob der Diener seiner Aufforderung entsprechen würde oder stattdessen Alarm schlagen würde. Auf halbem Wege durch den Goldenen Salon hörte er die Verfolger. Er sah über seine Schulter. Zwei livrierte Männer eilten hinter ihm her. Also Alarm.

Fox setzte zu einem wilden Spurt in das Arbeitszimmer an. Schwer atmend schob er sich hinein und schlug die Tür hinter sich zu, ehe die Diener ihn eingeholt hatten. Er drehte den Schlüssel im Schloss und hoffte, sie würden die Tür nicht aufbrechen.

Milchig-graues Licht ergoss sich über den großen Mahagonischreibtisch vor den Fenstern. Sich der Dienstboten bewusst, die vor der Tür mit leisen Stimmen sprachen, riss Fox die Schubladen auf. Dann setzte das Hämmern ein.

»Sir, Sie müssen herauskommen!«

Fox ignorierte sie, während er den Inhalt der ersten Schublade durchforstete und dann einer weiteren. Seine Frustration nahm zu, als er die Unterlagen des Anwesens und andere wertlose – zumindest für ihn – Dokumente auf den Boden warf.

Endlich stieß er in der nächsten und letzten Schublade auf eine verschlossene Holzschachtel. In der ersten Schublade, die er durchsucht hatte, war ihm ein Schlüssel ins Auge gefallen. War Stratham tatsächlich so geistlos, das Utensil zum Aufschließen der Schachtel so dicht in der Nähe aufzubewahren? Fox fand den Schlüssel auf dem Schreibtisch, wo er ihn aufs Geratewohl hingeworfen hatte, und führte ihn in das Schloss ein. Nichts. Offenbar ging Stratham zumindest dieser Teil von Dummheit ab.

Das Gehämmer verstummte und wurde von einem

weiteren Gespräch abgelöst, das er nicht verstehen konnte. Dann ein Klopfen. »Fox? Öffnen Sie die Tür!« Stratham.

Fox durchsuchte wie wild den Haufen Papiere auf dem Boden. Kein Schlüssel. Es klopfte weiter. »Fox! Ich werde nach dem Richter schicken, wenn Sie die Tür nicht aufmachen!«

In seiner Verzweiflung schleuderte Fox die Schachtel gegen den kostspieligen Marmorkamin. Das Holz barst und fiel in einem wirren Haufen zu Boden.

»Was war das?« Stratham hämmerte an die Tür.

Fox sank auf die Knie und durchsuchte die zerstörte Schachtel. Schnell überflog er die Papiere. *Ja.*

Er stand auf und öffnete die Tür. Stratham stürzte mit drei Dienstboten herein.

Fox hielt die Papiere hoch. »Es besteht kein Anlass, den Richter zu rufen, es sei denn, für Sie selbst.«

Stratham machte große Augen. Er drehte sich zu seinen Dienstboten um. »Geht.« Die Diener entfernten sich und Stratham schloss die Tür.

Auf dem Weg von Cosgrove hatte Fox sich zurechtgelegt, was er vielleicht zu Stratham sagen könnte, aber die Worte klebten an seiner Zunge wie Schlamm an den Sohlen seiner Arbeitsschuhe. Wie es ihn aufrieb, sich mit diesem Mann zu verbünden. Aber welche Wahl hatte er, wenn er seinen Hals retten wollte? »Sie müssen mir helfen.« So, er hatte es gesagt.

Stratham legte den Kopf schief. »Wie könnte ich das womöglich tun?« Sein Blick bewegte sich kaum von den Papieren in Fox' Hand weg.

»Norris bastelt eine Geschichte zurecht, nach der ich gestern Abend einige tausend Pfund aus seinem Arbeitszimmer gestohlen haben soll. Sie wissen, dass diese Geschichte falsch ist.«

Stratham riss seine Aufmerksamkeit von dem Haufen

Papiere in seiner Hand los. »Er behauptet, Sie hätten mir das
Beitragsgeld auf der Straße geraubt? Stimmt das?«

Fox empfand ein perverses Vergnügen daran, die Wahrheit zu enthüllen. »Ja.«

Stratham seufzte. »Dann wird Norris tun, was immer er
tun muss, um Ihre Bestrafung für dieses Verbrechen zu
gewährleisten.«

Fox' Herzschlag beschleunigte sich, als seine Angst
zunahm. »Allerdings wissen Sie, dass er es nicht als Verbrechen melden kann, also hat er ein anderes konstruiert.«

Strathams Blick wurde schmal und er bediente sich
seines lästigen, überaus arroganten Tonfalls. »Was nichts an
der Tatsache ändert, dass Sie ein Krimineller sind.«

Fox' Wut explodierte in seinem Kopf. Er machte einen
Satz nach vorn und wedelte mit den Papieren vor Stratham,
als ob sie eine Waffe wären. »Von Kriminellen gestohlen!
Zum Wohle meiner Schützlinge!« Sein Brustkorb hob und
senkte sich heftig vor Wut. »Ich bin nicht stolz auf meine
Taten, aber ich würde es wieder tun.«

Strathams Emotionen vollführten ein Wechselspiel auf
seinem Gesicht. Fox konnte nicht sehen, was der Mann
dachte, aber er schien zu schwanken. Diesen Vorteil machte
er sich zunutze. »Es ist nur eine Frage der Zeit, bevor Norris
Sie benutzen wird, um seine eigenen Verbrechen zu vertuschen. Er hat mir erzählt, dass er geglaubt hatte, Sie hätten
das Geld gestohlen. Das kann nicht angenehm für Sie
gewesen sein. Was hat er getan? Hat er Sie das Geld aus
eigener Tasche bezahlen lassen?«

Strathams Augen verfinsterten sich vor Zweifel. »Ja, wie
konnten Sie das wissen?«

»Weil er ein habgieriger, selbstsüchtiger Hurensohn ist.
Er interessiert sich nur dafür, sein Haus mit überteuerten
Relikten vollzustopfen, während alle anderen im Bezirk

unter der schlimmsten Ernte seit Jahrzehnten leiden.« Fox versuchte, seinem Ärger Luft zu machen.

Stratham versteifte die Schultern. »Meine Ernte war auch sehr mager. Ich bin mir Ihrer Schwierigkeiten nicht ganz unbewusst.«

Der Mann wusste gar nichts. Also würde die schlechte Ernte bedeuten, dass er keine neue Weste oder Handschuhe anschaffen könnte. Für Fox und die Leute, die auf ihn angewiesen waren, bedeutete es sehr viel mehr. »Dann helfen Sie mir. Wenn ich ins Gefängnis wandere oder Schlimmeres, wird niemand den Waisen oder meinen Pächtern helfen. Sie wissen, dass es unrecht ist.«

Strathams Blick schnellte zu den Papieren. »Werden Sie das verwenden, um mich zu nötigen?«

Die Einzelaufführung in Fox´ Hand enthielt Namen und Zahlen, aber er hatte keinerlei Hinweis auf Norris gefunden. »Das könnte ich, aber ich muss Norris als Schuldigen deklarieren und nur Ihre Zeugenaussage wird sicherstellen, dass das passiert. Nur Sie können ihn mit dieser Liste von Beiträgen und der Tatsache in Verbindung bringen, dass Sie diese Beträge für ihn eingesammelt haben.«

Strathams Brust schien sich zusammenzuziehen. »Wie können Sie das überhaupt wissen? Hat Ihnen das irgendjemand erzählt?«

Fox biss die Zähne zusammen. Er hatte keine Zeit für den vertrauten Groll ihrer gemeinsamen Vergangenheit. »Pennymore. Nachdem Jane gestorben ist, hat ihr Vater zugegeben, dass er bei Norris ihre Hand für die Ehe mit Ihnen gegen Norris zukünftige Unterstützung eingehandelt hatte. Norris versprach, dass er und die Abgeordneten – einschließlich Ihnen – Pennymores Interessen weiterhin im Parlament repräsentieren würden und, was sogar noch wichtiger ist, dass er im Bezirk bevorzugt behandelt würde.«

Stratham sank in einen luxuriösen, mit elfenbeinfar-
benem Samt bezogenen Sessel. »Sie hat mich nicht geliebt?«

Fox zuckte mit den Schultern. »Ich habe keine Ahnung.
Vielleicht hat sie es durch eine glückliche Fügung getan.«
Überraschenderweise war es Fox nicht länger wichtig.

Stratham schüttelte den Kopf. »Ich glaube nicht. Ich
dachte, sie besäße ein zurückhaltendes Naturell, aber vielleicht hat sie stattdessen etwas verheimlicht. Als sie nach
solch einer kurzen Brautwerbung eingewilligt hat, mich zu
heiraten, dachte ich, ihre Gefühle würden meinen eigenen
entsprechen.« Stratham hatte sie damals geliebt. Er war eine
Schachfigur in Norris´ Machenschaften gewesen … genau
wie Fox im Augenblick. Stratham sah zu ihm auf. »Warum
wollte Norris aber, dass sie mich heiratet? Ich verstehe das
nicht.«

In Fox´ Vielfalt an Emotionen drang ungewolltes Mitgefühl. »Wer weiß schon, wie der Verstand dieses Mannes
arbeitet? Vielleicht hatte er geplant, dies eines Tages gegen
Sie zu verwenden – Sie wollten etwas und er hat es Ihnen
verschafft. Sie müssen zugeben, dass es ein cleverer Zug ist,
jemanden in seiner Schuld stehen zu haben.«

Stratham wischte sich mit einer Hand über das Gesicht.
Die Uhr tickte und die Frist für Fox´ Freiheit lief langsam ab.
Bald wäre Norris hier. Fox schnürte es die Kehle zu, bis er zu
ersticken drohte. Er war so weit gekommen. Zu weit, um
alles entgleiten zu sehen. »Stratham, Sie müssen für mich die
Wahrheit über diesen Erpressungsplan aussagen, und Sie
müssen dem Richter erklären, dass Norris das Geld in
meinen Umhang getan hat. Wenn nicht, werde ich alles
verlieren und das … kann ich einfach nicht.«

In diesem Moment wusste Fox, dass er auf die Knie fallen
und betteln würde, wenn es sein musste. Aber er musste
nicht. »Entweder helfen Sie mir oder ich werde Sie ruinieren. Ich habe nichts zu verlieren, Stratham. Man wird Sie

vielleicht nicht hängen, aber Sie werden ihren Sitz im Parlament verlieren. Vielleicht werden Sie ins Gefängnis gehen oder gar Ihre Ländereien einbüßen.«

Ein Tumult in der Eingangshalle riss Stratham auf die Füße. Beide Männer drehten sich zur Tür und warteten.

Saxton öffnete die Tür, während Norris breiter Leibesumfang über die Schwelle wankte. Der Earl grinste und wischte sich dabei mit einem orangen Taschentuch die Stirn ab. »Das war keine großartige Flucht, nicht wahr, Foxcroft?«

Saxton folgte Norris in das Arbeitszimmer. Während Norris aussah, als hätte er gerade ein umfangreiches, sättigendes Mahl verspeist, erweckte Saxton den Eindruck, als wolle er Fox alle Glieder vom Leib reißen. Er hatte Miranda gesehen und musste seine eigenen Schlussfolgerungen gezogen haben. Fox tat den Gedanken ab – damit würde er sich später beschäftigen. Jetzt musste er sich darauf konzentrieren, seine Freiheit zu erobern. Er sah zu Stratham und versuchte, festzustellen, ob der Mann ihm helfen würde, doch dessen Züge waren undurchdringlich.

Norris stopfte das Taschentuch in seinen Frack. »Wir haben Sie jetzt, Fox. Der Richter ist auf dem Weg. Ich werde wohl nie verstehen, warum Sie hierhergekommen sind, anstatt in unbekanntes Gebiet zu fliehen.«

Fox gab sich große Mühe, sein Temperament zu zügeln, und das war ein schwieriges Unterfangen, da die Welt unter seinen Füßen wegbrach. Seine Hand spannte sich um den Beleg, mit dem er Strathams Vergehen beweisen würde, aber ohne Strathams Aussage, dass Norris das Geld in Fox Umhang deponiert hatte, würde er trotzdem noch als Dieb angeklagt.

»Ich habe keinerlei Absicht, vor einem Verbrechen davonzulaufen, das ich nicht begangen habe. Nicht wenn Sie derjenige sind, der Geld von unserem Distrikt erpresst hat.« Fox sah zu Stratham und wartete darauf, dass der andere seine Geschichte bestätigte. Der kleinere Mann sah zu Fox und dann zurück zu Norris, der in den Sessel sank, den Stratham gerade freigemacht hatte.

Saxton ging neben dem protzigen Kamin in Stellung. »Das ist eine gewichtige Anschuldigung, Foxcroft. Sind Sie in der Lage, sie zu untermauern?« Der Zug um seinen Mund gab Fox zu verstehen, dass er das nicht glaubte.

Der unbehagliche Augenblick zog sich in die Länge, während Fox Stratham erdrosseln wollte. Endlich machte sein ehemaliger Widersacher sich so groß, wie seine kleine Statur es erlaubte. »Ich habe dieses Geld für Lord Norris einkassiert. Fox hält eine Auflistung der Menschen in der Hand, die uns in den vergangenen vier Jahren im Austausch für unser Versprechen bezahlt haben, ihre Besitzungen nicht nachteilig zu beeinträchtigen.«

Norris´ Gesicht lief in einem leuchtenden Rot an. Seine fetten Lippen gingen auf und zu, als ob er versuchte, den Haken zu lösen, an dem er nun hing, und der ihn in die Gefangenschaft befördern würde. »Sie Schwachkopf! Sie wissen nicht, was Sie tun. Sie unterzeichnen Ihr eigenes Todesurteil. Niemand wird aufgrund des Wortes eines einfachen Abgeordneten glauben, dass ein Earl Geld erpresst hat.«

Stratham nahm die Schultern zurück. »Das mag sein, aber es gibt vier von uns ›einfachen Abgeordneten‹, die in den vergangenen Jahren Ihrer Gnade ausgesetzt waren. Ich bin sicher, dass Britt, Walker und Dawson ebenso erleichtert sein werden, von Ihrer Tyrannei befreit zu sein, wie ich, und mit Freuden meine Aussage bestätigen werden.«

»Unverschämter Trottel!« Norris Gesicht nahm einen noch dunkleren Ton an – es war beinahe Violett. »Das ändert nichts daran, dass Fox mich gestern Abend bestohlen hat.«

»Er hat überhaupt nichts gestohlen.« Stratham sah zu Saxton, als die einzige objektive Partei im Zimmer. »Norris hat mich angewiesen, das Geld in Fox' Umhang zu deponieren, und das werde ich aussagen. Fox ist unschuldig.«

Norris fielen beinahe die Augen aus dem Kopf. »Aber er ist mit einer Maske in mein Arbeitszimmer eingestiegen! Er hatte ganz eindeutig kriminelle Absichten!«

Fox hatte gehofft, nicht auf diese Ausrede zurückgreifen zu müssen, doch er zögerte nicht. »Wie ich Saxton gestern Abend erzählt habe, hatte ich anderweitige Motive mit der Maske. Motive, die nichts mit Diebstahl zu tun haben und Motive, die ich lieber nicht offenlege.«

Mit mordlustigem Blick stieß Saxton sich vom Kamin ab. »Passen Sie auf, was Sie sagen, Foxcroft.«

»Ein kümmerlicher Versuch von Ablenkung, Fox!« Speichel hatte Norris' Hose besprenkelt. »Ich habe nach dem Richter und Carmody geschickt, der Sie zweifelsohne als den Straßenräuber identifizieren wird, der ihn ausgeraubt hat.«

Fox vermied, Saxton anzuschauen. »Das könnte er, aber Lady Miranda wird anderweitig aussagen und mit widersprüchlichen Zeugenaussagen bezweifle ich, dass es zu einer Anklage kommt.«

Der Butler erschien in der Tür. »Der Richter ist hier, Sir.«

Ein rotgesichtiger Gentleman, der über die mittleren Jahre hinaus war, betrat den Raum. Er nahm den Hut ab und entblößte einen schmuddeligen Haarschopf. »Guten Morgen.« Dann nahm er die merkwürdige Versammlung in Augenschein und heftete seinen verdatterten Blick auf Norris, der noch immer aussah, als hätte er einen Schlaganfall erlitten. »Ich habe Ihre Nachricht erhalten, Mylord.«

Fox trat vor. »Ja, vielen Dank für Ihr Kommen, Mr. Forth. Leider haben wir bedauerliche Nachrichten mitzuteilen. Es hat sich herausgestellt, dass Lord Norris Geld von mehreren Menschen innerhalb dieses Bezirks erpresst hat.«

Der Richter rührte sich nicht. Er stülpte die Lippen zu

einem nachdenklichen Ausdruck vor. »Das ist sehr überraschend. Haben Sie Beweise?«

Stratham nahm die Papiere von Fox und übergab sie an
Forth. »Dies ist eine Liste aller, von denen wir Geld gefor-
dert haben, und es ist jeweils das Datum aufgeführt, wann
wir es erhalten haben.«

Forth nahm die Papiere und überflog kurz das Deckblatt,
ehe er Stratham stirnrunzelnd ansah. »Sie sind ebenfalls in
diese Sache verwickelt?«

Stratham zuckte unter dem prüfenden Blick des Richters
nicht zusammen. »Sowohl ich als auch meine Kollegen, die
Abgeordneten, waren der Ansicht, dass wir keine Wahl
hatten, als seine Machenschaften zu unterstützen.«

Fox wollte Stratham seine Anerkennung übermitteln. »Ich
würde gern anmerken, Mr. Forth, dass wir ohne Mr. Strathams Zeugenaussage und seine akribischen Aufzeichnungen
nicht von Lord Norris´ Verbrechen wüssten. Ich will doch
hoffen, dass ein wenig Entgegenkommen gezeigt wird.«

Der Richter spannte die Hand um die Dokumente an.
»Das liegt nicht an mir, Fox.«

Saxtons Züge hatten sich entspannt, doch seine Augen
waren so hart wie der Marmor am Kamin. »Ich werde
meinen Vater bitten, ob er für Stratham sprechen kann,
wenn es zur Straffestsetzung kommt.«

Zufrieden, Stratham so gut geholfen zu haben, wie ihm
möglich war, nickte Fox.

Strathams Schultern sackten zusammen und er schien zu
seiner normalen Größe zu schrumpfen. »Danke, Lord
Saxton.«

Forth schob die Liste mit den Beiträgen in seine Jacke.
»Ich werde diese Gentlemen hinausbegleiten, obwohl ich
verwirrt bin, warum Norris mich gerufen hat, um seine
eigenen Verbrechen zu gestehen. Es sei denn«, er wandte

sich an den Earl, der vergebens versuchte, sich aus dem Sessel zu hieven, »Sie hatten den Wunsch sich zu stellen.«

Norris hielt eine Hand hoch. »Könnte ich vielleicht etwas Hilfe haben? Wie ich fürchte, ist meine Kraft von der morgendlichen Aufregung ein bisschen ausgelaugt. Aber ja, ich hielt die Zeit für gekommen, mich zu stellen, um unserer Wählerschaft zu demonstrieren, dass wir nicht käuflich sind.«

Fox stieß ein unelegantes Geräusch aus, das zum Teil ein Schnauben und zum Teil ein amüsiertes Lachen war. Der Earl hatte nicht das geringste Schamgefühl. Forth schoss Fox einen fragenden Blick zu, doch dieser schüttelte zur Antwort kaum merklich den Kopf. Sollte Norris doch versuchen, sich aus diesem Dilemma herauszuwinden.

Der Richter half Norris aus dem Sessel und Stratham begleitete die beiden aus dem Raum. Fox wusste nicht, wohin sie gingen, aber es interessierte ihn auch nicht.

Saxton trat in die Mitte des Zimmers und fixierte seinen wütenden Blick auf Fox. Ehe er zu seiner vermeintlichen Tirade ansetzen konnte, eilte Miranda in das Arbeitszimmer. Sie schien außer Atem, doch in ihrem richtig angezogenen Reitkostüm sah sie absolut bezaubernd aus. Der Schwindel, den er vorhin empfunden hatte, drohte nun, ihn gänzlich mitzureißen.

Sie schien Saxton nicht zu bemerken, als sie sich auf Fox zubewegte. »Bist du von den Anschuldigungen freigesprochen worden?«

Fox lächelte ihr zu. Er wollte sie in die Arme schließen und nie wieder loslassen. »Norris hat seine Anschuldigungen noch nicht einmal erhoben. Stratham hat seinen Teil geleistet.«

Sie seufzte, doch dann erstarrte sie, als Saxton sie am Arm packte. Mit finsterem Blick sah er auf seine Schwester hinab. »Du hast ein ausgemachtes Desaster hieraus gemacht. Wenn Holborn erfährt, was du getan hast –«

Fox unterbrach ihn. »Das wird nicht von Bedeutung sein, Lord Saxton, weil sie meine Frau wird.«

Saxton sah Fox für einen Moment mit offenem Mund an. »*Ihre Frau?*« Er sah zu Miranda zurück, die große Augen machte.

Sein Unbehagen wallte auf, als die Emotionen durch seinen Verstand wirbelten. »Ja, wir werden heiraten.«

Saxton zeigte mit einer stechenden Bewegung seines Zeigefingers auf Fox. »Hast du zugestimmt, diesen Mann zu heiraten?«

Als Miranda die Luft einsog, wurden ihre Wangen hohl. Sie schoss einen Blick zu Fox und in ihren Augen erkannte er … Bedauern. Der Schwindel wandelte sich zu Schwärze. Ein Gewicht, so schwer wie Eisen zerrte an seinem Körper und bedrohte seine geistige Gesundheit.

»Nein«, erwiderte sie kopfschüttelnd. »Ich habe nicht zugestimmt, ihn zu heiraten.«

KAPITEL 20

*M*iranda zitterten die Knie, als sie das Glück aus Fox' Augen schwinden sah. Sein Puls schlug in einem gleichmäßen Rhythmus an seinem Hals – ein Rhythmus, den sie immer noch in ihren Knochen spüren konnte.

Jasper entspannte sich und lockerte die Schultern. »Da du behauptet hast, er sei nicht dein Liebhaber, könnte ich mir nicht vorstellen, warum du einwilligen würdest, ihn zu heiraten.«

Fox starrte sie mit einem ungläubigen Blick an, und die Bürde ihrer Lüge erstickte sie beinahe. »Du behauptest, ich sei nicht dein Liebhaber? Was zur Hölle ist dann zwischen uns im Stall gewesen?«

Ihre Sicht verschwamm. Hatte er das gerade laut gesagt? So nahe sie in der Vergangenheit auch immer wieder einer Katastrophe gekommen war, schienen zum ersten Mal die Wände um sie herum auf sie einzustürzen.

Jasper ging auf Fox los und packte ihn am Jackenauf-schlag. »Sie haben meine Schwester ruiniert?«

Mit flammendem Blick schüttelte Fox ihn ab. »Nein, ich

habe meine zukünftige Frau geliebt. Seit Monaten bitte ich Ihre Schwester, meine Frau zu werden. Dämlich wie ich bin, habe ich ihre Verführung in meiner Zelle letzte Nacht als ihre faktische Einwilligung auf meinen Antrag verstanden.«

Jasper schwang zu seiner Schwester herum. »Was hast du dazu zu sagen? Du vögelst einen Mann nicht, um dann zu erwarten, dass er wieder geht. Du bist die Tochter eines gottverdammten Herzogs, Miranda, nicht irgendeine Dirne!«

Unter seiner Wut und der rüden Sprache zuckte sie zusammen. Nie hatte sie Jasper so zornig erlebt. Ihr Körper fing zu zittern an, aber die Worte wollten nicht kommen. Sie hatte keine Ausreden mehr, und keine leichte Möglichkeit, sich herauszureden. Sie saß in der Falle.

Als Miranda sich zu Fox drehte, flackerte ihr Zorn auf. »Gestern Nacht hast du mich nicht gefragt, ob ich dich heirate!«

Sein Blick aus den blaugrauen, goldgesprenkelten Augen brannte sich in sie. »Den Teufel habe ich nicht getan. Ich habe dir gesagt, dass ich dich immer noch heiraten will.«

Hatte er das gesagt? Sie erinnerte sich nicht. Sie wirbelte zu Jasper herum. »Ich muss ihn nicht heiraten. Niemand weiß, was gestern Nacht geschehen ist.«

Jasper machte große Augen. »Du bist verrückt.«

Fox trat in ihr Sichtfeld und zog sie am Arm, sodass sie ihn voll anblicken musste. »Ich werde deine Eltern persönlich darüber informieren, dass du möglicherweise mein Kind trägst.«

Miranda schauderte und entzog sich seinem Griff. Sie konnte kaum glauben, dass er so kalt sein konnte. »Das würdest du nicht wagen.«

»Das würde ich. Wir werden heiraten, ob du nun einwilligst, oder ich dich mit dem Segen deiner Familie zum Altar zerre.« Mit einem drohenden, humorlosen Lächeln beugte er sich vor. »Und ich bekomme ihn, da bin ich sicher.«

Miranda lenkte ihren flehenden Blick zu Jasper. »Mutter und Vater werden mir helfen.«

Jasper machte den Mund auf und dann schloss er ihn abrupt wieder. Tief senkten sich seine Brauen über die hellblauen Augen. »Holborn wird fuchsteufelswild werden, wie ich es beinahe bin – weshalb ich ihm nichts von deiner Indiskretion sagen werde. Bete, dass du nicht schwanger bist, Miranda. Dir wird niemals erlaubt werden, es aufzuziehen.«

Fox packte Jasper am Unterarm. »Was zum Teufel sagen Sie da? Die Gefühle ihres Vaters interessieren mich nicht. Ich werde sie heiraten. Insbesondere, wenn sie schwanger ist.«

Mit einem Ruck befreite Jasper seinen Arm. »Das können Sie gern versuchen, aber Holborn wird Sie nicht in der Familie haben wollen.« Er lenkte seine Aufmerksamkeit zu Miranda zurück und runzelte die Stirn. Die blonden Augenbrauen zogen sich tief über seine scharfen, stechend blauen Augen. Nie hatte er mehr wie ihr Vater ausgesehen, und sie musste einen Schauder unterdrücken. »Was für ein gottverdammtes Durcheinander du verursacht hast.« Er lenkte seine Aufmerksamkeit zu Fox. »Weil ich es für die gewissenhafteste Lösung halte« – er warf Miranda einen eisigen Blick zu, der sie innerlich erstarren ließ – »werde ich alles mir Mögliche tun, damit ihr heiratet, insbesondere, wenn Miranda schwanger ist. Seid allerdings gewarnt … es könnte vielleicht nicht reichen. Holborn ist ein richtiger Sturkopf und er bekommt immer, was er will.«

Ein Teil seiner Anspannung entwich Fox' Körper. »Danke. Miranda zu heiraten, ist alles, was ich mir je gewünscht habe.«

Ja, das war alles, was er gewollt hatte. Praktisch seit ihrer Ankunft. Und jetzt würde sie ihn vielleicht heiraten *müssen*. Unabhängig von Jaspers Worten, war Miranda sich sicher, dass ihr Vater sie mit Fox vermählen würde, wenn sie sein

Kind trüge. Wie fein säuberlich sich das alles für ihn ergeben hatte.

Der Frost, den sie noch vor einem Moment verspürt hatte, schmolz angesichts ihres Schmerzes und ihrer Empörung. »Darauf hast du nur gewartet, nicht wahr?« Als sie diese Frage stellte, wusste sie, dass es stimmte. Sie waren so oft allein gewesen und jede dieser Gelegenheiten hätte als intimer Augenblick ausgelegt werden können, wenn Beatrice oder Mrs. Gates sie unterbrochen hätten. Sie war dumm gewesen und auch er – oder vielleicht war er ungemein raffiniert gewesen, und hatte schlichtweg auf das perfekte Szenario gewartet. Und was war mit dem Bordell? Er hätte sie aus dieser Kammer schieben können, anstatt sie zu berühren und zu erregen. »Du hast schon seit einiger Zeit versucht, mich zu kompromittieren.«

Sein Blick blieb fest, doch seine Nasenflügel bebten. Er schluckte. »Gewissermaßen.« Er sah sie an, als ob er mehr sagen wollte, doch dann fügte er nur »Ja« hinzu.

Das Zittern in ihren Gliedern hörte auf, und als die Eiseskälte zurückkehrte, nahm sie alle Empfindungen mit sich, um eine große Leere zu hinterlassen, wo ihre Emotionen hätten sein sollen. »Nun, dann wirst du wohl der am meisten beneidete Gentleman von ganz London sein, der endlich meine Hand erobert hat. Herzlichen Glückwunsch dazu, mich so erfolgreich verführt zu haben. Bravo.« Sie drehte sich zu ihrem Bruder, dessen Gesicht ausdruckslos geblieben war. »Komm Jasper, ich muss mich dringend ausruhen.«

Sie nahm Jasper am Arm und als sie hinausgingen, versuchte sie, sich zu überlegen, was sie als Nächstes tun sollte. Zum allerersten Mal kam ihr keine Idee.

*A*m folgenden Abend konnte Miranda nicht entscheiden, was den Tag trübseliger machte: der unablässige Regen, der auf die Kutsche ihrer Eltern prasselte, oder das anhaltend ärgerliche Starren von der Sitzbank ihr gegenüber. Jaspers Anwesenheit neben ihr trug wenig zu ihrer Beruhigung bei. Er war immer noch wütend, weil sie ihn angelogen und sich in den Stall geschlichen hatte, um Fox zu sehen.

»Hör auf, herumzuzappeln, Miranda.« Ihre Mutter schürzte die Lippen und setzte eine ernste Miene auf. Die winzigen Linien um ihren Mund waren ein Zeichen darauf, dass sie diesen Ausdruck viel zu häufig aufsetzte. »Meine Güte, aber du hast dir diesen Sommer grässliche Manieren angeeignet. Es versteht sich vermutlich von selbst, dass ich dich niemals hierher geschickt hätte, wenn ich das Ganze rückgängig machen könnte.«

»So ist es.« Ihr Vater machte sich nicht die Mühe, eine von ihnen anzuschauen. »Wie du dich erinnerst, hätte ich es vorgezogen, dich in ein Kloster zu schicken.«

Ihre Mutter stieß ein langes wehleidiges Seufzen aus. »Das hast du gesagt.«

Tatsächlich war dies eine fortgesetzte Unterhaltung seit ihrer Ankunft am Nachmittag.

»Erinnere mich doch bitte, warum wir mit diesem Landei dinieren?« Mirandas Vater hatte seine Frage an niemanden Bestimmtes gerichtet.

»Weil Jasper uns überzeugt hat, dass Mr. Foxcroft ein anständiger Gentleman ist, der an einer Eheschließung mit Miranda interessiert ist. Und sie mit jemandem zu verheiraten ist dein vornehmliches Ziel, nicht wahr?« Mutter blinzelte ihn an.

Vater warf einen düsteren Blick zu Jasper, der stumm aus dem Fenster sah. »Ja, aber ich bezweifle, dass Foxcroft den

Anforderungen entspricht. Es ist unwichtig, da Lord Walter es kaum erwarten kann, sich zu erklären, und er ist eine akzeptable Wahl.«

Mirandas Schläfen pochten. Sie wusste nicht, was Jasper gesagt hatte, um ihre Eltern heute Abend zum Kommen zu bewegen, doch es war auch unwichtig. Jasper war der Ansicht, dass sie Fox heiraten sollte, weil sie ruiniert war. Ihre Eltern zogen es vor, sie wegen seines gesellschaftlich überlegenen Ansehens mit Lord Walter zu vermählen. Keiner machte sich die Mühe, sie zu fragen, was sie wollte.

Zumindest wussten ihre Eltern nicht, dass sie die Nacht mit Fox verbracht hatte. Sie hatte Jasper nicht einmal darum bitten müssen, das Geheimnis zu wahren. So wütend ihr Bruder auch auf sie war, brachte er es nicht über sich, sie der unerträglich bitteren und ewigen Enttäuschung ihrer Eltern auszuliefern. Und sie sträubte sich, sich Gedanken über eine mögliche Schwangerschaft zu machen. Das war einfach unerträglich.

Miranda wollte an den Wänden der Kutsche hochgehen. Wieder fing sie an, ihre Finger miteinander zu verschränken, doch dann zügelte sie sich, um von ihrer Mutter nicht noch einmal ermahnt zu werden. Ihr Blick fiel auf die Herzogin, die selbstverständlich fest wie ein Fels auf ihrem Platz saß und sich kaum vom Rütteln der Kutsche mitreißen ließ.

»Miranda, du hast den ganzen Sommer in dieser Gegend gelebt. Du willst dich mit diesem Mann *verloben,* und trotzdem hast du sein Haus, dieses Bassett Manor, noch nicht gesehen?«

Fox lud niemals Gäste ein, aber sie klärte ihre Eltern nicht auf. Er hatte schon genug Makel, die gegen ihn sprachen, ohne sich auch noch als gesellschaftlicher Einsiedler bloßstellen zu müssen. Wenn sie eine Heirat mit ihm allerdings wirklich vermeiden wollte, würde sie ihre Eltern genau sehen lassen, wer er war.

Was tat sie da? Offensichtlich beschützte sie ihn. »Ich war im Waisenhaus sehr beschäftigt, und wenn du dich erinnerst, wurde mir der gesellschaftliche Umgang untersagt.« Mutter zuckte nicht einmal mit der Wimper. »Wenn ihr morgen Stipple's End besucht, werdet ihr sehen, wie viel von meiner Zeit ich dort verbracht habe.« Miranda freute sich darauf, ihren Eltern ihre Leistungen vorzuführen. Dank der Wohltätigkeitsveranstaltung würde das Dach repariert werden, und die Mädchen waren ein strahlendes Beispiel für Mirandas Engagement. Vielleicht würden ihre Eltern ihr endlich die Anerkennung zuteilwerden lassen, nach der sie sich sehnte.

»Schade, dass wir Kersey nicht hatten überreden können, dich zu heiraten. Er gibt sich solche Mühe, das Ansehen seines Familiennamens wiederherzustellen. Er hat auch einen guten Titel. Lord Walter wird allerdings genügen müssen.« Mutter nickte, sich selbst zustimmend.

Vater lehnte sich zu Mutter. »Oder – ich hätte nie gedacht, dass ich das mal sagen würde – sogar Darleigh. Ein Taugenichts, gewiss, aber immerhin ist er der Neffe eines Grafen mit einem Einkommen von fünftausend jährlich. Was hat Saxton noch einmal gesagt, wie viel dieser Foxcroft hat?«

»Das habe ich nicht«, gab Jasper zurück, obschon er den Blick nicht vom Fenster wandte.

Das zog weiteres missbilligendes Lippenschürzen von Mutter nach sich.

Ihre Eltern würden ihr gestatten, Darleigh zu heiraten? Sie hatten ihn bereits als völlig unwürdig abgestempelt. Ihn geküsst zu haben, war der Grund für ihre Verbannung hierher. Und nun sollte Fox so verwerflich sein, um Darleigh attraktiv zu machen?

Trotz des Rests von Wut auf Fox empörte sich Miranda für ihn. »Fox ist ein guter Mann. Er mag nicht der wohlhabendste Gentleman sein, und es stimmt, dass er keinen Titel hat, aber er besitzt beachtliche Ländereien, zwei Anwesen, und er widmet sich den weniger Begünstigten.«

Die geschürzten Lippen ihrer Mutter stülpten sich kurz nach oben. »Eine ... entzückende Verteidigungsrede, meine Liebe, allerdings ist ein verarmter Altruist kein Spitzenkandidat für einen Ehemann. Wird er die Saison überhaupt in London verbringen? An den Hof kommen? Urlaub in Brighton machen? Seine *Aufopferung* klingt unerträglich stumpfsinnig.«

Miranda knirschte mit den Zähnen. Ein weiteres Gespräch darüber wäre sinnlos.

Sie bogen in die Auffahrt ein und passierten ein verlassenes Torhaus, dessen Alter und Verfall trotz der Dunkelheit, die sowohl durch das schwindende Tageslicht als auch den Regenschauer herrschte, deutlich zu sehen war. Miranda hoffte nur, der Rest von Bassett Manor würde nicht so schäbig aussehen, doch ein ungute Gefühl beschlich sie, dass es sogar noch schlimmer sein könnte.

Nach einer Weile hielten sie auf ein großes, weitläufiges Bauwerk zu, das teils eine mittelalterliche Burg, teils Tudor-Stil und Restaurationszeit Herrenhaus war. Die unzähligen architektonischen Einzelheiten lenkten nicht von der Struktur ab. Ganz im Gegenteil, wer auch immer für diese Erweiterungen verantwortlich war, hatte sie mit einem scharfen Auge und mehr als nur ein wenig Gespür ausgeführt. Hohe Sprossenfenster warfen ihr Licht auf die dunkle Einfahrt und verliehen einen fröhlichen Schein.

Vater spähte aus dem Fenster und betrachtete das Haus. »Groß genug ist es vermutlich, aber nichts wert, wenn er nicht das Land hat, um es zu halten.« Getreu seinem Motto, maß ihr Vater alles, und es war ganz egal, was es war, in Ländereien und Geld. Zumindest dies brachte Fox einen Punkt zu seinen Gunsten ein.

Einer ihrer Diener öffnete die Tür und half erst der

Herzogin und dann Miranda aus der Kutsche. Ein weiterer Diener hielt einen großen Regenschirm bereit. Zum Schutz vor dem Regenschauer folgte Miranda dicht hinterher.

Als sie bei der Steintreppe angekommen waren, die zu dem großen Eichenportal am Eingang führte, war Mirandas Nacken und Rücken von mehr als einigen dicken Regentropfen getroffen worden, doch beim Eintreten verflog ihr Unbehagen.

Der riesige Eingang vermittelte Miranda den Eindruck einer Kathedrale. Die Halle ragte drei Stockwerke hoch und wurde von einer breiten Treppe geteilt, die an der gegenüberliegenden Wand hinaufführte. Auf halber Höhe gabelte sich die Treppe nach links und rechts und daran entlang schwang sich eine, mit prachtvoll, auf Hochglanz polierten Eichenblättern und Eicheln verzierte breite hölzerne Balustrade.

Große Räume zweigten zu beiden Seiten der Eingangshalle ab. Korridore führten seitlich der Treppe und an der Rückseite in andere Teile des Hauses. Obwohl der Grundriss nach Gewichtigkeit schrie, mangelte es der Ausstattung an allem, außer an Alter und Gebrauch. Ein alter, zerfledderter Teppich bedeckte einen Teil des Fußbodens aus Steinfliesen, doch an den Rändern waren eine ganze Anzahl von Absplitterungen und Rissen sichtbar. Der Kronleuchter an der Decke war mit Talgkerzen, und nicht Bienenwachskerzen, bestückt und setzte Fox' leere Geldschatulle noch mehr ins Licht.

Von einem der hinteren Korridore schritt er in die Eingangshalle. Miranda sog die Luft ein. Er trug dieselbe Kleidung wie bei der Wohltätigkeitsveranstaltung; elegantes Schwarz, das perfekt mit dem strahlend weißen Hemd und der smaragdgrünen Weste harmonierte. Seine Schuhe sahen ein wenig mitgenommen aus, doch er war ihr darin ja auch ins Bordell nachgeeilt, wenn sie sich recht erinnerte. Er antwortete auf ihre Betrachtung mit gleichem Interesse, und schnell verbannte sie alle Erinnerungen an die Wohltätigkeitsveranstaltung aus ihrem Kopf, um nicht ungewollt preiszugeben, dass sie ihn immer noch begehrte. Ob erzwungene Ehe oder auch nicht, verzehrte sie sich mit einer Heftigkeit nach ihm, die ihr einen Schauer über den Rücken jagte.

Fox, der in der Mitte des Raumes stehen blieb, verneigte sich vor dem Herzog und der Herzogin. »Guten Abend, Euer Gnaden, Euer Gnaden.« Sein Blick ging an ihnen vorbei und er nickte Saxton zu. »Mylord.« Er trat vor und nahm Mirandas Hand. »Mylady.« Hatte noch jemand den besitzergreifenden Ton in seiner Stimme wahrgenommen?

»Guten Abend, Foxcroft.« Ihr Vater verschränkte die Hände hinter dem Rücken, was er wahrscheinlich tat, um Fox zur Begrüßung nicht berühren zu müssen. »Ein beeindruckendes ... Haus.« Sein abschätzender Blick wanderte nach oben und einmal herum, ehe er sich wieder auf seinen Gastgeber legte.

»Ja, es ist seit dem zwölften Jahrhundert in Familienbesitz. Allerdings nicht in seiner Gesamtheit. Es gab im Laufe der Zeit einige Erweiterungen.« Er lächelte. »Ich bedaure, dass das Tageslicht bereits geschwunden ist, denn sonst hätte ich Ihnen die Gärten gezeigt. Sie sind sehr schön. Die Ahornbäume rund um den See sind um diese Jahreszeit atemberaubend.«

Er hatte einen See? Miranda ging auf, dass es noch viele Dinge gab, die sie nicht über ihn wusste. Was verzehrte er zum Frühstück? Wie entspannte er sich? Wie sah der Rest seines Hauses aus? Sein Schlafzimmer? Hoffentlich bemerkte niemand, wie ihr die Hitze in die Wangen stieg.

»Das Dinner wird gleich serviert. Wenn Sie mich bitte begleiten würden.« Er reichte Miranda seinen Arm, und als sie ihn nahm, bemühte sie sich, den vertrauten Schauer der Erregung zu ignorieren, der über ihren Arm prickelte. Monatelang hatte sie diese Reaktion als bloße Verirrung erklärt – als die Reaktion einer einsamen Frau, die an die Aufmerksamkeiten Dutzender von Männern gewöhnt war. Jetzt wusste sie, dass es anders war. Nur er war zu einer solchen Provokation fähig.

An seinem Arm schritt sie mit ihm auf den rechten Seitenkorridor zu, an einem riesigen Saal vorbei. Nach der freiliegenden Bogendecke zu urteilen, gehörte sie zweifellos zu einem Teil des ursprünglichen Gebäudes. In ihrer Form und Gestalt ähnelte sie der von Stipple's End, doch diese Halle war höher und länger. Und, wie sie feststellte, war sie nicht undicht.

Sie bogen nach rechts ab und durchquerten einen recht dunklen Flur, der von nur einigen wenigen Laternen erleuchtet war, die wiederum mit Talgkerzen bestückt waren – bis sie zu einer großen Türöffnung zur Linken kamen. Eine dunkle Vertäfelung aus der Tudor-Zeit wölbte sich hoch über dem Speisezimmer. Geschnitzte Hirsche und andere Waldtiere schmückten den Mittelpunkt, einen massiven Kamin. Ein wunderschön gewebtes, aber abgenutztes Tuch bedeckte den langen Tisch. Am Saum tummelten sich aufgestickte Füchse, die es als ein Foxcroft-Familienerbstück auswiesen. Das Silber und das Geschirr waren ebenfalls gealtert, wirkten aber nicht über Gebühr abgenutzt. Insgesamt atmete Miranda angesichts des Zustands von Fox' Haus erleichtert auf.

An einem Ende der Tafel war für fünf Personen gedeckt, vermutlich, damit sie sich leichter unterhalten konnten. Fox wies Miranda den Platz zu seiner Rechten zu und wartete, bis ihr Vater ihrer Mutter behilflich war, ihr gegenüber Platz zu nehmen. Der Herzog ließ sich auf dem Stuhl neben seiner Frau nieder, während Jasper den verbliebenen Platz neben Miranda einnahm. Nachdem alle ihre Plätze eingenommen hatten, setzte Fox sich auf seinen eigenen Stuhl am Kopfende.

Zwei Lakaien, ach du lieber Gott, nur zwei Lakaien, traten vor und schenkten Wein ein. Mutter quittierte das Defizit an Bediensteten mit einem Stirnrunzeln. Miranda nippte an ihrem Wein und rang sich einen entspannten Ausdruck auf ihrem Gesicht ab. Igitt! Fast hätte sie sich verschluckt. Wie alt war dieser Wein? War er richtig gelagert worden?

Ihr Blick huschte zu ihrem Vater. Als er einen Schluck nahm, zuckte sein Auge, und er stellte das Glas zurück auf den Tisch. »Ich glaube, Sie haben da eine schlechte Flasche erwischt.«

Miranda erschauderte bei der Befürchtung, dass alle Flaschen verdorben sein könnten, oder schlimmer noch – Fox keine anderen Flaschen hatte.

Fox hob die Lippen, doch er lächelte nicht. »Sie könnten recht haben.« Er drehte sich weg und winkte einen Lakaien herbei. »Rufus, eine andere Flasche bitte.«

»Was für ein interessantes Motiv über dem Kamin, Mr. Foxcroft.« Mutter studierte die Tiere, die sich zwischen einer breitarmigen Eiche und anderen, kleineren Bäumen tummelten.

»Danke, Euer Gnaden.« Fox drehte sich um und warf einen kurzen Blick auf die Schnitzerei. »Ein früherer Verwandter hat die Szene in Handarbeit angefertigt. Interessanterweise wurde der dort dargestellte Hirsch später vom Künstler erlegt. Tatsächlich wurde das Geweih zu einer Lampe verarbeitet, die derzeit in der großen Halle zu sehen ist.«

Die Herzogin rang sich ein sprödes Lächeln ab, aber Miranda konnte sich gut vorstellen, was sie von einer Geweihlampe hielt.

Der Lakai öffnete die neue Flasche Wein und schenkte

eine Probe in das Glas des Herzogs. Vater verschwendete keine Zeit, den Ersatz zu kosten, und nach dem Rümpfen seiner Nase zu urteilen, fand er ihn mangelhaft.

»Wie viel Land haben Sie hier, Foxcroft?« Vater hielt weitere Kommentare in Hinsicht auf die Weinqualität offenbar für sinnlos.

»Über 1.000 Hektar.« *So viel?*

Falls ihr Vater davon beeindruckt war, zeigte er das nicht. »Wie schlimm hat das Wetter Sie dieses Jahr beeinträchtigt? Die Erträge meiner südlichsten Ländereien werden um fast ein Viertel geringer ausfallen.«

Miranda riskierte einen Blick auf Fox. Er wirkte gelassen, vollkommen unaufgeregt, und sogar leutselig. »Ich bin mir noch nicht ganz im Klaren, wie verheerend unser Verlust sein wird, aber ich bin mir sicher, dass er signifikant ist. Ein Jammer, denn ich hatte geplant, meinen Schafbestand im Frühjahr zu vergrößern.«

Er hatte Schafe?

Miranda nahm den Löffel in die Hand, um die falsche Schildkrötensuppe zu probieren – es würde sie wundern, wenn Fox sich echte Schildkrötensuppe leisten könnte –, die ihnen von den Dienern vorgesetzt wurde. Sie hatte den Kalbskopfersatz noch nie probiert, aber er war nicht schlecht. Die verwendeten Kräuter gaben ihr sogar einen köstlichen Geschmack.

»Muss schwierig sein, ein Waisenhaus zu führen. Wahrscheinlich raubt es Ihnen die Zeit, die Sie lieber auf Ihrem Anwesen verbringen würden, um Reparaturen und Renovierungen durchzuführen.« Vater, dessen Blick im Raum umherwanderte, ließ keinen Zweifel daran, dass die Vorhänge im Speisesaal seiner Ansicht nach erneuert werden sollten und eine Überholung der Wände fällig war.

»Genau deshalb wird Miranda eine so wertvolle Hilfe

sein.« Fox lächelte sie an, doch seine Augen drückten Distanziertheit aus.

Der Herzog sah ihn argwöhnisch an. »Überschätzen Sie Mirandas Fähigkeiten nicht, mein Junge.«

Fox spannte den Kiefer kurz an, ehe er den Mund aufmachte. Um seine Aufmerksamkeit auf sich zu ziehen, klirrte Miranda mit dem Löffel gegen ihren Teller und schüttelte dann unmerklich den Kopf. Fox holte tief Luft und wandte dann den Blick ab, doch sie konnte gerade noch erkennen, wie die Röte über den Rand seiner Krawatte aufstieg. Sie war für seine Verteidigung dankbar, aber in den Augen ihres Vaters waren solche Heldentaten unsinnig.

Die Suppenteller wurden bald abgeräumt, und die Diener erschienen mit dem nächsten Gang, Rotbarbe mit Béchamelsauce. Da nur zwei Diener servierten, dauerte der Vorgang deutlich länger, als er sollte. Das leise Klirren von Silber auf den Tellern und der Nachhall der Schritte der Diener auf dem Dielenboden unterbrachen die ohrenbetäubende Stille.

»Oh!« Mutter nahm einen Bissen von der Rotbarbe und tupfte sich erneut den Mund mit der Serviette ab. »Sind da Gräten in diesem Fisch?« Lieber Gott, sie hasste Gräten in ihrem Essen. Wahrscheinlich würde sie jetzt nicht mehr in der Lage sein, weiter zu essen.

Fox trank einen Schluck Wein. »Ich bin mir sicher, dass irgendwann einmal Gräten in diesem Fisch waren, ja. Ich entschuldige mich, wenn eine verirrte noch vorhanden ist.«

Mutter machte nicht den Eindruck, als sei sie beschwichtigt. Sie legte ihre Gabel auf den Tisch und verbrachte den Rest des Ganges damit, den Raum mit einem strengen Stirnrunzeln in Augenschein zu nehmen.

»Du warst also schon in diesem Waisenhaus, Saxton?«, fragte Vater.

»In der Tat. Ein gewaltiges Unterfangen, die Kinder, das Gebäude und das Grundstück zusammengenommen.«

»Nach dem Wenigen, was ich bislang von Ihrem Anwesen gesehen habe, Foxcroft, sieht es so aus, als gehörten Ihre Energien besser hierher und nicht in irgendein Wohltätigkeitsprojekt.« Vater nahm einen Bissen von seinem Fisch.

Fox legte sein Besteck ab. »Meine Familie hat dieses ›Projekt‹ vor vierhundert Jahren ins Leben gerufen. So wie Sie die Titel von Holborn und Saxton tragen und allen Anforderungen nachkommen, die mit einer solchen Verantwortung verbunden sind, bin ich verpflichtet, das Gleiche für das Erbe meiner Familie zu tun. Es mag kein Titel sein, aber ich finde es ebenso wichtig und vollkommen erfüllend.«

Drei Augenpaare waren starr auf Fox gerichtet. Hatte er sie gerade beleidigt? Miranda beugte den Kopf über ihren Fisch.

»Hm. Die Worte eines echten Provinzlers.« Ihr Vater machte sich nicht die Mühe, die Stimme zu senken. Das tat er nie.

Es folgte eine weitere Episode der Stille, während alle aßen oder – wie in Mutters Fall – sich in der Kunst schweigenden Missfallens übten.

»Wie steht es um Ihre Stallungen, Foxcroft?«, fragte der Herzog. Ihr Vater besaß eine der erfolgreichsten Zuchtanlagen Englands. Er lebte und atmete für Pferde.

Fox warf ihrem Vater einen gelangweilten Blick zu und das Gold in seinen Augen war heute Abend beinahe nicht zu erkennen. »Baufällig.«

»Haben Sie einen ordentlichen Pferdebestand?« Die Frage ihres Vaters ließ Miranda innerlich zusammenzucken. So ausgedrückt klang es, als hegte er große Zweifel, dass die Bewohner von Fox heruntergekommenem Stall in irgendeiner Form als adäquat bezeichnet werden könnten.

»Ja, aber das ist subjektiv, nicht wahr?« Fox legte den Kopf schief und geriet unter dem überheblichen Blick des Herzogs nicht einen Moment ins Wanken. »Vielleicht möchten Sie ein anderes Mal wiederkommen und Ihre geschätzte Meinung abgeben.«

Ihr Vater grunzte. »Ich bedaure, aber unsere Zeit hier ist begrenzt und wir haben morgen zu einer Besichtigung dieses infernalischen Waisenhauses zugestimmt.«

»Wie großherzig von Ihnen.« Fox schnitt mit seinem Messer durch den Fisch und zerteilte ihn in der Mitte. Miranda fragte sich, ob er sich stattdessen das Gesicht des Herzogs vorgestellt hatte.

Störte er sich an der offensichtlichen Herablassung ihrer Familie? Das musste es wohl, doch er behielt sein Temperament gut unter Kontrolle.

Miranda hatte die Gabel auf halbem Wege zum Mund geführt, als sie innehielt. Wann hatte sie angefangen, die herablassende Art ihrer Familie zu bemerken? Man könnte einwenden – und einige taten das –, dass sie sich ebenso arrogant wie sie alle benahm. Warum also fühlte sie sich jetzt so unbehaglich? Sie führte den Bissen Fisch zum Mund und sah zu Fox hinüber. Fühlte sie sich mit ihm wohler? Nicht jetzt, während sie uneins waren. Er hatte ihre Anwesenheit seit Beginn der Mahlzeit kaum wahrgenommen.

Ihr Vater zuckte zusammen, nachdem er an seinem Wein genippt hatte. »Vermutlich werden Sie sich eine großzügige Mitgift ausbitten?«

Mirandas Mutter warf einen missbilligenden Blick zu ihrem Ehemann. »Diese Unterhaltung kann sicher warten, bis Miranda und ich den Tisch verlassen haben.«

Fox sah kaum von seinem Teller auf. »Ich bin sicher, dass Mirandas Mitgift ausreichend ist.«

Ihr Vater beugte sich zu Fox. »Wissen Sie überhaupt wie viel es ist? Nach Aussehen dieses Gebäudes zu urteilen und dem, was ich über dieses baufällige Waisenhaus gehört habe, brauchen Sie tausende und abertausende Pfund. Das ist zweifelsohne der Grund, warum Sie darauf aus sind, sie zu heiraten. Miranda bekommt viertausend.«

Miranda legte ihre Gabel hin. »Was ist mit Großmutters Besitz? Sie hat ihn mir und meinen Erben hinterlassen.«

Ihre Mutter sah sie mahnend an. »Großtante Cecilia lebt noch dort.«

»Und das kann sie gern weiterhin tun, aber der Besitz gehört mir.« Mirandas Herz pochte in einem unregelmäßigen Rhythmus. Dieser Abend schlitterte auf eine Katastrophe zu.

Ihr Vater bedeutete einem der Diener mit einem Kopfnicken, dass er mit seinem Teller fertig war. »Ja, Turnbridge gehört dir.« Der Spott in seiner Stimme war unüberhörbar. Einer Frau Besitztum zu hinterlassen, war in seinen Augen der Gipfel des Wahnsinns.

»Genug von dieser vulgären Unterhaltung.« Mirandas Mutter setzte ein halbes Lächeln auf. »Mr. Foxcroft, erzählen Sie uns von Ihren Vorfahren. Sie hätten dieses Waisenhaus gegründet, haben Sie gesagt. Welcher anderen illustren Taten können sich Ihre Ahnen außerdem rühmen?«

Die Diener nahmen den Fisch fort und brachten gerösteten Fasan mit verschiedenen Beilagen. Fox setzte sich in seinem Stuhl zurück. Er war unglaublich attraktiv, wie er da an seinem Tisch residierte, und das war etwas, das Miranda ihn nie zuvor hatte tun sehen. »Henry VIII hatte einen der Ahnen im Tower gefangen gehalten. Es stellte sich heraus, dass es zu einer Verwechslung seiner Identität gekommen war, und somit war es keine übermäßig romantische Geschichte, wie ich fürchte. Moment! Diese könnte Sie vielleicht erfreuen. Irgendwann im vierzehnten Jahrhundert wurde eine entfernte Verwandte wegen Hexerei verhaftet. Sie entwischte allerdings. Was weiter mit ihr geschehen ist, weiß ich nicht.«

Das ärmliche Lächeln auf dem Gesicht ihrer Mutter

verschwand und wieder sahen ihre Eltern Fox an, als ob ihm das vorhin erwähnte Geweih gesprossen wäre.

Miranda hatte genug gehört. »Fox, ich bin sicher, dass es einige andere Verwandte geben muss, die der Erwähnung wert sind?« Sie sah ihn mit flehendem Blick an, endlich aufzuhören. Jetzt war sie sicher, dass er sich durch die Herablassung gestört fühlte.

Er erwiderte ihren stetigen Blick und das Gold in seinen Augen schien aufzuflackern. Endlich eine Emotion. Miranda entspannte sich auf ihrem Platz.

Plötzlich brachen zwei kleine Mädchen in das Speisezimmer und schrien sofort los.

»Sie hat es getan!«

»Nein, sie hat es getan!«

»Fox!«

Dann erstarben ihre Stimmen und Miranda hätte schwören können, den Schock ihrer Mutter *gehört* zu haben. Sie riskierte einen Blick auf die Herzogin. Ehe sie noch den Ausdruck ihre Mutter erkennen konnte, legten sich zwei kleine Arme zu beiden Seiten um sie. »Lady Miranda!«

»Sie sind hier!«

Miranda öffnete die Arme und klopfte jeder der beiden auf den Rücken. Sie wagte nicht, zu ihrer Mutter oder ihrem Vater oder gar Jasper zu sehen. »Guten Abend, junge *Damen*. Ich fürchte, ihr seid in unser formelles Dinner geplatzt. Wo habt ihr die Manieren gelassen, die ich euch beigebracht habe?«

Die beiden zogen sich zurück und sahen mit verlegenem Blick zu ihr auf. »Verzeihung, Lady Miranda«, meinte Becky, das kleinere Mädchen zu Mirandas Linken. »Wir waren nicht sicher, welchen Weg wir nehmen mussten. Es ist unser erster Tag hier.«

Miranda sah zu Fox. »Warum sind sie hier?«

Sein Blick war unergründlich. »Ich siedle die Kinder hierher um, bis das Dach repariert ist.«

Er öffnete sein Zuhause für sie. Einst hätte Miranda über solch ein Eindringen die Nase gerümpft, doch jetzt ging ihr Herz bei seiner Freundlichkeit und Großzügigkeit auf. Noch nie hatte sie jemanden wie ihn gekannt und würde das wahrscheinlich auch nie wieder.

Mrs. Gates erschien ein bisschen außer Atem in der Tür. »Mädchen! Kommt jetzt mit mir!« Sie streckte die Hände nach ihnen aus.

Becky und Emily klammerten sich an Miranda. Emily flüsterte: »Müssen wir?«

Miranda drückte sie beide. »Ja, aber ich werde euch morgen besuchen, einverstanden?«

Die zwei nickten und nach einer weiteren Umarmung gingen sie zu Mrs. Gates, die sie aus dem Speisezimmer führte.

Jetzt wagte Miranda, ihre Familie anzuschauen. Ihre Mutter hatte die Brauen zusammengezogen und die Lippen fest geschlossen. Ihr Bruder sah sie mit einem Ausdruck an, der den Hauch eines Lächelns barg.

Ihr Vater blickte sie böse an und meinte: »Wenn das die Manieren sind, die du ihnen beigebracht hast, kann ich sehen, dass du nicht besser darin bist, Kinder zu beaufsichtigen, als bei irgendeiner deiner anderen vermeintlichen Fähigkeiten.«

Fox räusperte sich. »Ich bitte um Verzeihung, Euer Gnaden, aber Sie irren sich. Sie haben zwei kleine Mädchen gesehen, deren Manieren sich deutlich verbessert haben. Vor drei Monaten noch wären sie wahrscheinlich hier hereingestürmt, auf den Tisch gesprungen und hätten sich von Ihrem Teller bedient. Miranda hat mit allen Kindern ausgezeichnete Arbeit geleistet und ich erwarte von Ihnen, in einer respektvolleren Weise über sie zu sprechen.«

Wenngleich seine Worte sorgfältig gewählt waren, konnte Miranda den Zorn erkennen, der tief in den goldumrandeten Pupillen brannte.

Der Herzog lenkte seinen frostigen Blick auf Fox und beugte sich ein wenig vor. »Sie werden nichts von mir erwarten. Ich werde mit meiner Tochter sprechen, wie auch immer es mir passt, und Sie haben nichts dazu zu sagen.«

»Das werde ich, wenn sie meine Frau ist.«

Ihr Vater schnaubte. »Ein Los, das noch nicht beschlossen ist. Ihr derzeitiger Kurs tut Ihnen keinen Gefallen.«

Fox legte die Finger um den Stiel seines Weinglases und Miranda fragte sich, ob er es vielleicht entzweibrechen würde. Er legte den Kopf ein wenig in den Nacken und dann trank er aus, was er noch in seinem Glas hatte.

Die Diener brachten das Dessert und damit näherte sich diese unendliche Mahlzeit allmählich ihrem unbehaglichen Ende.

»Eine ausgezeichnete Weincreme, Mr. Foxcroft.« Miranda konnte kaum fassen, dass sie die Mühe auf sich nahm, ihrem Gastgeber Komplimente zu machen, doch ihre Mutter liebte Süßes.

Vater schob sein immer noch halbvolles Weinglas beiseite. »Hätten Sie vielleicht etwas Portwein für unsere Unterhaltung nach dem Dinner, Foxcroft?«

»Bedauerlicherweise nicht.« Fox wirkte kein bisschen traurig. »Aber ich habe einen französischen Brandy.«

»Dann muss dieser wohl genügen, vermute ich.« Sein Tonfall drückte deutlich aus, dass dem nicht so war.

»Komm Miranda.« Mit der Hilfe eines Dieners stand Mutter von ihrem Stuhl auf. »Mr. Foxcroft, gibt es jemanden, der uns zum Salon führen könnte?«

Fox erhob sich. »Gewiss. Rufus wird Sie beide begleiten.«

Der Diener verneigte sich und ging den Damen aus dem Speisezimmer voran. Miranda war nervös und ließ die

Männer nur zögernd zusammen allein. Sie ging mit langsamen Schritten und blickte über ihre Schulter zurück. Fox
sah ihren Bruder und Vater eindringlich an, als sie alle
wieder auf ihre Plätze zurückkehrten.

Sie stieß die angehaltene Luft aus, als sie sich umdrehte,
um ihrer Mutter und Rufus zu folgen. Er führte sie nach
links und öffnete eine Tür auf der anderen Seite des Korridors. Der große Salon war mit großen Sprossenfenstern
ausgestattet. Wie das Speisezimmer schien er ein Bestandteil
der Anbauten aus der Tudor-Zeit zu sein. Anders als das
Speisezimmer wirkte er ungemein schäbig. So sehr, dass ihre
Mutter nach Luft schnappte. Wenn nicht das anheimelnde
Feuer in dem riesigen Steinkamin gebrannt hätte, würde der
Raum regelrecht rührselig wirken.

Ihre Mutter wartete nicht, bis Rufus sich zurückgezogen
hatte, ehe sie ihre Kritik kundtat. »Er kann nicht wirklich in
diesem Raum hausen?« Es gab überhaupt keine Vorhänge,
und der einzige Teppich – der für solch ein weitläufiges
Zimmer vollkommen unangemessen war – wies Löcher auf
und war derart verblasst, dass er einfarbig wirkte. »Wahrhaftig, der Teppich ist braun in braun.«

Miranda blickte entsetzt auf die fünf kargen Möbelstü-
cke, die vor dem Kamin gruppiert waren. Ein heruntergekommenes Sofa mit einer eingesunkenen Mitte, zwei
dominierende Sessel mit hölzernen Armlehnen aus der
Tudor-Periode und zwei nicht zusammenpassende Tische,
der eine oval und mit Efeublättern bemalt, von denen viele
rissig und abgeblättert waren und ein viereckiger Tisch mit
einer halbrunden Aussparung an einem Ende.

Die Herzogin drehte sich mit großen Augen zu Miranda.
»Du kannst hier nicht leben. Das ist mehr als grauenhaft.«

Miranda konnte ihr nicht widersprechen. Wie konnte er
es aushalten, solch einen Ort zu bewohnen? Tatsächlich
verbrachte er viel von seiner Zeit im Waisenhaus und viel-

leicht merkte er gar nicht, wie dringend Bassett Manor seine Zuwendung erforderte.

»Stell dir nur vor, wie entsetzlich sein Schlafzimmer sein muss!« Ihre Mutter bohrte mit einem Finger in eines der Kissen auf dem Sofa, worauf eine Staubwolke aufstieg. »Er ist entweder ein knausriger Pfennigfuchser oder ein schrecklicher Verschwender.«

»Er ist weder das eine noch das andere, Mutter.«

»Nun, was ist dann das Problem? Sein Anwesen ist entsprechend groß, um einen gediegenen Lebensstil zu finanzieren. Es besteht kein Bedarf für diesen Grad von Verwahrlosung.« Das Gesicht vor Missfallen verkniffen, umfasste sie das Zimmer mit einer ausschweifenden Handbewegung.

Wie könnte sie ihrer Mutter jemanden wie Fox erklären? Dass er ebenso viel von seiner Zeit und Energie auf Stipple's End wie auf seinem eigenen Anwesen verbrachte, und höchstwahrscheinlich sogar mehr. »Es ist nicht, als ob er nicht arbeiten würde, Mutter.«

»Das ist mir egal. Ich könnte es nicht ertragen, wenn du hier leben würdest.« Ihre Mutter erschauderte. »Es ist für mich eindeutig, dass eine Heirat mit Foxcroft nicht in Frage kommt. Wahrscheinlich hast du vergessen, woran du gewöhnt bist, nachdem du den ganzen Sommer in diesem Kaff eingesperrt warst. Wir hätten dich nie so lange hierlassen dürfen. Wenn wir in ein paar Tagen nach London zurückkehren, wirst du nicht mehr wiederkehren wollen. Merke dir meine Worte.«

London. Miranda hatte beinahe vergessen, wie sehr sie sich ihre Rückkehr dorthin gewünscht hatte. Ein Einkaufsbummel in der Bond Street, ein Ritt im Hyde Park, ein Eis bei Gunter's … aber nur für kurze Zeit. »Ich vermisse London.«

»Natürlich tust du das. Du bist ein gebildetes Mädchen.

Ein Leben auf dem Lande würde dich vor lauter Langweile früh ins Grab bringen.« Ihre Mutter kam zu ihr zurück und tätschelte ihr die Hand, was bei ihrem generellen Mangel an Mitgefühl eine untypische Geste war. »Dein Vater wird Mr. Foxcroft überzeugen, dass eine Heirat mit dir nicht das ist, was er möchte.« Um zu unterstreichen, wie leicht diese Überzeugung sein würde, sah sie sich im Zimmer um. »Foxcroft zu heiraten ist eine unsinnige Idee.«

Miranda konnte nicht widersprechen. Hatte sie nicht große Qualen auf sich genommen – und Fox sogar verletzt –, um ihn abzuweisen, ehe Jasper darauf bestanden hatte, dass sie heirateten?

Was für eine Art von Ehe konnte sie sich überhaupt erhoffen? Er wollte sie wegen ihres Geldes, und vermutlich ihres Körpers. Sie wollte ihn wegen der gleichen körperlichen Vergnügungen, aber um welchen Preis? Sie rechnete nicht mit Liebe … ein Gefühl, das ihre Familie bestenfalls umging, und schlimmstenfalls schlicht unterließ. Doch nie hatte sie erwartet, und nie wollte sie unter diesen Umständen heiraten – mit dem Gefühl, keine Wahl zu haben. Und nun beharrte ihre Mutter darauf, dass sie nicht nur eine Wahl hatte, sondern auch noch, dass sie im Begriff war die absolut falsche zu treffen.

»Ja, Mutter. Du hast recht. Wie immer.«

ox drehte sich auf dem Absatz um, und schlich sich stillschweigend von der Tür zum Salon weg. Er hatte nicht lauschen wollen, doch der schrille Tonfall der Herzogin hallte bis in den Korridor und er hatte nicht unterbrechen wollen. Sobald er das Thema ihrer Unterhaltung mitangehört hatte, war er wie angewurzelt stehen geblieben.

Als er allerdings Mirandas Feststellung hörte, konnte er nicht schnell genug wegkommen.

Es geschah ihm recht, da er persönlich für ihr Wohl hatte sorgen wollen, anstatt einen der Diener zu schicken. Das hatte er allerdings nur getan, weil Saxton ihm in stiller Kommunikation zu verstehen gegeben hatte, ihm einen Moment mit dem Herzog zu gewähren. Nach Miranda und ihrer Mutter zu sehen, war ihm wie eine logische – und einladende – Gelegenheit erschienen. Wie er sich geirrt hatte.

Er kehrte in das Speisezimmer zurück und versuchte, das gerade Gehörte zu vergessen, doch er fürchtete, dass das wohl unmöglich war. Mirandas Worte hatten sich in seinen Verstand eingebrannt.

Saxton stand mit seinem Brandy in der Hand am Kamin. Der Herzog saß noch immer am Tisch und blickte stirnrunzelnd in sein Glas. Fox wartete auf die unvermeidliche Beleidigung über die Qualität des Getränks.

Der Herzog enttäuschte ihn nicht. »Das ist französischer Brandy sagten Sie? Vielleicht ein beschädigtes Fass?« Er hielt das Glas hoch und betrachtete die bernsteinfarbene Flüssigkeit. »Es erinnert mich an die schlechte Partie, die Rothbury letztes Frühjahr serviert hat. Verdammt nochmal, Foxcroft, auch Ihr Spirituosen-Keller braucht Zuwendung.«

Seine erniedrigende Beobachtung unterspülte den letzten Rest von Fox' Toleranz. »Ich weiß nicht, ob Sie es bemerkt haben, Euer Gnaden, aber ich bin sehr knapp bei Kasse.«

Mirandas Vater legte den silberblonden Kopf schief und durchbohrte Fox mit einem eisigen Blick, der ihn hätte einschüchtern sollen. »Und warum ist dem so?«

Fox explodierte vor Zorn. Er war geduldig gewesen. Er war freundlich gewesen – nun, er hatte versucht, freundlich zu sein. »Ich kann Ihnen versichern, dass ich Bassett Manor und Stipple's End gut verwalte.«

Der Herzog schnaubte, stellte sein Glas auf den Tisch und gab anscheinend nicht mehr vor, den üblen Schnaps zu trinken. »Danach sieht es mir nicht aus. Ein heruntergekommenes Haus. Unzureichende Dienerschaft. Ein baufälliger Stall. Und so, wie es aussieht, ist Ihr Waisenhaus in einem noch schlechteren Zustand, vor allem, da Sie die Schmutzfinken hierher umsiedeln. Wenn dies für Sie ›recht gut‹ bedeutet, würde ich beim Gedanken daran, dass die Dinge schlecht laufen, wohl verzweifeln.«

»Die Dinge *laufen* schlecht.« Wofür er nicht die Schuld trug. »Ich gebe mein Bestes, mit dem auszukommen, was ich habe. Und wie Sie sehen können, habe ich nicht viel.«

Der Herzog stand auf. »Ich verstehe Ihr ... Engagement für das Waisenhaus, aber vielleicht ist es an der Zeit, davon abzulassen. Es ist keine Schande, Ihre eigenen Interessen und die Ihrer Pächter zu schützen.«

Wie der Herzog Schande definierte, wusste Fox nicht, aber sie stimmte eindeutig nicht mit seiner Auslegung überein. »Es ist sehr wohl eine Schande, vierzig Waisenkinder und sechs Bedienstete hinauszuwerfen. Diese Menschen können nirgendwo anders hin, und ich werde die Kinder nicht in ein Armenhaus abschieben.«

Holborn zuckte mit den Schultern. »Es gibt andere Waisenhäuser, und wenn nicht, ist ein Armenhaus genau der richtige Ort für diese Bälger.«

Fox konnte seine Wut kaum im Zaum halten. Bälger? Diese Leute verstanden es nicht. Sie würden es nie verstehen. Wie konnte er nur in eine Familie von solch selbstverliebten, arroganten Egoisten einheiraten wollen? Fox marschierte zum anderen Ende des Tisches, um so weit vom Herzog wegzukommen, wie es ihm möglich war. »Gibt es zwischen uns wirklich etwas zu besprechen?«

Holborn zupfte an seiner Weste und richtete das Rückgrat auf, was seine immer noch beeindruckende Statur betonte. »Nein, Sie haben völlig recht. Sie sind überhaupt nicht geeignet für Miranda.« Er kräuselte die Lippe. »Soweit ich weiß, haben Sie Ihr Vermögen an den Spieltischen verprasst.«

Fox donnerte mit der Faust auf den Tisch. »Ich habe noch nie einen Penny verspielt. Kein einziges Mal. Nie. Mein Leben enthält auch ohne die zusätzliche Blödsinnigkeit von Glücksspielen genügend Risiken.« Keiner konnte von der Spielsucht seines Vaters wissen, die der Grund dafür war, dass Fox wie ein kompletter Versager dastand.

»Moment.« Saxton stellte sein Glas auf den Kaminsims und mischte sich endlich in das Gespräch ein. Den gesamten Abend über war er auffallend still gewesen. Wie alle hatte auch er sich furchtbar unbehaglich gefühlt, doch jetzt fragte Fox sich, was wohl der Grund dafür war. Lag es an Fox′ Haus und seinen Darreichungen, oder war es etwas anderes?

»Holborn, warum gewährst du ihm nicht die Gelegenheit, sich zu erklären?«

Er nannte seinen Vater bei seinem Titel?

Der Herzog funkelte seinen Sohn an, und Fox konnte vielleicht die Ursache von Saxtons Unbehagen erahnen. »Was könnte er denn erklären? Dass er, wenn er nur meine Tochter heiraten würde, all dies zum Guten wenden könnte? Wie ich sehe, hat der Mann keinen Verstand für die Leitung des Anwesens.«

Saxtons Blick kühlte ab, bis er fast so eisig wie der seines Vaters war. Es war eigentlich sogar ein bisschen beeindruckend. »Das kannst du nicht wissen. Wirf einen Blick in seine Bücher.«

Fox wusste Saxtons Einmischung zu schätzen, doch er hielt sie für wahrscheinlich sinnlos. Wäre Fox ein Spieler gewesen, hätte er um Bassett Manor *und* Stipple′s End gewettet, dass eher die Hölle zufriert, ehe der Herzog in seine Bücher schauen würde.

Holborn schnaubte. »Als ob ich mir diese Umstände machen würde. Das war ein dummes Vorhaben. Ich weiß nicht, warum ich mich von dir dazu habe überreden lassen.« Er warf Fox einen kurzen Blick zu. »Foxcroft.« Dann drehte er sich um und schritt aus dem Esszimmer.

Saxton kam auf ihn zu. Er sprach mit leiser Stimme. »Hätten Sie sich nicht ein bisschen mehr anstrengen können? Er wird Miranda eine Heirat mit Ihnen verbieten, und ich will lieber nicht erklären, warum sie das muss.«

Fox fuhr sich mit der Hand durch die Haare. Er *hatte* es versucht. War es sein Verschulden, dass ihre Eltern vollkommen unausstehlich waren? »Bringen Sie ihn morgen nach Stipple's End. Vielleicht kann ich ihn umstimmen.«

Saxton schüttelte den Kopf. »Ich wüsste nicht, wie.« Dann verließ auch er den Raum.

Fox stieß mit der Faust in die Luft, als würde er diesem hochmütigen Schnösel Holborn ins Gesicht schlagen. Gott, wie er sich wünschte, Miranda nicht derart zu begehren. Er würde sie alle zum Teufel jagen.

Auch Miranda?

Er nahm sein Brandyglas vom Tisch und kippte das scharfe Gesöff die Kehle hinunter. Ihm hallte die Unterhaltung in den Ohren nach, die er im Salon belauscht hatte. Er hatte gute Chancen, sie nicht abweisen zu müssen. Sie würde von sich aus gehen.

KAPITEL 21

Fox schmerzte der Schädel. Zu viel lausiger französischer Brandy. Er betete nur, es würde heute besser laufen als gestern Abend. Miranda und ihre Eltern wurden jeden Moment in Stipple's End erwartet.

Er spähte die Leiter hinauf, auf der Rob gerade wieder vom Dach herabstieg. »Wie sieht es aus?« Sie hatten das klaffende Loch nach dem Einsturz notdürftig mit der Plane abgedeckt, doch es war schon wieder Wasser in die Halle durchgesickert.

Sein Verwalter sprang auf die Erde. »Nicht so schlimm. Es hat sich bloß eine Ecke gelöst, die ich wieder angenagelt habe. Sind deine zukünftigen Schwiegereltern schon angekommen?«

Fox' Schulterblätter pochten vor Anspannung. »Nein, das müssten sie jeden Moment. Und wahrscheinlich werden sie nicht meine Schwiegereltern.«

Rob sah Fox von oben bis unten an. »Welch ein Optimismus. Solltest du nicht drinnen sein und dich bereit machen?«

Ja, das sollte er. Das war er Saxton schuldig ... und Miranda, falls sie noch im Entferntesten an ihm interessiert war. Doch genau darin lag der Zweifel. Nie hatte sie Ja zu einem seiner Anträge gesagt, sondern sich lediglich der Weisung ihres Bruders gefügt. Würde es einen Unterschied machen, seine Kleider zu wechseln?

»Gestern Abend habe ich meine besten Kleider getragen, mein bestes Essen und meinen besten Wein serviert und mich von meiner besten Seite gezeigt – und ich habe es nicht geschafft.«

»Verdammt, du hast ihnen doch nicht etwa den grauenhaften Brandy zu trinken gegeben, oder?«

Fox wölbte eine Augenbraue zu ihm. »Sie haben um Portwein gebeten.«

Rob grinste. »Kein Wunder, dass sie dich nicht mögen.«

Fox schnaubte. Und obwohl er versuchte, dagegen anzukämpfen, musste er darauf lächeln. »Du hättest ihre Mutter sehen sollen. Nun, das wirst du wohl sehr bald.«

Der Blick seines Freundes spiegelte Entsetzen wider. »O nein, muss ich das?«

Fox seufzte. »Mach dir nichts draus. Es bleibt nur zu hoffen, dass sie uns nicht öfters besuchen, wenn wir erst einmal verheiratet sind.« Ein unbehagliches Zittern schlängelte sich über seinen Rücken. *Falls* sie heirateten.

»Ich kann immer noch nicht ganz glauben, wie du das alles bewerkstelligt hast. Norris steht unter dem Verdacht der Korruption, Stratham ebenfalls, und du bist mit Lady Miranda verlobt ...« Rob schüttelte den Kopf.

Aber so sauber war die Bilanz nicht. »Verlobt« war zu diesem Zeitpunkt ein bisschen weit hergeholt. »Ich gehe jetzt besser hinein.« Fox schritt auf das Haus zu.

Rob rief ihm nach: »Du könntest vielleicht ab und zu lächeln!«

Er öffnete die Tür und blieb ruckartig stehen. Miranda stand direkt in der Tür. In einem blassblauen Kleid mit winzigen Blumen und einer Perlenkette sah sie auf eine erquickende Weise schön aus. Nach ihrer Rückkehr von der Hausparty hatte sie angefangen, Schmuck zu tragen. Jetzt hob er die Kluft zwischen ihnen hervor.

»Da bist du ja«, sagte sie. Sie ließ den Blick über seinen Aufzug schweifen.

Er versteifte sich. »Wir mussten die Abdeckung des Daches richten.«

Sie ging auf ihn zu. »Ja, ich habe den nassen Fußboden bemerkt.«

Sie standen dort an der Schwelle der Hintertür. Sie drinnen, er draußen. Es war eine perfekte bildliche Darstellung ihrer Unterschiedlichkeit. Sie, die auf den Festen und Bällen der Londoner Gesellschaft heimisch war, und er, in der freien Natur und dem Land zuhause – es war eine Verbindung, die zum Scheitern verurteilt war.

Dennoch verzehrte er sich nach ihr. Sie war so nahe, dass er ihren würzigen Zitrusduft wahrnehmen und die erlesenen Charakteristiken ihrer schönen Haut erkennen konnte. Schwache, violette Schatten hatten die Haut unter ihren Augen getönt. Hatte sie so wenig geschlafen wie er? Wenn er einen Schritt täte, würde er ihren Atem spüren, ihre Wärme …

Sie riss ihren Blick von ihm los und drehte sich um. »Meine Eltern sind hier. Der gestrige Abend ist nicht besonders gut gelaufen.«

Das war eine kolossale Untertreibung. »Nein.«

Die Stirn in Falten gelegt, wandte sie sich ihm erneut zu. »Fox, warum hast du mir nicht von Bassett Manor erzählt? Ich hätte sie vorbereiten können –«

»Wie? Es ist nicht so, dass ich das Anwesen hätte renovieren können.«

»Das kannst du, wenn wir heiraten.« Sie beäugte ihn unsicher. »Turnbridge bringt über fünftausend im Jahr ein.«

»Wirklich?« Fox hatte nicht gewusst, dass sie ein derart

wertvolles Anwesen besaß. Das würde für ihn alles verändern. Für sie alle.

Ihre Nasenflügel blähten sich. »Du interessiert dich nur für mein Geld. Das ist der einzige Grund, warum du mich kompromittiert hast, nicht wahr?«

Er wusste sich nicht zu helfen, also rückte er näher. »Nein.« Er beugte sich vor und als er ihr ins Ohr flüsterte, konnte er ihr Zittern unter seinen Lippen spüren. »Und du weißt, dass das so nicht stimmt.« Er schob sich an ihr vorbei und machte sich auf den Weg in die Halle, wo ihre Eltern mit Mrs. Gates warteten.

»Guten Morgen, Euer Gnaden, Euer Gnaden.« Er verbeugte sich vor ihnen.

»Langsam fange ich an zu verstehen, warum Bassett Manor so aussieht, wie es das tut.« Holborn stand bei den Lecks und schien den Schaden zu begutachten. »Ich werde Ihnen den Namen eines Londoner Architekten geben. Sie wollen doch nicht, dass ein Landei das hier verpfuscht.«

Fox verbiss sich eine grantige Erwiderung. »Ich habe bereits Bleeker und Dench beauftragt. Ihre Vertreter werden in zwei Tagen aus London erwartet.«

»Tatsächlich?« Der Herzog zog die Augenbrauen hoch. »Eine ausgezeichnete Firma. Ich habe sie selbst beansprucht, als wir einen Wintergarten an Holborn House angebaut haben.«

»Würden Sie sich gern den Rest des Gebäudes ansehen?«, fragte Fox.

»Ich denke schon. Wir sind ja den ganzen verdammten Weg hergekommen.«

Fox biss sich auf die Zunge, um dem Herzog nicht an den Kopf zu werfen, dass er gern wieder verschwinden konnte.

Mrs. Gates wandte sich wieder ihren Aufgaben zu, und Miranda führte ihre Eltern auf einen Rundgang durch das Untergeschoss. Der Herzog gab zu verschiedenen Aspekten des Gebäudes einen Kommentar zum Besten, und die Herzogin runzelte unaufhörlich die Stirn. In der Bibliothek führte Miranda ihren Eltern die Handarbeiten der Mädchen vor. »Einige von ihnen sind recht geschickt.«

»Geschickter als du, wie ich sehe.« Mirandas Mutter betrachtete ein besonders kunstvolles Stück, das Delia gestickt hatte. »Was machen diese Waisenkinder sonst noch? Aquarelle malen? Klavier spielen?«

Die Hände sittsam vor sich verschränkt, stand Miranda beim Kamin. »Ich wünschte mir, sie könnten sich in beidem üben, aber es ist kein Geld für Farbe da, und wir haben kein Pianoforte.«

Wir. Vor Liebe wurde es Fox warm ums Herz, wenngleich er versuchte, die Empfindung zu unterdrücken. Warum musste er sie lieben?

Ihre Mutter inspizierte den Raum, und ihr durchdringender Blick prüfte dabei jede Einzelheit. »Du bist also eine glorifizierte Gouvernante hier?«

Fox hoffte auf ein Stolpern Ihrer Gnaden. Aus welchem Grund würde Miranda zurückkehren wollen, um mit diesen Leuten in London zu leben? Zu nichts hatten sie etwas Wohlwollendes zu sagen. Ihre Enttäuschung und Gereiztheit könnten nicht offener dargestellt werden.

Er beobachtete Miranda eingehend, als er ihre Reaktion auf ihre Eltern verfolgte, doch außer ihrem gefassten Gesichtsausdruck konnte er nichts entdecken. Was war aus der leidenschaftlichen jungen Frau geworden, in die er sich verliebt hatte?

»Alle Kinder haben in hohem Maße von Mirandas Anwesenheit profitiert«, bemerkte er und wartete sehnsüchtig – für sie - auf eine positive Reaktion ihrer Eltern. »Einige haben eine sehr tragische Vergangenheit erlitten. Miranda hat ihnen ein Gefühl von Sinn und Selbstwert gegeben, das die meisten von ihnen sonst nie erlebt hätten. Tatsächlich wäre mir ohne Miranda nie aufgegangen, dass auf Stipple's End etwas fehlte. Für Essen, Kleidung und Unterkunft zu sorgen, ist eine Sache, doch es ist eine ganz andere, diesen Kindern zu ermöglichen, wirklich zu *leben*.«

Anstatt ihre Tochter zu loben oder sie wenigstens mit einer Art von Bewunderung oder Anerkennung anzusehen, schauten ihre Eltern einander an und tauschten sich in stiller Kommunikation aus. Miranda schürzte die Lippen, aber Fox konnte nicht sagen, ob sie verärgert oder verletzt war, oder etwas ganz anderes.

Fox hatte diese Farce satt. »Ich werde Sie jetzt verlassen, damit Sie Ihren Rundgang allein beenden können, da ich mich einigen Dingen widmen muss, die meine Aufmerksamkeit erfordern.« Er verbeugte sich und begab sich in den Korridor.

Er musste dringend Schwerstarbeit verrichten.

Nach einer guten halben Stunde, die er mit dem Stutzen einer Hecke zugebracht hatte, wurde seine Laune allmählich besser. Sein Hemd war von Schweiß und Schmutz verklebt, doch ein Hochgefühl pulsierte durch seinen Körper. Waren Miranda und ihre Eltern noch hier? Was würde die Herzogin sagen, wenn sie ihn in diesem Zustand sah? Perverserweise hoffte er sogar, das zu erfahren.

Er nahm einen Umweg zur Vorderseite des Hauses und schaute nach, ob ihre Kutsche noch dort wartete. Als er auf die leere Einfahrt sah, bohrte sich ein kleiner Splitter der Enttäuschung in seine Brust.

Er kehrte zum Hintereingang zurück und trat in den kleinen Waschraum, der vom Flur abzweigte. Eine Schüssel mit frischem Wasser stand auf der Kommode, in der er Ersatzkleidung aufbewahrte. Er ließ sein verschmutztes Hemd auf den einzelnen Stuhl fallen, und mit einem Lappen, den er aus der obersten Schublade nahm, fing er an, sich zu waschen. Das eiskalte Wasser erfrischte sein erhitztes Fleisch.

Als er fertig war, öffnete sich die Tür. Miranda stand mit offenem Mund auf der Schwelle.

Er war sich seines nackten Oberkörpers und ihrer Nähe zu sehr bewusst, und sein Körper flammte vor Erregung auf. »Du bist noch hier.«

Sie heftete den starren Blick auf seine entblößte Haut, und dann wanderte er nach unten.

Fox drehte ihr den Rücken zu und zog eine Schublade auf, um ein sauberes Hemd zu finden. »Ich bin hier fertig.«

»Ich hole nur die Läusekämme.« Ihre überstürzt hervorgebrachten Worte kollidierten mit seinen.

»Ist es schon wieder so weit?« Er zog sich das elfenbeinfarbene Leinenhemd über den Kopf und sah sie an. Sie hatte sich nicht gerührt. »Warum bist du nicht mit deinen Eltern gegangen?«

Sie zuckte mit den Schultern. »Sie wollen für die Rückreise nach London packen. Gleich morgen früh haben sie ihren Aufbruch geplant.«

Ihm fiel auf, wie sie sich vor einer Antwort auf seine Frage drückte, ob sie vorhatte zu gehen. »Ich verstehe.«

Sie trat in das Zimmer. Das durch das kleine Fenster über dem Waschbecken einfallende Licht traf auf ihr Gesicht und erleuchtete das Aquamarin ihrer Augen, die perfekte Schräge ihrer Wangenknochen und das üppige Rosa ihrer Lippen.

Er musste es wissen. »Gehst du mit ihnen?«

»Ich ... ja.« Sie schlug den Blick nieder.

Unausgesprochene Fragen und Vorwürfe stauten sich zwischen ihnen an, bis seine Denkfähigkeit in dem kleinen Raum überwältigt war. Er musste an die Luft.

Fox machte Anstalten zu gehen, doch als er in ihre Nähe kam, überkam ihn das Bedürfnis, sie zu berühren. Er fasste sie an den Oberarmen, zog sie an sich und eroberte ihren

Mund in einem stürmischen Kuss. Sie hielt den Kopf schräg und schlang die Arme um seinen Nacken. Auf ihren Zehenspitzen stehend, presste sie ihren Körper an seinen.

Ungezügelte Lust überkam seine Sinne. Er streckte die linke Hand aus und stieß die Tür zu. Sie öffnete die Lippen und lud ihn in sich ein, wobei sie den Kopf in den Nacken warf. Fox nahm ihr Angebot an und stützte ihren Kopf mit einer Hand, während er mit der anderen an ihrem Gesicht herabglitt. Er fuhr mit dem Finger an ihrem Hals entlang, bis er ihn über die seidige Haut oberhalb des Mieders ihres Kleides führte.

Er legte eine Hand um die Rundung ihrer Brust und sie keuchte in seinen Mund. Begierig, sie zu berühren, öffnete er die Vorderseite ihres Kleides. Das Mieder sank ihr um die Hüften herab. Mit seinem Daumen strich er zuerst über die Spitze der einen und dann der anderen Brust.

Dann brach er den Kuss ab und zog sich zurück. Ihre keuchenden Atemzüge erfüllten das dämmrige Zimmer. Fox führte sie rückwärts und hob sie auf die Kante des Arbeitstisches.

Er ließ seinen hungrigen Blick über die elfenbeinfarbene samtweiche Haut ihrer Brüste oberhalb des Schnürkorsetts schweifen, die sich verlockend hoben und senkten. Als er die Bänder aufzog, kamen ihre Brüste frei. Er schob den Stoff beiseite und legte die Hände darum. Sie schloss die Augen und während sie den Kopf in den Nacken legte, kamen ihr leise Schreie von Ekstase über die Lippen.

Ihre Brustwarzen verhärteten sich und er drückte sie nacheinander mit seinem Daumen und seinem Zeigefinger, wobei er an den Spitzen zupfte. Sie schrie auf und zog seinen Mund an ihre Brust. Er saugte in wildem Verlangen daran. Dies war nicht der Moment für Zärtlichkeit. Nicht, solange die Emotionen in ihm tosten und er sie lieben wollte, bis sie ihren Namen vergessen hatte.

Sie spreizte die Beine und er trat dazwischen, ohne den Mund von ihrer Brust zu nehmen. Als Antwort auf die Wucht seines Hungers lehnte sie sich zurück und gierig machte er sich über ihre andere Brust her. Die ganze Zeit waren ihre Finger in seinem Haar verschlungen, wobei sie seinen Kopf zu sich zog. Sie hätte ihm alle Haare ausziehen können und es hätte ihn nicht gestört.

Mit einer Hand strich er an ihrem Bein hinab, bis er auf den Saum ihres Kleides stieß. Er schob es nach oben und fuhr mit den Fingerspitzen über ihre bestrumpften Waden. Seine Finger verfingen sich im Strumpfband und er zog daran, um es gegen ihr Fleisch schnellen zu lassen, was ihr ein scharfes Keuchen entlockte. Sie packte seinen Kopf sogar noch fester, und er saugte an ihrer Brust.

Zwischen ihren erotischen Schreien wurde ihre Atmung immer schneller. Sein Schaft ragte in seiner Hose auf und schrie nach Befreiung. Bald. Aber zuerst würde er sie schmecken. Er würde sie lecken und verschlingen.

Als er sich endlich zwischen ihren Oberschenkeln einnistete, wurden seine Finger von einer feuchten Weichheit empfangen. Er streichelte über ihre Klitoris und sie wölbte den Rücken vom Tisch hoch. An ihre Brust geschmiegt lächelte er. Mit einem Finger glitt er über ihre Klitoris auf und ab, ohne in sie einzudringen. Ihre Hüften kreisten auf der Suche nach seiner Penetration.

Ungeduldig, sich an dem zu laben, was ihn erwartete, zog Fox sich widerstrebend von ihren Brüsten zurück. Er schob ihre Röcke bis zur Taille hinauf und kniete sich zwischen ihre Beine.

»Fox?« Sie setzte sich auf und schaute auf ihn herab.

Er suchte ihren Blick und hielt ihn, als er mit einem Finger in sie stieß. Sie schrie auf. Unverzüglich ersetzte er seinen Finger durch den Mund und leckte ihre Schamlippen.

Mit einem Stöhnen ließ sie sich auf den Tisch zurücksinken und presste sich seinem Mund entgegen. Er saugte sie und bot ihr erst einen Finger an und dann zwei, bis sie sich in einem stetigen Rhythmus mit seinem Mund und seiner Hand bewegte. Es fühlte sich an, als ob sie ganz nah davor war.

Wie auch er, doch er würde ihr dieses Erlebnis schenken. Er bewegte die Finger und spürte, wie die Muskeln sich um ihn verkrampften. Sie spannte sich an und ihre Hüften hoben sich in einer geschmeidigen Bewegung. Für einen atemlosen Moment hielt er inne und ergötzte sich an ihrer bevorstehenden Erlösung. Und dann saugte er fest an ihrer Klitoris und sie zerbarst unter ihm. Ihr entfuhr ein Aufschrei, doch dann wimmerte sie leise, als ob sie sich die Hand auf den Mund hielt.

Fox kämpfte darum, seinen eigenen Orgasmus zurückzuhalten. Verflixt, er war noch nie so knapp davor gewesen, sich schon vor dem Eindringen zu erlösen. Nach einer Weile kam ihre Atmung zur Ruhe und er schaffte es, seine Lust zu zügeln. Er erhob sich und blickte auf Miranda hinab, deren Kleid um ihren Leib gebauscht und ganz zerknittert war, während ihre geschwollenen Brustwarzen sich prachtvoll und dunkel wie rote Rosen von der weißen, seidigen Haut ihrer Brüste abhoben.

Sie schlug die Augen auf und entgegnete seinen Blick. Ihr Gesicht war weich und entspannt vor Freude. Ihr verschleierter Blick schimmerte feucht. Sie rappelte sich auf. Er nahm sie an der Hand und zog. Als sie zu ihm aufsah, fing sie an zu lächeln. Sie sah aus, als wollte sie vor Behaglichkeit schnurren. »Unsere Ehe würde zumindest das gehabt haben. Das ist vermutlich mehr als das, was die meisten Leute genießen können.«

Würde gehabt haben. Es würde keine Heirat geben. Als Fox' Begierde schwand, wurde sie von einer frigiden Leere ersetzt. Er konnte sich abwenden und jetzt von ihr fortgehen, um sie nie wiederzusehen, doch zuerst würde er ihr sagen, was sie versäumte. Was sie ihnen beiden versagte. »Ich hatte gehofft, wir hätten die Liebe teilen können. Ich liebe dich, Miranda. Ich hätte dich geehrt und beschützt. Gemeinsam hätten wir ein unglaubliches Leben aufbauen können.« Die Tränen standen ihr in den Augen, doch sie weinte nicht. »Mein Vater würde das niemals zulassen.«

Für alle Ewigkeit würde ihre Familie zwischen ihnen stehen. »Und wenn du schwanger bist?«, fragte er.

Sie wischte sich die Augen. »Ich weiß es nicht.«

»Ich werde tun, was immer du willst. Ich bitte dich nur darum, dass du für den Fall, dass du ein Kind bekommst, und mich noch immer nicht heiraten willst, es mir gibst, um es aufzuziehen.« Fast wäre ihm die Stimme gebrochen, doch er zwang sich, seinen Ton zu stählen. Zumindest hierin würde er ihr keine Wahl lassen.

Sie hob den Blick, um ihn anzuschauen. Er konnte Angst und eine Flut anderer Emotionen darin erkennen. Sie gab keine Antwort und vielleicht konnte sie das einfach nicht. Die Zeit zog sich dahin und sein Herz schrumpfte zusammen.

Er kehrte ihr den Rücken. »Du solltest gehen. Nach London. Schreib mir einen Brief und lass mich wissen, ob du schwanger bist.«

Er ging ohne einen Blick zurück und zog die Tür hinter sich zu.

KAPITEL 22

*A*n jenem Abend – es war nach dem Abendessen – faltete Miranda das letzte Kleidungsstück aus ihrer Kommode in Birch House und legte es in die Truhe. Sie schüttelte den Kopf darüber, dass sie diese Aufgabe eigenhändig erledigte, anstatt sie der Zofe zu überlassen. Wie sehr sie sich doch verändert hatte.

Sie sah auf ihre Hände. Sie hatte sich angewöhnt, ihre Nägel kurz zu tragen, aber einer war eingerissen. Ihre Haut war weiterhin geschmeidig, doch nur, weil sie sie während des Tages oft mit einer Lotion eincremte, um sie so zu erhalten. Wie lange würde es wohl dauern, bis sie sie als arbeitende Frau offenbarten?

Beatrice schob sich in ihr Zimmer. »Du hast die Tür einen Spalt offen gelassen. Hoffentlich störe ich nicht.«

»Nein, ich bin gerade mit dem Packen fertig geworden.«

Beatrice betrachtete die fertig gepackte Truhe und ließ den Blick durchs Zimmer schweifen, das nun bar von Mirandas persönlichen Besitztümern war. Sie runzelte die Stirn. »Es hat nicht den Anschein, als ob du wiederkehren würdest.«

Nein, das hatte es nicht. Miranda hatte sich am Nachmittag tränenreich von den Kindern verabschiedet, doch sie hat ihnen nicht gesagt, dass sie vielleicht nicht mehr wiederkehren würde. Plötzlich brach der Damm und sie sank auf das Bett. »O Beatrice. Ich weiß nicht, was ich tun soll!«

Beatrice schloss die Tür und ließ sich neben Miranda auf dem Bett nieder. »Hast du deine Meinung über eine Heirat mit Fox geändert? Und ich hatte geglaubt, ihr seid ein Liebespaar.«

Sie sah Beatrice schockiert an. »Tatsächlich?«

Beatrice blickte zweifelnd. »Warum solltest du ihn sonst heiraten? Wegen seines fabelhaften Anwesens? Seinem schwindelerregenden Einkommen? Der Verlockung, ein Waisenhaus zu leiten?«

»Beatrice, ich wusste gar nicht, dass du so sarkastisch sein kannst.«

»Verzeihung.« Beatrice tätschelte Miranda die Hand. »Es ist nur so, dass ich mir Sorgen um Donovan mache. Ich weiß, dass er seinen Sitz verlieren wird. Ich bete nur, dass er nicht ins Gefängnis muss.«

Miranda war froh, an etwas anderes zu denken, wenn auch nur für einen Moment. »Du nennst Stratham beim Vornamen? Er weiß also, was du empfindest?«

Beatrice nickte, und ihre Wangen färbten sich in einem kleidsamen Rosa. »Er hat um Erlaubnis gebeten, mir den Hof zu machen. Und da Vaters Amtszeit als Abgeordneter möglicherweise von Korruption gezeichnet ist, was sollte er da sagen?« Sie lächelte. »Und im Gegensatz zu Vater glaube ich, dass Donovan ein guter Ehemann und Vater sein wird.«

Ehemann und Vater. Wie Fox es gewesen wäre. Wie er das weiterhin gerne wäre. Gott, konnte sie ihm wirklich einfach ihr Kind überlassen? Würde Vater ihr das überhaupt gestatten? Und *wenn* sie schwanger war? Warum um alles in der

Welt sollte sie ihn dann nicht einfach heiraten, egal, was ihre Eltern sagten?

»Schon wieder, Miranda. Du hast schon wieder eine traurige Miene. Ich dachte, du liebst Fox.«

»Das spielt keine Rolle. Ich werde ihn nicht heiraten.« Liebte sie ihn? Sie dachte an seine Liebeserklärung vom Nachmittag und wie sie ihr das Herz gebrochen hatte.

Beatrice sah sie stirnrunzelnd an. »Ich hatte angefangen, dich zu mögen, Miranda, aber, dass du Fox den Laufpass gibst? Das kann ich nicht ausstehen, fürchte ich. Er mag nicht reich sein, aber wen kümmert das schon bei deinem Geld? Vielleicht ist seine Geldnot und dein Überfluss davon einfach ein glücklicher Zufall. Das lässt eure Liebesge-schichte eher so erscheinen, als wärt ihr füreinander bestimmt, findest du nicht?«

»Du liest zu viele Romanzen.« Miranda hatte dieselben Liebesromane gelesen, und früher einmal hatte sie sich gewünscht, so eine Liebe zu finden. Was, wenn sie die einzige Chance darauf verpasste, die sie vielleicht je haben würde?

Beatrice stand mit loderndem Blick auf. »Na schön, dann schwelge in deinem Selbstmitleid! Wenn du bei deinen schi-cken Freunden und deinem leeren Leben in London zurück bist, wird dir vielleicht klar, was du aufgibst. Es ist ein Jammer, dass deine Eltern dir nie gestattet haben, eigenen Entscheidungen zu treffen.«

»Doch, das haben sie.«

Aber wiederum auch nicht. Sie hatten jede von ihr getrof-fene Entscheidung pingelig seziert und sie als armselig und wertlos verurteilt. Selbst ihre gute Leistung im Waisenhaus hatten sie verunglimpft. Und sobald sie nach London zurückkehrte, würde sie von ihren Eltern in ihr altes Leben zurückeingeführt, bis ihre Erinnerungen an Wiltshire verblassten und wie ein altes Paar Handschuhe abgenutzt waren. Bis es für sie nicht mehr in Frage käme, hierher zurückzukehren.

Sie wollte nicht, dass das passierte. Sie wollte weder die Kinder noch Mrs. Gates oder Beatrice vergessen. Und ganz bestimmt wollte sie Fox nicht vergessen.

Als wäre eine Last von ihr genommen, wurde ihr leicht ums Herz. Sie umarmte Beatrice, die sich versteifte. »Wir werden uns jetzt öfter umarmen, Beatrice. Wir beide. Das brauchen wir.« Sie schloss Beatrice noch einmal in die Arme und grinste.

Miranda drehte sich um und öffnete die Tür.

Beatrice zog die Auenbrauen zusammen. »Wohin gehst du?«

»Ich gehe eine Entscheidung treffen.«

K aum hatte Miranda die Tür geschlossen, traten ihre Eltern aus ihrem Schlafgemach in die Mitte des Flurs. Sie trugen einen übereinstimmend verhängnisvollen Ausdruck auf ihren Gesichtern.

»Ach, da bist du ja, Miranda.« Der Herzog verschränkte die Hände hinter dem Rücken und erweckte den Eindruck, als wollte er eine gewichtige Ansprache halten.

Miranda hegte keinerlei Absicht, sie anzuhören. »Ich bleibe. Und ich werde Fox heiraten.«

Ihre Mutter kam auf sie zu und eine der Wandlampen warf ihr Licht auf ihre verzweifelt angespannten Gesichtszüge. »Nein, du kehrst mit uns nach London zurück, wo der Anwalt deines Vaters die Eheverträge aufsetzen wird.«

Sie erlaubten ihr, Fox zu heiraten? Sie hatte zumindest einen kleinen Streit erwartet, wenn nicht gar eine große Schlacht. »Könnt ihr die geschäftliche Seite nicht ohne mich abwickeln? Ich möchte Fox bei der Beaufsichtigung der Reparaturen helfen.«

Als ihr Vater den Kopf schüttelte, wusste Miranda, dass sie es missverstanden hatte. »Der Ehevertrag wird mit Lord Walter geschlossen, nicht mit *Foxcroft*.« Er sprach Fox' Namen aus, als hätte er die Pest.

Mirandas Herz hämmerte. Konnten sie das Getöse hören, das es in ihren Ohren erzeugte? »Ich werde Lord Walter nicht heiraten. Ich bleibe hier bei Fox.«

Das Kerzenlicht spiegelte sich in den eisblauen Augen ihres Vaters. »Du scheinst nicht zu verstehen, Miranda. Eine Heirat mit Foxcroft ist zu weit unter dem Stand dieser Familie. Du wirst über ihn hinwegkommen, genau wie über die Diamantkette, die wir dir nicht kaufen wollten, als du sechzehn warst.«

Miranda fühlte sich ein bisschen schwindlig. Fox war keine Diamantkette. Er war eine Person. Ein Mann. *Ihr* Mann. Ihren Eltern lag wirklich nicht das Geringste daran, was sie wollte, und nie würden sie ihre Wahl gutheißen. Und gerade jetzt musste sie die wichtigste Entscheidung ihres Lebens treffen. Konnte sie eine Zukunft ohne ihre Zustimmung, möglicherweise ohne *sie*, verkraften?

Die Bürde von Mutters kalter Miene und Vaters ausdruckslosem Blick zwang sie, die Augen zu schließen. In der Dunkelheit ihrer Fantasie tauchte Fox' lächelndes Gesicht auf, wie er mit ihr tanzte, sie hielt und sie liebte, wie sie noch nie von jemandem geliebt wurde.

Als sie die Augen wieder aufschlug, sah sie die Dinge mit einer Klarheit, die sie nie zuvor erlebt hatte. »Ich heirate Fox, weil ich ihn liebe. Und weil ich bereits sein Kind in mir tragen könnte. Wie ihr also seht, habe ich die Wahl, fürchte ich.«

Ihre Mutter taumelte zurück und fasste sich dabei mit der Hand an die Kehle, während sie die Augen derart weit aufriss, dass Miranda Angst hatte, sie könnten ihr aus dem Kopf springen. Ihr Vater hingegen starrte sie bedrohlich an, als wollte er eine Gewalttat begehen. Instinktiv wich Miranda einen Schritt zurück.

»Ist das eine List, um deinen Willen zu bekommen?« Der Herzog klang, als hätte er den Mund voller Glas.

»Nein. Jasper kann das bestätigen.« Es war ihr zuwider, ihren Bruder in dieses Debakel zu verwickeln, aber sie würde nicht ausschließen, dass ihre Eltern dennoch auf ihre Abreise bestünden. Das konnten sie immer noch tun.

Ihr Vater spie Feuer und Eis mit seinem Blick. »Er wusste davon? Kein Wunder, dass er diese infernalische Heirat gefördert hat.« Er packte Miranda am Handgelenk. »Ich hätte dich in dieses gottverdammte Kloster schicken sollen. Aber das ändert gar nichts. Du wirst Lord Walter trotzdem heiraten.«

Miranda wurden die Knie weich. »Nein«, hauchte sie, und sprach dann fester. »Nein. Ich werde Fox heiraten.«

»Den Teufel wirst du.« Der Herzog ließ ihr gerötetes Handgelenk los. »Geh in dein Zimmer zurück.«

Die Farbe war ihrer Mutter aus dem Gesicht gewichen, doch jetzt erblühte das Rot auf ihren Wangen, als ihr Zorn den Schock überwand. Nachdem sie Miranda einen durch und durch vernichtenden Blick zugeworfen hatte, wandte sie sich an ihren Mann. »Du würdest sie in diesem Zustand mit Lord Walter verheiraten?«

»Insbesondere in diesem Zustand. Sie brauchte gestern schon einen Ehemann, und er ist der Einzige, der sie will.«

Miranda fühlte sich wie eine Ertrinkende, während ihre Eltern einfach zusahen, wie sie sich mühsam über Wasser hielt. Keine Hilfe. Kein Mitgefühl. Und ganz gewiss keine Liebe. »Fox will mich! Und ich will ihn. Ich *liebe* ihn.«

Der Herzog beugte sich vor und grinste ihr ins Gesicht. »Wann begreifst du endlich, dass es nicht auf deine Wünsche ankommt. Die ganze Zeit schon ist das dein Problem. Ich hätte jede Menge Verehrer begrüßt, und ich hätte dir die Wahl gelassen, aber du hast dich nur mit minderwertigen Gentlemen abgegeben. Dein Bruder und du seid wirklich ein Gespann.«

Was um alles in der Welt meinte er damit? Miranda wusste es nicht, doch der Zorn des Herzogs richtete sich ebenso gegen Jasper, und es tat ihr jetzt doppelt leid, ihn in diese Sache hineingezogen zu haben.

Ihr Vater richtete sich auf. »Ich bin dein Vater, und ich werde dafür sorgen, dass du deine Pflicht erfüllst. Geh jetzt in dein Zimmer. Wir brechen früh auf.« Er drehte sich um und ließ sie zitternd im Korridor stehen.

Das war ganz und gar nicht so gelaufen, wie sie es geplant hatte. Endlich hatte sie versucht, ihr Schicksal selbst in die Hand zu nehmen, nur damit es ihr verboten wurde. *Lord Walter*. Nein, sie würde ihn nicht heiraten. Sie liebte Fox. *Fox*.

Sie machte auf dem Absatz kehrt und eilte in ihr Schlafgemach zurück – nicht zum Schlafen, sondern um einige Dinge zu holen, bevor sie sich davonstahl. Sie fragte sich, ob ihre Eltern ihr je verzeihen würden, was zu tun sie vorhatte, doch das interessierte sie nicht mehr, wie sie bemerkte. Sie hoffte nur, Fox würde ihr nachsehen, dass sie so lange gebraucht hatte, um zu erkennen, was sie direkt vor der Nase gehabt hatte.

Eine Dreiviertelstunde später marschierte sie in Strathams lächerlichem Goldenen Salon auf und ab, während sie auf ihren Bruder wartete.

Bei seinem Eintreten runzelte er die Stirn über ihren aufgewühlten Zustand. »Miranda, es ist schon spät.«

Sie ging auf ihn zu und ergriff seine Hand. Er blickte auf ihrer beider Hände hinunter, womit er sie daran erinnerte, wie verschlossen sie alle waren. Aber jetzt nicht mehr. Zumindest nicht zwischen ihnen. Wenn sie schon ein

Gespann waren, oder wie auch immer der Herzog sich
ausgedrückt hatte, mussten sie zusammenhalten.

»Vater befiehlt mir, Lord Walter zu heiraten, aber ich
werde mit Fox durchbrennen. Wenn er mich haben will.«
Gott, wie sie hoffte, dass er sie haben wollte. Sie konnte sich
ein Leben ohne ihn einfach nicht mehr vorstellen.

Jasper sog die Luft ein. »Das kannst du nicht. Holborn
wird dich aufspüren. Er wird Fox für diese Unverschämtheit
bezahlen lassen. Er wird den Mann und sein Waisenhaus
ruinieren.«

Zum zweiten Mal innerhalb einer Stunde wurden
Miranda die Knie weich. »Das wird er nicht.«

»Er wird.« Er wandte den Blick ab. »Das hat er schon
einmal getan.«

Sie konnte Jaspers Puls in seinem Handgelenk fühlen.
»Was? Vater sagte, du und ich, wir seien ein Gespann. Es hat
etwas mit minderwertigen Bewerbern zu tun.«

Jasper zog seine Hand zurück. Er presste den Mund zu
einer dünnen Linie zusammen und sein Blick wurde hart.
»Ich werde mit ihm reden. Du musst nicht durchbrennen.
Sag Foxcroft einfach, er solle das Aufgebot so schnell wie
möglich verlesen lassen.«

Sein Verhalten beunruhigte sie. »Wie kannst du das tun?
Du hast es bereits versucht–«

Er schüttelte den Kopf. »Das ist nicht von Belang. Es
interessiert ihn nicht wirklich, ob du eine vorteilhafte Partie
machst, solange du ihn nicht in Verlegenheit bringst. Ich bin
derjenige, der gut heiraten muss.«

Wieder nahm sie seine Hand mit festem Griff, sodass er
sich nicht entziehen konnte. »Jasper, was sagst du da? Dass
du heiratest, wen immer er dir vorschreibt? Ich kann dich
das nicht tun lassen.«

Er überraschte sie, als er ihren Händedruck erwiderte.
»Du kannst und das wirst du. Ich habe immer gewusst, was

die Zukunft für mich bereithält. Und es scheint, als sei die Zukunft jetzt gekommen.« Er lächelte sie sanft an. »Es ist in Ordnung. Ich möchte, dass du glücklich bist. Bitte, um der Liebe Gottes willen, lass einen von uns glücklich sein.« Er ließ ihre Hand los. »Wie bist du um diese Stunde hierher gekommen?«

»Beatrice hat mir geholfen, eines der Kutschpferde ihres Vaters auszuborgen.«

»Du bist hierher geritten? Wie gut, dass du solch eine exzellente Reiterin bist.« Er legte ihr die Hand in den Rücken und machte Anstalten, sie aus dem Zimmer zu führen.« Komm, ich werde es von einem Knecht zurückbringen lassen und dann werde ich dich in meiner Kutsche nach Basset Manor bringen.«

Ein Gefühl von Erleichterung und Dankbarkeit überkam sie. »Danke.« Daraufhin hielt sie inne und sah zu ihrem Bruder auf. »Ich liebe dich Jasper.« Und dann umschlang sie ihn in einer innigen Umarmung, denn auch er hatte sie eindeutig nötig.

∼

*F*ox warf sich zum hundertsten Mal in seinem Bett herum und fragte sich, ob Miranda am Morgen nach London aufbrechen würde. Oder vielleicht war sie auch in solcher Eile, von ihm und Wootton Bassett wegzukommen, dass sie bereits schon heute Nachmittag losgefahren war.

Er starrte auf den gealterten, gewebten Betthimmel über seinem Kopf. Er wollte sie mit allem, was er hatte – jedem Herzschlag, jedem Atemzug, jedem leeren Augenblick, in dem sie nicht an seiner Seite war. Er sollte tun, was immer notwendig war, um sie zum Bleiben zu bewegen.

Stattdessen hatte er sie nur verstoßen.

Wenn er Glück hatte, trug sie sein Kind und käme zurück zu ihm. Abscheu stieg ihm in der Kehle auf. Er wollte sie nicht auf diese Weise. Er wollte, dass sie bereitwillig – nein, begierig – seine Frau werden wollte. Er wollte, dass sie ihn liebte.

Eine Brise vom offenen Fenster bewegte die Vorhänge um sein Bett. Der schwere blaue Damast bauschte sich auf, und die einzelne Kerze neben dem Bett ging flackernd aus. Fox sprang auf. Er hatte das Fenster nicht *so* weit offen gelassen.

Dann hörte er es. Ein leises Schlurfen auf dem Holzboden. Angestrengt lauschte er auf jedes Geräusch. Wenn jemand in seinem Schlafzimmer war, würde derjenige nichts von dem –

Knarren.

–in dem Dielenboden am Fußende des Bettes wissen. Er sah sich nach einer Waffe um, aber er wusste, dass keine griffbereit war. Und er war nackt. Wo zur Hölle war sein Morgenrock?

Knarren.

Es war nichts zu machen. Ganz eindeutig war jemand in seinem Zimmer und er musste die Initiative ergreifen.

Er stieß die Bettdecke weg und bereit, sich seinem Angreifer zu stellen, sprang er aus dem Bett. Ein guter Kampf könnte genau das sein, was er brauchte, um eine gewisse blonde Sirene aus seinen Gedanken zu verbannen.

Bei dem spärlichen Licht des heruntergebrannten Feuers machte er die Umrisse des Eindringlings aus. Ohne Zögern machte er einen Satz nach vorn und stieß die Gestalt auf sein Bett.

Ein feminines Keuchen belohnte ihn, als er sich über ihren Körper spreizte.

»Miranda?«

Die Bettvorhänge waren nicht fest genug zugezogen, um

den Feuerschein auszusperren. Sie trug einen dunklen Umhang, doch die Kapuze war zurückgerutscht, als er sie unter sich festgenagelt hatte, und gab den Blick auf ihr goldenes, hochgestecktes Haar frei. Ein schwarzes Halstuch bedeckte die untere Hälfte ihres Gesichts, doch ihre wasserblauen Augen funkelten.

Sie streckte die Hand aus und berührte seine Brust. »Bist du nackt?«

»So scheint es.« Hoffnung keimte in ihm auf, als er zu überlegen versuchte, warum sie sich mitten in der Nacht wohl in sein Zimmer gestohlen hatte. »Bist du hier, um mir etwas wegzunehmen? Meine Tugend vielleicht?«

Sie griff hinter ihren Kopf und band die Maske los. »Tatsächlich dachte ich eigentlich, dass ich dir etwas geben könnte.«

Fox erstarrte beinahe vor Unglauben, doch er wollte die schiere Ekstase dieses Augenblicks nicht verpatzen. »Es wird von dir erwartet, deine Tarnung nicht abzulegen. Es zerstört die ganze Idee der Anonymität.«

Sie formte die Lippen zu einem kleinen, verführerischen Lächeln. »Ich bin nicht hier, um ein Verbrechen zu begehen, das versichere ich dir.«

Sein Schaft schwoll an ihren Leib gedrückt an. »Schade.«

Sie sah ihn mit hochgezogener Augenbraue an und sein Lachen drohte, aus ihm herauszusprudeln. »Wirst du weiter auf mir sitzen bleiben oder wirst du mir vielleicht beim Entkleiden behilflich sein?«

Schreckliche, finstere Zweifel befielen ihn. »Warum so eilig? Musst du irgendwo hin? London vielleicht?« Wenn sie für einen letzten Liebesakt hierher gekommen war ... er wusste nicht, was er tun würde. Er atmete ihren vertrauten Duft ein und überlegte, sie ans Bett zu ketten.

»Du glaubst also, ich hätte es eilig, zu gehen?« Sie wand sich unter ihm, und sein Verlangen flammte auf. »Dir mag es vielleicht an Geld mangeln, Fox, aber ich habe dir nie eine mangelhafte Intelligenz unterstellt. Ich würde mich gern meiner Kleider entledigen, damit ich mich mit meinem zukünftigen Ehemann lieben kann.« Der ungeduldige Ton in ihrer Stimme war bezaubernd, und die Worte durchfluteten ihn mit einer schwindelerregenden Mischung aus Freude, Befriedigung und Liebe. Sie war zu ihm gekommen. Sie wollte *ihn*.

»Ich denke doch, dir vorhin gezeigt zu haben, dass Kleider kein Hindernis sein müssen.« Trotzdem zog er ihr den Umhang auseinander. Sie trug ein atemberaubendes Kleid, in einem satten Amethystblau. Das hatte er noch nie zuvor gesehen. Er fuhr mit dem Finger am Rand des Mieders entlang, und über den Gipfel ihrer perfekten Brust. Sie erschauderte und ließ die Zunge hervorzucken, um die rosigen, weichen Lippen zu befeuchten.

Er konnte kaum glauben, dass sie tatsächlich in seinem Bett lag. Von diesem Moment hatte er seit ihrem ersten Kuss auf der dunklen Straße geträumt.

Sie blickte zu ihm auf. »Hast du vor, mich gefangen zu halten?«

»Das könnte ich tun.« Er befingerte das Halstuch, das sie seitlich vom Gesicht weggeschoben hatte. »Hiermit könnte ich dich zum Beispiel ohne Umstände ans Bettgestell fesseln.« Bei diesem Gedanken wurde Fox ganz steif. Später würde er es tun. Und tausend andere Dinge.

Sie riss die Augen auf, ehe sie sie dann wieder zu einem provokativen Blick verengte. »Wenn ich deine Frau sein soll, werde ich mich dir wohl unterwerfen müssen.« Sie breitete die Arme zu einer unmissverständlichen Einladung aus.

Innerlich aufstöhnend, beugte Fox den Kopf und zeichnete die Kontur ihres Ohres mit seiner Zungenspitze nach, ehe er mit den Zähnen an ihrem Ohrläppchen knabberte. An sie geschmiegt, murmelte er: »Bist du sicher?«

Sie schlang die Arme um ihn und drückte ihn fest an sich. »O ja.«

Er fiel mit verlockenden Küssen und neckischen Bissen über ihren Hals her. Sie bog sich ihm entgegen und ließ dabei den Kopf auf das Bett zurücksinken.

»Es ist ungerecht, dass du nackt bist und ich bekleidet. Willst du mir bitte wenigstens mein Kleid ausziehen?«

Im Handumdrehen hatte Fox sie auf den Bauch gewendet und das kostbare Kleid aufgehakt. Er zog es ihr ungeduldig über den Rücken.

»Vorsichtig! Das muss ich vielleicht verkaufen.«

Fox wurde langsamer. »Ach ja?«

Sie drehte den Kopf zur Seite, sodass er eine Gesichtshälfte sehen konnte. »Meine Eltern sind von dieser Heirat leider nicht begeistert. Dass sie eine Mitgift bereitstellen werden, bezweifle ich. Aber keine Sorge, denn ich habe ja meine persönlichen Besitztümer, und die sind reichhaltig und teuer – und natürlich Turnbridge.«

»Deine materiellen Angebote interessieren mich nicht die Bohne.« Fox riss den Stoff absichtlich von ihrem Körper. »Ich habe es bislang geschafft, und das wird auch so bleiben. Du bist alles, was ich will, alles, was ich brauche.» Er zog ihr Hemd auseinander und entblößte die elfenbeinfarbene Haut ihres Rückens.

Mit weit mehr Zärtlichkeit, als er ihren Kleidern entgegengebracht hatte, fuhr er mit den Handflächen über ihre samtige Haut. »Bist du wirklich hier? Bei mir?« Ihm zitterten die Hände. »Womit habe ich dich verdient?«

Sie drehte sich zu ihm um. »O Fox. Ich bin diejenige, die dankbar für dich sein muss. Heute in Stipple's End hast du meinen Eltern gesagt, ich hätte den Kindern einen Grund gegeben, wirklich zu leben, aber du bist es, der mir das geschenkt hat. Du machst mich ... glücklich.» Ihre Augen glitzerten, als würde sie die Tränen zurückhalten.

Er fiel über ihre Lippen her und wollte die Freude aus ihr saugen und seine Seele darin einhüllen. Im Gegenzug erfüllte er sie mit der Glückseligkeit, die ihn durchströmte. Sie stieß ihre ruinierte Kleidung von sich und streckte die Hände nach unten, um ihre Stiefel abzustreifen. Als sie versuchte, ihre Strümpfe auszuziehen, zog er ihre Hände hoch und hielt sie zu beiden Seiten ihres Kopfes fest. »Vergiss den Rest, den du noch anhast.« Wieder küsste er sie, unerbittlich in seinem Bedürfnis, sie zu verschlingen und verschlungen zu werden.

Sie stieß mit den Hüften gegen seine und presste ihre Brüste an seinen Oberkörper. Gott, sein Körper war von diesem Nachmittag noch immer erregt. Er konnte es kaum abwarten. Er ließ ihr Handgelenk los und schob die Hand zwischen ihre Beine. Sie war heiß und feucht und mehr als bereit für ihn.

Mit einem Kippen des Beckens glitt er in ihre feuchte Scheide. Als sie darauf leise und tief stöhnte, war er verloren. Blindlings drang er in sie ein. Sie schlang die Beine um seine Taille, und mit der Wucht seiner Stöße schob er sie quer über das Bett. Ihre Schreie wurden lauter, fieberhafter. Sie war so dicht davor. Er wollte ihr Gesicht in dem Moment sehen, ehe der Sturm über ihn hereinbrach. In ihrer Ekstase hatte sie die Augen geschlossen und die Lippen geteilt. Mit einem letzten Stoß stürzte er über den Abgrund in süßes Vergessen.

Als er sich auf die Seite rollte, nahm er sie mit sich und hielt sie fest an seiner Brust. Er hatte nicht vor, sie loszulassen. »Wenn deine Eltern mit unserer Heirat nicht einverstanden sind, müssen wir dann sofort nach Gretna Green aufbrechen?«

Mit dem Finger streichelte sie in weiten Kreisen über die Rückseite seiner Schulter. »Nein. Jasper hat alles so arrangiert, dass mein Vater sich nicht einmischen wird. Außerdem habe ich ihnen die Wahrheit gesagt.«

Ihm stockte fast der Atem. »Die Wahrheit?«

»Dass ich dich liebe, dass ich bereits ein Kind von dir tragen könnte ...«

Fox gab ihr einen kurzen, aber innigen Kuss. »*Miranda*. Ich liebe dich schon so lange. Ich kann mich kaum an die Zeit erinnern, in der ich das nicht tat. Nicht wegen deines Geldes. Oder wegen deiner Schönheit. Sondern um deiner selbst willen.«

Sie hielt seinen Nacken umklammert. »Ich weiß. Es leuchtet mir nicht ein, warum ich so lange gebraucht habe, zu erkennen, wohin ich gehöre. Ich habe mir so sehr gewünscht, dass meine Eltern stolz auf mich sind, und ihre Anerkennung bedeutet – hat – alles bedeutet. Jetzt ...«

Er liebkoste ihre Wange. »Jetzt?«

»Jetzt sehne ich mich nur nach deiner Anerkennung.«

So sehr es ihm auch gefiel, sie das sagen zu hören, regte sich die Angst an der Außenkante seines Verstandes. »Wirst du dein Leben in London nicht vermissen? Und all dieses Drumherum, das damit verbunden ist?«

Sie schleuderte ihren Arm zur Seite. »Welches Drumherum? Du hast mein Kleid ruiniert. Und jetzt, da ich nichts anzuziehen habe, werde ich wohl deine Gefangene sein. Versprich mir nur, dass du mich hier drinnen eingesperrt lässt, in unserem Schlafzimmer.«

Ihre Worte entflammten ihn. Er versteifte sich in ihr. »Das kann ich versprechen.«

Sie blickte sich um das Bett herum um, wobei ihr die letzten Haarnadeln herausfielen und ihr Haar sich in einer herrlich wilden Unordnung öffnete. »Wo ist das Halstuch? Hattest du damit nicht etwas vor?«

Fox lachte und schwelgte in der Liebe, die aus seiner Brust hervorzubrechen drohte. »Du bist sehr schamlos, wusstest du das?«

Die Lippen kokett geschürzt, sah sie zu ihm auf. »Wäre ich das nicht, hätte ich dich nie kennengelernt.«

Ihrer beider Lippen verschmolzen zu einem leidenschaftlichen Kuss, während er mit der Hand nach der behelfsmäßigen Maske tastete. Miranda entzog ihm den Stoff mit
überraschender Behändigkeit und stieß ihn auf den Rücken.
»Tatsächlich werde ich das vielleicht benutzen. Mir steht der
Sinn danach, auszuprobieren, was diese Frau für diesen
Mann im Bordell getan hat.«

Seine Lust pulsierte in ihm und verstärkte seine
Emotionen sogar noch. »Wie Sie wünschen, Mylady.«

Sie schüttelte den Kopf. »O nein. Es heißt Mrs. Foxcroft.
Ich bin keine Lady.«

Fox grinste, und zutiefst dankbar für ihr ruchloses
Temperament gab er sich ihrer Behandlung hin.

EPILOG

März 1817

*M*iranda stand auf einer Leiter und hielt die
Ecke eines des herrlichen Wandteppiche fest,
die sie von Lord Norris zurückgeholt hatten. Felicity Knott,
die ihr in den Monaten seit ihrer Heirat mit Fox eine liebe
Freundin geworden war, stand auf einer weiteren Leiter und
hielt die andere Ecke des Wandteppichs.

»Was zum Teufel macht ihr dort oben?«, verlangte Fox zu
erfahren, als er in die große Halle von Bassett Manor schritt.

Miranda warf ihm einen entnervten Blick zu, ehe sie die
Stange auf den Haken hinabließ, den Rob vorige Woche an
der Wand angebracht hatte. »Wonach sieht es aus?«

»Nach einer Gefährdung deines Lebens«, entgegnete er
und kam dabei näher, bis er am Fuße der Leiter stehen blieb.

»Sorgst du dich nicht um Felicitys Leben? Sie ist gleichermaßen in Gefahr.« Mit ihrer Arbeit zufrieden, stieg Miranda

die Leiter herab. Als sie fast ganz unten war, legte Fox die
Hände um ihre Taille und setzte sie auf der Erde ab.

Er sah sie finster an. »Das war sehr töricht.« Er warf Felicity einen Blick zu. »Rob würde mir zustimmen, wenn er
dich hier oben sehen würde.«

Felicity winkte ab. »Ach Quatsch.«

»Ja, Quatsch«, stimmte Miranda zu. »Es war nicht
töricht. Es war notwendig. Ich habe dich letzte Woche gebeten, die Wandteppiche aufzuhängen.«

Mit einem breiten Grinsen auf dem Gesicht ging Felicity
auf Zehenspitzen aus dem Raum.

»Ich bin sehr beschäftigt gewesen«, entgegnete Fox zu
seiner Verteidigung.

»Du bist immer beschäftigt.« Miranda streifte einen
Fussel von seiner Schulter.

»Als ob du immer untätig bist.« Sein Blick schweifte über
die komplett neu renovierte große Halle, deren Neugestal-
tung sie gleich nach ihrer Hochzeit im Oktober in Angriff
genommen hatte.

»Wie du weißt, gibt es jede Menge zu tun. Abgesehen
davon gefalle ich dir so. Stell dir nur vor, wie entsetzlich es
hier immer noch aussehen würde, wenn du mich nicht
geheiratet hättest.« Sie rümpfte die Nase.

»Ja, ich habe dich einzig und allein wegen deiner dekora-
tiven Fähigkeiten geheiratet.« Er ließ die Hände über ihr
Hinterteil wandern, womit er seine Worte Lügen strafte.

»Ich wusste es.« Sie presste sich enger an ihn und dachte,
wie schön es sein könnte, das Sofa einzuweihen, das vor zwei
Tagen aus London eingetroffen war.

Er liebkoste ihren Rücken. »Stratham und Beatrice sind
zurück.«

Nachdem er seinen Sitz im Parlament verloren hatte, war
Stratham zu einem Einsiedler geworden. Beatrice hatte
Monate mit einer romantischen Belagerung zugebracht, bis

sie letztendlich sein Herz erobert hatte. Sie hatten im Februar geheiratet und die letzten beiden Wochen auf einer ausgedehnten Hochzeitsreise in Yorkshire verbracht.

»Wunderbar. Wir sollten sie zum Dinner einladen.«

Fox zog eine Augenbraue hoch. Wenngleich er Stratham für seine Hilfe dankbar war, die ihm den Hals gerettet hatte, war es zwischen den beiden Männern noch nicht zu einer Freundschaft gekommen, wie Miranda und Beatrice sie pflegten.

Miranda legte ihrem Ehemann die Hand beschwichtigend auf die Brust. »Ich werde auch Rob und Felicity einladen, und auf diese Weise musst du dich nicht allein mit Stratham beschäftigen, nicht wahr? Abgesehen davon ist es eine gute Übung, für wenn wir nächsten Monat nach London reisen. Du wirst eine Menge Leute kennenlernen, mit denen du dich am liebsten nie unterhalten würdest.«

Fox verdrehte die spektakulären Augen. »Ja, und wie erbaulich das klingt. Es ist wirklich kein Wunder, dass du es nicht vermisst.«

Und das tat sie nicht. Zum völligen Entsetzen ihrer Mutter war Miranda nach ihrer Heirat mit Fox nicht nach London oder Benfield oder irgendeiner anderen Besitzung ihres Vaters zurückgekehrt. Sie hatte sich nur einverstanden erklärt, London im April zu besuchen, um Zeit mit Jasper und ihrer Tante Louisa zu verbringen, die gern ein Mädchenpensionat auf Stipple's End gründen wollte. Miranda konnte kaum abwarten, mit dem Projekt anzufangen.

»Ich weiß es sehr zu schätzen, dass du mich begleitest«, meinte sie und streichelte dabei über den Aufschlag seines neuen Fracks. Er hatte nicht so viel Geld für eine neue Garderobe ausgeben wollen, sich aber letztendlich Mirandas Wunsch gefügt, seine außergewöhnlich gute Figur vorteilhaft zur Geltung zu bringen. »Du wirst meine Tante lieben, das verspreche ich dir. Sie ist ganz und gar nicht wie ihr Bruder.«

»Sie will für eine bessere Zukunft für die Mädchen aufkommen. Also kann sie gar nicht wie dein Vater sein. Gibt es eine Chance, dass wir eine Begegnung mit ihm umgehen können?«

Miranda legte eine Hand um seinen Nacken. »Nein. Aber ich garantiere dir, dass er unsere Gesellschaft auf ein Minimum beschränken wird.« Widerstrebend hatte er an ihrer Hochzeit in der Kirche von Wootton Bassett teilgenommen, doch seitdem hatten sie sich nicht mehr gesehen.

»Ausgezeichnet.« Er warf ihr einen provokativen Blick zu, der die kupferfarbenen Mittelpunkte seiner Augen zum Glühen brachte. »Ich muss zugeben, dass ich mich darauf freue, dich in deinem Element zu sehen.«

Sie konnte seinen männlichen Stolz beinahe spüren. Wenn sie an die neidischen Blicke dachte, die sie von den Frauen in London erhalten würde, fühlte sie sich genauso. Ob Titel oder nicht, war Fox unleugbar gut aussehend und wenn die anderen Frauen sehen würden, wie er tanzte … sie würden Miranda angaffen und dabei grün vor Neid sein.

Sie lächelte zu ihm auf und war so dankbar für ihr Glück und ihre Liebe. Nicht allen war es so gut ergangen. Norris hatte im November einen Schlaganfall erlitten und war daraufhin gestorben. Cosgrove stand leer wie ein vergessenes Museum und wartete auf seinen abwegigen Erben – ein entfernter Cousin, der zu einem weit entfernten Ziel gereist war –, um seinen Erbanspruch zu erheben.

In Fox' Augen leuchtete die Begierde auf, doch er trat trotzdem zurück. Miranda runzelte die Stirn, als er auf die erste der drei Doppeltüren zur Halle zuging. Er schloss sie und ging zur nächsten weiter.

»Was tust du?«, fragte sie.

»Ich sorge für ein bisschen Privatsphäre.«

»Ich verstehe.« Ihre fragende Miene hellte sich sofort auf und sie ging zu dem neuen Sofa hinüber. »Mr. Foxcroft, wann sind Sie so ruchlos geworden.«

Er schloss die letzte Tür und schritt in verführerischer Weise auf sie zu. »Zufälligerweise, hatte ich eine sehr gute Lehrerin.« Er legte eine Hand um ihre Taille und zog sie eng an seine Brust. »Und ich glaube, es ist Zeit für eine weitere Unterrichtsstunde.«

Er senkte die Lippen auf ihre, und Miranda küsste ihn in durchweg ruchloser Absicht.

Wollen Sie erfahren, was passiert, wenn Mirandas Bruder Jasper auf eine faszinierende Frau trifft, die niemals den Anforderungen seines Vaters genügen wird, die er jedoch einfach nicht vergessen kann? Verpassen Sie nicht das nächste Buch *Sein ruchloses Herz* aus der Serie *Ruchlose Geheimnisse und Skandale*!

Sind Sie an weiterer Regency-Romantik interessiert? Schauen Sie sich meine anderen historischen Serien an:

Die Unberührbaren

Geraten Sie ins Schwärmen über zwölf der begehrtesten und schwer fassbaren Junggesellen der feinen Gesellschaft und die Blaustrümpfe, Mauerblümchen und Außenseiterinnen, die sie in die Knie zwingen!

Die Unberührbaren: Die Prätendenten

In der faszinierenden Welt der Unberührbaren spielend, handelt die Saga von einem Geschwistertrio, die sich darin auszeichnen, sich als jemand auszugeben, der sie nicht sind.

Werden ein unerschrockene Bow Street Ermittler, ein niedergeschmetterter Viscount und eine desillusionierte Dame der feinen Gesellschaft es schaffen, ihre Geheimnisse zu lüften?

Die Liebe ist überall

Herzerwärmende Nacherzählungen klassischer Weihnachtsgeschichten im Regency-Stil, die in einem gemütlichen Dorf spielen und von drei Geschwistern und dem besten Geschenk von allen handeln: der Liebe.

Der Club der verruchten Herzöge

Sechs Bücher, geschrieben von meiner besten Freundin, der New York Times Bestseller-Autorin Erica Ridley, und mir. Lernen Sie die unvergesslichen Männer von Londons berüchtigtster Taverne, dem Verruchten Herzog, kennen. Verführerisch attraktiv, mit Charme und Witz im Überfluss, wird eine Nacht mit diesen Wüstlingen und Filous nie genug sein ...

Legendäre Abenteurer

Fünf unerschrockene Heldinnen und abenteuerlustige Helden auf dem Weg zu spannenden Abenteuern in den schottischen Highlands, England und Wales!

Die Unberührbaren: Die Prätendenten

Geheimnisvolle Kapitulation
Ein skandalöser Pakt
Des Gauners Rettung

Ruchlose Geheimnisse und Skandale

Ihr ruchloses Temperament
Sein ruchloses Herz

*Die Liebe ist überall
(eine Regency Weihnachtstrilogie)*

Der Earl mit dem Flammendroten Haar
Das Geschenk des Marquess
Eine Freude für den Herzog

Der Club der verruchten Herzöge

Eine Nacht zum Verführen by Erica Ridley
Eine Nacht der Hingabe by Darcy Burke
Eine Nacht aus Leidenschaft by Erica Ridley
Eine Nacht des Skandals by Darcy Burke
Eine Nacht zum Erinnern by Erica Ridley
Eine Nacht der Versuchung by Darcy Burke

ÜBER DIE AUTORIN

Darcy Burke ist die USA Today Bestsellerautorin für sexy, emotionale, historische und zeitgenössische Romantik. Darcy schrieb ihr erstes Buch im Alter von 11 Jahren – mit einem Happy End – über einen männlichen Schwan, der von der Magie abhängig war, und einen weiblichen Schwan, der ihn liebte, mit nicht sehr gelungenen Illustrationen. Schließen Sie sich ihr an newsletter!

Darcy, die in Oregon an der Westküste der Vereinigten Staaten geboren wurde, lebt am Rande des Wine Country mit ihrem auf der Gitarre spielenden Ehemann und ihren beiden ausgelassenen Kindern, die das Schreiben geerbt zu haben scheinen. Sie sind eine nach Katzen verrückte Familie mit zwei bengalischen Katzen, einer kleinen, familienfreundlichen Katze, die nach einer Frucht benannt ist, und einer älteren, geretteten Maine Coon, die der Meister der Kühle und der fünf-Uhr-morgens-Serenade ist. In ihrer ›Freizeit‹ ist Darcy eine regelmäßige ehrenamtliche Mitarbeiterin, die in einem 12-stufigen Programm eingeschrieben ist, in dem man lernt, ›Nein‹ zu sagen, aber sie muss immer wieder von vorne anfangen. Ihre Lieblingsplätze sind Disneyland und das Labor Day Wochenende in The Gorge. Besuchen Sie Darcy online unter https://www.darcyburke.net.

facebook.com/darcyburkefans

twitter.com/darcyburke

instagram.com/darcyburkeauthor

pinterest.com/darcyburkewrites

goodreads.com/darcyburke

www.ingramcontent.com/pod-product-compliance
Lightning Source LLC
Chambersburg PA
CBHW020520110726
47899CB00004B/1186